U0721944

Zhou Daxin
Yanjiu Ziliao

吴义勤

主编

周大新

研究资料

窦金龙　选编

百花洲文艺出版社
BAIHUAZHOU LITERATURE AND ART PRESS

图书在版编目（CIP）数据

周大新研究资料 / 吴义勤主编. –– 南昌：百花洲
文艺出版社, 2024.12
ISBN 978-7-5500-4908-6

Ⅰ. ①周… Ⅱ. ①吴… Ⅲ. ①周大新 – 文学创作研究
Ⅳ. ①I206.7

中国国家版本馆CIP数据核字（2023）第019555号

周大新研究资料

吴义勤　主编　窦金龙　选编

出 版 人	陈　波	
责任编辑	胡青松	
书籍设计	方　方	
制　　作	何　丹	
出版发行	百花洲文艺出版社	
社　　址	南昌市红谷滩世贸路898号博能中心一期A座20楼	
邮　　编	330038	
经　　销	全国新华书店	
印　　刷	永清县晔盛亚胶印有限公司	
开　　本	720 mm×1000 mm　1/16	印张　25
版　　次	2024年12月第1版	
印　　次	2024年12月第1次印刷	
字　　数	380千字	
书　　号	ISBN 978-7-5500-4908-6	
定　　价	65.00元	

赣版权登字　05-2023-205

版权所有，盗版必究

邮购联系　0791-86895108
网　　址　http://www.bhzwy.com
图书若有印装错误，影响阅读，可与承印厂联系调换。

目 录

寓言：一束陨落的梦想

——周大新的《家族》的意味

李　洋

曾几何时，人们已经习惯于把家族这一桂冠送给某一历史阶段，或者许配给这一历史的积淀和遗留。家族，成为人类最古老的文化生存方式，并在每一个历史发展阶段调整着自己的结构，以应对世界的更迭为变嬗。

对于盘桓在乡土留恋于习俗自得自乐的文化而言，家族至今是一处迷人的堡垒，一处不容侵犯的圣殿。于是，在我们这个重新算计时间的意义丈量空间幅度的季节，家族的梦想不时地受到冷峻的挑战。困守家族圣殿的心理堤坝受到几乎难以应付的冲击。一片迷乱出现了。规矩开始走样、变形、模糊到失去了意义，而新的同样令人费解的陌生的意义又随之降临。一切理解的活动似乎需要重新开始，从头开始。在一片迷乱、骚动、多变的意义世界，任何艺术家都无法回避他所面对的对象，或要告别，或要流连忘返。不管出于何种意识，他总要对变形中的熟悉而又陌生的世界作出一个交代。面对家族，我们兴许可以找到它存在与繁衍的无限的理由，只是我们同样可以寻到这一世界的沉闷污浊绝望的一面，并对此做出深刻的自省、反思与批判。说到底，家族的梦想直接牵涉到一个民族及其文化的兴衰荣辱。

厨川曾说，神话是一个民族的梦，而诗则是一个人的梦。而任何一个民族都是由一个个活生生的个人构成的。从社群意义上说，它由一个个家族构成。正是出于这样一种认识，我们常常自觉地将一束属于某一社群的集体的梦想披挂在一个家族，乃至一个家庭或一个社会化的个人之上。一个人命运的悲欢离合，一个家族的荣辱兴衰，共同交织成一张意义的网络，构成一个民族的文化寓言。《家族》（作者周大新，《河北文学》1988年第2期）正是这样一则文化寓言。

小说提出了一个很有意思的话题，即如何看待具有顽强血脉的代代相传、生生不已的家族精神及其在现代场景下的诸种世象。它并不属于那种独处一隅，静观默察地描述一个封闭角落土产的奇事逸闻的家族传奇，也不属于那种刻意求深，以犀利的批判眼光捕捉与把握沉沦世相的现实主义作品。它的魅力正在于综合兼并了传奇与现实的成分，并把它们纳入一个象征主义的结构，成为一则富有意味的寓言。强烈的主观性增强了扑朔迷离的意味，使小说中的现实充满了寓言性。作者的构建意在彪炳一种寓言体小说的诞生。他的圆形盆地系列，正是这样一种尝试。

仅以《家族》言，我们看到，从周五爷的冥宅崇拜到反复出现的无珠算盘，傻小四的痴状忽此忽彼，云娇的腾达与盛极而衰，等等，作者像穿糖葫芦一般，把一个又一个模模糊糊、似乎说得清却又不十分道得明的寓言贯穿起来，以一个隐藏在幕后的"我"调动和指令这一寓言结构及其意义的活动。在阅读过程中，你模模糊糊地感觉到了这个"我"想说什么，你也似乎听出《家族》中回旋着浓重低沉的哀乐，你甚至看得见笼罩在中国式的玛贡多——柳镇上空低回的阴云，想起一幅与之比照的画面：画面上以无代替当呈示有，一片墨黑的画幅下面题着——生前、死后、永恒……

一幅寓言，简单而又深厚。它既可能冒简单化、主观化、苍白化的风险，也可能在这简单、主观、苍白的暮色中突出一条路来，赋予你一种蕴藉深广的意味，而不是一个简单易懂、清晰明白的哲理。它的魅力在于它包容了一个难解难释的谜，难言的感觉，难以倾诉的梦想。这，正是它不同于东郭式或伊索式寓言的真谛所在。它是一种更深更广意义上的文化寓言。值得注意的是，《家族》紧紧抓住了一种变化中的文化心理状态，使其文化寓言不是简单地面对一种既成的模式，更不是一种考古探掘式的寻根，而是关注于周氏大家族在现代场景中的惶乱、迷惘、失落，家族精神面临的挑战，家族结构的分崩离析，以及最后形同虚设的虚幻的"大团圆"。作者没有结论。他只看到并表现了这一种状态，一种令人沮丧的循环。向钱看的念想，引发了这一冥宅家族的金钱欲，着实让家族中人上上下下风风火火地热闹了一阵。待鸣锣收兵时出现的是火并，一个始料不及的结局。到此，一个寓言式的循环完成了，画一个圆回到了出发点。

这一大伤元气的漫旅及其结局无疑使人感到失望，这失望中又包含着一种难言的痛苦。正是作者的这一良知促使其以多少刻薄的笔触勾画出了我们这一古老民族的深层文化心态，一种在变化中永远处于被动劣势的心态。一种自我循环乃至自我击沉的心态。一句话，这一古老持重的民族处于一种极大的矛盾悖论之中：一方面为形势所迫寻求现代化的途径；另一方面又遇到来自它自身内部的强大惰性的骚扰。选择的被动使这一巨人在现代场景中举步维艰，而其根本原因在于这一巨人的缺乏活水的心理状态！《家族》所揭示的，正是这样一种状态。这一觉悟来自于对家族精神的审视，来自于对家族结构硬壳压抑自由活泼个性的反拨。由此，我们似乎可以理解作者为什么把这则文化寓言与一无珠算盘相维系的良苦用心了："五子，你过来，爹把这个东西送你，你要好好保管！爹，这是啥？算盘！算盘？怎么没有珠儿？五子，你大了就会懂的！记住，保管好，常看看它，记住了么？……"

这一祖传的算盘能够计算出周氏家族的历史吗？这一无珠而有意义的框架又意味着什么呢？这些意味似乎对一个家族既重要又无关紧要，"祖传"就是意义的全部。它意味着时间上的占有与延续，家族的香火未断，人丁兴旺，人一代代活下来，周而复始，祖传的活法。

周五爷是无须费神去打探无珠算盘的意义的。因而直到他"长大了"而且成了周氏家族的"长老"时，他照样弄不清祖传遗训的意义。他唯一的安慰与自豪处就在于他那个家族的悠久的绵绵不绝的历史。糊涂与清醒是如此奇妙地结合在他的头脑中：文化的怠惰与历史的重现矛盾而又和谐地厮守一处，造就了不生不灭的自我循环。我们需要什么？不知道。我们不需要什么？不清楚，问得多余。你打不败击不垮这位周五爷。他是自我意识的常胜将军。他要求于子嗣的只是在发黄的、散发着霉味的祖谱上填写新的字样，延续陈规，膜拜宗法。社会学家费孝通先生的话很精辟："时间的悠久是从谱系上说的，从每个人可能得到的经验说，都是同一方式的反复重演。"（《乡土中国》）实际上，周五爷的全部哲学就是这种家族哲学，香火哲学。

现实是无情的。它常常给人一种翻脸不认人的冲击。只要你稍稍不留神或闭目塞听，那么，一朝一夕的命运转换便随着你的苏醒来叩门。一道鸿沟逐渐拉开了五爷与其儿女们的距离，待他发现时已无力回天。五爷生活在过去中，其儿女却在寻求一种未知的新生活（傻小四是一个例外，是家族精神的寓言式的牺牲品！）。在儿女们的眼中，五爷的活法已显得没劲没味。当柳镇上刮起强劲的认钱风时，五爷意识到的只是一种无可奈何，一种深深的隐忧与不安，一种正常而又真实的预感：家族的黄昏已经来临。

家族的命运危机已使周五爷们意识到家长制的衰竭。面对着在家族内部展开的金钱角逐，他们只能漠然地玩赏那个祖传的算盘。作者并未刻意渲染这些，而是运用结构处理的技巧，反复再现五爷的幻听，揭示无珠算盘统摄整个家族的无形力量，也强化了周五爷们的幻灭感。

五爷失败了，这是预料中的事。有点出人意料的是周氏兄弟姐妹的失败。作者极其冷静地安排了这场失败。它似乎意味着，新一代的金钱角逐打破了传统文化所崇尚的脉脉温情——一方面暗示了文化的心理变形、发展与新质的增生；另一方面又直接触及到家族框架内种种烟幕下的人性恶的诸种世相。在大德——韭叶，云娇——乔明，小德——秋娥，这一家族的新生代上所表现出来的你争我夺与明争暗斗，说明了这一重要的变化。从一团和气"和为贵"的共存到弥漫杀机的火并，反映了周氏家族的最终惨败，家族精神的失败，意味着一则古老神话的沦落与毁灭。这一神话曾以其丰厚的土地自居，以其悠久的文化自豪，以其代代不息生生不已的生命延续而骄傲。一个家族构成的小世界的沦陷了。在这一世界的废墟上，轻人屈服了妥协了，有关"最后的乐园"的记载着一个家族自我击沉的历史。周家的年梦想也随之灰飞烟灭。一度辉煌的梦想沉寂了，一度红火的自信消失了，一度携着勇气、智慧、果敢的尝试失败了。它使我们不得不寻问——一片喧闹的音响为何突然间消失得这般干净，这般悲凉？！不得不以怀疑的精神审视那片脉脉温情笼罩着的土地——它给了我们什么呢？在我们这片广袤的大地上，又有多少周氏家族在为这块土地的脾性付出昂贵的代价呢？他们缺少必要的准备就稀里糊涂地同自我宣战，小心翼翼，时时担心会翻船，担心大胆冒失的举动会带来惨重的后果……这片土地酿造的性格正处在寻找与失落之间。于是，一种欣喜与一种失重的痛苦相结合在一起，使你总有那么一点不舒服，高兴时有保留，痛苦时又怀着不泯的期冀。

也许，周氏兄弟的失败无形当中恢复了五爷的自信，尽管第一次失败的阴影至今还留守在他的心里。五爷恢复了他作为家长的自尊，又操起那把宰鸡的刀子，以红色的原始生命的血浆在大地上画出又一座"冥宅"。到此，周氏兄弟的不无胜利的失败与五爷不无失败的胜利，形成了极鲜明的对比，使我们不得不反观故事的开始，并形成一个整体的印象：一个以失败始而以胜利终，而新一代的结局则刚好相反。这一令人绝望的结果，具有极浓烈的悲剧意味。文化的惰性沉积在历史的厚土中，也渗透在每个人的心里。它揭示了一个缺乏赶超精神的民族所难以摆脱的困境，在这种困境里，民族的梦只有凋零枯萎或苟延残喘。那么，我们能否走出这胜利的迷雾与失败的怪圈呢？

当我们以十足的激情击落那飘浮在天空的不祥的梦想时，我们是否以同样的自信断言新的梦想必将升空呢？

这文化寓言只满足我们的一半愿望，另一半则需由我们去胡思乱想。实说这已足够满意的了。

原载《当代作家评论》1989年第2期

逃离土地的一代人

——周大新小说创作漫评

张志忠

一

　　周大新的小说创作，正在渐入佳境，《豫西南有个小盆地》系列作品的迅即推出，表现出他相当的创作实力，也集中凸现了他面对现实生活的文学思考。

　　作为一个秉承现实主义精神、执拗地关注社会生活变迁的作家，他笔下的人物和情节都是在时代变革的大背景下进行的，时代的脉搏跳动，不能不牵涉这块古老的"圆形盆地"即地处豫西南的南阳盆地，但是，我不愿意由此就把周大新的作品简单地划入"写改革"一类，那样做，未免失之皮相。变革，是今天社会生活和精神文化的总主题，是引起人们的生活和命运、灵魂和情感动荡的震源，反过来，当今中国文学艺术的创造，也总是离不开这样的大前提的，凡是真正的文学艺术家，都不能不在其作品中为他们所处的时代留下一些印痕。而且，以"写改革"立论，也容易混淆一大批以描写农村现实生活见长的中青年作家的创作个性，被这种笼统而言弄得模糊不清。毋宁说，周大新所着力刻画的，是农村中逃离土地的一代人，他们为逃离土地所进行的奋斗和挣扎，他们欲逃离土地而又最终无法逃离的悲剧和喜剧；他们应和着时代的躁动，却仍然没有足够的力量把握时代、把握自己的命运。

二

《泉涸》中的主人公土埂，就集中表现出这种心态。那块祖传的桑叶田，肥沃丰美，周家祖祖辈辈的人们，生于斯，死于斯，为了保护和占有这块田土，有的祖先曾拒绝土匪头子以其儿子为绑票的威胁，舍子保田，有的祖先曾在亲兄弟间发生流血械斗，为土地而丧生，有的祖先曾挫败他人以美男计夺田的阴谋；如今，桑叶田在实行生产责任制度后又复归于周家耕种，父亲欣喜若狂地重温自耕自足的旧梦，作为周家新一代传人的土埂却无法承受这块土地的压迫，他在锄草时愤怒地连麦苗一齐砍掉，他把粪肥倒入小河使之流失而要"饿死它"（指桑叶田），直至后来，他为扩大自己的纽扣生产，想方设法把这一块祖传宝地卖掉。土地，自古以来就被农民视作是立身之本，是命根子，为什么到了这一代年轻人手里，却变成他们急欲挣脱的锁链？

不仅仅是因为贫困，也不只是畏惧劳动的艰辛，而是因为另一种现实的存在，因为另一种现实的存在映衬出农民的屈辱和与此同时带给他们的改变自身处境的可能性。中国农民世世代代地与土地相厮守，向土地索取衣食，养家糊口，也毫不吝惜地向土地献出自己的汗水和生命，土地，既是他们的私产，又是他们的劳动对象，天然的感情维系和以农为本的思想，使他们与土地密不可分。农业合作化和公社化运动所导致的土地收归集体，却切断了农民与土地的天然联系，人们只能在统一指挥下劳作，却无法直接拥有和支配自己的劳动所得，无法支配土地，在另一方面，取代传统的士、农、工、商的社会阶层排列的，是城乡之间的鲜明差距，是用损害和侵犯农民利益为代价以促进工业发展的政策造成的严重后果，是由此形成的城市的诱惑和农民的沉沦；在这种环境下长大的土埂，虽然他是直接落生在田土里并由此而得名，但他却是失去了土地的根，又被别一种生活前景所吸引，总想从这里挣脱出去。对土地的疏远和冷淡，年深日久，当土地重新分给他去耕种，对他也没有任何吸引力了。

在这一点上，"小盆地系列"与周大新先前的创作接通，我们找到贯穿他的作品人物的内在动力；早先发表的《汉家女》，作家着意表现的是农村姑娘汉家女参军入伍后留下的一行独具个性的人生足迹，推动她跨向新生活的第一步，却是她通过当兵离开乡村，改变自己的命运，为此，她竟然不惜以自己的女儿身为赌注，对招兵人进行"讹诈"：

> 俺不想在家拾柴、烧锅、挖地了！俺吃够黑馍了！你现在就要答应把俺接走！你只要敢说个不字，俺立时就张口大喊，说你对俺动手动脚。俺晓得，你们当兵的总唱"不准调戏妇女"。你看咋办？是把俺接走还是不要名声？！

这一段传神的文字，活脱脱画出一个不安于现状的泼辣女子的神情，令人忍俊不禁，笑毕即又感到悲凉。中国的女子，历来是把名誉和贞操看得无比重要的，使她们能不惜自己身败名裂而为之一搏的，又在她们心目中占有何等位置。若是说，在七十年代初，大批城市青年尚且要上山下乡，农村青年有幸入伍脱离乡村的毕竟是少数，那么，时代变革的大潮，商品经济的活跃，则为土埂们带来新的机会，唤起他们新的向往，他们再也无法像先辈一样把自己禁闭在一块小小的桑叶田里了。土埂由经销纽扣到制作纽扣（《泉涸》），尚智去经营缝有兵家徽记的服装（《武家祠堂》），大德小德兄弟开办棺材店（《家族》），费丙成靠经办面粉厂、豆腐房发家致富（《老辙》），岑子成为小诊所的合伙人（《小诊所》），一无所有的周素到鞭炮烟花厂当雇工，从生活的最底层开始人生奋斗（《紫雾》）……出现在周大新笔下的年轻人，几乎无一例外地脱离农业生产，脱离土地，去寻找新的生活道路。

农民与土地的关系，是农村生活中最重要的因素之一，现代当代中国作家反映农村生活，也总是或多或少地离不开这一主题的，并由此而折射出乡村生活变迁沉浮来。阿Q之所以既有点"赖"，又近于"无耻"，和他是失去土地的"游手之徒"（鲁迅语）不无内在联系；三十年代初的左翼作家，写出一批由于农村经济破产而流落到城市的农民，他们对土地的难以割舍的情感，例如丁玲的《奔》和叶紫的《杨七公公过年》；正因为土地是农民的命根子，中国的民主革命始终是以解决农民的土地要求为中心的，周立波《暴风骤雨》和丁玲《太阳照在桑干河上》都是围绕土地改革展示农村生活的广阔图画的，其后李准《不能走那条路》、柳青《创业史》、周立波《山乡巨变》等都以大量笔墨表现面临土地合作化运动，农民对土地的那种难以割舍之情和个人企图拥有更多土地的欲望，作家和当时的人们一样天真地以为中国的土地问题一劳永逸地解决了，个人的留恋、悲伤等只不过是社会前进中的阵痛。但是，历史却一再欺骗和捉弄好心的人们，对于二十世纪的中国人来说，实现由传统国度向现代国家的过渡，完成从农业社会向工业社会的转移，是个困扰已久却又始终未能很好地解决的时代难题，土地问题也不能不一再引起社会和作家的关注，土地承包、生产责任制，也曾激起过短暂的欢欣（令人回想到解放初期），如何士光的《乡场上》《种包谷的老人》，却又真是欢乐易逝，很快地，又一批背离土地的人们出现了，路遥《人生》中的高加林是那样迫不及待地逃向县城，莫言《欢乐》中的主人公干脆愤怒地诅咒土地、诅咒田野上的庄稼的绿色；周大新的笔力，没有路遥那样深刻，也不似莫言那样狂放偏狭，他笔下的人物，单独看起来还够不上丰厚和深刻，总是显得有些意念化，合成一群却成为一股翻腾不已的涌流，迫使人们去重视和思索这一新的生活动向，去思考我们的现实。传统的农民与土地生死相依的关系被二十世纪的时代风云所粉碎，但这种漫长的调整、曲折反复中试图建立新的人与土地之关系的努力，却仍然未见决定性的成功，这也许从一个侧面，反映出中国社会前进和变革的沉重吧。

三

要是由此就断定周大新笔下的一群年轻人就是农村变革的新生力量，那样的改革也就过于轻而易举，还不如说他们只是一群不安于现状的、骚动而又盲目的青年人，对于他们来说，时代的变迁，历史的趋势，远没有他们自身改变命运的企图重要得多；现实生活的巨大转折，在他们眼中，不过如汉家女当年似的，让他们看到逃离土地的新希望，让他们看到新的选择时机的到来——我们没有理由为此责备他们，时代变革正是顺乎亿万人民改变自身命运的要求，牵涉每一个人的切身利益而获得活力的；问题在于，当土埂们带着极大的盲目性去应和时代的变动，他们无法走出很远，却往往会跌入老辙，踏入陷阱，徒有改变命运的愿望却最终无法逃离那已经成为他们人生桎梏的土地。近代中国以来，频繁的历史事变，巨大的社会动荡，曾经一次又一次地唤起和吸引中国的人民大众，激发他们改变自身命运的强烈希望，推动他们去投入时代的激流，不惜付出惨重牺牲以求新变，但是，历史的激情又常常被巨大的历史盲目性所吞噬，每一次新的努力往往落入旧的泥沼化为乌有。我们习惯于用阿Q的穷途末路去证明辛亥革命的失败，其实，当民众愚昧如阿Q之时，又有什么样的革命能在其根本意义上获得成功呢？虽然历史已经行进在八十年代，但离宣告阿Q时代已经结束尚且为时过早。

也许周大新并没有意识到这样的历史怪圈，相反地，他常常流露出某种宿命感，他常常会在他的作品中加入一些不祥的征兆，灾异的警示，反复显现，不绝如缕，以加强那种似乎是不可言说更不可摆脱的悲剧氛围，像《泉涸》中突然枯竭的泉水和神秘地出没的黑鹅，《紫雾》中令人莫名畏惧的、每次出现"肯定要出祸殃，或人伤人亡，或人疯人痴，或见血见泪，或见火见水"的紫雾（这种刻意渲染往往因用力过度而造成人为之感，形成艺术上的生硬、累赘，不过那已属于在此无法详叙的另一命题），但严格的现实主义精神，却迫使他直面生活，正视严峻的、并不轻松的现实，"把南阳盆地人的真实而不是虚假的生存境况写出来，并不顾忌它是多么奇特多么单调多么落后多么不可理喻"①，他让他所关注和倾心的土埂们在这块急欲逃离又无法逃离的土地上苦斗和挣扎，却并不给他们以什么美好的允诺，因为现实尚没有变得明朗轻松起来，生活并没有随着土埂们的意志而改变，相反地，土埂们却是在被生活所改变着。

---

① 《创造属于自己的文学世界（笔墨之交）——陈骏涛、周大新通信》，《昆仑》1988年第5期。

是的，比起土埂们来，生活的力量是过于强大了。南阳一带，是汉光武帝刘秀的发祥地，在民族历史上曾留下物华天宝、人杰地灵的篇章，它的地理环境——辽阔中原却又偏安一隅的盆地，形成一种天然屏障，较少受到外部的经济、文化的冲击，从而造就和保留了深厚的农业文化传统，而以封闭性、自足性为其重要特征；时代变革的大潮大浪，在这里却似乎是细波微澜。土地承包了，但它很难说意味着农村生活的真正进步，对于老一辈农民如土埂的父亲，这只是重新回到祖祖辈辈传袭下来的生活轨道上去，对于年轻人，它一方面不足以使他们充分释放他们的精力（《街路一里长》中的四品，农闲时节无所事事，才无事生非地引出修路风波来），一方面也无法拴住青年人的心，他们向往着新的天地。商品经济抬头了，但它却是新旧杂陈，许多属于过去时代的手工业作坊借助它的轻车熟路复活在先，具有现代意义的乡村工业却举步维艰，大德小德兄弟秉承父业办起棺材店，龚老海重操旧业办起鞭炮烟花厂，加上费丙成的面粉厂和豆腐房，你略一思忖就会发现，这些都是属于农业社会中已经出现的传统手工业，它的生产方式、它的经营管理，都是离传统比离现代近许多。乡村生活松动了，却很难产生大的跃迁，日子就在《武家祠堂》那种不无嘲讽的叫卖豆腐声中溜掉——"日头出来称豆腐，身子发福屋里富"，"日头当顶称豆腐，是男是女都会富"，"日头偏西称豆腐，子也富来孙也富"……时光荏苒，生活依旧，在表面的喧哗中继续凝滞、板结下去。这样一种现实，又加以道德上的强化，《风水塔》中的雪止爷，当年曾经被日军抓获而变节偷生，为此含垢忍辱，希冀让孙子雪止长大后为自己雪耻明志，从小就用近乎残酷的方式训练他，后来又送他去参军，雪止战死疆场，老人留下最后的忏悔死去，被柳镇人以最高礼仪隆重安葬；这样一种带有原始蛮愚色彩的"父债子还"的方式，这样一种深谋熟虑地支配他人生命的以宗法制为依据的长辈独断权（即使是为正确的目的也摆不脱其血缘私有的影子），居然会受到柳镇人的推崇，在古风淳厚的笼罩下却是对年轻人的生命和意志的扼杀。与之相映成趣的是，《武家祠堂》中的尚智，因采用先进方式进行传统工艺品兵家服饰的生产和经营，妨害了因袭旧法的人的生意收入，竟然在那不患贫而患不均、根本不知商业竞争为何物的小镇上激起众怒，他被"按老章法"处置，虽然他着力反抗，却也不得不跪下来认罪。那陈旧、凝滞却又被认作是抑富济贫的"美德"，如此地窒息着新的生命，却又那样根深蒂固不可动摇，这岂是懵懂的土埂们、尚智们所能对抗的。

四

阻碍不仅来自生存环境，也源于他们自身。历史的堕性，像有毒的血液一样，先天地注入他们的身心，当他们试探着迈步的时候，他们自以为是向前走去，却在不知不觉中绕回来，画一个句号，画一个圆，退回到自己先前的起点或者退得更远更远。周大新总是有意无意地营造着"圆"的意向的，他笔下的"南阳盆地是个圆的"，他笔下的人物会不休止地跑圆圈，他们的生命轨迹也是圆的，是一种封闭的循环。

《家族》中的大德小德兄弟，感受到新生活的萌动，却又囿于眼界的狭仄，三个人都先后办起同样的棺材店，他们并没有彻底泯灭手足之情，但手足之情终究敌不过金钱的诱惑。他们也煞费苦心地搞过自由竞争，但自由竞争失败却又不甘认输，背地里做手脚、写诬告信，甚至搬出古老的、《红楼梦》中赵姨娘陷害贾宝玉和王熙凤的蛊术作祟。最终，三间店面全部倒闭，三家人生病的生病，上吊的上吊，兄弟反目，家庭破裂，他们努力和挣扎的结果不但没有脱出旧的窠臼，而且连先前的其乐融融也无法维持。贯穿作品脉络的兄弟们在父亲带领下战战兢兢、敬畏万分地埋葬一口他们亲手制作的空棺材的过程，被精心渲染得庄严而瘆人，被他们当作凶物埋掉的，乃是刚萌生的商品意识；在经过这样大的挫折之后，他们当初的那颗雄心还能死而复燃吗？

相比之下，《老辙》中的费丙成比他们要幸运许多，当他出现在作品中，他已经是家产几十万的大人物，在小镇上举足轻重，咄咄逼人。但是，与他的经济实力相比，他的灵魂又是十分卑怯猥琐的，或许是因为小时候被视作"野种"遭受了过多的人世悲辛和爱情的失意，他强烈的复仇欲望随着经济地位的上升而恶性膨胀，几欲借助金钱的力量占有当年被他深深倾慕的姚盛芳，不是为了偿还旧情，而是要享受报复的快感，而费丙成的母亲当年就是因为贫穷被迫失身于地主柳老七并因此生下他的，难道真是一种血缘的遗传、一种恶性的循环吗？《泉涸》中的土埂，当年务农之时饱受那些吃商品粮的同学的凌辱，也曾由于城乡差别割舍初萌的爱情，那么，他一旦飞黄腾达，会不会步费丙成的后尘呢？

在这一代人中，最具有胸怀和胆识的，要数《紫雾》中的周素。他不像费丙成和土埂那样，从小饱尝生活的苦难，被极为有限的生活经验拘羁得心胸狭隘、目光短浅，周素在优裕的条件下长大，接受过较为完整的中学教育，一心要成为一个名扬中外的大实业家，不说别的，单这一志向就远非拘牵于实利的普通农民所能比肩。他还敢于超越家族的恩怨仇冤，到与他爷爷、父亲两代积怨甚深的龚家开办的鞭炮烟花厂去做工，甚至还初露才华地提出改变该厂家庭作坊式的经营方式为现代企业管理的设想。但是，比他接受的文化知识和带有浪漫色彩的构想更富有教育性的，是先于他而存在的强大的社会环境，当他正热衷于勾勒他胸中的宏伟蓝图时，他也正在一步步地堕入龚老海为他设下的陷阱，先是要以各种特制炮竹伤损他的身体，后来又以猫戏老鼠般的恶毒摧折他的心灵；现实的冷酷凶残终于毁灭了他的超脱和心高气盛，将他驱入冤冤相报的死胡同。他愤怒已极地策划一场烟花火药大爆炸，去报复和毁灭他的仇敌，虽然他在最后关头理性复萌悬崖勒马，却由于另一位与他同样遭受摧残蓄意报复，不惜与其全家人同归于尽的姑娘小枫（被龚老海活活拆散的周素的恋人、龚家孙女）而酿成爆炸，工厂夷为平地，只有龚家人因周素报警得以幸免。周大新在作品中是着意表现这种世代报因、无休无止的仇恨和虐杀，以及处于善和恶的极限中的人物情感，我却更看重作品中隐含的一种启示：那些急欲逃离土地的人们，他们中的佼佼者如周素，也仍然不足以同现存的生活秩序相抗衡，力求规避冤冤相报的家族仇恨却又无可遁逃地落入仇恨之网中——那种盲目的非理性的力量，远远超过那些旧人与新人的有限的理性。它一旦迸发，会不分良莠地摧毁一切，落一个白茫茫大地真干净，旧的东西不必说，些许新萌芽也因此毁于一旦，于是，历史只好又从零开始，进入新一轮循环。

五

正是这种沉甸甸的、咄咄逼人的现实，这种摧折一代又一代人的生命和意志的生活，使得周大新充溢着深刻的痛苦（虽然他相信痛苦的背面是欢乐，而且二者等量），他在一篇创作谈中，尽兴尽情地抛洒着痛苦的字眼，连篇累牍地谈论着制造痛苦的方法手段及其恶果、制造痛苦的原因及面对痛苦的态度，历数他在拥有几百万人的盆地上所闻所见的痛苦，袒露他面对现实所引发的千丝万缕的感想，"我于是想写写人为的痛苦"，"人并不无缘无故地制造痛苦。干旱、洪水、地震、飓风，大自然给人制造的痛苦已经够多；生、老、病、死，生命过程本身的痛苦也已经不少。人之所以还要在这些之上再制造一些痛苦，实在因为这对人也是一种需要。人的某些心理要得到满足，必须以制造痛苦为前提。比如说复仇心理，无论是村仇、族仇、家仇还是个人仇，只要想复，其唯一的办法就是给对方制造痛苦。仇越大，复仇者为对方制造的痛苦就越深；为对方制造的痛苦越深，复仇者获得的心理满足也越大。又如嫉妒心理，不论是嫉妒别人所处的地位，嫉妒别人所拥有的财产，还是嫉妒别人所获得的爱情，要想平息这种嫉妒，办法也只能是给对方制造痛苦……"①。这简直是一篇小小的痛苦论了。周大新有意无意地越过现实生活层面和作品的社会学分析，着力去探讨复仇、嫉妒、征服等古老的心理因素在时代变革中的新的表现形式，他的作品也的确可以作如是观的（例如《紫雾》中的复仇、《家族》的妒忌），比起现代哲学中所宣讲的形而上的痛苦，这些痛苦显得很原始很狭隘，无论是复仇心理、嫉妒心理还是征服欲，都可以说是与蒙昧无知、心灵畸化比邻，但它却又是今日圆形盆地的实在，渗透在各种人际关系中，渗透在作家笔下的众多人物身上。一方面是人与土地的疏远、悖逆，一方面是人与人之间的潜在敌意，以他人痛苦为快乐、以给他人制造痛苦为快乐的偏狭和恶毒；两条沉重的锁链捆绑在小盆地身上，使那些苦苦寻求人生新境的人们（包括作家在内）感到一种无力的愤怒、无力的痛苦。沉睡在盆地里的一些人已经

---

① 《圆形盆地》，《解放军文艺》1988年第6期。

醒来，却无法从泥沼中脱身，只能在凝滞、窒息的空气中发一声呼喊，苍凉而惆怅的呼喊，它在这盆地上将激起怎样的回响呢？

原载《文学评论》1989年第5期

周大新
研究资料

困惑·思考·超越

——评周大新的《走出盆地》及其他

张书恒　王志尧

　　南阳地处伏牛山、大别山和桐柏山之间，大自然的天成之力使南阳形成了一个不大的盆地结构，这也使南阳人生来就有一种"封闭思想"和"盆地意识"（据人们都这么说），乡土观念较浓，这也算是"恋母情结"的另一种解释吧。近几年来，"走出盆地"已成为一个重要的社会命题，时常挂在南阳人的口头上，否定盆地人的"盆地意识"也成为衡量一个南阳人是否具有现代意识和现代思维的尺度和标准。然而，对于旧观念和旧价值的否定与怀疑并不能代表一个新观念和新价值的同时诞生，人们在否定"盆地意识"价值的时候也因找不到一种新的价值来替代而感到迷惑与茫然，这种观念上的"断层"现象造成了人们心理意识上的"价值真空"，使一些南阳人感到自我价值和社会价值的双向失落。

　　青年作家周大新无疑是这一社会现象的积极拥抱者，从《豫西南有个小盆地》始，他就以强烈的社会功利目的和对社会现实的极大热情创作了反映盆地落后、封闭以及南阳人对自身现实规定性抗争和自强不息地奋斗的系列作品（我们权且叫它们"盆地系列"或"柳镇系列"），这些系列作品全方位、多层次、多视角地反映了盆地里的乡土人情和浓郁的世俗风情，也表现了作者对

"走出盆地"这一社会命题的深沉反思和对于家乡南阳历史渊源的深层思维，作者以凝重的笔调和他对人物意蕴特有的敏感和把握，为我们展示了一群既具有现代人不安于现状的突破意识，又不乏具有受传统文化心理影响的封闭意识的人们的惶惑、躁动和踌躇的心理历程，作者通过艺术形象的现身说法向读者吐露了自己曲折复杂的矛盾情绪。

《走出盆地》①是作者这一观念的突出表现。作者为我们展示了自幼生活在南阳盆地的女主人公邹艾不安于盆地生活，企图超越命运对自我的现实性规定，渴望摆脱封闭、落后的生活方式和生活环境，走向更高文明生活的痛苦的心灵历程和曲折的生活道路、不仅如此，作品中还渗透着作者主体的理性思考，显现出作者作为一个盆地人为"走出盆地"这一社会命题寻求出路时所产生的困惑、焦躁与不安。"走出盆地"本是存在于南阳这块土地上的一个社会现象，它反映了特定于这个地方的人们的心理意识和文化倾向，作者以一个作家强烈的社会功利目的，情感式地却又是理性地向人们吐露出自己对这一社会命题的理解和思考。作者站在一个走出了盆地的盆地人的角度，以冷峻的态度审视着这一现象并介入了这场探索，他困惑于盆地落后封闭的原因和"走出盆地"这一命题本身存在的价值以及它的合理性和可行性。可以看出，作者把自己的历史使命感、社会责任感和拥抱现实的热情全部倾注在这块生他养他的土地上和他的那些乡亲们身上，也正是作者这种创作的心理机制，使他得以把自己的社会意识和社会模型深深地渗透到自己的作品里面，以求使自己这个盆地人在心理上得到一种平衡和安慰。表现于作品中的作者的这种创作心态，无论是成功还是失败，合理还是不合理，就其创作意向和创作目的来说却是很鲜明清晰的，作者这种创作中的探索精神也令盆地里的每一个人感到欣慰和自豪。

美国人类学家露丝·本尼迪克特博士说过："谁也不会以一种质朴原始的眼光来看世界。他看世界时，总会受到特定的习俗、风俗和思想方式的剪裁编

① 《走出盆地》发表于《小说家》1990第2期。

排。"①周大新也同样没有摆脱这种"剪裁编排",也许是乡情难忘,他把自己的人生价值取向同南阳这块盆地像血肉一样紧紧地联结在一起,这种"恋母情结"使他不能把盆地的价值同外面世界的价位等价齐观,也不愿把外面的价值凌驾于盆地价值之上,从而否定盆地文化与意识的合理性和历史与现实的规定性;恰恰相反,他正是站在自己盆地文化的角度,以盆地人的眼光,热情地却又是理性地肯定和表现盆地里的人情、乡情以及他本人对盆地深深的眷恋;他更把繁荣盆地、弘扬盆地文化、强化盆地意识作为自己艺术追求的最终目的,把自己对家乡的笃情浓意体现于主人公对自己命运的挣扎、反抗和奋斗之中。从怀疑盆地文化到肯定盆地文化,对于作者来说既是痛苦的又是高兴的,他痛苦于盆地的落后和封闭,他之所以高兴是因为他通过邹艾的奋斗终于悟出了一个道理,即蕴藏于盆地人身上的那种不安与顽强,正是超越盆地现状,摆脱和改变盆地落后局面的希望和力量,他把自己的希望抵押给了这些自己"信任"的人们。如果说艺术作品是作家"表现情感的符号"的话,那么周大新正是通过《走出盆地》向盆地人发出了心底的呼唤,那就是:盆地自有盆地优越的条件,自有令每个盆地人发挥才能的机会,与其走出盆地开创事业,不如脚踏实地地埋头苦干,盆地的希望不在于走出而在于盆地自身和那些奋斗着的人们。

作者的这种创作的心理机制和对家乡依恋的情感凝结在一起,赋予了作者火一样的热情,使他以全力细腻地描绘和刻画主人公邹艾的不甘寂寞和勇于奋斗的创业精神,在此我们不能不说邹艾就是作者观念的化身,也是他对人生价值和理想的认识,但是邹艾之所以是邹艾而不是周大新,却在于她自有她生活的天地,自己的甜酸苦辣,自己的事业和理想,而周大新仰仗的是自己身上想延下来的盆地的"遗传基因"和对人物的熟知和理解,使他不仅重构了自己而且也重构了自己的作品。

从作品中不难看出,作者把邹艾走出盆地的生活历程分为三步,如表所示:

---

① 露丝·本尼迪克特:《文化模式》,生活·读书·新知三联书店1988年版,第5页。

一步	二步	三步
存在	走出	回归
南阳	鲁市	南阳
家乡生活	部队生活	奋斗生活

在这三步中，每一步都蕴含了主人公邹艾为走出盆地所付出的代价和流下的汗水，为了达到自己创作的目的和实际的效果，作者为我们"设计"了一套"代码程序"，通过这些代码，我们不仅可以看到作品内部结构的一些奥妙，而且还可以感觉到作者通过代码向我们传递过来的一个个信息。

一、阐释性代码。即作品的标题《走出盆地》，它给我们一个暗示，那就是，本篇叙述的是一个人或一群人为了某种目的或原因将走出"盆地"到外面的世界去谋生创事业的暗示，具体在作品里面就是表现主人公邹艾要离开家乡，"到外地去，天地大，机会也许更多，机会更重要"的走出意识，"走出"是主人公的精神支柱，也是她的最终目的，全篇情节都将围绕这一"行为符号"进行。由于我们对作品的"无知"而只能对其猜测，它却告诉我们，要想知道怎样地走出和作品的寓意内涵就只有往下看。

二、"所指代码"。这是一个意义的暗示和闪现的代码，它虽然在作品中没有受到作者的信任，但却是它的出现暗示出（或者说挑明了）主人公命运的归宿。在"三步"中荣升为柳林镇副镇长的秦一可带着不无嘲弄的口吻对邹艾说："一个圆圈，这么多年你又走回到出发点。"从邹艾的奋斗足迹看，存在→走出→回归，然后开创了"康宁医院"，结果还是破产失败，此句话就像巫师的谶语那样应验，令人又可气又可恼。另外"一步"开头时老四奶的话："一个女人家，老老实实找个男人过日子是正事！人呐，都有个命。"这都向我们暗示了人物命运的多舛，它们都在作品中起着不可或缺的作用。

三、能确定行动结果的代码。这是一个有关人物行动的代码，它确定了主人公邹艾合理地确定行动结果的能力。它是一条人物行动的"因果链"，起着人物行动和命运的关键和转折作用。譬如，由于受辱和向陈开怀求婚的失败，使邹艾决定要"到外地去"寻找机会，由于公公的猝死和丈夫的自杀使自己遭受到冷遇决定她回归，又由于偶然的医疗事故决定了她的破产，等等。这些因果关系和邹艾的一切行动看起来多属偶然，仔细品味又实属必然。

四、"文化的代码"。它的作用在于："通过瞥见或'知晓'所指的东西，来证实公认的和权威的文化形式"①，它服务于作者的创作目的和创作动机，通过"格言式"的语言符号向读者传达出作者创作的主体意向，并使作者自己的创作目的得以强化性地表现。在作品的结尾，作者通过邹艾和女儿的谈话向读者表明自己的态度。

> 我不会认输，我不仅要把康宁医院办成全南阳、全河南第一流的医院，我还要它在全国、全世界出名，我要让世界医学发展史上载下"南阳康宁医院"这个名称。

这与其说是主人公对自己人生的总结和对未来的大胆设想，毋宁说是作者周大新以一个走出盆地的盆地人对南阳的人们发出自己的呼吁和对南阳早日摆脱封闭落后的祈祷，目的所指，大功告成。

除了这些结构方面的特色外，作品中还表现出了以下两个特色：一、冷峻；二、热情。也就是说，作者把自己火一样的热情寓于冷峻的笔法之中，而冷峻的笔法里又不时外化出一股股火样的热情，此两者是一种合理的交融。

在作品中，作者是以一副冷眼欣赏的态度向我们叙述主人公邹艾在生活上的不幸和对命运的抗争的，他的"冷酷的"态度使他一会儿把邹艾推上天堂，一会儿又把她打入地狱，丝毫不给她以喘息的机会，整个作品都笼罩在一种阴郁和灰暗的气氛里边，读来令人感到沉闷，沉闷得令人窒息，他在把读者搞得悲痛欲绝的时候，自己在一旁却发出一阵阵狰狞的笑声，读着读着不由得让人倒抽起一口口凉气来，但我们更关心的还是故事的发展和人物的命运。譬如他把邹艾描绘得那样美丽可爱，她却生长在贫苦的农家，她在当上了大队妇女

---

① 特伦斯·霍克斯：《结构主义和符号学》，上海译文出版社1987年版，第121页。

队长的时候，我们本该为她松一口气了，她却遭到大队主任秦一可的玩弄和抛弃，使她一下子又跌入了低谷，后来参军到了鲁市，嫁给了军区副司令员的儿子，生活优越，地位高贵，但好景不长，公公的猝死和丈夫的自杀再次把她抛入了命运的深渊。

直到此时作者还不愿罢手，他又把邹艾"打回了老家"，让她充分发挥自己的机智和工于心计的特点，冲破种种阻力和困难办起了"康宁医院"，但是由于"邹氏妇女滋补膏事件"的意外发生，她又失败了，差点送去坐牢。这些情节的安排和描写，作者写来一波三折、淋漓酣畅，确实冷峻得可以，读者读来回肠荡气，余味无穷，深深沉浸在主人公曲折坎坷的命运里面，沉思遐迩。

我们说过，作者此篇的创作目的和心态是鲜明清晰的，他要为家乡的发展探索出路，所以在"走出"与"回归"这两条道路的选择上，他选择了后者。在作品中我们似乎感觉到作者的"存心不良"，字里行间始终隐含着"杀机"，就像看到一个将要淹死的人在浮出水面的一刹那，他又把她按入了水中，非要将邹艾逼向绝路而不肯罢休，但纵览全篇我们就会觉得，这一切都是作者在为邹艾的"回归"做准备。越到后来我们就越会看出，作者之所以这样冷酷，恰恰表明了作者对家乡和家乡的人们深切的爱，他的这种爱越发浓化强烈了。如果我们看了作品末尾邹艾和劝她到美国定居的女儿的谈话：

> 茵茵，妈也不愿一辈子就不离开南阳，妈也想出去走走，但不像你说的这种走法，妈将要去美国，她的身份只能是医药界名人而不是一个移民。

还有她为发展"康宁医院"的誓言我们就不难体会出，作者恨不得马上甩开膀子加入到建设家乡的事业中来，作者的这种积极的投入是令人始料不及的。本来，作者主观意识直接切入作品是文学之大忌，很容易落个"传声筒"的恶名，作者陷入了一个艺术和观念的两难窘境之中，也许是作者太爱这块土地和那些人们了，焦灼和热情已烤得他放下了作家的矜持和先前的冷峻，奋不顾身地向读者表明了自己的观念和心态。对于作者的这种全身心的投入我们不应责备而应理解，他的这种"献身"精神是可嘉的。

此外，作者在叙述方式上也作了一些有益的尝试，在"一步"中作者通过邹艾和老四奶的对话向我们说明了邹艾在家乡盆地里的童年和青年时代，我们可以得知她童年的不幸和青年的悲哀，"二步"以主人公内心独白的方式由邹艾向金慧珍叙说自己在部队中由一个卫生员步入到副司令员家，后经不幸的变故最终又回到家乡的生活历程，作者在"三步"中才披挂上阵，和邹艾直接对话，向我们介绍了邹艾回到家乡后经历的生活磨难和事业上的成败荣衰。这种叙事方法看似零乱，读来却浑然一体，既别出心裁，又丝毫没有突兀生硬之感觉。另外作品中细腻委婉的心理描写也堪称上乘。

周大新虽是部队作家，但从他的创作来看，实属乡土文学之列，这恐怕也是他能立足于当代文坛的支撑点吧，他的创作个性也在向人们诉说盆地故事，挖掘南阳盆地丰厚的乡土文化的积淀中淋漓尽致地凸现出来。他的作品有什么特色呢？这无疑是我们最关注的问题。

从作者1990年发表的几篇作品看，描写盆地里新与旧、进步与落后、开放与封闭、善美与丑恶的矛盾和冲突，是作者创作的一大定势。从这一意义上说，周大新的作品是沉重和厚实的。我们在他的作品中感觉不到一点轻松愉快，更多的是一种压抑、负重的心理效应。他在诉说新、进步、开放和善美的时候，并不把这一切作为简单的概念来渲染，而是把它们放在与之相对的文化氛围里面，揭示那些现实生活中与之相矛盾的强大逆力。这些逆力并非是简单的二重组合关系，而是一种潜藏在人们意识中的深层积淀。这种逆力之所以如此强大是因为它不仅仅是只出生于南阳盆地里的土生土长儿，更主要的是它代表了中国几千年来文明发展中的一种障碍，这种障碍使得盆地以至中国在艰难痛苦中亦步亦趋地向前缓慢爬行。《走出盆地》中秦一可的虚伪与丑恶、老四奶的落后，《玉器行》中邱爷的保守，《香魂塘畔的香油坊》中郜二东的沉醉麻木，等等，使我们深深地感到，南阳人要想有点成就太难了，他们活得太累太苦了，历史和现实的双重重担已无情地压在他们身上，使他们累弯了腰。

描写盆地里妇女的奋斗以及她们生活中的甜酸苦辣，我们认为是周大新创作的另一定势。莎士比亚说过："软弱啊，你的名字是女人！"古今中外的妇女往往被软弱所代称，而作者笔下的女性都不仅仅具有女性的阴柔，更多的是都不乏具有一股男人的阳刚之气，这并不是说在盆地里是"阴盛阳哀"，盆地首先得由女人跨出第一步，而是说出了南阳人的一种奋发向上的品质和精神，人的原始力量的底蕴。

从《走出盆地》中的邹艾，《香魂塘畔的香油坊》中的郜二嫂，《玉器行》中的峥峥身上我们丛生疑窦，这些南阳的女人们怎么会有那么一股韧劲呢？她们对传统的观念总有一种默默的抗拒，对命运总有一种无声的抵触，而且在噩运和不平到来之际，她们还会大声地呐喊和抗争。如果我们真正地理解她们，也理解作者的话我们就会感到，无论是作者还是这些人物，他们的心总是系在这块养育自己的土地上，他们并不嫌弃自己生长的这块土地，而且正是在这块"贫瘠"的土地上，他们找到了自己的位置，实现了自己的价值，他们在为自己的位置和价值抗争。作者并没有神化她们，而是真实地再现了她们生活中的甜酸苦辣，并把她们从文学作品的虚幻里边拉回到现实中来，使她们的形象更加生活化、人性化、人格化了。

以上的论述只是我们的一些看法，实望无悖作者的原意。

原载《南都学坛》（社会科学版）1991年第2期

周大新能走出"盆地"吗?

——评周大新的南阳盆地系列小说

廖开顺　高佳俊

　　豫西南有个南阳盆地。早已投身军戎的周大新,这几年一头扎在生他养他的这块土地上,为这块牵连着他生命脐带的盆地故土讴歌和痛苦,因而构成了他南阳盆地系列小说的二重意旨:既讴歌盆地人为改变命运与生存环境不懈斗争的倔强精神,又悲叹盆地人文化心理中渗透着的巨大的历史惰性,这就是盆地人本想挣脱命运的链条而又偏偏形成的命运的圆环。作为一名执着的现实主义作家,周大新对民族精神文化现象的描写无疑是从客观生活出发的。盆地人的拼搏,往往在付出惨重的代价后,却发现又回到了原来的起点上。这种悲剧性的封闭式的命运循环给作者情感上带来了巨大痛苦,而作者又因了这点迷失了对作品理性的导航,使自己陷入了如盆地人陷入盆底难以走出一样的焦灼和迷惘。

　　我们无意于陈述周大新全部小说对循环命运的表现,只就其"复仇者"形象系列的剖析来完成"周大新能否走出盆地"题旨的阐释。从周大新盆地系列小说中排出来"复仇者"人物大致有:龚老海(《紫雾》),郑三桐、纪怀(《旧道》),周照进(《伏牛》),邹艾(《走出盆地》),费丙成(《老辙》),郜二嫂(《香魂塘畔的香油坊》)等。这一个人物形象系列如走马灯般在盆地循环，复仇地循环。（后二者的复仇虽然不是直接指向仇人，但他们也同样因结着仇怨，伺机向世人发泄，他们在一个看似非典型的结局上作历史的循环。待下文论及。）

一位评论家说："周大新有意无意地越过现实生活层面和作品的社会学分析，着力去探讨复仇、嫉妒、征服等古老的因素在时代变革中的新的表现形式。"（《文学评论》1989年第5期《逃离土地的一代人》，着重号为引者所加）诚然，表现复仇等古老的心理因素在时代变革中"新的表现形式"，无疑使周大新的小说具有强大的穿透力，赋予小说以深刻的历史、文化意蕴，如掘土掘到盆地的岩浆层面。但是，这些"新的表现形式"，即对"循环"现象的表现，并不是一个新鲜的主题，而应归属于一个古老的母题的范畴。古希腊神话即有西叙福斯（今译作西西弗斯）不断推石上山，石头又不断滚落，于是又重新开始的"人类长久、繁重、徒劳无益"的叙事。这种叙事模式、古老的母题同样大量地存在于中国古代、现代和当代文学作品中。如古代文学中"奴才做了主子，又去欺压别的奴隶"的循环，如鲁迅笔下的子君、涓生的命运循环，当代文学形象中的高加林、金狗等。渗透着历史惰性的循环是历史的必然现象，它如一条"旧道"和"老辙"，永远困惑着走不出来的人们，它带给作家以痛苦。于是睿智的作家几乎都在表现循环的同时寻找突破循环的出口。周大新自然也不愿意他的人物在盆底世界作永远的圆周运动，而思量着寻找通道，走出"盆地"。

于是他在他的人物形象系列中，惨淡经营着循环的结局。结局有迷惘的：在中篇《旧道》（《时代文学》1989年1期），纪怀为了报郑三桐逼死父亲之仇，只身来到郑三桐的公司做工。他费尽心机，自以为已经取得了郑三桐的信任，于是利用技术职务之便，做成不合质量要求的预制板，致使用户副镇长楼板倒塌，儿子重伤。纪怀满以为身为经理的郑三桐会锒铛入狱，谁知投入铁窗的反而是纪怀自己。原来郑三桐早已发现了他的企图欲擒先纵，早已为他设下了陷阱。而郑三桐逼死纪怀的父亲，又是因为纪怀的父亲在"文革"中曾逼死了郑三桐的父母和前妻，并给他落下了终身不愈的残疾。故事的结局是郑三桐的妻子怕纪怀出狱后的复仇，把心爱的养子忍痛送给了一个过路的外乡人，免得唯一的后代再成为被复仇者和复仇者。这几乎是一个机械的无休止的循环，作者为没有找到循环的出口而表现出迷惘和无可奈何。可归入这一类结局的又如中篇《伏牛》（《小说家》1989年2期），周照进因不能从一直倚势压人的村长刘冠山那里得到贷款，买不起耕牛，于是便酝酿了一个巨大的复仇计划，他放弃了心爱的恋人西兰而娶下他所不爱的刘冠山的哑巴女儿荞荞。当周照进靠从刘冠山那儿不断得到的贷款作本钱，靠自己杰出的经营才能成为村里的首富后，便紧接着挤垮了刘冠山的村长职务，并以虐待妻子，一直不与她同房的方式满足了自己的报复心理。周照进复仇成功的同时，却也受到了因这种愚昧的复仇而引发的更大的报复：他一直爱恋着的西兰因毫不了解他的复仇计划而又"报复"他，嫁给了她根本不爱的二行。而爱着他忠于他忍辱负重的妻子荞荞，也为保护他而献出了生命，丧生于牛角之下（那条通人性的黄牛"云黄"其实是一个"复仇者"的象征）。周照进最终落得个"白茫茫大地真干净"，孑然一身的结局。无情的复仇带给他的是无情的报复，命运循环一周，并非跳出循环。从《伏牛》中完全可以见出作者对这个历史怪圈的愤慨和无可奈何。他也曾想通过复仇者灵魂的自我分裂来中止循环，如短篇《老辙》（《解放军文艺》1988年第10期）。主人公费丙成是地主老财凌辱一个贫苦妇女产下的"野种"，被人称作"野种"的奇耻大辱铸成了他的复仇性格。他必须通过某种方式报复、发泄，方才解恨，方才能维持本身的心理平衡。但是他已经不可能向他直接的仇人，已死的"父亲"复仇了，于是他的复仇对象便成了他所以为的鄙视了他的世人和整个世界。当他成了村子的首富后，便用当年地主老财同样的手法去凌辱被经济所迫的无辜妇女姚盛芳。这里既是一轮复仇的循环，又暗含着一轮"奴才做了主子，又去凌辱别的奴隶"的循环。作者无法通过外力中止这种恶性的循环，便采用了复仇者灵魂自我分裂的方法。费丙成一直害怕听到"野种"这个词儿，当被迫将要献出贞操的姚盛芳提出不能怀上一个"野种"的时候，费丙成那根最敏感最脆弱的神经被"野种"二字震断了，马上身子重重地摔在地上，并一病几个月，后来完全变成了一个神志不清的人。费丙成灵魂的分裂使这一轮循环没有继续，可是《老辙》这样一种非典型的纯偶然性的结局并未说明循环就可以中止了，它不过寄托了作者急欲摆脱循环的良好愿望罢了。清醒的作者当然懂得为《老辙》设计的这一结局的非典型性（尽管带来了故事的可读性），于是作者试图用新的时代精神来作为结束循环的外力，如《紫雾》（《人民文学》1988年第8期）中的周素。周素是一个受过现代教育的青年。他敢于超越家族的宿怨，到与他父、祖两辈结仇的龚志海的鞭炮烟花厂做工，并不计世仇，努力工作。可是，龚志海已为他步步设下了恶毒的陷阱，把他逼进了死胡同，迫使他萌发了报仇的意愿，虽然关键时刻他理性萌发羁住了自己，但他的恋人，龚家的孙女小枫却因家里对她婚姻的粗暴干涉而拉响了与全家同归于尽的导火索，工厂被夷为平地（龚家因周素的报警而脱险）。在《紫雾》中，作者虽然找到了一条走出循环的通道，却又为设在这条通道上的巨大障碍而悲愤，作品因而表现出现实与历史双重重压的沉重感。他在继续寻找。既然循环是人自己套在自己脖子上的绳索，就让人自己来解开吧。步履沉重的作家把目光投向人性的复归，理性的复活。长篇《走出盆地》（《小说家》1990年第2期）和中篇《香魂塘畔的香油坊》（《长城》1990年第2期）表现了作者的这种寻找意向。《走出盆地》的女主人公邹艾曾被大队单委会主任秦一可无耻地夺去了处女红，参军后成了副司令员儿媳的邹艾，回乡探亲时实施了复仇。后来命运循环，邹艾成了寡妇，转业到村里成了一名个体医生，并处于副镇长秦一可的权力范围之中。这当然又要开始一轮新的报复的复仇循环，但作者却安排身为医生的邹艾理性萌发挽救了秦一可的生命，而秦一可也因人性萌发而为邹艾平息了一起事故，循环暂告中止。用这种方式结束循环的意愿在《香魂塘畔的香油坊》中表现得更加突出。女主人公郜二嫂少女时因贫穷做了童养媳，被迫与独腿的郜二圆房而成为郜二嫂。她的命运是典型的封建社会妇女的命运。她既是一个服从命运者，又是一个反抗者，她为郜家生下了儿女，又不甘心于命运的安排，长期与个体户司机任实忠偷情私通。为了摆脱贫困的命运，她办起了芝麻香油作坊，成为那个村子里的首富，在她的心灵深处，也积着这个世界带给她的怨结，虽然她没有直接的应当报复的对象（或者说她的私通是对丈夫的报复，但这种报复并未能维持心理平衡）。于是，当她的痴呆儿子墩墩需要娶亲的时候，积压在心理深处的怨恨便化成为她自觉的行动，她要复仇。她用当年郜家对付她的办法，用经济压迫美丽的少女环环与她的傻儿子成了亲。后来在家中，郜二嫂与任实忠私通被环环看见了，轮到环环来复仇了，二轮新的循环就要开始。可是，环环并没有告发、张扬婆婆的"丑事"，她理解并谅解了和自己一样，作为一个女人也有痛苦婚姻的婆婆。婆媳两人以共同命运为基础萌发了理性，沟通了理解，终于跳出了循环圈。

周大新的盆地小说着力表现了盆地人心理深处巨大的历史惰性，即在一个又一个怪圈里作恶性的机械循环。盆地小说深刻地表现了盆地人在历史潮流行进中步履的艰难：他们既要与艰难的生存环境拼斗，但由于生存环境所带来的历史惰性，使他们自己拖住了自己前进的脚步，不断地作圆周循环。作者的忧患意识是难能可贵的。对故乡怀着深厚感情的大新，急于想找到突破这个循环的出口，走出"盆地"——周大新能走出"盆地"吗？也就是说，周大新能够在他的小说中，开出一副盆地人摆脱循环的救世良方吗？

可以说，救世良方包括周大新在内的任何人都不能开出，因为人类永远无法摆脱自身带来的困境，永远有斯芬克斯之谜的烦恼！"人们自己创造自己的历史！但是他们并不是随心所欲地创造，而是在直接碰到的、既定的、从过去承继下来的条件下创造。一切已死的先辈们的传统，像梦魇一样纠缠着人们的头脑。"（马克思《路易·波拿巴的雾月十八日》）所以，在旧的历史圈循环，是人类生活的一个规律。

但是，一切现实的事物都是作为系统而存在，作为过程而存在的，而系统和过程又都充满着矛盾，是矛盾的统一体。人类必然能够通过矛盾运动走出具体的一个个的循环圈。纵观周大新的盆地小说，还较缺乏这样一种哲学表现的品格，未能用发展变化的历史眼光考察和审视人生。从历史运行的动势和递嬗演化的过程中，昭示宇宙间的一种哲理。作者作了过多的感情投入，而缺少哲学、理性的导航。他的盆地小说中的"复仇"小说基本上是这样一种叙事模式：较为孤立、静止地叙述复仇循环的过程，之后寻找走出循环的出口，而缺乏将事件、人物置于流动的历史过程中，通过表现过程的矛盾运动而展示生活的未来走向，因而缺乏超越于个别循环现实层面上的历史哲学意味。本文论及的几部小说，除《老辙》是短篇外，其余都是中篇（《走出盆地》虽然称为长篇，实为中篇的质量），由于作品缺乏哲学品位，没有宏观把握历史的矛盾运动，因而在文体的审美上显得意蕴的单薄。作者虽然惨淡经营着故事的结局即"走出盆地"的通道，却将读者引入了一条胡同。当然，有的篇什也表现了矛盾的作用，如人性的萌发、新时代精神的冲击，但是，这些篇什的结构上，尚缺乏人物心灵辩证运动的历史。

在中国当代文学中，并不乏与周大新表现同样主题的作品，但大多数也未能跳出周大新式的局囿。这也许从一个侧面反映了中国当代文学不少作品未能达到哲学品位的一个不足。

为此，我们期待着周大新真正"走出盆地"。

原载《南都学坛》（社会科学版）1992年第3期

周大新
研究资料

神话的复归

——周大新盆地小说原型分析

胡　平

　　自从卡夫卡的《变形记》、乔伊斯的《尤利西斯》、艾略特的《荒原》、福克纳的《喧哗与骚动》等诞生以来，神话的复归就成为世界当代文学史上一种重要的潮流。在中国，虽然目前寻找相应的代表性文本还比较困难，但我们仍能从一些作家的创作中大体确定无名氏故事的原型。我们不知道周大新究竟在多大程度上自觉到古代神话、传说、宗教、图腾、仪式和民谣对他的影响，而所有这些因素都的确可以在他有关南阳盆地的作品中发现。根据他的描述，这块盆地异常美丽，巍峨的桐柏山耸立于东，连绵的伏牛山卧于西北，苍翠的武当山、大漠山横向于南。盆地里气候温润、雨量充沛，生长了从温带到亚热带的各类动物和植物。盆地人的祖先从原始社会时期就在这块土地上刀耕火种，繁衍生息，一代代人的不辍劳作开拓了荒漠，创造了丰厚的文化，但由于大山的环围，终未改变闭塞、愚昧、贫穷的生存环境。毫无疑问，这里也更多地保留有初民时期人类的集体无意识，并且通过神话等影响到作家的童年经验，犹若他中年以后才醒悟到的：

　　　　故乡盛产故事，差不多人人都能讲出一串串的故事。在母亲的膝头上，在生产队的牛屋里，在飘着麦香的田头上，在夏夜纳凉的竹席上，我从乡亲们口中听来了无数个童话故事、神话故事、鬼怪故事和现实生活故事。

几十年后我方明白，当初我从鸭嘴叔和其他乡亲们口中听到的那些故事，其实就是故乡给我上的最初的文学课程。

这样我们就更容易解释，为什么周大新许多作品自始至终都在讲故事，故事中永远包含动人的情节；为何英雄的奋斗、男女的爱情常被借以寓托不同的主题，无以名状的、神秘的氛围则时时笼罩着现代的场景；何以叙述似乎有意不掩饰鲜明的倾向，整个创作又保持有积极进取、乐观向上的基调。这一切都依稀使人联想到古代神话的艺术特征。这些特征当然远不能概括周大新的全部创作，但已显示出作者文学观念的卓荦之处。神话本是文学的结构性因素和创作的素材，涉及了宗教、民谣、人类学、社会学、心理分析等重要意义范围。"文学的意义与功能主要呈现在隐喻和神话中"（沃伦），因为人类天然具有在精神上回复和依恋集体无意识的倾向，而神话正是人类集体无意识和种族文化积淀的原型呈现，体现了人类的普遍精神。周大新无疑更善于用神话的眼光观察世界，在原型批评理论看来，它意味着作者创造性幻想得到的自由表现，在幻想中捕捉到某种来自心灵深处的陌生的东西，一种人所不能理解的原始经验。

仿佛是受到神的启示，1986年的秋季，回乡省亲的周大新站在那块黑色的土地上，闻到成熟了的秋庄稼散发出的新鲜香气，望着乡亲们在田间劳作的情景，忽然意识到，自己最熟悉和最应该写的还是脚下的故土。那首使他激动不已的棉花谣改变了他一生的创作方向：

> 棉籽种在土里边，小苗出土锄七遍，
> 草死苗好土发暄，手扳棉枝打花尖，
> 花开满地蝴蝶舞，摘下新棉做衣衫……

可以想象，那种情景下，童谣所唤起的正是来自种族的温馨记忆。

一、盆地情节

周大新的盆地小说，主要包括两部长篇和若干中短篇作品，不妨认为，理解全部这些作品的枢纽是三则有关盆地起源的传说：

第一则：天宫里三仙女偷看了凡间男女亲密相处的情景，春心萌动，与南阳天将偷情，受到玉皇爷的惩罚。玉皇爷认为他们是看到外界东西后学坏的，罚他们永世独居四处。遂用五指在人间按出一块盆地，将二人押送其间。三仙女与南阳天将在那里生下子女，一家人唯靠吃毛豆为生。为了到外面学种庄稼，三仙女决心翻山越岭走出盆地，但受到玉皇爷法术的控制，永远走不到山前，终于累倒，身体变为白河水奔出盆地。

第二则：土地爷的小儿媳唐妮丧夫后难熬寂寞，与农人南阳相好。土地爷派去兵砌起伏牛、桐柏、武当诸山，禁锢二人于山围之中。后唐妮为到外界学会织布做衣，坚持不懈向山外走去，最后力竭而死，身子变为唐河水冲开山脚。

第三则：阎王掠民女湍花为妃，湍花后与阴府迷仆南阳相恋。阎王施魔术于阳间变出凹地一处，将他们囚禁那里与世隔绝。湍花与南阳生养了子女，但深受不能建造房屋之苦。湍花决意到外界学习技术，日夜不停地走，终因无法接近群山扑倒在地，身体化为湍河水冲出凹地。

这三则传说中轮流出现了南阳地区三座大山、三条河流及南阳人祖先的形象，重复的情节显然是在强调某些基本的原型。联系作品，我们将发现，其中每一则神话都比较完整地传达了盆地人由观念和感情交织而成的典型的地域心理模式，它们涉及原欲、原罪、创世、命运、爱情、自由和重生，也包括了周大新系列创作的两大母题："盆地"和"走出盆地"。前者象征着生存状态，后者象征着生存的奋斗。

盆地人通过幻想出来的意象表达了他们对于自己生存状态的不安，世世代代居住凹地被视为上天的惩罚，也是造成贫穷与愚昧的根源。这种朴素的直观的认识自然深刻地影响了作者，特别是当他走出盆地又回到盆地时，感受便尤为强烈，大量创作都出于"盆地情结"的郁积和排解。在中篇小说《步出密林》中，作者将人们栖息的地方象征为莽莽的原始森林，靠捕猴、玩猴为生象征了落后的生产方式。作品描绘着闭塞落后的生存环境如何迫使人们在掠夺大自然中进一步恶化生态，其中猴类与人类互相敌视的情景令人惊心动魂。由于母猴的死，猴王向主人褴褛里的娃娃发起疯狂的进攻，将婴儿的半边耳轮撕去，又率众挣脱铁链与成年人格斗。在作者的角度，同情所向竟明显地偏朝猴类一方。另一个中篇《伏牛》里，出现了盆地人原始的牛图腾崇拜和有关牛的传说，传说里玉皇大帝规定南阳地界是牧养御牛的地方。初始牛类与地界上人们有过一段关系融洽的历史，牛救助了周族的祖先并帮助人们驱灾避邪。可是，同样出于生存的围困，人类和牛类之间终于爆发一场恶战。与前一篇作品相似，作者透露的是对天人和谐的自然秩序的怀恋，以及对这种秩序的破坏感到的忧虑。两篇作品艺术上颇为圆满，特点是创造了一种亦玄亦真、似实似虚的令人迷惑的混沌色彩，从而打破时空进入冥冥的原初氛围。神话与实际生活的彼此渗透并未留下隔膜，反而使人感到亲近，非理性的感受激活人们遥远的印象。周大新的真实用意在于揭示一个残酷的真相，即封闭状态下人类与自然共同面临的绝境，作品中残疾人与老猴一起上吊、公牛与女人同时下葬的场面就是寓意颇深的细节。荀儿带领一家人告别捕猴生涯，步出密林，则寄托了作者对人们"寻求新生活的勇气和自觉"的希望。

　　"步出密林"亦即"走出盆地"，它是周大新怀着对故土和故乡人民热烈的钟爱与关切之情发出的呼唤，也是凝聚在众多盆地小说中不懈的主题。我们在这些文字中再三看到。前述三则神话中三位女子跌倒继之爬起，爬起继之跌倒，不屈不挠向山外走去的原型幻象般重复显现。重要作品《铁锅》中，这个幻象是一对青年男女，他们立志把祖传的铁锅制造业发展传继下去而不惧磨难，经历日军的杀人毁炉、民团的强征暴敛、"大跃进"的砸锅炼铁、政治运动的游街批斗，主人公初衷未改。作者承认，小说里一次次被打碎又一次次被重铸的铁锅"也是一种象征"，象征了盆地人在灾难打击面前所表现出的巨大的再生能力。

作者仅有的两部长篇小说也用来处理同样的题旨，幻象同样在两部作品中化为中心人物形象。《走出盆地》分为三部，取谐音冠以"一步""二步""三步"之标题，转喻主人公步履的艰难。盆地姑娘邹艾在人生道路上迈出的第一步是学医以及获得机会去当兵，因为"丢了这个出去的机会也许今生就永远出不去了"。在部队她迈出第二步，为永久脱离盆地而不择手段地获得高干子弟的爱情，建立了城市家庭，享受到从未有过的富裕和荣华。第三步上，她成为寡妇又携女迁回家乡，依靠自己的能力创办起医院和药厂，后拒绝了女儿要带她出国的建议，决意留在本地建立世界一流的医疗场所。她也准备将来"出去走走"，但只能是作为事业上的成功者受到国外的正式邀请。小说里主人公的运道画了一个圆又回到原来的起点，完成了情节上周而复始的结构，而作者已通过这一轨迹完成了主人公更高境界的塑造。他是想告诉人们：走出盆地并不意味着逃离盆地，而是面向现代化和走向世界。

这一命题的正面展开体现在更庞大的写作计划之中，系列长篇小说《想望辉煌的世纪》里，作者将通过对一个丝织世家百年沉浮的历史的描绘，表现盆地人缓慢前进的情状，反映盆地人"寻求辉煌的热望和一次又一次遭受挫折的境况"，问世的第一部《有梦不觉夜长》已描述了尚达志之父和尚达志两代人"追求——失败——再追求"的创业史，以后还将继续描述尚达志与尚达志之子两代人的奋斗历程。他将此书"献给生我养我、给过我欢乐也给过我苦痛、给过我荣誉也给过我羞辱、给过我温暖也给过我寒冷的南阳故土"，表明了作者对故乡的历史、现状和未来的非同寻常的关切。公平而论，在当代青年作家中，像周大新这样对改变家乡面貌怀存如此强烈的情结的作者尚不多见，他始终在讲一个故事，一个关于盆地人的古老的愿望的故事，但恰如弗莱引用的那首诗所道出的：

> 有一个故事而且只有一个故事，
> 真真值得你细细地讲述。

这个故事具有更广阔的背景，因为周大新倾尽心血去书写的不仅是南阳人的命运，也是"我们民族"的命运。依他所说："医学家由一人之脏器解剖知人类的身体进化状况和构造，写小说则常通过一地域的人、事描写和透析，而展示人类的生存境况和内外宇宙的广阔。"在他眼里，南阳是中国的一块盆地，中国又何尝不是地球上的一块久经封闭的盆地！正是在这个思维空间上，周大新的盆地意识已与全民族的生存和发展联系起来。

二、魔法与重负

就像传说中所讲述的：盆地人向盆地的边缘走去，盆地的边缘却在后退，使他永远无法逾越……这里魔法的威力没有被夸大，而只是提出一个神秘的预言。多少年来，人们并未走出过盆地，仿佛身上荷有沉重的负担。如果说周大新也困惑于古老预言的效力，那么他的创作的主要意义就在于破译这种无形的魔法。事实上他的思索愈深刻，便愈痛切地感到人们面临的障碍何等严重："我觉出我个人身上背负的东西太沉重，我们国人我们民族身上背负的东西也不轻，以这个负重量朝我们前迈的奋斗目标前进，究竟走多远？能不能保证不再中途停下？保证不再后退？我们中国人作为人类的一部分，究竟能为人类的发展与生存做出多大贡献？我近一时期的作品，大都是围绕这些想法写的。"这就为我们研究他的创作提供了线索。

魔幻现实主义手法的大量运用表明作者接受了一个地域的"神奇的现实"，似乎并不否认命运观念，以及某种超现实力量的存在，但他对现实的考察却是严肃和丝丝入扣的。

黑色的幽灵产生于作者的幻觉，它在盆地小说里时隐时现。当云纬憧憬着幸福的婚姻进入梦乡时，她看见自己向达志奔去，突然"有一个穿黑衣的看不清面孔的人拦在了前边"，用手指向一旁，命她绕路而行。第二天她果真被迫与达志分别（《有梦不觉夜长》）。邹艾从梦里醒来，发现"一个好高的黑影正慢慢向床边移来"，他缓缓抬起磨盘大的手向她和女儿伸去，又顷刻消失。

一个傍晚，黑影在花坛旁再次出现，不久，公公与丈夫就先后去世（《走出盆地》）。银匠父子在梦中见了一团黑云和一只黑鸟，"那黑云慢慢向他的头顶移近，那个黑色的怪物又在那团黑云里现出了身子，只见它啸叫了一声，猛向他扑来"，于是小银匠便命丧黄泉（《银饰》）。这类黑色的幽灵象征了何物？命运还是恶势力？

应该说两者兼而有之，在中国的神话故事中，人的命运总是掌握在恶势力手中，总是由恶势力控制着人的命运。这使我们记起玉皇爷、土地爷、阎王爷的形象，他们拥有至高无上的权力，足以阻止人们翻越山界的企图。相信周大新已在写实内容中将恶势力附身于人间的统治者和手握权柄的人们，因为他们每每要与黑色的幽灵相继出现。作者钟爱的小说人物多为振兴民族实业的实干家，他们苦心经营、励精图强，终抵不得官、兵、匪和各种人祸的一场浩劫，其中尤以官患为甚。这就是盆地人百年里沉沉浮浮、再生不息又遭难不已的历史，我们几乎看不出这种单调的历史比神话故事简单的情节更复杂，但它是真实的过程。纺织业主尚安业积平生经验告诫其子："记住，为工为商，切记不可惹官！"既然界限须划得这样清楚，就注定了此生受尽黑色幽灵的捉弄。秦一可看到邹艾到底没逃脱盆地，又回到他的手心之中，发出了得意的笑声，这笑声又与天庭中的笑声并无二异。邹艾脖子上挂着的护身符是一只桃木刻成的"手"，有掌有指，活脱脱像一只真手，这只手意味着什么在《走出盆地》里未加解释；土埂梦见自己捧着一块大烧饼，急急往家里走，"黑暗中老有一只黑手伸过来，一会把那饼掰走一块，一会掰走一块"，这只手意味什么在《泉涸》中也未加解释；但在《有梦不觉夜长》里却有一段旁证，当云纬眼望蓝天时她想到："难道冥冥之中真有一只手，是他在给每个人划定命运之路？"——可见这只手的意象是命运与权力的双重征象。

周大新超越神话之处在于他能看到"魔鬼就在每个人心中"，反映了他对世界秩序的新的理解。他刻画的一些受害者既可悯亦可悲，他们认识到自己的命运掌握在别人手中之后，便一心要做掌握别人命运的人。栗温保受官家压迫落草为寇，专与官家为敌，一朝大权在握就成为另一代压迫人的官家。邹艾从小晓得当官好，搂住她娘的脖子说："我将来识字多了一定要当官，当了官保证多挣钱，让你享一辈子福！"《伏牛》里西兰幼时也明白做官胜似做事，当伙伴照进表示将来要养很多很多牛时，她立刻接口道："你要养牛，我就当大队长！我要像荞荞她爹管你爹我爹那样管住你，让你听我的话！"——孺口之言，已道出中国文化区别于西方文化的特色，封建观念如遗传性病毒溶进代代人的血液，又何愁世上缺乏少数人对多数人的统治！他们每个人都是受害者，又都是助虐者，人间的法则也就视同为魔鬼的法则。

真正有少量人走出了盆地是在改革开放以后，他们富裕起来，逐步接近了梦寐以求的理想。作者为他们感到欣慰，但也对部分人的行径深怀疑惑。少数人的富裕尚与共同富裕相去甚远，尤其是当部分人将财富化为另一种人间权力，凭借它去剥削、掠夺和奴役多数人时，作者就看到了黑色幽灵的再次显现。在这方面，作品中包含的批判是毫不容情的。《老辙》中费丙成恃财无恐，为所欲为，乘人之危买下青太的房产，又迫使姚盛芳委身于己。作者尖刻写到，街上人们又恢复了旧社会的称呼，尊费丙成为"东家"，而他不过是旧东家强奸他母亲生下的"野种"，鄙薄之意溢于书面。或许我们还应该注意到作者通过情节表达的另一种见解，即道德评价与历史评价的统一：恶未必一定能推动经济的发展，它也可能最终破坏生产力本身。《豫西南有个小盆地》系列小说中一些作品陆续在暗示这一点。《家族》里周家三兄妹撕破人伦亲情的面纱，将"厚黑学"运用于露骨的欺诈与争夺，结果是三败俱伤，三份家业毁于一旦。《怪火》中，"我家"成为首富后，弟弟为富不仁，随意玩弄妇女、草菅人命，终于引来一场"怪火"，烧尽房宅家产。翻回作品开首，那里援引有"我们柳镇"于同治二年、民国十九年、一九五一年和"文革"第三年发生的几起蹊跷的失火事件，事件中富家、匪人、革委会主任等突遭横祸，近在咫尺的清白者却安然无恙。假若说这路"天火"暗合着众人"上天赏罚分明"的观念，那么《泉涸》就更明确地将天意引向古老的传说。传说中周族的祖先在乳地泉旁找到了赖以活下去的土地，经过一百多代的传袭，这块土地竟沦丧于一代逃离土地的农民。此时，传说中的奇景复又出现，泉水涌出几米高的水柱将土地上的工棚冲塌。不仅如此，作者还特意在小说里安排有一只来路不明的黑鹅，巧妙地将它与传说中给祖先带路的黑鹅联系起来，代表了远古的良知。

在这些作品中，天地良心的重新发现正形成集体的默契，谁又敢说这种默契会对生活毫无影响或丝毫不改变其现状呢？周大新用小说的方式破译着束缚人们的魔法，它自然而然地指向集体无意识的复苏，却不是任何理性可以注释的，它只能导致它们产生，随即任其翩然离去。

三、爱情模式与仙女原型

周大新典型的盆地小说主人公通常是位事业上百折不挠的奋斗者，事业上的打击主要来自传统社会和传统观念的压迫，此外—需要补充的是，这种打击往往还要通过爱情上的打击来体现。

我们很难相信，生活里每一个奋斗者都会以牺牲爱情作为代价，但在这些作品里爱情上的牺牲确实是实现主人公奋斗者形象的主要手段，只要考虑到这种精神上的磨难如何强有力地反衬了人物的坚毅性格。《伏牛》中的照进为了使村长刘冠山同意贷款，不惜断绝了与西兰的爱情关系，娶刘冠山的哑女为妻。以后他事业上有了惊人的发展，自己却从未与哑妻同房。《有梦不觉夜长》里，云纬遭到强人绑票时，尚达志与其父为保护祖业不受损失，也忍下巨大痛楚拒付赎金，导致未婚妻他嫁。《走出盆地》中，邹艾为了事业和前途也曾违心地脱离了与开怀的关系，后又狠下心来兼并了开怀的诊所。总之，不少作品中却强调了爱情牺牲的情节，并构成发展人物关系的主线。当然，为了使人物关系统一于主题，作者还需要将爱情线索与事业线索有机地扭合起来，譬如《有梦不觉夜长》：达志的绝情使云纬先后落入官匪手中，爱恨交加的报复心理又促使云纬凭借官匪势力对达志的纺织业施以高压，于是两条线索便集中为一条线索，一石而二鸟，构思上别具匠心。主人公们并非铁石心肠，只是外冷内热、含辱负重而已，无论达志、照进或祖宛（《铁锅》）都将深厚的爱情埋藏心底，唯献身于远大的事业。如达志，平生之愿是"让我们这个受苦受难的羸弱之国，也有身健力壮享受他人尊敬的时辰……"，思想之崇高令人嗟叹。

缘何他（她）们的爱情生活多不圆满？原因之一是他（她）们相中的姑娘太漂亮，或小伙太英俊，容易惹事，招致恶势力和权势者的争夺。要知道世上真正漂亮的姑娘小伙为数不多，他（她）们是激起人们竞争和占有心理、推动社会发展的动力之一。作者在中篇小说《溺》里讲得再清楚不过：主并不允许世上的人尤其是女人都长得漂亮，他必须使这个世界保持某种自然秩序："假若每个男人都会轻易地得到一个美女，那男人们就不会去攀比、去竞争、去追求、去进取，这个世界就会失去一部分活力。"根据同一原理，自古流传下来的神话传说都无意中模仿了这种自然秩序。《有梦不觉夜长》里教育家卓远就特意在梅溪河旁用一则传说劝慰达志：从前南阳唐王膝下有一丑女，一心想寻漂亮小伙为夫，百寻不能遂意。后唐王要她自己坐轿去相，她在凉河旁相中一个叫青溪的小伙，唐王即传令下来招他为婿。青溪本与腊梅姑娘相爱，两人绝望之下相抱投河自尽。以后，这河便更名为梅溪河。

所以，当达志或别的什么平民同时怀有事业和美女两个目标时，他就迟早要面临选择，二者必舍其一。作品中盆地人对此称之为老天或主所规定的"平衡法则"。于达志来讲，"你在这一方面失去，可能会在另一方面获得，你将来也许会在事业上有一番大的造就，成为一国之中有名的丝织业主"；于邹艾来讲，人"两辈子一个轮回，苦辣酸甜都是一个定数，上辈子哪样享得多了，这辈子就享得少"，对于"我"（《溺》）来说，虽然被主暂时委屈了，但主"以后也许会给你补偿，主是公平的"。平民们承认了平衡法则，也就不得已在爱情上做出割让。

不过，从文学的角度上观察，作者乐于构置爱情上的悲欢离合恐怕还出于提高作品情感力度的考虑。文学艺术是人类情感的符号，爱情悲剧又几乎是所有情感形式中最富于感染性的一种，故此历来为传统派作家所偏爱。读者移情于小说中青年男女的相恋，悲憾于他们的生离死别，进而把愤懑指向不公正的社会现象，千百年来多少文艺作品沿用这一模式寄托了严肃的主题。特别在中国神话故事中，我们看到相近的思维定势的无数翻版，牛郎与织女、董永与七仙女、杞梁与孟姜女、梁山伯与祝英台，乃至前述有关盆地的几种传说。倘若这类故事都有美满的结局，也就很难传颂至今。编故事的人肯定受到同一类潜意识心理的驱动，周大新亦然。

使心爱的人由别人侵犯、占有，刺激莫大于斯，这种表达情感的方式自

《汉家女》和《香魂女》始已有之。汉家女过去和将来都不会属于那个年轻的突击队员，却宽恕了对方偷看洗澡并恳献贞节。郜二嫂属于自己的丈夫，但与实忠偷情又理解了儿媳的处境。姚盛芳被迫在另一个男人面前展现肌肤，秋芋当着未婚夫被日本兵挑开胸襟，碧兰夫人与少恒在树丛里交欢，西兰撞见刘冠山玩弄娘的乳房，更不必说邹艾、云纬的经历。即使是振平与荀荀嫂嫂并无瓜葛，也还是让他窥见"一大截暄白的胸脯"。周大新的作品必然揭示了某种隐蔽较深的从黑暗地带升腾起来的人类原始的欲望，这类欲望在阶级社会和现代小说中同时扮演着双重角色。在文明的禁忌下，一方面是以侵犯和占有他人的妻子为莫大的满足，一方面是以自己的女人被他人侵犯和占有为莫大的耻辱，从中演绎出种种强烈的激发和折磨人们情绪的故事。这也是从神话到小说的移位。

应该说周大新更善于描写女性，特别对女性的心理刻画入微。一般而论，女性形象本是他创作中最为成功的形象。作者自己也能意识到这一点，写到《有梦不觉夜长》时，意欲作些调整："不想再写妇女的命运"，而主要写"三个男人的追求"。但这部长篇新作中最动人的角色仍然首推云纬，尽管男人们的塑造也很成功。

由于作品中爱情线索的重要地位；由于作品中女性连接着男人与男人、男人与男人的事业；由于作品中女性成为男人与男人间争夺和牺牲的对象，女性始终处于矛盾的中心并得以充分地展示。可是我们还需要着重分析周大新作品中女性本身的性质，她的真正含义。

整体创作上，女性的精神常常代表着人类原始的生命力，而男性的状态则往往反映了原始人性的丧失和生命力的萎缩，这是女性形象较之男性形象更具魅力的最后原因。

我们已经了解，周大新笔下的女性与男性对待爱情的态度是截然不同的，前者热烈，后者暧昧，前者坚定，后者动摇，前者以全部身心去拥抱爱情，后者只肯在爱情方面作有限的投入。这种区别在《有梦不觉夜长》里表现得颇为具体。云纬嫁给达志本是有难处的，为此她不得不忍心使老娘孤身度日，经过激烈的思想斗争，她还是不能克制对美好感情的追求，在娘的应允下实践了自己的愿望。她对达志表白心迹时说："我要做不孝女了，为了你，我什么都舍了，连娘也舍了……你日后为了我，也会把什么都舍了吗？"尚达志刚刚发过誓，想起爹的脸，便"无端地打了个寒噤"——其实他是做不到的。果然，后来的关键时刻他在祖业和云纬之间无奈地舍弃了后者，说出"家产要紧"的话。爱情与性爱本是人类延续种族的基本动力，是人类感性生命力的集中体现。达志与云纬的根本差距，就在于达志缺乏感性生命的冲动。照进、开怀和祖宛都差不多。

达志能够牺牲爱情，是由于他完全接受了封建社会正统文化的教育，云纬娘作为女性比女儿更能看穿这位未来的女婿："世上可以让男人爱的东西，除了女人之外，还有好多别的，比如权势、金钱、家族的荣誉、世人的尊敬等等，很少有男人一辈子都把心思用在爱一个女人上。"尚安业对儿子的教诲更为直截了当："大丈夫当时时明白，人活在世上，要紧的是通过自己创立家业的成功去获得世人的尊敬。""成婚是喜事，但与振兴祖业相比，不是大事！"达志对此不敢怀有异议。他尽力培育自己的理智，从卓远那里学来抑制天性的道理："不论是男人还是女人，在去爱时都应保持有一定的理智，不能全凭感情，感情这东西有热度，过浓的感情容易腾成火苗，那火苗是会烧毁东西的。""一个男人，如果仅为了一个女人，甘愿把别的一切都抛掉，他会获得世人的惊叹甚至赞叹，但他获得不了我的尊敬！"这位达志真的没有辜负众人的期望，终于从对爱人的怀恋和对叛卖妻子的内疚中解脱出来，全心全意投入到发展丝织产业的事业中去。于是，一个被阉割了男人本质的又冒充另一种男人气概出现的中国男人形象便展览在读者面前，其英雄壮举大部分是靠牺牲一个托付终身的弱女子、将老婆奉献给权势者实现的，其理论根据便是"平衡法则"：当事业与爱情不可兼得时，一个男人应该有勇气为了民族和国家的更高利益舍弃个人的幸福。

我们的确很尊敬这种精神，无论如何它鲜明地表达出盆地人执意走出盆地的奋斗信念，然而我们不会忘记，作者更深沉的思考在于指出"我们国人我们民族身上背负的东西"，这意味着作者不想简单地颂扬盆地人奋斗沉浮的历史，而要挖掘他们未竟目标的原委，这原委难免也会归溯到奋斗者自身的弱点。问题在于，一个患有阳痿症的拓进者是否在丢掉老婆以后便丢掉了"身上背负的东西"。

事实上也许刚好相反，恰如弗洛伊德提出的意见："一个人若能对其爱欲对象锲而不舍，我们便不难相信他在追求别的什么东西时，也一样能成功。反过来说，不管为了什么，一个人若禁绝其性本能的满足，他的人生态度便难免和易谦让，不能积极地去获取。"尚达志父子奋斗、失败、再奋斗、再失败的经历准确地印证了这一观点。他们何止在女人问题上忍了，在发展事业的种种问题上都忍了，"忍"字是尚安业直到临终还谆谆训导儿子的人生信条。在各种恶势力的盘剥、敲诈、侮辱、掠夺面前，他们唯唯诺诺，唯命是从，且冠之为"当忍则忍""不能忍者不能成大事"，其实"大事"又何曾成就！他们所忍耐的倒本来是大事，是忍耐落后制度的统治，忍耐中国的实业被窒息的社会环境，也是忍耐盆地的生存状态。这些男人使我们看到一个民族人种退化的历史。

与他们不同，周大新笔下的女性则大都敢爱敢恨，从不肯轻易被封建文化思想束缚自己的情感。当达志竭力淡忘云纬时，云纬一时一刻不曾放弃对达志的报复，这报复与其说出于恨，毋宁说出于爱。当达志对官匪忍气吞声时，倒是这个弱女子在尽微薄之力惩罚着黑暗势力。郜二嫂冒天下之大不韪与心上人私通，碧兰夫人不惜降低身份主动与小银匠幽会，即使相貌奇丑的"我"（《溺》）也不顾世人的嘲弄去追求女人自身的价值。这些证明着她们保留了人之成为人的最后一点原始的人性，而没有被囚禁人性的"文明"彻底异化。令人惊异的是，这种原始的人性在作者特意设置的情境中被考察得更为细腻：当男人们残酷地毫无人性地对待那些来自原始森林的动物们时，女人却表现出在爱与憎的感情流露上更接近于动物而不是她们的同类。

既是如此，盆地里事业上真正的强者就反而常常是女性，例如邹艾、荀儿、郜二嫂和秋芋，作者曾恰如其分地对秋芋的形象作出评说："女主人公是一种爱的化身，在这个普通的女子身上，我寄寓了我对爱的全部理解和发现。"那是"一直留存在我们每个人血液中的那种对亲人、对故土、对祖国的真挚的爱，是我们民族凝聚力的根源，追溯并指出这种根源是一件很有意义也很值得做的事"。女性们心中充满的爱，的确是支持她们越过男人的疆土走出盆地的无尽力量。

于是我们便又回复到那三则古老的神话。三个故事中，走出盆地的正是三位女性。——初始是她们肯先打破禁锢，大胆主动地向男子表达爱慕之意，她们宁可触犯天条也不肯为其他什么交换爱情。以后，也正是由于她们首先赢得了爱，才敢于公开向统治势力挑战，为着生存的事业继续奋斗，坚韧不拔地走下去，直到化为河水奔出盆地。而此时，男人们的作用未被提及。

也许"织女"云纬原本就被作者想象为仙女，"达志"的达志不过是一种反讽。

水，在盆地神话中是真正滋润大地并带来生机的力量，凡与水有关的传说都与女子有关，"哥是春苗居高山，妹是泉水流深涧"（《步出密林》），"男人要是土，女人就是水"（《走出盆地》），女子投塘而带来的香魂水，也成为造福后世的源泉（《香魂女》）。所以，有关盆地的原始意象中早已有女性崇拜的痕迹，由来如何则无从考证。

这里也是我们读周大新小说时难辨真意之处，实际上他认为"尽管男人们一个个耀武扬威不可一世，但他们最终要回到女人的身边，女人才是凝聚这个世界的核心"。——这句话他绝不说给读者听。

——周大新的盆地小说并非伟大的作品，但一切伟大的作品都含有神话的因素。现代文明社会在经济上取得巨大进步，而竞争和与之相伴随的潜在敌意已渗透进所有人类关系。人们不得不承受焦灼的压力，个人不得不与他真正的自我相离异，直至疏远人类原始的人性和本质。神话在文学上的复归便标志着人类企图重新寻找和恢复自我本性的努力。在这个意义上，周大新的风格或许更贴近于现代人的普遍心理，他的尝试是有价值的。

——文学的内容是无限的，文学的感染则相对有限，它只能根源于人性深处与生俱来的情感形式，根据于人类文化心理积淀的有限模式，这些形式和模式不能被清楚描绘，但在千古流传的神话、传说、仪式、民谣等中保留了它们的基本原型，发现和显现这些原型则是作家的任务。在这个意义上，周大新的尝试也是有价值的。

原载《文学评论》1994年第5期

寻找女人

——周大新小说创作的潜在精神向度

梅蕙兰

在周大新的小说创作中，有一个不容忽视的重要现象，就是他善于写女人，也长于写女人。他笔下的女人，无论是主角、配角、用墨多少，也无论是他精心刻画的，还是大致勾勒的，大都能有灵有魂、栩栩如生，以真情、真性吸引人、感动人。如今，从他笔下走出来的女人已经形成了一个色彩斑斓的人物系列，一个带有地域与时代色彩和文化意味的形象群体。

可以说，女人，在周大新的文学创作中，已经构成了一个不变的话语中心，已经占据了一个永远的主角地位，无论他承认与否，对于女人生命力量、生存困境、心理情愫、命运历史的探寻追求，实际是他观察与把握社会、历史、人性并进入文学创作的一个视角与切入点，也是他创作精神上的一种潜在动力与文化追求。他在不经意间已经把自己的灵智、思考、情感、希望都寄托在了他笔下的那些女人身上，并由她们引领着他在艺术境界中开拓与升腾。因此，分析与研究周大新笔下的文性世界，也许能比较准确地索解与阐释其创作的奥秘与意义。

一

　　周大新的作品展示给我们的是一个男女失衡的两性世界，在他设置的家
庭关系、社会结构中，男人们大都不能奉献坚实的肩膀和支撑风雨的手臂。他
们往往萎缩病态、自私可怜、孱弱不忠，往往在关键时刻无情无义地抛弃女人
并以贫穷或成就事业为理由推卸责任。而女人们则大都是家庭与社会变革的活
水、动力与精神支柱，是真正的生活强者。她们往往善良、炽热、有同情心、
富人情味；也往往比男人更具有家庭和社会的责任感，有不屈不挠的意志与忍
辱负重的自我牺牲精神。

　　因此，无论从内在的情感精神上，还是从外在的社会形象上，男人都不能
与女人相比相匹。郜二嫂的丈夫郜二东是个身心都残疾的废人，根本撑不起他
的家，只知道听戏打牌，郜二嫂不仅担起了家庭的全部重任，而且办起了香油
坊，吸引了日本人的投资。一面隐忍着情欲的焦渴与屈辱的人格折磨，一面又
在社会上顶天立地，干着轰轰烈烈的事业（《香魂塘畔的香油坊》）。苟儿的
丈夫沙高是个眼界狭小、唯利是图、缺乏人情与人性的小人。他只愿以玩猴为
业固守旧的生活模式，甚至为了赚钱，无视人的尊严人格，不惜让为他逮猴致
残的剑平与猴打斗。而苟儿却是他们家庭中最早的觉醒者与改革者，她不仅决
然地买来面粉机向旧的生活方式告别，而且敢于把维系他们全家生活希望的一
群猴子全部放掉，以柔弱的女性身躯，承受着丈夫愤怒的皮鞭。同时，苟儿也
是一个极富人情深度的现代人。她对剑平的悉心照顾与人格尊重，把猴们重新
还给大自然恢复其自由的生活，既显示了她天性中的仁慈与宽厚，又表现出了
现代人的人道主义精神（《步出密林》）。邹艾的丈夫是个性格抑郁内向、依
赖父亲地位生活的弱者。父亲的猝死使他失去了精神上的靠山，又忍受不了世
态的炎凉，绝望自杀。而邹艾却能够自强自立，从命运的深渊中奋然爬起，屈
辱地回到故乡，重新追求自己的事业，建起了"康宁诊所"，并发展为相当规
模的"康宁医院"（《走出盆地》）。碧兰的丈夫吕道景（《银饰》）是个心
理变态的畸形人，不仅不能在情欲上满足碧兰，理解她的苦衷与正常的人性，
而且从物质上不断地榨取她，并以了解她的私情在精神上威吓她，要挟她，最

后终于致碧兰与银匠父子于死地。《溺》中的吴家三姑娘第一个丈夫汪世通是个流氓无赖之徒，骗了她家的金钱陪嫁，并不给她以妻子的地位。第二个丈夫是个没有生活能力的文弱之人，由得到她的救命之恩并依赖她生存与她结合，但当羽翼丰满依靠她的小饭店养壮了自己之后，就开始背弃她而移情于别人。《老辙》中的姚盛芳的丈夫因车祸卧病在床，姚盛芳一个弱女子担当起全家的生活与为丈夫看病的重担，承受着逼债的窘境与危机，但面对新东家费丙成的调情与诱惑却给予严正的鄙视和拒斥。最后为还清债务虽同意卖身，仍旧凛然难犯，不失节气，在精神上彻底打败了费丙成，使他从此大病不起，一蹶不振。《铁锅》中的秋芊为了恋人郝祖宛家制锅业的兴办，不惜卖身挣钱，毁坏一个姑娘最宝贵的贞洁与名誉，但郝祖宛并没有保护她，而是迫于家庭的压力离家出走，几十年杳无音信。《伏牛》中西兰的恋人照进虽事业有成也实施了自己的报复计划，但却伤害了两个女人，也造成了自己情感与事业的分裂，人格上的残缺低下。就连做了地区副专员的廖怀宝（《向上的台阶》），之所以能一个台阶一个台阶向上爬也是以牺牲女人为代价的，开始为了副镇长的职位，抛弃了把爱情与贞洁都献给他的恋人妁妁；继而为保全自己的身家性命又丢掉了妻子、女儿，置妻子于造反派头目的追逐暗算不顾，使其堕入火坑。最后又选择小雨作妻子，也是由于其哥在省里工作，能在官场上给他作后台与靠山，能为他今后的晋升提拔铺平道路。

总之，在周大新的大部分作品中，男人们不是一种在场的空缺，就是一件活道具，抑或是一副没有灵魂与生命的躯壳，一种自私卑劣不忠不义的小人。而女性世界则绿意盎然充满生机与希望。周大新不受一切陈旧观念的拘囿，钟情于女人，理解女人，偏爱女人，毫不留情地剖示了男性世界的虚弱苍白，揭示了女人在家庭里与社会上孤立无援的地位和处境。她们从来就没有受到过男人的保护、丈夫的荫庇，而是独立地担当着自己的一切。男人们看重的是她们的外表与性别，并不尊重她们的感情与人格。在家庭中她们要么是浮载着丈夫漂流的帆船，要么是丈夫成就事业的铺路石。因此，这些女人无论处在什么样的人生际遇中都是可亲可爱的；无论具有怎样的不轨举动都是无可指责的。即使地主裴仲公的女儿妁妁，地头蛇村长刘冠山的哑女荞荞都是善良多情、深明大义的，就连郜二嫂、碧兰、邹艾的偷情都是符合人性人道的；秋芋、姚盛芳的卖身也是自尊自爱、人格高洁的。周大新摒弃了一切道德的观念，从人性出发，揭示了特定生存环境中生命欲望的合理性，为女性的人格作了辩护。环环对婆婆说"你这一辈也不容易"，分明也是作者对郜二嫂不正常性爱关系的理解、宽容与认同，就连汉家女对即将上前线小战士的动情安抚，也写成纯洁的、毫无私情的一种人性理解与人类大爱，都充分表明了周大新在人性的深层中对女性情感世界的一种知性理解与审美把握。

男女两性在情感领域的失衡也导致了他们自我价值、社会形象的不同，生活命运、生命质量的不同。周大新常常在"贫穷"中使他们显出人格真相，贫穷使女人显出了赤诚与胆气，显出了可爱与创造力，却往往使男人变得可恶可恨，弱质无能，女人们并没有意识到要有自己的事业，并没有追求自身价值的自觉，但在穷困的逼迫下，无意之间都有一番追求，一番奋斗，在感情的付出中得到事业的成功。而男人则只能在忘恩负义的人性蜕变中成就事业。他们以不同的情感代价参与了社会与历史，书写了自己的形象与命运。也由于女人们真诚的爱，宝贵的情，终未受到男人的尊重，得到同等的回报而注定了她们要落入到一种感情悲剧与命运悲剧之中，但与此同时，在这悲剧的大地上却高扬着一种生命的最强音，超拔出了一种积极向上的人类精神。因为，只有承受过大的苦难，人生才能丰富厚重，只有爆发过激情的生命，才能催生出活力与韧性。周大新笔下的这些女人经历过苦难，抗拒过命运，品尝过爱情的苦果，所以无论从生存层面还是从精神层面上说，她们都高出了男人许多，为女性世界增添了光彩，增加了砝码和重量。

二

说到底，周大新笔下的女人，大都是乡土的豫西南盆地里的女人，是经历过一个打倒封建传统的时代而并未走进现代社会的历史夹缝中的女人。

由于他们生长在乡土之中，缺乏文化的教化，文明的濡染，而更多地带着乡村世风的温情与质朴，更少地受到传统文化"三从四德"等封建观念的束缚，这使她们在情感表达上勇敢直率，没有文化的禁忌，没有文明的修饰，没有虚伪，没有矫情。她们对男人的牺牲奉献不是出于"原罪"意识，而是情感欲求的一种自我表达，生命激情的一种自然喷发。与城市女人相比，她们最大的长处就是活得真实、真诚，忠于自己的内心，敢于表露自己的生存欲望与自然天性，有一种古朴的原生的生命活力。与文化女人相比，她们没有缥缈的幻想与浪漫的诗情，没有高雅的志趣与多色调的追求，没有悲天悯人的情怀与深沉悠远的冥思。她们把脚踏在现实生活的大地上，实实在在一步一个脚印地向前走，而不好高骛远，不追求超世俗的精神享受，没有那种理性的自觉与精神上的超越，只知道人生要一个台阶一个台阶地向上走，使生活更好一些，生存更容易些。这是一种自然本真的生命状态与本能地改变自己生活命运的生存方式，也是一种蕴藏着人性能量与积极意义的世俗人生。

由于她们是乡土的盆地的女人也就必然地带有乡土的局限、农民的劣根性。尽管她们都有明显的走出盆地改变自身命运的意识与追求，但大山隔断了她们的视线，阻挡了她们走向山外的脚步。小农的生产生活方式限制了她们的眼界，弱化了她们创造新生活的能量。这使她们的人生不得不在一种求生存的层面下展示，她们对命运的抗争也不能不是一种执着而顽强的生存欲望、生存本能的表现。于是她们往往为摆脱生存困境而寻找变革的契机，苦心谋划设计，甚至为达到自己的目的常常不择手段、不讲方式、违背情理。汉家女为了走出盆地改变自己吃黑馍的生活现状，不惜用要赖和威胁的手法，拿自己一个姑娘的贞洁与名誉下赌注。邹艾为了进入高层干部家庭，改变自己卑下的地位身份，不惜拿爱情下赌注，精心设计圈套让巩副司令的儿子巩厚一步步地上钩就范。郜二嫂为了让环环姑娘嫁给她的傻儿子，先设计把环环与她的情人拆散，然后又怂恿信用社到她家催款逼债，自己深受没有爱情的婚姻之苦尚不觉悟，还要违背人情人性地再让环环重蹈她的覆辙。由于缺乏文化素养，她们往往用一种朴素的衡量事物的标准处事做人而缺少思考与理智。她们的纯朴善良与同情心这时候又表现得粗陋、简单、感情用事。汉家女在同情心的驱使下，居然弄虚作假，代替别人应付上级的计划生育检查。在战场上救护伤员能吃苦耐劳、无私奉献并在记者采访时不顺风使舵虚伪地拔高自己，但在领慰问品时却显得斤斤计较，毫无谦让，而且为了自己复员走关系还偷偷拿走了两条烟。她们毕竟是大山里的世俗的女人，本能的求生存的生活方式使她们对自身幸福的追求有时候显得狭隘，天性中的敏感显出琐细，对人格尊严的维护又表现为一种恶意的报复。邹艾为了报复金慧珍对她的鄙视，不动声色地夺走了金慧珍的恋人巩厚并以进入高层干部家庭能掌握别人的命运显示自己的权力尊严而自得自娱。《伏牛》中的西兰对于照进那种耿耿于怀的恨与不顾一切的报复也是由于照进背弃了她的爱，爱不成便生恨是一种气量狭小自私的爱，虽不甘于传统意义上女性被选择被抛弃的地位，也不曾达到一种精神上的畅明与豁达，缺少现代人的理解与宽容。周大新在充分地写出女人们强者性格的同时，并没有忽视对她们农民意识、女性弱点的剖露，对她们复杂心态多面人格的展示。尤其是他常常把笔深入到女人最隐秘的欲望底层，摆开情欲所酿造的生命难局与永恒困境，刻画女性心理情绪的变化与人格火光的闪现。碧兰在抑制与放纵情欲上的矛盾、徘徊以至于最后抛却一切的勇敢追求都既写出了人性的魅力与巨大力量，又写出了碧兰真实的心灵轨迹与被人性照亮的性格发展过程。三姑娘因相貌丑陋不被男性接受，甚至不被父母接受的屈辱给她带来的心理打击几欲使她决绝于世，最后倔强地活下来并寻找比她更丑的男人以证明自己的生存价值，既写出了三姑娘从对美的追求到对丑的寻找的心灵嬗变与人性压抑，又表现了她不屈的性格与自尊的人格。郜二嫂因偷情被媳妇发现后的变态反常，有一种被剥光的尴尬与精神上的轰然倒塌的感觉，由于环环对她的理解使她在感激中思索，僵硬的心灵中开始涌动人性的春水，最后主动提出让环环与她儿子解除婚约，这种明显的心理、态度的变化都写得既微妙生动，又合乎情理，有一种洞穿人心的艺术力量。

　　总之，周大新把这些乡土的盆地的女人置于各种各样的人生际遇与生活场景中，置于突然的家庭变故、情感断裂与命定的苦难中，来展示她们不同形式的生存困境与共同的悲剧命运。漂亮文静的淑女型女人碧兰处身于知府大人之家，可谓是荣华富贵，丈夫却是个有变态心理的畸形人，情欲的煎熬与森严的家规终使她陷入悲剧的命运。相貌丑陋的三姑娘无论她怎样地自尊倔强都不能改变丑给她带来的人生绝境，无论她怎样地忠情于男人都不能被认可被接受，丑对于男人来说算不了什么，对于女人却是一种毁灭性的打击。主意正、心胸大的郜二嫂能与日本人合资开油坊，却偏偏遇上一个身心残疾的丈夫而迫使她过着半人半鬼的生活。有追求、有心计的邹艾想依靠丈夫的家庭改变自己的地位，却偏偏公公猝死、丈夫自杀，使她又跌入了命运的深谷。自尊自爱的姚盛芳却偏偏遭遇突然的车祸使丈夫卧病在床、债主上门威逼而不得不去忍受费丙成的糟践侮辱。周大新从各种人生角度探索和追寻着女人的命运，揭示出一个近乎残酷的生活现象：在女人的生活道路上总是布满了荆棘，长满了蒺藜，女人的生存比男人更艰难，更富于悲剧色彩。其实这不仅是乡土盆地女人的生存现状，也是整个女性世界的生存现状，是女人们的共同命运。

<h2 style="text-align:center">三</h2>

　　应该说，周大新笔下的乡土的盆地的女人是从他心灵中走出来的，是从他自身的文化结构、审美感知、生活观念、情感模式中走出来的。

　　一切文学形象都是作家心灵创造、文化积淀的产物。在周大新的作品与人物身上，明显地有一种传统文化的基因与文学内在精神的流动，有一种现代意识与人格精神的闪光。本来中国的传统文化是一种以男性为中心的文化，是一种把女人贬抑到男人的附属地位让女人为男人奉献牺牲的文化。但女人的这种文化定位在文人的笔下，尤其在神话传说、民间故事中却发生了一种变化与飞跃。为了强化固定男人的主角地位，女人对男人的奉献牺牲总是被渲染、夸张、敷衍、演绎。于是经过浪漫想象加工过的女性形象开始飞扬起来、生动起来、明亮起来，具有了强者的性格与英雄的色彩。她们总是聪明过人，忠烈刚毅，有胆有识，足智多谋。这样歪打正着，女人的文化定位在这里开始了位移，她们便以英雄的身份进入了文学，以主角的地位进入了男性的生命之中，这样就产生出了像花木兰、穆桂英、白素贞、孟丽君之类的古典女强人形象，创造出了女人从天而降，从龙宫而出，去斗魔法、除恶人，去水漫金山，去盗仙草，去解救被吓昏或蒙冤受屈的男人的东方故事模式，并进一步演绎成为公子落难、小姐搭救以身相许一类的文学模式。这样男人们便以一种弱文人的形象流传下来，木讷书生，多情公子，手无缚鸡之力，昏倒于月影花丛中等待着非凡女子的相助解救。作为一种文化载体的文学形象在创造与生成的过程中不知不觉地发生了意义的反转，解构与削弱了原本的动机与目的，以形象自身的力量校正了文化的偏颇，并长期流传下来，接续了上古神话中女娲抟土造人创造生命，炼五彩石补天，支撑世界的文化渊源与女性形象原型，形成了传统文化中一支奇特的精神脉系。

无疑，生长在南阳盆地的周大新更多地接受吸纳了这种文学形象、神话传说、民间故事的营养，受到了这种文学精神的影响。他曾说："故乡盛产故事，差不多每人都能讲一串串的故事。在母亲的膝头上，在生产队的牛屋里，在飘着麦香的田头上，在夏夜纳凉的竹席上，我从乡亲们口中听来了无数个童话故事、神话故事、鬼怪故事和现实生活故事。"在贫穷闭塞、文化落后的环境中，往往保存着更多的原始形态的人类文化与民间文化，特别是那种带有神奇色彩的文学故事。而讲与听这些故事又是人们最丰富多彩、最奢侈惬意的娱乐方式与精神享受。正是这些故事给周大新提供了最初的文学天地，并使他保存了对女人的形象记忆、审美感知与社会角色期待，开启了他对女人生命价值的文化关注与心理追寻，奠定了他文学创作的人物结构与形象原型。因此，他总能在作品中表现出女人的生命能量与主角地位，总是把她们塑造成与命运抗争的有意志、有追求的强者形象。在长篇小说《走出盆地》中创造出了邹艾这个历经挫折而不衰的女性形象，由她之口表达出周大新自己对女人的价值认定："男人要是土，女人就是水，没有水，土就会干裂成粉，就会被风吹走，就会寸草不生，就会毫无用处。"并从女人是"水"的意象中生发创造出了三则神话，计天上、地下、阎王殿里的三位女子倾心于小伙子南阳，担负起到山外寻找吃的、穿的、住的，即寻找新生活的重任。她们跌倒爬起，不屈不挠，最终都扑倒在地变成了白河、唐河、湍河水，不可阻挡地奔出了南阳盆地。很明显，这水滋养着大地，充满着活力，是生命一时一刻也不能缺少的流动的血脉，也是我们民族赖以生存与发展的精神内驱力的象征。周大新在女人的生命中寻找到了我们民族的生命活力与内在的精神血脉。女人在这里已经变成了一种精神的载体，一种从具象到抽象的生生不息地走向世界的生命力量。

周大新不仅以他的作品人物告诉我们，在生命与文学的底层始终存在着以女性为主角的神话与文化。而且通过他的作品传达出了一种现代社会心理对女性的角色期待与人格塑造，传达出了一个男性作家对女人生命的感悟与价值意义的发现；传达出了现代男性对女性世界的殷切探索与认知深度。女性是世界的二分之一，是和男性对称的一极。女人是男人的一半，是男性最接近的生物。男人们的成功与辉煌在获得自我的满足、社会承认的同时，也要由女人来认可与验证。女人也毕竟是男人情感的一种归属与停泊地，她们不仅滋养着男性，也是男人们征服世界，创造奇迹的一种动力。为了获得优秀女人的欣赏、倾心与爱慕，男人们不能不去拼搏奋斗。周大新在作品中曾明白地表述过一类的思想。其实，从现代意义与人性深层上讲，任何男性都不需要一个依附品，一个无知无能女人；而是需要一个对等的人，一个能理解自己，能向她倾诉心灵悲哀的人，一个能支撑他的精神并使他获得人类经验另一半的人。任何男性都不希望女人赘着他的衣角成为他生活的重负与羁绊，而希望女人与他一道前进。因而根深蒂固的女性规范并非现代男性所需要的。周大新把文学的主角让位给女人，把求生存的希望给予女人，把开创新局面的历史责任赋予女人，这本身就是对软弱苍白的男性世界不满与鞭挞；也是对男性世界提高生命质量与人格品位的一种敦促，更是对以男性为中心的男权文化的一种主动放弃。尽管现代的女性作家用自己的心理体验与文学创造表达着自己的社会价值与生命意义，向男性世界申辩证明着女性的魅力与文学地位，但拆除男权文化的高墙，使女性彻底地解放并以本来的面目进入文学世界，终需要男女两性的同心配合、努力作战。应该说，周大新的创作表达了现代男性世界对女人的文化关注，是现代男性认识女性世界并与之正常对话的一种文学表达，是沟通男女两性，寻找文化对称和谐的一种文学努力。

　　愿周大新的创作在对女性世界的探索中达到更新更高的境地。我们热切地期待着。

原载《中州学刊》1995年第6期

论周大新小说的人物形象内涵

程　玥

　　周大新从1982年开始发表小说，十数年来，他的创作由短篇扩展到中篇、长篇，由军营扩展到更为广阔的社会生活领域，由现实题材扩展到历史题材，构筑起了一个引人注目的艺术世界。审视这些作品不难发现，作家对人物性格复杂性的关注、透视、开掘，是一以贯之的。可以说，通过对形形色色的人物性格塑造去揭示生活的繁复纷纭，正是周大新小说创作的一个突出特色。

一

　　创作初期，周大新虽以《街路一里长》《"黄埔"五期》等作品引起了文坛的注意，但更为鲜明地体现其创作特色的无疑还是稍后的《汉家女》《小诊所》等。这两个短篇在透过庸常甚至是琐碎的生活展示人物性格的复杂性方面，称得上具有独到之妙。《汉家女》写的是一个部队医院的护士长从参军到赴前线参战直至牺牲的故事。女主人的塑造完全不靠类似的英雄色彩去涂抹，只是用几个近乎细碎的生活片段进行素描，便于平凡乃至平庸中见真情。汉家女的所作所为始终是极富个性的，这个既无权又无钱的普通农村女子，居然靠着指责加恐吓接兵人的方式穿上了军装，办法虽然不怎么光明正大，却显示了她改变人生命运的刚强和对不正之风的愤恨和蔑视；入伍后，身为医务工作者的她居然又帮助别人违反计划生育政策，事情虽然做得不对，受到了处分，不无愚昧，但见率真……汉家女的一切就是如此平凡却又与众不同，包括她的牺牲也是身在战场却不是因为战争而是因为车祸。作品这样描绘，便在平淡的人生旅途上凸现了人物的奇崛性格，这在同类题材的创作中可以说是很不多见的。《小诊所》笔触所及，更是曲折跌宕，余韵袅袅。它通过部队复员的卫生员岑子的眼睛来看杏儿哥的小诊所里发生的一系列生活琐事。刚刚过去的那场战争，尤其是战友们在战场上舍己为人的牺牲精神，在岑子的心目中留下了难以磨灭的记忆，他时时刻刻以这样的记忆为标尺来衡量杏儿哥的精于算计甚至是损人利己的生意经，心理上无论如何难以接受，处在矛盾失衡的状态之中，这里触及的是商品经济与传统道德之间的失调及其引发的心灵的苦恼。值得注意的是，作品并未停留在这样的价值判断上，而是既写出了杏儿哥的斤斤计较蝇头小利，又写出了他在别人家起火时奋勇相救身负重伤的义举，使在国人心态中尖锐对立的"义"和"利"浑然统一于一个人物的身上，从而赋予这个人物以复杂的性格。

1987年，周大新发表了中篇小说《走廊》和《铜戟》，作品的规模体式当然是增大了，但其立意和思路却依旧是在表现复杂性格中的人性美。关于这一点，可以在《走廊》中塑造得最好的人物形象景凌耀身上看得非常清楚。这部中篇围绕着云南前线我军某一阵地的失而复得展开故事，作品将师长景凌耀放置在各种矛盾的交织点上，进行了突出的刻画。阵地失守的消息传来，"景凌耀咚一下感到心脏停跳了，一团金星在眼前升起。失守了？失败了！我打了败仗？我怎么会打败仗？我怎么能打败仗？"景凌耀仿佛看到许多关心自己的人在摇头叹息，许多戒备自己的人在撇嘴讪笑。这里面固然有责任心和荣誉感，但显然也有不冷静的失态和患得患失的偏狭。就是在这种失常的情绪控制和支配之下，景凌耀才未能听进战友们正确的诤言，而相信了个别人看似支持自己的偏见，他用强迫命令的方式逼迫部队进行反击，结果只能是造成了更大的牺牲。然而，正是这更大的牺牲和对战友的爱使景凌耀幡然醒悟，他反省了自己指挥的失误和性格上的弱点，并知过必改，亲临前沿冒着生命危险进行侦察，经过周密部署，终于率领部队夺回了失去的阵地。按照"三突出"的创作模式，此人不是那种理想的"高大全"，但从现实生活的角度看，倒愈见其高大。

二

从80年代末期开始，周大新的小说创作主要转入了中篇和长篇，风格也由轻灵精巧逐渐趋向于沉厚舒重。他灵动朴实的叙述开始进入更为广阔复杂的人生领域，由于常常把人的命运同时代的风云变幻紧密地联结起来，故作品对人物性格的刻画和展示也就更为细腻深刻，更加具有丰厚的历史感了。足以代表这种创作特色的作品，可以提到《紫雾》《伏牛》《走出盆地》《有梦不觉夜长》《向上的台阶》等等。

《紫雾》以河南邓州某镇的历史变迁为背景，描写了这里的周、龚两姓数代人之间的恩恩怨怨，表面看来两家人似乎水火不容，但在人性偏执狭隘上的共同弱点却使他们轮番遭遇着性质上并无二致的悲剧，或周沉龚浮，或周浮龚沉，他们都似乎是在一种可怕而又可悲的宿命中翻滚煎熬。《伏牛》写的是一男二女之间的感情纠葛，三个人自幼一起长大，关系纯洁朴实、天真无邪，但随着年龄的增长，尤其是某种社会习惯势力的浸染，他们的心灵都从不同方面被或轻或重、或浅或深地扭曲了，爱与恨、情与仇交织在一起，痛苦和困惑笼罩在头上，他们就是这样迈入了成年！《向上的台阶》《有梦不觉夜长》等作品也都是这样，它们所展现的也都是由于某种特定的历史条件所造成的人生悲剧。作家通过这些悲剧表达了对于某种人生状态的不满与控诉，并寄寓了自己的人生理想。

就这一意义而言，我们应该着重提到的作品当然要首推《走出盆地》。这部长篇小说生动地记录了一个女人曲折的生活道路和痛苦的精神历程，贯穿始终的是一种不甘沉没、自强不息、勇敢地面对命运的挑战，敢于蔑视失败的精神。作品的突出特点是，始终将这种精神放在复杂多变甚至是严峻残酷的现实生活中加以观照，在某种较为深广的时代背景下，着力透视这种精神欲求实现的艰难，于是精神追求不得不屈从现实状况，发生可怕的扭变，从而折射出了人生、社会的复杂性。

这部作品围绕着女主人公邹艾始而走出盆地、终而回归盆地的经历，讲述了她踏出的人生"三步"曲。自幼生长在"南阳盆地"中的邹艾，因生活极端贫困而失学，她本想通过拼命劳动来改变自己的境遇，但在那个"越穷越光荣"的时代里，这显然成为不可能。"文革"中的一次偶然机遇，使她得到大队"革委会"主任秦一可的"赏识"，当上了出力少、挣钱多的妇女队长，不料，秦一可却自恃有恩而奸污了她。邹艾在震惊之余，决心隐忍着痛苦去学医，并从而获得了参军入伍的机会，迈出了"走出盆地"的"一步"。境遇改变了，邹艾在新的起点上仍然想靠勤奋的工作和"熟得多的护理业务"，以求被提拔为护士，获得干部身份，但她很快发现事情远不是如此简单，一个人要想道路走得顺畅，仅靠工作好而不去送礼、走后门、找靠山，那几乎是难乎其难的。从此，邹艾变得冷酷凶狠了，不仅以庸俗的手段转了干部，而且忍痛割舍了远在老家的恋人，嫁给了军区副司令的儿子。在这个高干家庭中，邹艾也是使出浑身解数赢得公婆的欢心，并尝到了可以"左右他人命运的欢喜"。邹艾人生中的这个"第二步"，真是走得既得要领又违初衷，既轻易又辛酸。然而，随着公公和丈夫的相继去世，邹艾从生活的顶峰很快跌入了低谷，她的"第三步"不得不又踏回到了盆地之中。这时的邹艾与离开盆地时的邹艾几乎是判若两人了，她不仅能够不动声色地设下陷阱，报复秦一可那样的坏人，而且可以在激烈的市场竞争中使用各种办法挤垮所有的对手，包括自己心爱的人，以使自己的小诊所占据垄断一方的位置。

　　综观对邹艾这一人物形象的塑造，可以看出作家对人物的善恶评价和开掘。是的，邹艾变得不再那么善良质朴了，但这样的变化又不能全怪她自己，她是既迷惘又清醒，既被动又主动，既无可奈何又不得不然的。面对着这样一个复杂的背景，我们显然再也无法以传统的思维方式去作非此即彼、非是即非、非好即坏的简单梳理，我们是赞美她在逆境中的搏击奋斗？还是责怪逆境使她变得自私偏狭、不择手段？显然很难用一句简单的断语说清楚。这才是作品的深刻之处。作品在最后告诉我们，邹艾因受别人的陷害，她的诊所在一夜之间倒闭了，这个结尾似乎是对邹艾所走的人生道路的一个总结，无疑是发人深思之笔。

三

进一步分析周大新的小说创作，我们会发现，作品中对人物性格的扭曲、畸变的描写，常常同作家对于中国传统的"官本位"文化心理的思考紧密地联系在一起。《有梦不觉夜长》中的栗温保，受"官家"压迫落草为寇，专与"官家"为敌，但一朝大权在握他也同样成了压迫别人的"官家"。《走出盆地》中的邹艾，从小便晓得当官好，搂住她娘的脖子说："我将来识字多了，一定要当官，当了官保证多挣钱！让你享一辈子福！"《伏牛》中的西兰幼时也明白做官胜似做事，当伙伴表示将来要养很多牛时，她立刻接口道："你要养牛，我就要当队长！我要像荞荞她爹管你爹我爹那样管住你，让你听我的话！"作家的这种思索，发展到最近的《向上的台阶》，终于成为作品构思的基调和主线，所展开的描写也就更加淋漓尽致了。作品以如何爬官争权这个问题为核心，叠汇了主人公廖怀宝半生的经历与心态，充分展示了一种在官本位文化土壤中生长发育出的畸形、变态性格。

廖家几代人都靠代人写柬帖书状为生，贫贱卑微的处境加上略通文墨的识见，使他们认识到只有做官才可以变泰发迹。廖老七曾多次谆谆教诲儿子怀宝："只要有一点门路就去当官，这世道只有当了官才能不受欺负"，"所以你要记住，今后啥东西都可以丢，唯有这官不能丢！懂吗？丢了别的，只要你是个官，还都会再回来"。这不能不影响乃至决定廖怀宝的人生追求与行为准则，使他越来越变得每临一事都仅仅以做官、保官为取舍的尺度。土改后，因为乡政府需要有文化的人，廖怀宝便很容易地当上了文书，当他知道文书就是"官"的时候，简直欣喜若狂，原来的犹豫也就随之打消；廖怀宝做了镇长以后，对于为官之道研究得越发精通，"必须尽早摸准上级的意图，摸准后就回来赶紧把它变为现实，不管下边有多少怨言"，"农民想不通，就逼"。他就是这样地"带头"从合作化走到公社化，并坐上了副县长的宝座。浮夸风盛行的时候，廖怀宝带头虚报粮食产量，结果造成了大量饿死人的惨祸，事发之后，他为了保官，居然昧着良心把责任推给了别人；"文革"之中，廖怀宝做了五七干校的副校长，他意识到手下的许多干部可能将来会对自己的升迁有用，便不惜冒险主动"投资"，以换取更大的"利润"；"文革"结束后，廖怀宝果然因经受住了"考验"而当上了专区的副专员，他的下一个目标就是向省里的某一个官位进发了。当然，在沿着这样一个"向上的台阶"进行攀登的时候，廖怀宝的内心世界里也不是全然没有矛盾、痛苦，乃至愧悔、自责，但每一次心灵冲突的结果却总是以官位意识的取胜而告结束。当官高居别人之上，颐指气使令人产生的优越感，权力带来的舒适、安逸的生活，只要摸到窍门就升迁有望，根本不用操心费力地工作，这些都对廖怀宝产生了不可抗拒的诱惑力，作品这样描写，的确较为典型地揭示了"官本位"文化对人的灵魂的隐性腐蚀和慢性戕害。

为了更加充分地揭示廖怀宝的这一心态，作品中还用另一条线索描写了他所经历的三次婚事。他先是在父亲的启发下，后是在自觉意识的指引下，始终把婚姻同做官难分难解地扭结在了一起。在他的心目之中，婚姻已不再是爱情的结果，而纯粹是做官的需要。如果说，第一次为做官而抛弃爱情时，廖怀宝还能够感觉到某些痛苦的话，那么，第二次他就可以做到把爱情和婚姻剥离开来了，所以，他既能为有利于做官而结婚，也能为有利于做官而离婚，几乎是处之泰然，内心深处再也掀不起多大的感情波澜；而到了第三次，他则全然进入了为官位的晋升而结婚的自觉之中，至于什么爱情不爱情早已不在考虑之列了，他选中了一个寡妇，只是因为"她有一个哥哥在给省里一位书记当秘书"。至此，廖怀宝"快活倒是快活，他总感到少了一种味道"。少了什么？大概就是做一个真正的人的味道吧。

显然，在廖怀宝这个人物身上，寄托着作家对于某种历史文化的现实思考，正如他在一篇文章中所说："中国太古老了，仅封建社会就延续了一二十个世纪，这长长的时代给我们留下了许多宝贵的财产，可也留下了不少拖累我们前进的东西，而且后者正以它强大的影响力和改造力使许多新生的事情发生变异，使走过它身边的人发生变化。"从这一意义上看《向上的台阶》等作品不正是具备一种警醒人心的艺术力量吗？

周大新的仇恨故事

张　达

周大新的仇恨故事

张　达

一

在比较系统地阅读了部队作家周大新的许多小说之后，我发现，他有相当一部分作品的创作视点非常集中。这一部分作品，主要包括《紫雾》《老辙》《伏牛》《旧道》《香魂塘畔的香油坊》《走出盆地》《有梦不觉夜长》《银饰》等等。翻开它们，类似下面的语句会经常撞击读者的眼睛："我恨牛！恨照进！恨刘冠山！恨荞荞！""她恨！一想起男人就恨！""你恨，你心里全是恨！你恨那个装成菩萨模样的秦一可……""她恨这种毫无意思的生活。"……这些话，无一不是主人公的心声。所以我说，周大新的这些作品都在讲述着仇恨的故事，而且由于创作水平普遍较高，甚至说它们已经形成了一个特殊的仇恨题材系列也未尝不可。

周大新写这类题材的作品，是从有感于人与人之间的相互折磨开始的。他曾在一篇创作谈中写道："有一段日子，由于自己的一些亲身经历，我对人世间人们互相折腾折磨这种现象十分憎恶；……我写了一部中篇小说，在这部小说里，我讲了一个鞭炮作坊主和他的一家邻居彼此进行残酷折磨的故事，故事中，两家人折磨的结果是彼此的子孙都在痛苦中浸泡着。"（《漫说"故事"》，见《文学评论》1992年第1期。以下引文同此，不再加注）这里所说的那个中篇就是《紫雾》，是作者的仇恨故事的发轫之作。

《紫雾》以跨越半个世纪的历史生活为背景，写了生活在同一个镇子上的周、龚两家数代人之间的恩恩怨怨。解放前，家境贫困潦倒的周龙坤，在龚老海的烟花鞭炮作坊里做工，并爱上了龚家的女儿絮儿。龚老海因两家贫富悬殊硬是不同意结亲，周龙坤于是试图与絮儿私奔，不料却被龚家捉住砍掉了两个脚趾，两家从此便结下了不解的冤仇。解放后，从部队上转业回来的周龙坤当上了镇长兼鞭炮厂的厂长，他首先祭起的就是复仇之剑；龚家本是小业主，可划定阶级成分时他却偏要给戴上资本家的帽子，尤其是当得知自己的儿子周士高在同龚的孙女素素恋爱时，他居然先是纵容儿子占有了素素随后又命令抛弃她。龚老海也是一样，他仰仗着改革开放的新政策重新掌握了鞭炮厂之后，为阻止重孙女小枫和周家的孙子周素相爱，便多次在鞭炮烟花的制作上做手脚，企图以此置周素于死地。两家人就是这样凭借着世事的变迁，交替往复地向对方实施着报复、发泄着积怨，不论谁沉谁浮，仿佛都总是在一种宿命的轮回中翻滚煎熬。《旧道》讲述的故事与此相似，作品中纪、郑两姓之间的相仇相残也达到了令人发指的程度。纪家开办的建材公司被同行郑三桐挤垮，迫于债务的重压，夫妻双双饮毒身亡。儿子纪怀为了报仇，便到郑家打工，在使尽了手段，自以为取得了对方的信任之后，他便设计陷害郑三桐，不料却掉进了人家预先设下的陷阱，进了监狱。原来，郑家的人在"文革"中曾遭纪家的迫害饮毒而死，郑三桐也早有复仇之心，上述一切就都是他预先安排妥当了的！小说以《旧道》为题，显然意在揭示纪、郑两家人虽然身在新的时代，但脚下走着的却仍是那条可怕的"旧道"。

以上两部作品，都带有明显的反观历史的意味，可见周大新开始写作仇恨故事的时候，侧重注意的还是其以昔鉴今的意义。然而，文学毕竟不是历史，它的使命主要在于写人，即使讲历史当然也是为了写人，否则，历史就会淹没或部分地淹没人物。周大新大概很快就意识到了这一点，所以他后来的这类题材的创作也就出现了深化的迹象，由注重描写人物的外部行为逐渐转向了注重刻画人物的内心世界。在这一方面，《走出盆地》称得上是揭示和剖析仇恨心理的一部长篇力作。这部作品以女主人公邹艾竭尽全力走出盆地，最终又被抛回盆地的人生经历为线索，详尽地描绘了理想与现实的冲突在她的内心世界里造成的种种微妙变化，从而展示了她的心灵史，尤其是仇恨心理的形成、发展、演变史。邹艾自幼生活在极端的贫困之中，上中学时，为评助学金，同学们对她品头论足，她便感到了贫穷也是一种耻辱，于是愤然而退学，并产生了要改变自身境遇的强烈愿望。"文革"中因一次偶然的机遇，她被大队革委会主任秦一可提拔为妇女队长，她感激秦一可，认为他是"世上最好的人"，不料，就是这个人居然奸污了她又不打算娶她，邹艾震惊了，从此懂得了恨。参军来到部队医院之后，邹艾本想靠好好工作以求转为护士取得干部身份，但现实很快教训了她：好好工作并不是出路，只有投门子、找靠山才会有前途，这样的见闻感受使邹艾的仇恨心理迅速膨胀，她决心用以恶对恶的态度和方式投入今后的生活，竟而至于狠心舍弃了所钟爱着的远在家乡的恋人，夺别人之爱，嫁给了军区副司令的儿子。邹艾似乎已攀上了令人艳羡的人生辉煌的顶峰，变得专横跋扈、颐指气使起来，然而，随着公公和丈夫的相继去世，她最终还是被命运抛落到了生活的底层。邹艾是一个强烈地憎恨着卑微地位的进取者的形象，看到她，很容易使人联想到司汤达《红与黑》中的于连·索黑尔，两者确有某些相似之处，而这种相似在很大程度上就得力于作品对人物的仇恨心理的揭示和刻画。

在透视人物的仇恨心理方面，还有几部作品值得一提。《香魂塘畔的香油坊》中的郜二嫂，其丈夫的家族代代有遗传疾病，她为此痛苦不堪但囿于旧道德的束缚不敢有所改变，只能把仇恨深埋在心底，强颜欢笑地打发日子；《有梦不觉夜长》中的云纬，由于生活在清末民初那个动乱的时代里，种种复杂的历史原因使她得不到自己的所爱，于是她的仇恨指向了方方面面，含有较为深广的社会内容；《银饰》中的碧兰，不幸嫁给了一个极度性变态的男人，压抑、仇恨之极她试图有限度地改变自己的处境，结果却酿成了一场大悲剧。周大新说，他的作品讲究"新，讲别人没讲过的故事"。纵观上面提到的仇恨系列小说，无疑恰恰具备这种特点，这也正是它们值得关注的地方之一。

二

当然，文学创作仅仅讲求题材的"新"还是不够的。周大新说，他在作品中还追求一个"深"字，即"力争所讲的故事中包含着比较深刻的思想意蕴"。那么，他的仇恨故事中所包含的值得注意的思想意蕴是什么呢？据我分析，这就是对仇恨这种社会现象所作出的文化思索、文化批判。

在进入对这一问题的探讨之前，我必须首先说明，仇恨作为一种社会心理、社会行为，其本身就是十分复杂的，而周大新对于这种社会心理、社会行为的审美评判也绝不是简单呆板、整齐划一的。从创作的整体上看，他始终在关注和展示着人的仇恨的复杂的社会性，既不给以绝对的肯定、纯粹的赞美，也不给以绝对的否定、纯粹的贬斥，他是视仇恨的具体性而表露着自己的褒贬善恶。例如，对于那种完全因遭遇不幸而产生的仇恨（如云纬、碧兰），他所表现出的理解和同情就更多一些；而对于那种明显地出于偏执狭隘的仇恨（如周龙坤、龚老海），他所表现出的困惑和鄙视就更多一些；至于对那种本身就含义多重甚至是模糊不清的仇恨（如邹艾、照进），他所表现出的态度就难以用十分明朗的断语加以概括。因此，下文也只能是在这样的前提下，来分析周大新对仇恨现象所作出的思索和批判的要点。

周大新说："我记得我那阵看到一种社会现象，就是一些在旧中国受地主欺负的农民，在新的农村经济政策的保护下富裕起来以后，采用当初地主欺负他们的办法，来欺负今日的还没有富起来的乡邻。这种现象使我思考了许久也想了很多，难道社会就必须按这种方式循环前进？……应该想一个办法来中止这种恶的循环。"毫无疑问，他对于仇恨的思考自然包括在这个问题之内，而由仇恨造成的"恶的循环"也正是他表达这种思考的重要结果。关于这一点，上文已经提到过《紫雾》和《旧道》，两部作品对此所作的描绘显然具有警醒人心的意义。此外，另有一些作品对于仇恨式的"恶的循环"的描写虽然不像《紫雾》《旧道》那么集中、突出，而显得较为分散、隐蔽，其实所显示出来的艺术力量同样并不逊色。例如《香魂塘畔的香油坊》，那位郜二嫂明明知道丈夫的疾病给自己造成了巨大的难以摆脱的痛苦，"一想起男人就恨"，但是她却还是固执地要为生着同样的疾病的儿子找一个媳妇，让另一个女人再去经受自己所经受过的痛苦。《走出盆地》中的邹艾也是这样，她明明切身地感受到了地位的低下令别人瞧不起的耻辱，但是，一旦当她的地位有所改变时，她却马上回过头来同样瞧不起地位低下的人，施以报复、施以耻辱。做了军区副司令的儿媳之后，家中的老保姆流露出了对邹艾母亲的不敬，邹艾便想办法把老保姆赶了出去，"我要让她知道，小看我娘必须付出代价！"一种小农式的仇恨分明地跃然于纸上。

再加分析，我们会看到，周大新对于仇恨现象的思索，常常对于社会上流行的等级观念的思索联系在一起。这里的所谓等级观念，主要是指地位的高低，财富的多少而言，具有非常世俗的性质。龚老海之所以可以傲视和欺负周龙坤，所依仗的就是他的财富，而周龙坤反过来又可以傲视和欺负龚老海，所依仗的也不过是他的地位。故等级一旦形成观念积淀进人们的文化心理之中，便免不了要同仇恨结缘。地位低、财富少时，受到了欺负，便产生出仇恨；地位高、财富多时，又回过头来欺负别人，这便是复仇，那种"恶的循环"不就是这样制造出来的吗？周、龚两家的事不用说了，就是邹艾，她以贫穷为耻辱，急于改变自己的地位，就其心理深处的文化动因来看，无非主要就是为了不受别人欺负。基于这样的文化心理，只要是有利于自己改变地位的事她都可以去做，直至去欺负别人；因为在她的心目之中，不欺负别人就会被别人欺负，为了不被别人欺负就必然去欺负别人，显然，这就正是那"恶的循环"的文化心理的基础。尤其值得注意的是，这种以等级观念为重要内容的文化心理具有一种"集体无意识"的特性，它会腐蚀新生的一代，同样也在他们的心灵中播种出仇恨，《伏牛》所着力揭示的就是这一问题。这部作品讲述了三个农村伙伴的成长故事，一男二女自幼相处在一起，关系本来融洽和谐、纯真无邪，然而，当开始懂事的时候，等级观念便在不觉不知中浸染他们的灵魂了。他们谈起理想，一个说将来要养好多的牛，另一个马上接口道："你要养牛，我就当大队长！我要像荞荞她爹管你爹我爹一样管住你，让你听我的话！"果然，后来由于种种原因，其中最重的便是等级观念，使他们之间发生了抵牾，产生了仇恨。照进因为恨当大队长的荞荞爹而娶了荞荞，他娶荞荞就是为了折磨荞荞和她爹；而照进深深相爱的西兰也就因此恨上了照进和荞荞，同样以种种行为和方式报复他们。三个伙伴于是都在不幸中迈入了成年。作品中所揭示的发生在三个人物身上的变化，形成了鲜明的前后对照，足以使我们对等级观念扭结在一起的仇恨心理进行深刻的反省。

综上所述，周大新为揭露那个"恶的循环"而讲述的仇恨故事，是有着非常值得重视的文化意义的。因为这些故事不仅无情地揭发出了那种小农式的仇恨的十分可怕，而且真实地暴露出了这仇恨的毫无价值。龚老海砍下了周龙坤的脚趾，把它喂了狗，表现出的是一种仇恨的快意；周龙坤得势之后，便让龚老海跪在自己的脚下，为自己脱掉鞋袜，望着那断趾而发抖，他所追求的也是那种仇恨的快意。总之，他们之间的仇恨不过如此而已，至于任何一方可以从中获得什么实际的利益，的确是谈不上。所以，这种仇恨也就不能不是损人而不利己，全无价值可言。其他如邹艾之对于那位老保姆，郜二嫂之对于买来的儿媳环环等等，她们的所作所为大致上也是如此。众所周知，"损人利己"就已经是为人不齿的了，而"损人不利己"，也即全然为了损人以逞一时之快，不就更是等而下之了吗？不就更是阴暗可怕，毫无意义了吗？这是怎样的一种恶、怎样的一种文化人格呀！闻之见之，谁能不痛心疾首，扼腕叹息！我想，周大新就正是出于对这种损人而不利己的可怕的仇恨行为，仇恨心理的鄙视和憎恶，从而引发出悠长的文学思索，奋笔予以解剖和批判，创作出了上述一系列的小说的。在《紫雾》的结尾处，两位青年男女愤而纵火炸毁了鞭炮烟花厂的老屋，那座象征着仇恨，象征着"恶的循环"的建筑物终于倒塌了——这，就正是周大新在他的仇恨故事里发出的沉重而又深情的呼唤。

原载《小说评论》1997年第2期

论周大新小说创作的审美意蕴

曹书文

　　周大新是近年崛起于文坛的河南籍省外作家，他的创作多以养育自己的那
方水土——豫西南盆地为背景，以故乡历史、现实中所发生的一件件、一桩桩
悲喜混杂的故事作为艺术审视的中心，并将自己对逃离土地一代人的观念、精
神、情感的理性反思自然融入小说的情节叙述、人物塑造、象征寓意的构建之
中，他的小说，既散发出一种清新与鲜活的泥土味道，又蕴含着悲怆、酸楚般
的苦涩与沉重，读后常给人一种欲哭无泪、欲笑无声的审美感受。

上篇　乡村变革的多维反思

　　从严格意义上讲，改革不仅仅是政治、经济体制的变更，劳动生产率的
提高，物质效益的改观，更重要的是人的价值观念、民族心态的调整与更新，
如果不对我们民族传统中落后、保守、僵化的观念进行彻底的剔除与清洗，没
有整个民族观念意识的现代化，那么任何意义上的改革都将举步维艰，甚至与
我们的改革初衷相去甚远。周大新许多以改革为大的时代背景的作品，透过主
人公奋斗、追求、失败的艰难历程，对我们民族的传统价值观念、文化心态进
行重新思考与重估。在传统社会中，由于生产力发展水平比较低，物质财富匮

乏，人们要维持生存，必须"损有余以奉不足"，实行均贫富，因此，"不患寡而患不均"的平均主义观念和吃大锅饭的心态便逐渐积淀为一种群体的文化心态，一种集体无意识。在改革伊始，这种观念、心态非但不能让大家尽快走上富裕之路，反倒成为影响改革进程的毁灭性力量。《小盆地》中苜儿对"我"的改革创意无动于衷，温家泉村人们对山才的革新措施厉声斥责，其实最根本的原因皆源于他们一代代地固守着祖先"均温"的祖训，"有温共享"的观念已深入到每一个人的骨髓与血液。虽然叙述者在文本中始终并未对"祖训"持或是或非的价值判断，但我们从山才奋斗追求的失败中不难感悟到，"盆地人"观念中的平均主义思想和心理定势已经成了他们走出盆地、改变现状、走致富自新之路的精神重负。

"老吾老以及人之老，幼吾幼以及人之幼""鳏寡孤独废疾者皆有所养"等这些思想原本是我们中华民族优秀的道德伦理的结晶，它对提高我们民族的道德素质，建设社会主义精神文明具有不可忽视的作用，但这种道德情操同样也有消极性的一面。在市场经济发达的现代社会，如果我们仍以一种同情弱小、怜悯不幸的人道情怀去面对市场竞争，其负面作用则不言自明，它非但不利于强化人们的竞争创新意识，反倒阻碍着经济的稳步发展与正常运行，进而影响到一个民族经济发展的水平和速度，从而使表面上看来最富人性人情的"人道"又发展成为一种"大逆不道"。周大新的小说《武家祠堂》比较形象地展示了传统的道义、良知是如何影响到落后地区的经济繁荣进而导致一个人的命运悲剧的。聪明灵巧的小伙子尚智从事服装的制作与销售，由于实行技术革新，使手工产品的成本降低，这样他便以"薄利多销"的策略在市场竞争中占据优势的地位，然而这种竞争客观上却损害了烈士妻子常二嫂的切身利益，她每天生意清淡，愁容满面。考虑到常二嫂艰难的生存处境，人们非常同情她的遭遇，于是，不少人劝尚智按原有的价格销售，尚智感到迷惑不解，本来他做了一件有利于顾客的好事，结果却出乎意料地激起了"善良"人们的义愤，他在不得已的情况下只好远走他乡寻找出路，常二嫂的生意开始好转。我们从周围群众的"同情弱小"的善良之举所导致的尚智出走的悲剧中感到一种无言的悲哀，一种无法言说的苦涩。搞市场经济，贵在平等竞争，商场如战场，优胜劣汰，实属必然，然而，在相当贫困落后的地区，人们的道德观念、同情心作为一种传统美德却限制着人们正常的经济行为，这种在日常生活中正义、善良的行动在当今社会神不知鬼不觉地却化作了一道无形的精神围墙。

在自给自足的自然经济中缓慢发展起来的手工业，依靠世代的祖传秘方独特的工艺制作自立于社会，行与行之间有着不可逾越的界限，徒弟必须别无选择地服从师傅的教诲和行规，按照一定的思路和程序进行操作。这固然有继承传统精湛技艺之优点，然而在师傅强大的权威面前人们只有墨守成规，而不能开拓、创新，否则便是背叛师祖师宗的大逆不道之举。这种长期以来所形成的重继承轻发展，重技巧轻规律的生产、经营观念不仅淡化了一个行业技术革新的动力，而且这种惰性、心态客观上造成了民族手工业缓慢发展的局面。《玉器行》中的邱爷是柳镇"一勋玉器行"的老掌柜，是誉满中州的玉雕大师，他凭着当年自己对邱家玉器行的贡献和自己精巧的手艺，在诸多徒子徒孙中形成了一种权威，他承传的一些雕刻制作工艺方法随之也成了弟子们遵守的金科玉律。尽管他已到了古稀之年，不大过问行里的具体事情，但他在邱家至尊的地位和影响仍然控制着玉器行里每一个人的言行举止和玉器行生存、发展的命运。近年来他由开始不满于孙女的生活习惯、反对她在玉器制作中对其他姊妹艺术的借鉴参照，发展到亲手打碎孙女精心设计制作的玉雕，潜在的原因莫不是孙女的言行举止无意中触犯了他的权威和自尊，动摇了他在玉器行中的威信和地位。小说借玉器行祖孙二代之间的对立冲突，形象地暗示我们，一个行业、民族，继承传统是需要的，但开拓和创新永远是希望所在，任何压抑人的创造力的思想观念和行为都将为人们所唾弃。

经济变革促使农村中一部分人率先致富、代之而来的是农村两极分化现象的出现。作家在生活中发现这样一种现象，"就是一些在旧中国受地主欺负的农民，采取地主欺负他们的办法来欺负今日的还没有富起来的乡邻"（周大新：《漫说"故事"》，《文学评论》1992年第1期）。针对经济发展和道德进步的非同步性，作者怀着一个艺术家的良知和忧患对此进行干预，并把自己的思索写进小说《老辙》中。作品中的主人公费丙成原是旧社会他母亲当年去给地主家帮佣时遭凌辱所生的"野种"，为此他精神上倍受伤害和摧残。然而改革开放之后，他凭自己的聪明和手腕成为当地的首富，从此他逐渐变得恃财无恐，为所欲为，乘人之危买下了冯青太的临街营业房，又用卑劣的手段迫使貌美的姚盛芳委身于己，并要那女人偷偷地为他生一个"野种"……历史在发展进程中又表现出惊人相似的一幕，经济的变革，使人们的物质生活得到较大的改善，但这并不意味着人的道德文明素质也会随之提高。由此，作者再一次形象地提出了塑造国民健康的精神人格、清除旧社会积淀在人们头脑中的精神污秽等这一十分重要的课题。

当然，周大新的小说不是典型意义上的改革文学，然而，他对传统农业社会中人的价值观念、文化心态、思维定势的整体反思在一定程度上有助于深化我们对农村变革尤其是人的精神人格重塑的艰巨性、复杂性的认识和理解，这便是周大新这类作品的价值所在。

下篇 情感悲剧的理性透视

如果说在《小盆地》《武家祠堂》《玉器行》《老辙》等作品中作家对束缚逃离土地一代人的传统观念、思维定势、文化心态进行了形象的剖析和哲理的反思的话，那么他在《香魂女》《蝴蝶镇纪事》《屠户》《银饰》等小说中则给我们描绘了一个又一个美丽的爱情神话。这些作品几乎篇篇必写爱情，且男主人公在事业追求、开拓进取的过程中必然会赢得异性的青睐，这些女性多温柔多情、美妙绝伦、善解人意、风情万种，融人性美、人情美与人格美于一体。她们与异性或青梅竹马、或一见钟情、或以扭曲的形态艰难地体验着爱情的甘甜。令人遗憾的是周大新笔下的爱情故事最终都是以悲剧性的结尾而告终，如果说悲剧是将人生有价值的东西毁灭给人看的话，那么周大新小说中的爱情悲歌则是在激起读者对美的毁灭的哀婉痛心情感的同时，又从现实、历史的角度探索了造成悲剧的远因近源，展示其本身所容纳的诸多审美意蕴及男女主人公独特的爱情追求和情感素质。

《香魂女》是周大新众多爱情小说中知名度较高的一篇，这固然有其被搬上银幕获得成功所带来的轰动效应，但最根本的原因还在于作品本身的思想深度和人物独特的个性魅力。小说用一种近乎纪实的笔法描述了郜家两代妇女不幸的婚姻和命运悲剧。婚姻对于郜二嫂、环环来说，不仅仅是夫妻间没有感情的结合，而且是一种因贫困伴随而来的屈辱、仇恨，一种精神与肉体的深重创伤乃至人格的扭曲。作者由对郜二嫂婆媳爱情悲剧的叙写走向对造成女性情感、生命不幸的男权文化进行反思。在父权社会中，女性地位低下，她既可作为商品来交换，又可作为工具被使来唤去。父母把她作为商品换取了维持自己温饱的钱财，而丈夫则视其为满足性欲和生儿育女的工具，由此看来，女性的真正解放除了经济地位的提高之外，还取决于对"男尊女卑"等观念的重新解构和女性意识的真正觉醒。

如果说《香魂女》中的郜二嫂、环环的婚姻不幸更多的是由经济贫困所致，她们都是为了自己亲人的生存别无选择地牺牲了自己的青春、爱情乃至终生的幸福，那么在《蝴蝶镇纪事》《向上的台阶》等作品中女主人公的爱情悲剧则更多地来自极左路线的摧残和唯心主义血统论的影响。豆荚和妁妁都是天真、纯洁、柔美的妙龄少女，她们抱着对理想爱情的向往投入情人的怀抱，由于家庭出身不好，她们在真挚的爱情中还多少掺杂着一种受宠若惊的心态，在感情上，她们一往情深，以身相许，不计回报。然而命运偏偏与她们开玩笑，阶级地位非但不能帮助她们走向光明的人生之路，甚至还因此被无情地剥夺了爱的权利。尽管她们情感中没有丝毫的杂质邪念，爱得坦率、诚挚，但当情人一旦因为爱她们而失去政治前途、株连家族成员时，她们还是让理智战胜了个人的私情。正是因为她们爱得真诚，所以才不忍心对方作如此大的牺牲，于是别无选择地独饮这杯爱情的苦酒。妁妁在告别明天之后开始了另一次艰难的人生选择，豆荚则怀着身孕嫁给粗人，孩子问世后以死殉情。相对而讲，她们所爱之人远非像她们自己那样单纯、无私，他们常常在情与理之间顾虑重重，骨子里的功利观念导致他们辜负了情人的期待。这里男女主人公不同的抉择从一个侧面显示了爱情对男女双方的价值意义。对于大多数女性来说，爱情几乎是她生命的全部，她是用自己的生命、灵魂去爱其所爱。对男性来讲，爱情至多是他人生的一个重要组成部分，而这种重理轻情的价值观正好吻合了正统文化的婚姻观。在一般人的心目中，"世上可以让男人爱的东西，除了女人之外，还有好多别的，比如权势、金钱、家族、荣誉、世人的尊敬等等，很少有男人一辈子把心思用在爱一个女人上"。这种传统儒家文化所塑造的男性人格与极左路线共同扼杀了包括豆荚、妗妗在内的女性的爱情。

生活中有些东西常常是偶然之中出现的，这种看似无关紧要的事情可能决定着人的命运和人生。面对着《世事》中四婶莜儿的悲欢离合我们恍若陷入世事如烟的思索，她当年瞬间的取舍导致了一生迥然不同的命运景观。一九四八年南阳解放前夕，她为了完成舅父交给的神圣的使命，留下来与国民党军官周旋并从中探测军事情报，放弃了与情人同赴郑州就业完婚的打算。结果军官因泄露军情将被遣送外地受到惩治，她因涉嫌成了无辜的受害者。在途中休息时她借助军官的暗示和帮助，得以逃跑，不幸又误入歧途。在动乱的年代，她不甘心情愿又迫不得已地轻易成为他人之妇。尽管她挣扎过（亲自杀死自己的孩子），抗争过（向政府申辩自己为革命做的贡献），然而舅父的牺牲和周围群众对她与国民党军官来往形成的偏见使其无法证明自己的清白。这样，她与善良诚实的丈夫虽无半点共同语言而又不得不共同完成生儿育女的使命，认可于命运的捉弄。我们固然明白其人生、爱情是一场悲剧，但我们又很难将其丰富的内蕴条分缕析地加以申述。

与《世事》中主人公无可名状的悲剧不同，《银饰》所写的爱情悲剧则是人性人情的自然要求和这种要求客观上无法实现的冲突。碧兰靠父母之命媒妁之言嫁给了一个对她没半点兴趣的男人，致使碧兰正常的欲望得不到满足。她愈是人为地压制这种欲求，这种欲求愈是强烈，她无端地生出一些说不清的苦闷。与封建婚姻"存天理灭人欲"的本质相适应的是，青年男女任何合理的情爱要求最终只能是以悲剧为结局。她与银匠之间由开始的性苦闷的发泄，逐渐走向情爱的升华，然而作为封建礼教传统势力的代表——公公与婆婆一起不露声色地扼杀了碧兰和情人少恒的生命。由于人性、人情的涌动，人自然地会去寻求满足的渠道，而这种情欲由于与传统的贞操、道德针锋相对，于是悲剧便不可避免。这是一个恶性循环事件，同时也是封建社会女性的普遍悲剧。

一个民族爱的质量，也是应该作为衡量这个民族素质的一个参数。正是从这一角度，周大新的情爱小说才具有了它自身的意义。他由再现盆地人爱情婚

姻悲剧上升到对整个民族情感悲剧审美内蕴的反思，由反思走向对民族爱的素
质重建的设想。

原载《河南师范大学学报》（哲学社会科学版）1997年第3期

71

周大新
研究资料

周大新小说的地域文化特色

张德礼

曾以"军界道德"的评说者饮誉文坛的周大新，在80年代中后期把艺术眼光投向养育自己的故乡热土，开始了"豫西南有个小盆地"系列创作。十多年来，他从不同角度描绘盆地子民的生存及生命状态，向读者展现南阳盆地的独特风貌，使得其小说以其鲜明的地域文化色彩而引人注目。

1

南阳盆地是一片文化积淀丰厚的神奇土地。中原文化入世、务实、凝重、坚挺的理性精神，与荆楚文化浪漫、神奇、瑰丽、飘逸的诗性品格，经由在农耕文化底色上的融汇调和，呈现出南阳盆地文化厚重、质朴、刚劲、沉雄又保守、粗豪、顽韧、神秘的基本特色，并浸润着世代繁衍生息在这里的盆地人。大新自然不会例外。他从1952年降生在这里，就别无选择地受盆地文化的浸染。他"童年的大部分时光，是在田野里度过的"，田野是他"认识这个世界的第一位老师"①。故乡给他"贫困、枯燥的童年和少年"带来了许多承载着

---

① 周大新：《村边水塘》，文心出版社1996年4月版，第127页。

地域文化因子的故事传说①。故乡的人情习俗、历史遗迹、文化传统，特别是彪炳史册的历史文化名人爱国恤民的忧患意识，建功立业的远大志向，都潜移默化地浸润着他。日积月累，形成了他最初的也是最本色的地域文化素质。这种文化心理又驱使他以南阳人特有的文化视角看取故乡，进而促成其小说满蕴地域文化要义的重质尚文、蕴藉淡远的艺术风格。这主要体现在周大新小说创作的理性精神、史诗意识和神秘色彩。

大新有强烈的使命感和责任感，"为了人类日臻完美"是其审美追求。他认为，作家面对"人类今天的不完美现状"，"有责任用手中的笔去促进真正的完美早日实现"②。因此，当他观照故乡的父老乡亲时，就以现实主义笔法，不加粉饰地描绘他们的生存现状，展现人生况味的复杂，批判人性的痛疾（《旧道》等），揄扬人性的美好（《风水塔》等），呼唤人性的觉醒（《香魂女》等）。他要用作品告诉人们：痛苦和欢乐总是紧紧相连的，面对它们，"不必乐煞，也不必苦煞，你在高兴欢乐时，就要准备迎接痛苦，你在痛苦中挣扎时，就要准备迎接欢乐"③。因此，痛苦和欢乐都不重要，重要的是"促进人在精神上向完美处转变"，"向那个完美的境界迈进"④。所以，周大新才能在众多小说家越来越鲜明地表现出先锋实验色彩时，依然直面人生，贴近现实，脚踏实地走在现实主义道路上，并在艺术形式的创新上始终清醒地把吸收西方文学的表现手法同民族文学的传统结合起来，"靠一砖一石的辛勤劳动最终建成了他自己的宫殿"⑤，从盆地走向全国，走向世界。大新这种执着的审美追求和清醒的现实主义选择，既是他强烈理性精神的体现，也是南阳文化的浸润使然。

与他强烈理性精神相联系的，是其小说创作的史诗意识。大新自把艺术视角转向故乡热土开始，就呈现一种守望盆地的姿态，他要通过对"当代盆地人

---

① 周大新：《村边水塘》，文心出版社1996年4月版，第7页。

② 周大新：《村边水塘》，文心出版社1996年4月版，第125页。

③ 周大新：《圆形盆地》，《解放军文艺》1988年第6期。

④ 周大新：《村边水塘》，文心出版社1996年版，第122页。

⑤ 莫言：《〈伏牛〉读后与一个"惊天动地的响屁"》，《小说家》1989年第2期。

的真实生存境况"的描写，传达他们"对生命的热爱"，向读者提供"一种带有盆地特色的独特的美的享受"①。于是，他以柳镇为中心，透视父老乡亲在社会变革时期精神世界及社会关系的新变化（《小诊所》《香魂女》等），表现他们告别过去的艰难与沉痛和开始新一种生活的自豪与舒畅（《步出密林》《山凹凹里的一种乔木》）。作者也把笔伸向盆地历史和人性的深层，描绘盆地人知足认命、随遇而安的生存意识和豁达乐观的生活态度（《世事》《哼个小曲你听听》），揭示他们生命本体追求的合理性及其与现实冲突的必然性（《溺》《银饰》）。特别是他的百年南阳长篇系列——《有梦不觉夜长》《格子网》《消失的场景》，以南阳尚吉利丝绸厂的兴衰际遇为主线，在更广阔的时空背景下，生动展现了南阳自清末至今的历史变迁，也映射出中华民族的百年沧桑。如果我们把周大新的小说放在一起，就可以读到一部南阳盆地生动形象的发展史、民俗史，从中认识盆地的过去和现在，看到盆地人独特的生存及生命状态。很显然，大新已进入了小说创作的史诗追求时期，他要借豫西南小盆地写出中华民族的近代史。而史诗意识的实现又必须依赖作家对故园文化的切肤体认和父老乡亲的挚爱深情，因为"艺术的真正生命就在于对个别特殊事物的掌握和描述"②。因此，周大新史诗意识的追求更有助于凸现其小说的地域文化色彩。

南阳文化是楚文化与汉文化碰撞交融的产物。楚文化天马行空般的浪漫想象和炽热深沉的忧国忧民的现实感情，再加上汉文化经世致用的理性内涵的注入，在滋养出周大新小说创作的理性精神和史诗意识的同时，也催发出小说瑰丽、奇异、怪诞、幽冥的神秘色彩。它主要体现在小说中美丽动人而又神奇、诡谲的神话和传说上。南阳民间流行巫术之风和鬼神之说，也流传着丰富的充满神秘色彩的故事传说，这或许是大新小说里神话故事的原始材料。但更重要的是，大新从地域文化中秉承了浪漫想象这一艺术创造的精灵，为扩大作品蕴含量，调整叙述节奏，巧妙地在小说情节中嵌入自己创造的神话传说或象征意

---

① 《创造属于自己的文学世界（笔墨之交）——陈骏涛、周大新通信》，《昆仑》1988年第5期。

② 《歌德谈话录》，爱克曼辑录，朱光潜译，人民文学出版社1978年版，第10页。

象，使作品平添了一抹神秘色彩。它们或于小说情节发展中迂回穿插，自成一体（如《走出盆地》里的三个爱情神话悲剧、《伏牛》中奇顺爷讲的关于牛的神话传说等），或作为小说情节的背景融入其中（如《香魂女》里香魂塘的水及名字的神奇来历、《泉涸》里有关桑叶田的传说），或用某一象征意象为小说创造一种气氛，寄托一种情感（如《屠户》里绕着肉案飞的"蛾儿"、《泉涸》中的"黑鹅"）。但是，它们一经作家的艺术处理而融入小说，就成为作品生命整体的有机部分。这对于拓展作品的文化蕴含，形成蕴藉淡远的艺术风格和鲜明的地域文化特色，有着不可低估的作用。

2

周大新小说的地域文化色彩，还体现在他塑造的各色人物形象身上。因为，每一个人"从他出生之时起，他生活其中的风俗就在塑造着他的经验和行为。到他能说话时，他就成了自己文化的小小创造物，而当他长大成人并参与这种文化的活动时，其文化的习惯就是他的习惯，其文化的信仰就是他的信仰，其文化的不可能性亦就是他的不可能性"①。

南阳农耕文化的哺育，铸就了南阳人典型的农民性格。质朴务实、吃苦耐劳、艰苦创业、重农轻商、重义轻利以及对土地的亲和与恋情，这些中国农民的传统特点在大新笔下的人物身上都有体现：历经挫折而不改初衷的邹艾（《走出盆地》）；强忍悲痛，肩负起家庭重担的烈士妻子——宁儿娘（《白门坎》）；高考落榜后从编织玉米皮提篮起家而建成"棠梨草编工艺品公司"的邹尚毅（《人间》）。每个人身上都凝聚着负重、吃苦、争强的创业精神（当然出发点各异）。岑子无法排解的苦闷和困惑（《小诊所》），苜儿对扩大泉浴规模的本能抵触（《小盆地》），尚志被迫远走他乡的无奈与茫然（《武家祠堂》），无不透射出南阳人重农轻商及重义轻利的传统观念与现实的矛盾和冲撞。《泉涸》里父子两代的冲突，体现了两代农民对待土地的不同

① 露丝·本尼迪克：《文化模式》，何锡章、黄欢译，华夏出版社1987年版，第2页。

感情；《儿女》中芒芒对土地挚爱，以及因爱而表现出的偏执与愚昧；《伏牛》中的痴男怨女与牛的情感，其因都根源于土地。这些人物身上承载着南阳人与土地间复杂而密切的关系。大新还凭着自己对南阳农村的熟识，用简笔勾画出家族政治的代表和横行乡里的"小皇帝"形象：《武家祠堂》里手执拐杖在镇上颐指气使的朝顺爷，《牺牲》里周家庄的当家人福德爷，《伏牛》里称霸一方的大队长刘冠山。尽管作家着墨不多，但有了他们，就使得周大新小说的地域文化色彩获得更深刻而普遍的意义。因为宗法观念"始终是东方制度的牢固基础。它使人的头脑局限在极小的范围内，成为迷信的驯服工具，成为传统规则的奴隶，表现不出任何伟大和任何历史首创精神"①。

大新笔下的人物，大多还带着农民性格中狭隘、自私、愚昧、保守的劣根性。作家揭出他们性格的痼疾，意在引导盆地子民洗涤沉疴，走向更加完美的新生活。而这些性格所负载的文化因素又为我们提供了独特的认识价值。首先是戕害人性的"官本位"意识——从对官天然而生的敬畏与艳羡，到为升官和保官而不择手段、殚精竭虑、良知泯灭、人性扭曲。廖怀宝（《向上的台阶》）大概是典型的代表。《热闹》中的韩冬来也许已跳出"官本位"的樊篱，但因他荣升上校而引来的包括妻子在内的家乡人制造的那份"热闹"，却着实表现了盆地人对"官"的特殊情愫。即使在周大新最近发表的《同赴七月》（《中国作家》1998年4期）中，亦然流露出对"官本位"意识的针砭。其次是强烈的报复心理。《旧道》里郑、纪两家，《紫雾》中周、龚两家，都演出了子报父仇世代相戕的悲剧；《伏牛》里的周照进、西兰，《人间》里的邹尚毅，甚至《溺》里的吴三姑娘都在向别人施展报复。报复，是人不断为同类，也为自己制造痛苦的心理动因，是人类祸患的本体渊源。因此，作家特意在《香魂女》中塑造了郜二嫂和环环，借以呼唤人们克服报复心理，扫除通向人类美好明天的自身障碍。

大新小说中还有一些乐天认命、顺乎自然豁达爽朗、知足超脱的人物形象，颇有楚韵及道家遗风。五爷面对苦难，不忧不愁（《哼个小曲你听

① 《马克思恩格斯选集》第二卷，人民出版社1972年版，第67页。

听》），瞎爷事事知足，无疾而终（《无疾而终》），四婶筱儿对错位婚姻的认命态度（《世事》），刘石通阿Q式的精神自慰（《黄昏的发明》），无不透射出南北文化交融杂糅的痕迹。

毫无疑问，大新奉献给当代文坛最成功的人物，是带有鲜明盆地文化色彩和时代特点的女性形象。她们吃苦耐劳，朴实善良，身上又散发着南阳盆地特殊的文化气息：一是对"家"的责任和奉献；二是对"贞节"的恪守与持重。南阳流行"男人是天，女人是屋"的传统看法，称男人娶妻为"成家"，称妻子为"屋里人"，男人是"外头人"。没了女人就不像个家，就没有了家；没有了男人，就"天塌了"。传统观念加给女性的"家"的意义，不是地位的尊贵，而是责任的沉重。于是，为了撑起自己的"家"，她们总是负重劳作、默默奉献、委曲求全。郜二嫂忍受无爱的婚姻，荀儿承受丈夫的鞭打，邹艾的不屈与奋斗，都与她们肩负的家庭重任相联系。事实上，南阳女性的家意识与其贞节观念是相统一的。邹艾在新婚之夜煞费心机地制造假象以证明自己的贞洁，目的还在于建立和谐的家庭。《勒》中16岁的"她"，在"生米做成熟饭"后，只得违心嫁给27岁的卢原齐，就因为"身子已经是他的了"，贞洁已失，只有和他成家过日子。即使郜二嫂的偷情，也始终在贤妻良母的面纱下进行，骨子里还是对贞节的呵护。强烈的家意识与传统的贞节观的双重挤压，使南阳盆地女性的爱情与婚姻显得沉重而苦涩。这正是盆地女性命运的别样特色。

3

当然，周大新小说的地域文化特色，更直接地体现在作品所描绘的盆地风情、民俗习惯以及凝聚着南阳人创造才能的文化成果上。淤积的寨河，坍塌的寨墙，石板铺就的古老街道，瓦房与茅屋杂陈的村落，枝叶茂盛的洋槐树，鹅鸭嬉戏的村边水塘，春时的麦田，夏季的高粱，秋天的绿豆、红薯，……这一切，经由大新笔墨的点染，绘出了南阳盆地独特的乡村风光。尽管构成这幅乡村图画的某些因素已呈过去时态，但生活在这里的盆地人的民风习俗却世代相传。农家子弟儿时饶有兴趣的"扯羊逮"和踢毽子游戏，南阳人最喜爱的家常便饭——芝麻叶面条、绿豆面煎饼，牛车迎娶的传统婚俗和贫穷折磨下的"转亲"陋习，端午节包粽子、炸油饼、煮鸡蛋和大蒜的古老节俗，占卜问卦看风水的迷信，人暴死不得入祖坟的禁忌，当奶做妈的为蹒跚学步的孩子剁断无形绊腿绳的虔诚，甚或连抽旱烟的习惯，蹲在墙根吐噜吐噜吃面条的憨态，幽默风趣的方言俚语，民歌小调……都无不记载着盆地人生动而本真的生存与生活况味，积淀着绵延已久的盆地民俗文化因子。周大新小说中的地域风情描绘，无疑是展示地域文化的浓重之笔。

大新在"文化怀乡"的艺术选择中，更注意对故乡人民创造的文化成果的展示。驰名中外的南阳汉画像石（《左朱雀右白虎》），历史悠久的烙画工艺（《烙画馆》），饮誉四海的南阳玉雕（《玉器行》），那记载着南阳沧桑历史的大量出土文物，那传说着世代英才的名胜古迹，那闻名遐迩的佛教圣地桐柏水帘寺，那曾有东方梵蒂冈之称的靳岗天主教堂，那震惊世界的西峡恐龙蛋化石群，都无不昭示着南阳历史的悠久和文化的丰厚。而《铁锅》对久负盛名的南阳马山铁锅铸造技术的艺术再现，更引人遥想战国时代就兴起于古宛城的冶铁工艺。"百年南阳系列长篇"里尚吉利丝绸世家的创业和奋斗，实际是南阳丝绸曾走出国门、赢得赞誉的历史回味。所有这一切最具南阳特色的文明成果，都在周大新笔下得到展现，更加强了小说的地域文化色彩。

应当说，大新的小说已对南阳文化作出了全方位展示，地域文化色彩已成为他鲜明的个人标志。但我们仍感到一种不足。这不足，是否因作家对女性形象的偏爱和审美理想的过多钳制，而造成真正男性形象的缺席呢？南阳曾是中国古人类的发祥地之一，在农耕文化的漫长发展史上，男人发挥着更大的作用。没有成功的男性形象，就难以负载起积淀丰厚的盆地文化。因此，我们期待着周大新以创作"百年南阳系列长篇"的笔力，塑造出世代繁衍生息在南阳黑土地上的农民——真正的盆地男子汉形象。

原载《南都学坛》（哲学社会科学版）1999年第1期

家族小说的新变

——读周大新的《第二十幕》

韩瑞亭

　　家族小说的流行，或许是90年代以来国内长篇小说在结构样式上的一种趋向。诚然，以某一家族兴衰际遇的命运史，映照出特定时代的社会变迁与人间沧桑，以家族中不同人物的各种纠葛演化的生活史，透射出这个家族所处历史环境的纷纭状貌与世态人情，大抵是这类家族小说得以涵括较大的生活容量和具有一定历史深度的缘由。在中外文学历史上，采取此种结构样式获致成功者不乏其例。且不必说《红楼梦》这样的国粹，本世纪以来高尔基的《阿尔达莫诺夫家事》、加西亚·马尔克斯的《百年孤独》，也都是实例。然而，这类通用的结构样式却并非所有写家均可百试不爽的妙方。如果没有厚实的生活积累的资本，没有对所涉生活资源的长久咀嚼与独到领悟，没有寻找到适宜发挥作家个性和叙述才能的新颖特异的视角，即使有效的结构样式也难免产生平庸之作或游戏之作。"若无新变，不能代雄"，艺术上的汰选法则原本并不宽容。90年代出现的《白鹿原》和《尘埃落定》，之所以在同类家族小说的艺术成品中超群出众，正是缘于它们在艺术蕴涵与视角上的新异变数。而周大新的长篇近作《第二十幕》，则提供了以新变求脱俗的又一力证。

　　《第二十幕》是一部结实、丰厚、内蕴饱满的长卷式作品，它在近百年中国社会动荡不宁的历史变迁的宏阔背景下，铺写了尚家五代人为追寻实现这个以丝织业传家的家族梦想，而坚忍奋斗、升沉起落的坎坷历程，展示出那种颇具中国内陆色彩的工商世家既雄心勃勃又相当脆弱的社会特征与历史命运。同样是叙说家庭的兴衰史，这部小说却不同于《白鹿原》，不像后者那样由解剖宗族统治秩序这一宗法制农村社会的生存根基入手，深切而有层次地揭示宗法制农村社会的稳固形态、维系它的宗族观念及其在近代走向衰落的历史文化底蕴；它也不同于《尘埃落定》，不像后者那样由末代土司家族第二继承人的冷漠目光，洞观一个边地民族的世袭王朝在历史的夕照下归于消亡的秘密。《第二十幕》并非取政治的或文化的视角搜入历史生活，却是由社会经济的视角去演示百年中国的生活历史，叙说传统的作坊式经济向现代的市场经济转变的时代进程，以及在此进程中所经历的挫折与磨难。这种艺术视角的选定颇见匠心，它是从构成一定社会基础的经济生活这个主要动力场来扫视中国社会的深层变动的。中国几千年的农业文明向现代工业文明的转化，离不开现代工商业的萌生与发展，但在中国这样一个有着重农轻商传统和官僚政治积习严重的国土环境中，民族工商业的发展又何其艰难，近百年急速动荡的历史环境更为之增添了数倍的险峻与反复，小说对于尚家五代人为再造"霸王绸"的家族梦想的百年苦斗的描述，其寓意所向或许在于揭示这两种文明转接交替所必须承受的漫长而剧烈的历史阵痛。小说对尚达志这个人物的成功塑造，是发掘和表达这种"意识到的历史内容"的重要笔墨。尚吉利大机房传到尚达志这一代，已经进入20世纪，正值古老的农业文明在现代工业文明的迫压下强自挣扎、走向蜕变的时期。尚达志从5岁起就在父亲耳提面命的严格家训中学习继承千年祖业，为着尚吉利机房的生存发展，他含辛茹苦、忍辱负重，不仅牺牲了自己的爱情，断送了女儿绫绫的幸福，也失去了儿媳容容和儿子立世，家业几起几落，家族损失惨重。然而，家族的荣誉和梦想却如不息的火种一样在尚达志心中屡屡燃起重振家业、光复旧物的欲望，每一次挫折与败落之后他都以双倍的艰辛努力使尚吉利机房的织机在南阳土地上重新轰响起来，显示了这个家族薪火相传的生命活力惊人的强韧。直到晚年，尚达志这种欲望又变为对孙子昌盛兴办尚吉利集团的智力支持，在改革开放的时代环境下将尚家的丝织业推向新的巅峰时期。这个百龄老人在遗嘱中依然不忘叮嘱他的后人合力实现家族的梦想。尚达志这个人物无疑带有中国传统的民族工商业者的某些典型特征，他的勤勉刻苦、精明干练、治家极严、善于经营，且具有在各种恶劣环境中趋利避害的应付能力，固然体现了这类社会经济力量的代表者的优异素质；但是他在历届官府代表者及权力政治压力下的忍让与屈从，他那治家立业的传统观念中的保守与僵硬，却是由这类家族的特定生存环境所酿成的天然弱症。尚达志及其家族在近百年里起伏跌宕、兴衰交替的命运变幻，尚氏家族始终未能成长为独立的经济力量的代表，未能最终实现造出"霸王绸"的家族梦想，正可以从这类优质与弱症混合杂糅的特殊形态中透析其深层缘由。

小说以尚氏家族为中心，同时还写了晋金存、栗温保这两个官吏家族以及卓远这个知识者家族，表现这几个家族与尚家的各种联系与纠葛。这种主副线错综交织的艺术构思，不仅为尚家的百年兴衰铺展营造了宽广宏阔的社会历史环境和时代氛围，也在几个家族相互冲突、彼此映衬的艺术描绘中，使尚家这类内陆的民族工商业者所具有的社会特征，尤其是它的脆弱性与保守性等历史局限被剖示得愈加深化。从尚达志到尚昌盛，在尚家近百年的创业史中，尽管时代环境与社会条件不断更迭，尚吉利集团比之尚吉利机房有了较多的现代气息和较大的生存空间，但是尚家这类民族工商业者的传统痼疾依然存在，因为造成这类先天弱症的历史土壤并未完全消失。只有伴随着社会变革的深入和国民性改造的彻底，才有可能建立起真正的现代工业文明。尚达志家族在20世纪演出的一幕幕悲喜剧，也许不过是即将上演的真正史剧的一个序曲。

《第二十幕》所涵括的丰厚饱满的艺术内蕴，或许使它能够成为近年来不多见的重量级作品之一。这不仅体现于它在尚氏家族命运沉浮的艺术的描写中，融汇了近百年中国社会频繁变动的政治、经济生活形态以及南阳盆地文化的厚重积淀，使之呈现为一种百年中国社会世相的微缩景观，而且体现于它的人物形象的多类型刻画，尤其是人性描写的繁富与深切，使一个个异态纷呈的鲜活灵魂跃于纸上。小说从亲、友、恋、仇等构成各类人物关系的情感层面及心灵层面上，描绘了人性的多样形态及摇曳变化。如对盛云纬与尚达志几十年感情纠葛的描写，就是透过回旋跌宕、一波三折的感情历程，将这个女性心灵的丰富层次展示得丝丝入扣。前期的盛云纬因尚达志怯于压力、顾及祖业而未能与之结合，她对尚达志由爱生根，爱恨杂糅，外冷内热，冷热交织，由感情的创痛导致性情的变异；后期的盛云纬对尚达志一往情深，愈老弥坚，在实现最终结合的期待中，却落入对尚达志"重物轻人"的深深失望中。作为贯穿全书的主要人物之一，盛云纬的形象便是在她的人性内蕴的多层面发掘，在她与尚达志的情感与心灵的对比与映照下而成功地塑造起来。草绒、顺儿、栗丽、宁贞这几个女性人物，门第不同，性情各异，或倔强，或柔顺，或孤傲，或纯真，在叙写她们各自的生活道路和人生命运时，也多有对她们灵魂的艰难跋涉与人性的幽微隐曲的精彩状绘。与这几个倍受压抑和磨难却依然闪射出善良美丽的人性光彩的女性相比照，在尚达志的人性中更多地浸透着家族的利益和责任，对于家族的荣誉和梦想的追求已成为他最强烈的生命欲求和生存目的，他的人性已为此而扭曲变形，瘢痕累累。故而，他对云纬的痴情之逃避、迟钝、拖延等等有违常理的反应，他对子孙们严厉多于慈爱的情感方式并非偶然，他为惩戒孙子昌盛的放浪行为而心狠手硬地命其剁伤手指，他为扭转重孙旺旺的人生选择而不惜用药物毁坏其清亮歌喉，如此冷漠酷厉的亲情足以令人惊心动魄。小说对尚达志这个人物艺术刻画的深度，或许在于表现出那种渗入人的血肉灵魂之中的传统意识能够将人的天性改变到何等畸形程度。

周大新曾经表示，他企望在这部作品里搭设起一座座人性的花园，呈示出一个个灵魂的标本。我们从小说的众多人物所裸露出的五色杂陈的灵魂状态，不难见出作者在人性描写方面所作出的此种努力。这位天性善良的作家，尤其注重展示人性中善与恶的对比和较量，常常在人性的流动变化的描绘中显示出善克服恶、抑制恶、战胜恶的趋向，比如尚昌盛对于曹宁贞曾经闪过的一丝邪念如何被后者的纯真善良所感化而消失，又比如浪荡成性的尚天由于自身行为引发父亲的暴病而幡然悔悟，都是写出人性中善与恶、邪与正逆势转化的有趣笔墨。但作家又是清醒的和现实的，他并不回避善与美的东西被恶与丑的东西所摧残毁坏的人性悲剧，有关容容和宁贞之死的描写便是显例。应当说，在人性描写方面的突进和发展，是这部作品在艺术上值得重视的特色。

这部小说的叙述笔调似乎也应提及，因为它是属于这位作家创作个性的东西，又是同其他作家区别得十分明显的地方。这部小说的调子不属于粗犷豪放一类，亦不属于沉郁凝重一类，它的叙述婉约平和，柔中有刚，细针密线，婉转抑扬，若晓风拂柳，细浪推舟，却并不缺少劲气和力道。而大量有生活实感的细节和风俗描写，则为这种看似淡远平实的叙述灌注了连绵不断的底气。倘如这种叙述笔调能够用精纯深邃的哲思予以浸润磨洗，倘如能稍稍疏松一下过于密实的写法，以便为生活底蕴的充分开掘与升华留出更多空间，或许可以使作品进到更为深刻厚重之境。

原载《文学评论》1999年第3期

历史·命运·人性

——《第二十幕》和周大新的艺术世界

　　20世纪对于我国人民来说，的确是无比艰难、悲壮和惊心动魄的一幕。没有哪个世纪发生过如此众多的历史巨变了。在这一百年里，我国人民经历了多次灭顶的生存危机和民族危亡，经历了无数的动乱、灾变和争战，终于实现了几次社会制度和历史命运的伟大转折，终于像火凤凰一般从民族牺牲中得到涅槃和永生。作为这段历史的或多或少的参与者，当我们站在世纪之交，即将举步迈向新世纪门槛的时候，回眸百年沧桑，反思史海惊涛，心中都会不由得感到无比的激动和自豪，甚至产生要为世纪更迭做点什么的强烈愿望。因此我们看到，史学界、理论界等社会科学部门已纷纷行动起来，对百年历史进行反思和总结。而在文学艺术方面，如何通过艺术进行形象概括，涵盖整个20世纪的历史风云，难度似乎更大，但也有一些作品在这方面进行了有益的探索，并取得了很大的成功。周大新最近出版的长篇小说《第二十幕》，笼百年风云于笔底，就是一部有明确历史追求，有治史意味和史诗品格的优秀作品。它集中了周大新以往的创作特点，发挥了他创作的优势，是他创作实力的总展示。无论是小说的生活容量、人物魅力和情节的生动性等方面，《第二十幕》都可以说是我们近年来整个小说创作的重要收获，是世纪之交的一部扛鼎之作。

一

我国的长篇小说创作真正取得较大的进展，应该说是从80年代后期开始的。创作的成绩我以为主要不是表现在年产六七百部的数量上，而首先是创作思想的进一步解放。随着市场经济的急剧发展，更加解除了审美文化对政治的依附性，因而在文体意识上，突破了单一的政治经济模式，呈现了现时态多元化的文化姿态和格局。同时，在改革开放背景下西方文艺思潮流派和创作方法的大量引进，也开拓了人们的思路，使创作更为多彩纷呈。文艺回归为文艺，小说真正成为小说，这是近年来小说创作的最大收获。当然事物的发展往往有两重性，商业大潮的冲击和西方文艺的引进，有时也会出现消解文学的社会意义，出现脱离生活、脱离群众的一些作品，从而影响了创作的健康发展。

在当今众多的小说家中，周大新不属于那种浮躁气盛的"新派"作家，他的许多作品没有一篇是无思想无内容的"私小说"，也没有一篇堪称时人所谓大红大紫的"热点文学"。但他却默默地、卓有成效地吸收着当前创作的最新信息和成果，始终保持着自己创作的新鲜和活力。这在当今文坛尤为可贵，因为一些老作家由于自然限制创作高峰已经过去，而有的新晋作家又急功近利不能全身心地追求艺术，大家的希望自然寄托在一批中坚力量的作家身上。周大新人正，创作也正。他给人的突出印象，就是始终保持着一种埋头苦干、谦和朴实的农家子弟的品质。他对劳动人民，尤其是生他养他的南阳盆地，有着一种不绝如缕的缱绻和流连。"人情重怀土，飞鸟思故乡。"虽然至今他仍是军旅作家，但是除早期若干短篇以外，他的作品绝大部分是写故乡南阳盆地的。这种几近固执的地域情缘和乡土情结，构成了他创作内容的一个明显标记。

周大新的创作虽然起步较晚，数量也不算很多，但他却一步一个脚印，作品都浑厚凝重，格调高雅，在读者中产生了很好的影响。他79年开始发表作品，真正在文学界引人注目是在80年代后半期，他的短篇小说《汉家女》和《小诊所》连续荣获全国优秀短篇小说奖，他受到了人们的瞩目。他创作的喷发期则是进入90年代以后，他的几部中篇代表作都在这时陆续发表的。正是通过这些作品，他日趋成熟地形成了自己的创作个性和审美特征。

他的作品往往不满足于人物性格的一般化浅层次的描写，而是着力解剖人的精神世界，探究人性的弱点和误区，揭示人性的原生态和本来面目。例如他最著名的中篇小说《香魂塘畔的香油坊》，主人公郜二嫂就集人性的美丑于一身，她自己陷于不幸的婚姻中十分痛苦，却又为下一代制造了新的悲剧。当儿媳发现她的私情并表示同情后，她终于悔悟，恢复了善良的人性，使儿媳和自己都踏上了人生的新途。小说改编成电影，在柏林国际电影节上获金熊奖，给他的创作带来了国际性的声誉。他的另一部中篇《伏牛》写男女的爱情纠葛，与坏干部的较量，以及人与牛的感应和人牛双亡的悲剧，也深入地揭示了人性隐秘的角落。这是他创作的一个明显的特色。

周大新创作的又一美学追求，是注重描绘人物各种不同的命运，解读天意和命运的密码，于命运的偶然性中，呈现各种生命不同的文化形态，让人尽品命运的百味，参悟历史因缘的机锋。这也正是他的小说情节曲折、可读性强的根本原因。中篇小说《银饰》，我以为是他在艺术上最出色的一篇小说。作品写知府少爷是个想做女人的性变态者，少奶奶绝望中托小银匠买砒霜自杀，她因假砒霜未死感激小银匠并与他相好。事情败露后知府暗害小银匠，老银匠报仇又错害了怀孕的少奶奶。几条人命和一连串的事件，仿佛冥冥中有看不见摸不着不受控制的力量在捉弄着人们，以致最后少爷发出了天问式的呼喊："老天，你造出人是为了什么？"这样的作品很有震撼人心的力量。另一个中篇《向上的台阶》写一个命运中的幸运儿，从在邮局门前摆摊代人写字，到镇政府当文书，靠讨好上级和看风使舵而升副镇长、镇长、县长直至地区副专员。为了向上爬，他不要爱情，出卖朋友，更不顾群众的利益。这种揭示不同命运的小说，是相当有警策意义的。

周大新是一位有高度社会责任感的作家，他总是从社会发展和历史规律的高度，来认识现实和把握人生。他的思绪总是回荡在历史的乡愁里。因而历史的厚重感和忧患意识，就成为他创作的又一审美特色。他的中篇小说《铁锅》，在生活内容和人物经历等方面，与我们下面将要着重评论的长篇新作《第二十幕》有着某种相通和相联的因素。小说写男女主人公为传承做锅的祖业，历经磨难，在社会动乱中几起几落，铁锅一次次被砸碎又一次次被重铸，显示了我们民族强大的复兴能力。他的另一部14万字的小长篇《走出盆地》，是写"一个女人的生活和精神简历"，叙述邹艾决心"走出盆地"，她的命运大起大落，她以优秀赤脚医生的身份参军，迈出了人生道路的第一步。在部队她从卫生员到护士到医生，又以美貌和心机获取了副司令员儿媳的位置。可惜好景不长，公公猝亡，丈夫自杀，她复员回乡，开始了她人生奋斗的第三步：办了一个小诊所，并用种种手段发展成一定规模的医院，却又因误用假药酿成事故而破产。她最后说："我不会认输的！我还要再从头来！"表现了她与命运抗争的不屈天性。

纵观周大新一些有代表性的作品，我们可以得到一个明确的印象，他的创作在艺术方法上是属于比较规范的现实主义的。他基本上是按照生活本来的样子来结构作品和刻画人物，很少运用夸张、变形或魔幻等手法。当然，绝不是说他不熟悉这些艺术表现方法，这是由他关注现实、关注人的真实的生存状态的创作思想所决定的。他在表现手法上虽属比较规范的现实主义，但在价值观念、文艺思想、观察生活的立足点和审视点诸方面都是全新的，所以他的作品没有丝毫陈旧感，即使把它放在新潮小说之中也毫不逊色，这同时也证明了现实主义在今天依旧有着强大的生命力。

二

在周大新的文学创作活动中，他断断续续花了十年时间创作的近百万字三卷本《第二十幕》，无疑有着重要的地位和意义。它的问世，在周大新的文学生涯中带有标志性。在题材的总汇和主题的深化上，这部小说可说是他前一阶段创作的一个小结，是他迄今为止最成功最重要的一部力作。

如果把人类社会比作一个大舞台，那么从公元纪年到现在，幕起幕落，第二十幕戏剧也即将落下帷幕。小说《第二十幕》所录制的，正是中原古城南阳一个丝织世家在20世纪舞台上精彩演出的场面。小说通过对这个古城和家族百年世相的描绘，从乡村和市镇、商界和学界、官场和战场等广阔的生活领域，检视了中原地区农业文化和民族工业生成发展和兴衰浮沉的历史，审视了种种生存境遇和人性的嬗变，对百年历史进行了深刻的反思。

海德格尔说过："一切诗人就其本质而言都是怀旧的。"《第二十幕》从1900年春天一个黎明，写到1999年最后一个黄昏，描写了即将过去的整整一个世纪。它以尚吉利织丝厂五代人振兴祖业为主线，写了南阳通判晋金存、军界首领栗温保、南阳书院督导卓远等几个家庭的变化。同时又脉络清晰地穿插反映了本世纪许多重大的历史事件，如义和团运动、八国联军入侵、辛亥革命、抗日战争、开国大典和改革开放等等。对直接与丝绸出口相关的海湾战争等，也作了客观的反映，全方位地显示了百年历史风云。小说还充分地发掘了南阳的地域文化和历史风情。那铭刻了东汉刘秀故事的"安留岗"，是当时宫廷中外戚与宦官争权的一段真实历史。那高高的土坛富有象征意义，是女性传统牺牲精神的体现。还有诸葛亮的卧龙岗，一代名医张仲景的"医圣祠"，和汉画像砖等历史文物，都构成了作品丰厚的历史底蕴。这种对历史传说的兴趣，我们在他的许多作品中都可以看到。如《伏牛》中奇顺爷所说周族远祖求婚的故事。《走出盆地》中三仙女与南阳将军、土地爷儿媳与南阳、阎王妃子与南阳三个爱情故事等等，都辅助和强化了作品的主题。《第二十幕》中还写到飞则蔽日的蝗灾，落则盖地的大群蟋蟀，这些奇特的灾害，也都是作者从南阳史书上看到确实发生过的事实。这些都扩大了作品的历史内涵，渲染了历史和地域的浓郁风情。

《第二十幕》描摹百年历史风云，但它的写法并不正面渲染历史巨变，不是阔笔纵横地挥洒史海惊涛，而是沿用许多作家竞相采用的家族故事的模式，摄取时光在琐碎平凡的一时一事中流逝，演绎草木式枯荣轮回的人生活剧。周大新的作品十分讲究故事性，最近他在与一位记者的访谈中说："故事是小说的基本成分，只有故事不是小说，没有一点故事的东西也很难称为小说。故事是思情寓意的载体，是人物成活的依据，是引诱读者阅读的香料，是展览语言才能的舞台。"这段话简练又充分地阐述了故事在小说中的作用。所以他的作品情节起伏，引人入胜，很好地发挥了故事的功能，绝大部分作品都能成功地改编成影视作品，进一步扩大了作品的影响。这种经验很值得我们重视。

《第二十幕》突出显现了在社会动荡中不可捉摸的宿命悲剧。尚吉利织丝厂从清末至今竟经历了七八次劫难：先是摊交八国联军辛丑赔款而家破人亡，接着是地方军阀栗温保为霸占它不得而派兵捣毁了机房，后来又毁于日寇以及国民党的通货膨胀。解放后它又经历了公私合营、大跃进和三年困难的变故，并彻底焚毁于"文革"的武斗中。改革开放后不肖子孙为争夺遗产又闹得不可开交……一连串的天灾人祸和说不清的宿命本源，始终纠缠着尚吉利织丝厂。至于人们之间的恩怨，就更像尚家大院石碑上的格子网一样交错笼罩着人们：通判大人晋金存逼得栗温保妻离子散，栗温保得势后又凌迟处死了晋金存。晋金存强娶盛云纬，生的儿子却成了共产党。晋金存与栗温保是两个生死冤家，可他们的儿女却曾经是有过夭折儿子的一对情人。卓远的女儿容容是尚家的儿媳，为保护绸缎献出了生命；尚家的女儿绫绫成了卓远的干女儿，用身体挡住了射向卓远的黑枪。几十年前栗温保抢劫嫁妆葬送了尚达志的幸福，几十年后栗温保的外孙女在尚家含怨自尽成了报应。尚昌盛在深圳染上性病，他的妻子宋小瑾后来又与别的男人鬼混……一切仿佛冥冥中自有天意。作为生活，宿命使人迷惘，使人震惊；作为艺术，它却令人回味，令人思索。

　　一部具有史诗品格的大著作，不仅要求有纷繁复杂的社会历史内容，更要求作品具有普遍的概括力和哲学的深度。这部小说中尚家大院石碑上五横五竖的神秘网纹，就是一个内容很玄、破译不尽的象征体，它在书中不时反复出现，给人警示和启迪。小说开始它就在一个神秘故事中显现在我们面前，然后又出现在许多不同的场合：在云游桐柏山的和尚捡到的木板上，在抗战避难山洞的岩画上，在安留岗古墓的祭坛上，甚至在异国他乡艾丽雅家族的族徽上，都神秘地出现过这种符号。小说中结合具体情节，对它作了近20种破译。从意义上说它是吉祥的标志，或是褒奖的符号。从形状上看它像是街道路径的图形，或是布满河流道路田畴的国土。有的则从人物独特的人生体验和境遇出发加以解释，如尚达志、盛云纬等人就从事业和命运的拼搏中，把它看作是摆脱不掉的蛛网，是漏掉希望的筛子，或是"走错一步就会输"的棋盘，或是"一条路两边的空白是陷阱"，不小心就要失败，或是在目标和结果之间存在着交叉复杂的道路，等等。更值得注意的是卓远、左涛等人从历史哲学的高度对它的分析，认为"世界是由两种东西交汇而成的"，人分男女，生活有苦乐，事业有成败，人性有善恶，国家有"有序和无序"的转换，战争与和平、人与自然都是并存相连的，如此等等。小说通过这些阐述，赋予历史以人生体验的意味，使它形象化艺术化；同时又对历史生活进行高度的概括，使作品的意蕴更具有丰富性和深邃感。作者在与《文学报》记者的谈话中说："外部世界在人类意识里的一个重要映象就是网：水网、电网、公路网、法网、情网、关系网……它体现了我对现实世界、历史文化、人本哲学和社会发展进步的一些思考。"这就加强了作品的史诗效应和哲理思考的力量，使作品能成为20世纪中国社会的艺术再现和形象总结。

三

近年来由于加强了对各种文艺流派和方法的研究，使得长篇小说的创作理论要比过去更为自由和开放，这将有利于文体的革新和繁荣。但是每门艺术都有一些积淀已久且为文学历史证明是正确的艺术规范，都有一些在长期的审美活动中形成的心理范式。笼统扬弃过去的规范，就容易使创作受到损害。例如典型化的原则，就不只是一种可有可无的手法，而是现实主义的一个核心问题，同时也应该是其他艺术的共同追求。但有人却视其为"过时"，提倡"三无"（无人物无情节无主题）小说和所谓"原汁原味"，忽视在集中概括中塑造典型。新时期文学无疑取得了重大成就，也创作了如乔厂长（《乔厂长上任记》）、谢惠敏（《班主任》）、陈奂生（《陈奂生上城》）、许茂（《许茂和他的女儿们》）、徐秋斋（《黄河东流去》）、倪吾诚（《活动变人形》）、赵炳（《古船》）、白嘉轩（《白鹿原》）等大批典型形象。但是我认为近年来在典型创造方面还存在明显不足。和日益增加的创作数量相比，成功的艺术典型还不是很多。和改革开放的形势相比，充满时代精神的光辉典型也不是很多。和当前创作的实践相比，理论批评方面对典型化的提倡和总结研究不够。否则我们的文学画廊将会有更多反映时代、震撼人心、丰满厚实的艺术典型。

周大新在创作中一贯重视艺术形象的创造，而且明显地表现出他在塑造人物方面不断探索和提高的过程。我们看到他80年代的创作对人物性格的刻画还不够充分，多半处于一般化的个性描写。90年代初中篇小说《伏牛》《铁锅》和《香魂塘畔的香油坊》的连续发表，标志了他创作的跃进和人物描写的深化，其中突出的一点就是开始描写人性的嬗变。如果说这时他对人性的注意还只是处于深层开掘主要人物心理的阶段，尚未达到审视各种复杂的人性，那么长篇小说《第二十幕》的创作就标志了他着力描写人性已进入了自觉追求的阶段。他在创作谈中说，《第二十幕》与《古船》《白鹿原》等家族小说不同，就在于它是"一个人性的花园，花园里林立着许多灵魂的标本"。这是他人物创造的新经验。对于以往描写"典型环境中的典型性格"的创作观念，也是一种新的补充和发挥。本来对于人性的揭示与对社会历史的认识，这两者是密切地联系在一起的。马克思说过："人们的社会历史始终只是他们的个体发展的历史。"又说"整个历史也无非是人类本性的不断改变而已"（《马克思恩格斯选集》四，321、174页）。只有正确认识社会历史，才能正确揭示人的本质。反过来说，也只有正确揭示人的本质，才能正确认识社会历史。因此，《第二十幕》对于历史和人性的追问，就具有特殊的阅读魅力。在人物塑造方面为我们提供了新的经验，很值得我们重视。

20世纪是我国社会从农业文化向工业文明转变的一个时代，《第二十幕》选取一个丝绸世家作为这个大舞台上演出的主角，描写在政治权力为中心的社会里，从家庭作坊到民族工业的艰难发展，是符合时代的内容和特点的。作品很好地把个人命运、经济发展和历史事件等结合起来，使我们看到了社会的变化。但作为一个小说家所描写的，并不是社会经济政治史，而是通过这些来描写人的心灵史、命运史和人性史。

尚达志是贯穿作品始终的主人公，是作品着力塑造的20世纪我国民族工商业者的典型形象。他不同于30年代《子夜》中的吴荪甫，也不同于解放后《上海的早晨》里的徐义德，尚达志是一个土生土长的民族工商业者，在他身上更多的是延承祖训、成就丝绸霸业的家族精神，带有一种农业文化和宗法观念。仅就这一点而言，他与《白鹿原》中的白嘉轩在精神上倒有某些相通的东西。白嘉轩把不肖之子白孝文打得皮开肉绽，尚达志则砍断了嫖娼孙子尚昌盛的手指；前者为族规家法，后者要祖业兴旺。为传承祖业，尚达志卖掉亲生女儿去换机器。他还下毒手弄哑想当歌星不愿织丝的重孙尚旺的嗓子。他自己则眼睁睁地看着未婚妻盛云纬被官家抢去做妾。他用自虐的方式阉割正常的人性，而成为一种人格化的资本。在他身上，人的本质被异化为与自身对立的东西，织丝的生产活动统治、歪曲、毁灭着人的本性，人成为丝绸的奴隶。所以盛云纬临终前留给他的字条上写着："你爱的是物，不是人！"这是以血泪和一生的代价给他下的结论，的确令人震惊心悸。

但是如果我们对尚达志的认识，仅仅停留在他压抑人性违背人道的一个方面，只是把他当作要钱不要命的土财主一类人物，那就只是认识了一半，或者说是一种肤浅的认识。他弃绝世俗的幸福，割舍未婚妻、幼女和其他亲情，并不单纯是为了聚敛财富，而是为了振兴祖业，这是他们整个家族历代子孙的共同追求，他们每一代人从小都要背诵家训式的课文：

列祖列宗在上，达志生为男儿，有生之年，发誓不忘数代先人重振祖业之愿，力争使尚家丝绸重新称霸于中外丝绸织造界，再获"霸王"美誉！

"霸王绸"是支撑他们百折不挠的理想，是照亮他们人生追求的烛光。为了实现这个理想，他们几次倾其所有，拿出积蓄的金条银圆，所以他们绝不是敛财的土财主，而是有人生追求的理想主义者，是为理想拼搏的实干家。

为实现理想而执着不已，不仅是尚达志的人生准则，同时也是周大新许多作品的共同主题。中篇小说《伏牛》中的周照进发展家业，就是为了打倒坏干部刘冠山。《铁锅》中的郝祖宛和秋芋含辛茹苦，也是为了悼念父亲、传承祖业。《走出盆地》中的邹艾更是一位有人生追求向命运挑战的女性。他们都遭受过一次次的失败，经历了许多艰难困苦，但却从不屈服，显示了我们民族坚韧不拔的伟大精神。这种精神是我们民族的历史传统，也是当今振兴中华的现实需要，是我们开拓未来的力量源泉。作为一部具有广阔社会世情的作品，应该有光辉思想的照耀；只有深刻思想烛照的作品，才更能显示其深广。

尚达志不仅以他对祖业的执着而成为家族的楷模，还因为他有丰富的人生阅历真正成为家族的领袖。他活了108岁，是走完世纪全程的老人。现实生活的教育使他懂得对官府"要学会忍"！他把未婚妻让给了通判晋金存，他把织丝厂收入的一半送给了军阀栗温保，都是他"忍"到极致的表现。"能忍自安"是消极的，但在强权社会里也是无奈和有效的处世哲学。丰富的阅历也使这位老人对生活的变动异常敏感。他一见机器织绸又快又好，就立即购买。他一看到新中国成立的标语，就下意识地预感到是大喜事。他一听说"深圳"这个地方，就派孙子昌盛去看看。他听说政策允许少量雇工，就立即筹备私人办厂。他常常得风气之先，又往往料事如神。展示了这个人物性格多方面的内涵，使他更具有时代性和现实性，成为我们文学画廊中一个厚实的艺术典型。

与尚达志同样贯穿小说百年历史始终的人物，还有女性形象盛云纬。作者在他的小说集《瓦解》的"代跋"里说到，他认为"世界上的绝大部分罪恶和苦难都是男人制造的"，"虽然我明白世界上做好事的男人多的是，但我还是想把那些温暖的、深情的颂歌唱给女人。……我渴望这个世界上充满宁静与和平，我盼望这个世界上到处飘扬着人们的欢声和笑语，因此我就去写一些满怀柔情的女人"。《铁锅》中为铸锅奉献终生的秋芊，《银饰》中企盼幸福的碧兰，《伏牛》中一辈子没有得到爱情的哑巴荞荞，《步出密林》中把猴子放归密林的荀儿，等等，都是承受了种种苦难和牺牲，表现了崇高的母性和我们民族传统精神的妇女形象。盛云纬与她们有着许多相似的经历和命运，是她们精神上的亲姐妹。盛云纬的一生都没有得到理想的婚姻，她先是被晋金存强占为妾，后又出于无奈嫁给了晋金存的马夫蔡老黑；当她有可能与尚达志结合时，又遭到了儿女们出于政治原因的反对。她对尚达志始终怀着又爱又恨的复杂感情，可是在尚达志陷入困境时，她总是义无反顾甚至是以身相许帮他渡过难关。她与对尚达志一味感激、温柔的残疾女人顺儿不同，盛云纬是有心机有手段的女性。她折磨无辜的栗温保的妻子草绒。当她与尚达志的恋情暴露时，她却反咬别人一口。人性的善恶两面，分明地存在她身上。当然这更多是出于自卫，她毕竟是被侮辱与被损害者，是男性世界的牺牲品。

一部丝绸世家的兴衰史，同时也是一部众多女性的血泪史。尚达志的妻子顺儿、女儿绫绫、儿媳容容……几乎全部女眷都为"霸王绸"献出了鲜血和生命。不属于尚家的家属，小说中另外两位女性：栗温保的女儿栗丽、栗丽的女儿曹宁贞，也是最富感情、最令人同情的两个形象。栗丽命途多舛，大起大落，仿佛始终是在社会里找不对位置的弃儿。当她是栗司令家小姐时，她却成了共产党员蔡承银的情人；而当蔡市长下乡视察时，她又是一个反革命家属。但她却从不怨天尤人，从不逃避自己扮演不同角色的社会责任。小说写她解放时与蔡市长见面，告诉他没有随父逃离"是为了常去给那个孩子烧烧纸"，现在要去农村落户"是来向市长辞别的"。看到她的遭遇，我们都会感到揪心的痛苦，都会忿詈苍天的不公。她的女儿曹宁贞本是与尚家关系最远的人，她介入"霸王绸"主要是感激知遇之恩，她风风火火成绩斐然，可是她最后却死于无耻的流言和所爱慕者的误解之中！这两个人物是作家对女性命运的另一种观照，不只是一般地写她们的柔情与牺牲，而是深入一步地揭示了她们为所爱者献身却不为男性世界所接受的悲剧。

《第二十幕》成功地塑造了众多的艺术形象，细致地刻画了他们性格的变化。栗温保曾经是提倡"三有堂"（有衣有粮有房）的民军，但随境遇的变迁，他从玩女人、扣军粮直至成了反动军阀。小说中另一个人物卓远，也完成了从旧书生到革命知识分子的成长过程。书中各种人物都涵盖了历史生活的某个方面，通过他们使我们形象地认识和感受了世纪的精神面貌。

四

以前我们的创作关注和描写的往往是社会经济的发展，是阶级和阶级斗争，是党派和政权的更迭。其中又无不贯穿着新与旧、进步与落后、革命与反革命的明显分野。当然实际生活决不会如此过滤提纯和泾渭分明。《第二十幕》虽然以描绘世纪风云为宗旨，但却完全摒弃了这类政治经济二元对立的观念，按照实际生活写出了它复杂多面和纷纭混乱的生存状态，还原出一个本真的人生。所以，说《第二十幕》是写织丝世家也好，说它写民族工业发展也好，归根结蒂它写的是20世纪中国人的生活方式、生活状态、生存状态，这是真正从宏观的角度历史的角度来观照生活，这也更具有普遍的历史的价值，更符合现实主义的创作规律。

历史的进步和社会的发展，往往并不单纯是从经济和生产发展的数量来衡量的。有时科技的进步也只是给生活增添某些新的内容，并不能根本改变生活方式本身。《第二十幕》通过摇曳多姿的人物描写，通过纷纭流动的生活纪实和对历史事件的回忆审视，揭示了一个严峻的事实：在世纪的长河里，人们的生命活动仿佛只是一次次复写历史，而不是一次次改写历史。我们看到小说开始时尚吉利大机房是个体私营经济，而在全书结束之际尚吉利织丝厂又回到了私营经济，仿佛是走了一个圆圈，尚家奋斗百年的"霸王绸"依旧只是一个理想，说明了传统生活的顽固性和现代化进程的艰巨性。

小说《第二十幕》原先作者设计总的书名叫《想望辉煌的世纪》，上册原名《有梦不觉夜长》，中册书名《格子网》，下册书名为《消失的场景》，并在前几年分别出版。从小说这些题名，也可看出作者拒绝夸饰的严格的现实主义态度。与那些后劲不足的多卷本小说不同，我以为下册是全书中写得最好最深刻的部分。它写1980年改革开放以后的新时期，却没有从观念出发人为地安排一个光明的尾巴，而是写了"发屋"里的暗娼，小酒店的"三陪"，家族里的遗产纠纷，猜忌流言和钩心斗角依然在生活中流行。这是多么令人战栗的现实！小说最后以曹宁贞的自杀和出土的东汉古墓祭坛作为结束，富有象征性和警示的意义，表现了现实主义的冷峻和深刻。

《第二十幕》是一部规模宏大的长篇巨制。小说文笔细致，语言流畅，风格淡远。它表明周大新的创作已完全成熟了，达到了当今创作的很高水平。诚然，寸有所长，尺有所短，要在一部小说中表现百年沧桑丰富的内容，描写五代那么多的人物，难免会显得太多太满，笔力分散，有些地方又交代简单。自然，还是鲁迅先生说得好："倘要完全的书，天下可读的书怕要绝无，倘要完全的人，天下配活的人也就有限。每一本书，从每一个人看来，有长处，也有错处，在现今的时候是一定难免的。"像《第二十幕》这样优秀的作品，一定会得到广大读者的喜爱，并将在文学史上赢得自己的地位。

原载《当代》1999年第3期

周大新
研究资料

世纪风景的沉重演绎

——评长篇小说《第二十幕》

张学昕

　　周大新长篇小说《第二十幕》以整整一个世纪为时限进行文学叙述，对几个家族的生活进行全景式的审美观照，以至演绎出一个民族的兴衰与起承转合。作家在新的历史意识与历史体验中，通过近百万字的描写折射出即将谢幕的这个世纪的全部丰富性。历史、社会、人生、政治、经济、文化、伦理构成的这个民族的百年沧桑，构成了作家对历史现实深刻的文学体验以及对历史的亮点与盲点孜孜以求的追寻与捕捉。周大新的叙述使我们强烈地感受到在时间深度上的人类的生活。无论是历史还是现实，也无论这历史与现实怎样的沉重，它终会以一种方式存活下来。可以说，《第二十幕》所表现的这个民族二十世纪风风雨雨的历程是一部百年国人的精神史，它以文学戏剧的形式存活下来，成为一个世纪的审美化石。作家在他的写作中，以其对历史生活的心灵感知去体味，获得对"历史记忆"的意义追寻。在对时间空间的超越中，在纷纭难测的隔世中去发现意义的踪迹。狄尔泰在强调人文创造中主观理解和体验重要性时说："历史世界的第一性要素就是体验，而主体在体验中，同自己的环境处于积极的、生动的相互作用之中。这种环境作用于主体，同时也受到主体的作用。"唯有这样，理解与体验历史和现实，作家的写作才能进入历史人事的精神生活深处。面对即将落下大幕的二十世纪的人类生活，作家的审美方式、审美目光如何洞悉、如何寻找那条充满荆棘、坎坷而又易迷失的"林中路"，也就是如何能在世界黑夜的时代里道出神圣，周大新用一部《第二十幕》回答了这个疑问："哪里有贫乏，哪里就有诗性。"我们在阅读中，感受到了作家对诗性的发掘。

确切地说，作家在这部小说中处理历史、现实与审美选择的关系时有着自己独特的艺术追求。一方面，他以"长河小说"的形式铺陈出百年中国历史的来龙去脉、沧桑变化，获得"史"的宏阔表现。而且，在作品中自觉地追求中国传统历史演义小说的艺术效果，执着地运用民族化的叙事方式与叙事手法，对生活进行"民间还原"。作家根据民间自在生活方式的向度，即来自中国传统村落文化的方式和来自现代经济社会的世俗文化方式来观察、表现、描述生活，开拓写作的视界。作家虽然从文化审美的较高层次表现、审视历史和现实，但充分尊重历史的客观存在，注重民间的审美趣味，在主流意识形态和知识分子话语之外，创造了一种新的现实语境。一个世纪的中原历史文化、人的生存与精神归宿，在"讲述神话的年代"被呈现出来，这是对历史所进行的重新叙述和再度编码。另一方面，作家透过历史的表象，在写作中追求生活内在诗性的表现，即在镜像式展示历史图景的同时，其充满哲理的诗情倾注于严酷、艰辛的存在状态下人性、人情的美好与光辉、扭曲与晦暗的发掘，渗透了作家浓厚的情感投入，使历史、现实生活中的生命形式获得现代话语的完美表现。

因此，从审美叙事的角度讲，《第二十幕》既有别于以往十七年追求"史诗"的历史题材小说创作模式，又不同于近年"新历史小说"的叙事选择，这部当代小说中的近现代、当代史，为我们提供了如何把握文学与历史、叙述与事实的新的途径。

《第二十幕》的叙述是在中国近代、现代、当代史这一宏大背景上展开的。小说几乎涉及了近、现、当代全部重大的历史事件：晚清八国联军入侵和义和团起义、军阀混战、抗日烽火、国共之争、共和国建立、工商业改造、三年自然灾害、"文革"、新时期的改革开放……对这漫长历史发微抉义，自是历史学家关注的话题，而小说家在对历史的叙述中则有独具风骚的选择。周大新在小说的叙事语言和结构上并没有刻意追求文体的新颖和别致，追求语言上的"陌生化"效果和语法上的破例。作品全部三卷九部，采用与历史时间契合的线性结构叙述方式。历史流程是经线性的、时间性的，而社会结构则是纬线性的、空间性的，以尚氏家族为轴心的若干家庭与人物的性格力量展现及悲欢离合，在小说中却是在时间之流中一次次凝固在一个平面可视的结构关系里，苍老的是时间和人的生命本身，永远鲜活的是人在历史岁月中的精神定位，历史与叙述构成了经线上的纬度选择。

中原丝织业世家尚家在命运面前顽强的生存能力在百年风云中表现得淋漓尽致，这种时盛时衰的经历追溯到了千年之前的盛唐。小说设定于1900年拉启世纪的帷幕，在中原古城一条叫"世景街"的尚家大院徐徐展开，"世景"无疑是取"世纪风景"之意，从一个家族的兴衰审视一个民族的起伏消长。尚氏家族自尚安业起，经尚达志、尚立世、尚昌盛四代百年，由孤独、封闭到族门大开，拥抱世界，历经忧患，饱经沧桑：晚清的晋金存为帮清政府敛取赔款，使尚家家业走向崩溃，尚安业气绝身亡；尚达志从头开始，走向坎坷的复兴之路，其中又经军阀割据地方匪患栗温保的洗劫、抗战八年日伪的掠抢、国共三年之争……及至尚昌盛承继祖业经政府的工商业改造、"文革"十年浩劫，直到新时期改革，尚家再逢盛世、重整旗鼓。无数次遭受劫难和血泪的洗礼，都没能使尚家一蹶不振，他们又无数次抖擞精神，重新站起。从这个家庭的精神意志可以印证我们整个民族的品性。我们惊奇于家族乃至民族的兴衰起伏中，是什么基石有力地支撑它的生命，是什么力量使它在不断的破坏中建立起奇特的修复机制？小说透过历史的表象，对此作了政治、伦理、人性的挖掘和沉思。尚安业为了家庭和事业能再度勃兴积蓄财力，嘱令后代对他的丧事从简，不许铺张，仅用一草席裹尸入葬；尚达志在日军的枪口下为保住丝织设备令儿子儿媳引开敌人而惨遭屠杀；为延续世代家传基业，多少代尚家人的"晨读"从未中断过，铭记族人的"铁训"。每个家族中人对于未来的职业别无选择。第五代人尚旺酷爱歌唱且有天赋，但被太爷达志和父亲昌盛用耳屎弄哑了嗓子。这近乎残酷的家政不允许任何有违祖业先辈的旨义。

在婚姻的选择上，尚家的选择也是近乎不近情理的。任何情感性爱与个人意愿都无条件地服从于家庭的利益，人性天性受到极大压制。尚达志与盛云纬的情感与婚恋，正是家族家业的牺牲品，造成了他们一生的痛苦和缺憾。在尚家，甚至个人的生命选择维度也由无形的家族控制和调配。尚达志为重振家业，不惜卖掉女儿去做"童养媳"以积累资本，从这种人性、人情的畸变，我们看到了家族这个最小社会单位其"核能"的巨大，同时其对人性的压抑和对生命、灵魂残酷的扼杀也令人瞠目，难以想象。在不同的社会环境下，无论是太平盛世还是动荡岁月，这个家庭对外部世界的应变能力与姿态都取决于家族内部的自我完善和自我约束。在纷纭复杂的世事沧桑中这个家族为了再创自己先辈曾经有过的辉煌，将重新织出"霸王绸"树为几代人不懈追求的方向，为此，他们付出了沉重的代价。这里小说极力表现的是家族在这一次次的颓败中又重新站起。我们也因此看到了由无数个尚氏家族组成的整个中华民族所走过的自强不息、摆脱苦难的振兴之路。可以说，这个基调贯穿了全书的叙述。

在这种叙述氛围笼罩之下，人物性格的成长历程也充满了悲壮气息。小说着力塑造的两个人物无疑是尚达志和盛云纬。唯有他们两人目睹和感同身受了百年沧桑历史的全过程，既承载了个人生命和家族的苦难，又隐忍着民族的艰辛和挫折。达志青年时代的爱被封杀后，在后来的生活道路上，他的灵魂、思维方式似乎已经被捆绑在家族的战车上，个性也开始逐渐消融到家业兴衰的起伏中。任凭时代风云怎样变幻，他都矢志不渝地顽强应对着现实中发生的一切变故。作家也注意表现达志性格的矛盾性、复杂性，表现构成他性格矛盾的多重组合。他的性格不是单一的、停滞不变的，它是复合体，处于流动状态之中。在长达一百多年的人生历程中，作者除了主要揭示他所能承受的"生命中不能承受之重"，也多次表现他生命中对真诚性爱的追求与渴望，在描绘他刚毅不屈执着坚忍的同时，还特别抒写了他与云纬半个多世纪的悲凉柔情。小说中描写了许多女性，最见作家功力的属云纬的形象塑造。作为女性美的化身，云纬这一形象，其情绪、性格、感觉、色彩都非常鲜明独特，不同凡响。可以说其中寄寓了作家美好浪漫的希冀与理想。她为了自己一生钟爱的男人，不惜"与狼共舞"，强作欢颜，把一切痛苦都深埋心中。她的善良，她的爱与恨，充分地表现出中国女性中少有的襟怀与畅达。美好、智慧、开阔、真诚，集于一身，这是小说中最具理想色彩的人物。她与达志这一代人在希望与渴望中挣扎、奋斗，负载了一个世纪的沉重，直到耄耋之年才迎来新时代的曙光。

小说试图在叙述中揭示个人作为历史进程中有意识或无意识的参加者，对历史承担的责任。卓远作为时代、历史的"沉思者"，表现出惊人的睿智和胆略，丝毫没有一介书生精神的羸弱，他是历史勇敢的参与者和自觉战士。而人在历史过程中所扮角色的客观性和偶然性都不可避免。偶然的境遇既能造成历史的骤变，也能改变人物的性格，主人公命运的低谷可能就是走向生活巅峰的转折。栗温保偶然做了一次"强盗"，却决定了他一生的强盗命运，甚至影响了一部分历史的表现形态。作家对这个人物的刻画流露出对世界的幽默与无奈。小说在叙述中反复多次提出对"格子网"形图案的猜测，表现人类对自身命运的时时追问之苦和对宇宙规律的不懈探寻之役。这或许也是作家在表现人类的"存在性烦恼""存在性追问"。另外，小说在叙述方式上，表现为叙述者在空间上完全不受限制，全知全能视角，但在时间上却严格按事物的发展作顺时态叙述，而且叙述者在小说中是隐形的。文中还经常出现如"许多年以后""那件事现在想起""在那样一个晚上"等《百年孤独》式的语式，给历史与现实之间留出了心理时间的空隙，增加了阅读的弹性空间。

这是一部成功的现实主义小说，具有史诗式的姿态。小说篇幅浩瀚，人物众多，虽然没有从重大题材切入，但仍不失为大手笔写作。作品笼括了一个世纪社会生活的全貌，展示其历史演变的过程，反映了"全景社会"中各阶层的生活风尚、社会心态和错综复杂的诸多历史事件，体现了作家自觉的历史主义精神。可以说，作家将自己的理性主义史学与充满激情的对生命独特个性体验的诗学做了完美有机的融合。尽管作家在把握小说内在结构上呈现出较深的哲理诗性观念，但丝毫没有影响作品对历史和人物想象的发挥。特别是在世纪风云的大舞台背景下，作家充分而准确地表现了社会政治、经济、文化、宗教、历史、心理的各个层面，是一种全方位、多视角、多层面的艺术描绘。

归结起来说，作品对历史进行的文学叙事是极其成功的。这取决于作家在经历了现实的情感、观念变化后反顾历史时所获得的新的感性体验。作家能够超越以往的历史经验话语，将个人化的历史认识和历史经验组织进作品，既能超越历史追求新的高度，而又避免陷入茫然无序的表达与语言真空。这样，作品才能在历史的积淀中拓展一片新的艺术天地。从对外宇宙的社会生活观照到对内宇宙的人生的探究，从表现个人性格到铸造民族精神的坚韧和博大，从个人的命运变奏到时代的风云际会，小说在二十世纪历史大幕开合之中，表现了我们民族对人类的文明与进步的追踪。正如亚里斯多德在论述小说与历史的区别时强调的："诗人的作用是描述，但并非描述已发生过的事，而是有可能发生的，因此诗较历史更具哲学性与重要性，因为它陈述的本质是属于普遍性的，而历史的陈述却是特例的。"

我们可以把周大新的这部《第二十幕》看作是一部独具风格魅力的"历史小说"，亚氏所讲的"诗的或然性"与"历史的必然性"在这部小说中形成了纠结复杂的辩证过程，而且这种辩证过程在读者的阅读中是可以不断加以调整的。因此，无论就二十世纪历史和文化的复杂性而言，还是周大新这部长篇小说创作的复杂性而言，都不是我这篇小文所能言尽的。但是，作家已经给我们提供了一种观察角度和方法，让我们与他一道去总结过去时代的意义与意识。只是这种总结与回顾太过于沉重。

周大新
研究资料

原载《南方文坛》1999年第6期

现代抑或后现代?

——评周大新长篇小说《21大厦》

邓时忠　张忆晓

中国当代的城市化发展突飞猛进，进入21世纪，其速度更令人慨叹。昨天，我们还为西方林立的摩天楼、网状的高速路、满街的小汽车莫名惊诧，今天，中国已跨入全球现代化的行列，急速地进行着自己的城市化建设。城市化，不仅仅意味着一座高似一座的钢筋混凝土建筑迅然遍布于全国各地，它更突出地表现为人们的生活节奏、生活范围、生活质量，乃至生活观念、生活目标的迅速变化。也就是说，它还意味着农业文明向工业文明的过渡，甚至意味着"现代"与"后现代"的文化转型，意味着多重文化矛盾交互渗透、扭结着进入中国社会，在不知不觉间重塑着中国国民的灵魂与性格。周大新的新作《21大厦》（载《钟山》2001年4期），正是在进入21世纪门槛之际，处于现代性与后现代性交相渗透的文化语境中现代都市复杂人生的一幅幅影像，它融进了作者对现代性与后现代性的理解，体现了作者自己的文化价值立场。

中国人自卷入全球现代化的进程后，在百年来追赶西方的漫漫长途中已形成了解不开的都市情结，尤其是近20年来，都市与现代的密切联系更明白地刻印在人们的意识里面。小说于是把新世纪之初中国的都市人生浓缩进21大厦，大厦里便弥漫着浓厚的现代气息。在这座58层高的"温度由中央空调控制的大厦里，你几乎感觉不到一年四季温度的变化"，这里集中了最具现代感的各式各样的高级私宅、公寓、投资公司、广告公司、信息公司、化妆品公司、保健品公司、社会调查所、外资机构、豪华餐厅、巨型快餐厅、大剧院……小说由主人公对现代都市生活的艳羡开始："我"从农村来到京城，先是惊叹21大厦的雄伟，继而对大厦心存向往，并成功地在那里找到了一份保安员的工作。大厦寄寓了"腾飞"的想象和希望："整个大厦给人的感觉，就好像它会随时振翅高飞"，"他忽然抬起他的拐杖，指了指21大厦，说：它早晚会飞的"。然而，大厦也包含了现代都市的弊端与丑恶，生活在里面的人就好像"总是不断地在往自己脖子里套着枷锁"。小说真实地记录了中国人在现代化旅途中的孜孜梦想和惴惴不安。

在21大厦里，充满了追求的欲望和激情，现代的人生理想和价值观念是人们行动的导向，人们为各自心目中的现代生活理想拼命奋斗。他们快节奏地生活，大清早来到大厦里的各公司上班，午餐在大厦内的快餐厅解决，晚上还常常为某一项业务没有完成而加班，更有像画家吴老先生师徒那样，一次性买回一大堆生活用品，而后几天不出家门的；生活范围越来越窄，人们的一切活动均在大楼里进行，除了电话和电脑与外界相通，犹如鸟困于笼；生活的物质要求越来越高，他们向往豪华的住宅，锦衣玉食的享受，如邱先生那样有了200多平米的住宅，还要买下相邻的两套同样面积的住房，甚至大楼的楼顶。

在这里，物质生活的西方化、现代化是前所未有的。然而，在急速腾飞的现代化巨鸟的翅膀下，难免有挥之不去的阴影，在追求生活物质化、享乐化的同时，是人与人之间信任状况的降低。社会学专业大学生虞悠小姐的社会调查结果显示："大约有74%的人经常使用戒备、阴沉、冷漠的目光去看他人……人与人之间的信任度比上个世纪下降了4个百分点。"作者在并不贬斥人们对物质现代化追求的同时，却突出强调了现代社会不可忽视的倾向：人群高度集中却又彼此防范，互不往来。更有甚者，物质决定一切的偏激终使人性异化，为了金钱可以不要血肉亲情，谁的钱多谁就有支配力量。女博士宋小姐由失望到厌世自杀，沈部长权力寻租而最终因腐败翻船，彭仪傍上沈部长后，"开始了解官场里的许多秘密"，"开始懂得，一个当官的如果想要用权力为自己谋取利益，那简直易如反掌"，邱总裁身居豪宅、一掷千金，吴慈与阿童成天沉浸在绘画世界，足不出户。梅苑这个贯穿始终的主角，更为我们展示了人性变异的活例：她开始纯情可爱，可遭遗弃打击后变本加厉地索取她想要的一切：金钱、享受、上等人的感觉，千方百计傍上邱总裁这个大款，"想法抄近路"去实现自己的梦想。她说："我知道你会说我卑鄙，说吧，我不在乎。我比那些造假药骗钱坑人的家伙还卑鄙吗？我比那些送钱买官的人还卑鄙？我比那些贪污老百姓血汗钱的人还卑鄙？去他妈的，这年头谁不卑鄙？这世上能有几个高尚的人？凭啥专要我去高尚？"毫无操守的无耻表白，揭示了她灵魂的堕落，也道出了现代社会生活的一些实况。

文明的进步往往要付出道德的代价，这种历史悲剧性的二律悖反在人类文明的进程中一再重现。因此，恩格斯会说："文明时代的全部发展都是在经常的矛盾中进行的。"（《马克思恩格斯选集》第4卷第173页，人民出版社，1972）诚如作品里所展示的那样，在21世纪之初各种社会矛盾错综复杂的文化语境当中，对现代物质生活的不懈追求，伴随的是人性的扭曲，自然和谐的天人关系的破坏；同时，不满现状，蔑视限制，冲破范式，消解中心的种种后现代性因素也在悄然成长。中国幅员辽阔，现代化的进程在城市与农村、东部与西部并不均衡。整体上，中国经济尚处于发展之中，然而，当大部分地区刚刚从农业经济转变为商品经济的时候，一些地区则已经从商业生产社会转变为信息或知识社会。因此，在这个前工业、工业和后工业因素并存的国度，必然交织着前现代、现代和后现代的种种文化气息，必然会导致文化立场、价值观念等方面的多元、混乱和失范。

对此，作者没有像现代主义作家那样，或高踞于文学殿堂之上，发出深重的忧患之声；或刻意表现人对现实的无力，以及由此而生的因感受生命存在状况引发的对过去的缅怀。一方面，他以后现代式的宽容，对中国社会的现代进程积极乐观，颇具包容性地看待各种社会现象和人生问题，甚至对一些有争议的问题，如知识酬劳、同性恋、生活享受等等持宽容的态度。另一方面，他又对焦虑、绝望、自杀一类后现代课题表现出特别的关心：最初以单纯、秀美、充满个人奋斗的精神的面目出现在四层快餐厅的梅苑，后来变得玩世不恭、丧失道德操守；纯洁的快乐天使虞悠，热情忘我地工作，却莫名其妙染上了艾滋病，悄然遁世；宋小姐从寒窗苦读到奋斗成功，再到精神崩溃、颓废厌世，跳楼身亡……这些现代与后现代人在紧张和忙碌之后，处于一种非我的"耗尽"状态，已经不是现代主义那种多余人的焦虑，而是自我身心的肢解和彻底的零散化。他们体验的是一个变了形的外部世界，无法感知自己与现实的切实关系。在对现代都市人生的无价值毁灭的展示中，作者表达了对世界的荒诞感和无价值感。他俨然一个后现代作家，怀着与生活中平凡人一样的困惑和对困惑难以言传的无所适从，无法去揭示历史的必然性，而只是将人生悲剧、生命的偶然性的一角掀起，向人们展示人存在的处境。但是，作者没有走向纯客观的冷漠的、无精神维度的写作，还不是真正后现代意义的没有历史感的平面化的"焦虑"与"无言"。透过"表征紊乱"的文本，我们仍能看出一些怀疑和叩问，以及启蒙时代以来所标榜的理想主义的身影。

　　基于对现代性与后现代性复杂的文化特征的认识，在艺术策略上，作者采用的是写实主义、现代主义和后现代主义相错综的手法。

　　首先，在艺术思维上《21大厦》既不同于30年代刘呐鸥、施蛰存等人的"新感觉派"小说，专注于对都市人微妙心理变化的捕捉和对心理变态的描写，也与沈从文对现代都市人生的贬陈批判相异。作者似乎在以一种"纯"客观的态度，展示现代都市人生的种种面相，且自己"我"也作为一个角色进入其中，看似并无绘饰与褒贬。小说也没有现实主义对人物性格和心理的细微分析，没有环境和景物的细致描写，人性化的东西被大量平面化的物化的故事所替代，好像进入了一种"后现代性"语境之中。然而，小说却有明显的现实指向性，也没有放弃价值判断，从始至终都表现出对奢靡腐败、道德堕落、钱权交易等等与人类文明进程相悖的东西的贬抑、否定和批判。从作者所维护的道德伦理、审美理想和价值特性，也依稀可见积极的现代性建构意识。

　　其次，在艺术结构上，作者不遵循传统的叙述原则，有意识地把现代都市人的生活纳入一座巨型的摩天大厦内来展示，以"我"，一个大楼保安员的视角为辐射中心，像一只"电子眼"扫向大楼内来来往往、形形色色的各种人物，自由地观察21大厦内的现代人生，并以一个个餐位或一个个楼层为结构单元，来叙述一个个故事，用以展示人生的某一个面相，别出心裁。如果篇幅允许，在这样的开放式结构中，作者完全可以无尽地搜索下去。于是，我们看到，人们在这座大厦里，远离了宁静和闲适，看不见春光下广阔的田野，秋风中斑驳的树叶，无法享受大自然的美丽。而更可怕的，是人性在象征现代都市生活的大楼的禁锢中锈蚀、变质。这样的安排，既使小说结构凝练精致，不至于枝蔓芜杂，很有集中感，已恰当地表现了都市人生的隔膜感和孤独感；它还使小说自然天成，颇具真实性。

最后，在表现手法上，小说不像传统现实主义那样的写实，在平面的故事叙述中有明显的虚构和夸张，但人物又还有一定的概括性，如不择手段要过上等人生活的梅苑、彭仪，腐败堕落的贪官沈部长，挥金如土的大款邱总裁……都有相当的典型意义。小说最突出的艺术特征是象征。21大厦的每一层都有这样一幅壁画：用瓷砖拼成的站在笼子里的很大的黑雉，黑雉困于笼中，象征现代都市人已不知不觉地进入一种真正的"围城"时代。而在城市化时代，"住在每一层的人其实都想像鸟儿那样飞"。其实，这里的"鸟困于笼"，既是象征，也是反讽。在小说的开头，主人公向往的是由农村飞往城市：

> 我梦见了自己在飞，飞过一条幽深的山谷，飞过一片墨绿的树林，飞过一个浩淼的大湖，飞过一块长满包谷的庄稼地，然后进入一片白云之中……

即是由农业文明向工业文明转换的象征；可"飞"进了现代都市文明的环境，却处处是格格不入，满目弊端，仿佛一只原本自由的小鸟误入了囚笼，拼命想挣扎着出去。小说结尾那"飞出去肯定很好！"的自白，道出了作者对现代生活的质疑，摆脱现代生活束缚的心声。这种飞进又飞出的前后对比，颇有哈桑所说的那种带有多重性、荒诞性的后现代主义"中断反讽"的意味。反讽还表现在虞悠这个人们眼里几乎十全十美的21世纪难得的女孩身上。她有"女人身上最珍贵的东西"——纯洁，可是在这栋大厦里，她最终也无法说清楚自己是否清白，只留下富于讽刺意味的"鉴定书"，消失在茫茫人海之中。

《21大厦》是交织着现代性与后现代性复杂的文化矛盾的现实主义文本。这种现代、后现代与写实精神错综交织的文化立场，是否正是作家们对全球化时代多元文化语境的真实反馈？它是否多少代表了处于世纪之交的中国作家的共同文化倾向？值得研究。

原载《宜宾学院学报》2001年第4期

周大新
研究资料

忧伤的祈祷

——读周大新的散文集

赵　朔

　　周大新的《去看战场》总共收录了40篇散文。有懵懂无知的青涩橄榄，有烟火人间的愁苦冷暖，有中年回首的恍然觉悟，有军旅情深的悠悠缅怀，有游逸高原的脱缰野马，有人性人情的热情礼赞，有男女情事的欲说还休，有人生感悟的娓娓道来，更有对战争与和平的沉痛反思……由于作家一直奉职于部队，他的人生轨迹和军旅生涯紧密重叠地交织在一起。作家在对错综复杂的生活发出同样错综复杂的感叹的同时，写出了对和平、幸福、战争、暴力、爱与美等的态度和立场，展现出个体生命跃动的真相与对人类的深重关怀。文字平实不乏邃思，温婉冷静中饱含一腔热肠，作品的字里行间渗透着灵魂的声音与生命力的激情，使人于阅读中感到一种发人深省的力量。

　　通览全书，作家对战争的透析是多角度的，有亲历所感受，有借他人之口。首篇《去看战场》在全书中占有特殊地位。作为战争的标志符号，战场承载着太多的恨情仇，胜利与失败、欢呼与呜咽、喧闹与沉寂中蕴藏着人世的全部哲理。所以，踏访旧战场时，作家感叹"人活得不容易"，多看看战场，"会使我们更全面地认识人类自身"，而一旦人类能够更全面地认识自身，就会更冷静、释然地对待纠结于身的个人利益、国家利益，更能以全人类的整体眼光而非本民族的狭隘眼光去看人看世界，那么，世上就会少些仇杀，战争就会逐渐退出历史舞台。因为，作家深知，战争实在纠缠人类太久，给世界造成了太大的灾难。在《走进耶路撒冷老城》中，随着作家的脚步，你会看到，这里的居民"还时时被战争和仇杀中的枪声、炸弹爆炸声所惊"。"穿行在老城的街巷中时"，"时时见到需要持枪者护送的孩子，听到关于发现提包炸弹的惊呼"。显然，作为三大宗教的圣地，耶路撒冷的居民都"没有获得肉体和灵魂上的完全安宁"，可想而知，真正的和平离我们多么遥远，人类还需做出怎样巨大的努力。

在《将帅们》中，透过考察将帅们身前身后的荣辱、表现、心态、处境，借蒙哥马利之口控诉战争"是魔鬼，是瘟神"。这话由将军道出就显得意味深长。

作家认识到，战争在给人带来灾难的同时，还对人造成了相当程度的异化。比如说欺骗就已和战争血肉相连地融为一体（《奖赏欺骗》）。"身为军人，要想称职，就还得去学会从事欺骗的本领。"这让人深感战争造成了人性的迷失与道德的滑坡。这看似可笑的句子里流露出作家痛切的酸楚与哀伤（悲凉）。

此外，战争还破坏了大自然的平衡。在《滇南战地见闻》中，作家通过记录几则战地见闻，形象生动地描述了战争对以鼠、蛇、胶林为代表的动物界、植物界正常生活秩序的破坏，叙写了战争的残酷，它对人正常生活的破坏，对人肉体、精神造成的摧残和折磨。在此篇文章的"人与蛇同居"的故事中，借描写人蛇同居的相安无事及蛇对人的"宽宥"，作家内心在诘问：为什么人和人就不能像人和动物一样和平相处？难道人真的不如动物？动物尚有人性的一面，可人却充满了兽性。

面对战争所带来的种种灾难，忧心忡忡的作家企图给和平开个"药方"，于是，他希冀的目光望定了"罗马和平"时期，这段世界史著名的比较稳定的统治维持了191年，这在作家看来已近乎奇迹。于是，作家用心良苦地从中总结出几条"宝贵的经验"，以期对当下世界的和平与发展有所借鉴。在结尾，作家情不自禁地呼唤："140年的和平日子，能来吗？来吧，我们在盼着！"

周大新　研究资料

这理念是有根基的，那就是——苦难。正如思想家摩罗所说：苦难是中国作家的精神资源。在本书中，我们看到作家正是一个有着苦难经历的男人，"半生坎坷"（《癸酉年自白》），备尝生活的困窘与重压，如此就不难理解为什么他柔弱的外表中有种掩饰不住的异乎寻常的倔强？是的，这种特质只能是极度的苦难中诞生的，是从忍耐和幸存的严酷经历中磨砺出来的。

对战争的关注就是对人的关注，反过来，对人自身的深刻认识也会加深对战争的理解，从而逼近战争的本质。正是基于此，作家在关注战争与和平的同时，也对自己、他人、我们置身其中的生活进行了反思，而且这反思是从自己出发由己及人的，他从来不回避对自身的剖析。在《回望来路》等散文中，作家对自己的性格、气质、感情、成长历程、生存状态等都有不同程度的描摹与省察，他不无痛切地看到在他的处境中、外表上、性格里、人性深处的一切可笑、无益、渺小、卑微的东西，表现出一种毫不造作的自省意识与忏悔精神。

原载《文艺争鸣》2002年第6期

周大新小说论

梁　鸿

一、村落意识与乡村情感

考察20世纪50年代左右出生的作家作品，似乎无法避开"乡村——城市"这一处于复杂纠缠状态的名词范畴。

50年代出生的作家，大部分是从乡村走出来，即使有的家在城市，也有过刻骨铭心的插队经历，他们对乡村、土地、原野有着浸入血液的情感和感受，无论写什么作品，他们的脑海深处总有一个灰色大地的背景，他们在这里寻找人生、人性和人类的悲喜剧。我曾在另外一篇文章里写道："相当一部分当代作家似乎面临着一种困顿的境遇：在面对这样一种乡村伦理和城市伦理的冲突时，他们犹豫，徘徊，摸不准城市的脉搏，害怕做出判断，却又总是不由自主地在文中形成判断。或者说，在描写乡村精神时，作家运用的是直觉，是未经理智篡改的'直觉印象'……一当面对城市时，这种'直觉'的力量消失了，直接的判断、明白的是非感被容许凌驾于印象和体验之上，从而使作品失去'沉甸甸''湿漉漉的感觉'。二十世纪中期出生的中国作家在这一点上无法摆脱'乡村生活''原野大地'给予他们的直觉体验，也无法将自己真正融入到城市伦理之中，这是无法超越时代的生命体验的局限。他们对'城市'这一不断扩张着的势力处于一种失语状态。"这种对城市的失语状态和对乡村的直觉情感决定了他们创作的内容倾向和情感倾向，使众多中年作家披上一层意义暧昧的道德外衣，也使作品处于某种紧张的对峙、模糊的游移和双重矛盾之中。

乡村伦理和城市伦理在作家意识中不对等的模式和关系必然导致作品中乡村和城市之间"紧张的对峙"关系，也必然会影响作家对小说道德秩序的设置和人物的定位。应该说，周大新的小说揭示了八九十年代中国城市和乡村之间的紧张关系，但是他更多地以乡村的目光来观望城市，在城市背后，用周大新的话说，有一个"圆形盆地"，一个抽象意义的中国村落，具有完整的村落道德谱系，不是理念上的传统伦理道德，而是与生存利益紧密结合的产物。周大新正是站在这一"村落"之中无限深情地注视着他的在大地上忙碌的亲人们，体味着他们的悲欢离合、爱恨情仇，因此，周大新描述的多是"豫西南小盆地"——他的故乡南阳乡村底层人的生活，把笔指向玩猴的艺人、做棺材的、卖字人家和许许多多在乡间默默地生、默默地死的人们。

如果说政治意识形态以一种强制性的力量影响着乡村生活的话，一个村落千百年来积淀出来的人情、文化形态、思维方式则是全面渗透性的，日常生活中的农民更多地受着村落意识和村庄道德的制约。因此，乡村伦理在面对经济改革、政治改革和价值观念大改革的时代，呈现出比以往任何时候都更为复杂、暧昧的态势。

在周大新的早期小说中，乡村伦理道德以几种面目出现。一方面，在面临经济改革和发展时，在农业文明基础上形成的乡村伦理道德受到挑战并且开始土崩瓦解。如村庄的平均主义、宗族意识常常成为农民发展的主要障碍，这种落后的村落意识在改革初期骚动的村镇里尤为明显。如《武家祠堂》中所描写的商品精神对乡村文化和道德图谱的冲击，这里，传统道德观成了阻碍社会发展的主导力量并且名正言顺、理直气壮。尚智因为技术革新而使服装成本降低，因此，他决定薄利多销，但是，这样一来影响到同样在镇上做服装的烈士遗孀常二嫂的生意，激起了镇上人们的义愤，不得已，尚智只好远走他乡。如果说是普遍生意人之间的竞争倒不会产生这样大的结果，这种"同情弱小"的善良之举和道德观念作为一种传统美德不知不觉地限制着正常的经济行为，压制着新生事物的生长。另一方面，周大新更多地描述了在商业文化的冲击下，农民在走入商品世界的过程中所表现出来的狭隘的农民意识和不择一切的复仇手段。《第二十幕》中尚达志为保存家族的实业，牺牲爱情，后来甚至于卖自己的亲生女儿，在这一过程中，显示了乡村伦理道德对生命的轻视，对个性、情感的否定和践踏；中篇小说《家族》《泉涸》《紫雾》，长篇小说《走出盆地》《第二十幕》等作品都在不同程度上反映了这种强烈的复仇意识以及由此而产生的乡村基本人际关系的变化。

　　但是，无论作者揭示的是怎样可怕的乡村场景，我们仍能感受到灵魂深处的乡村情感，它就像一条地下河，静静地流淌，虽然无声，但所过之处，却呈现出温润、透明的光泽。相形之下，周大新笔下的城市镜像则显得枯燥、丑陋，人物处于极大的精神焦虑和生存困境之中。正像我前面所说的，在周大新的小说中显示了乡村伦理和城市伦理的紧张对峙，《走出盆地》中主人公邹艾在城市的经历就始终处于这两者的冲突之中，三卷本长篇小说《第二十幕》通过一个农村家族百年的经商史展现了两者冲突的历史和中国政治、文化的沉浮。其实，在他的早期小说中，就有这样的倾向，一方面他承认农村必然走向城市化，另一方面却又忧心忡忡，因为他感觉城市化的背后是人性的逐渐荒芜，离开了乡村、大地、原野，人类也失去了基本禁忌，他害怕这样的结果。因此，当把城市作为一个完整意象来考察时，和他的"盆地小说"正相反，作者不再揭示村落意识、乡村伦理的病疾，而是把它置于城市文明之上。作者并没有否定城市物质文明存在的合理性，但却对城市伦理的精神存在进行整体性质疑，这在《21大厦》中尤为明显。在面对城市时，乡村伦理以绝对的优势压倒城市伦理，它里面蕴含着人类的原型存在和人性的最高象征，它是作者的最后希望。

二、窥视者的身份质疑

似乎没有哪个当代作家比周大新更关注进入城市的农民的身份问题，农村人、底层人以何种方式获得自己在城市的生存权是理解他小说的重要线索。

一个非常明显的现象是，周大新的小说人物在从农村走入城市的时候，总是带着一股不成功决不罢休的决心，不管采取什么手段都要达到。进入城市之后，他们竭力寻求城市的认同，学习、模仿城市的规则、风尚和伦理秩序，但是由于摆脱不了农民身份和文化差异，他们又总是和城市处于冲突和痛苦的磨合之中，这决定了他们在城市的边缘存在，而乡村伦理和城市伦理的紧张对峙和冲突在这群窥视者身上表现得尤为突出。

窥视者始终都是城市边缘人。在城市，他们是弱者，因此他们畏缩怯懦、自卑敏感、胆小怕事；但是，他们又怀着必胜的决心，因此他们胆大凶狠、锱铢必较、泼辣好事、不顾一切，这是典型的弱者意识和弱者生存哲学。《汉家女》中的汉家女，《走出盆地》中的邹艾，《向上的台阶》中的怀宝，《第二十幕》中的尚穹，《21大厦》中的小保安等都是窥视者。走进城市，既是他们为争取自己更好的生存机会的必然，但却加深了他们和世界之间的冲突。

《21大厦》中的小保安和地下2层的打工者丰嫂、余太久、崔发的生活和大厦高层生活俨然是两个不可相通的世界，作品通过小保安的眼光把两个世界联系在一起，使我们看到两者的差异和可怕的隔膜。"很难见到阳光"是他们生存处境的最好比喻，面对被放逐的历史境况，生活在城市的农民按照自己最朴素的本能组成一个完整的精神世界以对抗城市施之的压力。他们也有欲望、渴求，但是在艰难的生存现实面前，只能以悲剧的形象出现，崔发因为找一个江湖医生给女友流产导致了女友生命危险，老梁因为贫穷不敢娶老婆，可是他们能互相体谅，有难同当、有福同乐，他们之间是一个辛酸、温馨的世界，这与高层人与人之间的相互倾轧、相互欺骗形成尖锐的对比。他们的物质虽然极端贫乏，但他们却保持着最朴素的人间情怀，保持着人性最基本的优美和崇高，正是他们保持着人性的基本底线。而生活在高层的人却恰恰相反，情感的枯竭、对物质的无限贪求、心灵的萎缩以及在各种新观念掩盖下灵魂的卑鄙，生命在物质的丰盈下反而显得焦虑异常，21大厦每层形态各异的黑雉鸟像一个不祥的诅咒，冷漠地注视着他们没有希望的生活。

但是，窥视者只能是窥视者，任何想越位的可能都会被毫不留情地打消。小保安以为他获得了梅苑的爱情，以为梅苑认同他的情感方式，于是，他开始像在农村一样，悄悄地安排着婚礼，但是，梅苑的行为却无情地粉碎了小保安的梦。但是，小保安的死并不仅仅意味着一个善良、保守的农村人追求城市生活理想的破灭，并不仅仅是他不能接受梅苑城市生存规则和伦理规则，而是他无法忍受失去尊严的生活。人可能还有一种最基本的对尊严、对爱的追求，保安所看到的恰恰是城市人对这些追求的漠视和践踏，他所受不了的正是这一点。但是，不可否认的是，小保安对事物的判断充满着乡村伦理的道德本能，这就造成了一定的局限性，乡村和城市很容易形成简单的两极对立，作品无法消除对城市的"隔"的感觉，无法真正深入城市的精神内部。这也是周大新站在"窥视者"的立场上的必然代价。可是也正是这样，他小说的根须更深地扎入土地之中，而树叶则以更为坚韧的生命形象挂满枝头。

三、善恶辩证法

周大新的所有作品都渗透着一种很单纯的东西，即对善的追求和信任。这种对至善的追求使他的作品非常透明，有一种庄严，庄严之中又蕴含着温情和宽容，很有佛性。如果你认识了周大新本人，你会很容易感受到他作品中善的来源，他对善的认识正来自于他生活中对善的追求。他也毫不隐瞒自己的文学观点，"写作对我来说还有一个目的，那就是呼唤爱和善，我希望每个人的一生都能在爱的浸润中度过，我希望我们这个世界上能被善意充满，我期望自己的作品能对那些我看不惯的丑的恶的东西起些作用"[1]。

但是，当周大新在他所熟悉的乡村大地逡巡时，他非常痛苦，他的灵魂在理智和情感、善与恶之间痛苦地抉择，他想象他的故乡原野是一望无垠的碧绿

———————————

[1]　周大新：《答二君问》，《旧世纪的疯癫》，新世界出版社2002年版，第370页。

和湛蓝，是纯净而美好的世界，但是，看到的却是千疮百孔的人性之黑洞。这种情形使他经常陷入善恶的悖论之中。

可以看出，在《武家祠堂》里，作者陷于道德悖论之中。他清楚地知道尚智的行为是先进的、合理的、善的，而他又的确和村人一样对常二嫂持非常强烈的同情心，他不知道该怎样倾斜自己的道德天平。其实，问题还在于，当村人以"同情弱小"为名义——这一"弱小"又是烈士遗孀，与国家、民族等词语联系在一起——迫使尚智远走他乡时，有没有更为复杂的目的在后面？他们的行为动机真的就那么高尚、纯洁吗？他们真的是纯粹出于对常二嫂的同情吗？难道在其中没有夹杂着对尚智才能的嫉妒吗？其实，村人也只是利用这个机会把他赶出去，以一种"掩耳盗铃"式的心态继续自己封闭、贫穷的生活，这才是中国最典型的乡村道德文化的真实，是集体的"恶"的大胜利，而不仅仅是传统文化中"扶持孤寡的高情厚义"和商品经济发展之间的矛盾。但是，这一切又是在富丽堂皇、无法辩驳的理由下进行的，它也的确帮助了常二嫂的生活。这种暧昧难辨、相互纠缠的善恶的辩证存在表现在周大新充满情感的表达中。

其实，这正是周大新小说审美力量所在。雷达道出汉家女形象的实质："我欣赏汉家女，如一小小宇宙，既恶又善，既浑身是刺又柔情似水，既泼辣无比又温存无限，既恪守传统又在非常关头打翻传统令人瞠目，她的一身集合着载不动的生力和情感。"[①]"既恶又善"，这才是汉家女独特的审美价值。在汉家女身上，善与恶处于混沌状态，两者在她的灵魂中是平等存在的，作者没有特意抑恶扬善。这是一个鲜活真实的生命，是人性的自然存在，善恶之间有内在的张力，并导致人物进行自我选择。

但是，周大新似乎又陷入因果报应的模式中：善最终战胜恶，恶总是得到一定的报应，并且最后"恶"的主人公都有所悔改。《家族》《泉涸》《紫雾》《伏牛》等小说都没有脱离这一模式。在《紫雾》中，一场大火之后，周素在面对龚家跪拜谢恩之时，禁不住良心的煎熬，跪倒在地，说出了自己放火的真相；《小诊所》中的诊所主人本是为了致富无恶不作的人，最后，却成了

---

① 雷达：《周大新小说中的善与恶》，《解放军文艺》1988年第6期。

救火的英雄，这种安排在无意中替一直不满诊所主人的医生岑子找到了答案和归宿，主人公最后的"善"举为自己赎了罪。而在《21大厦》《旧世纪的疯癫》中，小保安和振翼则通过另外一种方式完成了对"善"的追求。

在悲剧精神形成的时刻，作者把小说变为传统的大团圆结尾，善恶的较量有了结果，悲剧也最终变成了各得其所的喜剧。"悲剧，是中国所有文化的底色。但在这个底色之上，中国文化建立起了自己的乐感文化。"①"乐感文化"正是指作家消除苦难、消除人物内心与世界的对抗性的文化倾向，这无形中削弱了小说的力量，同时，也否定了"恶"的合法性存在。

其实，当周大新以一个写作者的身份去反观他的大地时，已经不是当初那个带着贫穷的记忆和逃出土地的愿望的年轻人了，他带着回忆者特有的温情、忧伤和美化的本能，此时他想的是理想中的、已经知识分子化了的乡村伦理道德，而不是现实中的乡村道德规范。作者把自己理想中的传统伦理的"善"同现实中的乡村伦理道德的"恶"进行较量，并且，最后，总是"善"占了上风。

还有一点不能忽视的是，作者常常把违背乡村基本道德伦理与违背自然伦理重合在一块儿，他作品中的神话常常代表着自然界的伦理秩序和神秘的天命，它们关注着主人公的言行，主人公违背乡村伦理的行为就会遭到自然伦理的惩罚。在《伏牛》中，当周照进痛打妻子时，小牛"云黄"突然发怒冲过去用牛角刺照进以保护荞荞，这样一来，主人公的行为在神话那里寻求到了解释，强化了乡村伦理道德的合法性，当然，他这里强化的不是具体的乡村伦理，而是其中"善"的存在的合法性，这其实模糊了乡村伦理道德整体的复杂性和藏污纳垢的性质，而使其成为一种简单的存在。这也反映了周大新思维深处的矛盾。他总是愿意把"善"想象成人的天性、人的自然属性，而"恶"则是第二位的，并且因此在字里行间不自觉透露出价值判断，实际上，正像他作品中所展示的那样，善与恶从来都是以一种辩证方式存在，处于一种动态的转换之中。

---

① 王富仁：《中国文学的悲剧意识与悲剧精神》，选自《中国文化的守夜人——鲁迅》，人民文学出版社2002年3月版，第292页。

四、"文如其人"的辨析

应该说，周大新在文坛上口碑非常好。所有作家、朋友在提到周大新时，都情不自禁地赞扬周大新的善良、谦逊，称他是一位"德艺双馨的作家"，如果说"文如其人"的话，周大新是最优秀的代表，这反映在大新的为人上。"他性格平和，脾性温婉，与世无争，恪守中庸，重然诺，重友情，与这种人交往作为男人安全，作为女人幸福。"① "你分明能从他身上体会到一种女性的美，那就是善良。是一种女性的善良、温和、体贴入微，那目光在关注着你，那话语是温暖的，那双耳朵在倾听。"② "无论从旧道德标准还是从新道德标准来衡量，他都是个真正的好人。当然，大新有时也有点过于善良了。"③

并不是因为他们是周大新的朋友才这样说，当你认识周大新之后，你会发现他们说的一点都不过分。他善良，甚至善良到了羞涩的地步，对残酷、丑恶的东西本能地害怕：他对世界充满温情，希望所有人都聚集在"爱"的旗帜下。

但是，当善良被作为一种评价标准，当所有人都不自觉地把你的善良和创作联系在一块统一起来评价的时候，我却有一丝怀疑，这里面是不是有某种不易觉察的误区和危险？周大新这样剖析自己，"我喜欢穿素色衣服，因为它不起眼，不惹人注意。我最怕在公共场合让许多人注意自己。虽然我渴望成名，可又不喜欢被人注视。在有许多熟人在场的情况下我不喜欢拍照。我不愿在会议开始时再走入会场，因为那会引得众人来看自己。"④

这种拘谨的心态除了是因为一个长期从事文字工作者面对外部世界本能的内向之外，与他善良的性格有没有关系？它会不会影响作家创作时的心理？会不会影响作家对事物更深的探索？这又使我联想起另外一个问题："文如其

① 王必胜：《漫说周大新》，《时代文学》2001年第4期。

② 行者：《大新真好》，《时代文学》2001年第4期。

③ 何镇邦：《我的朋友周大新》，《时代文学》2001年第4期。

④ 周大新：《癸酉年自白》，《村边水塘》，文心出版社1996年版。

人"是否真的是一个作家的最佳境界？一个作家的性格势必会影响、渗透到作品之中，这是不可避免的。但是，关键的是，作者能否、如何避开自己的价值判断而进入生活深层的真实中去？

从整体考察周大新的小说，我总觉得，生活性格已经影响了周大新的创作心态。我们可以明显感觉到，当作者描写"恶"的时候心中的某种害怕，这种害怕既是作者的一种写作姿态，也是作者在面对人类"恶"的时候承受力的局限性和认识的不够。正是由于"过于善良"，他对"恶"非常厌恶和惊叹，他不理解人类为什么会做出如此丑陋的事情，这种潜在的情绪使他无法深入思考下去。思维在此停住了，作者在这种时候经常打一个巧妙的擦边球，轻轻地滑过去。在一个巨大的混沌世界面前，周大新不敢进去探究它的存在状态，而更多地用情绪的激昂来代替了冷静的探讨，然后，退回到"善"的世界里。《紫雾》《泉涸》《旧世纪的疯癫》这一些小说都有这样潜在的模式，《21大厦》也有点过分拘泥于小保安的眼光和价值判断，从而使城市的存在显得有些单一、苍白。

面对"恶"时，面对许多并不符合作家心中理想的世界、理想的人性时，作家该怎么办？是因为愤怒而谴责它一通，然后，掉头走了，还是勇敢地面对虚无，承受痛苦，承担痛苦？或者干脆，回过头来检视一下自己所依据的价值体系是否过于简单化了？也许，人性、人生更多的时候是一种混沌状态，是无法用善恶、好坏来评价的，而善和温情并不是爱的全部。实际上，许多时候，恰恰坏的因素充满好的特质，它昭示着人类的另一极存在。

但是，对于周大新来说，绝不是他没有认识到人类和社会复杂、多元的存在本质，而是当面对善恶的时候，他的向善的天性使他不由自主地把自己的情绪、判断带进去，并且把这种情结直接传达给读者；在善恶的临界点，作者总是不由自主地把天平倾向于善，把本来可以更为开放、广阔、多元的思维引向单一的结构。其实，这一刻，恰恰是人性最具意味、最具包容性的时刻，生命在此刻处于一个十字路口，通向四面八方，每一方向都存在着，无论是善恶美丑，在小说家那里，它们应该是平等的。

其实，如何做到"文""人"分开，如何摆脱日常生活经验的束缚而进入

周大新
研究资料

一种自由的想象状态，可能是每个作家所面临的问题。我在这里想告诉周大新的是：要警惕！当人们把你的为人放在你的文章前面来谈论的时候，这也是危险的时候，最起码，它意味着你的作品已经形成某种模式，或者说，你的做人原则在某种程度上可能已经妨碍了你的文学探索和思想的维度，这将是一个极大的陷阱和误区。要想进入一个自由的想象世界，必须抛开心中的先验的价值判断和道德立场。在这个世界里，不但要抵抗和日常生活中的自己不统一的存在，更要抵抗和自己相统一的存在，在这里，作家必须有强大的信念，建立新的规则和境象。

周大新的世界是复杂的，仅仅用一种判断根本不足概括他小说的全部精神世界。周大新曾经宣布过自己的文学观念就是"为了人类的日臻完美"，他始终在为这一终极目标而努力，"作家该用自己的笔对人类的完美状态做出自己的描述，指出什么是完美的人，什么是完美的人类社会，什么是完美的人类生存状态，从而去吸引人们向那个完美的境界迈进。"[①] 他也的确在他的小说中做到了。昭示善的力量，美的力量和人类对追求美好世界的执着向往，这难道不正是一个小说家的主要任务吗？

尽管在当代文坛上，周大新已经有自己的空间和位置，但是他不断变化着，渴望获得进一步发展。他对小说形式的探索表现出一个作家足够的敏感和领悟力。80年代中期他的长篇处女作《走出盆地》就已经显示出他对形式的独特把握。此后，他不断变化小说的形式，三卷本长篇小说《第二十幕》中作者用不断变化、衍生出新的意义格子网来作为小说的主要线索，《旧世纪的疯癫》改用书信体，《21大厦》中又增添了许多图画，同时，在文本结构上也试图有所突破，用一个人的眼光来观看多层次的城市生活并形成强烈的对比，这都是有益的尝试，它们显示了周大新对艺术不懈追求和始终如一的激情，显示了周大新不竭的艺术灵感。

原载《小说评论》2003年第5期

---

① 周大新：《为了人类日臻完美》，《村边水塘》，文心出版社1996年版。

周大新小说中抗争女性形象的审美意蕴

曹建玲

周大新的小说创作具有鲜明的特色，他执着、痴情地以自己故乡豫西南南阳盆地为主要表现对象，描绘了故乡的文化风俗，故乡人的生存状况、命运，探索着人性的奥秘。在塑造盆地人物时，他更钟情于对女性形象的刻画，塑造出一个个性格鲜明、内蕴丰富的女性形象。除了美丽、温柔、善良、单纯、无私这类更多体现出中国传统美德的女性外，周大新还刻画了另一类自强不息、顽强抗争的女性形象，这类形象在周大新小说中数量不多，却放射着异样的光彩。

周大新笔下的抗争女性有的生活在以往历史中，但更多是生活在现实中，尤其是生活在经济改革的新形势下。她们身上不乏新的时代气息，但由于她们生活在比较偏远的南阳盆地，这里特殊的地理位置——远离都市，山水阻隔，交通不便及农耕经济形式，形成了并至今保留着南阳人特有的盆地意识。落后、保守的盆地意识既是她们抗争的对象又成为她们思想行动的强大阻力，使她们在勇敢的抗争中又显出种种不完美。她们的抗争主要是对命运的抗争，对不幸婚姻的抗争。

邹艾（《走出盆地》）自小被父亲遗弃，孤儿寡母遍尝了人生的苦味，艰辛的生活培养了她泼辣、刚强的性格，她不甘贫困，不信命运，与命运抗争，要把自己的前途、命运掌握在自己手中，不惜以最大的努力和最高的代价摆脱屈辱与贫困。为此她想做官。想做官就认真读书；读书不成，就用超出常人的行动和汗水拼命挣工分、挣钱。她从不放过任何一个改变自己命运的机会，干什么都要努力做到最好，不论是做普通农民，还是当妇女大队长、当赤脚医生。功夫不负有心人，邹艾终于用自己的奋斗开创了未来的光明前景，在她面前展开了两条可供选择的道路，面对平静安逸与更为广阔但也可能充满坎坷这样两种生活，她毅然选择了后者——参军，走出盆地！她像一只志存高远的雏鹰，无所畏惧地飞向了更高、更辽阔的蓝天。也许我们并不赞成邹艾参军后的表现，甚至厌恶她蝇营狗苟的庸俗、为达目的不择手段的刻毒，但邹艾那种稚嫩、朦胧的与命运搏斗的精神和"走出盆地"、发展自我的意识是令人敬佩的。失去显赫的地位，失去丈夫，接踵而来的灾难没有使邹艾趴下，在短暂的痛苦、失落过后，她作出了人生路上的又一次选择——转业回乡。看上去邹艾从"走出盆地"到"重返盆地"是一种回归，但周大新无意于探索人生终极的虚无，无意于描绘人生的怪圈，他笔下的邹艾虽身归盆地，但其精神追求既显示了盆地人的吃苦耐劳，又超越了盆地人——尤其是盆地女性的怨天尤人及遭挫后对命运的认同。回乡后，邹艾几乎是白手起家办起了小诊所，资金的匮乏逼得她走投无路，差点自杀；行业间的竞争使她起步异常艰难，欲哭无泪，但后来邹艾凭着惊人的意志和精明的才干将小诊所发展成为享誉盆地、有相当规模和先进设备的"康宁医院"。

邹艾顽强地同命运抗争，同时也同一切阻碍她把握自己命运的社会丑恶势力进行抗争。当权者秦一可一直像幽灵一样紧紧缠绕着邹艾。邹艾被秦一可奸污以后，痛苦不已，甚至想自杀，但最后她未自杀，也不像普通女子那样忍辱含垢，而是采取了激烈的反抗方式惩治秦一可。在返乡后办医院的日子里，对依然影响着自己命运的秦一可，对权力极大的医药公司保管员，邹艾没有半点妥协，有时候是变换一下斗争的方式——以恶制恶。邹艾始终以不屈的抗争维护着自己的尊严和合法权益。

纵览邹艾走过的路，不论是显赫家庭的获得，还是官职的提升，事业的成功，其间不乏使心眼、耍手腕这些我们看来属不道德、不正当的东西，但瑕不掩瑜，我们更多看到的是邹艾的拼杀打斗，每一次成功里都有她的心血和汗水，有她的智慧与勇气。不论何时她从不懈怠，如拧紧的发条般一刻也不肯放松，她经历了多少次命运的捉弄，但每次都爬起来擦干眼角的泪水，挺直身子继续与命运抗争，即使在康宁医院处于绝境时，她依然满怀壮志，重振雄风，从头再来，设想着"不仅要把康宁医院办成全南阳、全河南的一流医院，我还要让它在全国、全世界出名"。邹艾对于人生的认识是："人不能对成功要求太少、太小，前面的山头上总应该有新的目标。"伏牛山培养了邹艾高山般顽强的性格，她有一种打不倒、击不垮的自强不息的人格。更为可贵的是，邹艾身上具有鲜明的女性意识。她的身世是悲惨的，小时候是没有父亲的孤女，刚参军时是没有靠山的女兵，步入中年后又成了没有丈夫的寡妇，作者集女性人生几乎所有的不幸让邹艾品尝，让人物在艰难中历练，然而在作品中邹艾没有怨天尤人，顾影自怜，她在艰辛的生活中凸显强者本色，凸显女性自强、自立、自尊性格。当康宁医院被查封，邹艾濒临经济和精神的绝境时，好心的老四奶劝她从此"认命"，找个男人做靠山，过上女性几千年来的惯常生活，然而邹艾心里想的却是："只要有人吃一斗，只要男人们分一斗，凭啥只给我三升？我偏要争来一斗吃！"她没有将自己定位于"女人"上，而是认识到自己是跟男人一样的人。其男女平等的女性意识是何等鲜明而张扬！

与邹艾相比，油坊老板郜二嫂（《香魂塘畔的香油坊》）的经营才能不亚于邹艾，然而郜二嫂的抗争方式与抗争力量却与邹艾不同，她的抗争行为是隐蔽的，主要是对不幸婚姻的抗争，抗争中又包含着多重复杂的内容。

由于贫穷，郜二嫂被送进富有的郜家做了童养媳，对不幸婚姻的反抗从她十三岁结婚时就开始了。在几十年的共同生活中，郜二东酗酒、不务正业、自私的纠缠都在不断强化着她的反抗意识，她恨郜二东，甚至诅咒他死，她行为上的"越轨"——与任实忠"偷情"也可看作是对不幸婚姻的反抗。然而她的感情世界与理性世界充满着矛盾。她真心爱着任实忠却只能忍受着精神与肉体的煎熬，对无爱婚姻的反抗在情感上是彻底的，在现实中是畸形的，她只敢与任实忠暗中往来。更可悲的是，为了维护自己的好名声，她与任实忠挖空心思演戏，甚至不惜让自己所爱的人遭受皮肉之苦。作家在这里描绘的是一个现

研究资料

周大新

代女企业家古老的婚外恋模式，郜二嫂可以扬弃"重农轻商"的小农意识，可以在事业上指挥若定，却无力挣脱男权文化的羁绊，她始终不忘记在人们心目中保持贤妻良母形象，在婚姻形式上永远"从一而终"。对郜二东不满甚至于恨，但她从未想过离婚，还要无条件地满足他的欲望，郜二东一声高喊"你还是不是我的老婆"，她就会乖乖就范。经常遭丈夫的打骂，她从来就只把痛苦掩藏在心底。这是一个似强实弱，有现代思想又非常传统的女人，她生活在传统文化的巨大阴影下，爱不敢爱，恨不敢恨，人性被压抑、被扭曲，其反抗是一种畸形的反抗，婚外情的结果只是精神肉体的暂时满足，不合法的爱情带给她的是更剧烈的精神折磨。作家毫不留情地揭示出郜二嫂悲剧的个人原因，同时告诉人们，女性解放的首要条件是砸碎束缚她们心灵的枷锁。

与任实忠的婚外情可以看作是郜二嫂对自己现实处境的畸形挑战，那么对儿媳环环的折磨则是她对自己精神处境的畸形反抗。郜二嫂不愿嫁给肢体残疾的丈夫，却乘人之危，使尽手腕把本不情愿的环环配给自己智力残疾的儿子，亲手制造了新一出爱情悲剧，并以旧式婆婆的"家法"管教儿媳，以归还聘礼相要挟将环环死死捆在了这桩无爱的婚姻上，而丝毫不顾及环环肉体和精神的创痛。作者在这里没有将婆媳关系作"同病相怜"式的处理和咏叹，而是揭示了人性丑陋的一面。在对待环环上，郜二嫂的身份是婆婆，是有钱人，有钱人的财大气粗及因母亲对儿子特有的爱而呈现出的自私等人性弱点使她的理性丧失了。周大新曾尝试对郜二嫂的行为作形而上的思考："为什么一些人被别人制造的痛苦折磨了很长时间，但一旦他有一些权力的时候，他又给别人制造新的痛苦？"周大新的结论是含蓄隐蔽的，我们从几十年前鲁迅的描绘中得到了更明确的启示："勇者愤怒，抽刃向更强者；怯者愤怒，却抽刃向更弱者。"（鲁迅《华盖集·杂感》）原来，痛苦者给别人制造痛苦是中国普遍的文化现象，是怯懦者的行为！郜二嫂是一个精明、有魄力、有主见的女企业家，又是一个受害者、反抗者和压迫者，她的精明勇敢与怯懦交织在一起，形成了外强中干的本质特征。从心理学角度来看，郜二嫂对环环的压迫实际上是对自己不幸的一种转嫁，一种不满情绪的曲折宣泄，一种求得平衡的心理需要，是她现实无奈感受的表达。小说末尾，郜二嫂主动劝环环离婚去寻找理想的爱情，原因并不单纯在于对环环的感激，更主要是隐情的暴露搅乱了她的心境，触发了她对自己生活、命运的思考，又从自己的经历中获得了生活的感悟。也许经过深思熟虑后的郜二嫂会勇敢地告别昨天，走向真正的抗争与解放。周大新怀着对故乡盆地人的满腔同情与热爱，呼唤着现代意识的建立，呼唤着人性的真正自由与解放。也许正是出于这样一种急切的愿望，他在《银饰》中为我们塑造了一个与郜二嫂不同、敢于为自身幸福大胆抗争的碧兰形象。

《银饰》描写的是发生在封建社会的故事，而主人公碧兰却是传统女性中的"异数"。她是知府家的少奶奶，美丽年轻，有抑制不住的生命冲动，然而丈夫吕道景却性变态，喜欢女身，热衷于男扮女装，讨厌夫妻生活。作家在这里表现碧兰的第一个抗争就是她一反女性在夫妻生活中的被动和顺从，对丈夫毫不讳饰自己的生命欲望。面对丈夫的冷漠和躲避，碧兰迈出了更大胆的一步，她在正常的生命需求与"存天理、灭人欲"的古训及贞节观念中勇敢选择了前者而背叛了后者，什么名分、地位、廉耻都被抛之脑后，主动大胆"引诱"年轻的银匠郑少恒。作品没有对碧兰赤裸裸的性欲望加以掩饰或罩上爱情的光环，碧兰与郑少恒之间没有甜言蜜语，没有物欲充斥，他们是一对近乎陌生的男女，双方亲近完全导源于肉体的彼此吸引与冲动，当然他们也不同于高喊"性自由""性解放"的"现代人"，作家对事件的合理介绍与铺垫使人物行为显得合乎情理而不是一般的"淫乱"或"放荡"。随着交往的增多，二人由起始单纯的生命本能需要发展到情感相投，显得那样自然，"情"的融入又给性的交往增添了更多合理的因子。

中国文学史上写婚外情的作品数不胜数，但由于多数作家的男性中心文化意识和社会公众认知标准的影响，人们总是不分青红皂白把肇事的责任加在女性头上，而且用所谓的"道德"眼光衡量女性的行为，于是婚外恋中的女子就成了"淫妇""荡妇"，在视性为罪恶和淫秽的中国人眼中，这些女子是罪孽深重、十恶不赦的。正是由于对性的偏见与误解，在许多作家和读者的深层意识中往往将性与爱情截然分开。而周大新则以现代人的眼光对"婚外恋""偷情""性"进行审视，不论是碧兰的由性而情，还是邹艾、郜二嫂的由情而性，一切都显得那样自然，水到渠成。作家没有把她们的性追求和性行为视为低级淫秽，也没有作道德的评判，相反地却视其为人性中最自然、最合乎天性的东西，对她们的本能欲望有更多人道主义的理解、肯定与尊重。

　　周大新笔下的抗争女性除邹艾、郜二嫂、碧兰外，还有西兰（《伏牛》）、峥峥（《玉器行》）、荀儿（《步出密林》）等，她们在抗争过程中还存在种种历史、文化、社会的局限性，身上杂糅了美与丑、善与恶等复杂的人性内容，但她们都是生活的强者，是觉醒者，她们已经迈开越出盆地的第一步，其不屈的抗争精神和生命意识将激励更多的女性去思考，去奋斗，去实现女性的价值。周大新的盆地小说也因她们的出现而实现了对负载更多传统美德的女性形象——这也是周大新塑造得比较多的女性形象的超越，闪耀着鲜明的现代性的光彩。

原载《南阳师范学院学报》（社会科学版）2004年第4期

人性的谛视

——周大新小说论

王永贵

一部人类史，既是人类的创造史又是人类的自识史。要认识"矛盾百出，复杂万分，神秘到极点"①的人类需要的是人类对人性自觉的观照与审视。作为人类心灵记录的文学自然而然地成为人类自我观照审视的一条重要途径。勃兰兑斯在《十九世纪文学主流》中说过："文学史就其最深刻的意义来说，是一种心理学，研究人的灵魂，是灵魂的历史。"正如医学研究的是人类的生理，文学作为人类自我观照的一种方式研究的则是人类的精神。它虽然不像哲学那样深刻简明，但却有着哲学无法企及的包含量。

我们知道，深刻的文学作品应该是一个多层面的复杂的结构系统，最起码应该包括三个构成层面：第一个层面是语言叙述层，第二个层面是真善美的显意层，第三个层面是人性的隐意层。对文学作品的分析只有深入到人性表现的隐意层，才算透彻地把握和理解。"伟大的文学乃是基于固定普遍的人性，从人性深处流出来的情思才是好的文学，文学难得是忠实——忠实人性……人性是测量文学的唯一的标准。"②无论文学创作在技巧与内容上发生怎样的

---

① 傅敏编：《傅雷家书》，生活·读书·新知三联书店1981年版，第194页。

② 《文学与革命》，《新月》第1卷第4期，1928年6月10日。

变化，始终无法脱离由人性所构成的这个世界。从人性的角度理解文学，就是把握住了文学比较深层的属性。人性成为深入理解作家创作意图的重要角度之一。

作为一名出身农村的军旅作家，周大新从拿起笔的那一天，一直在文学这块田地里默默耕作。"纵观他的全部小说，有两个最基本的视角：生养他的豫西南小盆地和哺育他成长的人民军队。"[①]深深扎根于这两方沃土，周大新将其中人性的高扬、畸变、挣扎与复归等等都精彩地展现在他的作品中。本文试图用人性这把钥匙开启周大新的小说之门，走进周大新为我们构筑的色彩纷呈的人性世界。

英雄与凡人：人性的还原与高扬

作为新时期军旅文学阵营中的一员主力大将，周大新主要在军旅小说题材"三条战线"[②]中的"当代战争"和"和平军营"两线作战。在"当代战争"题材的创作中，他采用"还原人性"的方法深入英雄人物最隐秘的内心深处，展现英雄作为人的原始精神状态，赋予他们人性、人情，从而把神化的英雄还原为一个活生生的真实的人；在"和平军营"题材中，他又注意挖掘出平凡军人人性中的闪光点，将蕴于普通人心灵深处的可贵的英雄品格突显出来，为这个"消解英雄""拒绝崇高"的时代文学注入一针强心剂。

苏联作家富尔曼诺夫在写作长篇小说《恰巴耶夫》前曾做过这样的思考："是如实描写恰巴耶夫，连他的一些细节，一些过失，以及整个人的五脏六腑都写出来呢，还是像通常写作那样，创造一个虚构的人物，也就是说，虽然形象还鲜明，但是把许多方面都割弃掉呢？我倾向于前者。"[③]这种"人性还原"的创作原则，不仅拉近了英雄与凡人的距离，更表现了作家对文学、对人

---

① 黄国柱：《论周大新小说近作的审美追求》，《中国现代、当代文学研究》1991年第11期。

② 朱向前：《中国军旅小说：1949—1994》，《当代作家评论》1996年第4期。

③ 雷成德：《苏联文学史》，辽宁人民出版社1988年版，第26页。

性的尊重。周大新在塑造自己的英雄人物时也是以此为圭臬的。他把英雄当作普通人来看待，走进他们的内心情感世界，真实刻画战争留在人心灵上不能承受之重，表现了对于当代军人深深的爱与知。

《硝烟中的祝愿》用一个短篇的容量集中刻画了杜排长的形象。从他内心的动荡和搏斗出发，周大新写出了这位英雄在理智与情感之间痛苦的摇摆过程：作为一个血气方刚的年轻人，他没有"人不知而不愠"的城府，不堪受辱与地方青年发生冲突而被降职为战士走上前线；而作为一个丈夫，更让他难以忍受的是，自己一直深爱的妻子竟然背着自己与市委秘书偷情。怒不可遏的他下意识地留了两发子弹准备回去报复。沉浸在个人痛苦中不能自拔的他没有发现敌人，竟两次遭到敌人偷袭。负伤后偶然翻看战友的遗言时，他才知道班里的每个战友都是背着沉重的"包袱"走上前线的。最后全班战友的牺牲促使杜排长在"小我"与"大我"、家恨与国仇之间毫不犹疑地做出了选择，孤身阻击敌人，在打完最后一颗子弹后踩响地雷与敌人同归于尽，完成了一次艰难的心理转换，进而也完成了他人格的净化与升华，成就了英雄的梦想。我们可以设想，小任、班长、秦大牙们内心一定也经历了这样的一个艰难而痛苦的转变过程。前苏联批评家鲍恰耶夫指出："一个人，当他在恶和战争面前，在不可避免的厄运面前，在悲剧结局面前，有力量战胜自己的弱点，获得勇气，克服恐惧，他就成为真正的人。"[①]如果说杜排长在血与火的战场上在战友们的牺牲面前获得了摆脱一己之私的力量成为英雄，那么作为一师之长的景凌耀（《走廊》）经历了一次痛苦的蜕变后战胜的则是自己的虚荣心。受虚荣心驱使，这位"常胜将军"显然不能接受败仗的结局，阵地丢失之后，在他面前闪动的不是战士们的喋血，而是自己被战友耻笑的场面。"面子"问题使景凌耀一度失去理智，不讲策略，不听建议，不顾前沿阵地的实际情况，用战士们年轻的生命去满足自己的虚荣心。最终在无辜牺牲的年轻生命面前，他幡然悔悟，不顾危险，亲自到一线侦察，并重新组织力量，夺回了阵地。在对英雄

---

① 马家骏、冉国选、谭绍凯主编：《当代苏联文学》，河南大学出版社1989年版，第87页。

顶礼膜拜的人群面前，周大新却用"第三只眼"看英雄，对英雄人性中弱点揭示、曝光，并将英雄们成长的过程特别是心灵的震颤与悸动做了细腻的关注与审视。

德国著名学者卡西尔在其《人论》一书中说："人被宣称应当是不断探究他自身的存在物——一个在他生存的每时每刻都必须查问和审视他的生存状况的存在物。人类生活的真正价值，恰恰就存在于这种审视中，存在于这种对人类生活的批判之中。"[①]周大新紧紧抓住"人性"这一切入点，深入到英雄的内心，于热闹处着一冷眼，不仅关注战争中成为英雄的杜排长们，而且向他们心灵深层掘进，追踪战争后英雄们的境况。甄幸春（《白门坎》）是怀着一颗"准备死得像条汉子"的英雄心走上战场的。然而当排长命令他到三排取子弹时，他因害怕便假装扭伤了脚不能去，代他去取子弹的方生牺牲在了战场上。战争结束后，战场上发生的一幕使他终日寝食难安。当他满怀歉疚，企图通过帮助方生家属做些事儿来赎罪以减轻良心上的重负时，他却发现自己无论如何也迈不过心里的那道"坎"；安坤（《瞬间过后》）与甄幸春一样也无法摆脱良心的谴责：在战斗中，当埋伏的敌人向他们射击时，本来完全可以救排长的安坤由于"在那一瞬间怕死"没有掩护排长自己先卧倒了，而排长"在临牺牲的一刹那，想到的还是保护"他。因此排长牺牲的那一刻对他来说成了一个重要的时间，成了他一生中最耻辱的时刻。虽然安坤知耻而后勇，把排长的表保存下来并"在战场上很勇敢，也负了伤，立了功"，成为众人仰慕的英雄，然而那个"瞬间"却在他心里留下了永远的阴影，挥之不去。我们完全可以认为甄幸春、安坤的故事就是杜排长、秦大牙、景凌耀们的续集：由于杜排长一直沉浸在个人恩怨里，他眼睁睁地看着班长被敌人打死；秦大牙在最后一刻，误解了战友，竟将最后的子弹射进了准备与敌人同归于尽的战友的胸膛里；而景凌耀更是由于自己的指挥失误而白白葬送了许多战友的生命。无论如何，他们对战友的牺牲都负有直接或者间接的责任。假设杜排长、秦大牙们能活着走下战场，那么无疑他们也同样会像安坤那样时时面临良心上的自责。这看起来也

---

① 　恩斯特·卡西尔：《人论》，甘阳译，上海译文出版社1985年版，第33页。

许有些残酷，但战争中的事情总是充满着残酷，周大新只是尊重了艺术创作的真实原则，深入秘不为人知的英雄人物内心，正视英雄凡俗的一面，将他们人性中的阿喀琉斯之踵真实地揭示出来。

马克思认为："人的本质并不是单个人所固有的存在物。在其现实性上，它是一切社会关系的总和。"①换句话说，应该把人和人类社会紧密联系在一起论证人的一般属性。周大新对于英雄的平凡之处的开掘还在于他遵从了这一原则，没有把英雄孤立起来看待而是将他们放置在复杂的社会关系、特定的社会背景中来表现，如以一名在高考中名落孙山的学生身份走上战场的潘荪，集儿子、丈夫、指挥员的角色于一身的营长曹大栓等。我们发现，英雄们因为具有了人性的亲和力而变得不仅可敬而且可爱。在这些颇具"亲和力"的英雄形象里面，塑造最成功的当属汉家女。

狄德罗说过："说人是一种力量与软弱、光明与盲目、渺小与伟大的复合物，这并不是责难人，而是给人下定义。"②在《汉家女》中，周大新用短短几千字将汉家女这一形象活泼泼点染出来，许多看似矛盾的性格在她身上得到了完美的统一：作为一个女人，洗澡被人偷窥自然不能容忍，因此她失手打了那位班长两个耳光，然而在看了班长的忏悔信后，她又冰释前嫌，在突击队出发的前一天晚上，主动拥抱、亲吻这位即将上前线生死未卜的勇士；当我们敬佩她的这种无私的情怀时，从她的遗信里，我们却又知道了她将"一般只送给师首长和最前沿的战士吸的"慰问烟偷拿了两条，准备寄给丈夫；为了护理伤员，她夜以继日地工作，"累极了，她就倚墙坐在地上，垂了头睡"，感动得伤员们纷纷要求给汉家女记功，然而当抓典型的报社记者让她谈谈来前线有什么感想时，她却"极郑重地答：'这地方拾柴真方便。'"她像个男人一样为那个家里寄来花生米却被人偷吃了的战友打抱不平，毫无顾忌地当众骂街，但当面对着录音机，面对着亲人时，她却又柔声细语，温情有加……周大新既看到了汉家女作为女人所具有的善良、温柔、细心的天性，却也没有忘记其军装

① 《马克思恩格斯全集》（第一卷），人民出版社1972年版，第18页。

② 刘再复：《性格组合论》，上海文艺出版社1986年版，扉页。

下面的农民身份，将她放置在农业文明的背景下，来展示其携带的小生产者所具有的狡黠、贪婪、自私。而这两方面的结合，构生出的才是一个活脱脱的真实可爱的汉家女。

我们看到，从英雄化到非英雄化，周大新有意淡化了思维定势所外加或者说强加给英雄人物的政治色彩和道德色彩，将以前的"加一倍"写法改为背面敷粉法，从反面、侧面或通过间接描写去塑造人物，可谓曲尽其妙。

捷克斯洛伐克作家伏契克在《绞刑架下的报告》中写道："今天终将成为过去，人们将谈论伟大的时代和那些创造了历史的无名英雄们。我希望大家知道，没有名字的英雄是没有的，他们每个人都有自己的名字、面貌、渴求和希望，他们当中最微不足道的人所受的痛苦并不少于那些名垂千古的伟人。"[1]周大新以敏锐的笔触注视观照普通人，捕捉军人于特定环境下所激发出的人性中的闪光点，在平凡的基点上塑造并不平庸的人物形象，描绘普通平凡军人的英雄品格。英雄的定义在这里得到了重新诠释和高扬。

通信技师陈小椹（《红桑椹》）无缘置身炮火硝烟之中，然而她却承受着比死亡更大的打击——与自己怀孕的喜讯同时到来的却是前线丈夫牺牲的噩耗。为了使未出生的孩子不受自己情绪的影响，她强忍泪水，每天让女伴们给她讲笑话，孩子生下来后，为了不影响奶水，她继续将悲伤深埋于心底。在共和国功勋的名册上肯定查不到她的名字，但从她的强作的笑声和低回的歌声中我们看到了一名平凡军人不同寻常的人格魅力。副班长魏仁安（《三角架墓碑》）是一个在连队里默默无闻的普通得不能再普通的农村兵，有着农民身上所具有的一些习惯，如他违背部队规定在回家探亲的时候定了亲并在部队上结了婚，凡事"早点办好"是他的人生哲学。然而当排里竖炮兵演习测杆缺人手时，本来可以不参加的他觉得今年"要复员，参加这样的作业机会不多了"，"对国家做不出大贡献，这小贡献的机会就别错过了"，带着临出发前刚接到的女儿不幸淹死的噩耗去执行任务。为了及时完成演习计划，捡起被山旋风吹落的测杆，他坠崖牺牲。周大新用自己的笔为这些名不见经传的平凡军人们树

---

[1] 伏契克：《绞刑架下的报告》，人民文学出版社1979年版，第12页。

碑立传，从他们普通的言行中，周大新发掘出了人性中的闪光点和高贵的英雄品格。在《三角架墓碑》中，他借刻在铁制三角架墓碑上的铭文表达了自己对于陈小椹、魏仁安这样的平凡军人的英雄品格的颂扬："史册上查不到名字的贡献者同样是伟大的。"

　　和平时期的军人注定与战争无缘。因而从一定意义上来说，军人与和平是一个悖论关系。梅特林克说："日常生活中有一种悲剧性，它比巨大的冒险事件的悲剧性远为真实，远为深刻，远为符合我们真正的存在。很容易感觉到它，但把它表现出来却并非易事。"[①]副营长杜一川（《铜戟》）就是这样一出悲剧的主角。杜一川"号角连营，旌旗一片，军帐相连，大军十万，坐指挥车一辆，挥师戍边"的军人梦、英雄梦随着部队的裁撤灰飞烟灭。这自然使他在感情上无法接受，备感苦闷。但是，为了对"二营的最后的声誉负责""对一连长他们的政治前途负责"，他竭力阻止一连长他们去团里师里闹事儿，自己却因"私分营产"而遭到团长的严厉批评。他的行为没有血洒疆场的壮烈，但舍弃一己之私利，关键时刻挺身而出、勇担责任、力挽狂澜的举动却一样地震人心魄，令人动容。在《碎片》中，周大新更以一种别样的方式让我们认识了这些平凡的英雄。小说中所列出的那份遗产清单将驻守在青藏高原唐古拉山输油泵站的上尉虞西鸣的形象"拼凑"起来。直到因患心脏病去世，上尉虞西鸣的军人生活一直是平平淡淡，毫不起眼甚至有些琐细。面对孤寂清苦的高原生活，面对边陲与内地、风雪高原与繁华都市的反差，他们选择了默默无闻的坚守。虽说这种坚守缺少了金戈铁马、慨当以慷的豪迈，也没有以生命为代价、血洒疆场的壮烈，但他们奉献的是与生命同样珍贵的青春韶华，这同样"令人钦敬"，他们也是这个时代的英雄。

从军旅到乡土：渐行渐远

　　站在人性的基点之上，写英雄的平凡、平凡人的英雄壮举及英雄品格是

---

① 莫·梅特林克：《卑微者的财富》，《文艺理论研究》1981年第1期。

周大新军旅小说创作的两个主要视点。透过这两个视点，我们既看到了作者对英雄人物人性弱点的揭橥，也看到了他对普通军人人性中闪光点的褒扬。英雄在"人"的意义上获得了解放和重新认识，具有了复杂丰富的人性蕴含。可以说，在英雄与凡人之间，英雄主义在丰富的人性世界中得到了重塑，英雄也在一定意义上获得了新生。

然而必须指出的是，由于军人本身所担负的特殊使命及由此导致的军人生活的相对封闭与单一，再加上军旅文学传统中对军旅文学的功利性惯性要求（如要求为兵服务和强调其正面的宣传引导作用）及作家本身作为军人的责任感等，都直接或间接地影响了作家在军旅题材领域对于人性多维度的开掘，使作家如"衣敝衣行荆棘中，步步牵挂"，难以尽展其才情。如上述所谓以"人性还原"为主题的部分作品并未达到真正的"还原人性"的深度，其对人性阴暗丑陋一面的剖析也是如飞燕掠水，点到为止，作家虽然力图避免模式化，但有的作品还是陷入了"欲扬先抑"的窠臼——英雄克服缺点、改正错误，思想得到升华，重新成为高大完美的英雄，如《走廊》中的师长景凌耀和营长曹大栓。也正是从这个意义上说，我更推崇像《白门坎》和《瞬间过后》这样有些接近战争心理的小说，其中所表现出的人性的挣扎及苦闷更具有打动人心的魅力与潜质，可惜的是这样的作品大都以短篇的形式出现，并未得到更为深入的表现，在数量上也是凤毛麟角。

真正体现出其创作成就及人性探求深度的还要数他的乡土小说的创作。囿于多方面原因在军旅题材创作中境界不够开阔、格局狭隘局促等缺憾在其乡土小说的创作中得到了纠正与弥补。周大新开始真正地得以施展他的拳脚，事实上，也正是乡土题材的小说创作真正为作家在文坛赢得了巨大的声誉。

男性与女性：人性的沉沦与拯救

在一篇创作谈里，周大新曾表达了关于乡土小说创作的想法："我心中琢磨：倘若自己写作时注意了以下三个方面，是否能使作品走得稍远些？其一，描写的是当代盆地人的真实生存状态……其二，传达的是当代盆地人对生命的热爱……其三，提供的是一种带有盆地特色的独特的审美享受。"①这三点恰好与周作人在《地方与文艺》中对乡土小说的概念阈定暗合。②而他的创作实绩更是践行了以上的创作思想：小说里的南阳玉器、竹刻、汉画像石等无不体现出了南阳独特的地域特点，他所表现出的盆地人的坚韧、刚强、百折不挠及封闭、狡黠、狭隘等都表现了南阳盆地极强极浓的"个性的土之力"，更重要的是，这些人物虽然是南阳的，但他们却又是中国的，乃至于成为人类的代表，了解这块土地上的人们过去和今天在想些什么又在做些什么，以及他们心灵上的焦灼和灵魂的归宿，对我们了解整个社会乃至整个人类的生存境况都有帮助。这些创作特色使他跻身于文坛，成为异军突起于文坛的豫军中的一员主力干将。

　　黑格尔曾经说过："如果……所表现的内容的普遍性是作为抽象的议论、干燥的感想、普泛的教条直接明说出来的，而不是间接地暗寓于具体的艺术形象之中的，那么，由于这种割裂，艺术作品之所以成为艺术作品的感性形象就要变成一种附赘悬瘤，明明白白摆在那里当作单纯的外壳和外形。"③周大新从眼花缭乱的乡土社会变迁过程中，择取人性一端，并将人性的观照思索深蕴于具体的人物形象之中，通过男性与女性两个对比鲜明的人物形象系列，来审视南阳盆地上的人们为自己和他人制造的"人为的苦难"以及人性在这些苦难中的沉沦与扭曲、搏击与挣扎、复归与重建，表达了对一定的历史时期和一定的社会关系中人性扭曲、变异的关注以及对于人性复归与重建的理想和期望，乡土文化的沉实厚重与凝滞守成，乡土人生的平实从容与封闭沉闷，乡土人性的雄健宽厚与卑琐委顿也借以一一展示了出来。

　　周大新为我们呈现的小说世界是一个男女失衡的两性世界。他笔下的男性或孱弱无力，如《走出盆地》中邹艾的丈夫巩厚性格内向，懦弱无能，依靠父

---

① 《创造属于自己的文学世界（笔墨之交）——陈骏涛、周大新通信》，《昆仑》1988年第5期。

② 大体可以总结为三点：第一，体现地域特点；第二，体现出民风民俗中具有"个性的土之力"；第三，体现人类学意义上的人。见丁帆：《中国乡土小说史论》，江苏文艺出版社1992年版，第12页。

③ 黑格尔：《美学》（第一卷），朱光潜译，商务印书馆1979年版，第63页。

亲生活，一旦父亲猝死，他便无法自持自立，竟然抛下亲人，走上绝路；或自私自利，如《步出密林》中的沙高唯利是图，满脑子装的都是钱，为了钱甚至不顾人的死活与尊严；或心胸狭隘、阴险狠毒，如《旧道》中的郑三桐因纪怀的父亲在"文革"中曾迫害过自己，所以竟不择手段地疯狂报复，先是逼迫纪怀的父母破产自杀，接着更是阴险地设了圈套将纪怀送进了监狱，原本受人同情的受害者变成了丧失人性令人发指的害人者；或心理变态，如《银饰》中的同性恋者吕道景不仅不能给予妻子以正常的夫妻生活，而且还在物质上不断地向她索取……周大新利用这样一系列的男性形象，通过政治、经济、文化等角度对人性世界进行了多维度的审视，表达了对缺乏人性与人情、因循守旧、不忠不义、苍白无能的男性世界的批判。

廖怀宝（《向上的台阶》）很小便知道当了官就"等于上了天堂"。一旦机会出现，他便毫不犹豫地抓住它，不惜一切代价。为了"做官"，他放弃了自己的初恋情人；"文革"中，为了保全自己的性命，东山再起，他将妻子拱手送给了别人。如果说做出这两次决定之前廖怀宝的犹豫还说明他的灵魂深处尚有一丝人性的温情的话，在第三次婚姻的抉择上，这丝温情已经荡然无存了。他几乎是毫不犹豫地选择了虽然离过婚却有政治背景的夏小雨，爱情成了他取得权力的手段。至此，廖怀宝身上已几乎看不到人性的光芒，看到的只有"唯权是图"的肮脏与卑鄙。栗温保与廖怀宝一样，出身寒微，然而在权力欲的驱使下，他一步步地变成了一个丧失人性、阴险狡诈的官僚军阀，背弃了自己普济天下的理想——如果"当上了大官，下的第一道令就是打开官仓分粮食，让天下的穷人都能吃饱，都能一天喝上两顿面条"。权力欲使他变得心狠手辣，为了推脱责任，他用残酷的手段将一直追随他的心腹肖四置于死地（虽然肖四也曾想将他推上断头台）。得志之后，他为所欲为，派人假扮土匪砸了不愿与他们"合办"工厂的尚吉利丝绸厂，砍伤了持不同意见的知识分子卓远，抛弃了同甘共苦的妻子草绒而另觅新欢。因为在他心里，"最宝贵的东西说到底是一个权字。有了权就有了一切，无了权也就没有一切"。袁世凯（《登基前夜》）遂了权力角逐者的问鼎之梦，为了摆脱"相对的受制约的权力"而"尝尝掌握绝对权力的滋味"，他处心积虑，最终冒天下之大不韪，逆时代潮流而动，铤而走险，利用手中的兵权，重新恢复封建帝制，登上了权力追逐者梦寐以求的权力绝顶。

从廖怀宝到栗温保再到袁世凯，随着权力的无限膨胀，人性的异化也达到了无以复加的地步。这种异化固然与所谓封建制度下所形成的畸形权力机制及由此产生的官本位有关，然而这并不是问题的全部。"异化"在德国古典哲学中指主体在发展的过程中，由于自己的活动而产生出自己的对立面，然后这个对立面又作为一种外在的异己力量而转过来反对主体本身。"一切事物都起源于无限的自我意识并在其中找到解释即找到本身存在的根据。"①人类异化的根源最终也可以追溯到人的本性当中。周大新没有停留在对具体的畸形权力机制、不完善的社会体制进行批判的肤浅层面上，而是向人性的纵深开掘，将笔锋伸入到人的心灵深处，展示了一个个人物灵魂蜕变的过程，剖析人性自身诸如自私，贪婪等弱点对亲情、友情、爱情等美好人性的腐蚀。

然而，"人世上有一条平衡规律在起作用，一个人的失与得，差不多都呈平衡状态"②。那些对于权力永不餍足的人在得到想要的东西同时也在失去人性中的宝贵东西。林清如为女儿争取到的"大吉大贵"的机会竟是为死去的皇帝陪葬，女儿年轻的青春与生命因此而断送；栗温保不知满足，贪得无厌，最终沦为阶下囚；袁世凯逆历史潮流而动，终究也身败名裂，被钉在历史的耻辱柱上，遗臭万年。这样的结局自然是他们纸醉金迷之时所不曾想到的。

人的本性包括自然属性和社会属性，因此人性不是一种静态的孤立存在，而是随着个人的认知经验和社会演变而发展变化，始终处于动态的过程中，并与外部世界发生着千丝万缕的联系。当外部世界发生巨大的变化的时候，在价值信念处于左右摇摆、难以定于一尊的境况下，灵魂的拼搏常常是最为激烈的，人性的复杂性和矛盾性也由此体现出来，人性也因此而显出深度。

80年代中期以后，中国的改革开放走向深化。80年代末及90年代初，由于市场经济体系开始逐步确立，社会形态开始实现真正的转换。对物质利益的追

周大新
研究资料

---

① 中国人民大学编：《马克思恩格斯论人性、人道主义和异化》，人民出版社1984年版，第45页。

② 周大新：《中国当代作家选集丛书·周大新》，人民文学出版社2002年版，第487页。

求成为全社会普遍接受的话语。物欲的空前释放激活了人们身上生存与发展的欲望，激发了人的热情和物质创造力，社会物质生产能力因此大大提高，物质高度累积，人们由此获得了拥有物的愉悦与快感。这只是硬币一面，另一面却是——当人们的综合素质不够高，整个社会有机体还没有培育起反物欲侵蚀的免疫系统时，人对物的片面追求，会逐渐形成一种恶性膨胀的物欲。美国学者艾恺曾指出："现代化是一个古典意义上的悲剧，它带来的每一个利益都要求人类付出对他们仍有价值的其他东西作为代价。"[1]物欲在无限广阔的空间里漫漶，使其自身成为一种异化力量，形成了对他人的操纵欲、控制欲等。人性中的诸如羞耻、良心、血性、同情、怜悯、诚实、正直、正义等美好的一面因此都变了颜色，甚至连人与人之间的血缘亲情也不可避免地受到了侵蚀。

沙高（《步出密林》）为了早日过上让人羡慕的生活，"不顾别人死活地挣钱"：帮忙关猴的方振平摔伤后，他首先想到的不是救人，而是想着自己因此"又要花一笔钱"；为了关住猴子，他竟然将身负重伤的方振平放到一边；为了赚钱，他用几近残酷的手段训练猴子，并不惜利用振平的残疾来取悦观众。一旦沙高发了家，由"一个早先愁吃愁穿的穷家小户"摇身一变成了他梦想中的"柳镇上的富户"，成了《怪火》中的哥哥与弟弟，成了《老辙》中的"费东家"，失去了节制的物欲的满足只能使人性的扭曲变本加厉：佣工的一个小小过失，便惹得哥哥不由分说，张口就骂，动手就打，自家的车撞死了人，大哥没有表示出丝毫的怜悯之情，甚至都没有去看望一下死者家属，只是塞给人家几千块钱便匆匆了事，小时候曾经认为"人一辈子有红薯吃也就知足了"的弟弟在有了钱之后也变得行为放荡，始乱终弃，任意玩弄女性于股掌，几无羞耻可言；本来有着不幸身世令人同情的费丙成发家之后忘乎所以，为富不仁，在曾经拒绝过他求爱的姚盛芳急需用钱的时候，逼迫姚盛芳走投无路最终投怀送抱，以满足他畸形的兽欲。

面对这些现象，我们不禁要问，社会发展的最终目的是在于生活的"质"

① 艾恺：《世界范围内的反现代化思潮——论文化守成主义》，贵州人民出版社1991年版，第212页。

还是"量"——究竟是使人活得更好还是得到更多？如果发展经济改善人们的物质生活条件要以牺牲人性为代价，那这代价是不是值得？周大新的贡献就在于，让我们看到了人类走向现代化的确是一个既文明进步，同时又失落异化的双向过程，也使我们清醒地知道，"异化"是人类在自己的文明进程中必须正视的一个问题。如何在"天下熙熙，皆为利来；天下攘攘，皆为利往"的物质时代，在发展经济、改善人们的物质生活的同时保留住人性中的美好因子，坚守与营造我们的人性花园是包括作者在内的当代人都必须面对的时代课题。

恩斯特·卡西尔在《人论》中研究人性问题时提出"人"的定义：人与其说是"理性动物"，不如说是"符号动物"，人是用符号创造文化的动物，因此人性是人的本性以大写字母印在文化的本性上。美国M.E.斯皮罗也认为："我们许多的思想感情是由文化构成的……文化并不简单地支配我们想什么，而是支配我们如何感受和度过我们的一生。"①因此对人性的探求，还应该有一个文化的角度。周大新以现代人的眼光去审视男性世界，从中发现了沉重的传统文化积淀对种种落后、愚昧、封闭、自欺等诸多同现代化进程相悖谬的东西对人性中美好的一面的扭曲与扼杀。

白照（《牛筋腰带》）是一个"生性不安分"的人，爹从算命先生那儿为他讨来的"牛筋腰带"并未能缚住他不安分的心：从小无论做什么事总是能想出点子来。四处碰壁的他最终终于"安稳"下来："不论什么事，都认真地按所里的老章程办，再不乱出点子，提这提那，因此给人印象不错，领导和同事们都反映他踏实、稳重。报到后的第一季度，他就被评为了先进，还发给他25块奖金。"富有创造性的个性在忽视个性发展的传统文化中，受到压抑窒息后最终只能灭亡。

而勒惯了"牛筋腰带"的人所能做的就是自己变成"牛筋腰带"，再去束缚别人。邱爷（《玉器行》）就是这样的一根"牛筋腰带"。他在家里有着"无上的权威"，因此小孙女峥峥的"破天荒地改了规矩"使他无法容忍。为

① M.E.斯皮罗：《文化与人性》，徐俊等译，社会科学文献出版社1999年版，第36、43页。

了阻止这种权威的丧失，他竟无情地指使自己的猫将峥峥费尽心血创作并即将卖出的新玉器打碎。

如果说邱爷的封建家长思想使他冷酷狭隘从而失去了长者所应具有的宽厚与风度的话，那么万正德（《瓦解》）的行为几乎是毫无人性可言。在万正德眼里，只有"古代的男女在舞台上谈情说爱的方式"能让他满意，因为"双方只说一些含而不露的双关语，大不了彼此拉一下手而已"，因此他不能容忍儿子爱上了一个"让人睡过的、生养过女儿的中年女人"，一怒之下，将他赶出家门；更让他难以接受的是，女儿竟又未婚先孕，生下了一个私生子，这使他"感觉到自己的声望和声誉像决了堤的河水水位，不可收拾地往下降低了"。令区居的耻笑及"老万家多少辈子积下来的清白名声"和"森严家规"使他"坐不是，站不是，吃不下，睡不安"，终于丧心病狂毫无人性地将小孙女致残，而他自己也落得妻离子散，晚景悲凉。传统文化中道德伦理纲常对人性的戕害于斯为甚。

在男性世界里，我们看到，本应代表力量、充满阳刚气的男性形象失去了生气，从他们身上几乎看不到什么人性的光芒。周大新将一些男性形象设计成存在或多或少或生理或心理的缺陷，以此来表达对狭隘、阴暗、局促、孱弱的男性世界的批判。既然男性们无力承担人性"疗救"的重任，那么周大新自然而然地将探求"人性复归之路"的重担放在了他所忠情的女性身上，女性形象因而成了周大新塑造得最用心的艺术形象。在她们身上，几乎倾注了作家全部的感情与希望。

冰心曾说："世界上若没有女人，这世界至少要失去十分之五的'真'、十分之六的'善'、十分之七的'美'。"[1]在周大新的小说世界里，女性形象几乎无一例外的是美的化身。几乎所有人性中美好的词语都与女性有关。珠儿（《屠户》）为了为烈士留下后代，未婚先育；陈小椹（《红桑椹》）在得知丈夫牺牲在前线后，为了不影响孩子的成长，强忍悲伤，保持自己的心情

---

① 转引自曹铁娟：《别有一番滋味在心头——百年文学女性形象扫描》，《昆明师范高等专科学校学报》2000年第1期。

愉快；荀儿（《步出密林》）悉心照顾为自家关猴摔伤的方振平；杏叶（《人间》）不顾父亲的反对，爱上了与自己"门不当户不对"的"农家子弟"尚毅；豆苓（《蝴蝶镇纪事》）为了能将孩子生下来，忍辱嫁给了比自己大好多的卖菜的三豁子……然而她们竭尽一己之全力甚至不惜以牺牲女性最为看重的贞操作为代价换来的又是什么呢？

秀妮（《牺牲》）为了给婆婆与丈夫治病，舍弃了女人最为看重的贞操，嫁给了二哥，在两个男人之间屈辱地生活，并用自己的勤劳与智慧创立了竹编产业，然而最终换来的却是丈夫与儿子的嫌弃与冷眼，落得个孤苦伶仃；秋芋（《铁锅》）为了恋人祖宛的祖传铸锅手艺不至于失传用自己的肉体换回了重建锅厂的资金，并将铸锅手艺承继下来，传给了自己与祖宛的儿子，然而祖宛却不理解她并最终弃她而去；杏叶（《人间》）义无反顾的纯洁爱情却被尚毅用来作为报复自己的父亲的手段；深情的豆苓被瞻前顾后、软弱自私的"我"像丢包袱一样抛弃；云纬（《第二十幕》）危难时刻抛弃前嫌一而再再而三地帮助尚家渡过难关，然而直到离开人世却无缘与相爱的人结合，与尚家并无血缘关系的曹宁贞为了避免尚家产业被毁灭、分裂的噩运，用自己的贞洁与生命挽狂澜于既倒，但得到的不是尊重而是包括尚家人在内的众人的蔑视、鄙夷与唾弃。

弗罗姆曾说过："人类动力的阿基米德点存在于人类境遇的独特性之中，要认识人的精神，就必须以分析那些源于生存状况的人类需要为基础。"[1]被压抑的人性注定了其爆发性宣泄无可避免，它有如郁积的岩浆，奔走于地下，一旦地壳松动薄弱，它便会择地而出，义无反顾。压迫越大的地方，反抗也就越剧烈。这种"情欲、感受与焦虑"在受压迫最厉害的女性那里表现得更为强烈。与男性的软弱无能、面对人性的压迫选择逃避顺从与俯首帖耳的态度迥然不同的是，身处跌宕起伏的人生际遇与命运的漩涡之中的女性们用自己的勇敢与坚韧向压制人性的男性世界宣战，展示了她们在面对生存矛盾时所表现出的人性的光辉一面。

---

① 埃利希·弗洛姆：《健全的社会》，欧阳谦译，中国文联出版公司1988年版，第23页。

二翠（《启明星》）在守了一年的寡之后，终于将那扇"原本被她紧闭着的大门打开"，"一股股的欲望直窜了出来"，与村里的秦六野合；碧兰（《银饰》）出身大家，嫁到道台府上，享受着物质上的荣华富贵，然而丈夫吕道景的心理畸变却使她的正常生理欲望无从满足，在压抑或是放纵的两难选择之间游移不定的她，最终经过思想搏斗，遵从了自己的人性需求，抛弃了一切顾忌，与小银匠结合，使自己压抑已久的性爱本能得到释放与满足，所散发出的人性光芒可谓耀眼夺目；郜二嫂有主意，有眼光，在从一个童养媳变成了一家之主，办起了香油坊之后，不满足于这种半人半鬼的精神生活，最终冒着失去声誉与威望的巨大代价与老实的实忠苟合，满足对于性与爱的追求；云纬虽然被逼嫁给了晋金存，但对尚志的恋情却念念不忘，萦绕于心，因此一直不离不弃地陪伴在他身旁，长达近一个世纪。这些女性们勇敢地面对违背人性的生活环境，并用自己的实际行动来改变这样的环境，使自身的人性获得了自由伸展的发展空间。

　　除了担负起恢复自身人性发展的空间与自由之外，周大新还将美好人性复归的期望寄托在她们身上。《走出盆地》中邹艾"走出盆地"三部曲与其说是她对自己奋斗道路的回忆，毋宁说是对于自己人性的一种深刻的剖析与反思。从这种剖析与反思中，我们能够看到主人公内心由幼稚走向成熟的变迁轨迹。最终的那个具有"永远不会被失败击垮"的西绪弗斯气质的女性形象，其坚韧刚强令人叹服；栗丽（《第二十幕》）以自己的第一次性生活为代价，试图用伦理亲情消弭不同信仰、不同政见的男人们之间的仇隙；曲蔓（《旧道》）是一个文弱的女性，具有着东方女性的温婉贤淑，然而男人世界的尔虞我诈让她慢慢清醒冷静并逐渐坚强起来，当纪怀被丈夫设计送进监狱之后，她毅然将自己抱养的孩子送给了别人，目的是打破男人们之间的恶性循环，走出冤冤相报的"旧道"；苟儿（《步出密林》）对丈夫言听计从，然而在一系列的教训之下，当男人们还懵然未醒，依然在旧有的生活模式里蹒跚的时候，作为家庭中最早的觉醒者，她果决地将维系全家生活的猴子放走，并以此为标志向旧的生活方式告别，走出人性的误区，"步出密林"，开始新的生活。这些女性身上所散发出的勤劳、善良、智慧、敢做敢当的人性光芒照亮了整个女性世界，使之充满盎然生机，也使男性世界相形见绌。

当然，人性复归不是一厢情愿的事情，故也绝不可能毕其功于一役。女性要完成此重任，首先要完善的是自我。金无足赤，人无完人。由于受生长环境、出身、文化水平等的制约，世代生长于盆地中的女性自身必然存在着或这或那的局限：汉家女为了走出盆地，改变自己的生活状况，用自己的贞操做赌注要带兵连长把她带去当兵；当了兵之后的汉家女并没有完全摆脱盆地女人的局限，出于同情，她乔装打扮代替别人应付上级的计划生育检查，在前线领慰问品的时候斤斤计较，毫不谦让，并且将送给前线慰问的烟拿走两条准备自己复员走关系时用。郜二嫂为了让环环嫁给自己的傻儿子，设计将环环与其情人拆散，又指使债主到环环家逼债，最终使得环环不得不就范。二翠为了报靳玉兰横刀夺爱的耻辱，没有埋怨秦六的见异思迁，而是要将靳玉兰的造纸机炸掉；云纬将对尚达志与栗温保的过错给她造成的痛苦迁怒于草绒身上，用尽各种方法折磨她，根本没有想到草绒与她一样都是男人的牺牲品。我们看到，为了改变自己的生命状态，把握自己的命运，为了达到自己的目的，为了宣泄人性所受的压抑，她们有时不择手段，甚至以恶易恶。

要担负起重建美好人性的重担，除了要完善自身而外，女性们要面对的是强大顽固的势力，甚至是整个的男权社会，在这个男权社会里，她们毕竟还属于弱势群体。冰冻三尺，非一日之寒，因此被压抑的人性要想破坚冰而出，前路依然遥远漫长。

结　语

巴尔扎克曾把自己的小说称为"人情风俗的历史"。从人性这个角度，周大新构筑起了一个独特的艺术世界，将人性的复杂性、多样性和奇异性真实而准确地展示出来，这种对人的情感与心灵世界的深入透视和细腻展现，为人们提供了一种观照当代人真实面貌，从而准确深刻把握当代社会某些实质性的根本的变化的艺术渠道。从这个意义上来说，周大新也为我们写出了一部属于南阳盆地的"人情风俗的历史"，以他对盆地人生与人性的思考引领我们在认识他人的同时也面对我们自己，认清人性中的好与歹、是与非、美与丑、善与恶，促使人们去伪存真，改善自身、改善生存环境，使人类最终获得进一步的发展。

原载《解放军艺术学院学报》2004年第3期

周大新小说创作的"变"与"不变"

徐亚东

探讨文学创作中的变与不变似乎难以称得上是一个艰深的理论问题，但这并不意味我们对所讨论问题的有效性或合法性的动摇。至少，从变与不变的角度切入作家的创作，我们可能会更清晰地透视其个体心理、文学传统、社会历史、审美理想、审美追求等因素与作家创作的一些关联，从而更深入地走进作家及其作品。本文试图从这一角度入手，对周大新的创作进行一些尝试性的探索。

一

在众声喧哗的当代文坛，著名军旅作家周大新秉承中原文化所赋予的厚重、坚韧的文化性格，以及绿色军营文化所孕育的高度责任感和使命感，坚守文学精神，默默耕耘，以其丰厚的创作实绩，发出自己的声音，标定自己的文坛地位。自1979年初踏文学创作之路，迄今，周大新已跋涉20多年，其创作经历了从军旅到南阳盆地再到都市题材的转移。每一次阶段性转向既有对旧我的扬弃，也有对固有的持守，从而体现出鲜明的变与不变互相交织的创作态势。

周大新的小说创作，依题材划分，大致经历了军旅题材、盆地题材、城市题材的阶段性发展变化（每一阶段也不是泾渭分明式的，而是有一定的交叉融合，这样划分只不过是便于论述）。纵观他的创作，每一阶段都贯穿一些恒定的艺术因素，因而构成他小说创作的"不变"。这些不变的因素使周大新的创作保持了连贯性，也为其小说艺术大厦涂抹上不变色彩，标示出周大新的"这一个"特色。

周大新小说创作的"不变"因素最根本地表现为一以贯之的现实主义精神。在周大新20多年创作生涯及3次题材转移中，当代文坛文学思潮迭起，创作手法多元共存，特别是20世纪80年代中期，小说观念空前大解放，新观念、新方法、新技巧的应用近乎成为判定作家艺术成就高低的唯一标准，于是，便出现了诸多作家被"创新的狗追得喘不过气来"（黄子平语）的文坛景象。任尔东西南北风，周大新总是不为时潮所动，不逐新追风（并不拒绝纳新），始终持守文学为人生的现实主义立场，注重文学"关注人生，指导人生"的社会功能。"大胆地看取现实人生，写出它的血和肉来"，在具体形下的艺术描写中抵达他的"为了人类日臻完美"的形而上目标，从而实现文学对现实人生的关怀。"周大新是一位有高度社会责任感的作家，他总是从社会发展和历史规律的高度，来认识现实和把握人生。"[①]而这正是现实主义的精髓和本质所在。

考量周大新文学创作的现实主义精神，就知识谱系学角度而言，它呈现出较复杂的整合态。其中，既有他阅读西方19世纪批判现实主义大师作品而孕育、积淀的批判现实主义精神，还有古代文学经典，如《红楼梦》等，所给予他的传统现实主义影响，也有20世纪50、60年代革命历史题材作品给予他的革命现实主义精神的熏染。因此，在不同的阶段，其创作的现实主义精神也就自然而然地有所交叉，有所不同。

创作之始，军人特有的责任感和使命感及"80年代军旅文学创作大潮涌

---

① 武新军、袁盛勇主编：《聚焦二十世纪——周大新〈第二十幕〉评论选》，人民文学出版社2003年版，第152页。

动、气象万千的艺术氛围的影响"①，使得周大新把审美视角固定在熔铸其青春和梦想的军旅生活上，于和平、战争两个层面为当代军人画像，展示当代军人复杂、丰富的情怀。他的《第四等父亲》《"黄埔"五期》《月涌大江流》等作品，基本是把和平时期，军人在苦和乐、忠与孝、国家利益和个人利益上的两难选择作为叙事中心，以军人无不选择前者，抛却后者来展示当代军人的奉献精神，凸现其坚韧的意志和高尚的品质。这一切正是革命现实主义精神支配的必然结果。周大新的战争小说主要是对20世纪70年代末至80年代初南疆局部战争的书写。一方面，他承续了20世纪50、60年代战争小说叙事的一些传统，诸如英雄主义和爱国主义等；另一方面，他也逾越了一些规约，在英雄性、战争与人性等方面做了一些有益的探索。比如，他的获奖作品《汉家女》从平凡处下笔，于文化和战争的层面透视汉家女身上的人性光芒，烛照其人性的痼疾，从而拓展了英雄性的内涵。他的较有影响的中篇小说《走廊》则于战争背景下，对军人的心理进行深刻真切的扫描与透视。师长景凌耀从自负、虚荣到自责、愧疚的心理转换，曹大栓对父亲、妻子的情感，潘苏的大学、博士梦想无不是合乎人情、人性的心理的真实透视。这是持守现实主义精神的必然结果。

守望盆地，关注其现实和回望其历史，共同支撑起周大新"盆地"小说的艺术大厦。或者说，周大新是从这两条路径走入故土，守望故土。就现实而言，此时的乡土已非彼时他离去的乡土，盆地正处于转型裂变期。由于商品经济的激荡，他所熟知的略带诗意的那个乡土已经不复存在。对大新而言，痛苦是必然的。即便如此，他也非常理性地面对盆地现实，真实、真切地描绘盆地的现实情状，勾画乡土子民们的人生景况。他的盆地现实题材小说叙事的最主要主题就是对盆地子民转型期人性的透析。而且，往往聚焦于人性裂变过程中人性恶的剖析：费丙成"发财"后忘却自己"野种"身份的屈辱还想再种下屈辱（《老辙》）；沙高为了金钱，非人性地对待人和猴子（《步出密林》）；

---

① 陈继会主编：《文学的星群——南阳作家群论》，河南文艺出版社1996年版，第195页。

郜二嫂做了老板后用金钱购买环环的青春和爱情；郑、纪两家家仇的环环相报（《旧道》）……凡此种种叙事可以用盆地小说的"败德"叙事指称。败德的展示与"国民性"问题有着一定的关联，显现出周大新的理性批判精神和一定的批判现实主义精神。就他回望盆地历史的创作而论，周大新着力于从传统文化与人性的律动关系，走进历史，切入人性。而且，往往较多地透析传统文化负面因素与人性变异的关系——人性的压抑、扭曲等，以达到批判之功效。廖怀宝人生台阶的攀升过程中，痴迷权力，追逐权力，人性扭曲、变异，其异化状态无不源于传统文化的"官本位"思想及其在中国的根深蒂固（《向上的台阶》）；郑少恒、碧兰的爱情悲剧则充分说明传统文化的"家族本位"、家族"荣誉"如何戕害人性，封建文化"软刀子"杀人的阴险本质（《银饰》）。这些历史故事的叙事彰显着周大新理性批判的精神力度。

如果说，上述小说从现实和历史两个纬度体现出周大新小说创作现实主义精神还缺乏历史纵深感和宏阔感，那么，他的长篇力作《第二十幕》则弥补了这一不足。《第二十幕》是周大新历时10年创作的一部反映盆地百年历史的长篇小说。自问世以来，评论界就为之侧目。既有从"家族小说"的角度，发掘家族精神，透视"个人、家族和社会的历史冲突"[1]，完成对传统文化与人性关系的理性思索，又有从工商业题材的视角探寻其对此类题材的突破，还有一些非常个人化的随感式批评，更是对之进行多方位的阐释[2]。总之，《第二十幕》的确带给当代文坛一些震动。在我们看来，《第二十幕》不仅是周大新守望乡土，营构自己小说艺术大厦最为成功、辉煌的一次艺术实践，更是他小说创作现实主义精神的一次精彩释放和全面展示。"《第二十幕》是一部充分体现现实主义精神的小说，或是一部依仗独立的艺术思考'卷入现实'的小说。"[3]周大新以尚家祖孙5代为实现家族梦想，不屈不挠，不懈追求的历程

---

① 《马克思恩格斯全集》（第四卷），人民出版社1972年版，第56页。

② 武新军、袁盛勇主编：《聚焦二十世纪——周大新〈第二十幕〉评论选》，人民文学出版社2003年版。

③ 武新军、袁盛勇主编：《聚焦二十世纪——周大新〈第二十幕〉评论选》，人民文学出版社2003年版，第168页。

为叙事主体，于家族命运崎岖坎坷的变迁中展现20世纪百年的历史风云，具有经典现实主义所具有的"较大的思想深度和意识到的历史内容同情节的生动性和丰富性的完美的融合"①。另一方面，周大新以犀利的笔触解剖、剖析传统文化诸内涵，云纬、草绒、宁贞等女性形象无不是周大新对人性善执着守护的最好言说，而宁贞的死则是孕育于传统和现实中人性恶对人性善的最终绞杀。女性形象的成功塑造，很大程度归结于他对历史和现实的深切透视。从某种意义而言，《第二十幕》也是周大新小说盆地创作的一个圆满总结。

90年代末期，周大新移居北京，进入现代大都市，2001年他完成出版了反映现代都市生活的长篇小说《21大厦》。小说是以一个怀着改变自己命运，由农村进入城市的保安的视角展开叙事。保安可以视为农业文明的符码。保安的视阈内，有现代陈世美和秦香莲；有贪污腐败、包养情妇的高官和出卖青春的女大学生；有物欲极大满足后精神极度空虚的女博士；有同性恋倾向的老画家；有为自己事业傍上国外老富婆的年轻化学硕士……有关他们的叙事无不指涉都市的败德、人性的扭曲和变异。正是以农业文明价值为参照，才能进一步凸现城市文明的某些畸形病态事象。尽管这里有一种伦理立场的预设，但从这一视角透视，的确发现了现代文明耀眼光环中的黑斑。《21大厦》不由得使我们想起巴尔扎克《人间喜剧》对资本主义文明的批判，它充盈着较为强烈的批判现实主义精神色彩。

二

如果说，现实主义精神构成了周大新小说艺术大厦的永恒根基，那么，强烈持久地关注女性，塑造女性形象则描绘出周大新小说创作一道恒定不变的绚丽色彩。周大新身上似乎潜隐着"女性崇拜"意识，他在创作的每一个阶段自觉或不自觉地把更多的笔墨倾注在女人身上，于是，一个个鲜活、丰润的女性形象便伫立在他所建构的艺术世界中。他的文本里，男女两性世界总是处于失

---

① 《马克思恩格斯全集》（第四卷），人民出版社1972年版，第343页。

衡的状态：男人世界是一个世俗的、龌龊的世界，充满着功利、算计、争斗、人性的撕裂和兽性的喘息。男性世界的男人们（除却军旅题材的军人）缺乏男人气概，显得比较委琐，与女性相比，很难称得上具有性格魅力。郜二哥、沙高、费丙成、廖怀宝、吕道景、蔡承银、尚穹、沈部长、老画家、邱总裁、吴发硕……他们无论什么身份、职业、地位，都有一些性格或人格的缺陷。总之，这是一个令人失望的世界。而女性世界则是一个较为理想、纯净的世界：美丽、善良、吃苦耐劳、富于牺牲……凡此种种美德把女性世界装饰成一个迥异于男人世界、弥散着母性光辉的圣洁天地。而且，两个世界的互相映衬对比中，女性世界的女性形象更加光彩照人：汉家女善良、淳朴、泼辣、正直；郜二嫂勤劳能干；环环美丽善良、以德报怨；盛云纬贤淑温柔，面对达志的背信弃义，仍忠贞不贰；曹宁贞善解人意、勇于牺牲。这一切无疑是中华传统女性众多美好品质的集中体现。随着社会的进步和发展，女性身上自然而然也会出现富有时代特征的新品格。具有强烈现实主义精神品格的周大新当然没有忽视这一方面，他在一些作品里挖掘了女性身上的现代品格：荀儿不满足于和目光短浅的丈夫一辈子耍猴、漂流四方的命运，而是办起面粉加工厂，体现出现代女性的远大志向；邹艾挑战命运，不向命运低头，虽大起大落，但终能自立自强（《走出盆地》）；宁贞独立、敬业；虞悠，一个现代女大学生，自信、乐观，富有爱心，她收留一个被遗弃的婴儿，然而不幸被婴儿传染上艾滋病，面对男友的不理解和最终离去，她平静如水，无怨无悔，体现出当代女性的坚强和坚韧品格（《21大厦》）。即便是触及到女性的人性弱点，诸如不择手段的报复心理和行为，其动因总是或多或少源于男性世界的伤害，而且，这些人性弱点往往最终转向善。由此观之，周大新似乎有美化女性的倾向，带一点女性主义的色彩。

周大新何以如此关爱女性？周大新在他的创作谈里很少提及，也许是作家对这种倾向缺乏自省意识。古今中外文学史上不乏钟情女性、表现女性的作家及作品。如果说阅读此类作品给周大新以影响，那么，这也许可以归结为表层原因。如果从创作心理学的角度考量，应该还有深层的心理诱因。钟爱女性，甚至美化女性，也许是对男性世界失望的一种补偿，一种替代性的满足。认知心理学家皮亚杰认为一个人青少年时期的阅历和经验会对一个人的认知起着"同化"或"顺化"作用。周大新的青少年时期，尽管物质生活十分贫乏，但亲情，特别是母性、母爱的光辉一直环绕在他四周。这光辉既来自他善良的母亲，又来自乡场上的其他女性。在周大新回忆早年生活的散文集《村边水塘》中，父亲和乡场父辈们往往是缺席的，文本中更多提及的是母亲和乡场女性们。邰二嫂的原型，就来自周大新童年时期关心他、呵护他的一位贤淑、漂亮的近门嫂子①。这足见女性对其创作的影响。

作家正是在男女两极世界目前还不完美的透视中，呼唤美好人性，也正是在对女性人性美的发掘中，引领人们走向人性完美。

这种男女两性世界失衡的状态已经构成周大新小说创作的一个模式。对作家来说，它是双刃剑，既可以进一步突出你的特色，也可以钝化探索的锐性，禁锢创新的目光。突破模式，会出现新的艺术气象，对此，周大新也许有更为深刻的认识和理解。

三

周大新小说创作的"变"，主要表现为在小说艺术上的不断探索和创新，尤为最鲜明地体现在对小说的"故事性"的多样探索方面。无论周大新哪类题材哪个阶段的创作都体现出鲜明的故事性特征，但每一阶段对前一阶段总是有所拓展，呈现出发展变化的特征。这种探索和变化的根本动因源自他开放、发展的小说观念。"小说自诞生到今天，模样一直在变。""今天的小说与过去的小说相比已经面目大异，未来的小说同今天的小说相比，面孔和腰身肯定会有更大的改变，我们应该鼓励在小说创作上的任何一种试验和探索。"②正是这种对小说发展历史的理性认知所形成的发展、开放的小说观，提供给周大新源源不断的探索动力。此外，20世纪后20年当代文坛变革、创新的整体艺术氛

---

① 周大新：《村边水塘》，文心出版社1996年4月版。
② 周大新：《村边水塘》，文心出版社1996年4月版。

围也是不可忽视的一个因素。加之周大新个人对文学女神的痴迷和钟情，它们共同作用，形成合力，推动周大新小说创作艺术上的"变"。

　　纵观周大新的小说创作，他的军旅题材小说基本还处于注重"写什么"而较少注意"怎么写"的阶段。当然，这也是众多作家创作初期所面临的一个普遍性问题。在此一时期的创作中，故事的叙事多采用第三人称的"全知全能"的视角，缺少视点的变化。叙事时间往往是按自然的物理时间展开，没有变化。叙述语言重描述而少表现，缺乏诗性。总之，显现出驾驭故事的叙述能力不强的特征。因此，致使他的小说呈现出重写实，轻写意，平实有余而空灵不足的特征。80年代中后期，周大新踏上"文化怀乡"之旅，守望盆地，自觉地建构自己的文学世界，开始一个较长时段的盆地题材创作。而此时的当代文坛，"先锋小说"家们正掀起强劲的反小说艺术传统的热浪，并以颠覆、解构小说传统故事性作为先锋性和革命性的指证，由此，也出现了一些被先锋批评家们热捧的"三无"小说。但周大新似乎静坐在主潮的边缘，一方面持守着故事性，另一方面及时吸纳新的艺术营养，悄无声息地进行着艺术变革。"我一直非常赞同更新小说观念，并努力去吸收外域的一些新的创作方法和技巧。"①他的这种艺术探索和变革一直延续至今。具体体现为以下几个方面的特征：（一）吸收叙事学的一些理论，开始注意叙事视角和视点的运用。他此一时期的作品，既有第三人称视角（《武家祠堂》），也有第一人称视角（《伏牛》），还有多重视角的交互使用（《走出盆地》）；既有内聚焦视点的应用，也有外聚焦视点的运用（《溺》《家族》）。叙事视角和视点的运用，不仅显得蕴藉、淡远，富有变化，而且增强了作品的阅读性。另一方面，周大新也讲究叙事策略，注意叙事节奏、叙事时间等细节、技巧问题。比如《家族》，他成功地在叙事中不断地揳入周五爷的梦幻，控制叙事节奏，造成"间离"效果，使读者能跳出故事，进行思索和有效阅读。（二）以写实为主，吸纳现代小说的象征、暗示、魔幻、意识流等创作手法，加深和拓展小说的诗情哲理和审美意蕴。他常用三种形态的象征物：物象、事象和人象。并以

---

　　① 周大新：《漫说"故事"》，《文学评论》1992年第1期。

此更进一步去丰富和诠释故事的意蕴①。运用这种手法，周大新也经历了从不成熟到成熟的过程。《走出盆地》中有关南阳的神话故事固然对邹艾的命运和性格有很好的阐释和补充作用，但它与故事缺乏一种有机的联系，有硬贴上去的感觉。《伏牛》也有此不足。而后期的长篇力作《第二十幕》和《21大厦》中，象征手法的运用不仅娴熟而且较为成功。格子网和黑雉鸡及其鸟笼，这些象征物随着故事的发展，与情节有机地结合，更进一步地揭示作品蕴涵的哲理，对人的生存状态进行形而上的思考。此外，魔幻、梦幻、意识流等手法的应用也提升了作品的审美意蕴。（三）有限的文体探索。20世纪80年代的先锋小说探索曾带来小说文体的解放，显现了小说形式的可能性发展空间，尤其更进一步激活了作家的文体意识。比之80年代、90年代作家的文体意识有弱化甚或是泯灭的倾向。但周大新却在悄然地探索着。《碎片》（《当代》1997年6期）及《21大厦》（2001年）可以较好地说明他在这方面的探索。他的探索是有限的，也就是说，周大新不会像有的作家那样，彻底反叛传统，而总是比较中庸地温和地进行着，这与周大新"盆地"文化性格有着必然的联系。

原载《南都学坛》（哲学社会科学版）2004年第4期

周大新
研究资料

---

① 陈继会主编：《文学的星群——南阳作家群论》，河南文艺出版社1996年版，第207页。

论周大新"南阳小说"的文化审美价值

罗宗宇

周大新的绝大多数小说，都以自己熟悉的故乡南阳盆地为背景，在历史与现实的穿行中，吸取区域文化的营养，精心经营着南阳叙事，《走出盆地》《第二十幕》《香魂塘畔的香油坊》《伏牛》《怪火》等长中短篇即其代表。这些"南阳小说"因其丰富的文化内涵，开辟了一个自足的文化审美空间，具有独特的文化审美价值。

一

曾有论者指出："周大新对二十世纪历史的解读与描摹，实际上就是他对南阳这块他生于斯长于斯并热恋着的故土家园的解读与描摹，对生存并延续在这里的人与文化的生命感悟。"①的确，当1988年左右周大新开始有意识地设计自己的创作计划时，他找到了由桐柏山、伏牛山等包围的南阳盆地。②此后他的小说聚焦在这一盆地，将这片土地上演绎的生与死、爱与恨、走与归展

---

① 梅惠兰：《历史的生命感和生命的历史感》，《聚焦二十世纪——周大新〈第二十幕〉评论选》，人民文学出版社2003年版，第178页。

② 周大新：《圆形盆地》，《解放军文艺》1988年第6期。

现在读者的面前。当然，这种展现并非脱离了文化感悟与文化体验的叙事，作为一名有着自觉区域文化意识的作家，周大新总是遵循自己的文化实感，力求在叙事中对区域文化图景进行还原，建构出一个"文化南阳"的形象，这是周大新"南阳小说"的首要文化审美价值追求。这种追求首先表现在对南阳历史文化的还原上。位于豫西南的南阳盆地，居于古老中原的区域地带，有着悠久的历史文化，这种文化既有成为文字记载的各种文献与文物材料，更有活在当地人口头的历史传说与故事。走进"南阳小说"世界，我们常常会看到作者如同一名考古学家或历史学家那样专注于该地区的文物与历史资料，汉画像砖、古墓古董、王朝交替、南阳抗日的史实及被解放的新闻消息等不时闪出，周大新甚至还从档案馆里爬梳出了尚家族志、《汝阳驿志》、《明天启二年奏报汇编》等与南阳有关的地方志材料，借此获得进入地方历史的通道。对南阳历史文化的还原，还体现在对活在人们口头的文化历史的叙写上。周大新曾说："我生在一个盛产故事的地方，在我的故乡这儿，差不多人人的肚里，都装着一串串的故事。"[1] 于是我们看到，关于南阳盆地来源及走出盆地的神话催生着他的灵感，诸如安留岗与刘秀、卧龙岗与诸葛亮、武家祠堂与岳家军的民间故事点染着他的叙事情怀，有关棠梨村、柳镇风水塔、梅溪河与周族祖先发现南阳牛以及由吃牛到崇牛的美丽传说则充实着他的南阳世界。周大新的笔总是有意触及保存于南阳人口中的那一种历史，行走在南阳历史文化的深处。

然而悠久丰富的历史文化并不是南阳区域文化的核心，真正成为核心的是以行为伦理形式作用于人的区域文化规范，因此揭示这一文化符号系统是还原区域文化图景、塑造"文化南阳"形象的内在要求。南阳盆地处于荆楚文化与中原文化的交界点，中原文化的儒文化主导性使得家族观念成为其中的一个常数，它搅入南阳的历史与现实，制约着个体的生存与成长。因此"南阳小说"重点展现家族文化图景也就合乎情理。《铁锅》讲述的是郝家造锅的故事，通过两代人为"郝家锅"自愿献祭，见出家族文化图腾的魔力。而在《第二十幕》中，以家族的名义，牺牲了达志的爱情、旺旺的自主人生选择以及立世年

---

[1]　周大新：《漫说"故事"》，《文学评论》1992年第1期。

轻的生命。《山凹凹里有一种乔木》则写出了"孝文化"的作用，媳妇天兰怕因绝逐家后代而背上不孝的罪名，答应了老一辈要自己与陌生男人传宗接代的荒唐要求。在对家族文化图景作表层的现象还原之时，周大新还试图在深层次上揭示出家族文化是如何在代际间进行自我复制又是怎样为家族成员所认同的文化机制。如《第二十幕》，小说通过"早上背书"和"跪对祖宗牌位"这一家族日常生活场景，写出了达志、旺旺等尚家男子成长为"应该如此"的尚家人的过程，从而揭示出家长正是利用家族文化伦理符号及其所自我定义的权威性来塑造下一代并进而完成家族身份认同的。尚安业把达志塑造成了自己模样，达志对方世、昌盛、旺旺的塑造又重复了该过程，正如殷海光所说："中国社会文化里真有不少的老人具有基督教徒所说上帝的气概，他们有意无意间要'照着他自己的形象'塑造下一代。"[1]

在还原南阳区域文化图景的过程中，作者还把视点下移，注重将原汁原味的南阳民间文化事象、仪式和信仰移到纸上。南阳的风俗民情尤其是具体的民俗事象在周大新的小说中得到了自觉表现。南阳铁锅、丝绸、玉器、刻字店、香油坊、诸葛庐、南阳牛、山茱萸等独具地方特色的物象比比皆是。小说还描绘了民间的赛神大会，以及婚嫁与丧葬习俗等。与民俗事象一同出场的还有充满生命活力的南阳民歌与山歌，如古《绸缎谣》、玩猴艺人所唱的民歌及南阳人在生活中爱哼的乡村小曲就不绝于耳。小说对民间文化的还原还体现在"南阳叙事"常常在含魅中进行，生活中一些无法解释的自然现象以及民间信仰都得到了原生态的叙述。诸如用桃枝和杀鸡来避邪，关猴时要先对猴仙与山王爷祷告，种麦要敬土地老爷，婚礼上打碎酒杯暗示着夫妻不能白头偕老，俗民都相信棠梨树能祈福避灾等。此外，老天有眼以及能预示人生命运的梦境和兆头也不断闪现。诸如预示灾难的紫雾、骷髅、黑色大鸟，达志去世前的先兆，宁贞一再做的噩梦竟然预示着其生命的最后结局，那代表着民间惩恶扬善伦理法则的怪火与火牛等。它们在强化小说叙事的文化实感之时，也呈现出神秘美，正如有人分析的那样："南阳盆地处于荆楚文化与中原文化的交界点，楚文化

---

[1] 殷海光：《中国文化的展望》，上海三联书店2002年版，第190页。

天马行空般的浪漫，催发出小说瑰丽、奇异、怪诞的神秘色彩。"①

二

　　在建构"文化南阳"的形象之时，周大新的"南阳小说"也注意展现南阳人的文化人格。特定的个体总是一定文化意识的载体，其思想和行为也体现着一定的文化价值观念，他被自己置身其中的文化网塑造着，其人格也因此表现为一种文化人格。在南阳小说中，周大新所凸现的南阳人的文化人格，主要是一种由民间文化尤其是儒文化所塑造的人格。南阳丰厚的民间文化为南阳子民的人格养成提供了资源，这在"爷爷奶奶"形象中可得到典型体现。《伏牛》中的奇顺爷就呈现为民间文化人格，他以牛事观世界的认知就是地地道道的民间方式。此外，生活知足、安天乐命的瞎爷爷，将近亲结婚生傻子归因于送子娘娘惩罚的逯家奶奶，将南阳历史变迁的动因归为当地行政长官院风水不好的云纬等等，他们都属于由南阳民间文化孕育出来的人格类型。

　　民间文化虽然在南阳无处不在，然而占主导地位的却是儒文化，因此周大新笔下的不少南阳人表现为儒文化人格。尚达志、卓远就是典型。前者对"修身齐家"有一种伦理自觉，他为"霸王绸"焦虑不已体现的是"生于忧患"精神，一次次遭遇挫折却又矢志不移实践的是"天行健，君子当自强不息"的人生信念，而剪烂皮衣则因对贪图享受欲望的否定而表现出对"死于安乐"思想的认同，其遗嘱作为一个典型的人格文本，诠释的也是节俭、坚忍的儒家人生哲学。达志的"修身"与"齐家"，成为儒家"修齐治平"思想的标准演绎。后者作为知识分子，面对贫寒、遭遇威逼利诱甚至是生命危险也绝不动摇，体现了"贫贱不能移""威武不能屈"的精神。而他对民族国家命运的忧患及由此出发的人生行动又是儒家知识分子的忧患意识与"济世""笃行"人格的传承，卓远因此坚守着儒家知识分子的身份伦理，也实证着儒文化人格。周大新

<hr>

　　①　陈继会主编：《文学的星群——南阳作家群论》，河南文艺出版社1996年版，第210页。

并不只展现男性的文化人格，他曾说："我还是想把那些温暖的、深情的颂歌唱给女人。"①的确，他笔下的南阳女子几乎全都集人格美与人性美于一身。如果说郜二嫂、碧兰因为强烈的生命意识而显现出人性美的话，那么更多女性的人格美则与对传统儒家伦理的遵守而密不可分，尽管在这种美的背后，呈现的恰恰是她们的悲剧性命运。顺儿是其代表，她恪守妇道，扮演着贤妻良母的角色，将"夫为妻纲""三从四德"奉为言行的绝对律令，对丈夫言听计从，完全沦为达志的影子，即使临死还主动替达志承担卖女儿的责任，其全部生命诠释的是"牺牲"二字。类同于顺儿的形象在"南阳小说"中还有姁姁、天兰、乔乔等等，她们无一例外的是善良、坚忍与无条件的奉献，其无声的生命存在在显现出自身的传统儒文化人格美时，也有着一种沉重。

三

周大新"南阳小说"的文化审美价值，还表现在以写实的笔调描述"南阳盆地"内传统文化所遭遇到的挑战及其内在裂变，传达出南阳人的一种现代性冲动，并以此为基础既对南阳传统文化的现代价值与命运进行理性思考，又对社会现代性过程中的弊端保持着必要的警惕。"走出盆地"是周大新南阳叙事的一个基本母题，其原型是三个神女执着地担负起到山外寻找新生活的责任并最终化为奔出盆地的河水的神话。在神话中，"走出"基本上是一种地理意义上的。而以此为原型的叙事，则不只是地理意义上的出走，它同时也指在盆地内部对传统生产方式与文化观念的变革，个体"走出盆地"的生命行动于是成了一种文化行动，它隐喻着南阳人对以富裕与科学为标志的现代文明的追求。邹艾执着地"走出盆地"，内含的就是对文化封闭性、落后性以及打破这一文化局限性的个体努力（《走出盆地》）。天夫的两个女婿宁愿到城市里打工也不愿跟天夫学他那引以自豪的精湛种麦手艺，在两代人的冲突中见出的是

---

① 周大新：《给"上帝"的报告》，《瓦解·代跋》，长江文艺出版社1996年版，第353页。

青年一代对传统农耕文明及其生产方式的背离，以及传统文化所遭遇到的现代性挑战（《金色的麦田》）。苟儿果断抛弃世世代代玩猴艺人的生活、购买磨粉机的行动也成为告别传统的一个苍凉手势（《步出密林》）。尚家对机器生产的执着梦想，无疑也是近代以降国人的现代性追求在南阳这一特定区域的浮现（《第二十幕》）。如果说以上小说都侧重从物质生产方式的维度来显现潜藏在南阳子民心中的现代性冲动的话，那么其他一些小说则从思想文化的角度展现出南阳子民走向现代意识的渴望，以及在这种渴望中传统文化走向裂变的事实。《瓦解》叙述的是传统婚姻爱情观念在万芹式的年轻人中的走向瓦解，女主人公在父亲的反对中进行自由恋爱、大胆试婚，张扬的是一种现代婚恋观念。《山凹凹里有一种乔木》中的逯二北冲破老一辈的阻力，与天兰进行基于理性而不是情感因素的离婚行动、用南阳药材开药店致富，也显示出年轻南阳人自觉与传统文化观念告别的决心及敢于为此承担责任的勇气。在此，小说叙事以代际冲突形式演绎的正是传统与现代文化观念的冲突与裂变。

周大新的南阳叙事并不只是传达出传统与现代的文化冲突及由此而生的裂变，而是要对南阳传统文化的价值与命运进行思考，对现代化的弊端进行反思，进而表达出主体的文化建构策略和立场，这是南阳小说的文化审美价值的理性诉求。周大新怀着一股无法言说的温爱，描绘南阳盆地内部的传统文化形态，但这并不妨碍他对其现代价值和命运作出理性思考。南阳小说中的家族叙事不少，然而与那些视家为腐朽落后封建文化的象征进而对其进行激烈批判的现代小说不同，同时也区别于一些片面认同传统的当代家族小说，《第二十幕》《家族》《铁锅》等小说对家族文化的态度就比较理性。在《第二十幕》中，小说一方面揭示出家族文化强大的凝聚力和推动力，正是它成为尚家人追求"霸王绸"的精神后援，同时也写出了家族文化对家族成员人性和个性的压抑，借此完成着对家族文化价值二重性的思考。对家族文化的这种立场实际上也是作者对整个传统文化的立场。"温家盆"村的村民利用温泉来赚钱，表明他们正在从传统走向现代，然而村民对"我"扩大经营规模当老板的建议表示出敌意，苜儿还由此将"我"判定为"心不好"，从中见出的正是对现代性进程中传统文化所具有的负面价值的思考（《小盆地》）。这种思考在尚智与苇儿嫂的竞争经过里也得到了某种程度的表现（《武家祠堂》）。然而，这并不意味着在传统文化的现代命运上，周大新是一个悲观主义者，他还探求了传统文化进行创造性转化的可能。在邹艾"走出盆地"后的回归中，在尚天人格的转变中，在振中夫妇的"义利"之辩尤其是洋媳妇对儒家文化的某些认同中，作者显然对传统文化在现代个体人格与道德建构中所具有的积极价值给予了肯定，从而在时间与空间两个维度上对传统文化的现代命运作出了某种乐观性的估计。在对传统文化作出理性批判之时，作者也对现代化进程有所反思，揭示出历史主义与伦理主义之间的悖论。《老辙》借助费丙成与姚盛芳的情感纠葛，内含着对现代化进程中所出现的伦理危机的思考。《怪火》以"我"家致富后却为富不仁而招致怪火，尤其是大火中只有九人来救火的事实，揭示了经济发展中的道德下滑。这一道德困境，也见于《第二十幕》，宁安卖假酒，甚至让女朋友陪客人喝酒，尚穿不顾亲情向堂兄出狠招，都是为了钱。也就是在对传统文化与现代化进程的理性批判之中，周大新的文化建构策略与立场得以彰显，即以传统文化中某些有积极价值的资源作基础，推动传统文化的创造性转化和现代文明的优化发展。在这个意义上，周大新既是一个南阳盆地文化的坚守者，又是一个出走者。

原载《理论与创作》2005年第2期

160

接续起乡村写作的乌托邦精神

——评周大新的《湖光山色》

贺绍俊

　　乡村写作无疑仍是当代文学的重头戏。乡村写作也是现代文学传统的重中之重，从文学传统的承接来看，乡村写作仍占据重要位置似乎是理所当然的。但应看到，今天的乡村文化语境已大大不同于从前。在全球化的背景下，中国正处在现代化焦虑之中，中国攒着劲要把与西方世界的差距拉近。但中国又是一个传统农业社会，因此在一定意义上说，现代化的历史就是改变农民的历史，我曾将现代化比喻为一条建造在乡村与城市之间的高速公路，它诱使农民舍弃土地，沿着这条道路朝城市奔跑，跑进了城市，也就是跑进了现代化。眼下的农民已经不是几十年前处在传统农业社会大环境下的农民，因此作家笔下的农民形象也不同于五六十年代周立波、赵树理、柳青以及80年代高晓声、乔典运等作家笔下的农民形象。但人们似乎普遍对当下的乡村表达并不十分满意，不满意的原因主要是当下的作品并没有为我们提供太多新的叙事，与这个已急剧变化的乡村情景不大谐调。我曾经认为，乡村写作的不足主要是由于作家们仅仅关注奔跑在城乡之间那条高速公路上的农民，而对仍困守在乡村土地上的农民关注得太少，所以乡村写作要突破就要立足于乡村的土地。但后来我发现立足于土地的观点并不确切。最近又读到周大新的《湖光山色》，觉得这就是一部摆脱土地束缚而在乡村写作上有所突破的小说，它从文本上佐证了我的想法。

《湖光山色》（作家出版社，2006年）是周大新的又一部长篇小说，从写家族历史的《第二十幕》到写城市生活的《21大厦》，周大新再一次回到了他最擅长的当代乡村。乡村叙述是当代小说的重头戏，在全球化和现代化的大背景下，乡村已经不是过去田园般的乡村，它为当代文学提供了新的写作资源。尽管社会的中心舞台在城市，但当代小说似乎仍然是由乡村唱主角，有人认为这是由于当代作家还缺乏表达城市的文学经验，其实根本问题并不在这里，问题还在于中国的城市哪怕从外观上已经非常的洋气和摩登，但它至今仍未找到融会乡村的正确途径，乡村被抛在现代化的轨道之外，因此乡村始终是当代作家心中的疼痛，于是我们从小说中看到了乡村的凋敝、荒芜和贫困，也听到了文学良知为苦难与不公而发出的呐喊。这成为当代文学的一个最基本的表达。毫无疑问，周大新对于乡村的苦难也是深有感触的，但他的思考并不仅仅停留在对苦难的揭露上，而是要为乡村的父老乡亲们谋出路。他像其他立足于乡村立场的作家一样，看到了当今现代化进程中的最大问题：城市现代化的崛起是以疯狂攫取农村资源为代价的，被透支了的乡村丧失了元气，在现代化的速度面前它只能被抛在身后。大新看到了这样的现实，但他不愿意让这样的现实成为永恒的真理。在《21大厦》里，大新试图在城市的版图里为乡村找到出路，或者说，他发现乡村正在跃跃欲试地涌入到城市中，包括那些民工，那些漂泊者，他们对日益衰败没落的乡村失望，以为城市会是他们新的梦乡。周大新通过一座象征性的大楼，严正地告诉人们，城市不是乡村的梦乡。当然这样的思考并不是周大新所独有的，当代作家对于现代性尤其是在中国土地上发生的有所畸形的现代性保持着足够的警惕。对于怀着庄严责任感的周大新来说，如果让他的思考到此为止，那就不啻是让他经受心灵的折磨。但在"三农"问题不绝于耳的现实中，乡村只能给作家提供一张迷茫的图景。于是周大新设置了一个田园的乌托邦，这就是我们在《湖光山色》所看到的使暖暖以及楚王庄村民摆脱贫困、走向幸福生活的丹湖迷魂烟雾。

暖暖是小说的主人公，也是作者着力打造的一个代表着乡村未来的新型农民。新型农民自然是乡村年轻的一代，他们有知识，也接受了现代化的熏陶。这些基本特征都体现在暖暖身上。暖暖也和其他的乡村年轻姑娘一样，在她青春荡漾的时期，把自己的幸福寄托在城市，希望能够通过高考上大学实现自己的梦想，但这个梦想很快就破灭了，后来她来到城市打工。从眼下的标准来衡量，暖暖应该说成功了，她终于逃离了乡村，开了眼界，学会了穿着打扮，收拾出来"最像个城里人"，而她"存折上的数字正在缓慢向一万靠近"。但就是在暖暖充满憧憬的时候，作者果断地将她拽回了乡村，因为城市终究不是暖暖的归宿。那么，乡村的希望在哪里？过去的乡村所依赖的是土地，土地是农民的命根子，农民不仅把种子播撒在土地里，也把希望播撒在土地里。但这只是传统农业社会的观念，它已经被现代化的实践所瓦解。更重要的是，现代化的风暴刮走了土地的肥沃和滋润，往日的田园成为板结的荒野，它再也生长不出年轻一代的希望。回到乡村的暖暖也想依凭着土地致富，但不仅没有致富，还被城里贩卖假种子的小人骗了，背下了沉重的债务。搞考古研究的谭教授的到来，让暖暖触摸到农村的真正希望，这就是发展旅游业。她看到了自己家乡的自然风光和历史文化的开发价值，先从开办家庭旅馆开始，学会接待游客，一步一步把自己的事业扩大。暖暖的"楚地居"给贫穷的楚王庄带来了富裕和幸福。小说的结尾，是众多的国外游客来到楚王庄观赏丹湖的迷魂烟雾，当碧绿的水面上袅袅升起如梦如幻的烟雾，各种奇异的景观如海市蜃楼般在游客们眼前出现时，暖暖用英语对众人说道：在烟雾里你们会看到你们心中特别想看到的东西。这是一个很有意思的结尾。在虚幻的烟雾中实现自己的愿望，这不就是一种乌托邦吗？

乌托邦是逐渐被我们疏远的文学圣地。这个术语最早由英国著名的人文主义者托马斯·莫尔创制，它的词根是两个希腊词，一个词的意思是"好的地方"，另一个词的意思是"没有的地方"。这就决定了乌托邦的双重含义。一方面人们将其视为"空想""白日梦"的同义词，另一方面，人们在为某种指向未来的"理想""规划"或"蓝图"命名时也往往不约而同地想到"乌托邦"。正因为此，作家们往往愿意在作品中建构一个乌托邦，来寄寓自己的美好理想。人们把柏拉图的《蒂迈欧篇》视为最早的乌托邦文学。我们可以列

周大新
研究资料

举出许多描绘乌托邦的文学名篇。如阿里斯托芬《鸟》中的"云中鹁鸪国"，拉伯雷《巨人传》中的"德廉美修道院"，陶渊明《桃花源记》中的"世外桃源"，李白《梦游天姥吟留别》中的"神仙居洞天"等。文学中的乌托邦可以说是作家建构的一个虚无的存在，但正是通过这种虚无的存在，作家表达了他对现实的不满、批判和对理想的憧憬。人们在谈到乌托邦时常常会引用当代美国神学家蒂里希的一段话，他说："要成为人，就意味着要有乌托邦，因为乌托邦植根于人的存在本身……没有乌托邦的人总是沉沦于现在之中；没有乌托邦的文化总是被束缚在现在之中，并且会迅速地倒退到过去之中，因为现在只有处于过去和未来的张力之中才会充满活力。"①

当然，这不过是作者为农村设想的一个乌托邦。作者借省城五洲旅游公司经理薛传薪之口对这个乌托邦设想作了阐述。在作家看来，城市化往往造成农村的衰败，使农村的田园风光消失，农村的人口迅速老化和减少，农地也会荒原化和野生化。作家在这部小说中提出了一个重要的概念"田园风光"。田园风光可以说是小说情节结构的黏合剂。因为，田园风光是一个比土地更为重要的乡村资源，不仅具有经济价值，也具有文化价值。那么，乡村抵御城市化的破坏的最佳方式就是要主动开发田园风光的价值。只有开发了田园风光的价值，田园风光才不会被破坏。而开发田园风光的途径之一就是发展旅游业，使田园风光处在"被看"的位置。依据这样的思路，大新将暖暖所在的楚王庄安排为还没有完全被城市化所破坏的田园乌托邦："这清澈的湖水，满山的绿树，遍地的青草，拴在村边的牛、驴、羊，还有你们这安静的村子，相对原始的耕作方法，楚国的文化遗存，古老的处理食物的方法，比如你们村里的石碾、石磨、土灶等等，使这儿具有了被看的价值。"暖暖在这种理念的启发下，很快就把楚王庄的旅游业发展起来了。这里盖起了高级宾馆，有了规范的服务，而被包装的旅游景点吸引了络绎不绝的中外游客。这一切发展起来后，却又带来另一个问题。薛传薪暗中支持色情服务，使一股恶浊的空气在楚王庄蔓延开来。于是在后来的日子里，暖暖的主要精力就放在了与这种恶浊势力进

---

① 保罗·蒂里希：《政治期望》，徐钧尧译，四川人民出版社1989年版，第215—216页。

行抵制和斗争。小说以暖暖的斗争取得胜利而告终。这个完满的结局自然是构建乌托邦的需要，它让我们看到乡村的希望。

说到底，周大新还是一位现实主义作家，因此他的田园乌托邦并不是逃离现实的虚无缥缈，他把这个乌托邦搭建在现实的土壤上。于是现实的种种矛盾也会在这个乌托邦中得到反映，他又是通过解决这些矛盾从而使乌托邦得以完善。这个矛盾主要可以归结为城市与乡村的矛盾、物质与精神的矛盾。城市对乡村的破坏，乡村为城市作出的牺牲，这在许多作家的作品中都得到了反映。在表现城乡冲突时，几乎所有的作家都站在乡村的立场上，对城市持批判的态度，但这样一种文学的批判往往都是以城乡截然对立为前提的，仍摆脱不了二元思维的缺陷。周大新虽然同样是站在乡村的立场，但他并不强调城乡对立，相反，他认为城市的现代性既给乡村造成困境，又是乡村走出困境的契机，因此，他的田园乌托邦也需要依赖城市的力量。在小说中，楚王庄的被看价值并不是由居住在楚王庄的村民们发现的，也包括暖暖这样的渴望改变现状的、见过世面的年轻人。发现楚王庄被看价值的是来自城市的薛传薪。薛传薪很骄傲地称自己是楚王庄的拯救者。的确，没有薛传薪带来的投资和理念，暖暖以及楚王庄的旅游业不可能在短期内成规模地发展起来。但薛传薪显然不是楚王庄的真正拯救者，因为从物质的层面看，他促使楚王庄摆脱了贫困，然而从精神层面看，他的经营方式带来了楚王庄的道德失范、人心涣散。他拯救了贫困，却又制造了邪恶，而从楚王庄后来的混乱来看，邪恶比贫困更可怕。于是城乡矛盾转化为物质与精神的矛盾。而后者才是更为本质性的矛盾。也就是说，在周大新设计的田园乌托邦中，光解决了生存上的温饱还不行，甚至光解决了现代性所造成的乡村的物质层面的困境也还不行。比如，生态问题，这是一个前沿的问题，生态哲学重新认识人类与自然的关系，可以说是匡正现代性弊病的。实际上，《湖光山色》中关于"田园风光"的理念就是以生态哲学为基础的。但当我们拿起生态哲学作为武器时，同样有一个瞄准目标的问题。如果仅仅停留在物质层面，也许可以解决土地荒弃、空气污染、生态破坏的问题，但精神的堕落照样会继续下去。因此生态哲学应该关涉到物质和精神两个层面，我们不仅要保持大自然的生态平衡，也要保持精神世界的生态平衡，否则，即使是处在生态良好的自然环境下，人类也不可能获得和谐自由的心境。暖暖正是痛感精神堕落的危险性，她才会不顾一切地要把赏心宛的邪恶揭露出来，净化楚王庄精神世界的空气。也只有在旷开田和薛传薪被绳之以法，楚王庄才可能建立起真正的田园乌托邦。

当周大新把物质与精神的矛盾引入到乌托邦时，他就使乌托邦具有了现代的意识。自古以来，作家们就通过建构乌托邦来表达自己的理想。旧的乌托邦主要建立在平等和民主的基础上，在旧乌托邦里，人人均分财产，在民主的制度下人人可以自由表达意志。而到了现代社会以后，在现代思想的烛照下，乌托邦更注重人类精神的自由解放。爱、美、同情、理解、自尊心、想象力，作家们用种种精神的元素培育着一个精神健全的乌托邦社会。因此，新的文学乌托邦更注重精神的质量。当然，文学中的乌托邦有时是以反乌托邦的方式出现，特别是现代主义文学开启的文学传统更是如此。

当代文学从20世纪90年代以来就逐渐疏远了乌托邦。这看似是80年代的必然后果。80年代的新时期文学，一方面要与中国过去僵化的政治乌托邦彻底决裂；另一方面，也受到西方现代主义文学影响，反乌托邦的文学叙述成为时尚。但这些文学的内部原因并不会扼杀乌托邦情结。因为乌托邦是人类寄寓精神的重要场所，只要精神不死，乌托邦情结就会存在。杰姆逊说："在工业社会中，个人受到摧残的表现就是欲望得不到满足，个人内心的欲望永远是被压抑，受到摧残，便普遍地存在着乌托邦式的冲击，乌托邦式的对整个世界的幻想改变。"[1]显然，杰姆逊在批判一切都被"物化"的现代主义的工业社会时，仍然认为现代主义的驱动力就是一种关于理想社会的乌托邦精神，它表达了对未来的乐观主义的憧憬和重建。中国的当代文学在80年代还没有完成重建未来理想的工作，就被90年代决堤涌来的市场经济大潮冲刷得支离破碎了。于是一种形而下的欲望化叙事成为90年代的文学主流，在这样的叙事里，乌托邦几乎没有立锥之地。如果我们认同90年代文学缺乏精神向度和力量的说法，那

---

① 弗雷德里克·杰姆逊：《后现代主义与文化理论——弗·杰姆逊教授讲演录》，唐小兵译，陕西师范大学出版社1986年版，第170页。

么，作家舍弃了乌托邦情结也是造成这一结果的重要原因。今天，不少作家意识到文学精神向度的重要性，努力提升叙述的精神品格，而重建文学乌托邦无疑是一个重要的途径。

周大新的《湖光山色》的意义就在于，小说所构建的田园乌托邦为乡村写作开辟了一道亮丽的风景。乡村叙事可以说是"五四"新文学以来最重要的一种文学叙事。这自然与中国是一个农业文化形态发展得非常完备的传统社会有关系。尽管"五四"新文学是以现代化为主旨的，但现代化精神首先就必须面对着乡村经验的冲撞。乡村成为现代性表达的现场。这种表达依据作家对现代性的不同理解，大致上采取了两种表达方式。一种是从启蒙主义的立场出发，揭示乡村的苦难与愚昧。一种是从城乡冲突出发，以乡村田园诗意的想象去抵消现代化的弊病。关于这一点，我是受到张清华观点的启发。他在一篇文章中曾将现代文学对农民的书写概括为两种方式。他说："鲁迅和文学研究会的作家们眼里的乡村却是破败的，他们眼里的农民也只是愚昧和麻木的……那是因为他们试图去拯救这些人，试图去改变他们的命运，或者换句话说，他们以为自己是高于底层劳动者的，《故乡》中鲁迅虽然对那里的人民充满了热爱，可是连闰土据说也偷拿了老爷的东西，这是多么让人感到悲凉和绝望的消息，鲁迅的拯救意识导致了另一种更悲剧性的体验——那就是绝望，他的作品由此产生了另一种接近荒诞的诗意。除了五四作家，还有另一种书写的角度，这就是沈从文式的，把乡土和劳动者的人生进行诗化的处理，使之变成知识分子最后的精神乌托邦。"[①]我想指出的是，不仅沈从文的书写是一种乌托邦的表达，鲁迅的书写也是一种乌托邦的表达，这是一种启蒙的乌托邦，他以启蒙乌托邦比照乡村现实，才会感到绝望，但他仍在拯救，因为有乌托邦的支撑，也就有了拯救的信心和期待。我以为张清华所体会到的"接近荒诞的诗意"就来自这里。也许可以这么认为，现代文学是一个充溢着乌托邦情结的文学时代。20世纪90年代以来的乡村叙事，基本上仍是苦难叙事和田园诗意叙事两大类型，但因为现实场景的改变，这两类叙事中都缺乏乌托邦情结的支撑，因此我们就会

---

① 张清华：《"底层生存写作"与我们时代的写作伦理》，《文艺争鸣》2005年第3期。

感到当今的乡村叙事不及现代文学的精神力度。张清华在他的文章里归纳出现代文学的两种乡村书写，但他对这两种书写是有批评的，在他看来，这两种书写都包含着作家内心的"优越感"，他认为在这两种写法之外还有一种"在现时代最朴素和最诚实的写法"，这是一种"再现和呈现式的表达"，这就是他所认为的与底层保持同等身份的叙事，在他看来，"打工诗歌"就属于这一类叙事。我不反对在乡村书写中提倡一种与叙事对象采取平等姿态的书写，但我以为也不必因为要强调平等姿态在伦理上显得更为优先，就完全否定知识分子姿态所呈现出的"优越感"。有时候，这种优越感是从作家内心的乌托邦情结释放出来的。在当今的乡村叙事中，其实不乏现实批判的勇气，也不缺乏人文关怀。比如像陈应松，他一直在农村挂职体验生活，并写了《望粮山》《马嘶岭血案》等反映当下农民生活的小说，他同情农民的生存处境，对农民为生存而做出的种种努力哪怕是不合常情的努力都充满了理解，具有一种难得的悲悯情怀。比如像阎连科，他是怀着满腔的悲愤去写当下的乡村苦难的。从《受活》到《丁庄梦》，我以为都是流淌着作者血泪的文字，在作者对乡村苦难的大胆揭示中表达了对于现实的深刻和尖锐的批判，我是怀着无比的敬意读这些作品的。不过，在读到大量关于苦难的乡村叙事后，仅仅有苦难还是有所欠缺的，文学精神会被沉重的苦难压得抬不起头来。这时候，我们需要捡拾起现代文学乡村叙事中的乌托邦精神。当然我们也许会担忧乌托邦将导致我们精神上的时间倒流，把我们引到前现代的境遇里去。不是没有这种可能，假如我们过于把自己困在土地上，以为土地才是乡村的一切，而建立在土地上的乌托邦也许只能是一种反现代性的田园诗意。这就是我为什么觉得乡村写作不必固守着土地的原因，就像周大新在《湖光山色》中所尝试的那样，也许这并不是他自觉的尝试，但他从物质与精神的矛盾入手超越城乡冲突的思路，也就使他心中的乌托邦连接到了未来前景的通道上。

原载《南方文坛》2006年第3期

坚硬的"单纯"

——周大新论

李丹梦

　　周大新的创作实绩在"文学豫军"中是有目共睹的。自1979年开始发表作品以来，他已有500多万字的作品问世。就小说方面来看，他除了在中短篇上笔耕不辍，有《小诊所》《汉家女》《向上的台阶》等诸多名篇收获外，还相继创作了《走出盆地》《第二十幕》《21大厦》《战争传说》等长篇。可以肯定地说，周大新属于实力派的作家，而这种实力是不事张扬、逐步累积而成的，在"中原突破"那躁动而激进的氛围里透出一份难得的安详与从容。

　　纵观以往评论周大新的文章，使用频率最高的两个词是"单纯"与"善良"。两者不单是就文风而言的，亦指向作者，在我看来它们应归属主体形象的范畴。这种文人合一（或曰混淆？）的评论相当程度上呼应、实现了作者对自我的写作期许；甚至存在这样的现象：由于涉及作者的为人，单纯、善良背后所隐藏的简单化与模式化处理的不足亦被轻轻带过，或略去不提了。这对于作家而言，究竟是幸运还是不幸呢？很难说。我们看到的只是"单纯"在那里：作为一种潜在的强制机制，不为自己所见，却又自觉地冥思苦想，滋生和粘带出大量动人的故事。

从周大新的创作历程来看，他属于那种相当早熟的作家，这从他早期的成名作《汉家女》就已可看出端倪。小说以速写的笔法勾勒了一个名叫汉家女的农家妇女的形象，她身上集善良/刁钻、大度/小气、保守/大胆于一体。对此不妨举两个例子：为了参军成功，她不惜以非礼恫吓招兵的副连长；而在救助伤员的过程中，她又心软得不行，动不动便要掉泪。性格的多个侧面就这样棱角分明地组合在一起，既天然对立，又努力交融。这种由拼贴而黏合成的人物立体显示了一种外在的把握力量。它来自主体，犹如图画中的透视，在人物显形的背后凝聚的是一道透彻、分析的目光。人物在出场之际便已被这目光定性了，你有几斤几两，你行动的动机如何，你的光明磊落与委琐暧昧都暴露在目光中，被目光锁定、照亮。而目光出示、呈现形象的原则是相对"公正"的。它把人物性格中迥然不同的元素并置地"发放"，此举基于主体对生活和人的一种实用而深刻的领悟：没有绝对的高尚，任何人都难以抵制和排除食、色、性的冲动和欲望；而在"发放"性格元素的过程中，主体又显示了他作为"过来人"的宽宏气度：既不过分褒扬，又不偏袒护短。作为一种恒久、成熟的气质，主体的"单纯"就这样被保留下来。《汉家女》《银饰》《伏牛》《21大厦》，以及洋洋大观的《第二十幕》，皆是如此，且不断地被予以强化。

在《汉家女》里，我们领略了"单纯"那无所不在时"看"的威力。一个统一、笼罩性的视线，赋予主人公蓬勃、丰富的生命内涵。从这个角度而言，"单纯"代表了主体身上理性塑造与虚构的意志，它成为故事得以铺叙、敷衍的直接动力，当然是在所谓现实主义求真原则的名义下。然而，就"单纯"无法向自我开启这一点来看，它又站到了理性的对立面：一个"看"的"盲区"，它在主体的下意识中不断扩大自己的地盘，化作了一个企图吸附在一切之上的无尽欲望。而其吸附的前提是，这个欲望能够在此找到与"我"——主体的关联。

为了进一步说明这一点，我们尚需回到文本。以《银饰》为例，明德府的长子吕道景是个一心想做女人的性别紊乱者，其妻碧兰因不堪忍受他的冷淡而与小银匠郑少恒私通，结果酿成了一场灾难：少恒被吕家设计毒死，碧兰被少恒的父亲所杀，而吕道景亦为家庭所不容，自绝于碧兰的墓旁。三个主要人物都走向了毁灭，一场经过精心策划的悲剧。我们发现，周大新的小说里很少有不是以悲剧作结的，不仅如此，如果细究的话，几乎所有的情节设置都是为了实现、满足这个悲剧的煞尾。而与其说这是构思的惯性与模式，不如说它透露了主体看待世界的一种"判断"和"预期"，所有的故事都不能逾越"预期"的界限。也正是从这个意义上讲，周大新的创作衍变成了一种想象中自我的求证与支撑；而故事则是想象的证据。它作为一个整体的工程，若要进入预想的框架，其局部就不能有任何差池。这，便是"单纯"的控制欲望。

与《银饰》相似的情形在周大新的小说中时有发生。他在写人物时，笔墨总是不自主地用得太满、太密。如此，故事的模样倒是周正圆润了，人物却感觉差口气。在严密的叙述中，人物内里的泼辣被压抑、遏制了。他们行走在主体预设的轨道里，呼应着他"单纯"的逻辑，犹如生动的皮影。除了碧兰、吕道景外，荞荞与照进（《伏牛》）、梅苑与小保安（《21大厦》）、娜仁高娃与卢石（《战争传说》）等人的身上也或多或少存在着类似的"强迫"与言不由衷。他（她）们的故事结构大体一致：原始的情欲让相异的身体走近、叠合，经由生物学意义上的沟通，引发诸如怜惜和占有的情绪，以及爱恨纠葛与伦理冲突。梅苑与小保安的矛盾便是如此产生的。《21大厦》里的梅苑在遭人始乱终弃后，与农村来的小保安走到了一起。后者从她的身体上读到了爱情的允诺与希冀，然而就在小保安想用婚姻来实现这种希冀时，却意外地撞见梅苑与先前玩弄她的男人幽会。原来，梅苑只是利用小保安的身体来获取性快感，并借此向男人世界施以报复；而小保安所追求的希冀事实表明不过是一个不折不扣的身体"误读"。在此，我们不难看出，情欲成为主体探索、切入世界的媒介和基点。经由情欲的书写进入人性维度的探讨，再上升至家族与社会，一个虚构和话语的通道就这样被开辟出来。它让人联想起弗洛伊德的"爱欲与文明"的古老命题。弗氏认为，文明压抑了人的生命本能，它以持久地征服人的本能为基础；爱欲本能隐藏在人的潜意识中，在特定的环境和时期它会爆发出来。个体的爱欲一旦和社会发生勾连，就会演变成宏观的社会问题。换句话说，爱欲中凝聚着政治、权力和历史，再错综复杂的文明史追根溯源，都可在爱欲冲突中找到其征兆或萌芽。就梅苑和小保安的矛盾来看，这绝不仅是一个简单的身体"误读"，"误读"的背后隐喻的是城市道德与乡土伦理的对立冲突。从小保安在自杀前与梅苑的争吵中，我们能清楚地体会到这一点。

> 你竟然又和他——
>
> 我愿意和他睡，你管得着吗？我想和谁睡就和谁睡！
>
> 啪，我的巴掌又抡了过去。
>
> 你再打我就报警！她抓起了电话。
>
> 你当初为什么要和我……愤怒和气恨使我的声音都嘶哑了。
>
> ……
>
> 你以为我和你睡了就是爱你？呸！自作多情！我啥时候说过我爱你？！我早就和你讲过，我不会再爱任何男人的！别以为我和你睡了就给了你管我的权力，你只是我的保镖，是给我提供性享受的人！……告诉你，我的原则是，和我睡完了，我过足了瘾，让他走人！你不要把眼睛瞪那么大，其实，说到底，婚姻的目的，不就是两个，一个是满足身体需要，另一个是繁衍后代。这两个目的，不结婚用我的办法同样能实现！

显然，梅苑和小保安对身体（尤指女性的身体）的理解是不同的。小保安视身体为神秘的禁地，把它和契约（婚姻）、归属及权力联系在一起，这不能不说是乡土理念耳濡目染的结果。而梅苑的身体观大体可并入实用主义的范畴。在她这里，身体从层层裹缠的伦理负累中解脱出来，被还原为一个可以输送快感的、单纯的物，进而能够在城市的交换逻辑和消费原则中游刃自如。由此，梅苑和小保安的两性冲突就升格、衍变成了城乡对峙，一种无法调和的存在。它成为人物之间矛盾的实质。就情节的设置而言，主体也的确是如此看待梅苑和小保安的所谓"爱情"的。他把梅苑的性格设计得如此决绝与功利，便可作为证明。一种"单纯"而不乏深刻的洞察，将"爱欲与文明"的古老主题刻进了小说内在的肌理。事实上，周大新的绝大部分小说都可还原为对此主题的探讨。在他看来，没有孤立、纯粹的爱欲和人性，所有的爱欲纠葛背后都有着实际的利益驱动，对应着各自的伦理支撑和文明规范。譬如，照进对荞荞的性折磨，透露出由贫富分化所导致的人欺侮人的乡土政治（《伏牛》）；

廖怀宝的情感追求和放弃影射了权力场上的利益原则和运作方式（《向上的台阶》）；而郜二嫂和任实忠表面仇恨实则通奸的秘密关系，呼应了乡土理念中贤妻良母的规范（《香魂塘畔的香油坊》）；至于高娃和卢石的男欢女爱，则一直笼罩在冰冷的战争伦理的阴影下，真真假假，假假真真，连主人公本人也难于说清了（《战争传说》）。

这种在爱欲和文明之间执着地寻找关联的主体行为应当归属于现实主义人文关怀的范畴，但在我看来，它更像是一种社会学的冲动，有着追问和总结的力度。这从作家对人物的塑造上可以看出来。周大新常常把他的人物逼向伦理的绝境，让他在欲望的"快乐原则"和文明的"现实原则"之间做出唯一的选择。这种非此即彼性在一定程度上削减了人性本应有的丰富内涵，也降低了我们对人物命运的好奇心。而无论人物选择哪个原则，都将作为活生生的图式为主体的总结（或曰文学的概括）出一份力。主体的逻辑似乎是这样：人要么屈从于情欲，要么受制于现实的利益，这或可谓之"单纯"的世界观吧？不妨回顾一下周大新笔下的人物，他们的行为举止很少旁逸斜出，除了"快乐原则"和"现实原则"，他们没有别的出路；而企图走中间路线也不可能。这种规整的行为方式使得周大新的人物出现了模式化的倾向。以梅苑为例，我们总觉得她在对待小保安的态度上过于僵硬和突兀。不管怎样，小保安在她最困难的时候帮过她，那么，按照常规人情来推断，即使梅苑要报复整个男人世界，在惩罚小保安时也应该网开一面。《21大厦》结尾所描述的那样，她故意设置幽会的场面来刺激小保安，且眼看着小保安走上绝路也一言不发，我总感觉有些牵强。从梅苑和小保安的争吵内容看，她应该是理解后者的思维方式的——我指的是身体的乡土伦理学；而她自己也远不像她所表白的那样"新派"，因为就她报复男性的手段让对方成为取悦自己的性工具来看，这明显是一种基于自己曾遭人玩弄的痛楚经历上的朴素而本能的行为：所谓"以其人之道还治其人之身"是也。她相信这样会刺痛对方，因为自己就曾这样被伤害过。从这个角度而言，梅苑并没有背离、颠覆传统的身体伦理，不仅如此，其"英明"的"复仇"策略恰恰证实了这种身体伦理的权威性。梅苑唯一的"离经叛道"在于，她试图改变自己（一个女性）在传统的身体伦理中相对于男性的秩序。而这显然不是一蹴而就的事情，尤其在心理的层面。

人不可能如机器一般抹去自己的记忆，那种带有强烈刺激的创伤性体验更是会长久地沉淀在心灵深处。根据心理学所讲的"趋利避害"原则，人在以后的行动中会本能地避开类似的体验场景。像梅苑这样一味重蹈甚至创造"覆辙"是有些反常的，我相信她在这样做的时候存在着自虐的念头，而绝非仅出于单纯的"享受"目的。但这种深刻的绝望感在梅苑和小保安的关系中根本没有体现出来，它使得梅苑的形象多少有些失真。就像吕道景死后被硬塞了一张表白心曲的纸条一样，梅苑那偏激、决绝的处世方式中也泄露了主体操作与控制的痕迹。具体说来，受制于"单纯"的世界观，主体在"看"人时总是不自主地发掘、强调其背后的实利因素，包括快感原则与现实原则。须说明的是，这两个原则在弗洛伊德那里本来归属于不同的范畴，前者指向人性的本能，后者针对的是社会功利的层面；但在周大新这里，两者却有些混同了。就周大新而言，无论是性爱的享受与沉迷，还是社会宏观层面的比较权衡，都可归结为一种利益的驱动。这种清晰的动机论构成了"单纯"内涵中最为坚硬的部分。我在前文说过：周大新的小说缺少天真与浪漫的情愫，其根源就在这里。一种力求深刻和概括的渴望，却在无意中落入了自身成熟与世故的"窠臼"。

不妨再来看一个散文化的短篇《揣度孔明》，作家对智者化身的诸葛亮在南阳生活的动机和日常情形作了一个揣度性的勾勒。周大新式的思考在此表露无遗。我们发现，小说的行文虽然温文尔雅，内里却带着硬度和不容辩驳的自信。诸如："先生（指孔明）你一开始并没有想到要来南阳，你只是觉得居住在荆州和襄阳离政治漩涡太近——你非常清楚，一个羽毛未丰的人很容易被政治漩涡卷得无影无踪。所以你决定移步北行，去找一个隐居读书等待羽毛丰满的地方。当你在马上远远地看到南阳城头时，你舒了一口气，你觉得住在南阳还比较合适：这里已经离开了漩涡但又离它不远，离漩涡太远的人也很难施展。"[1]显然，主体推测的依据是"世事洞明，人情练达"的智慧，一种"单纯"的基于功利（利益）的动机审视与判断，以不变应万变，进而成为主体构思、刻画人物的模式。

① 周大新：《中国当代作家选集丛书·周大新》，人民文学出版社2002年版，第490页。

记得亨利·詹姆斯在评价巴尔扎克时曾说过这样一句话："巴尔扎克的厄运就在于缺少一扇供他秘密出入的门……简而言之，他所缺少的就是魅力。"①周大新的情况有些类似。"单纯"阻断了他反视自身的目光；主体只是一味地去虚构、塑造，去到故事里寻求"单纯"的对应物，却没有给自己预留充裕的回旋空间。换句话说，主体放弃了对自身人格魅力进行持久而立体的塑造，其自我建设的工程在叙述开始之际就已然完成（或曰成熟）了。这使得其作品中的"声音"②趋向了单一化；在"单纯"之光的朗照下，一切都显得明晰、统一，而缺乏了经典作品所具有的那种模糊与大气。

在此要声明的是，我讲周大新的小说缺少天真与浪漫，并非想鼓吹什么罗曼蒂克的情调，而只是认为主体的表现方式可以更弹性一些，更矛盾、复杂一点，这样才显得自然，有人情味，相应地，作品也更易于沟通和渗透。换种说法，一部作品是否与我们有缘，我们是否能够接受它，在很大程度上是和主体这个"我"与我们（读者）是否心灵相契决定的。话说回来了，主体为什么就不能把他内里的脆弱、痛楚甚至阴暗的一面敞亮给我们看呢？这样只会激发我们走近他的激情，并增加小说厚重的质感，我指的是那种有血有肉的感觉。纵观中外的经典文学作品，它们无不饱蘸着主体复杂人格的汁液。作品中流露出的主体"声音"常常是裹着激情，但又矛盾重重、含混暧昧。"声音"里藏着欲罢不能、欲说还休、强颜欢笑，它与书中人物的"声音"一道，合成了一曲震撼人心的交响。正如我们在陀斯妥耶夫斯基作品中时时感受到的那样，字里行间呼之欲出的是主体那歇斯底里、人格分裂、狞厉的呼喊，它构成了其作品特有的风格。相对说来，《红楼梦》里的主体"声音"是极为克制的，这造成了"薛宝钗形象是美还是不美"在后世的争论。但当你看到《芙蓉女儿诔》时，你却分明地听到了主体的"声音"——那优雅背后难言的酸楚与痛心。《芙蓉女儿诔》中运用那样的

---

① 亨利·詹姆斯：《小说的艺术——亨利·詹姆斯文论选》，朱雯、乔佖、朱乃长等译，上海译文出版社2001年版，第94页。

② 这里的"声音"是就作品给人的综合印象而言的。包括叙述语言，人物的声音以及主体的声音，等等。

溢美之词，这在曹雪芹而言，似乎有点失控，有点踉跄，然而正是这失控、这踉跄使你怦然心动，潸然泪下。这里的"声音"显然非单纯的理性所能涵盖，它在《红楼梦》里保留了一方永远也读不懂、猜不透，永远都既清晰又模糊的神秘空间，使《红楼梦》带上了主体无与伦比的个性色彩。

在模糊的重要性这一点上，周大新并非毫无察觉，他也尝试着改进自己的风格。其中，最突出的表现是原型的引入，包括原始图腾、神话传说、风俗梦境等等。所谓原型，按照弗莱的定义，是指一种典型的或重复出现的意象。它具有象征的意蕴，但其象征的指向却是不明确的。这种意义的模糊性使文本带上了一定的神秘色彩，对"单纯"的明晰亦不失为一种中和与调整。但总的说来，这只是一种局部、边角的修正，"单纯"的意向性仍然很明显。就像《第二十幕》中反复出现的那个由五条横线和五条竖线相交构成的格子网图案，它刻在尚家大院的石柱上，由于年代久远，已无人能够说清它的来历和内在意蕴。如此，它便以源头意义丢失的形态介入到小说的叙述中。而随着故事的发展，我们发现它进入情节和场景的能力居然如此之强，以致任何重大事件的发生，主人公们都能从网格图里得到解释与启示。这种强大的概括性是和主体明确的全局观及思考能力相对应的，它通过不同的人物心理道出，一种巧妙的过渡，于是，故事又顺利挺进了。

对于《第二十幕》，我还想补充一点。该小说描述了河南南阳地区一家尚姓丝织世家五代人的命运遭际，就故事的结构与框架来看，又是一个探讨"爱欲与文明"的创作范例。值得注意的是其中所流露出来的循环的历史观以及宿命般的悲剧意识，它们在周大新的作品中具有相当的代表性。而之所以会导致如此情景，我以为是和主律"看"人的方式直接相关的。前文曾说过，主体倾向于从实利的角度去观察、塑造人物，让他们在"快感原则"和"现实原则"之间作选择。就像主人公尚达志，这是一个压抑型的人物，他一生都在与盛云纬的爱情及家族利益之间徘徊，最终他选择了后者。而他这种压抑的个性又传给了自己的儿子、孙子，他们和尚达志一样做着那道古老、冰冷的选择题。由于历史是由无数人的行为组成的，因此人物整齐划一的选择行为必然导致历史的相似性。而这种非此即彼的选择本身亦是悲剧宿命的根源。主体没有给人物别的出路，因为他看不出除了实利的驱使外，生命还有别的行动可能。这种人性观就其本身而言，实在是悲观到了极点。

周大新曾写过很多反映人与人之间相互仇恨的作品，诸如《紫雾》《伏牛》《老辙》等等，作品中的主人公们相互折磨，冤冤相报，无穷无尽……这些在我看来，便是他悲剧人性观的直接流露。周大新很少给仇恨中的人们指明光亮所在，他只是单纯地把这个恶性循环的故事讲清楚，不做任何超拔的非分之想。在此，"善良"成了一个可望而不可即的彼岸。一切都在故事中自然生长，在村庄里消涨起伏，自生自灭。这是周大新一贯的风格，包括他对权力的批判也是如此。如果说"诗到语言为止了"，那么在周大新这里，小说到了故事，也就该止步了。他曾在一篇创作谈中写道："由于自己的亲身经历，我对人世间人们互相折腾折磨这种现象十分憎恶……我记得那阵看到一种社会现象，就是一些在旧中国受地主欺负的农民，在新的农村经济政策保护下富裕起来以后，采用当初地主欺负他们的办法，来欺负今日还没有富裕起来的乡邻。这种现象使我思考了许久，也想了很多，难道社会就必须按这种方式循环前进？……应该想一个办法来中止这种恶的循环。"①究竟是怎样的办法呢？那就是讲故事。周大新用一个个绚丽多姿、婉转曲折的故事道出了自己的思考。他相信读者也能从故事里体会到与他一样的痛惜，因为这故事已被他的思考浸透了。故事是一个整体，包括人物性格的定位，情节的设置、走向等等。一种朴素的写作：把坚硬的思考通过跌宕的故事从容地展开，这便是周大新。在他的作品里，透着一种虔信与坚定，针对故事的整体力量，亦针对自身的思索。这是他写作的基点，一个无法更动的确然。所有这些，都让人感动又慨叹。你可以说他的故事有理念先行的意味，人物有模式化的倾向，但不可否认的是，你的确在主体人格与故事之间感受到了心有灵犀的对应，既单纯，又不乏智慧。一种久违的"文如其人"的修炼，让周大新找到了写作的持久动力。

原载《小说评论》2006年第6期

---

① 周大新：《漫说"故事"》，《文学评论》1992年第1期。

走不出的宿命

——论周大新的创作

张利英

提起河南乡土作家周大新，更多的学者是关注他作品所体现出的"乡土情结""官本位""女性视角"方面。然而不可否认，他的作品中或以显性姿态或以隐性潜伏的方式蕴含着一种客观的、绝对的、神秘的力量。这种力量暗示着主人公永远逃脱不掉的悲剧命运，而这种充满神秘色彩的力量的本质就是——宿命。尽管作者面对这种强大的、无可扭转的宿命，更多的是赋予笔下的主人公以积极的抗争姿态。但是从某种意义上说，这种创作消解了作品的批判力量，最终将人们引向悲观宿命。

一、宿命在作品中的显现

1.宿命的"意象"

在周大新的作品中充满着各种各样的意象。这些意象如同无所不能的"上苍"，观察着、暗示着，甚至操纵着芸芸众生的命运。

"这当儿，一只尖嘴长尾黑羽毛的雀儿落在了对面街边的那棵槐树上，那

雀儿响亮地拍了几下翅膀，头对着她连连叫了三声，叫声嘎哑、短促，少恒不由得一怔：这鸟莫不是有病？"（《银饰》）

这"只尖嘴长尾黑羽毛的雀儿"（笔者注：乌鸦）的出现使文章一开始就沉浸在一种浓得化不开的沉闷凄凉的悲剧气氛中。而后这只雀在作品中不断地出现，每次出现都像索命鬼般将"银匠少恒"和"夫人碧兰"的生命一丝丝抽去。他们最终也在这只雀凄厉的叫声中走完他们为获取忠贞的爱情，决绝而又悲凉的一生。

在《21大厦》中，"笼中鸟"这一意象在向人们传达一种想飞的精神。文中的各色人物也都在为飞出鸟笼般的现实奋斗着，他们或以出卖肉体赚取挤进上流社会的资本；或通过忍受上司的性压迫，来获取飞翔的本领等等。但他们的结局告诉我们一个现实：人们不管怎么奋飞，都摆脱不了社会这个大的牢笼，一切似乎都是徒劳。

同样，在《第二十幕》中，作者借众人对那个在尚达志家出现的、无年代可考的神秘图案的解释，来传达自己的人生哲学。这个纵横交错的图案不仅彰显着一种旷达的处世哲学，同时也暗含了"尚吉利"丝织厂"兴盛——衰落——再兴盛"的历史循环以及一代代与尚家有瓜葛的女人（盛云纬、卓容容、曹宁贞）注定要为"尚吉利"的兴盛做出牺牲的宿命。尚达志为了保全自己的祖业而迫使云纬嫁给县令晋金存。卓容容为了使纺织工具不被日本人发现而死在日本兵的利刃之下。曹宁贞为维护尚吉利的名誉，而选择自杀。这个神秘的图案就像一个摆脱不掉的"紧箍咒"死死地扣在尚家每一代人的头上，他们的命运似乎从一出生或者一踏进尚家的大门就注定了，就要为"尚吉利"的存亡劳苦、奉献一辈子，甚至牺牲自己一生的宿命。如同作品中所提到：

"这个图案的中间横竖线相交织的部分，代表我们活着的这个实实在在的阳世人间，而图案四周的空白处，则代表我们看不见摸不着不知道有啥东西组成的阴间。我们通过图案可以看明白，不管一个人在阳间站在哪一个位置上，他其实离阴间都不远，四面八方都有路把阴间和他相连，不论他向哪一个方向行进，他最终都要抵达阴间。这个图案可能是劝奉世人，身在阳间要事事想开，不管是胜利还是失败，不管是失去还是获得，不管是高贵还是贫贱，不管你站在阳世的哪一个地方，大家最终都要进入另一个虚无的世界，一切东西对于人都没有永久的意义……"

再比如：邹艾脖子上挂着的护身符是一只桃木刻成的"手"，有掌有指，活脱脱像一只真手，这只手意味着什么在《走出盆地》里未加解释；土埂梦见自己捧着一块大烧饼，急急往家里走，"黑暗中老有一只黑手伸过来，一会把那饼掰走一块，一会掰走一块"，这只手意味着什么在《泉涸》中也没有说明；但是在《第二十幕》中云纬告诉了我们答案："难道冥冥之中真有一只手，使他在给每个人划定命运之路？"——可见这只手的意象是宿命的象征。

2.神话与现代的相互交叉

这位"生在一个盛产故事的地方"的作家——周大新，在自己的作品中巧妙地利用了自己所特有的文学资源。他的很多作品都采用了神话与现代相交叉的叙事手法，让古与今在相互碰撞、融合中阐发。不可否认，作者所采用的神话故事的发生、发展、结局都和现实中主人公的生活境遇有着某种天然的暗合。似乎历史在演进了数千年之后，人们的命运又以一种仅仅变换了后台背景的方式重复上演着，人们永远走不出宿命的怪圈。

在《走出盆地》中，作者引用了三则神话故事。不论是"偷看了凡间男女亲密相处的情景，春心萌动，与南阳天将偷情"的"天宫里的三仙女"还是"丧夫后难熬寂寞，与农人南阳相好"的"土地爷的小儿媳唐妮"，抑或是"与阴府迷仆南阳相恋"的阎王的妃子湍花，他们在遭受到外界的惩罚后，为了改善自己的生活，竭力想走出盆地，但是最终无一例外地在走出盆地以前"力竭而死"。这三段故事是同主线交错断续进行叙述。这三段情节相近又带有某种象征意义的神话故事暗示了：在几千年后出生在这块土地上的邹艾，也注定如同反叛的先人那样宿命般地永远走不出这似乎被施了魔法的南阳盆地。她为了逃脱大队革委会主任秦一可的无耻纠缠，参军来到城市，利用各种伎俩成了副司令员的儿媳。后来命运循环，她成了寡妇，转业到村里又成了一名个体医生，并处于副镇长秦一可的权力范围之中。她的一生似乎都在验证着千年来流传的神话。邹艾"出走——回来"的人生历程也只不过是这亘古不变的神话的另一个版本罢了。《汉家女》中的汉家女、《21大厦》中的小保安他们不也都在重复着"出走——回来"的宿命吗？

同样地，《香魂女》中两位姑娘先后跳入河塘之谜，似乎昭示着郜二嫂摆脱不了一生悲苦的命运。《左朱雀　右白虎》中壁画上的故事和女主人公蓉蓉的一生似乎也有着某种天然的巧合。

这种神秘的力量涉及宗教、巫术和各种超验现象，常常表现出非现实、荒诞不经和不可验证的特征。在这种历史与现代，古与今的相互对照中，人们似乎一直在循环着同样的命运。人在历史中的命运无疑暗含了人在现实中的命运。因而，我们说这种神秘的力量在本质上就是宿命。

二、宿命中的自我救赎

面对强大，神秘的宿命，周大新并没有把自己作品中主人公简单地处理成上帝手中的提线木偶。他们都在以自己特有的方式与命运进行着不懈的抗争，在人生词典里书写着自己的一撇一捺。尽管他们的抗争同样注定是悲惨的结局，他们在与命运抗争的过程中完成了自我的救赎。

期待和忍耐能否完成自我命运的救赎呢？《伏牛》中男主人公周照进为了得到"牛"而抛弃了"我"，娶了队长的女儿莽莽，他并不爱莽莽，莽莽只是他走出贫困的工具。然而，这位因自己是哑巴而倍感身份低贱的莽莽却是怀着一颗感恩的心嫁给周照进。她容忍丈夫的不忠贞，在家任劳任怨。可是她的善良与忍耐并没有换取自己低微的做人价值。换回的却是这个"名义"上的丈夫周照进的要挟、羞辱甚至毒打。《第二十幕》中的顺儿，这个瘦弱、矮小还有些跛脚的善良女人，也只是在临死前感受到了丈夫的那一点点温纯。在顺儿嫁给达志后，"平日，她很注意观察丈夫的举动，她尽最大的努力要使丈夫高兴，她对他照顾得无微不至。她这样做，是因为她对他心里充满感激！是达志，让她一个残疾姑娘也做了妻子；是达志，让她一个残疾女人也生了儿女，做了母亲；是达志，让我有了一个温暖的有吃、有穿、有住的家；是达志，让我成了一个对别人也有用处的人……"《溺》更是演绎了一个丑女人一生中不幸的三次婚姻。她的忍耐、顺从换回来的却是"丈夫"加倍的暴力和人格的污蔑。

在小说中，作者将荞荞设置为一个哑女，表面上似乎剥夺了她的话语权，事实上，无声胜有声。荞荞一个哑女，她又承受着怎样的苦难，她的内心又是怎么地挣扎，她的善良、宽容、忍耐反衬出了照进和"我"的自私，甚至可以毫不客气地说是残忍与冷酷。一个鲜活的生命在我们这些自私人的手下变得如此脆弱。当荞荞满含泪水时，当荞荞忍受毒打时，当荞荞的未冷的尸体被摆在我们面前时，我们的自责还有多少价值。她给我们的启发是深沉的，值得我们每一个能开口说话的人替她说出来。荞荞、顺儿和丑女人似乎是同一个人。作者让顺儿把荞荞未能说出的话说了出来，但是作者又无情地剥夺了她正常行走的权利。《溺》中的女人尽管能说话、走路，但是相貌的丑陋同样将她推入到不幸婚姻的深渊。三个女人在走完相似而又宿命一生的同时也暗示了期待和忍耐是不能完成自我命运的救赎的。

作者为笔下的人物安排了另一条道路——抗争。郜二嫂（《香魂塘畔的香油坊》）面对只知道听戏打牌、身心都残疾的丈夫，她承担起家庭的重任，一方面抗争不幸的婚姻，通过情人和与情人所生的女儿来维护自己的精神支柱，另一方面又隐忍着情欲的焦渴与屈辱的人格折磨。荀儿（《步出密林》）为摆脱世代以玩猴为生的悲惨命运，以柔弱的身躯对抗丈夫的皮鞭，决然买来面粉机寻找别样的生活。邹艾（《走出盆地》）为逃脱秦一可的污辱，毅然离开家乡参军。吴家三姑娘（《溺》）为了逃脱不幸的婚姻一次次离家出走。

不可否认，郜二嫂在放纵自己情欲对抗不幸婚姻的同时又无法摆脱沉重的精神折磨。荀儿未来的命运也是一个未知数。邹艾，也最终未能逃脱掉命运的作弄，再次返回故乡，忍受秦一可的侮辱。吴家三姑娘，也在不忍中将自己的亲生女儿溺死水中。尽管她们以生命的激情和生活的智慧，挣扎着，奋斗着，探寻着作为一个女人摆脱宿命的出路，但最终还是没能逃出宿命的魔掌。但是她们留下的一串串失败的足迹就如同娜拉的出走一样，至少在解放自己、抗争命运方面向前迈了一步。

三、宿命的归属以及消极影响

这种挥之不去的宿命，始终萦绕着周大新的创作。从早期的《汉家女》《香魂塘畔的香油坊》到《第二十幕》《21大厦》，几乎每部作品都在叙述着命运对人类的安排。是什么在暗地里指挥着作家的创作呢？

周大新的作品中出现宿命观点的原因是多方面的。首先，从历史的角度来讲，早在先秦时期，儒家主张"知命"，道家主张"安命"，墨家则主张"非命"，他们的思想经过千年的洗礼沉淀已经作为中华民族的集体无意识的一部分，浸透在每个生于斯长于斯的人民的骨髓中。其次，从现实的角度来看，当代中国正处于一个历史转型的时期，商品经济的发展带来了整个社会价值标准的巨变，复杂的世事变幻，生命的捉摸不定，都在某种程度上造成了现代人的荒诞意识、危机感、孤独感。为了寻找心灵上的安危，人们往往将自己的命运诉诸于某种虚无又似乎无处不在的宿命。最后，从作者自身方面而言，周大新出生于农村，通过参军而走出了"豫西南小盆地"，来到梦寐以求的城市。但是都市的快节奏生活，以及与乡村迥异的价值标准、人际关系，都使这位穿着西服，但骨子里还是农民的作家惶惑不安。这种不安的心态从某种意义上讲，也钳制了作家的创作。另外，作者在《闲说神秘》一文中说，"也许作家想写什么东西，并不是无缘无故的，他的创作冲动是来自于他对自己命运的一种直感，是这种直感迫使他写这种东西的"。因此，他将这种对生命的直感融入一系列神秘的难以解释的事件之中，显示自己对命运的参悟，以及命运给人们带来的深重感。

但是不可否认，奇妙的神秘色彩增添了文章的可读性，并且作者在面对强大的宿命时，积极主张笔下的人物奋起抗争。但是悲剧性的结局，以及走不出的轮回宿命带给读者心灵的震撼之后，留下的也仅剩下悲叹命运的主导了。宿命论作为早已有之的一种世界观，指人们在命运面前的无能为力，一切的奋斗最终也只是通往终极的虚无。宿命论让人绝望，它不仅嘲弄着作为一个物种人类的尊严，也无情地打击个人奋斗的价值。

作为一个肩负文学使命的作者，作为一名将文学视为"一种药品"的作者，如果过分强调这种"药品"的"致幻的作用"，"使人产生美妙的幻觉，进入一种非现实的奇妙世界"，那么就失去了创作文学的根本意义。

因而，面对作品营造的这种"走不出的宿命"氛围，留给我们的以及作者周大新的将是更多的思考。

参考文献：

[1]周大新.历览多少人与事[M].北京：作家出版社，2005.

原载《殷都学刊》2007年第3期

论周大新小说中女性主体性的确立

禹建湘

　　近代法国哲学家帕斯卡在《思想录》一书中将所有的哲学问题都回溯到一点上，那就是"我是谁"；著名的哲学家康德也认为，哲学就是在于了解"我是谁""我是什么""我更深邃的自我是什么"。从两性关系来说，自男性中心主义确立以来，女性就在不断地追问"我是谁"，女性在男权的历史中经历了各种理性秩序的束缚，随着女性主义的传播，女性所争取的对自身身份的重新确认就成为当下一个重要的问题。周大新在这个关系到两性关系重新定位的问题上，通过小说中的女性形象表明了一种女性主体地位重新被确认的新的女性观。

一、女性在历史变迁中的参与和创造

　　哈贝马斯曾把人类活动的领域划分为"公共领域"和"私人领域"，这种划分其实包含着一种意识形态的意味，这一意识形态认为，公众领域是男人的活动领域，而私人领域才是女人活动的场所。也就是说，男人以工作和政治这些公众世界为主，而女人与生俱来的位置是在家里，是以家庭这个私人世界为其主要活动领域。这样，女性生存的价值就被贬低了，其生存的这个私人领域也就成为性政治和性压制的基本领域了。

周大新尽管也存在着一种对女性形象的历史"成见"，塑造出了一系列美丽、纯洁、温顺、贤淑的女性形象，但他对这些女性形象的刻画，超越了女性作为"安琪儿"的固有定位，不再专注于女性的外表与柔弱的气质，而是让女性站在历史的风口浪尖上，让她们在以男权为中心的公共领域展示其生命的光辉。女性的敢于作为、敢于牺牲的气概，使得女性的主体性在历史的变迁中得以显现出来。

周大新的长篇巨著《第二十幕》里的盛云纬和曹宁贞，虽然是两个不同时代的人物，但她们那种高贵的品质，那种自我牺牲的精神，都显示出了历史变迁中女性的力量。

盛云纬的命运展示出一部中国大起大落的社会发展史，这个美丽、善良、多情、勇敢、智慧的女人，没有在历史的大浪淘沙中自哀自怜，而是紧紧把握住历史的脉搏，成为历史的主人。盛云纬由一个百里溪村的普通织女，到南阳府通判大人的三姨太，再到副镇守使府中的女佣人，又到马夫蔡老黑的老婆，最后到人民政府副市长的母亲，一生历经坎坷磨难，但她没有委曲求全，没有一味地哀叹自己的苦难，而是顽强地与命运作斗争，影响并改变着她身边的人和事，在我国民族工商业的发展史上留下了她扭转乾坤的印迹。她在历史的变迁中，把女性那种强有力的主体意识表现了出来。

在小说中，尽管尚达志为了丝厂背叛了他与盛云纬的爱情，但在他落难时，盛云纬深明大义，忍辱负重，多次帮助他并使"尚吉利"这一民族工业品牌最终发扬光大。盛云纬最初被逼嫁给晋金存以后，为了使尚达志躲过晋金存毁灭性的敲诈，她拿出私房钱来搭救尚达志。后来，时局变幻，政权更替，盛云纬做了栗温保的仆人，这时，尚达志的丝厂被砸，当他持刀独闯栗府时，又是盛云纬用爱抚慰、挽救了他，并出资主持重建厂房。日寇攻城时，盛云纬冒死送信，并替尚家掩藏机器。直到临终前，她还强求分管工业的儿子允许尚家私人办厂。表面上看，尚吉利织业都是男人们在那里经营，但实质上，在尚吉利的每一次衰败之际，都是盛云纬力挽狂澜。如果说尚吉利是中国民族工业历史发展进程的一个象征，那么，盛云纬就是这一历史的见证者和创造者之一。

女性用柔弱但坚韧的肩膀担负起了民族工业发展的重担。

　　与盛云纬不同，曹宁贞在小说的中后部才出场。她在16岁那年来到尚吉利丝厂做女工。她的聪明好学，使尚吉利丝厂有了一个会使用计算机的青年女工；她的纯洁正派，得到了尚昌盛的赏识，她先后担任了公关部主任，做了丝织厂的厂长。曹宁贞曾在心里说："尚昌盛，愿你的丝织业更加昌盛，我愿意为你去干一切！"而她也确实这么去做了，她为了丝织厂而不遗余力地工作着。后来，在京城当了副处长的尚穹，依仗手里有尚达志的遗嘱，加上有背景的人"打招呼"，要通过法律手段分遗产。尚昌盛无计可施，眼睁睁地看着尚吉利集团要被解散，国外一千万美元投资被取消。此时，曹宁贞挺身而出，她以自己为诱饵，设计并制造了一个尚穹强奸未遂的假象，以此来要挟尚穹撤诉，使尚吉利集团死里逃生。曹宁贞为丝织厂扭转了乾坤，但她本人却掉进了尚穹报复的陷阱中。尚穹在回京之前写了两张字条，一张夹在给尚昌盛的文件中，让他误认为曹宁贞与自己暗中勾结，另外一张写着曹宁贞左乳长有暗红胎记，在丝织厂散布流言蜚语，让曹宁贞生活在可怕的嘲笑与猜疑之中。尚穹的阴谋得逞了，尚昌盛果真认为她是美国栗振中和尚穹的双重商业间谍，气愤地骂她一声"婊子"。曹宁贞在四面楚歌中感叹道："这个世界还有什么值得你留恋？"最后她孤独而高洁地死去了。与盛云纬相同的是，曹宁贞也在关系到丝织厂的兴衰存亡的历史关头，用自己的智慧与勇敢拯救了丝织厂。尽管她们这样做很大一部分是因为她们的爱，但更重要的是她们那种敢于和男性争先的勇气在激励她们。尤其是曹宁贞，从男人的背后走到了前台，与男人携手共创事业，在危急关头，比男性更能勇敢面对，她的行为是一种悲壮的英雄主义式的自我牺牲的行为，曹宁贞为此付出了生命的代价。这一方面表明了女性在历史的境遇中要实现自我价值还困难重重，另一方面，却也显示出了，不管多么艰难，女性依然在进取。她们在精神上的独立与坚强，正是女性在历史变迁中主体得以确立的标志。

二、女性在性爱上的主体性

女性因其在历史生存中的边缘化境遇，在性爱中一直扮演着被损和屈从的角色，我们只要仔细考察一下历史与现实，就能洞悉这种被损贯穿于女性的整个历史过程中。

在中国，从周代多娶多生观念的形成，到西汉初期贞节观念的提倡与扩散，以及起于南唐的缠足陋习，都展示了男性权威在历史中的不可动摇。尤其在性爱中，女人只是男人寻求刺激的一个工具，或是男人寻求自我实现的一个象征物。而在女性主义理论那里，女性要从性爱的被动式中挣脱出来。女性在性爱上的主动姿态，昭显着女性在进一步解放自己。

林树明在谈到西苏的"阴性书写"理论时说："在男性中心主义符号体系中，感性、自然及身体等等，都是女性化的，低等的。如前所述，当西苏等妇女试着去改变男性传统对女性'身体'的支配及表述时，她们是在呈示女性对宇宙、自然、社会、阶级、身体、精神、情感及性等方面深层次的包括无意识方面的体验，诘疑二元对立思维范式的统治地位，推翻身体妇女作为文化上被动的、次要的种种历史与现代的文化建构。"[①]而周大新的小说展示了女性大胆争取性爱的主动立场，打破了男权社会对女性性别的文化建构模式，在写作上响应了西苏对"阴性书写"的那种期盼，并且，由于周大新作为一个男性作家来采用这种书写方式，因此更能对男性在书写两性关系时起到借鉴的作用。

在周大新小说中，女性甘愿成为男性的支配物，按照男人的旨意来奉献自己这种男权写作模式被颠覆了。周大新小说中的女性，为了自己的爱欲而主动出击，她们的爱的需求完全释放了出来，男性在性关系上的操纵权让位了，与原来相反，男性成为女性欲望的客体对象。

在《银饰》中，碧兰的丈夫吕道景是一个"异性癖"者，碧兰在他那里得不到性爱的滋润，但她没有按照传统的女性道德来约束自己，她不断地强迫吕道景"做那事"，即使吕道景用银簪子把她的两个脚腕子划道血印，这种疼

---

① 林树明：《多维视野中的女性主义文学批评》，中国社会科学出版社2004年版，第180页。

188

痛也打不退碧兰心里的欲望，在被划伤后，碧兰"忍着疼痛仍要他做"。女性在性爱中把握着主动权，是女性在性爱中主体显现的重要标志，它有着不同寻常的象征意义，正如赵树勤所说的："这种女性爱欲主体的抒写，不仅发露了女性真切的生命体验，凸现了女性爱欲的蓬勃生命力，结束了女性被审视被选择被奴役的被动的过往，更为重要的是，它将女性爱欲上升为一种形而上的力量，一种自我赎救的源泉和途径，撼动着男性权力的宝座。"①此言甚是。碧兰一到黑夜，"那潜藏在体内的欲望之鬼就出来捣乱，就搅得她神魂不安难以安眠"。这种欲望渴求，正是女性冲破礼教束缚，追求性爱主体的生动写照。

我们说，在男权的性爱叙事中，女性的胴体是用来满足男人的怜爱感的，是被男人拿来抚摸的细嫩柔滑的尤物，女人是激发男人欲望的诱品，是用来引发男人自豪感、确证男人伟岸的。碧兰在性爱上的自主权还不止于此，她采取了更主动的姿态。当碧兰受不了与丈夫无性的婚姻，想用砒霜毒死丈夫但没有成功时，她转而用心计去亲近小银匠郑少恒，"她要用不贞来回报吕道景对自己的折磨，她要放纵自己的欲望"。所以，她在与郑少恒偷情时，"她一边做还一边低了声喊：吕道景，你看见了吧，我要让你当王八、当肉头！"在这里，周大新小说的书写策略与一些女性主义的书写策略呼应起来了。女性主义作家一度热衷于构造这样的性爱场景：成熟的、富有经验的女人选择年轻的男子，引导他、诱惑他、赏玩他，男性的躯体成就了女人的欲望快感。现在周大新采取了同样的写作策略，小说中的碧兰完全成为性爱的主导者、引路人。这种书写策略颠覆了传统的习以为常的男女两性关系。

更重要的是，周大新作品中的女性摆脱了传统的三从四德的训诫，自觉追求一种肉体的快感，她们在性爱生活中，区分了性与爱的内涵，认为性与爱既可以结合，也可以分离，这就充分表现出女性在性爱上的主体性。《银饰》中的碧兰对郑少恒根本谈不上感情，但她却能从他身上享受到一种"骨软身酥的迷醉"，也就是说，碧兰把性与爱分开了，她的性并不要求爱的成分。在周

周大新研究资料

---

① 赵树勤：《找寻夏娃——中国当代女性文学透视》，湖南师范大学出版社2001年版，第91—92页。

大新小说中，表现女性在性爱上的主体性的作品还有很多。比如，《汉家女》中的护士长汉家女，在二班长参加突击队誓师出征之际，为了让这个还从来没见过女人身体的战士不留遗憾，她叫他到自己的房间，把他揽在怀里，对他说："你可以亲我、抱我，来！"虽然汉家女的举动有着比性爱更为丰富的内涵，但作为一个女性，她用如此行为来抚慰将要出征的战士，至少说明女性已经突破了固有的性爱成见，有了自己的性爱理解。再如，《伏牛》中的西兰，在照进与荞荞的新婚之夜，她怀着失意与仇恨，在牛棚里主动而疯狂地把自己献给了照进。西兰恨照进背叛自己，却和他进行充满激情的性爱，这对于女性来说，有着特殊的意义。在几千年的两性关系中，女性在主体地位缺失的情况下，性爱不能自主，她的婚姻来自于父母之命、媒妁之言，在她还没弄清什么是爱情的时候，就把身体交给了一个素不相识的男人，性爱分离的痛苦与遗憾伴随女人一生，也伴随女性几千年，这种性爱分离是无奈的选择，是悲剧。而周大新小说中女性的性爱分离则是自觉的、主动的、有意的，这种分离消解了传统对女性的制约、对女性的控制，女性在性的张扬中或得到满足，或实现一个女性对男性的怜悯，或是用性对男性进行报复，尽管这种性爱分离有着不同的内涵，但都体现了女性在性爱上对自己主动权的把握，她们能自主地支配自己的身体，从而颠覆了女性是性爱屈从者的传统观念。

三、建立女性同盟来虚化男性

西方女权运动兴起于19世纪中叶，于20世纪初转入低潮，到六七十年代出现第二次高潮。在此期间，一些激进的女性主义者认为"所有的男人都是敌人"，"所有的男人都憎恨女人"，她们强调，男性是强大的，是厌恶女人的，是压迫者，是敌人。在女权运动早期，她们把反对男性作为女性主义的中心立场。著名的《红袜子宣言》就是第一批这样的书面声明之一。宣言的第三条是这样写的："我们认为压迫我们的力量来自男性。男性至上主义是统治的最古老、最基本的形式。所有其他形式的剥削和压迫（种族主义、资本主义、帝国主义等）都是男性至上主义的延伸：男人统治女人、少数男人统治其他的男人。整个历史中的所有权力地位都是男性统治和男性导向的。男性控制了整个的政治、经济和文化制度并且用身体力量来维持这样的控制。他们用他们的权力使妇女一直处于较低的地位。所有的男性都从男性至上主义中获得了经济、性和心理上的利益。所有的男性都压迫过妇女。"①为了帮助女性同胞认识到自己的受压迫地位，争取更大权利，她们宣扬一种"姐妹情谊"，创建一种新型的妇女关系，这种关系她们叫作姐妹关系。加入到这个团体的妇女，要尽力相互支持、肯定和保护，姐妹之间要"无条件"地互爱，要回避冲突、减少争执，不要相互批评。女性同盟的建立，无疑对女性的主体性的确立起着巨大的推动作用。周大新的小说也创造了这么一个女性之间相互理解、相互体贴、相互帮助的女性同盟景观。

在《香魂塘畔的香油坊》中，郜二嫂与环环的婆媳关系本来是对立的，环环最初拒绝了她与郜二嫂那个因得了癫痫病而智力不全的儿子墩墩的婚事，郜二嫂在心中咬着牙叫了一句："环环，你这个丫头，你敢跟我别扭，咱们走着瞧，只要我看好了你，你就得做我的儿媳！"后来，郜二嫂利用环环的家贫，用伎俩达到了目的，郜二嫂也因此和环环成为互相敌对的人。但是当郜二嫂与任实忠的偷情被环环发现后，环环因为自己的苦楚而理解了婆婆的苦楚，她为婆婆保守住了秘密，而这反过来又让郜二嫂幡然醒悟，她劝环环改嫁，"一辈子太长了！"当郜二嫂对环环说出这句话时，她们的心灵已相通，郜二嫂再也不愿环环继续自己一生中难以承受的痛苦，最后，婆媳两人香魂塘边抱在了一起，这表明女性之间的同盟已经建立，这种同盟打破了千百年来婆媳不相融的封建传统关系，也打破了强加于女性头上的"嫁鸡随鸡、嫁狗随狗"的千年桎梏。

《第二十幕》塑造了一系列女性形象，而她们之间从对立走向认同的心路历程，说明了周大新在努力探讨一种新型的女性关系的建构问题。盛云纬与草绒、盛云纬与顺儿从相互排斥到相互爱怜，不但表现了一种人性之美，而且说明了女人之间新关系形式的确立。盛云纬嫁给晋金存以后，为了报复栗温保，

周大新
研究资料

---

① 贝尔·胡克斯《女性主义理论：从边缘到中心》，晓征、平林译，江苏人民出版社2001年版，第81页。

她唆使人烧毁了栗温保的草房，并把他的妻子草绒当作仆人，但当她发现草绒变得乖戾起来以后，又用自己的关切来温暖草绒。辛亥革命后，晋金存一下子成为阶下囚，栗温保却升为南阳副镇守使，盛云纬与草绒也主仆易位，但这时，草绒却对盛云纬表白道："咱谁也不是夫人，咱是女人。"这种"同是女人"的告白，揭示出女性那种互相支持互相关怀的情怀在女人心中的增长。盛云纬与顺儿的关系也是这样，尽管她们之间本来为了尚达志而有抵牾，尽管顺儿没有得到尚达志的爱情，但她并没有由此而迁怒盛云纬，相反，她对盛云纬与尚成达的爱情悲剧充满了同情，在临终前，她抓着尚达志的手，慢慢交到盛云纬的手上，她对盛云纬说："云纬姐……应允了……你们在我死后……就举行婚礼吧……"这是一个女人对另一个女人的生命的嘱托，更是女人之间情感的升华。女性相互之间的爱是一种新的力量，这力量可以帮助女性克服困难，以疗治男权社会给女性造成的伤害。

同样，在《向上的台阶》里，遭到廖怀宝背弃的妁妁和晋莓，也终于心灵相应，在精神上相互依托，共同揭露了廖怀宝的虚伪与冷酷，这种在共同的苦难中生长出来的姐妹情谊，整合出一股使廖怀宝害怕的力量，因为，他的全部尊严与骄傲，他的全部的所谓成功与谋略，都被这种力量击得粉碎。

在周大新的小说中，女人在情感上的沟通，使得女性主义理论提倡的一种姐妹情谊得以产生，这种女性同盟的书写策略，把男人"虚化"了。这意味着，男人或许还是社会中的主导者，但在女性心中，他们已"空缺"了，而这种空缺，证明了男性世界其实是一个匮乏的世界，女性完全可以建立一个自足的、一个不依赖于男性的世界，而在这个女性同盟的世界里，男性是无法入侵的。于是，男性被放逐，女性完成了对男性中心的反叛。

总之，周大新的小说有意构造了一个与其他男性作家的小说不同的女性历史、女性关系，女性在他的叙事进程中，改变了很多男性对女性的臆断，改变了很多男性作家对女性形象固有的想象模式，在周大新的一种新的关于女性故事的叙述中，女性的主体性确立起来。

原载《开封大学学报》2009年第9期

乡村中国的艰难蜕变

——评周大新长篇小说《湖光山色》

孟繁华

周大新的长篇小说《湖光山色》获"茅盾文学奖"并不令人感到意外。在当下的文学格局中，如何书写乡村中国，或者说如何结构出乡村中国的真实叙事，一直是困扰当代作家的共同问题。周大新在《湖光山色》中作出的新探索，不仅表达了他是一个"有想法"的作家，同时也为乡村中国的书写提供了新的经验。小说是对中国农村生活变革的叙写。改革开放20多年的历史，也是中国乡村生活被不断书写的历史。在这个不断书写的历史中，我们既看到了最广大农村逐渐被放大了的微茫的曙光，也看到了矛盾、焦虑甚至绝望中的艰难挣扎。这是一个和"新新中国"截然不同的承诺和描述。《湖光山色》的故事也许并不复杂：它讲述的是改革大潮中发生在一个被称为"楚王庄"里的故事。主人公暖暖是一个"公主"式的乡村姑娘，她几乎是楚王庄所有男性青年的共同梦想。村主任詹石蹬的弟弟詹石梯甚至自认为暖暖非他莫属。但暖暖却以决绝的方式嫁给了贫穷的青年旷开田，并因此与横行乡里的村主任詹石蹬结下仇怨。从此，这个见过世面、性格倔强、心气甚高的女性，开始了她漫长艰辛的人生道路。但这不是一部兴致盎然虚构当代乡村爱恨情仇的畅销小说，不是一个偏远乡村走向温饱的致富史，也不是简单的扬善惩恶因果报应的通俗故事；在这个结构严密充满悲情和暖意的小说中，周大新以他对中国乡村生活的独特理解，既书写了乡村表层生活的巨大变迁和当代气息，同时也发现了乡村中国深层结构的坚固和蜕变的艰难。因此，这是一个平民作家对中原乡村如归故里般的一次亲近和拥抱，是一个理想主义者对乡村变革发自内心的渴望和期待，是一个有识见的作家洞穿历史后对今天诗意的祈祷和愿望。

主人公暖暖无疑是一个理想的人物，也是我们在理想主义作家中经常看到的大地圣母般的人物：她美丽善良、多情重义，朴素而智慧、自尊并心存高远。楚王庄的文化传统养育了这个正面而理想的女性。暖暖给人印象最为深刻的，不是她决然地嫁给旷开田，不是她靠商业的敏感为家庭带来最初的物质积累，不是她像秋菊一样坚忍地为开田上告打官司，也不是她像当年毅然嫁给开田一样又毅然和开田离婚；而是她为了解救开田委曲求全被村主任詹石蹬侮辱之后，虽然心怀仇恨，但当詹石蹬不久于人世之际，仍能以德报怨，以仁爱之心替代往日冤仇，甚至为詹石蹬送去了医治的费用。这一笔确实使暖暖深明大义的形象如圣母般地光焰万丈。在传统的阶级对立的表达中，仇恨和暴力是我们最常见的人际关系，对暴力的崇尚是源于快意恩仇的冤冤相报。仇恨和暴力转换的美学传统至今仍没有彻底根绝。在这样的美学原则统治下，当然不会产生冉·阿让或聂赫留朵夫这样的人物。但到了暖暖这里，可以断定的是，即便在传统的批评框架内，周大新为我们提供的，也是一个崭新的人物和崭新的人伦关系。这一超越性的创作震撼人心。

《湖光山色》对人性复杂性、可能性的表达是小说值得称道的另一个方面。詹石蹬在任村主任期间，是一个典型的横行乡里的恶霸。在楚王庄"他想办的事没有办不成的"，他"想睡的女人，没有睡不成的"。他城府极深，几乎把权力用到了无以复加的地步。他对暖暖的迫害让人看到了人性全部的恶。他不仅因农药事件拘留开田、在查封楚地居等行为中体验到了权力带给他的快感，而且还利用权力两次占有了暖暖的身体，"性与政治"在詹石蹬这里以极端的方式得到了体现。在楚王庄他有恃无恐，他唯一惧怕的就是失去权力。只有在"民选"的时候，他才会向"选民"们表示一下"谦恭"。詹石蹬的作为使暖暖们也意识到，楚王庄要过上好日子，自己要过上安稳生活，必须把詹石蹬选下去。暖暖拉选票的方式在一个民主社会也未必是合法的，但在乡村中国，暖暖的做法却有合理性。詹石蹬被村民选下去之后，再也没有气焰可言。但他为报复暖暖，还是将他与暖暖发生关系的事情以歪曲的方式告诉了后来楚王庄的"王"——旷开田。这是导致暖暖婚姻破裂的开始，詹石蹬内心深处的阴暗由此可见。但是，当他绝症在身不久于人世的时候，暖暖不计恩怨情仇，不仅看望了詹石蹬而且送去了用作治疗的费用。詹石蹬尽管已经丧失了语言功能，但还是让人抬着他去看望了伤后的暖暖，并带来了一包红枣。这个细节如果以恩怨情仇的方式来看的话，可能不那么动人，但对于詹石蹬来说却在末日来临的时候发生了人性的转变。作家通过詹石蹬不仅揭示了人性的复杂性和恶的一面，而且他坚信人性终有善的一面。当然，詹石蹬变化的更重要意义，是对暖暖善和爱的衬托而存在的。

作为一部书写乡村中国的小说，作家所追寻、探讨的历史和现实深度，更体现在旷开田这个人物上，这是一个乡村中国典型的青年农民形象。他曾是一个普通的、小农经济时代目光短浅、胸无大志的农民，也是一个遇事无主张、很容易满足的农民。就在他一文不名的时候，暖暖以超出楚王庄所有人想象的方式嫁给了他。他是在暖暖的温暖、启发甚至是教导下成长起来的。暖暖不仅是他的妻子、恩人，同时也是他成长的导师。当他是楚王庄普通农民的时候，他对暖暖几乎没有任何异议，言听计从，并且发自内心地爱着暖暖。他不是那种阴险、狡诈的坏人。但是，当暖暖联合村民将他选上村主任之后，他逐渐发生了变化。他曾和暖暖玩笑地说："将来我就是楚王庄的'王'。"这不经意的玩笑却被后来的历史所证实。他不仅专横跋扈为所欲为，不仅与各种女人发生两性关系，同时也不再把暖暖放在心上。因对经营方式的分歧，对暖暖与詹石蹬发生关系的怨恨等，终于导致了两人婚姻的破裂。有趣的是，楚王庄2300多年前曾是楚国的领地，为了抵御秦国的入侵，楚国臣民修筑了楚长城，但当年的楚文王赀却是一个飞扬跋扈骄奢淫逸的君主。两千多年过后，暖暖在楚王庄用湖光山色引进资金创建了"赏心苑"，为了吸引游客，又命名了"离别棚"并上演以楚国为题材的大型节目《离别》，演出人员达80人之多，可见其规模和气势。当初让刚被选举上村主任的旷开田饰演楚文王赀，旷开田还推辞，但演出几次之后，旷开田不仅乐此不疲甚至无比受用。这时的旷开田已经下意识地将自己作为楚王庄的"王"了。他不仅溢于言表而且在行为方式上也情不自禁地有了"王"者之气。他对企业的管理、对妻子的情感、对民众的态度以及对情欲的放纵等等，都不加掩饰并愈演愈烈。最后终于也到了飞扬跋扈横行乡里的地步，与詹石磴没有什么区别。从楚文王赀到詹石磴和旷开田，中国乡村的专制或统治意识几乎没有发生本质性的变化。詹石磴和旷开田虽然是民众选举出来的村主任，但在缺乏民主和法制的乡村社会，民选也只能流于一种形式而难以实现真正的民主。在这样的环境里面，无论是谁，都会被塑造成詹石磴或旷开田。小说始于"水"又止于"水"，这当然不是一个简单轮回的隐喻，也不是对乡村变革具有某种神秘色彩的解释。但可以肯定的是，周大新在这个有意的结构中，一定寄寓了他对中国传统文化，特别是中原农村文化某种深思熟虑的、具有穿透性的思考，在这个意义上，《湖光山色》所做的努力和探索应该说是前所未有的。

当孙惠芬的《上塘书》、贾平凹的《秦腔》、阿来的《空山》等作品发表之后，我曾断言，乡村中国的整体性叙事已经彻底崩解，现实的乡村中国将成为一个支离破碎的叙述对象。我仍然相信这一判断对当下乡村中国的叙事并没有成为过去。周大新的《湖光山色》对乡村中国重新做了整体性的叙事，它是作家周大新理想主义的产物。事实上，社会历史的发展是被一个隐形之手所操控的，它超越了人的意志和想象。"现代"将带着人们希望和不希望的一切如期而至，它像空气一样弥漫四方挥之不去。楚王庄的"湖光山色"终将在"招商引资"、在赏心苑按摩小姐以及薛传薪"现代"管理和拜金主义的冲击下褪尽它最后的诗意。就它的社会形态而言，楚王庄既不是过去的也不是现代的，它正处在一个进退维谷的两难境地。或者说，楚王庄就是今日中国广大乡村的缩影，艰难的蜕变是它走进现代必须经历的。暖暖的愿望在乡村中国还很难实现，暖暖的理想是作家周大新的"理想"，是周大新的期待和愿望。如果这个看法成立的话，《湖光山色》在本质上还是一部浪漫主义小说。

原载《名作欣赏》2009年第3期

周大新小说的民俗事象及其文化心理

李丹宇

地域文化小说家周大新的小说创作大多把目光和情感执着地投向故乡南阳。在他的小说中充斥着大量的民俗事象，含有丰富的民俗信息可以说，浓郁的民俗色彩和素朴的民俗美已成为其小说的一个明显标记。

周大新小说里总有一些神秘、具有隐喻意义的符号系统，这些符号系统又与民俗民风缠绕在一起，它们是探讨周大新小说所必须关注到的。

一、土地信仰

图腾崇拜来源于万物有灵的信仰，产生于人们对某种动物行为或植物作用的神秘感和依赖感。有些原始部族把某种动物或自然物当作本氏族部落的保护神加以崇拜和祭祀，遂产生了原始部族的图腾崇拜。图腾崇拜就是在自然宗教基础上发展起来的一种民俗信仰。而民俗文化中的民间信仰在规范社会成员中起着核心作用，使不同社会行为的人们严格按照传统习俗达到某种统一，相互间保持一定的协调，可以说民俗文化是散播于社会中的一种无形的"图腾"。图腾崇拜的痕迹不但保留在神话传说中，也保留在人们的日常生活习俗中。黄河流域的原始农耕文化中，对于大地的自然崇拜即具有典型意义。大地崇拜表现为地母崇拜，地母即后来俗称的土地神。祭祀土地神的仪式与农事相关联，在播种前要举行祈求丰产的仪式，获得丰收后要进行谢神仪式。

在中国古典神话和历史传说中，神用以创世造地的原始土壤称作"息壤"，顾颉刚在其《息壤考》中考证认为神话中的息壤虽是神性土壤，却也会有人类的经验，即史前中国人对地质现象的土壤性能的细致体察可见，息壤一般指称可灌溉而肥沃的上好土壤，又因息壤最终生成了大地，所以息壤又被认同于大地本身。吕微在分析大地黑土模型时说："关中土壤表层由于长期施肥、灌水等改良措施已大部分呈黑褐色，而色黑正是息壤富含水、肥特质的外部表征。"①周大新的小说《泉涸》中一只"黑鹅"时隐时现，成为土地信仰的一种突出的民俗文化符号。周氏家族的祖产桑叶田里一块形若鹅的凸石间溢出地乳泉，因此这块地异常肥沃，养育了周家数代人，同时也引来许多贪婪的眼光，祖先们曾舍子保地，也曾杀人保地。祖传的桑叶田就是周氏家族的信仰和图腾。然而出生于桑叶田里的土埂却对这块肥土充满了仇恨：他在除草时愤怒地连麦苗一齐锄倒，送粪时把粪车推进河里，直至最后把凝结着周氏族人人格精神的桑叶田卖掉。周氏祖宗代代传唱的土地祭歌"土是爹，地是娘，有了爹娘有儿郎"在土埂这里终止，周氏家族敬土重土的信仰面临尴尬。当土埂算计着丢弃桑叶田时，黑鹅出现了。它出现时紧咬着爹的褰衣不放，被领回家后总卧在爹的床头，但见了哥哥土埂就惶惶地躲到爹的身后。哥哥为卖桑叶田请客吃饭时，黑鹅发出惊惶、急迫、凄厉的叫声，并用羽毛蹭着爹的腿仿佛在乞求保护。桑叶田终于成为基建工地，地乳泉干涸后，黑鹅也消失了。无疑，黑鹅意象的原型意味就是黑土模型，是大地的精魂。

土地是中国传统农民赖以生存的信心和信念。人们对土地始终有着某种神秘的感觉，自古以来就盛行土地爷、土地神的民俗信仰，有不得挖掘土地的禁忌，到处可见各种各样的土地庙。荣格认为导致人形成情结的原因是"集体无意识"，而集体无意识是一种从人类祖先和动物祖先那里继承来的意象。中国人的"土地情结"正是中国民族的集体无意识在个体心理中的表现。周大新

---

① 吕微：《神话何为——神圣叙事的传承与阐释》，社会科学文献出版社2001年版。

笔下描写了许多关于农民恋土、离土的情节，除《泉涸》外，还有《金色的麦田》《儿女》《走出盆地》等，结局往往是离土后受到惩罚或重新回归土地，重复着人生经历中的一种原型经验。在周大新这里，土地是具有原型意味的暗喻，即地母形象，它是人类生命的依托和精神的支柱，如果背弃它，便会无所适存。这表现出作家在关注离土引发的土地信仰的动摇和传统价值观念的变异。"土地情结"的解构和乡土意识的淡薄必然会带来农民文化心理的变异，这正是周大新忧心忡忡的根本原因，是他对离土问题所做的文化思考，是他从民间文化习俗入手审视社会文化现象的努力。

二、原型意象

象征，作为一种表达方式，是"借助于特定具体的事物，寄寓某种精神品质或抽象事理"①。或者说，象征就是人们通过具体物象或意象来表达某种抽象意念的一种手法。但同时，象征也是民俗事象中常见的一种表现形式。传统民俗事象中蕴含有丰富的文化内涵及共识性。这些丰富的文化内涵及共识性中的许多方面正是通过象征形式表现出来的，并且经过长期传承、历代沿袭，形成民间的象征民俗这些渗透在人们生活中被赋予一定的象征意义、具有信仰色彩的物象和事象，已成为影响人们精神生活的一种力量。举凡生育、婚丧等人生礼仪习俗，祭祀、驱鬼等信仰习俗，春节、端午等年节习俗，乃至衣、食、住、行等日常生活习俗中的众多民俗事象里的诸多程序、物品、图案、符号、言语、动作等无不充满各种象征的意味。它们积淀在民众的社会生活习惯和心理深处，影响和个人着人们的行为规范和思维方式。因而，物化象征已成为民俗文化的一个重要特性。

在周大新的小说中有一个非常突出的现象，那就是文本中反复出现一些神秘而具有隐喻意义的特定意象。根据弗莱的原型批评理论即所谓原型就是

---

① 唐松波、黄建霖：《汉语修辞格大辞典》，中国国际广播出版社1989年版。

文学作品中典型的反复出现的"一个象征，通常是一个意象"①，以及荣格的"原型是人类长期的心理积淀中未被直接感知到的集体无意识的显现，因而是作为潜在的无意识进入创作过程的"②的界定，可见，在其文本中反复呈现并带有一定神话色彩的意象就是小说中的一个原型意象。综观周大新的小说，其中的原型意象大致包含三种文化意蕴。其一，通过物象、事象象征民间的轮回观念，表达作者对国民劣根性的沉思。《老辙》里的费丙成是娘被地主柳老七强奸后所生，多少年因"野种"的地位受尽屈辱，但自己一朝成为"费东家"便重蹈"老辙"，又去欺侮丈夫残疾后生活困窘的姚盛芳；《旧道》中市场经济下的新一代人仍走着那条父仇子报、世代相戕的"旧道"，坠入悲剧的又一个轮回；《家族》里的傻小四总在屋里兜圈子，正跑一圈，倒跑一圈，跑出来两个怪圈，象征着周五爷家族命运的轮回：五爷的儿辈又重演着手足相残的悲剧，女儿云娇重走前辈上吊寻死的旧路。老辙、旧道、走不出的圆圈这些在历史长河中已有约定俗成意义的文化符号反复出现在小说中，阐释了一种原始经验，可以说是对于作品内容的一种象征性的黏合。作者痛心于盆地人彼此仇恨、互相倾轧、环环相报等劣根性，他深刻意识到这是一种存在于民众中的严重心理缺陷，曾发出痛心的呼喊："难道社会就必须按这种方式循环前进？……应该想一个办法来中止这种恶性循环。"③其二，通过神秘的事象象征冥冥之中的警示或惩罚，表达作者那种深植于民间的善恶观。如，作者反复描绘和渲染火的意象。传统观念中火一方面代表温暖、明亮，给人带来光明和希望，但另一方面它又具有无穷的破坏力和摧毁事物的能力。因此火既象征光明、温暖、净化、神圣，又象征毁灭、灾难、惩罚。周大新小说中常出现的火意象多为后一种象征意义。《怪火》中"我家"成为首富后，弟弟为富不仁，玩弄女性，草菅人命，终于引来一场"怪火"烧尽房宅家产。同样的例子还有

① 诺思罗普·弗莱：《批评的剖析》，陈慧、袁宪军、吴伟仁译，百花文艺出版社1998年版，第469页。

② 转引自朱立元主编：《当代西方文艺理论》，华东师范大学出版社2005年增补版，第167—168页。

③ 袁楠：《超越盆地》，引自丁帆主编"新时期地域文化小说丛书"之周大新《紫雾》，北京出版社1998年版。

《小诊所》里五爷家的那盆点着的火的意象。再如，雾因其朦胧而常被用来象征神秘。《紫雾》中令人畏惧的"紫雾"贯穿整个作品，每当其出现肯定要出祸殃，"或人伤人亡，或人疯人痴，或见血见泪，或见火见水"。生活在同一个小镇上的周、龚两家人几十年间数代相仇，恩怨难了。紫雾的出现便具有了一种警示作用。由紫雾创造出的喻象氛围，极大地加强了作品的艺术感染力。

其三，通过物象象征人物品格或人物命运，表达作者的价值取向。《屠户》中蛾儿意象六次重复出现，"那只蛾儿还在飞，不落、不停，就那样绕了肉案扇着翅，声不大，嘤嘤的"。小小蛾儿发出的声音也是那么微弱，但是它却具有牺牲精神。"飞蛾扑火"的民俗象征意义已扎根于民众的意识中。小说中的主人公珠儿虽只是一个卖肉的姑娘，却把自己的命运抛在脑后，不惜牺牲做姑娘的声誉为战死的英雄生下遗孤，以完成英雄的遗愿。《左朱雀 右白虎》里出现在荒草丛中的两朵野菊花不仅是设置情节的道具，而且是人物命运和品格的象征。汉代应劭的《风俗通》记载："南阳郦县有甘谷，谷水甘美，云其山有大菊水，从山上流下得其滋液，谷中有三十余家不复穿井，悉饮此水，上寿百二三十，中百余，下七八者名之大夭，菊花轻身益气，令人坚强故也。"[1]从中可知南阳菊花有延年益寿和令人坚强之功效。然而，菊，作为一种在中国土生土长的野生植物，不仅有着丰富的药用价值，而且作为一种花卉，还有着晚开晚荣、傲对秋霜的得天独厚、卓尔不群的禀性气质。因此从屈原以降的文人墨客将菊引入文学作品中时便赋予其高洁不俗、特立高标、孤芳独妍的精神内涵，常借菊花凌霜寒而不易色的意象作为有骨气的文人的象征。王涵、古楠舍命保护南阳人乃至中国人引以为豪的文化瑰宝——汉墓和汉画像石刻，其炽烈的爱国主义感情令人钦佩。他们虽平凡却因真诚、坚强而高洁不群，菊花的物性与主人公的人格是如此吻合。此外，如红桑椹、梁祝蝶、流星等物象，作者都赋予其一定的象征意义，既隐喻着人物的品性命运，也折射出作家的情感态度。

① 应劭著，王利器校注：《风俗通义校注》，中华书局1981年版。

201

周大新
研究资料

三、祠堂意识

中国文化具有深厚的家族传统，家族或宗族观念根深蒂固。由于家族观念的顽强存在，孕育了中国独特的家族民俗，养育了代表这种民俗文化的基本精神，因此，由宗法血缘关系形成的家族、亲族民俗也永无休止地延展着。家族不仅是社会发展的产物，而且它本身又是重要的民俗事象。中国向有聚族而居的生存传统，这种传统的保留主要原因还在于祖先崇拜的观念。祖先在某地定居后，经过世代繁衍，始终守着祖坟，因而形成同姓族聚居的村落。村落里大都建有祠堂以扬祖先之灵，祠堂便成为祭祖的圣坛、祖先的象征，体现着家族的凝聚力。家族世代在此祭祀祖先的神灵，希望得到祖先的保佑，同时承传家族精神。这种祖先的神灵祭祀和祖先崇拜的观念一直积淀在中国人的心里，而南阳盆地受中原儒文化的浸润，家族观念也成为其中的一个常数。阅读周大新迄今所有作品，我们会感觉到盆地人浓浓的祠堂家族情结

首先，在周大新小说里，关于乡村地名和人物称谓就有家族传统的印记。其小说里故事的发生地多是以姓氏命名的村庄，如郜家营、柳镇、柳林、温家盆等，有些村名重复使用。在许多小说中对人物的称谓则显示了家族血缘关系，如郜二嫂、四叔、四嫂、四奶、五爷、石通伯等。在中国人的传统意识里，姓就是家族的徽号、祖先的荣誉，是每个人生命中极为珍视的一部分，而以姓为标志的聚族而居的生存传统成为一种不可忽视的民俗现象。周大新小说里的地名和称谓习惯保留了封建宗法社会以家族为聚居群落和以血缘为人际纽带的遗风。

其次，从周大新小说有关家世、家风、家祭、家教、家法、家争等与家族制度密切相关的民俗事象的描述中，可见扎根于民间的家族精神和家族权力。

"家世，是家族世系主要的职业特征所标志的社会地位"①，在民众习俗观念中主要表现为讲究门第，尤其是婚配要门当户对。家世是家族民俗中一项重要内容。在家族世系中，祖先生前所从事的事业对后世多代的职业发展和命运有相当的影响。周大新的《泉涸》就从自己家族、家世中开掘素材，写了

---

① 乌丙安：《中国民俗学》，辽宁大学出版社1985年版，第156页。

远古始祖受惠于土地的恩泽和后世代代以土地维系生命的家族生存发展史。世代务农的社会地位使哥哥土埂经受了初恋失败的打击。乡文书气势汹汹地打了他一个极响的耳光，还责骂他："一个种田的……也敢妄想！再看见你同我女儿在一起，腿给你打断！"乡文书之所以大发雷霆，正是从门当户对的习俗观念出发认为土埂家的门第不配。在周大新的小说中，多以家族家世为切口描绘中国传统文化对于社会进程的影响，承传祖业的故事成为较固定的命题。诸如郝祖宛和秋芋含辛茹苦承传造锅业（《铁锅》）；尚达志以对祖传丝织业的执着而成为家族的楷模（《第二十幕》）；周五爷家族靠做冥宅为生（《家族》）；邱爷将玉雕手艺传给儿孙（《玉器行》）；沙家祖传玩猴和祖传镇猴"昏鞭"（《步出密林》）等，世世代代同操一业，形成所谓的"世家"。

　　尊祖始终是家族民俗的核心，尊祖而后敬宗，敬宗以睦族。所以家族里通过祭祀等一系列祭祖活动把族众的心理、精神维系在一起，通过祖训、家礼、族规等制度给家族中的个体规定行为范式，如果有违规范模式，就是损害家族的利益和荣誉，那么家族就要以族规家法施以惩罚。《武家祠堂》里挂在祠堂院老榆树上那口专为召集族人开会议事用的大挂钟就是祠堂意识的载体，每年三月十八，只要钟声一响，镇上人都要到祠堂里祭祀，在镇上最老的老人指挥下，男女老少在大堂门口向着满堂的塑像鞠躬祭拜、烧香摆供。镇上老者朝顺爷施行族长的权威干涉尚智的生意以维护祖辈传下来的规矩，在祠堂里，尚智被族众按"老章程"唾弃，面对祠堂里全族人的威压和父亲的责骂，尚智不得不向那一列塑像跪了下去。《新市民》中坂子虽然进城做了新市民，但一旦违规，族长青荆爷仍然要用栗子坳的族规给以惩戒。《第二十幕》中尚家每一代人从小都要早起背诵家训"列祖列宗在上，生为男儿……有生之年，发誓不忘数代先人重振祖业之愿，力争使尚家丝绸重新称霸于中外丝绸织造界，再获'霸王'美誉"。尚达志的父亲用家族权威制造了儿子的爱情悲剧，尚达志又挥舞着家族权力棒砍断了嫖娼孙子尚昌盛的手指，卖掉了亲生女儿，扼杀了重孙当歌星的人生愿望。每一个家族成员都必须履行家族使命，做出自我牺牲。尚氏家族以家训承传着一种家族精神，即百折不挠振兴祖业。类似的描写在周大新作品中俯拾皆是，《玉器行》里邱爷定下家规"全家人要天亮即起；起床见面小辈问候长辈；晨起要做一气刻活之后再洗漱吃早饭"。《黄昏的发明》里石通伯祖上规矩：从五岁起必须每天照帖在石板上练。祖传物品的代代相承也象征着一种家族精神或祖先训诫，如石通伯家祖传的夜晚刻碑的照明工具、祖传的练字字帖象征着家族精神的延续；《家族》里含有算来算去一场空之意的无珠算盘，则是震慑整个家族的无形力量。家族规范代际相沿成习，一旦触犯它则会受到严厉惩罚。而家族间为了家族利益和世代仇怨发生的争端则意味着文化惰性的沉积，《如果上帝在》里，汪、费两个家族为争夺一块宅基地演绎了一代又一代的悲剧。《家族》中周氏两代人明争暗斗、你争我夺，家族精神面临失败困窘。

家族里的族长作为村落的民间权威，通过"家法"维护家族秩序，通过"家教"贯彻封建宗法制度，最终把封建宗法社会的人伦规范民间化为风俗礼仪，成为人人自觉意识和遵循的民间"法理"。周大新小说全面表现了传统家族是怎样以血缘关系为纽带和儒家文化盘根错节地缠绕在一起，凝构成稳固的民俗文化心理结构。综观其作品可发现他对家族民俗里那些反人性的不合理成分以及阻碍社会变革的部分持着批判和反思的态度，并且以家族结构的分崩离析预示着家族精神的没落。土埂抛弃祖传桑叶田做了悖逆家世的选择；尚达志所执掌的祖业虽经过殚精竭虑的经营，也曾出现过短暂的辉煌，但终究未能逃脱岌岌可危的命运；尚智明显不满朝顺爷对自己的干涉最后离开祠堂远走宛城；坂子叫来警察使青荆爷的惩罚无奈收场；尽管邱爷在家里有着无上的权威，他立的家规邱家大小十几口人很少有人敢违，但三孙女峥峥却我行我素无视家规。《瓦解》中的万正德极想用祖爷惩戒其姑姑万枝柳的办法来保全万家的声誉，无奈儿子与一个三十七岁的离婚女人结合，女儿又在试婚后抱着孩子回到娘家。为了不使家族蒙受耻辱，老万铤而走险去谋杀外孙女，结果落了个妻离子散的处境。这些对家族意志和家族变革的精彩刻画，成就了周大新小说丰厚的精神底蕴。

四、子嗣观念

与祠堂情结相关的是子嗣观念。祖先崇拜的宗族观念使中国人将传宗接代看作生命的唯一意义。正因为中国人以家为本位，而家的扩大是以父系一方单子发展为原则的，所以决定了"子"的意义大于妻的意义，子的延续是第一位的。"不孝有三，无后为大"，只要血脉有传便被视为大孝和至善。因此中国人传统的子嗣观念根深蒂固，与之相应的民俗也就应运而生，这同样体现在周大新小说的民俗描写中。

人类要延续，家族要发展，最终都由男女双方的婚姻关系所决定，因此子嗣观念首先体现在婚姻习俗中。《走出盆地》中写到南阳盆地一种古老的习俗"一门双承"。弟兄两人只要有一个儿子，就由弟兄两人同时出钱为这个儿子娶两个老婆。两个媳妇同一天娶，同住在三间堂屋里。一个媳妇住东间，一个媳妇住西间，新郎轮流去两个媳妇的屋里就寝，一夜一换，而且到哪个媳妇屋里就必须全身上下都换上该媳妇的婆婆做的衣服。其中一个媳妇生子续接哥哥家的香火，另一个媳妇生子则续弟弟家的香火。小说的主人公邹艾出生时，其爷爷一听是女孩感到异常失落，就因为她是丫头片子，爷爷不愿摆席"做满月"。按当地风俗，满月席上老辈大人抱着孩子绕各桌走走让客人看看夸夸，可邹艾的爷、奶、爹都嫌她是丫头抱出去丢人而互相推搡不愿去抱。按习惯满月时由爷奶给孩子起名，可爷爷却一直不开口。这种生子承续香火的仪式不仅在老辈人和男人的思想中顽固保留，就连女性自身也视生子为人生之最高愿望。解放后在工作队女队长的干涉下，邹艾娘终于能脱离畸形婚姻获得人身自由，但她并不为之高兴反而痛苦万分，提出的唯一要求就是希望邹艾爹偷偷来她这里住以使她再生个儿子。

入赘婚也是一种古老的婚姻习俗，并且仍在我国各民族中传承。入赘就是"从妻居"。在男权社会中，这种习俗似有冲破男尊女卑习惯势力的意义，然而细究其质，仍是子嗣观念的一种反映。《第二十幕》起始以赵姓上门女婿引出尚吉利丝织业的发展源头"尚家的兴旺得益于一个上门女婿"。因为尚家在二十代上只收获一个闺女，无奈之下为女儿找了上门女婿续香火。上门女婿赵田景改为尚姓，为尚家生了四儿两女，并用自己的木匠手艺改装了尚家织机使尚家因而成为富裕的绸缎织户。尚家回报他的也是破例允许他的第四个儿子改姓赵以延续赵家的血脉。另一种至今仍在某些地方流行的婚俗形式"换亲"，是两个氏族的男女互换其姊妹为妻或互换其女儿为媳的做法，是一种对等交换的议婚形式。换亲婚俗流行的原因主要是由于经济贫困，但也有其他政治、历史等原因。如周大新的《蝴蝶镇纪事》中富农赵留耕的儿子由于成分不好三十八九还未娶亲，只好换亲，即把他的妹子嫁给一个右派的儿子，把右派的女儿嫁给一个地主的儿子，再把地主的女儿给自己。这种以人换人的对等式婚姻从一定意义上说还是子嗣旧俗观念的反映。

另外，婚姻仪礼风俗也不乏子嗣观念的印记。比如，《第二十幕》中描写尚立世和容容的婚礼，经过花轿迎娶、拜天地、吃喜酒等仪式后，晚上闹洞房前，尚家专门请来一个邻居嫂子铺床。这位嫂子拿了一个笤帚把床腿、床撑、床帮扫了一遍，然后开始铺被褥。在整个扫、铺的过程中她都是边做边唱仪式歌，其中铺床时唱道："先铺褥，后抻被，鸳鸯枕放在床头上，四个鸡蛋床角摆，花生栗子撒一床，核桃红枣配成双。床头铺把干麦秸，引个白胖小乖乖；床尾铺棵干白菜，引个闺女做国太；床中铺个小竹筷，引来男女双胞胎。"唱词中既含有人们希望儿女双全、多子多福的强烈愿望，也含有人们希望儿女健康、平安、富贵的美好愿望。

与婚俗相应的是产育习俗中对子嗣的看重。《新市民》中栗子坳的风俗，女人怀了娃娃头一桩要做的事就是种一棵栗子树，因为当地人认为怀上娃的女人种的栗子树结的果多。在这里人们赖以生存的物质民俗和怀孕生子的精神民俗皆是人生中的头等大事。《红桑椹》中所写豫西南的风俗则是怀孕女人每日吃五颗红桑椹，连吃七日，这样生下来的孩子五官正、七窍通、肤色好、身子壮。从中可见人们对子嗣的重视和厚望。

子嗣观念还表现在信仰民俗中。正因为人们把宗族血脉传承和家族人丁兴旺视为理想价值的最大实现，所以祈求赐子、救子就成为民众中较为普遍的俗信。《滨河地》中家后娘曾有的五个孩子连续夭折，因此听信算卦人的言说到土地庙烧香祈求土地爷宽恕赐子，之后果然生下健康的郝家后并平安长大，于是她几十年如一日用手摇纺车纺线来还愿，从无间断，虔诚地向掌管着白河岸这块土地的土地爷表达着感激之情。《家族》中五奶奶在送子娘娘座前跪求赐子的那个蒲团已被跪烂了两个洞，足见跪拜者之多。一旦子孙有难民众就祈求神力的保佑。《银饰》中老银匠向苍天祷告不要让其唯一的儿子死，不要使郑家的香火和郑家的银饰手艺失传。儿子死后他哭喊道："苍天——你不公啊，我就这一个儿子！"绝望中他花掉积攒起来预备扩建铺子的所有积蓄给儿子买了最上等的棺木，请了最好的响器班子，糊了最全套的纸扎。他的希望随着儿子的去世灰飞烟灭。

传宗接代意识成为周大新小说民俗描写的潜意识显现。其小说中凡描写产子时皆以生男为大欢喜，而以断绝香火为大悲痛，甚至一些军事题材的作品中，军人、英雄与老百姓一样有着子嗣为重的世俗观念。《走廊》里一营长曹大拴很想要一个儿子，"只有一个女儿始终使来自风陵渡附近农村的他觉得此生有块心病"。《屠户》里战士董一宝牺牲前的最大遗憾就是没有孩子能接续董家的香火。其恋人珠儿未婚先孕本打算打掉孩子，但得知一宝牺牲的消息及其遗愿后，硬是忍辱负重把孩子生了下来。她明确表示，她是为了不使董家绝后。作品结尾孩子的爷爷奶奶来接孙子时有这样一段描写："扑通！小继卫的爷和奶，突然间双膝落地，当爷的发出一声苍老低哑的叫：'你们使俺董家一门香火不绝，俺们跪下了！'"这里珠儿对恋人的悼念和对英雄的崇敬之情与延续生命、传宗接代的传统意识混为一体，具有了复杂的内涵。《红桑椹》中郭涌连长不幸牺牲后，其妻陈小椹为其生了儿子。诸如此类以生子续接香火来延续英雄的青春、生命的描写显然已成为周大新的创作无意识，笔者觉得这是另一种意义上的大团圆结局。

文学作品的生命力，往往取决于作品民族化的程度，而文学作品是否有民族独特性则和它所展示的民俗化内容密切相关。周大新笔下的民俗描写大大增强了作品的地域特色和民族特征，增强了作品的思想深度、历史纵深感和真实感，从而赋予其作品不朽的艺术魅力。读者阅读文学作品的重要动机就是希望通过审美来了解生活、了解世界、了解人类，而民俗描写最能贴近人民群众的生活。无疑，周大新的作品大力书写民俗事象已具备了完成这一使命的重要条件。

原载《当代文坛》2009年第5期

研究资料

周大新

凝眸乡村的诗意想象

——周大新乡土小说探微

李丰仙　黄国景

引　言

　　想象对文学艺术创作极为重要，它是文学创作的翅膀和催动器，文学在本质上是一种想象性的活动，作家以想象创造一个个绚丽多彩的艺术世界。伊瑟尔说："文学文本，如我所证明的，产生于现实的、虚构的和想象的之间三为一的关系。它是现实与虚构的混合，并由此而启动既定的与想象的两者的相互作用。"[①]通过想象创造出来的文学作品，是虚构的艺术世界，但它或多或少带有现实的东西。因此，想象对现实的反映也具有合理性，就像金惠敏所说的："文本之外的现实汇入想象，而想象也汇入现实。"[②]周大新的乡土小说在真实反映农村生活的同时，充分发挥主体的能动性，利用想象的开放性，驰骋想象，创造了一个全新的乡土世界。作家看到乡土的流弊：权力对亲情、友

---

　　① 金惠敏：《在虚构与想像中越界——［德］沃尔夫冈·伊瑟尔访谈录》，《文学评论》2002年第4期。

　　② 同上。

谊、爱情的阉割与颠覆；施权者的专横跋扈；婚姻爱情的残缺与扭曲；坚韧人性的沉沦与挣扎……种种现实痼疾使周大新忧心忡忡。知识分子"感时忧国"的思想情怀、"兼济天下"的身份认同和现代化强国的心理诉求，以及新时期农业政策的牵引，借助这些内心和外在的力量，在对乡土的观照中，周大新试图协调传统文化的整合功能和现代文明的科学理性，在中国传统的乡土当中寻找一个理想的社会图景，创造一个和谐美好的田园乌托邦世界。

1.传统文化的终极关怀

乡土上的人们在巨大的社会转型中产生的欢欣、矛盾、焦虑和苦痛，以及由此引起的思想意识、价值观念、道德伦理、人际关系、村风民俗等方面的变化，触发了周大新的现代性焦虑，内心深处对乡土家园的情感皈依，促使周大新采用一种文学想象的方法来寻求精神家园。周大新想象的乡土是在真实的乡土基础上加以修正，使真实的乡土处于一种在场和不在场的状态，乡土的图景与他心中的乌托邦理想家园变成了一种营构性的附魅想象。王德威曾说："小说不建构中国，小说虚构中国。而如何虚构，却与中国现实的如何实践息息相关。"[1]现实中乡村的病态生存景观和残缺人性使周大新忧心忡忡，他把目光移向传统文化，借助区域文化的深厚积淀来虚构理想的精神家园。杨春时说，传统文化具有天人合一、体用不二的作用，"它把天道、天理转化为人道、人伦，既作为一套意识形态，又包含着宗教、哲学、美学等形而上意义。因此，中国传统文化具有双重整合功能，既规范人们的现实行为，又在现实世界给人们找到了终极关怀价值"[2]。周大新带着对南阳生存景观的亲昵，对厚重的区域文化的熟稔，把目光投向了神话和巫术、儒道、释，以此彰显传统文化营造至善至美人性的功能。

南阳盆地处于荆楚文化与中原文化的交界点，"天马行空般的浪漫想象和

---

① 王德威：《想像中国的方法：历史·小说·叙事》，生活·读书·新知三联书店2003年版，第2页。

② 杨春时：《现代性与中国现代性的总体构成》，《求是学刊》2003年第1期。

炽热深沉的忧国忧民的现实情感，再加上中原文化经世致用的理性内涵注入，如此文化土壤在滋养小说创作理性精神的同时，也催发出小说瑰丽、奇异、怪诞、幽冥的神秘色彩"①。周大新小说中渗透的神话传说和巫术，具有一种启智民众，改造社会，实现乡土现代化想象的文学力量。《伏牛》中，当周照进痛打妻子时，小牛"云黄"突然发怒，冲过去用牛角去刺照进以保护荞荞，这一现实场景与奇顺爷讲述的关于周代家族伏牛的神话故事相契合，以牛事观人事的认知方式一方面有天人感应的神秘色彩，另一方面体现了民间知恩图报的文化价值观念。《紫雾》中令人畏惧的"紫雾"贯穿整篇，每当其出现肯定要有祸殃，"或人伤人亡，或人疯人痴，或见血见泪，或见火见水"。生活在同一个镇上的周、龚两家人几十年间数代相残，冤冤相报，紫雾的出现便具有了一种警示的作用。《屠户》中蛾儿意象六次重复出现，"那只蛾儿还在飞，不落不停，就那样绕着肉案扇着翅，声不大，嘤嘤的"。小小蛾儿以"飞蛾扑火"的牺牲精神象征珠儿不惜牺牲姑娘名誉，未婚先育，为烈士生下遗孤完成英雄的遗愿。《左朱雀 右白虎》里出现在荒草丛中的两朵野菊花以高洁伟岸、孤芳独妍的精神内涵，象征王涵、古楠夫妇舍命保护汉墓和汉画像石刻，野菊花是两位知识分子爱国主义情感的物性诠释。《怪火》中一场"怪火"烧尽房产似乎是对为富不仁、草菅人命的哥弟俩的惩罚。《湖光山色》中的丹湖迷魂烟雾似乎是暖暖以及楚王庄村民摆脱贫困走向幸福生活的心理幻景，也是作家对乡村中国现代化的心理诉求，是穿越乡村困境的一种诗意想象。

中原文化里有着中国传统文化浓重的缩影，中国传统文化的主要因子儒、道等都始于中原：儒家学说创始人孔子虽然出生于鲁，但其"仁""礼"等思想的根本来源于周，直接影响来源于宋（春秋时期的宋地），其主要政治活动舞台也在中原，儒家思想更是在中原地区被后世发扬光大，到北宋时期洛阳的程灏、程颐兄弟则进一步将儒家思想发展演绎到了又一个高度；春秋时期道家的创始人老子、战国时期道家的继承者庄子都成长在这里，法家、墨家等学

---

① 陈继会主编：《文学的星群——南阳作家群论》，河南文艺出版社1996年版，第210页。

派也都创始于这里。儒家思想博大精深的重要体现之一中庸之道，折射了人际和合、天人和合等和谐、折中的儒家精神。老子则提倡朴素的甘食、美服、安居、乐俗，以及内心的平静和精神超脱的"无为而治"。周大新在一种折中、和合的思想浸透中，本性的美好善良使他总愿意把"善"想象成人的天性，认为恶的东西是后天习得，它必将随着人类的发展而消失。知识分子拯世济物的社会责任感，对人类博大的悲悯情怀，使他欲以乡村蕴含的传统美德来填充当今社会传统价值日渐流失的空白。《第二十幕》中的顺儿是其代表，她恪守妇道，扮演着贤妻良母的角色，将"夫为妻纲""三从四德"奉为言行的准则，对丈夫言听计从，完全沦为达志的影子；她明明知道达志不爱自己，还始终如一地履行自己的义务，对达志忠贞不渝；即使将死还主动替达志承担卖女儿的责任，衷心地希望达志和云纬走在一起。儒道文化积淀成的"仁、义、理、智、信"等传统美德的体现者还有姁姁、天兰、莽莽、卓远等等，他们都践行着善良、宽容和"柔弱胜刚强""仁者爱人"的精神，无声的生命承担的是责任，默默的行为诠释的是奉献。

佛教和人的生活密切相关，是人的一种精神需要，是人们寻找皈依、依靠，安抚灵魂的方式和方法。中国现代文学中的许多伟大的作家如鲁迅、周作人、郁达夫、许地山、废名、施蛰存、丰子恺、老舍等都与佛教有着深浅不一的因缘。佛教虽然是一种外来宗教，但传入中国已有几千年的历史，具有了中国本土化的特点，实际上已成为人们摆脱世俗烦恼，追求心灵自由、生命庄严的心理文化思维。周大新作品中的一些人物在一种浑浑噩噩的混沌不明的世俗状态中，利禄熏天，怨恚憎恨，最后从佛教中寻求到生命自觉、超大旷远、虚静空无的人格境界。《第二十幕》中的左涛和尚天都是在作恶多端后，在佛教的指引下大彻大悟，从人性沉沦的废墟中超脱出来，走上改邪归正的自省之路，获得灵魂的涅槃。《湖光山色》中的人物命运似乎在佛教博大精深、普度众生的教义中得到了注解，在佛教教义的"善有善报，恶有恶报""违背天理人情，必遭报应"的法则中预设了人生的归宿。周大新以文学的方式彰显佛教改造社会、改造人生、净化人心、完善人性的社会文化功能，突出佛教的因果报应观，对于人们理智接受现实人生，并努力提升生命价值具有积极效应。

2.乡村中国的诗意建构

南阳盆地星罗棋布的小村庄，都存在着相似的生活结构方式。在通往现代化的过程中，乡村是一个最为复杂的存在。这与乡村在中国社会发展进程中的身份有关，一方面，对乡村的诗意想象使它在某种程度上具有了精神家园的诗意栖居地；另一方面，乡村文化与"现代"又构成了对立关系，乡村文化的超稳定功能使其在通往"现代"的路途中，因其守成滞重而步履蹒跚。乡村文化在农耕时代长期形成的封建宗法观念仍积淀在人们思想意识的深处，传统的伦理道德、行为习惯依然深刻地影响着祖祖辈辈生活在这里的人们，村落文化里的很多观念在日益现代化的今天已经不太适应社会的发展需要，有的甚至已经成为一种沉重的文化羁绊。乡村的文化内核在铺天盖地的"现代性"话语中发生着微妙的变化，中原乡村生活也在一种自给自足的自然经济基础上，渐渐走向开放的市场经济。周大新在《湖光山色》中描绘的田园乡村楚王庄既不是老子的"小国寡民"，也不是陶渊明的"世外桃源"，它承载着"现代性"的疼痛，也氤氲着"现代性"的馨香，它撒播在希望的土地里，生长在现实进退维谷的境地中，在过去和未来的张力中孕育着"光明"和"希望"。现代化乡村的想象植根于作家"现代性"的影响焦虑，寄寓作家亲近、眷恋、躁动的情感因素；推崇纯洁、质朴、健康、崇高的精神，是作家的乡村想象形成的心理因素；楚王庄的农业资源和生产方式是作家浪漫想象的物质载体。所有这些思维在作家心中孕育、萌发，最终成长为一个初具现代规模的新农村。

《湖光山色》中的楚王庄有着丰富的自然资源，历史遗留和传承下来的物质文化资源，具备了得天独厚的发展条件：清澈的湖水，满山的绿树，遍地的青草，拴在村边的牛、驴、羊，还有这里安静的村子，相对原始的耕作方法，楚国的文化遗存，古老的处理事情的方法，比如这里的石碾、石磨、土灶等等，使这儿具有了被看的价值。楚王庄充满了乡土气息，蕴藏了深厚的民俗民情，深藏着丰富的文化底蕴，氤氲着浓郁的原始村落风情。薛传薪在这里建起了高级宾馆，实施了规范的服务，包装打造了楚王庄山清水秀、牛羊碧草、渔船帆影的原始自然风光，也带来了新的投资理念，使落后闭塞的楚王庄，成了一个游人如织的繁华名镇。这个现代化的开放村落，使各地游客来到这里心旷神怡，其乐无穷：吃住有赏心苑和楚地居，游览有楚长城、凌岩寺和丹湖迷魂区，采摘有田里的各样庄稼和山上的多种野菜，观赏有楚时的离别表演，闲逛有楚国小街。"楚地居"和"赏心苑"的开发，带动了旅游业的兴旺，转移了农村剩余劳动力；采摘园、莲子羹店、鱼宴馆、茶馆的开办，增加了农民的收入，使传统的农业劳作方式向城市化发展。与此同时薛传薪也带来了"现代化"隐形魔掌对楚王庄淳朴、自然民风进行操控。纯粹的商业理念使他丧心病狂地赚钱，把楚王庄看作获得利润的工具。他暗中支持色情服务，捕猎国家保护的野生动物，勾结官府，打击报复村民，使一股恶浊的空气在楚王庄蔓延开来。楚王庄是中国当下乡村变革中受到市场经济冲击而在新的分化、躁动与聚合中孕育着新的生活方式和生产关系的广大农村的一个缩影，贫困中的农民通过市场经济来获得自己的生存空间，开创自己的生活道路，改革开放给农村带来了机遇也带来了挑战。乡村变革的航船最终要驶向哪里，作家头脑很清醒，只有依靠新时期党的新农村政策的积极扶持，村民主动性的充分发挥，才能摆脱进退维谷的两难境地。小说的结尾，代表邪恶和金钱的旷开田、薛传薪被绳之以法，楚国一条街正式剪彩开业，众多的国外游客来到楚王庄观赏丹湖的迷魂烟雾，当碧绿的水面上袅袅升起烟雾，各种奇异的景观如海市蜃楼般在游客们眼前出现时，暖暖用英语对众人说道：在烟雾里你们会看到你特别想看到的东西。这是一个理想主义作家对新农村的诗意期盼和真诚祝愿，但在对理想的憧憬中周大新又充满了现实的清醒，新农村建设的道路并不是一帆风顺的，它洒满阳光又遍布着阴霾。因此周大新为小说安排了一个意味深长的结尾，在丹湖迷雾如梦如幻的烟雾中，暖暖看到了一个"像极了旷开田扮演的那个楚王赟"，旧势力阴魂不散，不时地还会以各种方式卷土重来，历史是曲折式前进，螺旋式上升的，但前进的趋势终究是"青山遮不住，毕竟东流去"。周大新带着乡土现代化的焦虑，关注现实，洞穿历史，以"三农"政策为契机，以浪漫的审美想象和理性的启蒙姿态观照乡土，立足盆地现实，想象乡村经济腾飞中世风恶化和权力淫威中的村民生存状态，以文学的方式展现当代乡村建设中艰难而又和谐美好的田园乌托邦世界。

213

周大新

研究资料

3.理想人格的温情书写

　　暖暖是周大新满怀理想主义激情，饱蘸着善良和爱意塑造的富有时代气息的新一代农民形象。暖暖生于长于烟波浩渺、一望无际的丹湖边，灵动飘逸的水乡环境的浸润，铸就了她性格中灵巧聪慧、精明能干、坚韧刚毅的柔韧个性，她以其内在的品质和外在的形象，负载了作家对理想人物的审美追求。暖暖知识丰富、头脑机灵，她像当下年轻农民一样厌弃农村，把自己的幸福寄托在城市，高考上大学的梦想破灭后，又逃离乡村到城市打工，但母亲的一场大病又把她拽回了农村，她开始了一种不同于父辈那种对现实无奈的认同，以一种积极的态度寻找着改变现实的努力。在社会变革新的骚动与分化中，暖暖始终保持着善良、淳朴的人性美；由经营土地到旅游开发，地域文化意识的觉醒，使她在整合资源，寻求现代化认同的过程中为乡村的可持续发展和精神的提升发挥了中流砥柱的作用。她敢于追求爱情又勇于打破传统，挣脱无爱婚姻的束缚；她是改革浪潮中农村的最先觉醒者并带领乡亲脱贫致富，根据不同的村民能力，为村民寻找各自的致富方式，是改革以来中国乡土社会农民的带头人。詹石磴这个暖暖幸福路上的毁灭者，在他失去权势，一名不文，穷病缠身时暖暖以德报怨，以仁爱之心代替往日复仇，为他送去医疗费。人情美和人性美在恩怨纠葛、世事变迁中因大浪淘沙而更加彰显其光泽。青葱嫂和九鼎等的人格光辉更是烛照楚王庄污浊空气的一抹亮色。他们始终帮助和支持暖暖，青葱嫂从暖暖打工回来晚上用自行车驮着暖暖去到九里沙土路的聚香街看望住在医院的暖暖的娘，在暖暖一家遭受卖假除草剂的坑骗时她率先提出不要赔偿，到摇船惩治毒打暖暖的旷开田，她始终站在真理和正义的一边，体恤弱小，乐于助人；九鼎更是在幸灾乐祸、乘人之危的麻老四的欺压下伸出温暖的援助之手救暖暖一家于危难之中；自私狭隘的麻老四最后也知恩图报，与暖暖站在一起。人与人相濡以沫、充满真情和关爱是现代农村生命理想的载体。周大新曾这样宣告他的小说目标："全世界所有的真正可称为作家的人，不管他居住于哪个国家属于哪个民族，不管他用何种语言何种方法创作，他们最后都会在那面写有'为了人类日臻完美'字样的旗帜下站立和汇聚。"①而暖暖这一形象无疑是作家对这一目标的践行创作。暖暖既不同于沈从文《边城》里心地善良、朴实纯美的翠翠，也不同于余华《许三观卖血记》中精明能干、勤俭持家的许玉兰，她承载了作家对乡土中国未来新型农民的希望。她勤劳质朴、美丽贤淑、极富开拓进取精神，传统女性的柔美和现代女性的强韧聚于一身。暖暖是作家着眼于乡土世界现代化的实现者，乡村人文精神重建的希望所在，她承载着传统文化中"仁"与"义"、温婉贤淑、坚韧务实的美德，又聚合了现代女性开拓进取、善于决策、力挽狂澜的个性。暖暖是作家"把温暖的、深情的颂歌唱给女人"②写作思想的接续，也是继温柔贤淑、无私奉献而香消玉殒的虞悠、宁贞之后，周大新塑造的一个美丽善良、朴素而又坚强的自我拯救的时代新女性，她既有传统女性的优良品质，又有新时代主人翁的开拓精神和创造智慧。

当周大新目睹故乡大地：欲望膨胀，爱情扭曲，人性萎缩，物质贫困，精神荒凉时，传统文化的羁绊，现代文明的诱惑，使他在理智与情感、善与恶之间痛苦地抉择，他想象故乡应是一望无垠的澄明的原野，那里有古道热肠的淳朴的民风，所有阻碍故乡纯净美好的东西都要遭到清洗和剔除。回归自然，回归乡土，重建人与生存之根的联系，重塑大地圣母的拯救者，营建现代人诗意的栖居地等想象，成为他救赎乡土的重要使命。在"三农"问题被普遍关注之后，乡土的困顿与危机成为焦点，建设新农村被看成是乡土走向现代化的最佳途径。这种种心理机制启发周大新从纷繁喧嚣的俗世中超脱出来，营构纯朴的诗意乡土社会，这也是对当下现代化负面效应的一种抗争。他构筑湖光山色般的乡村、勤劳质朴的乡民、温情脉脉的人伦，并且对现代文明的负面效应能够自觉地抵抗与消解，在对乡村未来的哲学思考中，穿越困境以文学想象的方式营造富有鲜明地域特色的新农村、新农民和新型的人伦关系。

原载《西安石油大学学报》（社会科学版）2010年第2期

---

① 孟繁华：《乡村中国的艰难蜕变——评周大新长篇小说〈湖光山色〉》，《名作欣赏》2009年第3期。

② 周大新：《给"上帝"的报告》，《瓦解·代跋》，长江文艺出版社1996年版，第353页。

多重文化笼罩下的"湖光山色"

刘 晓 周卫华

　　获第七届茅盾文学奖的《湖光山色》（作家出版社，2006年）是周大新乡村写作的一次回归，是周大新继《走出盆地》《第二十幕》和《21大厦》之后的又一部长篇小说，这部小说带着浓重的乡土气息，也包含着作者怀乡的感情，写得流畅舒缓，虽有矛盾，但不做大起大落的冲突；虽有苦楚，但没有痛不欲生的悲怆。整部小说如湖光山色，清新叫人，给人以阅读的快感。然而笔者认为本部小说的最大魅力还是在于它深厚的文化意蕴。

一、地域文化意蕴

　　南阳盆地是一片文化积淀丰厚的神奇土地。中原文化入世、务实、凝重、坚挺的理性精神与荆楚文化浪漫、神奇、瑰丽、飘逸的诗性品格，经由在农耕文化底色上的融汇调和，呈现出南阳盆地文化厚重、质朴、刚劲、沉雄又保守、粗豪、顽韧、神秘的基本特色，并浸润着世代繁衍生息在这里的盆地人。周大新自然不会例外。他从1952年降生在这里，就别无选择地接受盆地文化的浸染。他"童年的大部分时光，是在田野里度过的"，田野是他"认识这个世界的第一位老师"①。故乡给他"贫困、枯燥的童年和少年"带来了许多体载着地域文化因子的故事传说②。故乡的人情习俗、历史遗迹、文化传统，特别是彪炳史册的历史文化名人爱国恤民的忧患意识，建功立业的远大志向，都潜移默化地浸润着他。日积月累，形成了他最初的也是最本色的地域文化心理，驱使他以南阳人特有的文化视角看取故乡，进而形成其小说满蕴地域文化要义的重质尚文、蕴藉淡远的艺术风格。

南阳文化是楚文化与汉文化碰撞交融的产物。楚文化天马行空般的浪漫想象和炽热深沉的忧国忧民的现实感情，再加上汉文化经世致用的理性内涵的注入，在滋养出周大新小说创作的理性精神和史诗意识的同时，也催发出小说瑰丽、奇异、怪诞、幽冥的神秘色彩。它主要体现在小说中美丽动人而又神奇、诡谲的神话和传说上。南阳民间流行巫术之风和鬼神之说，也流传着丰富的充满神秘色彩的故事传说，这或许是周大新小说里神话故事的原始材料。但更重要的是，周大新从地域文化中秉承了浪漫想象这一艺术创造的精灵，为扩大作品的蕴含量，调整叙述节奏，巧妙地在小说情节中嵌入了自己创造的神话传说或象征意象，使作品平添了一抹神秘色彩。它们在小说情节发展中看似随意的穿插，与小说结构自成一体。如小说中的"丹湖迷雾"，在小说的结尾众多的国外游客来到楚王庄观赏丹湖的迷魂烟雾，当碧绿的水面上袅袅升起如梦如幻的烟雾，各种奇异的景观如海市蜃楼般在游客们眼前出现时，暖暖用英语对众人说道：在烟雾里你们会看到你们心中特别想看到的东西。这是一个很有意思的结尾。在虚幻的烟雾中实现自己的愿望，这是作者运用丰富的想象力构造的一个充满神秘感的气氛，这是否也在预示着芸芸众生在世俗中的种种愿望和贪念如果不加以合理控制都将迷失在烟雾之中，彻底丧失自我清醒意识和最起码的判断能力，又或许这是作者站在一个全知全能的立场，每个人都能从烟雾中看到自己想要的东西，又不知道其由来，暗示我们认知的有限性及行动和追求

周大新
研究资料

① 陈晓明：《当代乡村的现实真实——评周大新的〈湖光山色〉》，《文学报》2006年6月1日。

② 周大新：《给"上帝"的报告》，《瓦解·代跋》，长江文艺出版社1996年版，第353页。

受欲望支配的局限性。

小说的结构始于"水"又止于"水",这当然不是一个简单轮回的隐喻,也不是对乡村变革具有某种神秘色彩的解释。但可以肯定的是,周大新在这个有意的结构中,寄予了他对中国传统文化,特别是中原农村文化某种深思熟虑的、具有穿透性的思考,在这个意义上,《湖光山色》所做的努力和探索应该说是前所未有的。

二、宗教文化意蕴

我们在解读周大新的《湖光山色》时会领略到地域风情和田园风光所传递出来的特殊的美——人情美、人性美和自然美,其实质到底是什么呢?在我看来尽管形式各不相同,但是其价值指向还是深度人生关怀问题,而这与作者的宗教情怀是密不可分的。

在《湖光山色》中,故事的始终都渗透着浓浓的宗教色彩。其实在周大新所有的作品中都渗透着一种很单纯的东西,即对善的追求和信任。这种对至善的追求使他的作品非常透明,有一种庄严,庄严之中又蕴含着温情和宽容,很有佛性。周大新在一次访谈中提及到自己的作品有很多是涉及到宗教。实际上,周大新是在一定程度上从宗教的情怀中获得了某种创作的启示,从而表现出明显的宗教文化情结。佛教道教作为中国本土文化的重要组成部分,一直是为众多文学作品创作提供了重要的精神资源。南阳盆地作为中国楚文化的发源地,它的神秘、诡异都带有很浓厚的宗教色彩,而作者对于宗教的敬畏也就不难理解了。其实在作品中我们也很容易就可以看出作家的这种敬仰,如主人公暖暖小时候进凌岩寺时母亲对她一再嘱咐不能在寺院里撒尿,后来发展旅游业,寺庙里的天心大师告诉暖暖由于很多游人的进进出出,导致佛门弟子都不再专心念佛了。这些都是作者在隐性地传达着他自己的观点——佛门乃清门净地,容不得半点污秽和嘈杂。另一方面,这种宗教文化色彩又如何在作品中体现出来呢,在《湖光山色》中,文学与宗教并不是相互隔离、相互利用的关系,而是与作品的情节自然不露痕迹地融合在一起,神话故事作为宗教意识形态的反映之一，在作品中迂回灵活地穿插，贯穿全文始终，如关于楚王庄的传说，又如关于丹湖迷雾的神秘解释：是天上的仙女做饭时升起的炊烟。其实这些都是由于人类自身的认知和行为的局限性所产生的一种假想，这些都是与宗教教义相通的。在周大新的人生观中，有一种造福于人类的献身精神，那就是他的人道主义精神，这一精神更加接近于基督教教义中的博爱思想，这种思想在暖暖的身上得到淋漓尽致的体现，暖暖才是楚王庄真正意义上的拯救者，她是唯一的在金钱和权势面前道德良知的坚守者。这样一位圣母形象的"大爱"深深地震撼着每一个人，相信并不是每个人都可以做到去救一个自己仇人的女儿。基督教是特别强调博爱的，是指不仅要去爱自己的人，而且要去爱自己的仇人，爱伤害自己的人，爱具有普遍性。暖暖是谈不上爱詹石蹬的，她只是用一个善良人的良知和行为去宽恕、去感化，其实暖暖自己对自己的行为也没有清楚的目的和意图，但是效果却是实实在在的，在暖暖的感化下，詹石蹬这个罪恶的人也良心发现，给病床上的暖暖送来一包红枣。在这一点上，确实在向读者传达着一种基督教的博爱思想，尽管这或许也不是作者本人写作时明确的意图。再者就是道家思想的隐性传达，例如因果报应，是道教的重要信条，《六度生戒》第六条就说："常行慈心，愍济一切，救生度死，其功甚重，令人见世居危得安，居疾得康，居贫得富，举向从心。"而这种思维模式对文学影响重大，我们经常在文学作品中看到许多"善有善报，恶有恶报"的字眼或者情节。《湖光山色》也不例外，飞扬跋扈一时的詹石蹬也落得了妻离子散，家徒四壁，重病缠身的下场。还有旷开田锒铛入狱的下场也让我们为楚王庄的命运深深地舒了一口气，所有的恶人似乎都得到了该有的惩罚，这些都似乎在印证着因果报应的宗教教义。可是令人费解的是善良的暖暖却没有得到应有的"善报"，她所得到的一切都是与她当初的期盼相差万里，或许命运所给她安排的是另一种有善意的回报，当然这并没有在作品中写出来，这或许也是作者在刻意地避免过多的宗教意识形态。作家在访谈中说到原本打算是将故事的最终结局写成青葱嫂和旷开田都于丹湖水中丧命，可又觉得这样过于残忍，青葱嫂的善良是不应该让她得到这种下场。

这种宗教意味不仅仅只渗透在主人公的命运，从小说的整体布局谋篇也可以得到体现。小说通篇采用了金木水火土五行的结构，这些人物的命运正与故事的发展脉络相生相克的考虑不无关系。小说中的暖暖正属水命，为属土命的开田所掩，最终又以水克火（薛传薪）的结局收尾。

又依老子之说，水具有种种美德，滋润万物而不与万物相争，一成不变地保持着固有的平静，大概这也是周大新的世界观。

作者在其《闲说神秘》一文中提到："也许作家想写什么东西并不是无缘无故的，他的创造冲动是来自对命运的一种直感，这种直感迫使他写这种东西的。"因此，他将对命运的直感融入到自己的文学创造之中，这也就造就《湖光山色》中的神秘气息和对命运的参透，从一定程度上给人们带来沉重感，在节奏越来越快的城市生活中，越来越多的人丧失了精神的家园与皈依，价值与道德标准的沦丧比比皆是，痛定思痛，作者在无意识之中也在向人们传达着一种"为了人类日臻完美"的真诚愿望。

宗教色彩的调色和涂抹无疑给作品增添了一份神秘，在那片神秘的世界中体察到别具一格的浪漫精神，也许，从最根本的意义上说，浪漫精神与宗教具有更为内在的相通性，一种宗教体验或情怀本质上就是一种饱含着浪漫激情的心理状态：一方面，就宗教体验所蕴含的情感特征和这种情感的强烈程度来说，它总是体现出浓烈的浪漫主义气质；另一方面，就宗教体验表现的从此岸尘世抵达彼岸世界的超越性特点来说，它又折射着鲜明的浪漫理想化色彩；此外，宗教世界特有的神秘美感，也在外形上与浪漫精神保持了一致。周大新将我们带进了一个充满了神秘和浪漫气息的湖光山色，感受着它的另类的美感给我们精神上所带来的沉醉。从更深层的意义上讲，宗教色彩的意义绝不仅仅局限于此，他与周大新一直坚持在南阳盆地上孜孜不倦地耕耘，以"任凭风浪起，稳坐钓鱼台"的从容自信与传统文化精神的熏陶是有深刻联系的。在坚持本土文化的基础上，有选择地吸收外来文化，使其艺术创新的形式越来越多样化，周大新是一位新文化理念的坚定执行者。从这一点看文学或许应该多一些宗教情怀，或者可以这样说，有恒久价值和艺术魅力的文学势必包蕴着某种宗教情感在内的。这样说并非是鼓动作家必须具有宗教倾向或某种宗教信仰，而是指创作者要真诚热情地关注人的生存、关注人性和灵魂，他们的作品应回荡着这种殷切的、深厚的人性关怀、终极关怀之爱，同时宗教情怀使作家的创作观念、创作技巧乃至整个思维系统都会发生根本性质的变化，会给予作家诸多方面的启发。

三、官本位文化

周大新在小说中对官本位文化的探索和批判可以说贯穿了他的小说创作的始终。从这部小说的显层次来看，暖暖追求幸福，渴望富裕的朴素的心理愿望受到乡村地方权势的一再阻挠，带来几多艰险，几多危难；而在小说的潜层次，却是以楚王庄为代表的广大农村在新时期建设的进程中所遭遇的困惑和挣扎，经历着被官本位文化和市场经济负面文化轮番剥夺、压榨的过程。官本位文化在中国由来已久，经过千百年的积淀已经渗入国人的血液，正如陈独秀指斥"官本位"弊端时所言："充满吾人之神经，填塞吾人之骨髓……用显微镜点点验之，皆有'做官发财'四个大字。"[①]官本位文化的实质是以官为本，唯官是从，没有得到权力的追逐权力，得到权力的充分利用权力，在权力之下的仰视权力，所有的人以权力为中心，围着权力转。官本位文化到处渗透，无孔不入，为官僚阶层所辖制，在平民阶层那里又得到了认可与强化。追逐权力渐渐成了人的无意识选择，权力成为衡量一个人价值大小的尺度。官本位文化的滋生，固然与几千年封建专制的文化传统有关，但它之所以能够走出庙堂，并且深深积淀于民间，更重要的是根源于人性的本能，做官可以在一定程度上满足对吃穿住行的需求并且能够赢得他人的尊重。官越大获得满足的程度便会越高。唯其如此，官本位文化才会那样根深蒂固，难于更改。从《第二十幕》中20世纪初晚清官僚晋金存"男儿有志，就该到官场里比试比试"的人生哲学，到栗温保费尽心机，苦心孤诣地追逐权力，争取把官越做越大直到产生做皇帝的强烈欲念，再到20世纪末尚穹母子"做啥也不如做官"的遥远共鸣。

---

① 陈晓明：《当代乡村的现实真实——评周大新的〈湖光山色〉》，《文学报》2006年6月1日。

不论是阿Q式的旧式农民还是像旷开田这样的新时期农民，在掌握政权之后，很快就忘记了自己当初让农民有吃有穿有住，发展经济的承诺，主动或被动地投身于充满血腥的权力争夺。为揭示权力机制和官本位文化对人性的扭曲和异化，作者通过犀利的精神分析，精心展示了旷开田人性中善的因素日渐泯灭，恶的因素日渐膨胀的心灵畸变史。旷开田本是一位善良淳朴的农村小伙，满怀着对幸福生活的希望和憧憬，在遭受了詹石蹬一系列的阻挠和迫害后，在聪慧仁义的暖暖的帮助下，取得了村民的信任和支持，将詹石蹬取而代之，万万没想到的是，他却成为詹石蹬的翻版，在其任职期间，不但背叛了暖暖，另觅新欢，而且无所不用其极，权势一手遮天，一颗被权势所慢慢腐蚀的灵魂赤裸裸地暴露在我们眼前，在我们为之感到气愤的同时，也深深为此感到惋惜。

官本位文化不仅腐蚀了权力追逐者的灵魂，使美好的人性发生恶变，也对楚王庄的良性健康的发展产生了破坏。这也正是《湖光山色》与周大新以往乡村小说相比之创新之处，与同时期乡土小说相比也有着自己独到的眼光。

"传统的腐败加上新的腐败，那是资本和权力互相需要利用的关系。城市不仅给乡村带来资金与繁荣，带来物质与进步，带来外面的信息。也带来城市的奢侈与腐败，带来了按摩小姐与性病，带来了对湖光山色美的新玷污。这是周大新小说中所表达的城市化过程中的新困惑。"①丹湖澄净透彻，后山的凌岩寺历史悠久，可这一切都阻挡不了城市化过程中一系列问题给乡村所带来的破坏和人性腐蚀。而对于城市文化，周大新认为城市的现代性既给乡村造成困境，又是乡村走出困境的契机，因此他的田园乌托邦也需要依赖城市的力量。在《湖光山色》中，楚王庄的"被看"价值并不是由居住在楚王庄的村民们发现的，也包括暖暖这样的渴望改变现状、见过世面的年轻人。发现楚王庄被看价值的是来自城市的薛传薪。薛传薪由此很骄傲地称自己是楚王庄的真正拯救者，然而这样的发现对于楚王庄来说不啻于一场精神上的劫难。作为接受过现代文明洗礼的周大新，他对文明的反省是一种自觉的、有意识的行为。他所反

---

① 陈晓明：《当代乡村的现实真实——评周大新的〈湖光山色〉》，《文学报》2006年6月1日。

抗的也并非文明或是都市本身，而是在这一载体中，种种庸俗的价值观念的流行泛滥，实用主义、功利主义所导致的道德沦丧的现状，以及弥漫于都市之中的后现代软性文化对人的灵魂、精神的戕害。市场经济一方面提高了人们的物质生活水平，增加了社会财富，然而它在另一方面却成为滋生腐败的温床，导致贪图享乐、拜金主义思想的泛滥。小说写出了中国乡村在走向市场经济的过程中，资本介入农村所带来的新的机遇和挑战，特别是资本进入农村形成的新的矛盾，资本与权力结合，这是薛传薪与旷开田的联手。作品在这方面探讨了更深层次的问题，也为中国农村下一步的道路提出思考。楚王庄的"湖光山色"终将在"招商引资"、在赏心苑按摩小姐以及薛传薪"现代"管理和拜金主义的冲击下褪尽它最后的诗意。就它的社会形态而言，楚王庄既不是过去的也不是现代的，它正处在一个进退维谷的两难境地。中国农村的出路到底在何方，作家并没有给出很明确的回答。他怀着对故乡盆地子民的满腔同情和热爱，在作品中构建田园乌托邦，热诚呼唤传统美德和道义的回归，呼唤着现代意识的建立，呼唤着人性的真正自由与解放，以期能够在改变故乡贫穷落后面貌的同时，也使人们的精神世界丰富充盈起来。

但不管怎样讲，周大新给我们描绘了一幅真实的湖光山色，有秀丽的风光，也不乏暗涌的阴霾。这为我们提供了一条准确深刻把握当代社会某些实质性的变化的艺术渠道，以他对人生人性的思考引领我们在认识他人的同时认识自己，认清人性里的善与恶，是与非，美与丑，促使人们去伪存真，改善自身，改善生存环境，使人类最终获得进一步的发展。

原载《东岳论丛》2010年第8期

评周大新的长篇小说《预警》

白春超

　　当下中国正经历着急剧的社会转型，现实生活变幻莫测、纷乱复杂，让人感到茫然、迷惑、难以把握。如何书写"今天的故事"，成为困扰文学创作的难题，就连一向擅长写实的小说，如今似乎也失却了介入现实的能力。大批作家纷纷绕开现实去讲述一些年代不明的故事，或者对现实轻描淡写，浅尝辄止，致使当下小说"关于当下性总是不痛不痒，半真半假"①。在这种情况下，一些知难而进、坚持现实主义精神的作家就显得弥足珍贵，值得重视，周大新就是其中之一。

　　进入新世纪以来，周大新以写长篇小说为主，相继出版了长篇小说《21大厦》《战争传说》《湖光山色》《预警》四部作品。除《战争传说》外，其余三部均取材于当下生活，力求把握和表现这个时代的新动向，显示了作者强烈的现实关怀和社会责任感。《21大厦》描绘了当代都市社会的众生相，触及人的心灵深处，将当代都市人的生存状态和心理状态表现得淋漓尽致。曾荣获第七届茅盾文学奖的《湖光山色》，其特色和亮点正如授奖词所言："深情关注着我国当代农村经历的巨大变革，关注着当代农民物质生活与情感心灵的渴

---

　　① 陈晓明：《当代乡村的现实真实——评周大新的〈湖光山色〉》，《文学报》2006年6月1日。

望与期待。"不少评论者还从中捕捉到了中国新农村建设的信息，读出了周大新对当前农村改革道路的思考。《预警》是周大新于2009年推出的最新力作，它以军事谍战为叙事框架，瞩目日益突显的国家安全问题，以"反恐"为聚焦点，透视当下社会心理和人性欲望，其"预警"具有明显的现实针对性和强烈的时代感。

《预警》用质朴明快的文字、紧张而充满悬念的叙述，构筑了一个以当下生活现实为背景的谍战加反恐的故事。我军核导弹部队的作战局局长孔德武，因掌握着国家核心机密，身份特殊，极具情报价值而被间谍和恐怖分子盯上，在短短几个月的人生经历中，他遭遇到一连串"意外"事件的纠缠——实际上这是敌人精心设计的骗局和陷阱，试图诱使、逼迫孔德武就范，从中获取核武器情报，以制造骇人听闻的恐怖事件。先是年轻貌美的方韵对孔德武投怀送抱，进行美色诱惑，孔德武极力抑制自己的欲望，拒绝了这送上门来的"好事"；接着，炊事员臧北有意接近孔德武，以"代为炒股"的隐蔽手段变相行贿，孔德武及时醒悟，再一次悬崖勒马。美色、金钱攻势失效后，后台老板潘金满亲自出马，利用老战友的身份取得孔德武的信任，"慷慨"资助孔德武的女儿出国留学。善良、重情谊的孔德武放松了警惕，接受了这份"友情"，并心存感激，意图回报。于是，应潘金满的要求，陪同其患抑郁症的"妹妹"潘金盈到处求医问药。谁知，潘金盈是佯装患病，真正的目的是拉孔德武下水，弄到机密情报。这一次，孔德武未能把持住自己，结果掉进陷阱，被对手牢牢控制，妻子女儿也沦为人质。孔德武明白事情的真相后，面临着严峻的生死考验和艰难抉择：挣脱、反抗则全家性命不保，还会被搞得身败名裂；顺从、合作则意味着叛国投敌，必将被钉在历史的耻辱柱上。经过一番激烈的内心搏斗，最后关头他还是坚强地挺住了，毅然舍"小我"顾"大我"，置身家性命于不顾，捍卫了国家利益，粉碎了敌人的阴谋。

紧张惊险的故事情节和曲折陡转的人物命运，使《预警》给人以通俗传奇的印象，颇似一道大众文化快餐，以至于有人认为这是周大新对文化"市场"的妥协，是对目前"谍战热"的一次投机行为。但认真阅读起来，作品却并不那么简单，其中蕴含着丰富的时代信息和发人深省的社会人生内容，耐人咀嚼与品味。周大新在接受访谈时也说，其用意不在谍战的跌宕起伏，"我本不是当成谍战来写，这其中有很多五味杂陈的东西"。

就创作动机与过程而言，《预警》属于那种深思熟虑、厚积薄发之作。周大新从军近40年，虽然也有《汉家女》《铜戟》等军旅小说，但数量和影响远不及他的乡土小说，而且一直没有长篇军旅小说。因而，在评论界和读者的印象中，周大新是一个擅长农村题材的乡土作家，周大新本人也觉得"愧对军队"，发誓要写出一部军事题材的长篇小说。而他又不愿草率、随意下笔，使作品流于平庸，并且试图对流行的军旅小说有所更新与超越。于是，周大新这些年来一直都在思考新的写作路径，苦心孤诣地寻找合适的题材与视角，《预警》就是在这种情况下潜心四年创作出来的。由此可知，《预警》承载着作者拓展自己的创作领域、突破传统军旅小说的重任，与某些专门瞄准市场热点卖点"炒作"或"操作"出来的快餐文学迥然不同。

周大新的创作态度一向严肃认真，"为了人类日臻完美"是他孜孜以求的文学理想和写作目标。他认为，作家有责任对人类的完美状态做出描述，从而吸引人们向那个完美的境界迈进，"更该对人类生活中向邪恶和野蛮倒退的倾向给予谴责和抨击"，并举例说，"当足可以毁灭地球的核战争的细芽在土下开始萌动时，女作家玛格丽特·杜拉斯用她的剧作《广岛之恋》，对人类提出了自己的劝诫和警告"①。回与此思路相通，周大新的《预警》则把目光对准当今世界日益猖獗的恐怖主义，揭示并"谴责和抨击"这种人性倒退、悖逆人类文明发展进程的邪恶现象，以警示世人。

2001年发生在美国的"9·11恐怖袭击"事件和2004年发生在俄罗斯的"别斯兰中学人质"事件，给周大新以强烈的触动和冲击。军人的警觉和使命感使周大新意识到，恐怖分子已经成为当下全球和平最危险的敌人。"中国的城市里，也开始出现大规模的袭击无辜人群的恐怖事件。用长刀砍杀妇女，用石块砸死儿童，用棍棒袭击老人，把轿车、店铺和公交车烧毁。"②因受这种

---

① 周大新：《为了人类日臻完美》，《海燕》1995年第2期。

② 周大新：《我们会遇到什么》，《长篇小说选刊》2009年第6期。

现实的触发，周大新对"恐怖主义这个从本世纪初开始肆虐人间的怪物"进行了深入的思考并在《预警》中予以艺术地表现。小说中的潘金满等人不仅用毒药、绑架的手段胁迫伤害孔德武一家，而且还"计划"投下一颗原子弹"造成唐山大地震那样的效果"，制造更大更血腥的恐怖与灾难。人们耳闻目睹的汽车炸弹和自杀式袭击等手段，已经非常恐怖，但在恐怖分子眼里，这还只是"小儿科"，用手枪、冲锋枪暗杀更如蚊子叮人，"炸几座大楼和几列火车"影响太小，他们还要用更厉害的动作，寻找大规模杀伤性武器。据潘金满描述，恐怖分子甚至"想在美国或英国抑或法国、德国、日本、俄罗斯的大城市里"引爆核弹，"最好是在纽约、伦敦、巴黎、柏林和东京、莫斯科这样的城市里搞，死的人越多越好！"

恐怖分子如此丧心病狂的心理动机很值得重视。我们从作品的描写中可以看到，潘金满等人的所作所为，并非只是为了牟取暴利，更重要的目的是疯狂地报复社会，满足其无限膨胀的人性欲望。潘金满表示，他想弄响一颗核弹，让所有的人都能感觉到疼，"我渴望听到哀叫，我愿意看到有人跪地向老天求饶！""这个肮脏的不公平的到处充满歧视的世界需要彻底改造！我们需要把它彻底打烂！只有打得稀烂才能重建一个新世界！"另一个恐怖分子说，他就是要"让这个世界恐惧、颤抖和痛苦"，"他将因此被全世界记住名字，他的名字也许还会被永久地记在人类发展史上，人类的每个发展阶段都需要伟人！"

《预警》描绘的这种图景，使人不寒而栗，震惊不已：恐怖分子气焰之嚣张，手段之毒辣，人性之残忍，心理之阴险，简直到了令人发指的地步。如果他们的计划付诸实施，阴谋得逞，则意味着世界的末日、人类的毁灭。作品开头引用的"人类正在往一个危险的地方走！"的预言，由此得以清晰地呈现，这对于生活在和平环境中的人们，有巨大的认识价值和警示意义。更可贵的是《预警》并未仅仅停留在现象的展示层面，还写出了恐怖主义产生的社会原因。潘金满、潘金盈、方韵原先都是本分的好人，过着正常人的生活，之所以沦为间谍和恐怖分子，并非他们本性即恶、天生蛇蝎心肠，而是现实中的某些腐败、社会不公把他们推上了这条不归路。潘金满因妻子长期被单位头头霸占，他忍无可忍，砸断了那"杂种"一条腿。结果事隔不久，夫妻二人均丢了工作，他们只好开小饭馆谋生，可公安、税务、城管不断来找麻烦，迫于无奈只得关门停业。从此他"发誓要让这个国家不得安宁"！潘金盈也是"苦大仇深"：父亲因违背市委书记的意志被借故判刑并"双开"，含冤自杀，母亲实在接受不了这种打击，心脏病发作而死。潘金盈找市委书记讨公道，却遭到猥亵调戏，她愤恨之极，拼命地撕咬、又踢又抓。事后，潘金盈以"行凶"的罪名被判刑并被开除学籍，遭到世人的冷眼和指戳。于是她在心里发誓"一定要报复这个国家"！可见，潘金满等人都经历过一番"痛彻心扉"的人生遭遇，都曾受到权势者的欺凌，身陷困境而又哭告无门，因此才产生怨恨、仇视和报复的心理。而抱着这样的心理从事恐怖活动，其破坏性和危害程度更大。透过这些描写，我们可以看出，腐败是滋生恐怖主义等极端行为的土壤。《预警》已超越了一般谍战或反恐小说的视域，指向当下现实，揭示尖锐的社会问题。它既是对恐怖主义的"预警"，也是对社会腐败现象的"预警"。

周大新认为，"在今天这个世界上，什么事情都可能发生"，人生是不可确定的一种过程，会面临很多诱惑，一不小心就会掉入陷阱。如何抵御各种欲望的诱惑，是每个人时刻都要面临的一场"反恐战争"。这种对人生的"预警"是《预警》更重要的，也是作者所着意表达的题旨，它使作品获得了更为普遍的意义。小说主人公孔德武的形象便充分体现了这一点，他不仅遭遇到了潘金满的真枪实弹，而且在自己的内心也经历了一场没有硝烟的"欲望"之战。

孔德武虽然具有强烈的事业心、责任感，有着高度的政治敏感、丰富的人生历练，为人正直，处事谨慎，他也抵挡住了美色、金钱的诱惑，但在女儿出国留学的事情上却轻信了战友潘金满的"帮助"，失足于由友情、同情所构设的陷阱中，偏离了正确的人生航向。面对方韵的投怀送抱、臧北的金钱贿赂，孔德武尽管抑制住了自己的欲望，也并非毫不犹豫，而是颇"费思量"，有过艰难的挣扎、权衡、抉择。甚至事情过后，仍然"自难忘"，怅然若失，感到遗憾、后悔，于心不甘。他决定不再去见方韵时，心里很是难受：交一个美丽的异性朋友，体验一下浪漫生活，有何不可，"为何要跟自己过不去？"

断绝与方韵的交往以后，他心里空落落的，在电视中看见一个与方韵长相近似的女演员，"感到一丝遗憾又生了出来"；他下决心退还那笔贿款时，有些舍不得，"毕竟是四十万块钱呀，毕竟也有一些收下的理由"；退还之后，心里又生出后悔之感："也许我真的是过于小心了，可能收下那四十万并不会出现什么问题。"《预警》对孔德武犹豫动摇的心理过程作了淋漓尽致的描写。面对欲望的诱惑，孔德武所经历的反复、艰难、痛苦的"心灵战争"。在这样一个欲望扩张，传统价值观、道德观失落的语境中，具有强烈的真实感和很大的普遍性。对孔德武特殊的身份与神秘的职业，我们也许感到陌生、难以想象，但他所遇到的事在当下生活中都是再平常不过的了：财色的诱惑、理性与欲望的矛盾、个人利益与国家利益之间的选择，我们每一个人都不可避免地要面对这些。孔德武既非超凡入圣的"圣徒"，也非荒淫邪恶的无耻之徒，他的那些矛盾痛苦、内心挣扎，也普遍存在于平凡的大多数人身上，有着广泛的警示意义。

周大新曾这样谈论孔德武："他不是不贪财，只是因为惩治腐败的压力太大。他也不是不好色，只是因为身边有人因色进入了监狱。"也就是说，孔德武的拒绝美色、金钱，乃慑于外在的、强制性的政纪国法，而非出自内在的、自主的道德信仰。这正是孔德武前后表现似乎矛盾、人物性格似乎不统一的原因所在。在小说中，孔德武对自己欲望以前是禁戒后来则放任，其警惕性意志力原先强后来弱。于是有人认为，孔德武的性格存在"裂隙"、前后不统一。其实，从上面的分析我们可以看出，缺乏坚定的道德信仰，在孔德武的行为中是一以贯之的，前后并无两样。他"不接受"方韵的美色和臧北的金钱，不是因为"不应该"，而是因为"不安全"；他"接受"潘金满的资助，不是因为"应该"，而是因为"安全"。无论是"不接受"还是"接受"，孔德武关注的问题是一样的——是否安全，没有关注的问题也是一样的——是否应该。我以为，从禁戒欲望到放任欲望、从提防陷阱到落入陷阱，孔德武的这种变化，是符合其性格逻辑的。作者对这一人物形象的塑造，在艺术上应该说是相当成功的，达到了一定的人性深度，具有较高的典型性。

周大新非常注重故事性，甚至把自己的小说径直称为"讲故事"或"编故事"。早在20世纪90年代初，周大新就指出："故事是小说最基本的成分，是小说中根本不应缺少的东西"，是区别于其他文学样式和体裁的最本质的特征；故事负载着小说的思想意蕴，"给小说家笔下的人物提供活动的时间、空间和内容，可以使他们变得有血有肉"，使作家的情感传导任务得以顺利完成。①最近他在与一位记者的访谈中又说："故事是小说的基本成分，只有故事不是小说，没有一点故事的东西也很难称为小说。故事是思情寓意的载体，是人物成活的依据，是引诱读者阅读的香料，是展览语言才能的舞台。"基于这种认识，周大新在小说创作中一贯注重发挥故事的功能，其作品可读性强，引人入胜。

故事性强也是《预警》在艺术上的一个鲜明特点，该书不仅故事的分量多，而且故事情节的设计精巧。整部作品的叙述构成了一个"大故事"，孔德武与方韵、臧北、潘金满兄妹等情报间谍之间的纠葛，又分别构成了一个个的"小故事"，这使《预警》呈现出"大故事套小故事"的特点。作品对这些"小故事"的叙述，也不只是简单地按时间顺序进行，还使它们之间形成了起、承、转、合的格局：孔德武先拒方韵的美色（起）；再拒臧北的金钱（承）；但未拒潘金满的"友情资助"而落入圈套（转）；方韵、臧北、潘金满兄妹露出真面目，集体对付孔德武，孔德武与他们展开殊死搏斗（合）。这样，各个"小故事"便有机地联结在一起，环环相扣，使整体情节的推进有条不紊，既紧凑又有节奏感。

《预警》的结构安排也很讲究，值得注意。小说分"上阕"和"下阕"两部分：上阕题为"能不心弦颤"，只写孔德武与方韵、臧北、潘金满兄妹的交往过程，而不叙潘金满等人的间谍身份及其诱惑孔德武的目的，给读者留下了疑问；下阕题为"浪大舟回晚"，写潘金满等人向孔德武摊牌，双方做最后的较量，至此读者才恍然大悟，知晓了事情的真相。作品两个部分之间的关系犹如"谜面"和"谜底"，对读者有巨大的吸引力。

《预警》一书封底上的广告语称，该作品"读起来就像一部悬念叠生的希

---

① 周大新：《漫说"故事"》，《文学评论》1992年第1期。

区柯克大片，处处布满疑云，步步都是陷阱，紧张刺激，让人欲罢不能"。大
体而言，这也是人们对《预警》的共同感受。

原载《平顶山学院学报》2011年第1期

《预警》：消费语境下的经验叙事

刘　军

以"盆地叙事"而享誉文坛的河南作家周大新，近几年成果颇丰。继长篇小说《湖光山色》赢得2008年茅盾文学奖之后，2009年9月又推出其第一部军旅题材长篇小说《预警》。其实在其近30年的创作历程中，周大新一直不断地进行着军事题材小说的探索。无论是评论界，抑或是熟悉周大新的读者，每提起这位茅盾文学奖的得主，便会有一个先入为主的印象：周大新是一个擅长写农村题材的小说家。事实上也确实如此，周大新五百余万字的作品中，绝大部分都是在描述那个"豫西南的小盆地"，描述处于冲毁与改变格局中乡村的"美丽与哀愁"，通过旁观的叙事，践行他几十年一以贯之的"为了人类日臻美好"的写作理想。

茅盾文学奖授予周大新时，有这样一段授奖辞："为什么我的眼中常含泪水，因为我对这片土地爱得深沉。"引述艾青的名句，阐发其与乡土中国的精神联系，从而给予作家的创作情怀以极高评价。而在《预警》的写作过程中，周大新离开了他熟悉的农村，重新打量起所熟知的军营生活，潜心四年，为我们带来了一部以军事谍战为背景的长篇小说。从某种意义上而言，这是其写作边界的进一步拓展。

按照作家自己的说法，《预警》是一部反恐小说，而非出版方宣称的谍战小说，书名定为"预警"，目的是给身边战友以提醒，在和平的年代里也要始终恪守"生于忧患"的意识，警惕恐怖势力的渗透和各方诱惑，因为恐怖分子是当下人类和平的最危险的敌人。其实，这里所谓的分歧，乃是出自作家的主观意愿，其意见有两个方面的考虑，一是政治正确性的坚持。近几年来，虽然军旅题材作品由过去的宏大叙事、集体叙事转向个体经验叙事，但军队的特殊性质，军人的特殊身份，决定了国家主义作为一个基本框架必然粘附在小说的叙事背景之中；二是严肃文学边界的坚守。一个长期从事精神写作的作家，固然受到当下类型小说，尤其是谍战小说的影响，出于可读性考虑，向大众阅读趣味靠拢。但在其创作理念中，塑造一个血肉丰满、性格立体、心理复杂的军人形象还是占据着主导地位。或许，正是基于以上两种考虑，作家才特意拎出"反恐小说"的名称。实际上，这种提法并不冲突，反恐小说指向的是作品的题材，而谍战小说指向的则是作品的类型。两者是否能够重叠，取决于作品的叙事风格和大众接受。如果从《预警》的叙事进程来作判断，毫无疑问，这是一部典型的情节小说，小说的张力，不是来自人物性格自身的矛盾，也并非如《复活》中的聂赫留朵夫，或者《高老头》中的拉斯蒂涅般，性格在情节的铺陈中自身得以反转与成长，恰恰相反，在小说中，我们所看到的主人公孔德武的性格几乎是定型化的，换句话来说，人物从出场到结尾，发生变化的不是其性格，而是忠诚信念与人性软弱间摇摆的人物心理。比起麦家的《风声》等谍战小说，《预警》在悬疑程度、人物传奇性、环环紧扣的推理及反向的结局处理方面显然有所不及，但在情节主体、惊悚效果、封闭叙事、人物间复杂纠葛的设计等方面却大同小异。除此之外，就大众接受来说，无论是主流媒体《文艺报》，还是豆瓣读书，皆倾向于将这部小说当作大众文化的读本。从这个意义上说，《预警》是作家在精神写作与大众共谋间摇摆的产物。

一、摇摆下的谍战叙事

注意小说的可读性即使对于严肃作家来说，也并非是件坏事。《白鹿原》出版后，作家陈忠实在接受国外记者采访的时候，曾表示过，小说开头的一句话是经过多次修改后才得以落定，而其中缘由在于考虑可读性的因素。从20世纪90年代初开始，大众文化兴起，形成对精英写作的巨大冲击。2000年代前后，网络文学中的类型小说开始走进大众的阅读视野，形成生产—消费的高潮，这种现象被戴锦华称为"极有中国特色的消费主义文化时尚"①。也有学者认为，小说是不应该按照表现生活领域不同而被分成不同类型的。但事实却是，一部文学史，早就把表现不同生活领域的作品分成了各种各样的小说类型，从大仲马，到克利斯蒂，再到近代的畅销书作者。小说不可能只有一个类型，在国外书店，文学类读物分的类型更多，诸如历史小说、情感小说，还有动作小说等。类型小说中，谍战题材更是受到垂青，因人物的传奇性，为数并不多的出场人物，以及情节的波谲云诡，极易改编为电影或电视剧，从而切合图像时代趋零距离的美学要求。影视剧的热播反过来又带动小说的热卖，形成双向刺激生长的效果。

　　从历史渊源上看，对"奇"的偏好，贯穿于传统的各种叙事类型，无论是志怪小说，还是传奇、话本，皆是如此。恰如朱自清先生曾指出的事实：中国人一向以志怪传奇为主。这一点，在晚清类型小说的写作中非常明显，奇人、奇事、奇情的铺排层出不穷。作为比照，当代的谍战小说，对"奇"的渲染有过之而无不及，隐秘战线、主人公的大智大勇、斗争形式的不对称、险象环生的场景设置等，极大满足了读者的猎奇心理和对历史的窥视欲望。另外，谍战小说的另外一个杀手锏就是情节的悬疑化，作者通过不断制造悬念，并融入神秘、惊险元素，让情节更为惊险曲折，从而挑战大众的阅读智慧，激发其探讨隐秘的欲望。这方面，麦家的《暗算》《风声》即为其例，而且，他的小说集合了阴谋、欲望、忠诚、信仰、爱情等因素，也吸收了其他如侦探、武侠等类型小说的特征，同时兼具几乎所有的商业卖点。

　　在当下谍战小说的热潮中，我们似乎也可把《预警》归纳其中。然而在类型特征上，这部小说与麦家等作家的作品又有诸多的不同。首先，谍战小说的主要人物往往具有传奇的经历或某一点超出常人的能力，如《潜伏》中余则

---

① 戴锦华：《隐形书写——90年代中国文化研究》，江苏人民出版社1999年版，第94页。

成那如计算机般缜密的思维和超常的冷静，而《预警》中的孔德武，却是一步一个脚印，从普通士兵升迁到作战局局长这个位置，其本人也没有什么超常之处，甚至相反，其人性弱点被敌方所利用，一步步被放大，进而陷入困厄的境地。如果说有什么特殊性的话，那就是他的职业了，因其掌握高级别的核武秘密而被情报贩子紧紧盯住。其次，在故事背景的设置上，通俗化的谍战类型，故事素材往往直接取自抗日战争和解放战争时期隐蔽战线的斗争。作为类型小说，同质化与模式化的倾向又加重了对如此背景的暗示。而《预警》则将窃取与反窃取的情报斗争直接安排在和平年代，这种设置，或许是出自作家为了避免读者将其视作通俗读本的考虑。再次，《预警》采取了单线叙事的模式，这与一般谍战小说的明暗线重叠或多线索叙事模式有很大的区别。单线叙事仅仅围绕着人物的遭遇展开，利于读者把握其性格，而多重叙事模式考虑较多的却是情节的起伏曲折，并以此来吸引受众。最后，在悬疑程度上，虽然《预警》也安排了较多的悬念，并且设置了诸多惊悚情节，但大体是基于故事的可读性来考虑的。孔德武与方韵的奇遇，通过臧北的帮助孔家炒股的成功，还有主人公与老战友的偶遇等，这些书中的情节，只能说戏剧性因素占了主体，至于悬疑程度，与上面所举，有着很大的距离。关键的问题还在于，读者在小说悬念的设置中，可以接受到明确的提示，无论是开篇卖报纸的老邱的警示，还是主人公回老家后，身旁道观主持的反复告诫，皆向读者传达了明确的信息。这一点，与网络谍战小说作者大规模地复制悬疑情节从根本上区别开来。

总之，即使读者将《预警》作为谍战类型加以接受，我们也应该说，这是一部文人气十足的谍战小说。传统写作的思维定势比比皆是，作者的这种向可读性看齐的市场化写作的尝试，还留下了诸多以往写作范式的体温。

二、主体的紧张与叙事的松弛

被称为开意识流小说先河的美国小说家亨利·詹姆斯认为，领会经验的才能，研究创作的细微过程，才是小说家艺术的开端和结束。这段话与托尔斯泰的"艺术起于至微"的提法异曲同工。

小说是讲故事的艺术，无论是经典叙事还是现代叙事"将一个谎话说圆"是一个基本原则。所谓"说圆"，指的是小说故事的圆整性，其内容包括常识、经验、逻辑、情理、细节说服力等。这些对于小说创作来说是一个地基性的工作，关乎一部小说的成败。谢有顺将其比喻为"装水的布袋"，并进一步指出"小说写作，特别需要注意语言针脚的绵密。这些针脚就分布在小说的细节、人物的性格逻辑，甚至某些词语的使用中，读者对一部小说的信任，正是来源于它在细节和经验中一点一点累积起来的真实感"[1]。回真实感是读者对小说的最基本的要求，但小说却又不是世俗生活本身，王安忆曾指出："小说不是现实，它是个人的心灵世界，这个世界有着另一种规律、原则、起源和归宿。但是建筑心灵世界的材料却是我们赖以生存的现实世界。"[2]心灵世界要想坚实与广阔的境界，仅靠作家的想象与玄思显然是无法完成的，它要借助结实坚固的物质材料得以垒就。由此出发，如何将心灵经验与现实叙事统摄起来，就成了重要的问题。解决这个问题需要两个方面的协同，一是小说家自身经验的开掘；一是小说家研究、调查周围社会的深入。

在《预警》中，作家除了在情节的悬念与惊悚方面颇费心力之外，另一个用力点就是人物形象的塑造了。为了刻画一个和平条件下立体有血肉的当代军人形象，作者在书的上半阕费了诸多篇幅用来描写人物的心理活动，不过，作家的紧张或过犹不及却直接导致了人物形象的矛盾与裂隙。军人的超强信念，传统文人式的多愁善感，以及庸常的智力水平，杂糅在一体，落定为孔德武这一主人公形象。不仅仅对待两个美人惜香怜玉，在对待妻子和女儿时，他也是顺着、惯着、宠着；在对待几个战友方面，他对潘金满的热情，在照片事件上对荆长明、程万盛的猜疑和愤恨等，都表现出与其年龄、职位不相匹配的轻率，表现出同他应有的意志力之间一种不切实的间离。如果探究其因的话，那么，作者的主观想象与经验现实之间没有形成很好的熔铸，应该占据主导的因素。

---

① 谢有顺：《文学的常道》，作家出版社2009年版，第219页。

② 王安忆：《心灵世界——王安忆小说讲稿》，复旦大学出版社1997年版，第1页。

严格说来，这种混杂和错位对于人物形象来说是一种伤害，并进而影响到小说的地基性工作。从叙事方式来看，作者的个体经验叙事并没有贯彻到底，而是在个体经验叙事与集体叙事之间形成拉锯。还原一个生活化的、有人情味的、有爱憎的、有独立判断力的军人形象是作者的本意，孔德武的家庭温情，知识追求——小说中他一直努力完成《现代战争预警》的写作工作，未得到晋升后对战友的嫉妒和对上级的抵触，以及他怜香惜玉的情怀等，即为例证。但在具体处理过程中，具象化人物的后面总是又会挺立一些抽象化的符号，就拿主人公的名字来说，孔德武有力而且德行方正，不免有完美化的暗示，另外，关于他的职业素养，以及小说结尾以自身肉体的毁灭完成个体的涅槃等细节，皆可视为惯性的集体叙事传统对作家的掣肘。

　　小说情节的推进，依靠证据链式的细节链条作为支撑，如此，小说的真实性和自身力量才得以确立。客观地说，这部小说在细节的处理方面还是有不少闪光点的。比如开篇讲述孔德武与方韵女士的交往过程，通过诸多细节的刻画完成对人物内在心理的很好把握，一个体贴怜悯，温柔多情却又意志力顽强的大校军官便跃然目前。还有最后生死关头，主人公所做出的一系列心理抉择及相关行动，对于人物性格的凸显有很大的帮助。而在有些地方的处理却不够精细，比如妻子和女儿炒股赚钱后，孔德武的主动中止却是出自一次意外，即老邱卖给他的一份报纸，对比其与方韵的交往，就可看出其中的破绽。还有主人公带着潘氏兄妹回老家看护养病期间，在道观里碰见卖报的老邱细节，就有着为细节而细节的嫌疑。

　　孔德武身上职业素养与小说中所呈现出的逻辑思维、判断能力之间也形成了很大的缝隙。这些裂隙在故事渐渐走向高潮后逐渐显露，比如其对十几年未见的老战友的充分信任，将妻女轻易托付，以及看护潘金盈期间对其的一再迁就，无论道观主持的提醒和潘金盈的反常表现，都没有引起他的充分警醒。在这里，主人公的职业身份与多情角色之间形成逻辑的断裂，当然，也可视为是作者为推动情节发展的考虑而不得不采取削弱甚至牺牲人物的性格的做法。这些背离生活逻辑的部分情节，在一定程度上影响了作品主题表达的深度，从另外的角度也验证了作者在叙事推进过程中的摇摆不定。

尼尔·波兹曼在《娱乐至死》的前言里引述了赫胥黎在《美丽新世界》里所发出的预言，即"人们会渐渐爱上压迫，崇拜那些使他们丧失思考能力的工业技术"①。困在当下快餐式阅读的时代，这个工业技术就是小说的故事。故事来源于个体的经验传达，这种经验是公共性的，所响应的是市场和消费的需要，与本雅明所认为的小说诞生于孤独的个体形成了深刻的疏离。而小说和故事分离开来，恰恰对应了消费语境中的小说危机，关键的问题在于，每一个严肃小说的作者都要遭遇这样的危机。周大新的小说《预警》向故事倾斜的姿态，表征了作家的一次新尝试，而对于其叙事的摇摆，也可视为这种危机的产物。

原载《平顶山学院学报》2011年第1期

---

　　①　尼尔·波兹曼：《娱乐至死》，章艳译，广西师范大学出版社2009年版，前言。

民间视角下的人性探寻

——周大新军旅小说的战争之思

王治国　郭海玉

民间视角下的人性探寻

——周大新军旅小说的战争之思

王治国　郭海玉

民间视角下的人性探寻

——周大新军旅小说的战争之思

王治国　郭海玉

民间视角下的人性探寻

——周大新军旅小说的战争之思

王治国　郭海玉

239

周大新研究资料

　　周大新是新时期以来逐渐崭露头角的重要军旅作家之一，对战争与人之间关系的思索始终是他军旅小说创作的核心命题。从早期军旅创作中对战争神圣性、正义性的歌颂，到不断开拓视野逐渐回归到人的层面对战争进行多层次反思，再到坚定地立足于民间视角以普通人的生命体验对战争进行深层人性透视，周大新在自我调整中逐渐找到了思考战争的个性化视角，其军旅小说创作也因此日益走向深入和成熟。

一、主流话语的温情阐释

　　新中国历经了战火的磨难最终得以建立，因此，在建国后的"十七年"时期，叙写共产党领导下的各类艰苦卓绝的战争历程，构建党和新中国的历史是创作的主流。其中，以《保卫延安》《红日》《林海雪原》等为代表的战争小说不仅成为当时文学创作的重镇，而且以其创作实绩代表了当时创作的最高水平。同时，正是这一批红色经典建构了我们心中对战争最初的"经典"认识："解放军之所以由弱到强取得胜利，靠的是牢固地树立了正义战争必胜的信念、对未来社会理想的憧憬以及广大人民无私无畏的全力支持。国民党军队之所以失败是因为它是不义之战，丧失民心。"①就本质而言，它是对20世纪占主导地位的毛泽东的正义战争观和人民战争观的形象体现，是新中国成立后很长一段时期内战争小说创作的指导性观念，即"战争只有正义和非正义两种性质，战争的胜负取决于人民的力量"②。直到20世纪70年代末80年代初的"新时期"，这一经典认识在军旅文学创作中依然具有统一性和普遍性，从而构成了我们认识战争的主流话语。

周大新早期在军旅小说中对战争的表现本质上就是对这一主流话语的温情阐释，他这一阶段的创作主要收录在《汉家女》《走廊》和《明天进入夏季》三个小说集中。发表于1979年的《前线来信》是周大新的处女作，明显体现了这一战争理念作为小说背景的这场发生于中越边境的战争，是一场中国人民为了解救受压迫受愚弄的越南底层人民而进行的正义之战，小说以家书的形式讲述了我军连长江波的一次战场遭遇。在一次战斗中江波受伤被俘，后来发现打伤自己的竟是以前结拜的越南弟弟阮松，这让江波十分伤心。而阮松，当他看到江波指挥部队抢救越南俘虏、救济越南边民，看到中国军队将一块被炮弹掀倒的界碑原地竖起，坚决不向越南挪动一步，尤其是当他听到母亲，也是江波结识的越南妈妈诉说自己国家的统治者的种种强盗行径时，他才认识到自己被骗了，江波是正义的。《走廊》同样以中越边境战争为背景，但重点强调了战争对于军人的神圣性，它是军人价值的理想所在，是军人成长的摇篮，这在师长景凌耀身上体现得最为明显。作为军校毕业的优等生，景凌耀年轻气盛、草率轻敌，以致高地失守，并造成许多战士无谓的牺牲，后来他调整心态，认真反省并冒着生命危险亲自到前沿阵地观察敌情，最后成功收回失地，而战争也顺理成章地成为军人证实自己价值和能力的平台。

周大新对战争的认识虽然没有新意，但在接下来的创作中他选取的温情

① 陈思广：《战争本体的艺术转化——二十世纪下半叶中国战争小说创作论》，巴蜀书社2005年版，第8页。

② 陈思广：《战争本体的艺术转化——二十世纪下半叶中国战争小说创作论》，巴蜀书社2005年版，第7页。

阐释视角值得我们注意。具体说来，这一温情视角主要是从女性的角度在两个层面上展开的：首先是侧重女性层面，通过对女军人的刻画来歌颂军人献身战争时所体现出的爱国主义、英雄主义思想。比如周大新对《汉家女》中的汉家女的塑造就已经超出了女军人的范围，他更是在刻画一位平凡而伟大的女性形象。她本是一个生活于底层的农家姑娘，生活的艰难使得朴实、善良的她又多了一份精明与刚强。正是这样一位女军人，在面对偷看自己洗澡的七班长时却并没有过多地责怪他，反而主动地拥抱和亲吻了他，因为他即将奔赴生死未卜的前线却不甘心没见过女人身子。这同样是对战争和军人的歌颂，因为"她是在为一位已经做好准备为祖国捐躯的战士做出牺牲，其价值取向是一致的"①。其次是通过刻画与军人有关的平民女性表达对战争和军人的歌颂。《屠户》的主人公是一个屠户家的普通姑娘珠儿，她与上士董一宝偷偷相恋并私订终身，正当董一宝决定复员与珠儿结婚时，却不料南线战争爆发，于是出于军人的职责他放弃了复员而奔赴前线却不幸牺牲，痛苦万分的珠儿虽然没有与他正式结婚，但还是决定生下他们的孩子，延续董家的香火，这一结尾也暗示着军人的牺牲精神将会后继有人。《屠户》真切感人地传达出作者对战争的正面歌颂，它是周大新早期军旅小说创作中的相对成熟之作。

周大新早期军旅小说中对正义战争观和人民战争观这一主流话语的温情阐释，客观地说是没有多少新意的，甚至可称为是肤浅的。在20世纪70年代末80年代初，大多数军旅小说写作都是在这一主流话语的支配下进行的，以在当时产生了较大影响的《西线轶事》（徐怀中）和《高山下的花环》（李存葆）为例，无论是前者体现出的强烈"英雄"意识，还是后者对作者"'人民——上帝''战士——万岁'"心声的传达都没有越出主流话语的范围，尽管如此，他们却以独特的阐释方式获得了成功。徐怀中在《西线轶事》中"重点塑造了受到'文化大革命'创伤的士兵刘毛妹的乖张性格，表明作者正视悲剧的意识和反思'文化大革命'的态度，从而转变了以颂歌为主旋律的基调"。李存

周大新研究资料

---

① 陈继会主编：《文学的星群——南阳作家群论》，河南文艺出版社1996年版，第196—197页。

葆则在《高山下的花环》中"将前方与后方、高层与基层、人民与军队、历史（'文化大革命'）与现实有机地勾连起来，不仅浓墨重彩地塑造了梁三喜、靳开来、梁大娘、韩玉秀等闪光形象，而且以'调动风波''臭弹事件'为靶子，大刀阔斧地揭示了军队的现实矛盾和历史伤痛，令人振聋发聩"[1]。与这两部在当时具有代表性的作品相比，周大新的温情阐释自然就显得有些轻飘，没有分量。当然，起点低并不是问题，关键还是要看作家如何在已有的创作基础上打开视野，寻求新的突破。

二、多维视野下的战争反思

随着20世纪80年代思想解放运动的逐步展开，关于战争的主流话语开始受到质疑。一方面，战争的正义与非正义之分具有一定的相对性，因为战争是以政治为目的的，其中任何一方的政治集团都会从自己的利益和立场出发对战争做出有利于自己的定性，而且，我国早有"成王败寇"的古训，战争的性质总是由战胜方决定的，这自然无法保证其绝对真理性；另一方面，战争的结果与战争的性质没有必然的联系，"战争的胜败往往取决于这个国家、这个民族、这个阶级的经济发展水平、物质生产条件、文化发展程度、指战员的军事素养、精神风貌以及武器装备的精良程度甚至武装人员的多寡等综合因素，这些在很大程度上与战争的正义与否没有直接的必然的联系"[2]。例如我们中国自鸦片战争以来的一系列反侵略的战争虽然都是正义的，但除了抗日战争外，都无一例外地失败了，而世界战争史上这样的例子更是不胜枚举。新的认识产生新的思路，军旅作家们开始不断开阔自己的视野，重新审视战争和军人的关系，《皖南事变》《我是太阳》《生命通道》《黑太阳》《军歌》《红高粱》《长城万里图》等一批既有分量又有新意的作品就是在这样的背景下产生的。

---

① 朱向前主编：《中国军旅文学50年（1949—1999）》，学习出版社2008年版，第30、57页。

② 陈思广：《战争本体的艺术转化——二十世纪下半叶中国战争小说创作论》，巴蜀书社2005年版，第9页。

在这一大背景下，周大新也一反自己对于战争的单向性歌颂，开始在多维视野的选取中反思战争的负面形象。

周大新最初的反思是以自己擅长的温情视角作为突破口的，这在《硝烟中的祝愿》中有集中的体现，小说着力塑造的虽然是在战场上勇于献身的英雄军人形象，但军人惯有的自豪感和荣誉感消失了，代之而起的是内心的凄楚与孤苦。排长老杜的老婆因他没本事赚钱而瞧不起他，并与人私通；秦大牙的未婚妻则因他这次上前线生死未卜而与其断绝了关系；小任的心中则装着对卧病在床的母亲以及无力支撑家庭重担的小妹的牵挂。他们要么对温情充满渴望，要么被温情遗弃，这都预示着周大新对战争的思考开始转向。他进一步的反思是从以下五个维度展开的：

首先，从军人的角度看战争的血腥和残酷。《铜戟》对台儿庄血战后惨相的描写触目惊心：月光下只看见一片趴着、跪着、仰着、躺着、竖着的死人，就像大片麦田里收割后捆起来的麦个子，数不清楚，看不到边；地上全是血，土都被血泡软。其次，体现在《白门坎》和《瞬间过后》里对战后军人心理伤残问题的关注上。前者的主人公因战友牺牲形成心理障碍导致他再也无法融入温馨的家庭生活，后者的主人公在战后对一切与战争和数字"10"有关的事物异常敏感，以致严重影响其正常生活。第三，从历史的角度看战争的荒诞与冷酷。《世事》和《猜测历史》都以解放战争为背景，前者的主人公莜儿本是南阳城治文刻字店的大小姐，美好的未来正等着她，但是战争的混乱让她最终成了地地道道的农民；后者的主人公则为了阻止心爱的妻子泄露自己的秘密，不得不忍痛将其击毙。正是由于战争的出现，无法把握自己命运的平民百姓要么被无情地摆弄，要么含冤而死，战争除了血腥与残酷，更多了一份荒诞与冷酷。第四，反思战争的文化侵略性。以《左朱雀　右白虎》为例，故事以抗日战争为背景，侵华日军攻克南阳城后，一个随军的历史研究人员想趁机抢占南阳汉画像石的第一手资料，主人公古楠的妻子为了保护那些珍贵的汉画像石而被日军打死，这时战争不仅具有鲜明的军事侵略性质，而且具有文化侵略的色彩。第五，对战争反人类本质的初步思考。在《旧世纪的疯癫》中，中国留学生邹振翼与日本女子惠子历经艰辛而结成夫妇，但抗日战争的发生最终导致丈夫被杀、妻子成为精神病人，一段美好的跨国婚姻因此被毁灭。同样是描写抗日战争，作品不仅将视点选在了日本，而且战争摧残的不再是人物飘忽的命运，不再是文化遗产，而是一段顶着各种压力，冲破层层束缚的真爱，战争也因此呈现出可憎的反人类面孔。进一步的反思体现在《关于战争消失那天庆贺仪式的设计》中，战争作为一种反人类的存在，成为被消灭的对象，周大新怀着激动的心情，为战争消失那天设计了一个庆贺仪式，同时作品还指出当世界上物质极大丰富、政治充分民主后，引起人类争执的原因主要是人的情绪，即人性。这似乎也预示着作家对战争的思索将会深入到人性中去找原因。

在以上五个维度的审视中，周大新不仅把注意力都放在了战争反面形象的揭示上，而且后三个维度都是从普通人的视角展开的，这表明周大新在不断地寻找中把思考的视角逐渐定位在了民间立场上。其实这一反思本身也没有多少新意，对战争多侧面的反思是20世纪80、90年代的整体创作趋势，而且无论是《皖南事变》《黑太阳》《长城万里图》等对战争历史的深度揭示，还是《生命通道》《军歌》等对战争状态下人性矛盾与阴暗的挖掘，还是《红高粱》带有地域文化色彩的战争思考都已经达到了较高的审美层次，相比而言，周大新以中短篇为主的军旅小说还是不够厚重。而且，他的思维方式还是单向线性的，虽然较之前期的创作，这种对战争负面形象的多层展示充分表明了作家思想认识上的深入，但仍显单薄；此外，他对战争与人关系思考的重心仍在前者而不是后者，尽管民间视角和人性问题都有所提及，但还没有深入地展开，并且带有一定的抽象性。这一阶段的创作可以看作是周大新的反思蜕变期，对战争真正具有个性特征的思考还有待于进一步地深入。

三、民间视角下的人性透视

2003年，长篇历史战争小说《战争传说》的发表标志着周大新对战争的思考进入了一个相对成熟的阶段，他逐渐找到了属于自己的个性表达方式——立足于民间视角对战争进行人性透视。在毛泽东正义战争观和人民战争观这一主流话语的影响下，同样具有主流性的战争历史观在建国以来的小说创作中逐渐成型："历史是在革命战争的推动下不断发展；农民革命战争是中国历史发展的真正动力。"①但新时期以来，对历史发展本质的重新思考使历史战争小说有了至少三个方向的新变：一是以张廷竹的《黑太阳》《落日困惑》为代表对历史本来面目的重新接近；一是以《灵旗》《皖南事变》为代表对自身历史的接近与重构，尤其是对历史表象背后的偶然性与或然性进行多向思索；一是以《灵旗》《红高粱》《战争往事》为代表通过对客观历史事件进行想象性、创造性的抒写重新挖掘那段被唤醒的岁月或潜存的记忆。②周大新的思考正是在这股创作潮流的推动下逐渐成熟起来的。

《战争传说》是由一系列具有浓郁浪漫主义色彩的民间传说构成的，它们都或明或暗地与发生于明朝的土木堡之变和北京保卫战有关。在这部作品中，周大新既无意于对战争进行正面描写以还原历史真相，也无意于重构历史，更无意于对这段明朝历史重新挖掘和唤醒，而是想"写写普通人对战争的感受和态度"，因为"文学写战争的任务不是要写出战争的过程，而是要真切地写出人在战争中的感受和体验"③。这种站在普通人立场上对历史战争进行想象性重构的叙述方式与既有的三种创作倾向既相互区别又相互联系，这也表明周大新逐渐找到了属于自己的个性表达方式。具体说来，《战争传说》以现实主义创作精神糅合史实与理想，依托具有浓郁地域特色的民间传说展开广阔的想象空间，以普通人的人性自觉最终完成了对战争荒诞与嗜血本质的审视。

首先，战争的发生根源于人性中的权力欲望和争斗本性。土木堡之战的爆发主要取决于两个人——瓦剌首领也先和明朝权臣太监王振。也先并不满足于当瓦剌人的首领，他要征服天下，让所有人都听他的。王振是一个具有变态征服欲的太监，他不仅左右皇帝的一切，而且还千方百计地恢复其男根，也想当皇帝，打败瓦剌正是他树立自己威信、巩固自己权力和地位的好机会。此时，

---

① 陈思广：《战争本体的艺术转化——二十世纪下半叶中国战争小说创作论》，巴蜀书社2005年版，第12页。

② 陈思广：《战争本体的艺术转化——二十世纪下半叶中国战争小说创作论》，巴蜀书社2005年版，第12—14页。

③ 周大新：《我们会遇到什么》，江苏文艺出版社2010年版，第275页。

战争完全成了欲望满足和权力争斗的工具。其次，立足于普通人所代表的民间立场无情地揭示战争的嗜血本性和荒诞性。娜仁高娃是一位心地善良而且对美好的生活充满渴望的普通瓦剌女子，当她亲临土木堡战场时，扑面而来的是死亡的惨象和窒息人的血腥味，她丝毫没有战胜者的快意，有的只是对无数支离破碎家庭的想象以及由此引起的内心痛苦，此时她眼中的战争就是一个毁灭生命的恶魔，其残酷、狰狞和嗜血使她产生了来自心灵深处的震颤和恐惧。更加荒诞的是战死沙场的几十万人从根本上说仅仅是两个野心家权力欲望的牺牲品而已，故军人越英勇便越悲哀，越具荒诞性。

与此前的创作相比，无论是思想内涵还是艺术表现，《战争传说》都具有了鲜明的个性特征。首先，土木堡之战属于国家内部民族之争，因此避免了在战争正义、非正义或者侵略、反侵略上的纠缠；其次，作品以具有地域色彩的民间传说和平民女性的讲述来展开故事，这一民间视角不仅有别于《第二十幕》那样的宏大历史构架，而且也巧妙地绕开了国家主流意识形态的潜在影响，为其创作开拓了足够的空间；再次，作品紧扣普通人的人性觉醒来反思战争的根源，不仅亲切自然，而且扎实厚重，颇具说服力。

结　语

周大新的军旅小说创作，可以说到《战争传说》止，才真正确立了属于自己的风格。但苛刻地说，其创作的不足也是明显的，从人性的角度挖掘战争的根源虽然能够达到相当的审美高度，但是导致战争的因素绝不止这一点。如美国《科利尔百科全书》中提到的政治、经济、军事、社会"四动力说"，《人、国家与战争》中提到的人性、国家内部体制、国际事务裁决机构"三层次说"以及李巨廉在《战争与和平：时代主旋律的变动》中提到的"生存发展说"等等都是有代表性的认识，[①]这些都为军旅小说家们的思考提供了广阔的

---

① 陈思广：《战争本体的艺术转化——二十世纪下半叶中国战争小说创作论》，巴蜀书社2005年版，第10页。

平台，仅仅盯着人性来认识战争显然是有些狭隘的。

如何进一步开拓新的创作空间是摆在周大新面前的一大问题。凡是伟大的作家都具备一种引导人们向着理想人生和美好人性不断自我超越的优秀品质，周大新已经用军旅文学创作证明自己是在向着这个目标不断努力。以出版于2009年9月的最新长篇小说《预警》为例，周大新以现代战争在信息时代的一种新的表现形式——情报争夺战为思考的中心，首先把关注点放在对潜在战争威胁的预警上。当今世界表面和平的背后有着重重危机，虽然世界大战没有爆发的可能，但小规模的恐怖活动却时有发生，不仅严重影响人们的生活，甚至影响一个国家的安危。对这些现象的关注正是周大新勇于直面危机的现实主义精神的鲜明体现。其次，善良、真诚、责任心等美好的人性作为周大新一直珍视和守护的核心创作内涵，在这部新作中成为反思的对象。为了从某核作战部队作战局局长孔德武身上窃取情报，恐怖分子想尽了各种办法，如美女诱惑、金钱贿赂等，但都没有起作用，最后一个假装得了抑郁症的女特务却利用他的同情心和责任心成功将其蒙骗，差点铸成大错。颇具讽刺意味的是，善良、真诚等美好的人性品质成了被利用的弱点，间接成了导致祸患的根源，这正是周大新敢于从思想深处自我反思的深刻体现，由此也可以看出，周大新没有停下脚步，而是继续走在不断超越自己的路上。

"军人创造的是战争的艺术，作家创造的是艺术的战争。"[①]我们有理由相信，随着周大新对战争和人性思索的不断深入，他定会创作出更加优秀的关于战争的艺术作品来。

原载《当代文坛》2011年第3期

周大新
研究资料

---

① 赵一凡等主编：《西方文论关键词》，外语教学与研究出版社2006年版，第837页。

作为平民的写作

——周大新论

北　乔

　　在当代文坛，河南作家方阵，令人惊讶。而河南南阳作家群也相当有实力，比如：乔典运、周大新、二月河、周同宾、行者、痖弦、田中禾、张一弓、柳建伟、汗漫、赵大河等。一个地级市有如此多重量级的作家，在中国应该是唯一的。这本身就是一个颇具研究价值的课题！作为其中一员的周大新，其平民性的创作理想与实践，对于南阳盆地文化的掘进和提升，有着独特的品性与价值。

　　周大新的第一篇小说，发表于1979年3月25日的《济南日报》副刊，名为《前线来信》。这篇三四千字的短篇小说，不仅是周大新创作的真正起步，更隐伏了他的创作诉求和品性。可以说，他至今所有作品或主题或叙述或气质或精神或立场，都能在《前线来信》中找到线索。这是一篇军事题材的小说，致力于军事文学创作，是周大新创作理想很重要的一部分。这篇小说以书信体的形式展开叙述，信是前方军人写给后方家乡朋友的。写信，是最朴素的诉说。长长的邮路连结着他乡与故乡，对于故乡的怀想，走出故乡的生活，成为周大新长久的文学主题。小说的空间是战场，但重点却在普通百姓的普通情感之上。关注平民百姓，关注战争中普通人的心理，历来是周大新平民情怀的焦点所在。唯一让我们有些模糊的是，作品中的故乡并没有实在地出现。但我们分明已经感受到周大新心中故乡的些许气息。不久，周大新作品中不但将"南阳盆地"作为心中和笔下的家园，而且对此有了极为明确的意向："把南阳盆地人的真实而不是虚假的生存境况写出来，并不顾忌它是多么奇特多么单调多么落后多么不可理喻。"①对于作家，在创作的起步之时，就能够如此明晰创作理想和内容，这样的自觉意识，是不多见的。

　　周大新作品中主要有两个世界：一个是现代军旅生活的世界，并适时回到过去的战争；一个是豫西南的南阳盆地的农村和市镇生活的世界，那些走出盆地的人们，根依然在盆地，或者说盆地总是他们挥之不去的生命和精神的家园。一般而言，军旅作家的创作都有这样两个资源和战场，但周大新还是有他的特殊之处。题材繁多，但其中的精神特质是相似相近的，具有同样的指向，表现了一个作家的执着与坚韧，营构出周大新式的文学世界。在当代作家中，周大新是低调的，却又是极具分量的。

　　周大新出生和成长在南阳盆地，自然深受此地民间文化的滋养。"在童年和少年时代，世界对于我们来说和成年时代不同。……对生活，对我们周围的一切的诗意的理解，是童年时代给我们的最伟大的馈赠，如果一个人在严肃而悠长的岁月中，没有失去这个馈赠，那他就是诗人或者作家。"②周大新充分利用了这样的馈赠，坚守南阳盆地传统的民间文化，做虔诚的开掘者和解读者。他又不是一味地固守，而是深刻意识到传统文化所遭遇的挑战，理解走向现代意识的渴望，并着力图解这样的裂变，以此实现主体的文化建构策略和立场，推动传统文化的创造性转化和现代文明的优化发展。在这样的现代性冲突中，他让生命行动上升为一种文化行动。南阳盆地自足的文化，及周大新以自觉的区域文化意识进行的审美诉求，共同建构了周大新的文学审美场域。南阳盆地，是周大新创作的灵魂生发地和精神意象场。

　　与其说他行走于文化深处，还不如说他怀揣南阳盆地的民间文化行走在阳

---

　　① 《创造属于自己的文学世界（笔墨之交）——陈骏涛、周大新通信》，《昆仑》1988年第5期。

　　② 康·帕乌斯托夫斯基：《金蔷薇》，戴骢译，上海译文出版社2007年版，第235页。

光下。他是南阳盆地民间文化的生命载体，又是走出盆地的文化守望者。他来自于平民阶层，又始终保有平民情怀，关注的主要人物都是一些平民，写的也都是平民生活。将平民的身份带到写作状态中，让自己一直作为平民在写作，是周大新一贯的创作追求和创作体现。他的所有作品，都深蕴浓醇质实而清朴真诚的平民意识，显示了他是一位具有独立主体精神的作家。他有自己的思想，有自己进入精神世界的方式，有自己的叙述方式，有自己的语言风格。他的姿态，他的叙述，他的精神内质，都是平民化的。他以平民的身份，处于平民的立场，以平民的眼光和心灵打量这个五光十色的世界，状写平民的生存状态、文化人格和饱满人性。一以贯之的创作理想和文本世界中强烈的平民化气息，使周大新在当代作家中极具个性气质。而他的创作，又如平民一样，看似平常无奇，无树大招风之外表，却有丰足的内蕴和能量。在当下社会，周大新沉住了气，抵制住了社会上的诱惑，在慢慢用心灵去写作，像农民一样不事张扬，精心侍弄着自己的庄稼。

对于周大新而言，平民作家只是一个称呼，是他人对他的认同。而作为平民的写作，才是他创作的本真品质。

一、军旅文学中的百姓情怀

自上世纪八十年代以来，军旅文学的英雄叙事渐渐走开了人性化的圆形形象之路，新历史主义的战争小说、农家军歌、理想军人和兵味小说几主沉浮，相继出现了徐怀中、李存葆、莫言、陈怀国、阎连科、朱苏进、阎欣宁等代表性的作家。与他们相比，周大新似乎并不太引人注目，其军旅文学的创作也始终处于这些主战场的边缘。许多时候，周大新就像大地，看似平平常常，可一旦探入其里，细细研读、品味，才发现是座富矿。作为军旅作家的周大新，与他的大量具有经典作品某些特质的非军旅题材相比，其军旅文学作品的数量并不多，甚至可以说相当的少，但这丝毫不影响他在当下军旅文学中的地位。这当然得益于他少而精的作品以及看似寻常却奇崛的文学功力。正如他在2002年收获第三届"冯牧文学奖军旅文学创作奖"时得到的评语一样："二十年来，

250

周大新在密切跟踪现实军营生活的前行步履和当代军人心灵变化轨迹的同时，又时时深情回眸远逝的童年时光和乡里故事，他在两条战线上左右开弓，得心应手。他以勤勉坚韧的精神，秀丽灵动的笔触和沉着稳健的风格，分别创造出了军营和乡村两个小说世界，充分显示了他同时植根于军营和乡土两方文化厚土的优势，以及与时俱进的创作实力，成为在中国文坛上持续活跃并且愈来愈受到大众关注的军旅小说家。虽然他的三部曲《第二十幕》代表了他目前的最高文学成就，但是我们在清点新时期以来军旅文学成果的时候，仍然无法忘怀他早期完成的《"黄埔"五期》《汉家女》一类新颖、别致、精巧并产生了广泛影响的中短篇小说。因此，我们有理由期待周大新为军旅文学持续写出更加厚重的黄钟大吕之作。"当然，这样的评价还是着重认定了周大新的乡土题材创作，其军旅文学作品的品质和气象的独特价值，并没有得到全面的考量，至少没有聚焦到其精粹。周大新的军旅文学涉足历史战争、当代战场及和平营区，却总嵌进个性化的百姓情怀，处处闪现平民气质，有着自己的军营人物谱系。这是他的最大价值所在。

　　如前所述，周大新军旅文学中的平民性在他的处女作《前线来信》中已经得到了相当的展现。这种平民性的军人形象，与当代军旅文学中的农民性军人和贵族化军人是有区别的。《前线来信》场景虽在前方，但对战争的描述简略到最低限度，更没有对于战略战术的军事化叙述，周大新用心于战争之下的老百姓的心态和情感，表达自己对于战争的理解和看法。江波、阮松和阿妈都是战争的受害者，战争让他们亲如一家的情谊受到了破坏。周大新对战争有着自己清醒的认识，"在任何情况下不能参加大屠杀，听到屠杀敌人不应当感到得意和高兴"①。"作家和平民一样，无力也无权阻止一些屠杀事件的发生，但他可以呼吁，呼吁停止屠杀。如果连呼吁也发不出，那还要作家干啥？"②这是以平民的视角去看待战争，透视战争之下的普通百姓的苦难和期冀。周大新自觉地肩负起这样的使命，并努力实践着。《战争传说》表面上是有关瓦剌女

----

① 周大新：《去看战场》，解放军文艺出版社2002年版，第113页。

② 周大新：《去看战场》，解放军文艺出版社2002年版，第114页。

子娜仁高娃献身民族战争的故事，但实质上是以这样一个女人的心灵和目光去体味战争的残酷和人性的沉沦。带着与明朝的不共戴天之仇的娜仁高娃，起初是为了挑起战争而达到复仇的目的，最后却自愿地放弃。周大新借娜仁高娃，让朝野与民间、战争与民众得以串联，战争中人性的扭曲、情感的煎熬和生命的践踏得到局部的放大。娜仁高娃在复仇之路上走得越远，越感受到战争是她所有痛苦的根源。这其实是人在战争中最真切最本能的体验，痛恨战争、拒绝战争是平民的基本情感。周大新站在平民的立场，剥离战争的诸多外在元素（包括正义的、智慧的、文化的等等），回到战争是人类暴力的最高形式这一核心。

周大新关注的是战争之下人的生命和情感的态势，这一点在《硝烟中的祝愿》中得到了充足的显现。对于杜排长而言，硝烟弥漫、炮声连连的战场，只是他心理的显影剂。因为妻子红杏出墙，杜排长满腔屈辱，一心要雪耻。他的心早已经飞离了战场。这时候，我们看不到作为军人的杜排长，只有一个男人的尊严和愤怒。当他从战友们的家书中看到每个人都有自己的苦恼时，当他看到全班战士先后牺牲时，他开始自责只想着自己的事儿，忘了全班兄弟，从而升起了斗志，血洒疆场。从男人到军人的跨越，是杜排长两种心理状态的转换。也就是说，男人和军人的角色其实都生长在他的心中，这本也是人的多面性的具体体现。他的心理变化来自于心事关注的方向，来自于外界对他的刺激。我们充分理解他，对他没有任何的指责，触摸的倒是他滚烫的血性，男人的血性和军人的血性。这两种血性有暗合之处，又十分地入情入理，因而，杜排长这样的军人更加真实，更倾向于人性的本源。这样血肉饱满的军人，是真正的人与军人的结合体。

《汉家女》，当是英雄叙事中精彩的一笔。创作于上世纪八十年代中期的这一作品，今天读来仍然颇有意味，汉家女这一形象没有因为时间的流逝而消淡，在文学人物形象长廊中已经有了一席之地。这在一定程度上显示了其经典作品的成色。周大新将高大全式的英雄进行了拆解，还原了英雄的世俗化，解构原本就不该属于英雄的话语，让英雄回到了平民之中。汉家女身上有许多毛病，有着文化而来的劣根性，在这一层面上她就是个乡村的女孩子，一个平民的代言人。她的这缺点因为真实，因为没有丝毫的掩饰，反而显得可爱可亲。我们对她有亲近感，是因为汉家女就在我们的日常生活之中，我们的身上多多少少有她的影子。她的不足依然是阳光的，是我们可以欣然接受的，也是人性的本真显现。周大新的才华在于对人性进行了纵深性的开掘，深度的透视洞开了我们最为熟知的人性多层面。从深入再回到生活的平面，这样的艺术力是相当深厚的。汉家女这一形象的最成功之处在于，平民化的气性在进入营区后没有被削减，而军营文化对她又有了熏染。她身上含有双重文化，在不时的角力中相互依存。对于不同的事，她有不同的处理方法和原则，一切因事而定。生活中，她贪小便宜，耍小聪明，有着许多的小九九，是个极为世俗化的乡村女子。而当她的军人身份成为主流时，她表现出的又是军人那样的豁达和无私。

"置身于生活之中，用我们在其中创造了生活的眼光看生活"①。周大新还原了英雄的平民化生活，也刻画了平民的英雄气质。人，其实并没有纯粹的或极端化的，周大新以汉家女这一形象表达了对人的客观化认可。汉家女是真正凡人与英雄的完美融合，是真正生活化的英雄。这与红色经典时的英雄大有区别，而当代军旅文学到如今，在我看来，也没有新的英雄形象之于汉家女这一人物有本质性突破的。《小诊所》中的岑子同样有双重文化，离开乡村时的文化在他身上凝固，战场上的战友情深、情义无价与他原有的乡村文化特质有天然的相通之处。只是再回到乡村，当下的文化对他而言是缺失的。杏儿他哥的行为与金排长的举动形成鲜明的对照，岑子是以金排长为参照来评价杏儿他哥，所以他才对杏儿他哥的种种行为不解，并产生了迷茫。埃里克森曾说过："在人类生存的社会丛林中，没有同一感也就没有生存感。"②岑儿的不解与迷失，实际上是个体坠入文化真空后的必然结果。

周大新善于从文化的角度去思考军人的成长，评析军人独特而又普遍性的人性。这是对生活的尊重，对人性的尊重，是对人生辩证而切实的理解。在当

---

① 弗兰茨·卡夫卡：《卡夫卡随笔集》，叶廷芳编，黎奇等译，海天出版社1993年版，第95页。

② 埃里克·H.埃里克森：《同一性：青少年与危机》，孙名之译，浙江教育出版社1998年版，第115页。

代军旅作家中，周大新如此的创作理想有其个性，虽然不张扬，但容不得我们不去注视和敬重。《"黄埔"五期》其实是有关军人提干这一敏感而又无法回避的命题。这样的命题，可以十分清晰地展露军人的内心和精神所指。如何面对晋升和转业，如何走好军人的成长之路，是军人特别是和平年代军人生活的重要主题，这也是当代军旅文学的重要叙事之一，甚至是最为重要的。周大新在之后的《碎片》《铜戟》和《军界谋士》等诸多作品，一直在铺陈和思索这一主题。当然，当代军旅文学叙事也从来没有游离过这样的主题，并产生了相当数量的作品。周大新笔下的军人不是穿着军装的农民，也非天生为军人的精英，或者过于诗化的军人，他在平民话题与精英话语中寻找到了一个平衡点。对于文学而言，极致的不平衡，有时更能震撼人，但并不一定就是唯一的。在周大新的作品中，我们找不到绝对化的军人，也许这还与他的儒家文化理念相关。但不管怎么说，他对于军人的感悟，在没有消淡军人的崇高的同时，让军人的生存状态最大限度地与现实生活保持了一致，具有普遍性中的特殊性。《"黄埔"五期》，是新时期军旅文学对和平年代军人进行日常化叙述的最成功的开篇之作。别说是在上世纪八十年代初，就是在当下，这部作品以及随后的《碎片》和《铜戟》里日常生活中的军人话语，依然是鲜活的。我们完全可以认为，在这叙事语境中的当代军旅文学仍然没有突破这一范式。也许，这也是周大新本人近些年来没有创作反映当下军人生活作品的原因。他没有找到新的突破口，又不愿意重复自己，那么只有在沉寂中苦思。《"黄埔"五期》中的一群干部学员面临着能否提升的过渡期，这是军旅生涯同时也是人生之路的转折点。有了这样的试金石，军装里的心灵自然会抖动普通人的这想法那想法，原本隐匿的世俗都在不经意中闪现。这些军官，在某些时候不由自主地回到了平民的角色。周大新细腻而生动地描绘了一幅时常世俗时常崇高的军人日常生活图，让每位军人的形象都是那样的人性化。而借冀成训说出的"那些没有实际才能而又企望当上军官或保持军官职位的人，是军界最不道德的人"[1]的话，同样是小道理中隐含大智慧。《铜戟》中军人的神性与人性的冲突，则

---

[1] 周大新：《"黄埔"五期》，《上海文学》1984年第5期。

将军人置放于既要操守军人的精神，又要考虑物质生活的清贫这样一种两难的状态，而且必须要做出选择。军人也是平常人，但当他们真要在军人与平常人中必选其一时，他们总是选择了军人。这样的军人，才是真正的军人。这也是我们常说的，要把军人当作人来写，要对军人这一特殊群体进行人性化的叙事的根本所在。显然，周大新在努力实践这一叙事，并取得了相当的成功。

二、圆形盆地·原型意象·文化理想

"伟大的小说家们都有一个自己的世界，人们可以从中看出这一世界和经验世界的部分重合，但是从它的自我连贯的可理解性来说它又是一个与经验世界不同的独特的世界。"[①]而对于当代中国作家而言，与其说是这一理论的实践者，还不如说是福克纳的效仿者。莫言的高密东北乡、贾平凹的商州、阎连科的耙耧山脉以及李锐的吕梁山脉等，都已经成为文学作品中作家的独立王国。在我看来，周大新此种文学的自觉意识更为浓郁，在创作中营建"南阳盆地"的计划有着文化的整体构想和诉求。被山或高地围绕的平地，称之为盆地。南阳盆地，位于秦岭、大巴山以东，桐柏山、大别山以西，其北是秦岭山脉东端的伏牛山地，其南是大巴山脉的东端。这是一个与世隔绝的、物质与文化都相对自足的独立世界。处于盆地之中的人们，总是要仰望的，总是渴望走出的。盆地低于海平面，承受着太多的外来倾泻。走出与坚守，成为盆地无可选择的文化行动。这本身也是中华传统文化所面临的处境。以故乡为情感的创作，是他生命的必然选择。然而，立于一个更高的文化地标去看待南阳盆地的文化内涵，继而舒展更大的文化雄心，就得益于他的强烈的文化意识和使命感。

早在1986年，他的《汉家女》中的女主角名字就叫汉家女。《汉家女》是周大新的成名作，在军旅文学史上更有无可替代的位置。有关它的解读和研

---

① 勒内·韦勒克、奥斯汀·沃伦：《文学理论》，刘象愚等译，江苏教育出版社2005年版，第249页。

究，直至今日还未旁落。然而，几乎没有人对汉家女这一女孩的名字发问过。这个名字的特殊性在于这本不符合中华传统取名文化的习惯，这显然是周大新杜撰的。仅从字面上理解，这个名字指称的不是个体，而是一个群落。汉家女，汉家的女儿，汉族之家的女儿，深受汉文化哺育成长的女儿。从这一名字，我们应该可以窥探到周大新对自己创作的文化语境的定位。而到了1988年，他就对作品中的"南阳盆地"形成了清晰而系统的创作追求，"我写《豫西南有个小盆地》，对它的作用不敢妄想，但我估计人读了这些文字后，大约可以得出一个印象，南阳盆地是个圆的"。①圆，是地理性的，更是文化性的，后者才是周大新创作的要旨所在。《说文》说，圆，全也。《吕览审时》说，圆乃丰满也。《康熙字典》说，圆即圆满、周全、完备等之意。南阳盆地的"是圆形"之意首先正在于此。有关他这方面的研究，已经出了不少的成果，只是没有得到应有的重视，更重要的是没有将周大新作品的精神世界与中华文化进行打通和对接。在我看来，周大新以自己的创作建造着中华文明场。换而言之，周大新作品中的南阳盆地，是整个中华文化的缩影。如此一来，南阳盆地已经不是地域性的，而是中华文明的符号话语。

的确是这样，在很大程度上，周大新没有过多地强调南阳盆地地域性的文化差异，我们感受到的是中华文化的一点一滴。他的一部部作品如同一条条小河流向盆地，以集聚似的方法汇拢中华文化的精要。细读他的作品，我们很容易会发现，他除了鲜明地贴上"南阳盆地"的标签，其他并没有过多地沉迷于南阳盆地个性化的文化，所描述的风俗人情和伦理，都可以在中华文化中得到指认，而非有着南阳盆地浓重的色彩。非但如此，可以说，他是打着南阳盆地这一旗号，引领我们进入的是中华文化的大语境。他的作品中，随处可见原始图腾、神话传说、风俗梦境和神秘灵事，这些原型意象都是中华传统文化积淀的源头。在《湖光山色》中，他以阴阳五行来结构作全篇。"历史上的阴阳五行说在中国思想发展史上占有相当重要的位置，阴阳说是对宇宙起源的解释，五行说是对宇宙结构的解释，用现代科学的眼光看，阴阳五行说的缺陷显

---

① 周大新：《圆形盆地》，《解放军文艺》1988年第6期。

而易见，但它在当时对人类认识和把握外部世界所起的作用，是巨大的。直到今天，它还在或多或少地影响着我们的生活。《湖光山色》借用阴阳五行来架构全书，来说明事物的对立统一、彼此消长，说明事物的循环运转相生相克，并无重扬此一学说之意。"①从他的话中，我们读到他对传统文化在他生命中的积淀。他作品中的家庭伦理都是中国最为传统的，尤其在《第二十幕》中，将此种家庭精神演绎至极致！他许多文本的叙述，都是立于中庸的态度，埋伏着宿命论。许多时候，他总是让人物走着圆形之路，比如《走出盆地》中的邹艾、《老辙》中的费丙成、《湖光山色》中的暖暖等等。让南阳盆地成为中华文化的映射之地，产生一滴水见太阳之功效，这也是周大新的"南阳盆地"与其他作家地域性创作的本质所在。所以当我们由此进入周大新的作品时，我们大可以感受到他的博大，触摸到传统文化的温暖与潮湿。

古人还有"圆而神，方以智"之说，其中圆指行为处事所谓的"通、活、融、满"，神即"神、通、广、大"的宇宙观。可见圆之于古人，不但成为图腾崇拜的象征，也赋予方圆思辨的哲学意象。圆与圆形结构在中国传统文化意境的深层结构中包含了丰富的哲理和品味不尽的巨大思辨内涵。朱熹《太极图说解》说："〇者，无极而太极也。"他说，太极只是一个浑沌的道理。"浑沌"正是圆形的一种状态。正是这种久远的圆形崇拜，发展形成了一种"圆文化"。人们在生活的方方面面，力求归趋于"圆合"，追求一种圆满无缺的境界。清代褚人获在其《坚瓠余集》的卷一《赵歧解圆字》中曰："惟圆则无障碍，故曰圆通；惟圆则无为缺，故曰圆满；惟圆其机尝活变化出焉，故曰圆转，又曰圆融。"有关圆的这些意象，我们也都可以轻易从周大新的作品中找到对应。周大新对以农耕文明为主体的中国传统文化是自信的、偏爱的，这样的态度出现在他的许多作品里。比如《无疾而终》中的瞎爷对于人生的豁达、乐观，对于命运的宗教般的虔诚；比如南阳盆地人对欲望的极度警惕，为人处世的厚道、善良和通达。《向上的台阶》中廖怀宝的成长之路，一直是循着传统文化的足迹行走的，他从小抄《论语》，他父亲看《资治通鉴》以便为他指

---

① 周大新：《周大新：重建田园乌托邦》，《华商报》2005年5月11日。

点，在他跌入低谷之时受到了沈鉴师爷般的相助，等等。可以说，周大新的作品就是对圆文化的注解。他的创作实践也是一个圆，以传统文化为核心，一切围绕这一核心运行。每一次的创作从起点到终点，而终点又是下一个注解的起点，周而复始。圆形文化，成为周大新文本世界的灵魂和骨架。

个人的故乡已经被他置换成一个民族的家园，他对故乡的那份依恋和追忆也就拓展为文化乡愁。以小我去实行一个民族的文化的宏大叙事，处于地域之中又跳出地域观照整个民族的生存境界，周大新无疑是走得最远的。

有着文化自觉意识的周大新，在还原历史文化图景的过程中思考着传统文化的价值和命运。对我而言，我更关注周大新对于中华文化发自生命内在的传承以及他张扬的方式。他的所有文本都是中华文化最具代表性那部分的凝结，而且是极为自觉的行为结果。周大新在建构和维护传统文化时，更多的时候是在互动性的比较中进行，在对抗甚至是毁灭中回望传统文化的价值，在破中立，以此验证传统文化的经典与实用。当然，从中我们也可以体味到他对传统文化遭遇现代文明冲击时的焦虑不安。

《走出盆地》最为集中地体现了他的这一捍卫文化的行为。邹艾为了走出盆地，几乎付出了自己的全部，然而在外面打拼数年后还是落魄地回到了盆地。她在外的经历，她的与南阳盆地相对立的思想，促使她的行走是一个圆形。周大新在叙述中，三线并进，除了邹艾这条线，还有七仙女的神话传说和老四奶的说古事。神话传说，是民族意识的载体，是民族文化的意象结构。事实上，邹艾的遭遇也正是七仙女的遭遇。而老四奶的说古事，说的是邹艾上辈人的事，这在内质上与七仙女的传说是相同的。不同的是，老四奶口中的邹艾上辈人的事，是人间的故事，是整个生命长河的缩影。这一切都在暗示，邹艾想丢弃盆地文化，进入外来文化空间生存发展，是不可行的。南阳盆地是她的生命和精神之根，一旦离开了，她只能在空中飘浮。周大新对于传统文化相当挚爱，在他看来，传统文化是根基，万万丢不得。面对现代文明，不能够完全舍弃传统文化，忘本地献媚现代文明。否则，将会如邹艾一样悲惨。这是他所坚守的文化立场。

同是女人，同是走出盆地，《新市民》中的沫沫几乎是在走邹艾的老路。

沫沫在小的时候看到了城里下来的新媳妇的穿着打扮，就萌生了要成为城里人的想法。这是一种物质的刺激与驱使，与邹艾是有区别的。而且，沫沫走出盆地的脚步比邹艾快得多，轻灵得多。邹艾是用肉体与尊严，用种种的招数慢慢走出盆地的。这是一种文化和人格上的背叛。沫沫只是抓住了商机，依靠自己的勤劳和智慧，跳出了一种文化领地，顺利地进入了新文化空间。她在努力地接受新文化、新生活，但骨子里的传统文化生命是无法清消的。丈夫的学坏和离她而去，她挺住了。可当丈夫一败涂地时，她天性的善良仁慈又让她接受了丈夫，并拒绝了美好幸福的可能。沫沫表面上成了市民，但内心的那份文化依靠一直没有变。也正因为如此，转变十分不彻底的她，根本就没有真正融入城市，成为文化意义上的市民。

《21大厦》中的小保安走出盆地，是为了谋生。21世纪大厦是一个高58层的商住两用的豪华大厦，这意味着这是一个浓缩性的现代都市。保安小谭是带着盆地文也即传统文化进入这样一个都市的，身上几乎堆积了所有我们传统文化的为人优点，真诚、纯朴、善良、勇敢、敬业，热心助人，不图回报。他的职位和卑微的身份，让他可以轻而易举地看到形形色色的人和他们的生活。进出21大厦的人根本无视他的存在，那他更可以走进他们的生活。这一切，就比较实地还原了进出21大厦那些人的真实。所以，保安小谭其实是一个站在明处的窥视者。生活者与窥视者属于两个不同的文化阵营，原本在南阳还算可以的小谭成了弱者，强者是那些沾染现代文明的人。人性迷失，欲望泛滥，情感物质化，21大厦成为人类文明的垃圾场。保安小谭最后像鸟飞翔一样从楼顶跳下，以一种惨烈的举动对当下文化发出控诉。这是由盆地文化催生的义举，他飞翔的姿势其实是最后一次展现了他对传统文化的膜拜。

《怪火》中柳镇时常有稀奇古怪的失火事件，怪，自然是因为人们一时找不到原因罢了。然而，仔细分析文中开始列举的几次怪火，缘由基本上可以理清。而文本重点叙述的怪火，个中秘密更是十分明了。哥、嫂子和弟，有了好营生，过上了好日子，但道德堕落，为人无情，身上已经没有一丝传统伦理，他们的灵魂和行为早已与传统文化决裂。爹，是传统文化的代言人和维护者，火是他放的。他以火烧毁了当下的一切，是因为这一切背弃了传统，在他的文化观中，背弃了传统，而且又没有仁义道德，那么就要毁掉。当然，他的动机存在很大误区。他以为将物质性的东西化为灰烬，自己的后代就可以回到传统文化的人道。他将物质视为原罪，忽视了人性本身的变化，是可悲的。但他点起的火，总是让黑暗有了一些光明。

在《旧世纪的疯癫》中，邹氏家族每一代总有疯子出现。这是一个巨大的隐喻。在文化意义上，疯子常常是人类文明的先行者。邹氏家族后代总有疯子出现，其实是对于传统文化的某种抗争。当然，这也是周大新在抚爱传统文化之下的理性感知。在他看来，传统文化绝不是十全十美的，至少需要一些进步的力量。只是，传统文化如何迈出前行的步伐，是一个很值得深思的问题。邹振翼是为了找出治疯病的医术到日本去的，试图借外文化之力解自身文化之症结。可是，原本正常的他，在与好战分子接触后，出于民族之情杀了曾经疯狂地屠杀过四千三百多中国士兵的津川。最后他被篡改为因疯癫而亡，他的日本媳妇也被"传染"，最后死在疯人院。面对军国主义的思想和行为，邹振翼反而时常怀疑是自己的思维出了问题，是自己疯了。他举起手术刀，摘下了津川的心脏，也切除了自己对于外来文化的幻想。

对于传统文化，周大新在偏爱挚爱的同时，也深知其病症。在《湖光山色》这个纯美的标题下，他集中裸露了传统文化深层次的灰暗。他没有任何的隐瞒，揭露得十分的彻底，而且直抵要害。暖暖在村里是个公主式的人物，美丽而善良、朴素而聪慧，又到北京打过工，富有时代精神。这样一来，暖暖就是乡村古老文化与现代文明的完美融合的化身，是一位十分理想化的人物。尽管有暖暖的引领，乡村文化依然沉渣泛起，人性处于恍惚或迷失的状态。暖暖集传统与现代的精华加上传统文化内在的变革力量，最终也未能治愈顽症。这时，我们才真切地感受到，传统文化中的丑陋与醇美同样地根深蒂固，同样是那样自然地生长着，同样具有强大的韧性。湖光山色是诗意的，可暖暖的人生是苦难的，抗争是艰辛苦涩的，乡村的变化也早离诗性而去。从中，可见周大新的失落和追念，还有那心中那样纯真的守望。当然，周大新对于传统文化的坚守和变革的迷茫，也流溢于文本之中。

米兰·昆德拉曾说："小说的精神是持续的精神：每一件作品都是对前面

作品的回答，每个作品都包含着小说以往的全部经验。"①的确，在《第二十幕》中，周大新无论是外在形式，内在营构；无论是人物谱系，还是风尚意象；无论是对于传统文化的认同，还是对其的揭露，与以往的作品都是一脉相承，构成了一个系统。一路走来，周大新在诉说对盆地文化之恋的同时，寻找着走出盆地之可能。

周大新传统文化叙事的根本点在于寻觅传统文化新的生命，并从一开始就坚定了自己的文化理想。这就是：传统文化是民族立命之本，有其强烈的生命力和取之不尽的精神源泉；但也要在发展中成长，在吸纳外来文化和现代文明中壮实，只是要正本清源，坚守经典，而非彻底颠覆或本末倒置。在《第二十幕》中，周大新详尽阐述了自己的这一文化理想。《第二十幕》作为他对传统文化全面深入思考和追问的文本世界，厚重而圆满，当是他文化理想的大厦和具体的文化行动宣言。

《第二十幕》是一部史诗性的鸿篇巨制，以一个家族五代人的命运力陈百年沧桑，历述人间变迁。结构布局缜密，视野开阔而细腻，语言精致而流畅，内涵丰厚，堪称中国的《百年孤独》。这是一部家族史、民族工业史，但内里却是民族文化生存发展史。在传统文化中，家是社会的结点，是建造一切的基石，是整个民族的缩微。家族叙事，是史诗性作品的重要行为，因而其负载的功能相当多，只是不同的作品侧重不同而已。在《第二十幕》中，周大新的家族叙事更多地指向文化意义。尚氏家族命运承担的是一个民族文化的叙事，对价值的弘扬，对生存与发展图景的描绘。

显然，周大新诚爱之下对于传统文化的理解是深入透彻而全面的，《第二十幕》成为周大新创作中最完备最宏大的文化场域，我们完全可以将《第二十幕》当作中国传统文化的感性文本来阅读。在尚氏家族中，家长有着绝对的权威，拥有一切的权利。家族利益是一切人的最高的利益，一切以是否有利于"霸王绸"家族目标的实现为最高准则和行动纲领。正如小说中卓远为女儿

---

① 米兰·昆德拉：《小说的艺术》，孟湄译，生活·读书·新知三联书店1992年版，第18页。

容容分析的那样："这种家庭通过辈辈相传的教育，让为实现那个目标而奋斗的精神深深浸入他们家庭成员的血液和头脑，使实现那个固定目标成了这个家庭成员活在世上的目的。"①家族成员的成长，最终都要以家族文化和伦理来检验，在精神上都要认祖归宗。女子无才便是德，男人是家里的天，强烈的男权意识和对父权的崇拜处处皆是。这些弥漫于尚氏家族的精神和文化气息，丝丝缕缕都是传统文化的精髓。而尚达志这个人物更是传统文化活的载体，其言行就是对传统文化的灵性抒写，是儒家文化的化身。他时刻为"霸王绸"的生产焦虑，总有一种"生于忧患"的精神。他对于家族精神的维护和强化，对于贪图物质享受的高度警惕，对于儒家文化伦理的传承，是那样的执着。他强烈的"爱物胜于爱人"，是男人立业之为，与儒家的"立功"思想极度吻合。他一生隐忍、节俭，更是儒家人生圆形哲学的精义。

《第二十幕》与一般的家族叙事文本还有着一个根本性的不同，其叙述的内驱力来自于家族精神。尚氏家族的命运走向一直是以家族精神所维系的，所有人的言行举止都在家族精神的笼罩和制约之下。因而，家族精神成为文本和人物的双重支撑。是的，如前如述，尚氏家族的家族精神就是传统文化的凝聚，或者说周大新以民族文化之精粹浇铸成尚氏家族精神。《第二十幕》最具价值的是如此的家族精神是立于根基，因时而动，因势而变的。这其中缊藏的自然也就是周大新的文化理想。

《第二十幕》讲述的是尚氏家族织造"霸王绸"的故事，这本身就是一个巨大的隐喻。丝绸当是中国国粹，是民族文化的象征物。种桑养蚕，是乡村人的家常事，也是农耕文明的重要内容；剥茧抽丝织绸，原本也是最为原始的手工业，但到了工业文明时期，编织又首先走上机械化之路。纺织技术需要提高，需要借助现代化机器，而养蚕之本不会变，蚕丝的选拣也离不开老经验。所以，霸王绸的织造和发展过程，折射的就是传统文化与现代文明交错互动的过程。固守和珍惜传统的母本，有立场有选择地接受新文化，或激活或改造传统文化，才是传统文化生存和发展的正确之路。同样，尚氏家族的荣辱兴衰也

---

① 周大新：《第二十幕（上）》，人民文学出版社1998年版，第348页。

是与家族精神的守旧与新变紧紧相联的。无论是"早课",还是诸多的家族仪式和规范,都在强调家族文化的内质。尚达志身体力行,又时常对家族之规进行解读和完善。每当尚氏家族遇到重大事情或遭遇冲击时,尚达志有关家规族训的言说就会如期而至。尚达志是保守的、固执的,但同时他又是通达的、求变的。为了织造"霸王绸",他主动学习和采用先进的技术。随着社会的发展,他也在改造家族精神,充实一些富于时代性的内容。他清楚地认识到,工商业的发展必然要与现代化对接,要对传统进行革新和超越。在剔除传统中的不合理因素的同时,注重要外来的文化进行注入。就是在他成为百岁老人之时,仍然能放眼世界,大胆改革,竟然还兴办丝织大学。正如余英时先生所说:"相对于任何文化传统而言,在比较正常的状态下,'保守'和'激进'都是在紧张之中保持一种动态平衡。例如在一个要求变革的时代,'激进'往往成为主导的价值,但是'保守'则对'激进'发生一种制约作用,警告人不要为了逞一时之快而毁掉长期积累下来的一切文化业绩。相反的,在一个要求安定的时代,'保守'常常是思想的主调,而'激进'则发挥着推动的作用,叫人不能因图一时之快而窒息了文化的创造生机。"[①]尚达志正是如此面对家族传统,将"保守"与"激过"和"立"与"破"达到一种和谐。因为这样的和谐,传统文化得以传承,并得以绵绵不息,时有新鲜,从而焕发出强劲的生命力。

可以说,他的《第二十幕》,回望整个二十世纪,以平民生活为牵引,勾勒了这段历史发展的线条;而《21大厦》本身就是二十一世纪的象征,是对新世纪之初的精神描摹。他在点旺传统文化薪火的同时,也在晾晒其阴暗,为的是重塑民族精神。

三、女性形象的平民叙事

周大新是位十分关注女性并着意女性形象塑造的作家,并毫不掩饰对母性

---

① 余英时:《钱穆与中国文化》,上海远东出版社1994年版,第216页。

博爱的崇拜。他说过："我认为女人与男人相比，女人身上的好处、长处更多一些。她们身上的善良、宽容、忍耐等优点都让我感动，我愿意歌颂她们，关心她们，帮助她们。我不愿意把她们写得太坏。"①在当代作家中，对女性怀着虔诚敬意的作家中，周大新和刘庆邦，是我十分在意的，恰好他们都是河南籍。从地域文化的角度分析，这里面也许还有共通之处。刘庆邦笔下的女性是诗意的，这是对女性传统美的追忆，是对生活滤净后的诗性。同样，周大新对女性也是尽绘其美，也是包含对女性传统美的向往，差异在于他笔下的女性就生活在我们身边。周大新站在民间的立场，像讲述亲朋好友故事那样平实而现实地叙事，以此塑造传统道德美的女性群像，建造属于周大新生活观念和审美取向的女性世界。

周大新十分欣赏传统美德浸染之下的女性，这或许不是女性主义的理想所指，也非精英分子的话语，却是平民视角之下的女性生活。《汉家女》中的汉家女泼辣，有男性化的一面，但对于丈夫对于家的那份爱，是女性天性的焕发，自然不做作。一个要上前线的战士从没有见过女人的身子，而偷看了她洗澡。她又骂又打，是出于女性传统贞操观的本能。后来得知了原委，她主动要给那战士看身子，让他亲吻搂抱，则是一份女性的柔爱。《香魂女》中的银娥坠入命运的深渊，但出于对儿子的爱，还是让另一个女人走上和自己一样的命运，但最后她醒悟了。可以说，这两者都是出于她的大爱。还有《银饰》中的碧兰、《紫雾》中的素素、《伏牛》中的西兰和《走出盆地》中的邹艾，都闪耀着善良、坚韧、宽容、敢于追求而又勇于承担的健康精神，为了心中所向，具有令我们叹为观止的牺牲品质，构成了令我们感动而钦佩的女性人物长廊。

同样是在《第二十幕》中，周大新对于女性形象的刻画达到了广度和深度的双重极致。盛云纬、宋小瑾、草绒、顺儿、容容、栗丽、绫绫、紫燕、曹宁贞等众多女性人物，出身不同，性情各异，或执着倔强，或纤柔和顺，或清高孤傲，或纯美清澈，命运也是令人扼腕，但她们个个都闪烁着大美和大爱的光芒，让我们看到她们美丽的心灵和身影。在这之中，盛云纬这一形象倾注了

---

① 周大新：《去看战场》，解放军文艺出版社2002年版，第5页。

周大新的完美之意，形象也达到完美之境。盛云纬出身于大户人家，从小受过良好教育，读书、学琴、练字，家里是按大家闺秀的标准来培养她的。12岁以后，父亲去世，家道日渐败落，她倒学得了一手结丝织绸的好手艺。她长得端庄标致，具有东方女性特有的美感。她善良、正直、重情义、待人宽容，性格细腻而坚韧。她对尚达志有恨，恨他爱物甚过爱人，没能舍弃物欲追求自己的幸福，从而让她一辈子活在煎熬之中。可与此同时，她却终其一生深爱着尚达志，甚至达到了灵肉分离的境界。无论世道如何变化，尚达志遭遇何种变故，她的爱是那样的坚定，可以为尚达志付出自己的一切。为了自己所爱的男人，她不惜牺牲自己的幸福，把一切的痛苦深埋于心底。她的这种爱是无私的，不求索取的，她的爱与恨是那样的炽热而水火相容，心胸开阔，处世畅达。她可以向社会和人生的许多东西妥协，但绝不向自己深藏的情感妥协。她是位爱人，又是位母亲，男女情爱和母爱在她血液里流动，一生奔涌不息。是的，她外表美丽，知书达礼，温柔纤细，是理想中的爱人；她心思缜密，为爱守住一切的私密是理想的情人；她怀天下之大爱，海纳世间一切，可谓母仪天下，是理想的母亲。可以说，她就是一位美丽的女神，人间的天使。她占尽人间之美天下之爱，智慧超群，但命运却是十分的悲苦。尽管一生水深火热，她却坚强地活着，心中时时装的是他人。周大新对盛云纬是敬仰的膜拜的，是同情的怜悯的。从盛云纬身上，我们看到了中国传统女性的大美大爱，说她是传统女性的杰出代表并不为过。这样的女性，活泛在传说之中，跃动于人们的心头唇间，也切实地行走于我们的生活之中。

如果说，盛云纬浑身散发着浓浓的传统气息和历史的光泽，那么《湖光山色》中的暖暖则就生活在我们现实生活中，是传统之美与现代文明的复合体。暖暖走出盆地到北京打工，是一个长了见识的乡村女性。北京，在这里更多的是文化意义的象征。她在北京打工，表明她进入了当下文明的核心领域。对于乡村人而言，能到北京并打工，是高人一等的，是有脱胎换骨之感受的。在北京打工的暖暖，尚未结婚，按照乡村习俗，未成婚的姑娘还是个孩子，还处在成长期。这就是说，暖暖先是在盆地的传统文化中成长，后又受到最前沿文化的哺育。因而，当她再回到盆地时，她才是真正完成了一个人的成长。她是因为父亲有病才回乡的，这暗示着她的根永远是在乡村，都市只是她接受新文化的驿站。走出盆地的步伐，最终被生命和精神之根绊倒，但这并未影响她的成长之路上沐浴的灿烂阳光。一个女孩，年轻貌美，聪慧有情，有乡村的自然纯朴，又有大都市的时尚熏染，那当是时下理想女性的化身。而这之中，暖暖高远的眼光、强烈的上进心和不懈的追求奋斗，让她现代女性的光环更为耀眼。

　　暖暖把在城里打工辛苦挣来的八千元全送去给娘治病，当娘出院时，家里的钱也花得精光，这意味着暖暖从北京带回来的只剩下思想之类的精神财产。暖暖重新回到了真格儿的农民身份，不得不在楚王庄下地干活，从此，她的生活踏上新的路程。暖暖不愿屈从于村长的权势与村长弟弟成婚，却要嫁给一无所有的旷开田；因锄草剂事件被骗，旷开田被诬告进监狱，暖暖被迫委身村长詹石磴，为了扩大经营，她又一次投怀送抱；但这并没有打倒她，反而让她更加坚强，思维也更加活跃起来，她利用村里的楚国长城遗址，吸引四面八方的游客，做起了绿色旅游业。然而，苦难总是如影子般尾随着暖暖，当她的事业有了很大改观时，曾经深爱着她的丈夫又抛弃了她。她试图合法经营时，又被已经离了婚的丈夫暴打一顿；她努力改变了家境，却失去了家庭；有青葱嫂，她看到了致富的希望，却失去了女儿的纯洁；甚至也有詹石磴和旷开田，詹石磴倚仗权势欺侮过暖暖，占有过他想占有的女人，终了眼睁睁地看着亲生女儿被他人玩弄；她看好的淳朴男青年旷开田，也无法避免在物欲与权力的诱惑下变质。旷开田由穷光蛋变为首富，飞扬跋扈，到底也摆脱不掉银铛入狱的结局。暖暖更没想到的是：当她希望利用本地的旅游资源使这个村庄摆脱贫困时，却给整个村庄带来了无尽的灾难。

　　暖暖是不幸的，但却是可敬的。对詹石磴，她有深仇大恨，但在他不久于人世之际，她却以德报怨，以仁爱之心冲淡往日冤仇，甚至还为詹石磴送去了医治的费用。如此圣母般的大爱，是植根于她生命和灵魂深处的，是传统伦理催化的产物。同时，她身上的现代意识又是那样的鲜明，比如鼓动旷开田参与村长选举、发现本土资源价值、开办旅游公司、请律师打官司等等，无一不显露了她的民主意识、经济意识、创新意识和法制意识。周大新赋予了暖暖最完美的女性形象，这也是他对女性之美的尽情展露。

在这里，我们发现，周大新并非是将女性作为"被看"对象，在男权色彩之下拿捏女性。在他看来，男女是有别的，而这种有别落到生活之中，就是男人有男人的活法，女人有女人的生存之念。在他的作品中，男性与女性常常是处于对立状态，但深入其里，互倚才是男女真实的生存状态。我们常常会陷入理论话语制造的陷阱，过于夸张男女之间的不平等地位或者过于理想化地寻找女性意识的突破，而否认了男女有别。男女之别，是生理上的，也是心理上的，男女的和谐当是各尽其能，各展其美，各守其质。如果彼此越位了，彻底颠覆了性别角色，抹煞男女之别，那么，也就违背了天理人伦，也就是反人性的。

我们同样可以发现，周大新勾画的女性世界中的人物，命运都是悲苦的，可以称得上女性的苦难叙事。这是对女性生存状态的如实书写，也是对女性命运的深度思考。无论是集传统美德于一身的古典女性，还是随文化而新的时代女性，她们给了人间温暖，可以拯救男性，却无法真正左右自己的命运，建设自己的幸福家园。在周大新的笔下，女性都是水命，滋润着人世间的一切，自己就兀自悄然流淌。水无形，就又可幻万物之形。水，看似柔润，但蕴有无限力量。这就是女性的大美。周大新用心用情地诉说着女性之美，倾心纵情地彩绘女性世界的丰盈与饱满，而女性不幸凄悲的命运，与其说是缺憾，还不如说是周大新以此为女性呼喊，让世人走进她们的心灵，倾听她们的脉搏，更多地发现她们的真善美，体味她们对于这个世界的付出和对于人生的支撑，从而敬重她们、关爱她们，最终与她们和谐相处，共度人生。

结束语

乡土，是人类灵魂的栖息地。平民生活在底层，最能品尝到人生的滋味，是民族坚实的大地。他们的命运，是整个人类生存状态的现实本真写照。周大新的作为平民的写作，是对传统文化生存与发展的叩问，是对民族的自然性和历史性的梳理，是对人类生存境遇的书写。平民意识，是他观照民族和人类的一种向度、一种路标、一种阐释方式和价值视野。

他平和略带同情地讲述平民百姓的心路历程，其实是拷问人性，以此激荡沐浴于民族文化之里，又迎面遭受现代文明冲击的心魂。他笔下的人物，人性是丰满的、多向的，有阳光，也有血腥冷酷，但都是鲜活的，都是人类众多生命的真实行走。他不做道德性的评判，是为了加大人性的开掘深度。无论是男性还是女性，周大新都从文化的视角肢解他们的内心，让他们的原生态大白于天下。他的创作是审美想象、情感体验和文化追问的结果，呈现出内心的巨大焦虑和怀疑，体现出对民族生存、人类群体意识和永恒价值的寻找与追求。

　　强烈的民族精神和对文化的深度体悟，使周大新用心关注文化由传统向现代转型，并采取了扬弃的态度，在歌颂中坚守，在批判中重建。他以植根于人类大地的人文精神，对世界、对人、对"存在"与"在"作出深刻思考与回答，对民族生存状态、自我存在意义、存在方式、现实图景关注等倾入了平民的现世的人文关怀。走出盆地，是寻求更广阔的生存空间，尽管是一次次的失败，但周大新就是要在这绝望之上建立起自己的人文精神支点，坚守着作家的良知和使命。不确定性，表明思索总是在路上，对话一直进行着。

　　我们有理由相信，周大新的创作对二十世纪和新世纪多元化文化裹挟下的人性走向的研析，是有深度和力度的；对于那些迷失于物欲沼泽的灵魂，他的平民化叙述，是有指示性作用的。他诚实的平民情怀的创作，因为深入了历史，融入当下语境，心灵始终在场，而直抵人性和社会深处。他真诚面对内心的巨大焦虑，不回避民族发展的忧思和人类生存的漩涡，批判中有脉脉温情，使他的话语更具力量。"所有第三世界的本文均带有寓言性和特殊性：我们应该把这引起本文当作民族寓言来阅读。"①应当说，周大新的作品是一个内蕴极其丰厚的寓言世界，值得我们细细品读。

原载《扬子江评论》2011年第3期

----

　　① 弗雷德里克·詹姆森：《处于跨国资本主义时代中的第三世界文学》，引自张京媛主编《新历史主义与文学批评》，北京大学出版社1993年版，第230页。

论周大新小说创作的"怀乡情节"

赵玉芬

几千年来"乡土情结"几乎是游子的普遍心态。在"故乡"这两个简单而朴素的方块字中，蕴涵着中华民族五千年文明史积淀下来的思想哲学、民风民俗。周大新在军队40余年，一直保持乡音不改，他曾深情地说："我从农村走出来，那里有我的父老乡亲，有过我的梦想憧憬。至今，我的父母还在农村生活，还在耕种着几亩薄田度日。因此，每隔一段时间，我都会到农村去走走看看，去寻找我创作的灵感""在这块古老而新奇、贫穷而丰饶的土地上，我找到了属于自己的文学道路。"①

周大新早期的创作以战争、军营为背景，写出了一些小有影响，但却没有太多个人特色的军营生活小说，如《汉家女》《铜戟》和《走廊》等。盆地之子周大新，身在军营心系故乡南阳，从20世纪80年代后期开始，他由军营回望故土，把艺术的视角投向故乡热土，从不同的角度描绘豫西南这块小盆地父老乡亲的生存景况、文化风俗和人性嬗变。因此"文化怀乡"成了他永恒的创作母题。

---

① 白万献、张书恒：《南阳当代作家评论》，河南大学出版社1996年版。

一、周大新小说在地理与文化意义上双重"怀乡"

在中国文学中的"乡",通常具有两重文化意蕴:一是怀念地域意义上的"乡";二是怀念文化意义上的"乡"。周大新的"怀乡"则是双重意义上的。他以南阳盆地这一地理区域为写作背景,以这一区域的文化景观为叙述对象,写出的"南阳盆地"系列小说,把南阳的自然景观、历史遗迹、文化风情作为小说的有机组成部分,展示了南阳独具的地域色彩和文化魅力。

(一)把南阳的自然景观与历史文化作为小说创作的情节动力

英国地理学家达比认为:作为一种文学形式,小说具有内在的地理学属性。不仅如此,文学作品还以其充满情感结构的主观性,关注和透视着这一地区的社会结构、居民价值观念、思维方式以及风土民情等文化图景,揭示和解释着这一地点与空间的独有的文化特质和社会意义。因此,出生地就是乡土作家创作历程的大本营和前进基地。

从18岁离家当兵到现在,久居城市的周大新仍会不时回老家走走,他的内心与他的笔触从未远离故土。他在小说中往往取真实的地名、地域,这可能是源于对故乡南阳山山水水的挚爱之情内化和沉淀成一种无意识的结果。"南阳"这个地理空间既是实实在在的物质的家园,也是真实可感的精神的家园,两者在他的小说中融为一体,没有任何间离性。他的长篇小说《湖光山色》(2006年)就是把南阳淅川县境内南水北调的源头丹江口水库风景区、淅川境内楚始都丹阳春秋墓群、被誉为"中国长城之父"的楚长城遗址,作为小说人物活动的具体空间、小说情节推进的重要元素,是主要人物的性格先天禀赋(暖暖)和后天变化(旷开田)的文化生态环境依托和社会历史依据,描写了乡村生活的巨大变迁。

南阳建城于春秋时期,留下了丰富的历史物质文化遗产。周大新在"文化怀乡"的艺术选择中,非常注意对故乡人民创造的文化成果进行展示。如南阳汉代画像砖,数量居全国之冠,有两千块之多,内容涉及了天文、礼仪、风俗、神话诸方面,让人惊奇赞叹。周大新把这些凝固了的艺术充分发掘,进而灵活自如地融会到小说中，创作了《左朱雀 右白虎》。又如在《第二十幕》中"安留岗"，是东汉宫廷中外戚与宦官争权的一段真实历史，被作者以文物发掘的形式迁移进小说之中。那传说着世代英才的名胜古迹，如诸葛亮躬耕的卧龙岗、秦相百里奚故里、医圣张仲景的医圣祠、南阳府衙等；那闻名遐迩的佛教圣地桐柏水帘寺；那曾有东方梵蒂冈之称的靳岗天主教堂；那震惊世界的西峡恐龙蛋化石群，都无不昭示着南阳历史的悠久和文化的丰厚。周大新怀着对故乡的热爱都把它们融入小说的故事情节中，成为周大新小说不可或缺的部分。

（二）对故乡的民俗风情的呈现与创新利用

我们可以说："周大新的每次乡村叙事都是一次回家的历程，都是朝向故乡的一次精神扎根，也是对故乡地理空间的一次温暖的想象和构建。如果说周大新写作时所具有的对地域经验的激情源自精神回归的热望，那么，不厌其多地书写家乡的文化景观则正是他对自己文化之根的谱系编撰。"①

在周大新的小说中，经常地描绘南阳盆地独特的乡村风光，碧波荡漾的丹江口水库的美丽景色；南阳人最喜爱的芝麻叶面条、绿豆面煎饼；幽默风趣的方言俚语、民歌小调等，都无不记载着盆地人生动而本真的生存与生活况味，积淀着绵延已久的盆地民俗文化因子。

南阳是戏曲之乡，人们不仅爱看爱听，而且爱学爱演；村街里巷，男女老幼都能如数家珍地道上几出剧目甚至哼出几句戏文。戏剧曲艺演出成为当地一项重要的民俗活动，继之成为地域风俗文化的重要组成部分。周大新深受故乡民间文艺的熏陶，其作品时常能利用南阳地方戏剧和曲艺等民俗形式重构小说创作模式。《哼个小曲你听听》开头介绍："我们老家那地方的人，大都有一个习惯，就是在下地干活、料理家务和出门走路时，爱哼个小曲。小曲的调儿很随意，怎么哼着好听就怎么哼，或是带一点豫剧、越调的韵味，或是带一点田歌、山歌的野味，或是干脆就是自己觉着舒服的味儿……"这种特定的氛围

---

① 石长平：《周大新小说的文化地理学解读》，中国作家网http://www.chinawriter.com.cn.

风气，成为小说塑造五爷形象的典型环境，这些民俗文艺形式成为小说里情节经纬，五爷哼唱的小曲贯穿全篇。《滨河地》开头以民歌起始，郝家厚一家回到故乡首先听到的是熟悉的乡音："河边有块红薯地，浇地用的白河水，浇了一季又一季，红薯长出是白的……"民俗事象被作家艺术地编织进作品中，营造耐人寻味的民俗氛围；结尾时歌声再起："天上有太阳，河里太阳亮，谁要不下河，谁就冷得慌……"其他小说如《小诊所》《铜戟》《蝴蝶镇纪事》里有许多即兴唱的小调，成为个别点缀，都展示出独特的民俗美。

二、展现盆地人坚强不屈的"韧性" 和走出贫困、冲出"圆形盆地"的梦想与挣扎

河南省是全国农业人口大省，南阳是全省的农业人口大市，地域内良田阡陌、交通便利，但历代南阳都属于经济欠发达地区。盆地相对封闭的地理条件使南阳民风淳朴，行为守矩、重人伦。南阳人既敦厚、善良、坚韧，又聪明灵秀，历代重视教育，出作家，出人才。但由于城乡差距的现实存在，他们或多或少地希望通过努力读书或当兵提干，跳出农门、摆脱贫困，甚至是光宗耀祖。周大新通过当兵、读书实现了一个南阳人的理想，他把自己对逃离土地一代人的观念、精神、情感的理性反思融入小说的情节叙述、人物塑造、象征寓意的构建之中。"走出盆地"，走出贫困是他作品中无数草根人物终身的期冀，是盆地人不懈的追求，也是周大新小说的主题之一。

如果说这种追求在汉家女身上有几分展示的话，那么在邹艾身上则表现得完整而鲜明，而在《第二十幕》尚氏家族身上表现得更充分。

《走出盆地》描写了邹艾为改变命运的奋斗过程。第一阶段是盆地里的奋斗。邹艾自小被父亲遗弃，孤儿寡母遍尝了人生的苦味，艰辛的生活培养了她泼辣、刚强的性格，她不甘贫困，不信命运，与命运抗争，要把自己的前途、命运掌握在自己手中。为此她想做官，于是就认真读书；读书不成，就用超出常人的行动和汗水拼命挣工分、挣钱。她从不放过任何一个改变自己命运的机会，干什么都要努力做到最好，不论是做普通农民，还是当妇女大队长、当赤

脚医生。邹艾终于用自己的奋斗开创了未来的光明前景，参军，走出了盆地！第二阶段是盆地之外的拼搏，从卫生员、护士、军医，到高干家庭的主妇，最后却被命运无情地抛回盆地。第三阶段又是盆地里的挣扎和奋斗：从镇办医院的医生到康宁诊所、医院、药厂的老总，最后遭人暗算康宁医院处于绝境。

邹艾不顾一切地想走出家乡，贞操、爱情、友情都放弃掉，终于改变了自己的地位，去除了自己的乡土痕迹。然而，从少年、青年到中年，转了一圈，她仍然没有走出"南阳盆地"。就像其小说三则神话中的三仙女、瑞花、唐妮，尽管她们决心走出盆地，可早有人在四周施了法术："人走地移！你永远休想走离盆地！"最后一个个只能力竭而死。可感天动地的是，即便是死了，她们的身体化为水也要冲开山脚，奔出盆地。这就是邹艾的精神，也是盆地人的精神。尽管最终邹艾破产了，可她创办世界知名医院的决心和信心不死，她说："人的命要真是一本书，我那本书上哪一页上写啥都得由我自己动笔，谁替我写我也要改！"

《走出盆地》试图通过三则神话的平行叙述把邹艾这种韧性、拼搏精神指认为盆地人的精神，但小说的叙述主体还是邹艾个人；而《第二十幕》通过一个尚氏家族为实现发扬光大祖业、织出"霸王绸"的梦想而挣扎与拼搏的家族奋斗史，更能代表盆地人的拼搏与进取精神，具有更广泛的意义。尚达志活了108岁，从少不懂事的孩童到历练成一个倔强执着、勤劳、节俭、精明、大度、不乏狡黠与开明的老实业家，生命中始终都回响着一个主旋律，织出"霸王绸"光宗耀祖。其间经过多少次的曲折坎坷，兴起毁灭，但他仍百折不挠，执着地坚守着自己的追求；并且他这种继业、建业、兴业的精神作为一种生命的根与源、一种血脉、一种传统流贯在他家族的生命中，代代相传，成为一种不死的灵魂，一种生活的目标和生命的意义。

尚达志和邹艾等人为实现自己的理想的不懈追求与奋斗，为走出贫困，冲出"圆形盆地"的梦想与挣扎，何尝不是盆地人坚强不屈、生生不息的"韧性"的现实折射？盆地人奋斗的故事又何止这些？

通过周大新对故乡深情的回望，展现出盆地子民真实的生存状态和真切的生命体验。周大新用生花妙笔谱写了一支支动听的思乡曲。虽然他近年来把艺术的视角转向了城市、转向了军营，但周大新对故乡的痴情依旧，关注故乡变化，并抒发一个游子对故乡的爱会是他永恒的主题。我们有理由相信，当他再一次回到故乡走走时，故乡的巨大变化又会成为他抒写吟唱的题材。

原载《长城》2011年第12期

274

周大新小说独特的叙事手法

任芸莹　王黎黎

传统的叙事作品往往有行动中的人物、有因果线索完整的情节，大都使用第三人称进行叙述。周人新的作品，继承了传统的以第三人称叙述为主的叙事手法，又有着不同于传统叙事作品的特征，有着独特的叙事手法，在注重故事性的同时关注着小说的艺术性。

一、多变的叙事视角

（一）第一人称叙事，渲染主人公浓郁的情感

泰勒在《文学的组成成分》中指出："第一人称叙事往往意味着鲜明的主题性与浓郁抒情性。"[①]周大新以第一人称叙事的作品往往带有主人公强烈的情感印记。在《蝴蝶镇纪事》中叙述了"我"——一个解放军排长和历史反革命家庭出身的豆苓的相识相爱以及生离死别的爱情故事，充满悲情；《伏牛》叙述者"我"西兰以自己充满仇恨的眼睛观察着身边的一切，写出了自己、养

① 徐岱：《小说叙事学》，中国社会科学出版社1992年版，第276页。

养、周照进之间的爱情纠葛和人性的悲剧；《握笔者》叙述者"我"叙述了自己回家乡之后本想为达宽伸张正义，可是为了自己亲朋好友的利益改变初衷反而为那些自己本要惩治的人做了文字广告的故事，让人备觉沉重，中国的农民什么时候才能有自己完整的人格尊严啊。值得一提的是《接引台之忆》中叙述者"我"讲述了面对洪水来袭时人们的各种表现，面对死亡人们把深深隐藏的善良美好显露出来了，不再有勾心斗角，有的是对人的尊严以及过往的恶的忏悔，在生死存亡关头揭示出人性的美好。作者用第一人称叙事让我们深深地感触到人性的可贵，即使曾经的恶，在有些时候也会转化为善良美好。

更有甚者，第一人称叙事中作者又运用了传统叙事作品当中的全知叙述："全知叙述是大家十分熟悉的一种传统叙述模式，其特点是没有固定的观察位置，'上帝'般的全知全能的叙述者可以从任何角度、任何时空来叙事：既可高高在上地鸟瞰概貌，也可以看到其他地方同时发生的一切；对人物的过去、现在和未来均了如指掌，也可任意透视人物的内心。"[1]这种叙述模式一般是第三人称叙事中运用的，但是在为了揭示人性之善恶的时候即使是第一人称叙事他也会采用这种全知模式的叙事。例如《如果上帝在》这篇小说中，作者便采用了全知叙事。叙述者"我"——上帝，小说以高高在上的造物主的视角对人性提出了质疑：上帝冷眼旁观，看出了费老大为了夺取宅基地而设的各种阴谋，灭绝人性地害死了汪家祖孙，伤害了自己女儿蕊蕊；追述了汪费两家从光绪二十二年开始便为了这宅基地而起的恩怨；并把视觉望向世界看到了英法为了争夺阿基坦和佛兰德而起的纷争；并回放了人类为了强化自己的统治而犯下的各种罪恶行径：日本兵的南京大屠杀以及活埋大同的三百余名知识分子、德国人焚化犹太人等等。这一切映射出了人类的丑恶，人类因欲望而产生的无知和残忍：他们忘记了日本人与中国人是同一个祖先，以色列人和阿拉伯人的祖先都是亚伯拉罕，汪费两家的祖先都是汪大力……这种全知模式的叙事让我们洞悉一切，从而对人性进行思考，对人类的一些行为进行反思。

周大新采用第一人称叙述视角，将读者直接引入人物的内心世界，容易激

---

① 申丹：《叙述学与小说文体学研究》，北京大学出版社2001年版，第203页。

发读者的同情心和直观感受，更加生动、引人入胜。但是这种叙述视角也有局限性，读者往往只能紧跟视角人物去观察和体会他人的言行，对视角人物以外的事物和人物则只能通过自己的猜测进行推断，这是一种局限但同时也是接受阅读的观念的一种体现，让读者进入故事当中，对作品进行阐释阅读，并且周大新以全知模式弥补了这种局限。

（二）多种叙事人称的交互使用，客观真实地深化作品主题

作者还采用了第一人称、第二人称、第三人称交互使用的叙事模式，例如长篇小说《走出盆地》中邹艾的人生三部曲，第一部是以第一人称和第二人称的视角通过"我"与主要叙事者"老四奶"的对话展开，从旁观者的角度突显邹艾不服输的性格；第二部，则用邹艾自述的第一人称的叙述再现主人公的奋斗史，表现出主人公内心的挣扎与矛盾；第三部则采用第二人称的叙述，间或用第三人称叙述，这时对话的双方变成了邹艾和女儿茵茵，在揭示两代人不同价值观的同时让我们看到回到盆地之后依旧奋斗不止的邹艾。短篇小说《倾诉》也是采用第一人称和第三人称交互使用的叙事模式，以"黄河"和黄河岸边长大的"他"为主要叙述者，用第一人称叙述了黄河的改道历史和为黄河岸边人带来的种种灾难，用第三人称表现出人类对自然的忏悔之情。

除了叙事视角的变化，作者还采用了多种叙事视点，例如《如果上帝在》中的全知视点；《牺牲》中的限制性视点，叙述者只知道人物的命运，听得到周围人对秀妮的种种看法，却无法洞悉秀妮的内心，听不到她的呐喊与申诉；《家族》《紫雾》中的外聚焦视点；《溺》中的内聚焦视点。

叙事视角和视点的变化冲淡了周大新小说复仇模式、悲剧模式的单调性和重复性带给读者的审美疲劳，增加了小说的审美意蕴。

二、不同叙事策略的运用

（一）将过去和现在交替来写，突出时代的变化

小说《寨河》描写了银月奶和孙女莓莓祖孙二人不同的人生历程。银月奶总是以她的遭遇来观照孙女的生活，认为现在的时代还是那个财主富人为所欲为的时代，因而总是用警惕的心对待别人，但是真相却是财主的后代是善良宽厚的，揭示了不同的时代，社会风气也会不同，那么人的命运也是不同的，不能用老眼光看待世事。《瓦解》中女儿万芹开放的婚恋观与古时禁锢人性的婚恋观以及对违背祖规和闺规女人的惩罚交替来写，突出女性意识的觉醒以及随着时代的变化人性的解放。

（二）将神话传说和现实交替来写，深化小说主题

长篇小说《湖光山色》中穿插了楚王赟的民间传说。楚王赟的两个"王"詹石蹬和旷开田像楚王赟一样被权力异化，丧失了人性的美好。最初旷开田憎恨詹石蹬的仗势欺人，可是当他当上村主任的时候却是有过之而无不及，欺男霸女，无恶不作，把自己当成了楚王，对村民任意欺凌，甚至对暖暖——曾经与他同甘共苦的妻子，也是毫不留情地打压。传说和现实交替描写，让读者更容易理解小说的主题，对农村的现状有进一步的思考。

《走出盆地》的三个部分都有一个传说贯穿其中，第一部分是二仙女与南阳将军人神相恋的爱情悲剧，第二部分是土地爷的小儿媳与挖红薯的小伙子的爱情悲剧，第三部分是阎王的妃子与年轻的迷仆的爱情悲剧。天上人间地狱的三个神话传说与主人公邹艾的故事相近，同时也强化了盆地人对走出盆地寻找到属于自己幸福的渴望，从而深化了"走出盆地"这一小说主题。

中篇小说《伏牛》中穿插了牛的有关传说，讲述了牛与人类的渊源。它成就了周家祖先的渊源，它为人类离地干活成为人类的朋友，再到善良淳朴的化身，选择善良之人为友，惩罚行恶之人，成为人类公正的判决者。牛的故事推动着情节的发展，同时彰显着人性的变化。通过牛的优化和人的被物质异化的

对比，揭示人类悲剧的根源是人类自己内心的欲望所导致的人性恶。《河里太阳》贯穿着白鹤洲的传说，用三只白鹤为了救治人间灾难而牺牲的精神来映衬主人公郝家后不屈服于现实坚持自己的做人原则的高洁，达到了作品颂扬善的目的。《接引台之忆》则穿插了阴丽华的传说，阴丽华船遇大水逃命的故事正与现实之中的情节相映成趣，故事中阴丽华是利用权势逼迫他人放弃生命而使自己活下来，现实中的人们却在危急关头幡然醒悟，选择了牺牲自己，虽然有挣扎但最后还是善良占了上风，叙述者"我"在别人的善良中存活，内心也受到了洗礼，对人性有了新的认识。

（三）用有特殊含义的物象连缀故事，突显主人公的精神

自从梁祝化蝶的传说流传开来之后，蝴蝶便被有情人视为幸福美满爱情的象征。中篇小说《蝴蝶镇纪事》中多次出现蝴蝶，既象征了豆苓的美丽善良，也折射出豆苓对美好爱情、自由、平等的追求。可是蝴蝶的生命是短暂的，这也暗示着豆苓必然死亡的悲剧命运，但是残酷的现实却无法遮掩人性的美好，为了维护所爱的人她选择放手，牺牲自己，最终就如蝴蝶一样得到了灵魂的解脱。《铜戟》中则始终贯穿着"它的飞"用以表现新时代军人面对困境不放弃、不抛弃理想，始终为之奋斗的时代精神。短篇小说《屠户》中则贯穿了"飞蛾"，飞蛾扑火在外人看来是愚蠢的，可是那种对光明和温暖的向往却令人叹息。而珠儿与董一宝的爱情便是如此，明知无望却始终坚持，珠儿为了延续爱人的血脉而无视名誉受损坚持生下他的孩子，这种决绝的姿态就如一只扑火的飞蛾，即使成灰也无怨无悔。

除了上面提到的叙事策略，周大新在长篇小说《第二十幕》中运用了中国传统小说的叙事：就是一条主线多条副线相佐的叙事方式，这也是司马迁《史记》中所用的互现法，不同人物的事件交错进行叙述：尚家尚吉利丝绸业的发展史，尚达志和盛云纬的爱情纠葛，卓远坚持真理追求的精神史，栗温保、晋金存、尚承达等官场更迭史等进行交错叙述，使得你中有我我中有你，在对比映照中表现人性的种种复杂性。

（四）风景和人物心理互相辉映，更深刻地揭示人性

在中国的文学中，风景是不可或缺的元素，王国维先生说："文学有二原质焉：曰景，曰情。"[1]曹文轩在《小说门》之中也指出："风景：小说的重要元素。"[2]后来又有景观叙事的说法。可见风景在文学作品中举足轻重的地位。周大新的小说关于自然风景的描写虽然很少，但是每一处都令人惊叹，寥寥几笔的风景描写往往直指人心，或揭示出人性的嬗变或揭示出人生的寓意，同时也推动着故事的发展。

《湖光山色》之中的景色描写往往是为了衬托人性而写，例如对三角迷魂区的描写贯穿了整个小说，"前方碧绿的水面上一切正常，仅仅几分钟之后，就如农妇点燃灶膛里的柴草炊烟升起一样，水面上开始有一股烟雾缓缓升起，那烟雾越来越浓越铺面积越大，直把整个湖心三角区全部铺满并开始袅袅升入高空"。在这突兀而来的烟雾中暖暖看到了房子，有的人看到了奔驰轿车，有的人看到了一个巨大的葡萄酒窖，有的人看到了庄园，有的人看到了美女……不同的人看到了不同的幻象，这说明每一个人都有自己的欲望，而旷开田和詹石蹬他们人性的善恶变化都源于他们内心的欲望。

《铜戟》当中从头至尾都贯穿着风景描写，从写一只小鸟似乎知道自己方向的踌躇满志、自信满怀，到为了自己的目标四处飞翔做高飞的准备，到飞得有些吃力，似乎迷失了方向。这好像就是杜一川命运的写照，他为了实现自己如岳飞、戚继光一样尽忠报国做一个优秀军人的理想而认真严格地要求自己，刻苦钻研军事理论，以为中国的国防事业做出自己的贡献，可是未料到的是他所在的营被解散了，他要复员了，梦想都破灭了。可是他却依旧为了自己军人的使命站好最后一班岗，解决了军队解散之际的兵乱事件。杜一川就是那只向往高飞的小鸟，即使面临被淘汰的命运依旧不放弃飞翔的梦想。有人说一个人的心灵就是一片风景，而《铜戟》中的风景描写则是杜一川灵魂的写照。从这个意义上来讲一片风景就是一个人的心灵史。

---

① 《中国近代文论选》，人民文学出版社1959年版，第767页。

② 曹文轩：《小说门》，作家出版社2002年版。

《银饰》的开头作者就用淡淡的口气诉说着故事发生的背景："故事的源头如今是一片废墟。像墓地里的白骨当年曾是健壮的小伙和水灵的姑娘一样，所有的废墟也都有过风华正茂的时候。当我站在那片扔满鸡毛、碎纸、烂菜叶……"这样的地方也许我们触目可见，是那么平常的场景，可是在这样的地方却曾发生一个融合着爱、恨，纠结着人性的善与恶的故事。绚烂与惨败的对比更容易引起人内心的惊悸与感叹。接着作者在写到碧兰和少恒的感情被吕道景发现后，这样写当时的天气："冬季的第一场大风把明德府的后花园变成了一个喧闹的世界：树枝在风中摇摆的呼呼声，藤条在风中扑地的劈啪声，干枯的花茎在风中断折的咔嚓声，间或掺和着一两声花盆被风摔到地上的乒乓响，使这个人迹罕至的地方竟有些热闹非常。""呼啸着的夜风看见她倒在了地上，趁机跑过来，把一大股沙土扔到了她的身上。"

周大新这样寥寥几句向我们暗示碧兰他们的命运就如那树枝、那花茎一样脆弱，完全被他人掌握着，会被沙土掩埋，在废墟中被人遗忘，但虚假的东西掩盖着他们人性中的美好以及对爱的渴望。在这里风景描写告诉我们人生的寓意：生命的真实往往会因为人类的欲望和恐惧而摧毁和掩盖。周大新用风景揭示着人性的善与恶的嬗变，让我们透过自然的风景看到人类灵魂的风景。

多种叙事策略的运用使得小说的情节跌宕起伏，为人物创造了广阔空间让他们展示内心世界，这样可以深化主题且利于表现复杂的人性。

三、不同小说形式的探索

周大新的小说不仅注重"写什么"，更关注"怎么写"，因此在小说的结构安排方面既继承了传统小说的结构模式也有自己的创新，可以说是别具一格的尝试。

早在上个世纪80年代，他的长篇处女作《走出盆地》就显示出周大新对小说形式的独特把握，作者按照人物的人生经历把小说分为三步，既贴合情节的发展又有深刻的寓意。《第二十幕》中作者用不断变化、衍生出新的意义的格子网作为小说的主要线索，暗示人们之间的恩怨就像尚家大院石碑上的格子网一样笼罩着人们，以此表现世事变化对人性的冲击，导致的人性悲剧。

在长篇小说《湖光山色》中作者用金、木、水、火、土五行来为小说进行结构划分，赋予作品以新的形式，并深化了作品的主题。"五行"的说法最早见于《尚书》中的《甘誓》和《洪范》篇，在《洪范》中被明确为水、火、木、金、土，并被认为是首要之事，它指的是自然的运行规律，如果人们不顺"五行"而行，则将如有扈氏与鲧般，为大命所弃绝！周大新在小说中采用这样的形式就是暗示人们不要人为地改变农村的田园生态和道德规范，否则必然会遭到天怒人怨，寄予了作者对田园的珍惜，对乡村纯朴、洁净的人性美的向往。

《旧世纪的疯癫》采用了书信体的形式，以邹振翼和惠子的日记作为叙事线索，互为补充，让读者深入主人公的内心，感觉那个疯狂的时代有良知的人内心的苦闷。《同赴七月》中则穿插进了日记体的写作形式，这样让我们感知面对高考的小凡内心的压力。《平安世界》则是童话体，用讲给成年人的童话表达作者对于灾难的忧虑以及对于人类的悲悯。《私房话》则以时间来串起全文：早晨、黄昏、午后、午前、晚上、午后，用不同时间姑嫂二人断断续续的对话讲述两个人从相识到结合的过程，用时间来间隔，以这样断断续续的诉说反映出女主人公不能嫁给心中所爱之人的纠结和痛苦。

"周大新坚定地说，与大众文学相比，严肃文学尤其显得孤独，但必须要有人坚持做下去——因为，一个民族的文化品格和人文精神，在整个民族的宏伟发展战略中，永远是最重要的。"[①]周大新痴爱着小说这门艺术，热爱这门可以普世的、追求完美的艺术。他的《第二十幕》被称作"中国的《百年孤独》"，而后《湖光山色》又获得茅盾文学奖，这一切都说明了他别具一格的小说艺术。

---

① 赵明河：《周大新和他的乡土中国》，《人民教育》2010年第8期。

论周大新小说中的男权意识

王　颖

南阳籍作家周大新，从处女作《前方来信》的问世至《湖光山色》荣获第七届茅盾文学奖，一直备受评论界的关注。许多论者认为周大新具有积极的女性观，"有一种男性的自省意识，他的作品体现了一种女性主义理论所提倡的'双性和谐写作'的理想书写方式"①。对此笔者不能苟同。我认为周大新对女性形象的塑造并没有超越"五四"以来中国现代作家对女性的认识高度，而是依然停留在以往男性作家惯有的对于女性形象的想象性书写上，而且正是因为这种传统的审美意识而受到了读者尤其是男性读者的认可。通过对作家笔下两种截然不同的女性形象的研究和男性形象的阐释及作家本人文化心理传承的分析，就可以揭示出作为男性作家的周大新潜藏着根深蒂固的男权意识。

一

周大新在进行文学创作时，常常把大量的笔墨放在女性形象的刻画上，

---

① 张建永、林铁：《乡土守望与文化突围——周大新创作研究》，作家出版社2009年版，第190页。

他曾说："我还是想把那些温暖的、深情的颂歌唱给女人。"①或许作家自己并未发现，正是他对女性的钟情使他不由自主地沦入传统作家惯有的对于女性的想象与书写，从而在作品中流露出浓烈的男权意识。美国女权主义者吉尔伯特和格巴的代表作《阁楼上的疯女人》把传统男性作家品中的女性形象划分为两类——天使与妖妇，天使代表温顺贤淑，遵守礼教传统，恪守妇德的女性形象；而妖妇是指敢于反抗男性权力中心主义的压迫的女性形象。其实不管是天使还是妖妇，都不是真实的对于女性形象的塑造，而是作家对于女性的想象性书写。而这两种形象的划分正符合周大新小说中两种性格不同的女性形象：天使——逆来顺受的弱者；妖妇——女性意识觉醒并敢于反抗男权统治者。

法国著名女权主义者波伏娃认为："女人并不是生就的，而宁可说是逐渐形成的。"②女人软弱温顺的性格并不是天生就具有，而是被她所生活的男权社会慢慢教化成的，"女人一开始就存在着自主生存与客观自我——'做他者'的冲突。人们会教导她说，为了讨人喜欢，她必须尽力去讨好，必须把自己当成客体"③。所以，当女性还是一个小女孩时，她就会想尽一切办法去讨好身边所有的人，尤其是男性，她们不惜把自己当成一个布娃娃供大家玩赏，只为赢得男性的开心，可以说，从女人降生那天起，就被定位在服从他人的位置上，逆来顺受的性格使她们容易赢得男性的喜爱，所以男性作家乐意去刻画此类女性形象，通过她们的弱小与顺从，体现出男性的伟大与强悍。周大新的小说也不乏此种弱者形象，如《第二十幕》中的顺儿、小绫，《伏牛》中的莽莽等。作为男性叙事的《第二十幕》为我们展现了众多女性形象，而作者对顺儿形象的刻画尤为深刻地描绘出生活在男性权力中心主义社会下的女性是欲做奴隶而不得的。在小说中，顺儿是尚达志的妻子，她温婉贤淑，是一个典型的贤妻良母形象，而由于身体的缺陷，从小自卑低人一等，丈夫就是自己的天，能否让丈夫开心便是她生命价值的体现。与其说顺儿和尚达志是夫妻关系，不

---

① 周大新：《给"上帝"的报告》，《瓦解·代跋》，长江文艺出版社1996年版，第353页。

② 西蒙娜·德·波伏娃：《第二性》，陶铁柱译，中国书籍出版社1998年版，第251页。

③ 同上，第263页。

如说他们是主雇关系，因为自顺儿进入尚家以来，从来没有展现出一个女主人的姿态，她和家里的雇佣没有任何区别，他们的结合只是顺应了家族的利益，根本没有爱情可言，没有爱情的婚姻是不道德的，而生活在封建传统道德社会中的她们根本没有资格去要求婚姻是否道德，她们如同案板之肉，任人宰割。作为顺儿的女儿——小绫，更能体现出男权社会中女性逆来顺受的悲剧命运，小绫的出生并没有给尚家带来多少欢乐，因为她是一个女孩，对继承家族事业起不到丝毫作用，所以当父亲为了事业急需用钱之际，不惜把她卖掉，而她也只能忍受这种不公的命运，长大后又被父亲当成物品一样送给好朋友卓远当女儿，女性的命运永远逃不出男人的手掌。在《伏牛》中，荞荞也是一个温柔善良的女性，与顺儿相比她更加漂亮，但也是因为身体残疾（哑巴），一出生便把自己定位在服务别人的角色上。而她与顺儿相比更显悲剧色彩，因为她的丈夫从一开始就只是为了利用她来获取金钱，对她根本没有任何情感，甚至至死也没有成为真正的妻子。她能做的只是默默地承担周家的许多工作，不惜起早贪黑，目的只是为获得丈夫周照进的一声赞赏而已，甚至在最后，她替不爱自己的周照进惨死在牛角下也毫无怨言。

顺儿、小绫和荞荞都是周大新所塑造的天使型女性，作者让她们甘于奉献牺牲，将她们神圣化的创作实际上是把自己对于女性的审美理想强加在她们身上，剥夺了她们作为真实的人而存在的权利，生命力和创造力被泯灭，将她们物化，成为男性的附属，正是迎合了男权文化体制对女性的想象和期待。伍尔夫称这些逆来顺受的弱者为"屋里的安琪儿"，这些女性在男作家笔下是作为"他者"的形象出现的，是迎合了男性的心理欲望，充分体现出男性权力中心主义的色彩。

与天使形象截然相反的便是妖妇形象的塑造，她们要么失去贞洁，富有激情，充满欲望，以泼妇、疯子、淫妇的形象出现。如《聊斋志异》中众多鬼狐、《西游记》中的女妖精、《水浒传》中的潘金莲、《俄瑞斯忒亚》中的克吕泰墨斯忒拉王后、《美狄亚》中的美狄亚等等。这些女性对男性是一种威胁和挑战，男性作家在刻画此类女性形象时大都给这些女性安排一种坏的结局，从而告示广大女性，此种女性是不可取的，终究走向毁灭。同样，在周大新的小说中，除了逆来顺受的弱者外，他还不惜笔墨为我们展现出众多具有顽强的女性意识、敢于冲破藩篱、反抗男权的统治的妖妇形象。然而作家并没有给这些女性以完美结局，而是同样地走向悲剧，从而迎合了上述理论。周大新在《第二十幕》中为我们塑造了一系列敢爱敢恨、坚贞顽强的女性形象：盛云纬对尚达志的爱终生不渝，为了和相爱的人在一起，敢于反抗恶势力的压迫，追寻自己的幸福，但就是这样一个富有激情与活力的女性，最终却被迫嫁给知府大人做小妾。在男权所操控的制度下，女性的能力和追求不可能有得以施展的空间，往往还没开始便被扼杀在摇篮里。曹宁贞是继盛云纬之后又一个集聪明、睿智、坚强于一身的女性，作者花费大量心血去描绘宁贞的美丽与智慧，指出她在尚吉利的发展过程中有着不可或缺的作用，"为了尚吉利集团的发展贡献自己的才智与青春，尤其在尚吉利集团遭受灭顶之灾时，她通过巧设美人计，不顾自己的名誉向恶人挑战"①。但是在男人看来，聪明的女人对他来说是一股巨大的压力，所以这样的女人在男作家的笔下难以得到好的结局。具有时代新女性特色的宁贞不可能被那个时代所接受，最终陷入污浊的流言蜚语中，只有死亡才是她最终的归宿。同样为爱而痴的栗丽虽为副市长栗温保的女儿却勇敢地迈出封建家庭和共产党人蔡承银结合，不但敢于反抗自己的家庭，更是对当时政党制度的反抗。但是栗丽最终也未能和自己相爱的人在一起，自己的孩子也被父亲亲手葬送，政党的交替使她变成一个地地道道的农民，反抗意识被泯灭殆尽。事实证明，女性的觉醒在男权统治下的中国难以走通。周大新安排这样的结局正体现出生活在男权统治下的女性，只能作出无谓的反抗，因为她们的命运早已被男性所归化。在周大新的众多作品中，还可以看到一些女性敢于通过自己的身体去鞭挞不公的社会。如《银饰》中的碧兰、《香魂塘畔的香油坊》中的郜二嫂，她们都是为了追寻正常的生命需求，敢于冲破封建藩篱，背叛自己的丈夫，做出让世俗所不齿之事，然而她们又得到了什么好的结局？碧兰最终被弄死，郜二嫂也没能和心爱的人终成眷属。身体的反抗可以

---

① 赵淑芳：《壮丽的升腾与无声的陨落——〈第二十幕〉中曹宁贞形象意蕴探析》，《信阳师范学院学报》（哲学社会科学版）2009年第4期。

说是女性反抗男权社会最好的武器，但是在封建等级森严的中国社会，即使有那些敢于通过自己的身体去冲撞腐朽的封建社会的女性，也无法摆脱男权统治对于她们的压制，最终只能走向悲剧结局。周大新对于这类女性的书写，有意无意地展示出潜藏在他内心深处不可磨灭的男权意识。这一类女性也正是许多男性作家所恐惧的，因为男性在她们面前会失去控制力，男性原本的压制力顿然消失，她们不肯逆来顺受，不愿放弃自己的利益，不会牺牲自我去赢得男人的欢心，而是随心所欲，不受世人的排布，勇于追求属于自己的幸福。所以周大新通过这类敢于反抗男权统治的妖妇形象的塑造，给她们以悲剧结局，也正是为了警示现实生活中的广大女性。

通过分析可以看出，不管是天使型女性的塑造，还是妖妇型女性的刻画，这两种女性都没有体现出真正的女性生命价值，两种极端女性的书写，都是男性对于女性的歪曲与否定，真正的女性既不是天使般只会奉献不图回报之类，也非妖妇般举止怪异凶神恶煞之类，男性作家笔下对女性形象的这两种划分本身就体现了其根深蒂固的男权意识。

二

男性作家的男权意识，也体现在作家对小说中男性形象的刻画上。陈忠实的《白鹿原》开篇就讲"白嘉轩这一辈子最引以为豪的就是一生娶了七房女人"，简简单单的一句话就能体现出男作家陈忠实内心深处潜藏的男权意识。鲁迅的《伤逝》，名为涓生对于子君的愧疚，但实质上鲁迅还是把悲剧的根源放在子君身上，因为她的自甘堕落，不求奋进才导致他们爱情的悲剧，不能不说，鲁迅在创作《伤逝》时，男性高高在上的心理占了很大的比例。

周大新也不例外，在他的小说中，这类男性形象的刻画比比皆是，最为典型的例子便是《第二十幕》中的尚家子孙三代：尚安业、尚达志、尚昌盛。尚家三代为了家族事业——尚吉利集团的发展，不惜牺牲身边的亲人。他们毕生的信念便是壮大丝织业，织出霸王绸，为了这一目标，即使牺牲亲人的性命也在所不惜。尚安业阻挠儿子的爱情，逼迫儿子舍弃爱情继承家业，每天早上都要诵读自己亲手为他写的《丝绸之印染》，连最后的遗言都是告诫儿子自己的葬礼一切从简，卧薪尝胆重建霸王绸。父亲未完成的夙愿，在儿子尚达志身上得以继承。尚达志为买机器，把自己的女儿小绫卖给他人做童养媳，抗战期间，为保机器而不惜失去儿媳容容的性命。他为了保全家族的事业，可以不顾儿女的死活，出卖自己的灵魂，正如凯特·米利特所言："这种在家庭生活中所表现出的性别支配，性别冲突，在社会秩序中，基本上未被人们所验证，一类人对另一类人统治的古老格局，仍是文化中最普遍的思想意识，最根本的权力概念。"①

在小说《向上的台阶》中，男性为了权力可以牺牲爱情婚姻，男性为了获得权力，可以拿婚姻作为政治的砝码。《伏牛》中的周照进也是为了获得钱财和权力，舍弃心爱的人而娶一个自己根本不爱的人，因为他们认为只有获得了政治上的权力，才能更好地统治身边的女性。文学的创作可以引申为作家的白日梦，因为作家在创作的过程中或多或少会夹杂着自己的理想与夙愿，不管是童年时期的幻想还是成年之后未能实现的愿望，在创作的过程中都可以书写出来，以获得精神的满足。农民出身的周大新虽然不乏现代理念，但也难免会受到传统价值理念的影响，男性凌驾于女性之上的状况早已司空见惯，所以，在塑造小说中的男性形象时，也在不经意间流露出这种男性可以随意支配压制女性的集体无意识。这种"集体无意识不是一种自在的实体：它仅仅是一种潜能，具有观念的天赋的可能性，这种可能性甚至限制了最大胆的幻想，为幻想活动划定范域，从而在艺术的形成材料中，作为一种有规律的结构原则而显现"②。

三

男权意识的产生离不开中国千百年来传统文化的影响，同时也离不开作

---

① 凯特·米利特：《性政治》，宋文伟译，江苏人民出版社2000年版，第20页。

② 陆扬：《精神分析文论》，山东教育出版社1998年版，第115页。

家生于斯长于斯的故土家乡。农村的贫困与落后无疑对周大新产生了一定的影响，军旅作家的他会受到军队等级制度的浸染，南阳独特的历史文化传承及南阳群体作家的文学成就，也对周大新的创作有着重要的作用。

众所周知，农村地区是受封建文化浸染最为严重的区域，这里的交通闭塞、经济文化比较落后，封建残余思想浓厚，三纲五常思想是长期束缚女性的枷锁。因为在农村生产劳动过程中，男性是主要的社会生产力，而女性在生产劳动的过程中起着辅助性的作用，所以男性就有权力去压制女性，男性对于女性支配已成习惯，男性权力中心主义就明显地体现出来这一意识形态已在人们心中生根发芽，所以从农村走出的作家在文学创作时往往会明显地流露出这一思想，如路遥《人生》中对高家林的塑造，及他身边的女性刘巧珍、黄亚萍的刻画都体现出传统观念对于作家男权意识的形成有着重要的影响。

1970年应征入伍，历任副指导员、干事，作为军人的周大新，高度集权的军队精神在他心里已生根发芽，军队有着极为森严的等级制度，等级的划分，就会体现出鲜明的男性地位。作为军旅作家的周大新，有着军旅作家如阎连科、柳建伟等共通的特质：吃苦耐劳、甘于奉献、绝对服从、有纪律性、不服输、有较强的荣誉感、注重细节、团队精神。尽管他们在小说中没有直接描述军队生活，但这些品质会在男性作家的文学创作中不经意间流露出来，从而充分地体现出作家的男权意识。

南阳有着悠久的历史传统，历史小说的创作对南阳文化的张扬有着重大的影响，不管是二月河的帝王系列，还是姚雪垠的《李自成》，这些历史小说本身就体现出强烈的男权思想，因为历史是男性权力中心主义的一个传统，历史小说中的女性往往是男性英雄形象的陪衬，这一传统的延续无疑对周大新的创作产生重要的影响。而南阳历史文化中最早把女性当作政治工具来源于"吴汉杀妻"的典故，它的出现更体现出南阳历史文化传承中女性有史以来都难以逃脱被物化的命运。受这一历史文化的影响，周大新不可能在小说中把女性置于男性之上。

南阳又是英豪辈出之地：智圣诸葛亮、医圣张仲景、政治家科学家张衡、经学家范宁、史学家范晔、辞赋家庾信等。浓厚的历史文化激励着生活在这里的每一个男性，周大新也不例外。伟人的成功使他不愿只做一个无名小卒，成功的欲望、幼年的贫困促使他奋发图强，在这种文化氛围的熏陶下，男权意识便油然而生。所以周大新和其他男性作家诸如陈忠实、张炜、路遥一样具有很强的男权意识，因为男权意识已成为这些男性作家的集体无意识。"任何一种集体无意识都不能脱离本民族文化，并对本民族的心理产生重大影响"①。

从周大新的小说中，可以看出男性作家对女性身份的认识从古至今都没有给予明确的肯定。从"五四"启蒙思想的提出到周大新小说的创作为止，对于真实女性形象的书写在男性作家笔下还没有完全实现。启蒙尚未在中国作家尤其是男性作家身上得到成功。千百年来的中国文学作品中都还是男性对于女性的想象性书写，无论是古典文学中蒲松龄的《聊斋志异》，现代文学中鲁迅、巴金、老舍的创作，还是当代作家陈忠实、莫言、路遥的书写，这一男性权力中心主义传统自始至终都没隔断过，双性和谐、男女平等理想化的写作在中国还未真正实现。男性作家在文学作品中塑造女性时往往会落入俗套，流露出浓厚的男权意识。不可否认，周大新在小说中描绘了美好的人性，在这里面也有对于优美而坚强女性的书写，但这美好中仍透露出男权意识残忍冷酷的一面，真正独立的女性想象尚未出现，女性自我解放之路仍任重而道远。

原载《海南师范大学学报》（社会科学版）2012年第2期

290

---

① 游路湘：《背着因袭的重担——论鲁迅小说潜藏的男权意识》，《南京广播电视大学学报》2005年第3期。

新世纪小说的乡土空间叙事及其意义

——以《湖光山色》为中心

王兴文

与反响强烈的农民工进城叙事相比，新世纪小说中乡村空间受到城市商业文化的冲击而被动城市化的叙事，往往被视为20世纪以来农民现代化主题的某种延续，因而其价值与意义被低估甚至忽略。事实上，聚焦城市资本形塑乡村空间的叙事把笔触伸向商业化冲击下的农村社会的变迁，对社会转型时期乡村变迁之中的社会生活的复杂性进行书写，反思了城市化过程的得与失，因而突破了简单的城乡二元对立叙事模式。如周大新的《湖光山色》、胡学文的《逆水而行》、孙未的《养鹰人》、王华的《桥溪庄》等，都从不同侧面探索了乡村城市化的现实及其后果。这些小说没有回避城市化过程中复杂的历史与现实状况，也没有简单地把城市置于乡村道德价值体系的审判席上并对之宣判；而是通过对城市化过程中沉渣泛起的乡村空间权力对农民现代化、城市化阻滞的书写，对城市资本侵袭乡村空间及其带来的灾难性后果的呈示，显示出对转型时期社会现实以及处于传统与现代夹缝中的当代农民的生存困境的深切人文关怀。这些小说不但展示了城市化过程中当代社会的全部复杂性，而且对城市化本身的合法性提出质疑，对现代性进程本身进行反思，并对城市化可能的理性途径进行了想象性探索。

一、城市化背景下的乡村权力空间

城市化推动了当代中国社会从以农业为主的乡土社会向以商业为主的现代城市社会转型，但是在大中城市经济快速增长走向繁荣的同时，乡村空间发生的社会变迁却是新旧杂陈的，甚至有的乡村出现了历史的倒退。尤其是在城市化过程中，当开放的城市空间成为经济增长的机器吸引了众多注视的目光之后，乡村空间的社会生活被城市耀眼的光芒遮蔽了。由于古老乡村民间社会长期浸泡于权力结构之中，加之城市化过程中乡村空间的被主流声音遗忘的状态，权力对这一空间的控制就形成社会转型时期乡间社会的一种畸形社会形态。杨少衡的《啤酒箱事件》、胡学文的《逆水而行》、毕飞宇的《玉米》、阎连科的《黑猪毛，白猪毛》、曹征路的《豆选事件》等，都对乡村空间权力的滥用以及权力的争夺进行了反思，而周大新的《湖光山色》则把乡村权力放在城市化、现代化的大背景下，揭示了乡村空间权力政治对农村与农民现代化的阻滞。

作为第七届茅盾文学奖获奖作品，《湖光山色》显然不是一部简单的致富史或者扬善惩恶的通俗故事。孟繁华认为，"周大新以他对中国乡村生活的独特理解，既书写了乡村表层生活的巨大变迁和当代气息，同时也发现了乡村中国深层结构的坚固和蜕变的艰难"①。所谓乡村的"深层结构"与"蜕变的艰难"，在小说中具体表现为权力至上的乡村空间秩序的惯性以及农民现代化的艰难。在主人公楚暖暖与楚王庄现代化的过程中，知识扮演了启蒙者的角色。小说中的知识分子谭文博是北京这座大城市里研究历史的专家，在楚王庄野外考察的过程中偶遇暖暖并且发现了楚长城。在谭老伯以及其后来到楚王庄的研究生们的不断启发（启蒙）下，暖暖开起了"楚地居"旅社，并走上致富道路。小说不经意间告诉我们，知识通过启蒙，不但使农民在现代化过程中摆脱束缚农民的传统思想，而且让他们在解放自己的同时找到锋利的武器，从而走出艰难困苦的生活。

---

① 孟繁华：《乡村中国的艰难蜕变——评周大新长篇小说〈湖光山色〉》，《名作欣赏》2009年第3期。

但是，城市化进程中的乡村空间的社会生活是复杂的，知识与现代文明启蒙并引导农民与乡村走向现代化的过程并非一帆风顺，而是在触及乡村社会的深层结构时被处处掣肘。权力在乡村中国至今仍是最高价值，城市化过程中的乡村空间在本质上还是一个被权力控制的空间，乡村政治权力不但控制着农民的身体与思想，而且对他们的现代化进行阻挠。而乡村民间社会又缺乏相应的监督和制约机制，这就导致乡土社会的权力与膨胀的个人欲望的联接，从而出现像詹石磴、旷开田这样的权力与个人欲望的奴隶。小说中的村主任詹石磴利用手中的权力两次占有暖暖的身体，利用农药事件拘留旷开田；而旷开田在当上村主任之后，同样飞扬跋扈、恣意妄为，不但与各种女人发生性关系，而且利用手中的权力欺凌弱小。在这两人的手中，权力被形象分解成对于具体的人和事的控制。乡间权力之所以失去牢笼到处肆虐，与乡村社会的深层结构密切相关。在古老的乡土社会，"道德和法律，都因之得看所施的对象和'自己'的关系而加以程度上的伸缩"。因而"在这种社会中，一切普遍的标准并不发生作用"[①]。在这种缺乏有效制约机制的情况下，权力往往越过樊篱成为控制乡村空间的独一无二的力量。从旷开田当上村主任之后的变化可以看出，乡村空间的权力已经成为一种资本，这种资本不但有控制乡村空间的能力，而且还会生产出新的权力关系，正如布尔迪厄所说，"权力的象征关系倾向于再生产并强化建构社会空间之结构的那些权力关系"[②]。

对城市化过程中乡村空间的叙事往往被视为乡土叙事、农民现代化的叙事，但是《湖光山色》等小说中出现的乡村权力却并不是20世纪以来乡土文学中的旧传统的简单替换。在中国现当代文学乡土叙事中，农民现代化一般被叙述为反抗旧观念、旧传统的模式或者改造旧思想、旧观念的模式，但无论何种模式，最终都是以新思想、新观念的胜利而告终。新世纪以来乡土空间叙事所面临的社会的复杂性在于，在城市化快速发展的同时，农村却走向凋敝，一些被改造、已被抛弃的思想与观念又沉渣泛起。尤其是权力对人的压榨以及对人

① 费孝通：《乡土中国》，江苏文艺出版社2007年版，第39页。

② 彼埃尔·布尔迪厄：《社会空间与象征权力》，见包亚明主编《后现代性与地理学的政治》，上海教育出版社2001年版，第306页。

性的扭曲，更是阻碍当代农民走向现代化与自我解放的绊脚石。《湖光山色》触及了乡村空间权力以及生产权力关系的土壤，但是如何限制住这种肆虐的权力，把权力关在笼子里，小说并没有提供解决之道。在权力控制的乡村空间，现代化的艰难不言而喻。虽然小说的结尾部分，旷开田和薛传薪被警察带走了，但是乡村社会权力并没有因此消失。所以，当暖暖在湖上空中的烟雾中看到象征权力的楚王赀时，也只有无奈地祝祷，希望他远离乡村社会。

二、城市资本对乡村空间的形塑

在权力控制下的乡村空间，乡村城市化往往表现为城市资本与乡村权力结盟，劫持土地，控制乡村，使乡村本土丧失主体性，沦为商业资本的工具。在这一过程中，城市商业资本向乡村的流动往往打着各种旗号，如开发、投资、建设、保护等，其实质是城市商业资本通过对乡村土地的使用权的租用、购买，生产供城市中产阶级休假、娱乐的消费空间，是所谓全球化进程的一部分。资本追逐利益最大化的天性使乡村城市化过程在某种程度上成为压抑乡村现代化的工具，并生产出新的穷人。诚如齐格蒙特·鲍曼所言：“对某些人来说全球化标志着一种新的自由，而对许多其他人而言，它则是残酷的飞来横祸。”①

在城市资本进入之前，传统的乡土社会由自给自足的自然经济（或计划经济）维持着乡村的农业生产，土地没有被异化。土地是农产品来源之大地，是田园牧歌的象征，是文学作品讴歌的对象。在某些诗人或哲学家那里，土地还通向一种神秘主义诗学。然而一旦城市商业资本侵入乡村，土地在前现代社会所拥有的光环黯然失色，其所维系的社会伦理道德、价值取向以及文化体系都受到前所未有的冲击。把商业运作模式引入乡村，加速了乡村的现代化，但是这种现代化、城市化，却使人丧失了生活的乐趣，使人变成被掏空了精神的符

① 齐格蒙特·鲍曼：《全球化——人类的后果》，郭国良、徐建华译，商务印书馆2001年版，第2页。

码化存在，再也找不到生存的意义与价值。

《湖光山色》主要关注城市资本对乡村主体性的褫夺。五洲国际旅游公司在楚王庄兴建"让城里人度假休息的绝好地方"，表面上是为挽住楚王庄衰颓的趋势，发展楚王庄，但即使小说主人公暖暖可能也没有想到，她打开的是潘多拉的盒子。五洲国际旅游公司在楚王庄兴建的"赏心苑"作为城市殖民乡村的据点，一方面不断将货币哲学灌输到楚王庄，另一方面也将楚王庄这个乡土社会中的一切都商品化。不管是女性的贞操、肉体，还是男性的道德、良知，都在这个巨无霸的车轮之下发出碎裂的响声。原本民风淳朴的楚王庄发生了巨大变化：年轻的姑娘们为了挣到更多的钱，进入"赏心苑"做按摩女郎甚至出卖肉体；通过勤劳致富的农民，如麻老四在赏心苑染上性病；原本善良、胆怯，并深爱着暖暖的旷开田也变成了另一个没有道德、没有良知的权力的象征符号。

侵入乡村的五洲国际旅游公司是"设法以牺牲他人来提高自己的土地使用潜力"[1]。换句话说是，城市资本的来袭不是出于启蒙或者为乡村谋福利，而是赤裸裸地追逐商业利润。因为在城市资本看来，"土地是地点的基本要素，是提供财富和权力的市场商品"[2]。土地能够带来利润和剩余价值，因而土地成为城市资本垂青并不断追逐的对象。因此，城市资本进入楚王庄，对薛传薪、旷开田以及那些神秘的旅客而言，"赏心苑"（甚至楚王庄）这片被劫持的土地生产出来的消费空间不但是休闲、娱乐的天地，而且带来无限增长的利润。至于"赏心苑"的扩建是不是损害了青葱嫂、九鼎等农民的利益，是不是给他们的生活带来飞来横祸，则是城市资本塑造乡村空间时避而不谈的。

吊诡的是，城市资本是以开发、保护的名义形塑乡土空间的。城市资本借薛传薪之口给暖暖许下诺言，同时也给楚王庄许下诺言：五洲国际旅游公司投资楚王庄是开发、保护乡土空间。作为城市资本代言人的薛传薪将布道

周大新 研究资料

---

① 哈维·莫勒奇：《作为增长机器的城市：地点的政治经济学》，见汪民安等主编《城市文化读本》，北京大学出版社2008年版，第49—50页。

② 张柠：《土地的黄昏——中国乡村经验的微观权力分析》，东方出版社2005年版，第18页。

与许诺勾兑在一起，在遮蔽资本掠夺本性的前提下，给暖暖（楚王庄）勾画出一幅乡村城市化的美景。在这里薛传薪的布道的科学性是由其所举例子中的欧洲国家：西班牙、法国、英国以及意大利的经验支撑的。如果联系小说前面使旷开田上当购买杀草剂的小贩的宣传，不难看出其间的一致性："美国原装进口""全是英文"等语句支撑着那个谎言。虽然薛传薪在投资上没有撒谎，但在运营后来的"赏心苑"的过程中，其骗术与卖农药的小贩又异曲同工。所谓的旅游景点的开发实质上是商业资本给城市中产阶级或者富裕阶层生产的休闲度假村，是一个典型的消费空间。在资本永不停歇地追求金钱、利润的过程中，开发楚王庄的许诺延宕成一个曾经美好的谎言。开发乡村，改变普通大众的生活本来就是城市资本为了劫持土地而许下的诺言，但资本的本性使他只做出承诺的姿态但从不兑现。而且，为了从被他生产出来的消费空间赚取更高利润，薛传薪不惜违法经营，与握有楚王庄生杀大权的村主任旷开田沆瀣一气，把弱势群体推至悬崖边上。

在城市资本重塑乡土空间之后，作为乡村主体性身份消失了。乡土空间权力同时得到了调整：原本是乡土的他者的城市资本，在与乡村政治权力结盟后，以"赏心苑"为据点重新建构起乡土权力控制的等级秩序。这是现代化过程中的乡村不曾预料的，但这种扭曲的空间却是转型时期必然会出现的一种扭曲的社会现象。

三、城市化过程中乡村空间叙事的意义

在农民工进城叙事模式批判现代都市诱使进城农民堕落的同时，新世纪小说对城市化过程中的乡村空间叙事把乡村置于传统文化的惰性因素与城市资本的张力中，揭示出城市化过程中乡村生活的复杂性。与农民工进城叙事的城市批判立场不同，后者没有以非此即彼的思维方式对城市化做出简单的道德化评判，而是通过乡村城市化过程中的具体事件，深入思考城市化本身的合法性以及乡村社会的深层结构，并探讨了乡村城市化的理想模式。

城市化过程中的乡村空间叙事对于乡土社会的深层结构的批判性审视，延

续了20世纪中国文学的反思国民性的主题，而这一点往往被城市化过程中的宏大命题所遮蔽并被视为过时。张柠认为，"20世纪的中国，并没有完成农业文明批判的任务，更没有完成对它的'扬弃'。相反，一些坏的东西沉渣泛起，而一些好的东西却消失无踪。因此，乡土问题不仅仅是经济问题，也是文化改造和传承问题。"《湖光山色》触及的正是杂糅着商业主义物质欲望与权力欲望的乡间社会的深层文化结构。小说中对旷开田人格的裂变与其人性的异化的书写，揭示出物质生活的改变与物品的极大丰富并不是真正的现代化。富裕并当上村主任的旷开田不仅没有接受现代文明的优秀成果，反而将传统文化的精华丢弃得一干二净。由此可见，"如果乡村的基本的社会结构和文化模式没有被触动，没有走向解体，无论什么程度的现代化的发展都必定是残缺不全的和'无根基的'"[1]。

值得注意的是，城市化过程中的乡土空间叙事还为乡村城市化提供了想象性经验。面对强大而稳固的乡土深层社会文化结构，《湖光山色》以浪漫主义笔法并通过理想化的暖暖这个形象的努力，表达了作家的乡村城市化的理想。一方面是接受与吸收现代文化的优秀传统，以现代理性取代经验性文化模式。前现代社会的文化逻辑的特点是以血缘关系、地域关系等结成共同体，从而维护传统文化稳固的深层结构。要改变这种现状就必须通过以制度化的市场经济文化逻辑取代乡土社会的文化逻辑，从而促进现代化步伐。另一方面，有甄别地吸纳传统文化的精华。小说中的古楚长城、出土的楚国器物以及关于楚王赀的传说等，从某种意义上说象征着传统文化。如果说小说结尾楚王庄楚国一条街的剪彩开业，是对传统文化改造性继承的话，那么暖暖祈祷烟雾中的楚王赀远离楚王庄，就意味着对于落后甚至残暴、变态的文化内涵的扬弃。而传统文化中的陈腐、落后思想是渗透在乡土中国的日常生活中的，是与农民结合成一体的，因而现代化依然任重而道远。

城市化过程中的乡村空间叙事对城市化本身的反思，以及对城市化宏大叙事以增长为中心的合法性的解构，同样发人深思。如《桥溪庄》中被工业污

---

① 衣俊卿：《现代化与文化阻滞力》，人民出版社2005年版，第29页。

染困扰的桥溪庄男性生育能力的丧失，象征着毫无节制的工业化也许会带来乡村的终结；而《养鹰人》则提出了人类生存的意义是否与物质的极大丰富有关的命题。在《刺猬歌》中，乡村田园牧歌的诗意生存以及人类与山林有灵性的动物之间的神秘关系，已被商业主义无止境的利益追求毁坏。小说将商业主义的代表唐童喻为土狼的子孙，而把果园拥有者美蒂喻为刺猬，主人公廖麦与唐童、美蒂的爱恨情仇其实是作家对商业资本的拒斥、对传统文明的眷恋。这些小说的共同主题是对乡村为城市化付出的无偿代价的惋惜，对城市商业资本的掠夺性的批判。这些小说提醒我们注意面对洪水猛兽般的城市与一败涂地、千疮百孔的乡村，启示我们追问城市化最终的目的与意义。因为从现实生活来看，城市化许诺的让人类生活更美好的理念的本质，依然是一部分人类美好的生活建立在对另一部分人类生活的摧毁上。幸福生活的诺言依然被延宕，并成为那个可能永远也不会出场的戈多。

原载《小说评论》2013年第2期

论周大新的小说创作

刘泽友

曾荣获茅盾文学奖的当代著名小说家周大新，从1979年正式步于文坛后，就曾被批评家们贴上各种标签，划入各种"类"或"群"。诸如军旅作家、乡土小说家、家族小说家、畅销作家、都市小说家等等。此种简单而笼统的界定和做法，一方面固然说明周大新的创作确实具有上述某类小说的特征，但是另一方面，却更加凸显出其创作并非某一种类型就能概括得了，实际上它们往往更复杂、更加充满变数和不确定性。纵观周大新近三十年的小说创作，我们大体上可以把它划分为三个不同发展阶段：一是80年中期以前，以《汉家女》《军界谋士》《"黄埔"五期》等为代表的军事小说，作品大多取材于我国当代军人特别是基层青年军官的日常生活，包括他们的学习与训练、理想与追求，创作的侧重点在于提示新一代军人身上所体现出的精神气质与道德风范；二是从80年代后期直至90年代，以《走出盆地》《步出密林》《第二十幕》等为代表的乡土小说，作者站在时代历史的高度，怀着悲悯而略带批判的复杂情感，真诚而冷静地状述着故土父老乡亲的生存困境，以及在困境中的苦苦挣扎和不懈追求。而创作的艺术聚焦点则集中在社会转型期间中国农民命运、心理的变迁及人性的善与恶、道德的是与非等层面；三是进入新世纪以后，以《21大厦》等为代表的都市小说，随着作者生活环境的改变与审美视野的扩展，周大新有意识地把自己的触角伸向现代大都市，希冀在传统乡村文明与现代都市文明的对照中，努力探寻现代城市居民（包括上层和下层）的精神困惑与人性畸变的社会历史、文化之因由。而在具体的叙事方法和表现手段上，在坚持一贯的现实主义基础上，自觉地、大胆地吸收和借鉴西方现代、后现代主义文学的某些养分，如象征主义因素的掺入等，从而完成了自己的艺术嬗变和跨越。

一、当代军人的道德评判者

当代军事小说，或者说军事题材小说，其源头可追溯到新中国成立初期的第一个十年。一批以反映革命战争年代为题材的军事小说，如《保卫延安》《红日》《林海雪原》《平原游击队》等，在广阔的历史背景与宏大的叙事追求中，表现的是在中国共产党的领导下，人民军队英勇顽强的斗争精神和牺牲精神，而革命英雄主义则是此时期"史诗性"作品的共同题旨。新时期以后，以《西线轶事》《高山下的花环》《凯旋在子夜》《射天狼》等为代表的军事小说，在反思文学的浪潮中成批涌现。与当时侧重于正面表现战争场面和高唱革命英雄主义的其他作品不同的是，周大新此时的军事小说，极少描写具体的战斗细节，没有任何血肉纷飞、炮弹呼啸的战争场景与战斗画面，他注目的是军营中最为普通的演习、训练和学习等日常生活，着力表现的是在貌似单调、枯燥的生活中去发现问题与矛盾并予以解决。同时，与《高山下的花环》等相区别的是，周大新并没有把军营与军营外的社会强行拉联起来以求获得更广泛的社会容量的艺术内涵，在此点上周大新的军事小说似乎反思色彩稍显淡薄，并没有紧跟时代文学之大潮。

在我看来，这正是周大新的高明与可贵之处，正是其创作有别于同时代其他军事小说家的独特所在。从文学角度来说，一个作家选择写什么、如何写以及为什么写的问题，往往是绕不开的基本问题，这取决一个作家所生活的时代，作家对生活的认知和审美水平所达到的程度。但是，怎样才能反映出生活的流动，反映出生活的深邃，反映出生活本身所固有的五彩缤纷的色调，则往往取决于一个作家能不能反映生活中矛盾冲突的复杂状态。

作为一个文职军官，周大新并没有切身的战斗体验，他所熟稔的是大后方军人们日常演习、训练的生活，因而，把演习和训练当作自己创作摄取的对象，并且以此作为视窗并注入作家对社会、历史和道德的认识、思考与评判似乎成为必然。

在《军界谋士》中，作训处三个年轻的参谋季浇粟、邢植生和白可，当他们面对军长实战演习中故意设置的漏洞时，竟然作出了截然不同的行为选择。季浇粟、白可假装不知，对可能出现的恶劣后果无动于衷，明显违背了起码的军事常识和军人职业道德。而性格倔强的邢植生，则敢于直谏和陈谋，甚而不怕军长的冷落和故意"刁难"，体现了一个军人最基本的品性和职业道德。作者在刻画三个人物形象时，并非作简单的对比，而是深入开掘并探究出他们性格背后的社会历史根源。季浇粟原本是作训处业务能力最强的参谋，刚分来时同样具有年轻人的朝气与刚直，但由于曾经触犯了某位首长而多次受到批评，所以他的性格、生活观念以至人生态度均发生了重大变化，直到最终变成了只知道"说笑话、下军棋、打扑克"而混日子的人。而白可的顺从与谨慎，则源于其父辈刚正不阿以致身陷逆境的惨痛教训。在这里，作者一方面提示了军队中常见的矛盾和冲突，反映出和平年代军人道德水准的降低，另一方面其笔锋所指这些矛盾的产生，不在军人个人，而在于压抑人才贬斥人才的历史与现实，令人深思。

同样的，《"黄埔"五期》中班长冀成训同范尚进、单洪及"我"的冲突与矛盾，皆源于军人职业道德的高下与优劣。作者借冀成训之手高举一块鲜红的石头而大声宣布："那些没有实际才能而又企望当上军官或保持军官职位的人，是军界最不道德的人！""别的行业任用庸才付出的代价是金钱，而军队使用庸才则必须付出鲜血和肉体。"

周大新以其高度的责任感和敏锐的洞察力，深刻反映了和平时期军队内部复杂的矛盾和冲突，揭示了军人素质欠缺和道德水准日益下滑的严酷事实，从而严肃提出了加强部队精神文明建设和道德素质培养的重大课题，无疑具有振聋发聩的艺术力量。

二、南阳故土的精神守望者

作为农民的儿子，虽然长期生活在军营，周大新的根毕竟在故土，在生他养他的南阳盆地。因而，在经过了短暂的几年军事小说创作后，他便把其艺术点拉回到豫西南的故乡。正如他后来提及自己创作转向时所说："我的笔一直写生我养我，给我欢乐也给过我痛苦的南阳盆地。在这块古老而又新奇，贫穷而又丰饶的土地上，我找到了属于自己的文学道路。"①

在以南阳盆地为题材的乡土小说创作中，周大新总是善于从社会和历史规律出发，站在时代的交汇点上来认识现实与观照历史。一方面，他把笔触伸向历史的纵深处，如《第二十幕》《银饰》等，作品分别从政治、经济、文化等各个层面来表现南阳人，其实是整个中华民族的生存状况，他们在逆境中的挣扎、反抗和追求，其中饱含着强烈的对封建专制思想文化的批判精神。另一方面，作者以先进的现代理念，致力于描绘当代农村变革中人的价值观念、文化心态、思维定势的嬗变，反映了改革开放进程中农民命运的变迁，他们的悲苦与欢乐。同时，周大新并不回避现实生活中的矛盾和冲突，改革中的阻力和负面因素，体现了一个优秀小说家清醒的现实主义精神与理性原则。

《武家祠堂》是一篇相当深刻的作品，但其重要性却未得到人们的应有重视，其意义也被评论家们有意无意地忽略。小说讲述了改革开放初期发生在农村中一件看似最平常不过的"群体义举"的事件，形象地提示了传统的良知与道义是如何影响到落后地区的经济繁荣，并由此导致个人的命运悲剧。尚智的技术革新和降低成本，原本是惠及千家万户的好事，是应当大力扶持与鼓励的，然而，因其低廉价格所带来的市场竞争中具有的比较优势，令同样从事服装生意的烈士遗孀常二嫂利益受损，以致生意清淡而满面愁容。面对如此境况，村民们在同情常二嫂之余，并没有从常二嫂自身找原因，也没有为她拿出真正扭转不利局面的改进方法，如革新技术、提高服务质量等市场常用法则，而是一致把矛头指向本不相干的小伙子尚智，最终迫使尚智只能远走他乡另寻

---

① 白万献、张书桓：《南阳当代作家评论》，河南大学出版社1996年版，第134页。

出路。尚智的人生悲剧旨在告诉人们，传统的道德力量与善良举动，有如一道精神围墙，时时在所谓"正义"的名义下是如何地阻碍着市场经济的良性循环运行。当一切行为均以道德而非市场规律与法律作为评判的标准时，往往会带来意想不到的负面影响甚而严重后果。

除了注目于现实农村农民的生活，紧跟时代脉搏的律动外，周大新不忘把创作的视野回溯到历史的深处，对近代百年来中国农村（包括乡、镇）政治、经济、文化等的变迁作了全景式扫描，而其着力点则在于通过对代表封建文化思想体系的旧家族中人物命运的书写，揭示出封建专制思想文化是如何地阻碍着历史前进的脚步和对人性的挤压与践踏。《银饰》中碧兰的悲剧，与其说是性格悲剧，不如说是社会悲剧。在令人窒息的明德府中，碧兰被迫与"披着男人皮"却迷恋于女性饰物、衣着的丈夫绑在一起，可自打进门却从未享受过正常的男欢女爱。在强大的封建礼教与道德力量的压迫下，碧兰既不能如大家闺秀那般地闹，因为她没有一个可倚仗的显贵家族；同时，她又不能忍受本能的欲求，因此冒险偷情似乎成为她唯一的选择。她也许不明白，作为一个正常的女人，自己是可以大胆追求自己的爱情与幸福的，但是这些现代女性才应有的思想意识与理念，对碧兰来说是一种奢求。因而，她与小银匠的私情，从一开始就意味着悲惨结局。

《第二十幕》以其近百万字的鸿篇巨制，深刻提示了近代以来民族工商业发展过程中的艰难与曲折，表现了中国百年来的沉浮之历史，以及在大的时代背景与环境中民族工商业者的个人命运。鸦片战争以来，"救亡图存"成为时代主题。中华民族各阶级与阶层都在尝试着寻找民族自救的途径。既有太平天国起义、义和团运动等自下而上的农民式革命，也有封建统治阶级发起的戊戌变法和孙中山领导的辛亥革命等等，但其最终结果无一例外地以失败而告终。洋务运动中所倡导的发展民族工业，由于受制于帝国主义与买办资本家的双重压迫，其成效也收之甚微。茅盾早在30年代的长篇小说《子夜》中，就为我们解开了这个历史之谜。吴荪甫与尚达志两位资本家的结局，几乎一模一样。尚吉利丝织业的起伏与沉浮，"霸王绸"虽经几代人的孜孜以求而终无结果与不能实现，进一步证实了中国民族工商业夹缝中求生存的困顿与惨败。

历史小说创作不能游离于传统与现代的两重语境，当作家以历史态度来面对传统时，他首先应该站在现代的立场上，以理性的批评精神和清醒的悲剧意识对传统本身的历史命运进行反思，而不是深陷历史细节泥潭中无力自拔。在《第二十幕》中，周大新在深入历史最深处力求把握家族意志承载的传统精神力量（如韧性、家族利益至上等）时，并没有单一地局限于对家族琐事的具体书写层面上，而是敏锐地捕捉到时代的风云变幻是如何地激荡着每一个人的神经末梢。日本侵华战争中尚达志为保织机而失去了儿子儿媳，使尚吉利家族事业受到重创；官宦阶层对工商业者的压榨与盘剥，令尚吉利丝织业举步维艰；"文革"后尚吉利丝织业本可起死回生，不料家庭内部危机却接连而至……周大新以其充分的现实主义精神，在肯定尚氏家族为了家族利益和荣誉进行艰苦卓绝的追求的同时，还对其违反人性、牺牲个人幸福的极端做法表示出反感与厌恶、批评与挞伐。正如作者自己所言："我是怀着既爱又恨既钦佩又鄙视既想颂又想贬的很复杂的心情去写的。"①

三、现代都市文明滑落的见证者

步入新的世纪，周大新创作题材的取向开始转向大都市。秉承着现代都市小说的路子，周大新的都市小说，其基本特征就是，随着当代城市化进程的迅猛发展，现代性的负面因素，如伦理道德的沉落、极端的个人主义、人性的畸变和人情的冷漠等弊端日益凸现，作者站在现代人文知识者的立场上，满怀忧患意识与理性批判精神，对其进行了深刻提示与抨击，并且更深层次地对现代化追求过程中如何把现代性的负面影响降低到最低限度做出了自己的认识与反思。在《21大厦》中，作者借一个从乡下来的保安员小谭的特殊视角，对生活和工作于现代高楼大厦中的人们形形色色姿态作了摄像式的扫描，并且借人物之口直抵其心理底层。在这群都市男女中，既有为金钱而出卖自己的女大学生彭仪，也有因精神的极度空虚而自杀的女博士宋大姐，还有贪污腐化的沈部

---

① 周大新：《答二君问》，《旧世纪的疯癫》，新世界出版社2002年版，第365页。

长……无论是上层还是下层，是官员还是知识分子，是男性还是女性，虽然他们的具体身份、地位、职业、经济状况各不相同，但他们都带有鲜明的时代印记，那就是伴随城市化而滋长的都市"文明病"。周大新在冷眼凝视他们的各自表演时，心情无疑是沉重而忧郁的，依稀仿佛传来阵阵的叹息之声。

作为拥有博士学位的知识女性，宋大姐有着优裕的物质生活，但其精神生活却严重缺乏。她渴望拥有一份真正的爱情，拥有一种幸福的婚姻，然而现实并未如她所愿。对她曾经山盟海誓的未婚夫魏东汉，暗地里时常同其他女人鬼混；而英俊潇洒的马卉，一度重新燃起她步入婚姻殿堂的希望与勇气，但其结局却是使她财色两空；不甘于失败的她于是借助现代媒体的便利，利用征婚广告结识了典雅古朴的郭堰，这一次她败得更惨，因为郭堰已是有妇之夫，且有一个可怜的孩子！正是因为接二连三的打击，使宋大姐彻底丧失了对男人的信心与信任，彻底抛弃了结婚的念头，决心从此与男人绝缘与婚姻告别。然而，作为女人的正常生理欲求，却又时时折磨与困扰着她，于是她买来了自慰器以求达到性的满足，殊不知这无异于饮鸩止渴，终于，不堪精神重负的她选择了一条极端的解脱方法，怀着对古典爱情的无穷梦想跳楼自杀。

宋大姐所梦想与追求的纯真爱情，在极端个人主义的现代商品社会里，显得多么的不切实际与虚妄，即使这种爱情偶尔存在，但要维系纯洁与忠贞必将付出沉重的代价。虞悠与海军中尉的恋情，可以说是真诚与执着的，但因虞悠为救一个弃儿染上艾滋病后还是终致破裂。婚姻与爱情的危机，人际关系的脆弱一览无遗。

梅苑与彭仪，一个是接受了高等教育的名牌大学生，一个是没有多少文化的打工者，但她们所选取的生活方式与人生道路却惊人地一致，那就是凭着女性的漂亮外表和肉体，得到她们所渴望的金钱与物质利益。在她们的灵魂深处，所谓的人格尊严、道德廉耻皆已不复存在。而邱总裁与沈部长，则为了自己的情欲的满足，最终也落得了家庭毁灭、身陷囹圄的可悲结局。

与《21大厦》相似的是稍后出版的《湖光山色》。表面上看《湖光山色》似乎又回到了乡土叙事，其实不然。此时的周大新对城市生活的把握与现代化进程中乡村的衰败均有了认识上的飞跃。他一方面有感于改革开放所带来的一切新变，以及这种新变对传统乡村文明的种种冲击，同时，具有深切意味的是，旧有秩序的打破改变着人性与传统的人际关系，但传统文化中恒定的"仁义""慈爱"并没有随着全部消失。暖暖创办旅游公司的艰难与曲折，她与丈夫旷开田的悲欢离合，她同村主任詹石磴的恩怨纠葛，以及同薛传薪的合作与分离等等，我们分明看到了当代农村的新的希望与生机，哪怕这种希望仅仅是"乌托邦"，满含理想主义色彩。也正因如此，周大新在书写当代乡村的变革时，其调子相较于《21大厦》而言，明显达观了许多。

原载《创作与评论》2013年第2期

周大新乡土小说的神秘叙事

李炎超

一、周大新乡土小说神秘叙事的体现

（一）神话故事的呼应

长篇小说《走出盆地》里面主人公邹艾的人生历程与三则关于南阳三条河即白河、唐河、湍河的神话相缠绕，贯穿情节始终，相互补充、相互映照，形成了一层浓密的神秘气氛。三则神话写出了三个女子的不幸命运与决然抗争，与书中的主人公邹艾与命运抗争的故事相照应。作者以"走出盆地"为题，主要讲述邹艾的人生故事，传说中的三仙女、唐妮、湍花三人的悲剧故事与主要情节同时推进，形成一种互文对应关系，蕴含着作者对于盆地问题的思考，南阳盆地这块古老的土地，曾经是那样的闭塞与落后，人们渴望走出去，走向外面的世界。传说里的三位女性都以自己的生命为代价，身体化为三条河水，最终冲出了盆地。现实故事里的邹艾也在想尽办法走出盆地，走向一种她所向往的生活，但最终的结果是她又返回到了盆地，并在盆地里找到了自己的人生目标。文章表露出作者"根"的情结，生于南阳盆地的周大新，对于那块土地是挚爱的，正是基于一种深深的眷恋，使走出盆地的他回望乡土，以现代性的目光重新审视这块土地，这里有着根深蒂固的东西阻碍着它的发展，比如那种狭隘的小农意识，那种你死我活的残酷的家族争斗，那种特权之下的丑恶人性等，但作者并没有以一个盆地局外人的目光凌驾于盆地之上，从而否定盆地文化与意识的合理性和历史与现实的规定性，而是以一个自家人的身份来反观乡土文化，在批判的同时也在讴歌乡土的乡风与民情，讴歌他们的纯朴与善良，他们的挣扎与不歇的奋斗精神，邹艾正是不甘于命运的女性的生动代表，作者最终认识到最伟大的生命力还在于盆地内部。《走出盆地》分为一步、二步、三步三大部分，三大部分形成了一个象征整体，那是三则故事中几位女性永不停歇的脚步，也是她们努力冲出盆地的艰难与曲折的历程；也是现实故事中邹艾的追求新生活的脚步，更是盆地人永不停息的脚步，在这生命不息、奔走不止的脚步里，作者倾听到了来自盆地人内心深处的呼吸。

神秘情节与人物命运互为缠绕，成为诠释人命运的印证。《银饰》中银匠父子在梦中见了一团黑云和一只黑鸟，"那黑云慢慢向他的头顶移近，那个黑色的怪物又在那团黑云里现出了身子，只见它啸叫了一声，猛向他扑来"，于是小银匠便命丧黄泉；《走出盆地》中邹艾从梦里醒来，发现"一个好高的黑影正慢慢向床边移来"，他缓缓抬起磨盘大的手向她和女儿伸去，顷刻又消失无影。一个傍晚，黑影在花坛旁边再次出现，不久，公公与丈夫就先后去世；《第十二幕》中云纬抱着对幸福婚姻的梦想进入梦乡时，她看见自己向达志奔去，突然"有一个穿黑衣的看不清面孔的人拦在了前边"，用手指向一旁，命她绕路而行，第二天她果真被迫与达志分开，揭示了人们潜意识深处的对于一些阻止自身幸福的恶的惊惧，增强了表达力度。

在作者其他乡土小说里都有着大量的神话传说，《湖光山色》中，作者在小说中穿插了楚王的传说，"王"与楚王庄中的"王"即村主任互相印证，楚王庄的村主任是一村之王，楚暖暖与旷开田忤逆了村主任的意愿而公开成婚时，詹石磴震惊于竟然有人公开挑战自己的权威："他压根就没有想到在楚王庄会发生这样公开欺侮他的事情，竟有人敢把我詹家看中的女人生生抢走？！"后来暖暖的丈夫旷开田当选为村主任后仍然把自己当作王，拥有了权、钱，尤其是得到了代表城市商业资本的薛传薪的投资之后，也把自己当成了"王"，从而走上了和詹石磴相同的道路。"王"的意识在那些自私狭隘的人思想深处是如此顽固。另外如《蝴蝶镇纪事》中关于蝴蝶的传说，《武家祠堂》中关于祠堂的传说，《风水塔》中关于柳镇风水塔的传说，《泉涸》中关于周族祖先的传说，《14 15 16岁》中关于上帝造人的传说，《伏牛》中关于牛能预知祸福、辨别善恶的传说，《香魂女》中关于香魂塘的传说，《怪火》中关于怪火的传说，等等，都增加了作品的神秘色彩，神秘世界与现实世界互相交织，阅读过程中，读者被一层层神秘的氛围所笼罩，在神秘气氛中，作者阐释着命运、命定、抗争等问题，引发读者的思索。

（二）神秘意象的隐喻

神秘意象是构成周大新乡土小说神秘叙事的一个重要方面，这些意象与书中人物的命运息息相关，构成了天人合一的美学意境。《紫雾》中描写的紫雾现象，"洞内终年吐一缕白雾，无风时，升腾如柱，高可凌空；有风时雾柱弯而不断，或成三角，或成方框，或成圆环；下雨下雪时，雨点雪花，在离雾柱一两米处，全自动消失，干活人想避雨雪，只需往雾柱旁一站，雨点雪花就决不沾身。这不算是其最怪处，最怪的是山洞有时会突然喷出一团发光耀眼的紫雾，且在喷出的同时发一闷重声响，似喊似叹，令人惊心"。紫雾在这部小说中有着重要的预示作用，紫雾与人物的命运有着重要关联，紫雾每一次出现，柳镇都出现一些灾难。紫雾在小说中形成了一种浓重的抑郁与神秘气氛，与小说情节相互呼应，加重了人物命运的悲剧色彩，同时也隐含着作者的道德情感与思考，人间的一切灾难与欢乐似乎在另一个诡秘的世界都有着对照，人间的一切都在上天的视线之内。

《伏牛》中的牛意象是贯穿全文的一个重要线索，牛能够感应自然界发生的一些重大变故，如山洪暴发之前，牛湾村的牛一齐大叫，"整整叫了两顿饭功夫，直到把全村的人都惊醒"，村子里人们都跑向了高处，而整个村子则被洪水卷走了。牛识人，"好多牛都会在人中选一个可倚的伙伴，它们很精，它们怕自己病时、老时得不到照应。它们一旦选中了可倚对象，就会对他百般顺从……他们选这种可倚对象时非常挑剔，会凭自己古怪的感觉选得很准"。李荞荞对那头名叫云黄的牛最亲，云黄对李荞荞也非常爱护，荞荞割草时一条蛇正要扑向她，正是那头牛——云黄把蛇踏死救了荞荞。当荞荞受到丈夫周照进的毒打时，云黄挣断绳子把牛角伸向了照进；牛还会叹息，会笑，高兴时"哞嘀嘀"，"这是牛在笑，奇顺爷说过，牛会笑，牛这样叫的时候就是在笑！""它正双眼定定地看着软软倚在婆婆身上的荞荞，口中长长出了一口气。奇顺爷说过，当牛在长长出气时，就是在叹息。"这样的意象已不再是一个单纯的意象，而是一个灌注了作者的情感与哲思的对象，牛成了一个能辨别善恶的散发着神秘之光的神体，被作者播散在文字里，构成了如梦如幻的神秘情调，更为重要的是这个神秘意象时时在提醒人们，人间的一举一动都会在另一个世界得到呈现，无论何时都不能做出违背做人道德准则的行为，否则会有报应。对自然与自心，必须有所敬畏。这些神秘意象在文章里如同一双神秘的眼睛，注视着人们的一切，不时发出一些令人惊异的信号，是一种提醒，是一种警示。遗憾的是人们为了各自的利益而迷失了自己，对于这些置若罔闻，结果酿成灾难。《紫雾》中的龚老海为了阻止自己的女儿与周龙坤相恋，竟砍掉了周龙坤的脚趾；周龙坤为了报复龚老海，用诡计陷害素素，羞辱龚家，家族争斗不断轮回，害了自己也害了他们无辜的儿女，酿成了一出又一出悲剧。《伏牛》中的周照进并不爱荞荞，娶荞荞只是把她当作达到自己目的的手段，结果致使荞荞失去了生命。"为了使人类日臻完美的文学理想"[1]，是周大新美好的愿望，热情地描述南阳盆地那块土地的平民人生和发生在那块土地上的种种人生变故，表达对中国现实、历史、文化、人性的独特思索与认识。

① 周大新：《回望来路》，见陈继会主编《文学的星群——南阳作家群论》，河南文艺出版社1996年版，第367页。

二、周大新乡土小说神秘叙事的渊源

神秘主义作为人类对无限的宇宙的一种特殊的认知方式，历来是文学创作的主题之一。中国文化中之所以具有浓厚的神秘主义色彩，神秘主义是人类对无限的宇宙的一种特殊的认知方式，也是文学艺术探讨的主题之一，更是一扇通往文学殿堂的窗口，透过这扇窗口，会向人类敞开另一个奇异的世界。周大新乡土小说的神秘叙事有着重要的渊源。

（一）地域因素。周大新的故乡南阳，是一个有着悠久历史文化和独特地理环境的神奇土地，南阳民间流行巫术之风和鬼神之说，也流传着丰富的充满神秘色彩的故事传说。他自己曾说过："故乡盛产故事，差不多人人都能讲出一串串的故事。在母亲的膝头上，在生产队的牛屋里，在飘着麦香的田头上，在夏夜纳凉的竹席上，我从乡亲们口中听来了无数个童话故事、神话故事、鬼怪故事和现实生活故事。几十年后我方明白，当初我从鸭嘴叔和其他乡亲们口中听到的那些故事，其实就是故乡给我上的最初的文学课程。"[1]这些故事是他小说创作的重要源泉。

南阳位于河南西南边境，与陕西、湖北紧邻，深受楚文化、三秦文化影响，具有浪漫气质与神秘因子，"中原文化入世、务实、凝重、坚挺的理性精神，荆楚文化的瑰奇、浪漫、神秘、艳丽的文质品格，铸就了南阳盆地文化的独特品质：现实与浪漫并存，凝重与飘逸兼容，重质轻文，博大雄浑而又浪漫飘逸，持重务实"[2]。周大新坦言："乡村生活是条水面宽阔、流速缓慢的大河，船行河面，可以看清水底的景象。我出生在河南邓州农村，秦楚文化的粗犷和浪漫构成了那里独特的地域文化。在我的作品中，它几乎成了一种永恒的背景，一种不可或缺的意向，像《香魂女》《汉家女》等作品中都可以看得出这种鲜明的风格。"[3]滋养他的那片土地为他的小说创作提供了丰厚的资源。

① 周大新：《漫说"故事"》，《文学评论》1992年第1期。

② 陈继会主编：《文学的星群——南阳作家群论》，河南文艺出版社1996年版，第12页。

③ 孙淑霞：《专访周大新——我力图表现的是民族精神的韧性》，大河论坛http://bbs.dahe.cn/read.php? tid=11094060.

如安留岗与刘秀、卧龙岗与诸葛亮、武家祠堂与岳家军的民间故事在他的书里都有生动的叙述，有关棠梨村、柳镇风水塔、梅溪河与周族祖先发现南阳牛以及由吃牛到崇牛的美丽传说在他的小说中都有鲜活的描写，自然神秘作为一种文化母题，它深深根植在部分乡土气息相对较厚重的作家的写作意识中，带有浓厚的地域文化色彩，成为作家感悟生命、表达世界的一种互文表述。

（二）时代影响。文学中的神秘主义创作是中国现代小说创作一个重要叙事传统，如鲁迅的《故事新编》，沈从文的故乡系列等。在当代文学中神秘叙事也不是作为一个个案出现的，而是一种普遍现象。"80年代以来，随着启蒙话语的衰退和社会文化从政治主位转型到文化主位，神秘主义在文学中也相应地有所回升。"[①]另一方面西方文学的影响自然也不能排除，80年代以来的改革开放引进的不仅是西方的技术，还有西方的文化和文学。特别是《百年孤独》，对中国作家有很大的启发。一时，魔幻现实主义风靡中国大陆。80年代末到90年代，中国神秘文化出现复归趋势，并出现神秘文化研究热，一批具有神秘色彩的小说，陈忠实《白鹿原》，贾平凹《废都》，莫言《丰乳肥臀》《酒国》，史铁生的《我与地坛》《命若琴弦》，阎连科的《日光流年》《年月日》《耙耧天歌》，余华的《河边的错误》，阿来的《尘埃落定》，扎西达娃的《西藏，隐秘岁月》这些作品融民间传说、民间信仰、远古神话于现实生活，颇具魔幻现实主义色彩。"在20世纪80年代初，我们已经发现了当代小说中神秘主义思潮的滥觞。从《晚霞消失的时候》对信仰的叩问（这样的叩问后来在史铁生、张承志的作品中得到了继续）到《海边也是一个世界》对人心之谜的窥探再到《沉沦的土地》对命运之谜的发现，这些作品不约而同地开启了探讨人生神秘性的思路。"[②]周大新在80年代末到90年代正是创作的黄金时期，其乡土小说中的神秘叙事不难看出时代的影响。

（三）文化传统。神秘文化是中华文化重要组成部分，它是一个客观存在，"中国本信巫，秦汉以来，神仙之说盛行，汉末又大畅巫风，而鬼道愈

---

① 谭桂林：《从脱魅到迷魅——20世纪中国神秘主义文学思潮的演变》，《社会科学辑刊》1999年第4期。

② 樊星：《当代文学新视野讲演录》，广西师范大学出版社2007年版，第178页。

炽，会小乘佛教亦入中土，渐见流传。凡此，皆张皇鬼神，称道灵异，故自晋讫隋，特多鬼神志怪之书……"①中国的古典小说就充满了神秘主义的氛围，"须知六朝人之志怪，却大抵一如今日之记新闻，在当时并非有意做小说"②。经典作品如《桃花扇》《窦娥冤》《聊斋志异》《三国演义》《红楼梦》《水浒传》《西游记》《封神演义》等作品中都不乏神秘描写。"经过五四新文化运动的冲击，现代小说已经形成了严格的写实传统。这样的传统一直延续到了1949年以后的新中国文学中。然而，这一切并不意味着神秘主义文学的灭绝。到了思想解放的新时期，神秘主义思潮也在现实生活和文学创作中悄然复活了。"③

三、周大新乡土小说神秘叙事的美学意义

乡土小说一直是周大新创作的中心，乡土也是周大新创作的重要灵感。周大新乡土小说，借助种种的神秘现象表达了一种现代意识，表达了对于人类生存的思考，从而达到一种精神超越。周大新说："我的笔一直在写生我养我，给我欢乐也给过我痛苦的南阳盆地，在这块古老而又新奇，贫穷而又丰饶的土地上，我找到了属于自己的文学道路。"④自然世界的真相，仅依靠科学之力无法达到这一目的，有时直觉体验到的神秘境地倒是可以歪打正着，直抵事实的本真，这种超越了科学认识世界的方式颇具神秘色彩，是一种人类无法解释清楚的特殊现象。

神秘叙事是对世界与人生的一种哲学思考，它丰富了作家观照世界和人类存在的审美视角，拓展了文学的审美视域。在这些神秘叙事作品中，生命世界不再是简单地由人类与自然组成，另外也是包含着一个鬼神、精灵、怪异的神秘世界。这个神秘世界与人类世界相互依存，相互感应，甚至相互印证。周大

---

① 鲁迅：《中国小说史略》，人民文学出版社1973年版，第29页。

② 鲁迅：《中国小说史略》，人民文学出版社1973年版，第276页。

③ 樊星：《当代陕西作家与神秘主义文化》，《小说评论》2010年第6期。

④ 白万献、张书恒：《南阳当代作家评论》，河南大学出版社1996年版，第134页。

新正是借此拓宽了表达空间，使其乡土小说呈现出多层次的美的意蕴。

其次，周大新借助一些神秘意象、神秘人物、神秘情节叙事，表达自己的内心体验和对超现实世界的感知，增强了其乡土小说的表现力，使其乡土小说呈现出空灵与通透之美。如《走出盆地》三则神秘传说为全文制造了一种朦胧忧郁的气氛，使作者对于乡土问题的思考变得凝重、沉郁。神秘主义叙事在周大新小说的存在不仅为其作品增添了独特的美感，而且深化了主题，丰富了内涵，使文本有了多种解释的可能性。尤其是她将神秘主义与地域写作相连，描绘出一个独特的神秘世界，这个世界给人遐想，也给人启示。

另外，周大新乡土小说的神秘叙事，作为一种创作手段，也在塑造着南阳人的文化人格，《伏牛》中以牛事观人间事的奇顺爷，乐天知命、简单生活的瞎爷爷，将近亲结婚生傻子归因于送子娘娘惩罚的逯家奶奶，将南阳历史变迁的动因归为当地行政长官院风水不好的云纬，矢志织出霸王绸、生生不息的尚达志等，都是南阳文化滋养的典型。同时，神秘叙事也隐含了作者心中的那份人文情怀。在人神共处的世界里，人不再是世界的中心主宰，可谓是"万物有灵"，相生相克，相补相携，相得益彰，牛也有情感与是非正义，雾也有福祸感知，水也有情，山也有道，正是这个多彩而又颇具神秘色彩的一切构成了多姿的宇宙世界，曲折表达了对于人类应该对于世界有所敬畏的呼唤。现代社会的发展可谓日新月异，经济上更加发展飞速，精神压力如影随形，个人不得不与他真正的自我渐行渐远，人类原始的人性和本质日渐疏淡，文学上的神秘叙事也为人类试图重新寻找自我本性的一种努力。

原载《小说评论》2013年第3期

314

试论新世纪文学对当下乡村社会的主体呈现困境

——以《湖光山色》为中心的一种考察

姚晓雷

  乡村社会在中国的社会结构中曾长期占据主导地位，在一定意义上可以说，百年中国的社会转型过程主要就是如何解决农村农民问题的过程。百年中国文学也责无旁贷地参与了对这一任务的分担，并将其内化为自己审美形态的一个最主要组成部分。对乡村社会的审美表现又包含历史主体的表现与当下主体的表现双重内涵。历史主体的表现旨在对过去的乡土历史及其社会文化特征发言；当下主体的表现旨在表现当下正在演进的乡村社会现状及本质。尽管这两部分内容彼此关联，对历史主体的表现离不开当下视野，对当下现实的表现也少不了历史维度，但就文学创作的实际来看，双方所具有的难度有所不同。历史主体表现方面由于有过去所积累的各方面经验，所以容易获得成功；当下主体的表现则由于不但要求作家的历史认知，还要求对处于不断变动中的当下生活现象有敏锐深入的共时性判断，无疑加大了书写的难度。正因为如此，对乡村社会当下主体的正面呈现，也成为对乡土创作领域里最具有挑战性、最能体现作家艺术创造力的领域。回应着改革开放后中国社会的变革现实，上世纪80年代对乡村社会当下主体进行正面书写的文学作品大量涌现，并以其对社会生活的立体、多元呈现达到了前所未有的高度，产生了一大批史诗性作品。不过情况在新世纪前后发生了巨大变化，在咄咄逼人的城市化进程面前，在资本、权力、体制等多重因素的共同作用下，乡村社会主体特性呈现出了前所未有的复杂性；和这一时期乡村社会所具有的复杂社会历史内容相比，以正在演进的乡村生活为主体的文学叙事却逐渐陷入了严重危机，对现实生活全面深入呈现的能力越来越弱化。本文便以周大新的《湖光山色》为中心，对新世纪以来乡村社会叙事中当下主体的书写困境问题加以探讨。

2006年出版的《湖光山色》是一部旨在正面把握上世纪末以来中国乡村社会复杂变革的小说，它曾以积极追求和当下真实生活良性互动的良苦用心得到许多人的赞扬，并获得了第七届茅盾文学奖。笔者尽管也对作者当下性追求姿态深表敬重，但这并不等同于对这部作品艺术成就的无条件认同。对创作成就的判断归根到底要看它自身达到的艺术高度，不否认《湖光山色》有自己的特色，但在这部作品里，我更深切感受到的是周大新这样曾有丰富的乡土叙事成功经验的作家，在面对当下复杂乡土现实时，也无法掩盖自己特殊的困窘。我认为，《湖光山色》出现的种种问题，足可以成为体现新世纪以来乡村社会当下主体书写困境的一个典型的范例。

一、本真体验的欠缺与新世纪乡土生活图景的概念写作

《湖光山色》写的是进城打工的乡村女孩在母亲生病被迫由城返乡后，在村子里恋爱、创业的故事。我们不妨先从《湖光山色》这部小说的动机或缘由入手考察。早在上世纪80年代，出身于农村并对乡土生活有刻骨铭心体验的周大新就写出了《香魂塘畔的香油坊》《小盆地》等一系列具有深厚生活功底的乡土小说，并赢得了文坛的广泛关注。成名之后，周大新作为一名专业作家长期生活在城市，尽管一如既往地保留着对乡土的关心，但毕竟已经越来越缺乏当初那样丰富的感性经验，《湖光山色》这部小说就是在这种本真体验匮乏的情况下写成的。周大新曾在谈到这部小说的写作动机时说，这是酝酿在他心中十几年的故事，"每次返乡看到乡村的变化，我都在思考，中国的农村该向哪里走"？"在今天城市化进程中，土地存在的意义到底是什么？难道就任

由房地产商无尽开发吗"？①在另外一次访谈中，周大新又进一步谈到《湖光山色》的写作："因为是有一次回家乡，朋友们领我去看了楚长城，我以前听过，我以为它是非常简单的长城，但是到山上一看，很蜿蜒，很多山头，很远很远，非常壮观，触动了，当时想一定要写个东西，但是写什么没有想好。后来我到丹江湖周围的乡村走一走，和当地的老百姓做一些交流，后来我发现我小说中的人物开始出现，然后经过一番构思最后写出来。"②周大新的这些话实际上交代了这部小说的创作主要是基于一种外部的观感。他从时代变迁的角度看到了今天的农村社会已经和原来不一样了，看到了今天生活中资本力量的强大，又受楚长城的触动并到丹江湖周围的乡村走一走，就有了创作的基本设想。对于作家创作来说，这些灵感的触发无疑是必要的，但最关键的是要设身处地弄明白在乡土变化的过程中农民的具体感受和思考，对之作者只"和当地的老百姓做一些交流"就似乎已经把握住了，未免过于轻描淡写。不可否认，小说描写上世纪末至新世纪的乡村生活的确是留下颇多当下生活印迹的，如小说开头主人公暖暖作为一个乡下出来打工不久的女孩，理想是挣够一万元，而且"存折上的数字正在缓慢地向一万靠近"，这在上个世纪80、90年代早中期低收入时代恐怕是想都不敢想的事；再如暖暖回乡后偶然发现了楚长城的遗址，她对前来借宿的游客张口就是一天一百元，连包括学生在内的游客都不以为贵，更说明这个事件发生在通货膨胀已经相当严重的当下；另外小说中反映的商业资本以开发休闲旅游的名义大规模涌入农村也应该是为时不远的事情。不过，作者已经不再是以一个当事人的身份感同身受地审视民间今天的生存状态，而一旦不是基于个人对当下乡村社会的真实体验去表现生活时，其对生活内容的把握难免要流于表面化和概念化。

我们很容易看到，小说设置的故事背景，已经给人一种新旧夹生、当下成分不足的感觉。具体地说，尽管它的故事框架是放在新世纪前后的乡村，但对乡村结构的内在构成以及人们的行为方式和心理特点的设定，却往往是80年代

---

① 傅小平：《诗意温情守望乡土——访作家周大新》，《文学报》2006年5月11日。

② 周大新《楚长城和丹江湖促成〈湖光山色〉》，中国作家网http:////www.chinawriter. com.cn/2008/2008-11-03/29096.html.

乡村状况的复制。上世纪末、新世纪初，改革开放在大多数乡村造成的结果是社会生态的丰富与复杂，中国农村已很少沿袭单一的农业模式。而小说里的楚王庄，在主人公暖暖回乡之际，如果不考虑作者告诉我们的大多数人都出外打工等外部标志，乡村一开始似乎没有留下什么改革开放已经很多年的痕迹，尽管拥有临山靠湖的天然资源，却没有什么企业，包括养殖业、加工业之类的家庭作坊，甚至这里留下的村人们大都还过着"划船打鱼外种小麦栽红薯"的本色日子，日常生活正如暖暖私自结婚那天所描绘的"吃过早饭，爹下地之后，娘开始喂鸡，奶奶在缠一个线团""村子里一如往常那样，刚吃过早饭的人们正在做下地的准备，牛在摇着脖子上的铃铛，犁、锄在叮当作响，羊在叫，驴在吼，狗在撒着欢地吠"①。小说中如暖暖的父母、开田的父亲这样的传统农民还是一如既往地按照传统的农耕渔猎模式生活，几乎没有任何来自当下时代造就的新生活和人格心理特征；便是小说中以村主任詹石磴为代表的权力拥有者，除了作者贴给他一些开始知道在法律保护色下运用权力潜规则的标签外，其使用权力攫取利益的层次也非常原始，停留在占有女人、让自己的家族在村里开小卖部、欺压乡里等一些浅层次范围内，而对进入上世纪末以来已经成为主要现象的土地征用、资源开发、工程项目建设等更大范围内的谋私方式几乎无甚知觉。这种农村的社会结构背景也许放在上个世纪80年代路遥《平凡的世界》以及周大新自己早期的"盆地"小说中更合适。读这部小说，让人还有一个疑问是，通篇竟找不到一个具有明确时间标志的当下社会政治事件或经济事件做参照物。在具有史诗性的叙事里，这固然不能说是必不可少，但通常也是难以避免的；因为正面表现社会生活当下主体的文学毕竟不可能完全是抽象化的寓言，它没有必要也不可能完全回避和当下社会政治文化事件的互动。周大新这个小说却回避得如此彻底，看似从头到尾都是一种纯粹民间生活的维度，但话说回来，这又何尝不是因为和当下民间具体生活内容的隔阂，从而感到自己无法把握那种需要细致、具体的直接感受才能说得清的当下生活细节呢？

更重要的是，作者在这部小说里建构矛盾的方式，也由于对当下乡土体验

---

① 周大新：《湖光山色》，作家出版社2008年版，第38页。以下本书引文不再注明出处。

的不足而流于表面化。上世纪末，改革开放走过初始阶段后，随着国家的注意力转向城市，农村失去自身的独立性，由此产生了一系列的新的问题和矛盾。贾平凹在一篇小说后记里曾对内地农村这种情况有较典型的描述："有限的土地在极度地发挥了它的潜力后，粮食产量不再提高，而化肥、农药、种子以及各种各样的税费迅速上涨，农村又成了一切社会压力的泄洪池。体制对治理发生了松弛，旧的当下稀里哗啦没了，像泼出去的水，新的东西迟迟没再来，来了也抓不住，农民是一群鸡，羽毛虽皱，脚步趔趄，无所适从，他们无法再守住土地，他们一步一步从土地上出走，虽然他们是土命，把树和草拔起来又抖净了根须上的土栽在哪儿都是难活。"① 《湖光山色》尽管想在当前复杂的背景下捕捉当下新型社会矛盾，可重点并没有放在对当下乡村演变过程中出现的种种社会的、文化的、心理的内部问题的深入挖掘上，而是基于"土地存在的意义到底是什么？难道就任由房地产商无尽开发"的外部视点，把当下乡村社会的最主要矛盾，最后集中到以暖暖的创业为代表的在农村自发产生的商业行为及伦理诉求，与以开发商为代表的城市资本行为及伦理诉求之间；这同样也是一种避重就轻。另外，对当下乡土生活的真实体验的缺乏，也使小说的故事情节在很多地方难以经得起生活逻辑的检验。以暖暖发家的历程为例（这也是这部小说的核心情节）：回到楚王庄的暖暖，在生活中敏锐地发现商机，经过种种曲折，以自己的坚守和努力最终带领村人走上正确的发展道路。作者在此对农村发展出路的焦灼和探索之情固然值得体谅，但相关叙述的确充满了太多的乌托邦色彩，像暖暖偶然遇到一个来楚王庄考察楚长城遗迹的教授，得知丈夫自小砍柴的地方竟然是古长城遗迹，发现给考察楚长城遗迹的人带路和提供食宿可以获得不菲的收入后，就找到了一条暴富之路。暖暖这一发家过程没有受到任何实质性挫折，一切都容易得不能再容易了，可如果我们从正常的生活逻辑去看，就会发现其中藏有太多的破绽：首先，一个交通不便的偏僻地方即便发现了杰出的古代遗迹，在没有进行大规模配套旅游开发情况下，除了一些专业人士外，又有多少人会自发地源源不断赶来，形成一种持久稳定的客源，

周大新
研究资料

---

① 贾平凹：《秦腔》，作家出版社2005年版，后记。

帮助一个家庭产业在极短的时间内完成高速扩张的资本积累呢？说真的，中国大地各种遗迹所在皆是，地方上包装遗迹企图形成文化旅游产业的行为也如过江之鲫，但如果没有足够的地缘优势或实业的支撑，这样的行为大都终归沦为自生自灭的闹剧；其次，若真是个别产生一定经济利益的，也早被各级权力部门或者特权群体以或软或硬的方式收归囊中，又岂容一个无权无势的平民长期将其变成自己的自留地？暖暖的这种不需要经过艰苦创业的、太容易了的发家历程只能说是迎合符合观念需要的制造，真实性太弱。

  这里折射出的是新世纪乡土文学主体呈现时普遍存在的一个的问题，即当下作家乡土生活经验的匮乏导致的乡村现实生活书写的雾里看花、面壁虚造。众所周知，乡村社会当下主体叙事首先是一种经验叙事，它要求作者对所叙述的生活有真切的体验。也就是说，它不光要求一种观念的深刻，更要求建立在生活真实的基础上，有深厚的生活体验做支撑。虽说经验并不等同于原创力和文学想象力，但"经验应该是文学想象的重要源头，一般来说，一个作家的生活经验越丰富，就应该给他的文学原创性提供了越多的动力"[1]。文学史上那些以"史诗"著称的当下主体的乡土叙事，基本上都是以对一定的当下社会生活内容的深刻、真实的经验为基础的，对生活功底的强调一直是作家进行写作时的必修课；作家们在写作时也想方设法地避免在这方面的局限。"十七年"的许多作家在描写农村生活时，都会到农村去做长时期的亲自体验，如柳青为了创作《创业史》，"自1952年以来就在长安县皇甫村安家落户，八年如一日地跟群众保持密切联系，参加基层工作，做一个普通劳动者"[2]，为其创作打下了坚实的生活经验基础，正因如此，即便其总的创作主题上不可避免地受到那个时代的政治教条的影响，但在对乡村民间生存内容的呈现上实有着远非政治化主题所可以涵盖的丰富的体验内容。进入新时期后以当下乡村社会主体作为文学呈现对象的作家群体，或从小成长于农村，或曾作为知青上山下乡，乡土生活体验在当时是其生命体验中最丰富、最深邃、最深刻的那一部分，例如

---

  ① 贺绍俊：《生活经验与文学创作》，《语文教学与研究》2011年第24期。

  ② 严家炎：《〈创业史〉第一部的突出成就》。《北京大学学报》（人文科学版）1961年第3期。

《人生》及《平凡的世界》的作者路遥曾在一次讨论会上谈到"我是带着深挚的感情来写中国农民的，我觉得对他们先要有深切的体验，才能理解他们，写好他们"①。新世纪以来，这一作为乡土书写最基本要求的生活经验对大多数作家来说，则由本来的优势转化为劣势。一方面，一批改革开放前后出生，并在新世纪前后登上文坛的新一代作家，大都基本成长在新的体制化规范下，他们缺少作为一个农民对传统乡村社会那种刻骨铭心的体验，缺乏对乡村世界的完整认知，乡村生活只不过是他们走向城市的一个前奏或阴影，他们个人的兴趣点也多被转移到城乡冲突中农民工的个人命运层面，缺乏那种为乡村本体社会代言和写真的信仰和兴趣。这些人写到乡村时，宁愿用一个更抽象、更有多方兼容性的名词"乡土"，而避免去正面对一个农村的具体生态进行书写，正如马平在《我的另一个乡土》一文中所说："我们已经从乡村撤出，那些乡村生活，已经退到身后，像昨天的夕阳一样悬在记忆的天幕上。不是吗，今天，在我们面前，高楼林立，浮华遍地。"②另一方面，在上个世纪80年代登上文坛正面书写乡村社会变迁的一批50后、60后作家，如莫言、贾平凹、张炜、刘震云、李洱、张宇等，尽管今天仍然是书写该题材的主体，但这一批作家的对乡村生活的直接体验已经被凝固在新时期，此后随着写作的成功以及其他原因，他们的个人生活已经越来越远离乡村，越来越远离最初的生存基点，成为典型的都市人。时至今日，他们对乡土的认知大多沦为一种外部印象和观念的产物；与之相应，他们继续书写当下的乡村社会多是一种内在心理情结上的驱使，甚至是在一个追求出镜率的快餐化时代维护和确认自己"乡土作家"这一身份商标的重要方式。如此，离开了本真乡村体验的支撑，作者的创作难免沦为一种外部写作。

---

① 一评：《一部具有内在魅力的现实主义力作——路遥长篇小说〈平凡的世界〉（第一部）讨论会纪要》，《小说评论》1987年第2期。

② 马平：《我的另一个乡村》，《文学报》2005年4月1日。

二、思想能力贫弱与新世纪乡土历史进程把握的迷津

　　叙事对乡土世界的表现，不仅要求是他所熟悉的生活，还要求是他所理解的生活，作者需要在此体现出足够的对历史的思想理解力。《湖光山色》也在有意识地建构一种能反映当下农村本质和规律的理性思维品格，这从作为作者创作初衷的"农村该向哪里走""土地存在的意义是什么"等一系列问题的追问中就可以看出。小说的叙事架构也基本上沿着回答这一问题的方向搭建，企图以"楚王庄"这个聚集着当代乡土世界诸多矛盾的地方为基点，以主人公暖暖的婚姻、爱情、生活、事业为载体，来表达自己对当下乡村社会发展历史进程的一种理性思索。可这里新的问题也产生了：作者是以一种什么样的理性视角来统摄当下乡村社会发展演变这一宏大历史叙事呢？

　　不难看出，过去被看作天经地义的"现代性"视角模式在这里已难被继续信任。上世纪80年代以来乡土本体史诗书写模式基本上依托简单的"现代性"价值理念，其时正值改革开放之初，整个社会弥漫着一种对"改革开放"和"现代性"的简单依赖，以为所有复杂的社会矛盾、所有的道德伦理纠葛都可以在进步与落后、现代与传统、开放与保守等由历史有序进化所派生的二元对立矛盾中获得明晰的解决答案。到了上世纪末以来的当下，一切都截然改变，不光是由于政策实践偏差，过去的现代性认知方式本身也出现了许多新问题。周大新亦是如此，早期的乡土作品里简单地诉诸"走出盆地"的现代性诉求，到了《湖光山色》创作时却陷入了明显困惑，如作者笔下尽管楚王庄有湖光山色，"田地都还不错，虽大多是坡地，可因离湖近，旱的时候有水浇，涝的时候排水快，所以旱涝都能有收成，可这年头喜欢种庄稼的年轻人能有几个？谁都知道种庄稼要遭风刮日头晒，得受苦；粮食又卖不出好价钱，会受穷"，这就暗示了早期以改革开放为代表的以往的现代性实践不但没有解决历史上的乡村问题，反而加剧了城乡分化，几乎所有的发展资源都被积聚在发达城市里，农村自身更加边缘化。那么畸形现代性实践所造就的另外一种怪胎，即一些借市场经济名义通过各种方式积聚了大量资本的人，能否成为乡土世界的正面拯救者呢？小说描写以薛传薪为代表的五洲公司在发现了暖暖他们这里具有发展

旅游业的价值后，把自己打扮成救世主的姿态登场了，他咄咄逼人而且引经据典："你们村子需要一个拯救者""通过快速发展旅游业来拯救你们的村子，这也是西方挽救农村的一条经验"。这些资本代表者其实也是以往现代性实践结出的成果之一，可作者同样对他们难抱太大希望。在小说里，作者尽管写出了他们给村子带来的现代企业管理模式，可也写出他们为的不是村子而是自己的盈利。正因为如此，这些资本代表者才不择手段地开发色情服务、勾结地方权力做违法乱纪的事，甚至成为村民整体利益的敌人。种种因素导致作者在这里陷入一种"现代性"的迷失和焦虑。

既然看到了不能再简单地套用过去的"现代性"概念来解决新问题，这对作家既是一种窘境，也是一个契机，因为这个时候作家有必要在人类已有探索经验基础上，通过思想上的创造性劳动，来高屋建瓴地进行探讨和审视，从而实现自身的超越。纵观世界文学史，一些描写社会历史变革的优秀之作通常是以原创性的思想姿态来直面困难，进行富有开拓性的探索。可在周大新《湖光山色》这里，作者并没有选择充分调动自己的理性思维能力来探索和解决遇到的问题，理清其中的重重迷雾，而选择了回避、妥协、折中和自欺。为什么这么说呢，第一，作者把当下乡村社会的主要矛盾设定为以暖暖的创业为代表的农村自发产生的商业伦理与以开发商为代表的金融资本伦理之间的矛盾，这其实已经不仅仅是一个体验缺乏的问题，而且也意味着作者开始回避从乡土本体内在的经济基础和意识形态的全部复杂性出发来进入其内部历史。第二，针对"在今天城市化进程中，土地存在的意义到底是什么"这一问题，作者尽管对"如今，农村在对国家的经济贡献上，已经谈上有多大价值，一个乡村能不能引起人们的重视，就看它有没有被看的价值，换句话说，就是看它有没有游览的价值"的状况，也就是说对当下中国社会格局里农村的主体失落的处境显然是不满的，从作者对持这种腔调的资本拥有者薛传薪描述时不以为然的语气，以及作者在开始写这部小说时就有的"难道就任由房地产商无尽开发"的反问上都可以略见一斑。可对此作者自己也没有进一步提出任何立足于乡土本体内在诉求的独立见解，反而在叙事中有意无意地默认了上面的荒唐逻辑；因为其在以后叙事中安排给楚王庄的发展旅游业的出路，实际上就是在争取这种"被看"的资格和强化这种"被看"的价值，只不过是对薛传薪这样不择手段追求利润的开发商的资本伦理作了一定程度的修正，让它变成了由暖暖主导的注重村子整体利益的商业伦理而已。其三，尽管作者企图借暖暖形象传达对农村出路的正面探索，可由于思想能力的不足，作者显然无法在多种文化资源间找到合适的整合方法。作者塑造暖暖的文化资源是非常凌乱且彼此冲突的。在城里打工的暖暖小说中出场时，她被赋予的价值取向是对城市和金钱的认同以及对农村的否定，"那儿对她的吸引真是太大了"；即便回到村里和开田结婚后，她也没有放弃这个取向，给丈夫开田定下明确目标："咱俩这辈子就说在这楚王庄过了，可咱们的孩子不能再像咱们，让他们就在这丹湖边上种庄稼""咱们得先挣钱，先富起来，我在北京时已经看明白了，你只要有了钱，你就能够在城市为孩子买到房子，你才能让孩子在城市里落下脚"。暖暖在借助给来楚王庄参观旅游的人提供食宿和导游而进行创业时，想方设法地独占村里旅游资源，行贿原村主任回避税收；在每天赚取的票子数以千计的情况下给过来帮忙的亲戚禾禾每天六元，后来又给雇用的打工者每月二百元，不无资本积累阶段对村人廉价劳动的攫取性质。我们可以体谅暖暖创业的艰辛，体谅她赚钱的愿望和方式，可这方面的个性内容显然不具备成为楚王庄民间集体利益以及传统美德代表的素质。而在后来的叙事中，作者却让她摇身一变，成了具有理想化、道德化品格的楚王庄乡土民间本体利益的守护神，其异质文化间角色转换的内在逻辑明显有些含糊不清。其四，作者赋予暖暖代表的符合楚王庄集体利益理想化、道德化的力量战胜以开发商为代表的不择手段城市金融资本，依靠的是告状的手段，而且是在身边的权力部门层层包庇、山穷水尽之际突然由更高一级权力部门以"卧底"的方式获得证据，并迅速予以查处；这种结局方式显然已成为追求大团圆梦想的自欺：既然身边的权力都已经和资本结盟，又何以让人相信还有更高一级的权力能纯粹从底层利益出发不受资本影响呢？总而言之，作者无法凭借理性能力找到一个能有效进入历史的价值视角，无法全面深入解释乡土农村本体在今天的诸多复杂特质，更无法高屋建瓴地为乡村社会的种种问题寻找到一个靠得住的解决办法。

　　以上揭示出了造成新世纪文学的当下乡村社会主体呈现时的第二方面问

题：当下作家思想能力的不足造成的乡土历史进程把握的迷津。《湖光山色》出现的这种历史穿透力欠缺问题在新世纪的乡村书写中并非偶然，那些新世纪前后成长起来的作家的乡村认知只简单地抽取一两种概念元素自不必说，同是80年代就出现在文坛、对乡村有深厚感情并以当下乡土农村为书写对象的许多作家如今都遇到和周大新类似的困惑，如贾平凹的《废都》完全放弃了想象未来的努力而放任情感上的绝望；阎连科的《丁庄梦》则采取了躲避实体历史的寓言化式虚写。认真分析起来，原因也分两个层面。对于新生一代作家来说，阅历和成长背景决定乡村主要是其创作的一种背景元素，他们的创作兴趣不在于对乡村历史进行宏大叙事的整体呈现，其没有意愿和能力对乡村社会历史进程去进行形而上的宏大把握也情有可原；而对周大新、贾平凹、阎连科这样的经典作家在新世纪的认知困惑，在一定程度上可以说是缘于改革开放以来形成的一批传统乡土作家思想素质和今天乡土呈现需求的错位。上世纪80年代，中国社会刚刚从过去封闭的梦魇里走出，面对极"左"政策造成的疮痍遍地的现实，面对浮现在表面的诸多问题，人们还沉浸在一种借20世纪历史上已有的现代性理念进行纠偏的整体气氛中，认为新中国成立后"左"倾悲剧的主要原因是历史的车轮偏离了正常的轨道，只要在改革进程中重新拾撷起近现代中国社会现代转型过程中一些现代性的经验常识，就可以起到相应的针砭作用，还没有想到需要以现代知识话语创新者的姿态去探索更深入的社会矛盾和更进一步的可能后果。因而那个时期作家创作的最高价值形态诉求不是作家在更宽广视域下的思想原创性，而是在加入合唱的前提下，以个人形而下生活经验的丰富性、独特性以及相应的表达技巧来丰富合奏的音色。假如把写作用建房子来比喻的话，思想好比建筑师的建筑，个人生存经验好比是建筑材料，个人的艺术才能好比是对建筑师在一定建筑思想支配下利用固有建筑材料设计和建造具体房子的能力，那么那个时代所需要的不是具有巨大个人原创性的设计思想，而是利用已有的建筑思想来驰骋自己的设计和建造才能，争取把房子建造得美轮美奂。但是，进入上世纪末特别是新世纪以后，新的问题已经远远超出了固有的认知经验范畴和反思能力范畴，除了要求作家的本体体验，它还极度需要作家用站在人类文明高度的原创性思想来思索和对话，这对过去成长起来的一批

325

周大新
研究资料

思想训练上一直没有做好充分准备的作家来说，难免进退失据。如何实现乡土历史进程认识思想上的突围，这也是当下乡村主体写作亟待解决的问题。

三、已有经验模式的固化与面向当下审美创造力的衰退

乡土文学是审美的艺术，其艺术特征最终还要通过一定的审美规范表达出来。中国乡土文学在过去的乡土书写中，曾经先后积累和开发出了许多富有特色的范式或方法，但在面对当下时，其表现力却还显得苍白薄弱。在《湖光山色》中，周大新虽然尽可能地糅合了许多过去积累的审美范式，但依然无法开辟出一个有机的、足以和这个时代对话的史诗性审美境界。

首先是对过去地域文化范式的糅合及其审美效果的递减。上世纪80年代，随着对现代性的认同、演绎和阐释成为文学叙事的主旋律，地域文化范式以它涵盖和包容了不同地域社会历史文化以及人们生活方式多样化审美内涵而成为乡土文学的重要演绎内容。周大新出生在历史上本来就有着丰富地域文化特质的南阳盆地，他在新时期的乡土社会呈现中更是有意识地引入了大量这方面的内容，以表现一种特有的人生或人性风景。在一篇访谈里，他曾明确地肯定在他的创作中，故乡是一种永恒的背景，一种不可或缺的意向。《湖光山色》一样刻意营造这方面氛围，如针对家乡盛产神话、人们骨子里都曾打下一种神话思维烙印的特点，小说中的丹湖便被写得充满谜一样的色彩："湖心有一个三角形的区域，经常不定时地会有一股炊烟似的烟雾在水面上升起，人们若站在附近船上看那烟雾，偶尔还会在烟雾里看见一些自己心中特想要特想看的东西。"这里民间生活中还保留了娶阴亲、敬天地鬼神等一些传统习惯，一定程度上让人看到了一种特有的属于"这一个"的地方色彩。不过，和早期的作品中同类描写所具有的能撼动人心的审美效果相比，这里地域文化元素与作者所要表现的当下农村主流生活的距离过远，已沦为仅仅为了增加故事情节丰富性的添加剂，不管是在促进对时代内部矛盾认识还是在对人性深度认知的促进上，自身不再有多少独立建构审美价值的功能，甚至在一定程度上因为故作神秘的姿态而稀释了对当下乡村社会内部矛盾的理性剖析的努力。原因很简单，

毕竟经过二十年左右的改革开放，当下社会交流的迅捷与方便也逐渐摧毁了过去地域文化起作用所依赖的相对封闭的环境；更主要的是，整个中国乡村社会今天的社会历史进程中所面临的主要矛盾已经不再是地域的，而是一体化的体制性政策所带来的共性后果，对当下乡村问题的解决也从来没有像今天这样需要立足于整体视野而非地域角度。这也难怪在当下乡村社会叙事中此类地域文化元素的使用只能沦为配角，已经没有多少能力来形成感动人心的审美效果。

其次是对新时期的纾难范式的化用及其有效性的消失。新时期的文学叙事中，服务于印证改革开放进程合法性的目的，以社会人生的某方面苦难为起点、以从属于改革主旋律的某种政策或个人行为为手段、以从个人到群体解除或一定程度上解除苦难为结果的情节范式成为主流。周大新早期的乡土叙事也基本上如此。到了《湖光山色》，仍然是化用原来的情节范式。小说一开始设定了暖暖极度非理想的初始生活状态，即乡村的贫困落后生活状态处处非她所愿；然后又安排她沿着此阶段国家主流意识形态需要或认可的轨迹进行奋斗，让她秉持着国家所提倡的"先富带动后富"的共同富裕理念，在一穷二白的情况下，坚守自己的爱情，选择了一条靠自己头脑、品质和劳动白手起家的道路，在同各种阻挠力量斗争的过程中有勇有谋，敢作敢为，取得个人成功的同时把村子引向了正确发展的道路。如果是在新时期读到这样的故事，我们也许会由衷地为之吸引和感动，因为当时尚处于改革开放的初期，农村社会发展环境相对单纯，改革中的问题还没有充分暴露，人们有理由信任这样的改革路径设计和由之派生的文学情节设计。时移世易，今天的社会环境已经发生了巨大变化，在城市化进程中农村社会被整体边缘化，被资本、权力、体制等多重因素严重挤压和剥夺的当下，过去所设定的乡村发展路径已经无法再符合今人的实际：一方面，大大小小的利益集团及社会运作的潜规则已经使得乡土农村单纯依靠个人遵纪守法的诚实劳动来奋斗出一片天地的状况不具备代表性；另一方面，以少数人的先富带动多数人的后富也被当下的现实证明为徒具良好愿望的乌托邦。在此基础上派生的情节模式即便可以作为偶然的个案存在，但相对于时代又有多大的典型意义呢？恩格斯在评价《城市姑娘》时曾提出"现实主义的意思是，除细节的真实外，还要真实地再现典型环境中的典型人物"①，《湖光山色》及大量相似的作品中对吻合改革开放初期时代精神的苦难加改革元素的倚重，其实是偏离了我们时代更本质的社会命题，在整体上削弱了新世纪乡土叙事所具有的当下性。

最后是对过去人性呈现手法的复制及其与乡村当下主体进行对接时的有气无力。文学是人学，归根到底离不开对人性的关注与挖掘。20世纪以来中国文学的每次高潮，都是以"人的觉醒"拉开序幕的。到新时期为止中国文学在审视乡土人性时积淀了大量的视角方法，最有代表性的为注重国民性批判的启蒙范式和强调民间生存内容的多维发掘的民间范式等。受出生地南阳盆地丰富的人性生态浸染，周大新在创作中尤其关注人性文化，并对以上几种人性透视方法都有创造性的发挥，如《向上的台阶》中关于权力体制造就的人性变异的刻画，《走出盆地》中对民间生存个性所具有的坚韧、精明、善于审时度势而不失善良等内容的发掘，都在当时的环境下富有开拓意义。《湖光山色》的人性呈现方式也主要建立在对以上已有经验的复制上。小说中暖暖的丈夫开田在获得金钱和权力后人性走向异化，既是先前小说中众多经不起权力诱惑而变质情境的再版，也体现着作者延续国民性批判的努力；女主人公暖暖更是嫁接了过去文学史中所开辟的诸多民间审美内容，其在爱情生活中具有符合民间推崇的敢爱敢恨、是非分明的个性特质，其追求事业时的精明、隐忍、坚强和甘愿牺牲，一定程度上又体现了在上世纪末俨然成为审美主流的对民间生存智慧和生命意志的推崇，其对民间整体利益的维护也吻合了民间期待的道德理想主义人格。不过问题也相应出现了：《湖光山色》的人性设定所运用的多种资源终究是按照过去惯性进行组合嫁接，而非立足于当下时代对乡土社会人性创造性的研究和发现，注定最终无法实现大的超越。还以暖暖为例，暖暖对城市、财富的向往及我行我素的大胆追求，本来极有可能开拓出深刻体现我们这个扭曲时代本质的、只对个人负责的一个个人主义者的大欲望、大追求、大矛盾、大悲喜，可就在这里由于要向过去审美惯性思维里的道德理想规范靠拢，主人公可

①　《马克思恩格斯全集》（第四卷），人民出版社1995年版，第683页。

能引发的和民间集体利益尖锐对抗的极端个人主义者的思想或行为，就在拼盘过程中被有意无意地稀释了、牺牲了，她也变成了一个看似令人眼花缭乱、实则人性的各个层面都没有充分展开的折中物。这也难怪，一方面，文学史上已有的人性呈现方法都是相对于特定的时代环境创造出来的，都有自己的特殊适应性；另一方面，文学中人性表现的最重要的价值来源是发现而不是复制，当一个作者出于种种原因丧失了对新时代复杂内涵的把握力时，其搬用再多过去的人性制造技术也只能照猫画虎，有气无力。

于是我们又看到了造成新世纪文学的当下乡村主体叙事困境的第三方面问题，即继续沿袭和集成过去所积累、所创作出的一些审美元素，已经无法再满足今天的需要。新世纪对当下乡村社会进行正面书写的作家，也大都是满足于沿袭已有的审美经验，缺乏立足于当下乡村生活的勇敢开拓和突破。事实上，一代有一代之文学，文学的发展需要审美艺术的不断创新，立足于过去审美经验的基础上作进一步探索是其应有之义，可如果不认真地对今天的现实去探索和研究，不寻找属于今天的独特美学要素，过去积累的审美经验被运用得再纯熟，也无法完全打造出属于今天文学的自身高度。毕竟每一个时期文学的审美贡献都不在于简单地演绎概念，而在于呈现出其相对于社会文化生成背景的独特性。更进一步看，满足于已有经验模式，固步自封，不仅是新世纪的乡土当下主体叙事领域的困境，一定程度上也是整个新世纪文学共同面对的困境。对待已有的审美经验，也许李锐的这段话可以给我们以一种启迪："我们必须把他们已经达到的某些目的和成果，内化成为我们手下的过程，而不是去再造他们的目的和成果的复制品。我们只能在这个充满了创造的功能性过程中印证和完成自己。"①

农业、农村、农民问题今天已经成为关系到社会进一步发展的焦点。新世纪以来的文学叙事中，尽管乡土或与乡土沾边题材的创作表面看起来异常繁

---

① 王尧：《"本土中国"与当代汉语写作——李锐论》，见李锐《无风之树》所附序文部分第13页，春风文艺出版社2003年版。

荣，但仔细观察就会发现，所谓的繁荣要么是农民工文学，要么是以乡村社会的历史形态为主体附骥式地加上一个当下的尾巴。真正以当下乡村社会为主体的书写不仅少之又少，而且质量难如人意，甚至有学者尖锐指出，80年代晚期以来，中国的"乡土文学"实际上已经和当代生活出现了某种脱节。[①]究其原因，与以上我们所论述的存在着经验缺乏、理性把握力丧失以及审美创造力衰退等因素密切相关。这里引发的疑问是：第一，以当下生活为主体的当代文学乡土书写还有没有可能再造辉煌？第二，它如何才能再造辉煌？在我看来，对于第一个疑问，答案是不言而喻的，当前中国的乡土生活内容尽管比起过去有了巨大的改变，但这种改变并不意味着消亡，而是形成了一种新形态。这些变革中的新内容在我们当前的社会转型中的地位是那样重要，并为文学书写提供了用之不尽的新资源，它有足够的理由呼唤文学的重视。于是很自然地进入第二个疑问。尽管目前该类型的文学书写还难尽如人意，但这并不意味着对将来的悲观。具体到某一个作家或者某一代作家身上，他或他们也许会有这样那样最终也难以克服的瓶颈；但话说回来，毕竟在可以提供的生活资源、可以积累的中外思想资源、可以借鉴的中外艺术经验方面，我们当下的时代已经最大程度地做好了克服固有藩篱迎接新突破的准备。文学史始终是一个不断发展的过程，它经常会在恰当的时候催生足以承担它特殊使命的大境界创作，我们由衷地向往和等待着这样的乡土生活叙事。

原载《学术月刊》2013年第11期

330

---

① 郜元宝：《评尤凤伟的〈泥鳅〉兼谈"乡土文学"转变的可能性》，《当代作家评论》2002年第5期。

文化的自决与文学的自觉

——周大新小说的文化形态学诠释

石长平

从形态学来研究文化，德国历史哲学家斯宾格勒首开先河。他认为文化形态学就是研究各种文化有机体所经历的整个生命历程，世界历史就是各伟大文化的历史。"人类的历史没有任何意义，深奥的意义仅寓于个别文化的生活历程中。"①斯宾格勒的理论中有合理的成分，但他过分夸大了文化的差异性和不可通融性，从而走向了相对主义。与斯宾格勒不同，英国历史学家汤因比在其《历史研究》中集中探讨了各种文化的起源、生长、衰落与解体的机制。由于文明是文化的高等形式，文化形态意义上的文明是一种思维和信仰形式，一种存在模式或一种生活样式。因而在他看来，每一种文明的深层内涵都与人类文化、精神状况密切相关。不同文化形态是可以也必然会相互影响相互融合的，作为文化的最高形式或高等形式的文明，其生长在于人对一系列挑战的成功应战，在于人对于环境的反省意识和自决能力，这些环境的挑战主要有艰苦

---

① 奥斯瓦尔德·斯宾格勒：《西方的没落》（上册），齐世荣等译，商务印书馆1963年版，第108页。

地区的刺激和压力的刺激等①。文学从来就是文化的重要组成部分，而文化也以不同的方式深刻地制约和影响着作家的思想和写作，并在作品中或隐或显地体现出来。

汤因比等人的文化形态理论为我们解读文学文本提供了别一视域。在周大新的诸多小说中，主要有两种意义的文化形态出现。从民族国家角度上分，第一种是中国的本土文化与西方文化，这是大文化形态；另一种是从地域环境上区别，则是在中国本土文化之中衍化和表现出来的乡村文化与城市文化，这应当被称为亚文化的形态。这两种不同意义上的文化形态，在其小说中显明地存在着，很多时候，它们以一种支配性的因素左右着人物的命运，引领着故事情节的缘起和重大转进。不仅如此，从历时性上看，从写作于1980年代的中篇《香魂塘畔的香油坊》到2006年的《湖光山色》，小说中对于文化形态对立融合的反映暗含着时代变化的路线图，那就是从本土文化/西方文化到乡村文化/城市文化的演变。也就是说，前期小说中主要表现中国本土文化与西方文化的融合，后期小说中主要表现乡村文化与城市文化或者说农业文明与工业文明的冲突和融合，从而契合了中国从改革开放之初中西文化的碰撞到21世纪农村文化与城市文化之间的冲突与融合这一历史事实。这既表明了周大新的文学文本之于文化的文献纪录或历史承载意义，也昭示了他所一直持守的现实主义的创作范式对于现实社会的深刻反思和理性批判，并借此表达出在社会转型期作家的文化忧虑和文化建构立场。

一、本土文化与西方文化的文本反映

何为西方？人们对这个问题的回答各有所恃。但一般而言，有以下三类答案：西方是与东方遥遥相望的地缘政治体；有先进生产力的发达资本主义国家的总称；指人文风俗与东方迥然不同的欧美各国。我认为，西方是那些有先进

---

① 阿诺德·汤因比：《历史研究》（上卷），郭小凌等译，上海人民出版社2010年版，第93页。

生产力的发达资本主义国家的总称。而所谓西方文化，是指包括哲学、人文精神、宗教信仰、政治制度、法治精神以及企业管理等在内的文化体系。在此意义上，应当包括地理位置处在东方的新加坡、韩国和日本等。日本战败后，美国在日本推行民主制度，从制度和文化上更加西化。新加坡文化的西方色彩更为浓厚，其文化结构恰恰是英国的价值结构，是欧洲法制精神的结果。因此，至少在政治制度、法治精神、企业管理等方面来看，这些国家的文化也应当被涵盖在西方文化形态之中。

在对文化形态的研究中，汤因比提出了"挑战—应战"理论。他认为，"挑战—应战"是文化形态学理论的一条基本法则，汤因比借此阐述文明进步的动因。在他看来，文明进步的动力在于：人类社会不断遭受挑战，具有创造力的人引导文明社会的大多数人应对挑战。旧的挑战被克服，新的挑战又起，如此循环往复，文明社会方能迈步向前。事实上，文明的产生与进步正是客观环境与人类实践交相作用的结果。没有客观环境的挑战与个人欲望指导下的应战，人类文明就不可能有发展演变。因而，汤因比文化形态学说中更多地侧重于不稳定的人性因素。他认为文明起源于环境（包括自然环境和人文环境）的挑战和人的应战，文明的生长在于人对一系列挑战的成功应战，在于人的自决能力。"对于一系列挑战的某一系列胜利的应战，如果在这个过程当中，它的行动从外部的物质环境或人为环境转移到了内部的人格或文明的生长，那么这一系列应战就可以被解释为生长现象。"[1]这一生长就是文化形态的融合和转型过程，它改变了原有的文化内涵和形态，也就改变了人的本质力量和价值观念，改变了人的命运乃至一个地域里族群的命运，在环境刺激下，在自决能力和应战能力的不断历练中，为其发展提供了新活的动力源。

写作于上世纪八九十年代的《山凹凹里有一种乔木》对此有最好的体现，"艰苦地区的刺激"构成了环境向人挑战的契机，而异质文化参与迎战并改变旧有的文化形态。小说中齐、逯、洪三姓几代人居住在一条山沟里，形成三

研究资料

---

① 阿诺德·汤因比：《历史研究》（上卷），郭小凌等译，上海人民出版社2010年版，第206页。

个相对分散的自然村落。这个到处长满了名贵中药——山茱萸的深山却几乎与世隔绝，如果要到外面的街市上去，需要走上三天的山路才能到达。由于周边没有其他居民，所以三姓之间就相互嫁娶，几辈人下来三个村庄的人都成了亲戚。近亲结婚已经给逯家带来了两个傻子：逯二北的姑姑和哥哥。当年轻的逯二北与齐家姑娘天兰结婚后，他们始终担心的事情还是发生了：生下的孩子是个傻子。满怀恐惧的他们一起到山外的医院检查，结果却都很正常。医生问明情况后告知他们是近亲结婚的原因，说要想生出健康的孩子，就得各自离婚，在山外另找对象。但深山僻壤，家境贫寒，逯二北哪能到山外找到媳妇？无奈之下，他奶奶想出了借种生子的荒唐想法。夜半时分，矛盾痛苦之中的二北赶走了山外男客，在自杀未遂后，长时间生活在断绝香火的绝望之中。几年后，来自新加坡的商人看到满山遍岭的山茱萸，花大价钱买下了这些中药材。从此二北发财了，他体面地离了婚，又走出深山在山外街市上开了一家以山茱萸等中草药为主料专事养生的"药食店"，娶了财会学校毕业的大学生肖琳，他的个人生活乃至逯氏家族迎来新的生机。

山茱萸是名贵滋补药材，它可以滋养苗壮逯二北强健的身躯，但却无法拯救逯家即将断灭的家族命脉。在这里，二北所根植于的文化是典型的本土文化象征，而新加坡客商余先生代表着一种外来文化，它是西方文化的一种。西方文化在此扮演了拯救者的角色，没有它，逯家和齐、洪二家都将自行灭亡。封闭带来了贫穷，穷困加剧了封闭，这正是那个时期本土文化的现状与表征。山茱萸在某种意义上是两种文化交融的一种中介，看似金钱带来的命运转折，其实是先进文化对落后文化的活力注入，它赋予山茱萸以新的价值，激活并生成了一种新的价值观、认知观和生存方式，促使原有的文化内涵发生变化，进而悄然转变其旧有形态，而形成了一种新的文化，文明开始在新的节点上转进。

《铁锅》讲述的是麻山镇郝家对制造铁锅这一祖业发展史的曲折故事。郝家世代以此为业，但到了近代以后却屡屡受阻，先是日本人入侵，接着是国共战争，造锅的事业两度中断，战争中老三郝祖宛离乡逃亡，从香港辗转英国。新中国成立后，哥哥郝大宛和秋芊响应号召重操旧业，创办了东方红铁锅厂，但好景不长，不久又在大炼钢铁中被迫中断。直到上世纪80年代，已成为利物浦大型锅厂董事长的郝祖宛回乡投入巨资，麻山铁锅业才浴火重生，郝家世代的手工作坊将在现代化的生产线上获得巨大的活力。而这一活力来自英国的资金、生产方式和管理模式，这一活力来自于西方文化，在这一文化的春风吹拂下，根植于本土的文化之树才能老树生花，得到凤凰涅槃的重生。西方文化在这一文本中依然是以拯救者的姿态和作用出现的，尽管人还是郝家的人，但他不仅仅是叶落归根的游子，更是西方文化的使者。

开始于1988年、写成于1998年的《第二十幕》，描述了代表中国民族工商业的南阳"尚吉利"家族在整整一个世纪所经历的艰难的创业历程。全书以尚家祖孙五代人为"尚吉利"织绸作为主要线索，表现了作为工商业者的尚家、知识阶层的卓家、官宦之人的栗家以及盛家等几个不同家庭几代人在一个世纪中的命运沉浮。在展示民族工商业兴衰史时，文本还展现了广泛而深刻的社会文化图景，中国传统的儒商文化与西风东渐过程之中的碰撞抵牾与吸收融合，在更深层面上反映出作者对民族精神和民族文化的理性审视与哲学思考。

对具体的人而言，文化的先在性是无可逃避的。南阳"尚吉利"丝绸织造业一开始就必然建立在本土文化的土壤之中。而它在一个世纪中所经历的兴衰荣辱，却自始至终都与西方文化有着千丝万缕的联系，外来文化或隐或显地影响尚家的事业，在"尚吉利"丝绸发展发达的每个阶段，西方文化都以不尽相同的方式给予很大的影响。

作为民族工商业，西方文化的影响首先在商业文化上以销售模式和资金融入等形式进行一系列挑战，而代表本土文化的"尚吉利"丝织业在此刺激下的应战成功，贯彻文本上中下三部的始终。清朝末年，面对朝廷式微、民生艰难的时局，产品销售的多寡决定着商贾的成败生死。"尚吉利"丝绸首次到美国旧金山万国会参赛后，费城皇冠绸缎公司经理汤姆逊订购一千匹丝绸，以大单买入的方式促使其发展。民国时期，在北平展销会上，英国人威廉以及美国和法国商人共买入6千多匹。抗战时期，丝织业遭受了巨大冲击，在重庆得到美国大使夫人弟弟的订货单，使积压的货物有了销路，资金周转得以实现，同时也使尚家看到，即使在战乱年间，外国人对南阳丝绸的兴趣依然不减，大大地增强了尚达志扩大生产的信心。新中国成立后，先是在五六十年代的广

335

研究资料

周大新

州展销会上获得了英国人威廉15万米的货品订单，然后是改革开放后又在日本展销会上获得了100多万米的订单，最后是栗温保的孙子在纽约唐人街开了梦宛丝绸，成为1990年代"尚吉利"丝绸在美国的最大代销商等。这些文本中所叙写的事实都显在地昭示了，在不同的历史时期，每当尚家的丝绸行业生意凋敝、销售停滞的关键时候，代表西方文化的公司或商人都及时出现，以大批量买进的形式给尚家丝织业注入资金，企业得以继续运转，生产能力得以提升。其次是科技文化的支持。清末民初尚家到汉口买机动织机是最好的明证，从效率低下的传统手工作坊到较为现代化的机器织造，尚家丝织业才在南阳城中立着了脚，才成为当地最大的现代丝织企业。行为来源于主观思想的指导，所有这些商业实践正是建立在对一种文化形态的肯定和吸纳的前提下。认同洋人的文化，跟洋人打交道，事业才可能发展发达，在近代以来的中国社会现实中，它不仅是商业规律，而且是中国传统文化在吐故纳新后方可获得进步的历史趋势。

在这个意义上，《第二十幕》不仅仅是近代中国民族工商业从艰难举步到渐入佳境的发展史，更是本土文化在外来文化冲击下的客观环境里挑战—应战成功的历史写照。它也不仅是要告诉读者，擅于坚守，勇于拼搏就可能企图事业的延续和辉煌，也许更想昭示的是，广于包容，善于吸纳一个时代先进的文化更是一个民族生生不息的智慧源泉。唯有此，某一民族文明乃至全人类文明才可能向前演变发展。当然，这种影响不是谁吃掉谁的吞噬兼并，而是文化间"互为主体性"的一种逾越。"这种逾越是指文化之间在保持独立发展中的互相比较、互相转化。"①

二、农村文化与城市文化的文学表达

一般认为，亚文化是整体文化的一个分支，它是由各种社会和自然因素造成的各地区、各群体文化特殊性的方面。如因阶级、阶层、民族、宗教以及居

---

① 方汉文：《文学逾越与文化形态模式》，《社会科学战线》2002年第3期。

住环境的不同，都可以在统一的民族文化之下，形成具有自身特征的群体或地区文化即亚文化。亚文化是一个相对的概念，是总体文化的次属文化。一个文化区的文化对于全民族文化来说是亚文化。亚文化对于深入了解社会结构和社会生活具有重要意义，对于表现这样一种社会生活的文本也提供一种清晰的视角。进入21世纪，中国在改革开放之路上已行走了20多年，西方文化中的许多新锐因素业已被国人接受认同，体现在思想观念、思维模式、政治和经济生活等诸多领域，已然内化成为一种新的文化——现代城市文化。此时，文化冲突已不体现为本土文化与外来文化的冲突，而是以城市与农村文化或者说现代商业文化与传统农业文化之间的激烈碰撞和艰难融洽。由于文明的生长在于人对一系列客观环境和外来因素的挑战—应战中，人的自决能力进一步凸现出来。在外界的刺激因素作用下，人性中非理性因素的作用也使必然性中带有了更多的偶然性因素。因此，通过表现人性的嬗变来观照反映文化形态的衍变成为这一时期周大新文学思考的关注点。

2006年的《湖光山色》正是这一文化形态冲突转型的真实记录。它描述了一个曾在北京打过工的楚王庄的女孩子楚暖暖同命运抗争、追求美好生活的曲折经历，展示了乡村社会在城市化进程中发生的巨大变化。文本既展现了暖暖在城市文化的影响下对已有乡村理想的更新，也展现了旷开田在城乡文明冲突中经受不住权力与欲望的诱惑由善而恶的嬗变，展示了当前乡村文化的变革。在这一变革过程中，在城市文化的影响下乡村文化的变更，使人们既看到了在城乡文明的冲突中因权力欲望的诱惑而产生的人性的扭曲，又看到了城乡文明对垒下的乡村文明自我持守的艰难和坚韧。作品对于文化的思考是具有穿透力的，两重文化形态的碰撞互融，显示了作者文化批判的力度和深度，蕴含着对现代文化重建的理想期冀。

应当说，《湖光山色》是从文化的角度提供了新时代乡村的一种典型叙述。这里，城市文化更显明地表现出双面人的角色，既是拯救者又是伤害者，呈现了相生相克的悖论。首先，北京的谭教授象征城市文化积极的一面。由于他的到来和思想启蒙，给这个独处一隅的楚王庄带来了生机，楚长城和凌岩寺等历史文化被赋予了新的文化价值和经济价值，城市文明唤醒了沉睡的乡村农业文化，给主人公暖暖和楚王庄的命运带来了前所未有的改观。以薛传薪的五洲公司为代表的城市文明呈现出了其消极的一面，表现出其对乡村固有的文明价值和文化秩序颠覆和毁灭的一面。它来到楚王庄，带来的是拜金主义和拜物教，带来了膨胀的物欲和私欲，唯利是图和极端个人主义与乡村文化中残存的封建专制意识迅速结合起来，激活了积淀在人集体无意识中的邪祟与罪恶，金钱、权势乃至淫荡堕落，成了支配人们理想和行为的动因。饱受权力之苦的受害者旷开田变成了以权欺凌他者的害人者，楚王庄原有的宁静被完全打破，朴素淳厚的民风被物欲人欲吹得荡然无存，男人们纷纷加入嫖客行列，清纯的乡村女孩成了娼妓，善良和正义在乌烟瘴气中掩埋，文明在此呈现出明显的严重退化，遭遇了前所未有的文化危机。城市文化中追逐经济利益、倡扬自我个性等在道德监督和法律约束相对缺失的环境中，与农村文化旧有的畏官、欲贪等封建思想和人性固有弱点结合起来，成形一种畸形的价值观念，支配了农民的思想和行为，颠覆了乡村文化中原有的价值观念，破坏了原有的乡村秩序。这里，城市文化扮演了戕害者的角色。

当城市文化中积极向善的因素被谭教授和暖暖带到乡村，而城市文化中丑恶的一面被薛传薪这样的人带进乡村时，两种文化的冲突便难以避免地开始了。小说以詹石蹬、旷开田这两个人物形象在冲突中人性的真实演变来展示这一冲突对文化中人的深刻影响。一个由丑恶后悔悟，渐生向善之心，一个由良善而走向丑恶，文本在情节的舒缓发展中生动合理地表现了人性的动态折转。通过对人性的截然变化来叙写文化之冲突和交融，这是对文化形态撞击交融的一种真实而深刻的表现。

顾乃忠认为，文化与人性的关系在某种意义上说是一个事物的两个方面，即文化是人性的外在表现，人性是文化的内在本质。因此人或人性的演进与文化的演进实际上是同一个过程[①]。周大新说："作为一个小说作者，回顾这三十年自己的创作，觉得有一件事是一直在坚持做着的，那就是对人性所进行

---

① 顾乃忠：《文化与文化形态学——东西方文化比较研究之一》，《江苏行政学院学报》2001年第1期。

的持续不断的探索，从而使自己对人自身的认识前进了一步。"①对人性的深度展现和揭示就必须在一定的文化背景下进行，特别是在不同文化形态交锋的时候人性的善与恶表现得尤为突出和充分，在此意义上，对人性所进行的不断的探索也正是对文化形态的不断关注和探索。

需要指出的是，作者有意把叙事场景置放在南水北调的"丹湖"，不仅是因为这里秀美的湖光山色与善良淳朴的民风可以抵御和消弭城市文化中消极的东西，在城市文化与乡村文化的碰撞中最大程度地持守和保存这一地区特有的社区亚文化形态的本质，更重要的是，这里也是一个隐喻，暗含着乡村文化与城市文化之间的相互依存相辅相成的深刻关系：城市文化以其新锐和开放性影响着乡村人的思想观念与生活方式的更新，而农村文化则以其原生态的生存理想和传统的道德价值哺育着在社会转型的大变动中日益浮躁和失范的城市文化。

巴赫金说过："在文化领域内，外在性是理解的最强有力的杠杆。异种文化只有在他种文化的眼中，才得以更充分和更深刻地揭示自己。在两种文化发生这种对话性相遇的情况之下，……它们却相互丰富起来。"②周大新小说以文学文本的形式艺术地记录了不同文化形态在中国现代社会转型期内的表现和相互影响，在不同的社会历史时期里的互为独立又互为开放的演变轨迹，既表现了作家通过异质文化进行对话来推动文化形态的创造性转化和优化，对南阳区域文化这一亚文化形态的价值与命运的理性沉思，对社会问题的文化根源性观察批判，也彰显了作家的文化建构策略和对文化生态下个体生存的人文关怀。

原载《郑州大学学报》（哲学社会科学版）2014年第2期

周大新
研究资料

---

① 周大新：《周大新中篇小说典藏·自序》，河南文艺出版社2009年版。

② 巴赫金：《巴赫金论文两篇》，刘宁译，《世界文学》1995年第5期。

魂灵寻觅：从冲突、忏悔到救赎

——评周大新的《安魂》

刘艳宗

周大新在长篇小说《安魂》中，以泣血之笔展开了与英年早逝的儿子的对话，并以纪实的方式再现了儿子周宁短暂的一生，在痛楚的回忆中表现那来自灵魂深处的自责和忏悔。小说的前半部描写了儿子从出生到被病魔夺去生命的历程，满溢着浓浓的父爱和家庭的温馨，小说的后半部描述了儿子到天国之后的生活，小说借助儿子与古今中外伟大思想家、科学家、文学家等的灵魂对话，实现了精神层面的自我救赎，达到了对当下社会、人生中许多热点、焦点问题的深度探讨。

一、父子冲突——沉重的父爱之殇

《安魂》最打动人的是父亲的爱，那深沉浓烈得无以复加的爱令人动容。特别是在儿子患病后，为了给儿子治病，作为父亲，周大新做出了艰苦卓绝的努力，付出了能够付出的一切。他在回忆中的追悔和自责，在绝望与希望并存中的坚强，充分展示了父爱的厚重和坚韧。"当他听说国外研究出一种能治脑胶质瘤的药物，二十几万元人民币一针时，便发疯地想去挣到200万元。一切药物都失效后，他曾绝望地携妻携子到十字路口去烧黄表纸'驱邪'，也曾不顾一切地请到一个来京卖菜的老太太到家里施展'特异功能'。在每一种理性与非理性的搏斗中，父亲的拼死挣扎令人掩卷长叹。"[①]读者跟随着父亲血泪铸就的爱，和作为父亲的作者一起充满希望，又一起充满绝望，设身处地地体验着父亲的痛苦。什么最能撕碎人的心，那便是看着自己的孩子承受着病痛的折磨而无能为力，什么最让人绝望，那便是眼睁睁地看着自己的孩子一点点被病魔夺去生命而束手无策。人类在享受着爱的同时，总是不可避免地要承受不期而至的灾难和痛苦。

在爱与痛中，理性地解读作者的自责悔恨，隐隐可以感觉到埋伏在父爱中的父子冲突。这种冲突来自于现实生活，主要表现在父亲对儿子人生道路自以为是的决定和干预，对儿子内心意愿的忽视、对儿子心理的不了解等。《安魂》中的父子冲突，与以往文学作品中那种带有浓厚意识形态和文化象征意味的父子冲突有着本质的区别。

自从五四新文化运动开始，进化论的观念深入人心，启蒙思想者对传统文化进行了全方位的反思和批判，封建的父权文化受到了前所未有的冲击。在文学艺术的表现上，父子冲突主要从社会政治层面上着手，表现为长辈与晚辈所代表的两种思想力量的较量。父子关系呈现出落后与进步、保守与文明、专制与自由、腐朽与新鲜二元对立的模式。在这种文学表现中，父亲成为僵化、专制、保守的化身，具有文化符码的特征。到了三十年代，在革命文学和民族战争的时代背景下，父子冲突"由家庭伦理转换到阶级伦理叙述，在革命性叙述中，老一代的父亲被更确切地定位在与儿子对立的阵营中，扮演着不觉悟、不革命的落后分子角色"[②]。新时期以来，父子关系在多元文化背景下呈现出复杂多样的关系，既有寻根文学的崇父倾向、先锋作家的弑父倾向，又有世纪末的文学寻父倾向，父子关系随着社会文化背景和思想背景的变化而变得丰富多彩。

---

① 胡平：《生存与死亡的超越——读周大新长篇新作〈安魂〉》，《全国新书目》2012年第10期。

② 叶永胜：《关于现代文学中"老人"的再思考》，《中国现代文学研究丛刊》2012年第10期。

不论现当代文学中父子关系的表现形式和内涵发生怎样的变化，都存在一个共同的特征，即父子关系与时代的意识形态、社会思想、文化氛围有着最直接的关系，"发生在家庭内部的父子之间的较量，凝聚了整个社会政治经济文化意识形态的较量，参与了中国社会国家民族身份、阶级地位、价值观念等诸多方面的建设"①。文学作品中的父子关系之所以产生出不同的内涵和象征意义，是文化想象和文学表达之间相互作用的结果。从一定意义上说，父亲是被想象出来的，不同时期的父亲被涂抹上了不同的文化色彩和象征意义，真正个体的父亲往往在子辈的言说中被压抑、遮蔽和扭曲，父亲在文学中成为自觉不自觉的"失语者"，"他们的白发与皱纹被涂抹上了政治批判、文化反思的油彩，我们看不见他们的眼神，更无由抵达灵魂深处"②。从文学是人学这个文学创作的根本原则来衡量，不能不说多年来文学中的"父亲"一直是被书写、被想象、被象征的对象，缺乏从真实人性的角度实现对父亲的关注。《安魂》则让笔触直接切入父亲真实、丰富的内心世界，从父亲的角度来表现父亲，使这个父亲显得那么真实，那么真诚，情感是那么丰富，意志是那么坚强。作者是那么认真地在做父亲，爱孩子可谓是爱得呕心沥血，博大如海，厚重如山。

然而，就是这个真实的父亲，这份厚重的父爱，在父子之间也无法避免冲突。在儿子成长的过程中，父亲是儿子人生道路的指引者、参与者、决定者，在每一个人生过程中的关键阶段，父亲总是按照自己的意愿为儿子做抉择，这固然是父亲在行使责无旁贷的监护、指导、教育的职责，但在实际生活中，这种职责却不由自主地越过了应有的边界，慢慢地演化成了父亲对儿子的干预。

小学期间无视儿子的专长，武断地改变了儿子可能的人生轨迹；小学毕业强迫儿子考重点中学，给孩子施加很大的压力，儿子接受了；考大学时要求孩子放弃喜爱的文科选择理科，儿子同意了，尽管备考的过程很苦很难；大学期间无情地拆散了儿子可能最幸福的爱情，儿子含泪应允了；毕业后要求儿子考研，儿子实现了父亲的愿望。这每一个父亲主动决定、儿子被动执行的人生大

---

① 石万鹏：《父与子：中国现代性焦虑的语义场》，《广西社会科学》2005年第5期。

② 叶永胜：《关于现代文学中"老人"的再思考》，《中国现代文学研究丛刊》2012年第10期。

事里，都隐含着无形的父子冲突。我们不怀疑父爱的浓度，但需要质疑爱的纯度。儿子的人生设计很多是从父亲的愿望出发，而不是儿子的，尤其是当儿子走出懵懂，走向成熟，有了自己的主见和意志后，作为父亲，对儿子的过度关心就变成了对儿子生活的武断干涉、对儿子内心感受的无视和对儿子情感的不尊重。特别是亲手拆散儿子和女朋友小怡的关系，而这个姑娘从日后来看，是儿子和他们的家庭多么值得拥有的亲人，故而使父子的冲突变得更加激烈、无法调和。为了不让父亲生气，孝顺的儿子选择了妥协，接受了父亲的决定。这何尝只是对父爱的妥协，这是对自我情感和人性的压抑。这样的父慈子孝的父子关系是当下父子冲突的一种典型形式，颇具有时代特色。

　　这虽然是一个家庭的悲剧，但这个孩子成长中的烦恼却分明是当下社会语境和社会心理状态下中国独生子女成长的缩影，是一个时代独生子女与社会体制跟教育管理模式的冲突，具有广泛的社会代表性。遍地都是望子成龙、望女成凤的家长，到处都是要求孩子只埋头于书斋的家长。虚荣、攀比、功利心强都不能不说是家长们隐藏的深层心理动因，当这种心理成为一种常态，并且表现在对孩子的学习、升学、考试的严格要求和孩子个人兴趣、情感、意志的无视和干涉时，孩子便失去了充分表达自己愿望的空间，整体性地沦为家长和教育体制、社会体制的奴隶。孩子在家长和社会的合力管束下很容易变成社会人才生产线上的人才产品，被压抑了独特的本性。这也是当下教育遇到的最大的问题。然而，即便人们认识到这一点，但残酷的社会竞争和用人体制决定了很少有家长敢于拿孩子的未来做赌注，也就决定了无数的孩子已经并继续被现有不合理机制塑造着，压抑着，清醒或不清醒地苦恼着。

　　父子冲突从人性的角度来解读，父亲发出了来自灵魂深处的忏悔。从社会的角度分析，则通过孩子之口给出了一种社会性的原因剖析，表现出孩子对父亲的理解和宽容："你们五十年代出生的人，其实活得很艰难。大饥馑影响了你们身体的正常发育；'文化大革命'影响了你们精神的正常成长，严格的计划生育规定影响了你们家庭的正常结构……""也因此，你们这代人身上有很多毛病：由于尝过饥饿的滋味，就特别喜欢囤积食物，生活中节俭成癖；由于尝过'文革'的苦头，就做事谨慎过分，一遇政治风险便想掉头而去；由于家庭结构不正常，就对孩子给予过多的希望，给孩子施加过大的压力……"①从这个意义上说，这里的父子冲突是人的本性与功利化社会的冲突，父亲所谓的理想安排实质上是一种世俗意义上的理想，当父亲在追悔的同时，他不仅仅是作为一个父亲在反思和忏悔，更是对被世俗功名观念压抑的纯真人性进行忏悔。

这里的父子冲突不是对社会文化先行理解后塑造的，而是现实生活中真实存在但不为人所明确认知的父子冲突，因其真实所以更能折射出社会文化对人的影响，从而激起人们对家庭教育、对社会文化和人性弱点的认识和反思。周大新对自我的解剖体现出可贵的文化品格和社会担当的责任意识，使一个知识分子的大爱情怀在父子的冲突中得到升华。

二、灵魂忏悔——灰暗的人性之思

当作者从人性的角度重新认识父与子的关系时，其灵魂深处充满了对儿子英年早逝的沉重忏悔。忏悔源自于基督教的原罪意识，在基督教文化的熏陶下，忏悔成为西方人普遍使用的一种自我赎罪方式。在文学中最有代表性的是18世纪卢梭的《忏悔录》，在书中，他无情地暴露自己人性中的阴暗面，解剖自己的灵魂，并对自己所犯下的罪过产生深深的忏悔。俄国作家托尔斯泰称卢梭是"18世纪全世界的良心"。如果说相信人性本善的卢梭之所以暴露自己的流氓、无赖、撒谎、耽于肉欲等人性中的罪恶是为了揭露社会的腐败和道德的沦丧，是现实社会让人从善变成恶，把主旨最后归结到社会批判的层面上的话，那么托尔斯泰的作品则从人生而平等的观念出发，与自己所隶属的贵族阶级决裂，对贵族的罪恶进行谴责和反省，对自己荒唐的贵族生活进行忏悔，让平等、博爱的人类理想走得更加超远。西方文学中的忏悔意识对中国现代作家产生了深远的影响，巴金便是典型的代表，其《随想录》被誉为中国的忏悔录。在这部世纪大书中，作者既对自己人性中的恶进行彻底揭露，同时也对人类普遍存在的人性弱点发出了预警。在书中，巴金真诚的忏悔显现了这位

---

① 周大新：《安魂》，作家出版社2012年版，第45页。

老者对民族文化那可贵的忧患意识和对人性的深刻理解。但由于巴金的忏悔难以超越那个疯狂年代的时代背景，一定程度上使忏悔停留在现实的层面上，影响了对人性的开掘深度。周大新的忏悔则完全是从心灵层面展开的，是对自己无过错或者说无意过错的一种苛责忏悔。"忏悔是一种对以往犯下的错误甚至罪恶的深刻认识，常带有强烈的情绪因素。忏悔者所面对的是无可挽回的既成错误，因此忏悔必然伴随着情感上的痛苦和灵魂的内在折磨。它是对自身恶行之顽劣性的无可奈何的认可，因此又更多地带有主观上的自我谴责，它不像反省那样，可以心安理得地寻找造成这种错误的客观原因。"[①]从这个意义上来说，卢梭或者托尔斯泰包括巴金的忏悔都是有客观原因的，尽管他们都超越了心安理得的反省，是真诚的忏悔，也能够起到对人的灵魂产生影响的作用，但在客观上，他们的忏悔终极目标是引导人关注社会问题，而非人性问题、灵魂问题。因为他们的错误某种程度上是社会造成的，是社会造就了人性中恶的膨胀。而周大新的忏悔则与他们有着本质的不同，他的所谓"错误"是想象出来的，他没有有意地做错事，他的出发点都是毋庸置疑的爱，他的忏悔是"苛求"出来的，他在解剖自己的灵魂时看清了自己人性中的灰暗和丑恶。周大新的忏悔从对儿子病因的追溯上展开，他把任何有可能致病的因素都归结到自己的过失和错误上，这也使他的追忆让读者倍加痛心。一方面是在儿子婴幼儿时期对儿子喂养、管理、关爱等方面的失误，他认为自己不是一个合格的父亲。比如出生时因为难产被产钳拉出，"也许，这一拉，使你的头部受了伤？为后来的疾病埋下了最早的祸根？""我好后悔呀！"孩子半夜哭是因为饿得难受，但不知道加点奶粉，"致使你在最需要营养的时候受了亏，也许这也是你以后得病的根源之一。""我真蠢！""我不是一个合格的父亲。"这些不时出现的自我评价体现了作者对自己父亲职责不到位的谴责。另一方面是对儿子人生道路上重要事件的干预进行心理层面的深刻检视，看出了自己灵魂深处的虚荣、世俗和功利。儿子小学时，家里因为官司把儿子送到北京，其间儿子有

---

① 陈思和：《中国新文学发展中的忏悔意识——关于人对自身认识的一个侧面》，《上海文学》1986年第2期。

病身体受损，作者追悔实际上是把自己的声誉和家庭的荣誉放在儿子的健康前边，没有意识到，孩子才是最金贵的。不让儿子进体校学跳远，原因是看不起体育这门专业，想让儿子长大了去当官，为家族争得荣誉，他说自己是一个被中国官本位传统浸染透了的俗人。因为虚荣心和功名心，他不顾孩子的实际，逼着孩子报考重点中学，儿子上高中时，不让处在青春叛逆期的儿子做任何学习之外的事情，不了解儿子的心理，只关心孩子能不能考上大学。为了脸面上好看，为了儿子在部队好提升，催逼儿子读研究生。更有甚者，为了给周家找一个才貌双全可以向外人炫耀的儿媳妇，生生拆散儿子和小怡的恋爱，作者对这桩事情的后悔程度最深，他说自己就是一个凶恶、卑鄙、不可饶恕的恶煞。

作者在对儿子施以关爱的同时，无形中暴露出来是功名、虚荣等人性的弱点和灰暗面。这些隐秘的心理被作者自己清醒地认识到，并因此面对儿子造成的伤害发出深深的忏悔。生于中原、长于农村的周大新既吸收了中原文化坚韧、勤奋、善良、宽厚等优点，但同时也不可避免地受到了传统封建文化观念的影响，并将这种影响渗透到对儿子的教育中。让自己争气是一种骨气，逼孩子给家长"争气"就显得有些虚荣。如果说读周大新的其他小说可以让读者走进部队、深入南阳盆地、融进都市生活并领略小说中人性的善与恶、美与丑的话，那么读周大新的《安魂》则让读者认识到现实中的作者如他塑造的人物一样，不是十全十美的，他也有普通人的弱点，他也不是一个超凡脱俗的人，尤其在自己的儿子身上，他无法做到生活现实与文学理想的有机统一，无法做到爱得脱俗。儿子的离去使他在痛悔中认识到功名、利禄、地位、身份、金钱、名誉，都没有拥有一个温馨的家重要，没有拥有一个健康的儿子重要，没有亲人相濡以沫地活着重要。周大新说："现在看到楼里看电梯的年轻人，我会想，儿子要是看看电梯，也没什么不好的，只要他在。"①如果人生可以重来，他完全会选择另外一种方式来面对儿子。但人生无法假设，更不能重来，作者只能在对儿子的无限思念中，在痛苦的追忆中展开与儿子灵魂的对话，来

---

① 朱玲：《一个失独父亲的灵魂报告》，http://www.dzwhj.cn/NewsView.aspID=4874&SortID=46.

表达一个灵魂对另一个灵魂的忏悔。

三、精神救赎——直面死亡之旅

中国现当代文学作品中直面死亡的作品不多，一方面在于中国有重生轻死的传统观念，孔子曰："未知生焉知死。"人活着首先要关注的是如何活着、活好，人们不情愿把死放进考虑之列。这种观念影响了人们对生与死的看法，使得一般的人不愿意过多地去直面死亡，更不愿意去书写死亡。另一方面，从活着的人的角度看，死亡是令人恐惧并竭力回避的事情。但近些年来恶性疾病发生率的居高不下、意外伤亡的频频发生，一些作家因为这样那样的原因与死亡有了零距离的接触而触发了对生死问题的思考和关注之后，死亡意识才开始在文学作品中得以呈现。除史铁生从个人特殊的经历中直接写到过死亡，表达一个肢体残疾人对生死问题理性探索之外，还有周国平、周大新以文学纪实手法创作的《妞妞——一个父亲的札记》和《安魂》。

周大新的《安魂》是在知道儿子罹患肿瘤、一步步走向死亡的情况下，用全部的生命兢兢业业地照顾儿子、刻骨铭心地疼爱、沉静坦然地迎接死亡，作为父亲的周大新用他至情至性柔肠百转的父爱，唱响了对生命的礼赞。整个凄美的过程饱含着哀婉的诗意。当儿子长大成人，一切安排就绪的时候，当儿子羽翼丰满，终于可以展翅独自高飞的时候，当父亲做好一切准备享受含饴弄孙的晚年生活的时候，灾难突然降临，改变了一切。死亡在希望——绝望——希望——绝望的胶着盘旋中一步步走近，生命在拼死的挽留中慢慢远去。这部作品是作为父亲的作家，在经历中年丧子之后直面死亡时感性与理性交织的创作，真实地坦露了死亡的过程和死亡的真相。

事实上，在现实生活中，人们只有经历了死亡才会觉悟到死亡的含义，也才能够对人生有更理性更深刻的认识。亲人的死亡让作家开始重新审视生死，周大新说："送儿子去天寿园歇息之后，我没法不回忆过去。回忆时，除了痛楚之外，愧疚一直在折磨着我。就是在那时我决定，我一定要把我这份愧疚写出来，要不然，我可能活不下去。"①因为要活下去，所以必须要直面死亡，"只有直面死亡，人才会思索生死的价值和意义，人才能享有生的欢欣和死的尊严"。"人直面死亡，就是为了把对死亡的认识转化为人之生活的过程与生命进程的动力，将死亡转化为规划人生的源泉和促进人生发展的动力"②。

在痛与悔的逼仄中，作家只有一个选择，就是再次回望死亡、经历死亡、写作死亡，他以极大的勇气和坚韧的毅力写就了《安魂》。写作的过程是痛楚的，是情感的深度煎熬，但作为作家来说，写作又是最好疗伤药，也是最好的心灵安慰。周大新说："儿子的走，让我的写作更多地变成了倾诉，让我觉得文学真是可以起到心灵救赎和抚慰的作用，没有文学，我会活得更苦。"③在文中作者通过近乎自虐的忏悔方式，在自我否定中实现灵魂的救赎。

写作《安魂》既是对自己的精神救赎也是对儿子的心灵安慰。对儿子的安魂一方面是让儿子在书中得以永生，在父亲的书中，一个风华正茂、坚强、勇敢、淡定、宽容的周宁获得了永生，父亲以这样的方式让儿子的生命得以延续。另一方面，周大新通过《安魂》，为儿子精心打造了一个宁静、和谐、平等、公正的天国世界。作者说："那也是我自己愿意去的地方，所以我花了很多精力，想把天国建好。"在这个世界里，死并不是生命的结束，而是另外一种生命形式的开始。小说后半部分详细描写了灵魂升入天国后的生活，这种生活迥异于世间的生活，但人间善恶报应在天国里得到了全面的实现。儿子到达享域，不仅见到了自己的爷爷、奶奶、外公、舅舅等过世的亲人，让他继续享受比在人间更丰厚的亲情关爱，而且找到了灵魂相悦的异性知己，了却他在阳世时生命中的最大遗憾。作者让儿子在天国里拥有这份超越欲望的纯净的灵魂之爱，是对儿子在人间感情受创伤的一种弥补，也是对自己的一种安慰。更为重要的是，儿子在天国接受王阳明的教诲指导，同伏尔泰、爱因斯坦、达尔文、弘一法师这些人类伟大的灵魂进行对话，得到天国之神的赏识和认可，这也是作者对儿子未来生活的一种

① 周大新：《写〈安魂〉》，《长篇小说选刊》2012年第6期。

② 罗超、罗源：《走向快乐、自由、诗意的人生——中西传统生死观比较及其启示》，《学术论坛》2011年第6期。

③ 周大新：《写〈安魂〉》，《长篇小说选刊》2012年第6期。

想象，通过这种方式，让儿子得到在人间不可能得到的巨大心灵慰藉。这是一个父亲执着的爱的无限延续，儿子飞远了，但父亲的爱超越生死之隔，无时无处不在环绕着他，父爱的伟大、厚重和彻底由此可见一斑。这种爱慰藉着在现实功名利禄压迫下人类日益苍白的灵魂，温暖着坚硬粗糙的社会感情。

周大新给儿子在天国生活的安排和设计，让儿子与达尔文、苏格拉底、爱因斯坦、莫扎特等先贤的灵魂对话时所探讨关于灵魂价值、面对苦难的态度、人为何要不停地互相比较等话题，"也是他长久以来一直思考的关于生命的终极意义。他希望儿子在天国仍能提高智识，也借先贤之口诉说自己对人生的感悟，引发人们对一些形而上问题的思考，而不是只关心手里的钱和头顶的官"①。这些先贤的见解足以让当下世人疲惫的心灵得到滋润，让蒙尘的灵魂受到洗礼。"这一个人痛楚结晶的琥珀，或能擦亮他者的人生。"从中我们可以看到周大新人性中光辉和博大的一面。因此，"表面看来，《安魂》是为痛失爱子周宁而作，实际上，则是周大新在为儿子安魂的同时在为自己安魂，也为天下那些失去孩子的父母安魂，更重要的是，他也是在为这个时代安魂"②。安魂既是对作者的心灵救赎，也是对儿子的救赎，更是对当下社会人心的救赎。

日前，2012年度小说评奖结果揭晓，《安魂》获得《当代》长篇小说论坛2012年度最佳奖。这个奖从一定程度上说明，对灵魂、对人性的关注更有现实价值，作品不仅仅是一般的家庭纪实小说，作家超出个人的哀痛，将冷静理性的目光投射到人类、社会更深广的现实观照中，让智慧照进人生，让阳光照亮灵魂。"人生问题的解决必求之于对死亡问题的体认；而死亡问题的解决又必求之于人生问题的化解。"③周大新通过个人的爱与痛，在对生死问题、灵魂问题所进行的哲学思考中，让死亡和活着得到了辩证的统一。

原载《文艺争鸣》2014年第3期

周大新
研究资料

---

① 朱玲：《一个失独父亲的灵魂报告》，http://www.dzwhj.cn/NewsView.aspID=4874&SortID=46.

② 雷达：《〈安魂〉一曲慰死生》，《中国青年报》2012年10月30日。

③ 郑晓江：《寻找人生的价值与生命的安顿》，《江西社会科学》2001年第2期。

介入与诗学

——论周大新《步出密林》

张延文

　　著名的法国文学家、哲学家萨特在"二战"后，提出了文学应该"介入"社会生活，为自己的时代写作；这种带有倾向性的写作，要求作家积极承担社会责任，对于时代面临的重大问题进行探索并发表自己的意见，从而影响社会的发展。当然，萨特的"介入"的前提是作家的自由立场。这就使得他得以摆脱传统的现实主义的窠臼。听起来，这和我们当前提倡的作家应"深入生活，扎根人民"有异曲同工之妙。然而，作家的写作和时代生活的关系问题，看似浅显易懂，但实际上却又相当微妙。文学介入社会现实的能力到底如何？承担了"介入"的功能的文学作品，其艺术性的，或者说诗学的功能应该如何处理？这两个问题，对于任何一位艺术工作者来说，都是必须认真面对的。作家通过写作发表的对于社会问题的看法，即使在当时产生了一定的社会影响，也仍然需要足够长的时间来对其带来的社会效果进行进一步的衡量和考察，才有可能对其得出一个相对合理的判断和评价。那么，这就需要作家，在"介入"和"诗学"这两个看似矛盾对立的因素上，做出恰当的处理，保证其在共时性和历时性上，不至于出现某一方面的太大的偏差甚至空缺。

　　二〇一四年十月一日，澎湃新闻刊登了一篇名为《河南'新野猴戏'再起争议：是千年陋习还是文化遗产》的文章，文中讨论了一起轰动一时的社会新闻事件：四名新野的耍猴人，因"非法运输野生动物"获罪。此事件还将著名作家周大新牵连其中，报道如下：

> 作家周大新曾经发表过一篇小说《步出密林》，讲述耍猴人的心酸艰难，更表达了对耍猴这一古老传承的质疑：致富、谋生在现代社会可以采取其他多种手段，应该放弃这一"残忍"的方式。
>
> 9月29日，周大新对河南日报说，新野玩猴为生的人原来很多，有好几万人，慢慢都觉醒了，干别的去了，其实靠这个赚不了几个钱，还异常辛苦；对动物不尊重，强迫性训练，让做各种动作，野蛮残酷，很不"猴道"。①

周大新的中篇小说《步出密林》②以其家乡南阳的耍猴人的一段富于传奇色彩的故事为背景，描写出了人与猴、人与人之间的错综复杂的关系。小说发表于一九九一年，故事发生的时间是从一九八一年夏末秋初起的，距离二〇一四年已有二三十年了，却被旧事重提，足见该作品所讨论的问题的重要性和作家对于社会问题的敏感性和预见性。改革开放初期，在面对大的社会变革之际，不同类型的人群开始出现了分化和重组，他们在新的现实面前做出的人生选择，将会改变他们今后的人生命运。《步出密林》当中的"耍猴人"作为一个特殊的社会群体，具有农民和流浪艺人的双重身份。以耍猴为生的沙家请来村民为他们逮猴，逮到了六只杂毛猴，邻居方振平却为此摔断了腿。在沙家人的悉心照料下，曾经绝望寻死的振平渐渐恢复了生活的希望，伤愈以后，他和沙家人一起外出耍猴戏，并在猴戏班中成为重要的一员，他主演的"人猴大战"的新节目，赚足了观众的眼球，为沙家挣了不少钱。在"人猴大战"的表演中，伤残的振平经常遭到对耍猴人带有敌意的猴王"老黑"的暴打，视钱

---

① 周辰：《河南"新野猴戏"再起争议：是千年陋习还是文化遗产》，澎湃新闻https://www.thepaper.cn/newsDetail_forward_1269466.

② 周大新：《步出密林》，《十月》1991年第3期。

如命的班主沙高根本对此毫不在意，但沙高的妻子苟儿看不惯，为此两人发生了激烈的争执。在一场表演中，不顾猴子死活的沙高，让母猴"黑巧"疲劳演出，导致其被摔死，猴群为了报复，抓伤了沙高的幼子金金。少了"黑巧"，沙高又特别为振平增添了两个节目，使得振平更加不堪重负，决定离开猴戏团，独自回去生活。沙高劝慰了善良的振平，让他留了下来。在一次表演当中，猴子病了，沙高却不愿意放弃已经售出的票款，强迫腿部负伤的振平演出。由于苟儿坚决阻止，暴怒之中的沙高用重拳将她打倒在地。苟儿悲痛欲绝，决定和丈夫离婚。沙高为了表明自己认错的决心，将财权给了妻子。苟儿自作主张，决定不再耍猴戏。她将赚来的钱买了磨粉机，并将猴子放归了森林。

这部小说具有很强的社会现实性，发表后引起了一定的社会反响。一九九二年，西安电影制片厂拍摄了由《步出密林》改编成的电影《人猴大裂变》，进一步扩大了故事的传播范围和社会影响力。正像故事当中讲述的那样，新野的"耍猴人"越来越少了，特别是年轻人，一般都不愿意再去选择这种职业，这也许预示着该行当正在走入穷途末路。二〇一五年一月二十日，备受关注的新野四名耍猴艺人涉嫌非法运输珍贵野生动物一案，黑龙江省林区中级人民法院经依法审理后在新野县人民法院进行二审公开宣判，四名上诉人被改判无罪。但相关的讨论却并未因此停止，围绕着耍猴是否合理，该不该对动物进行保护，正反双方的意见都是非常鲜明的。一方面来说，耍猴人的行为的确存在违法，在道德上也存在着可质疑的地方；另外一方面，新野猴戏作为省级非物质文化遗产，有着悠久的历史文化传统，而作为社会最底层的猴戏艺人，其处境也同样值得我们尊重和同情。猴戏到底是否不文明，不人道，这个问题存在极大的争议，但作为文化遗产，却是不争的事实。但我们必须清醒认识到的一点在于，猴戏的出现不单纯是因为文明，这种特殊职业的出现是因为底层人为了生存的谋生手段，它的衰亡也不是因为耍猴人的"良心发现"，而是因为他们有了更为广阔的谋生手段。澎湃新闻报道里就指出了，年轻人是因为出去打工，才不愿意从事这门古老的行当，因为现在当流浪艺人耍猴戏，很辛苦，且收入并不可观。

虽然，从艺术的角度来看问题，和从社会学的角度看问题，会有视角上的不一致，但却并不影响得出的结论是一致的，且都符合客观发展的趋势。《步出密林》当中，有一则关于沙湾猴戏起源的动人传说：早先，在沙湾村边有一片森林从桐柏山延伸下来，林中猴子多，常到村里乱跑。那时村中人少，生活寂寞，也欢迎猴子来耍闹，任其来去。慢慢地，家家都有些常来的林中客人。某一年，旱灾导致颗粒无收，天火把村边的森林烧掉，人猴一起外出逃荒。在逃荒路上，为了施主高兴多得点，人会哼几句田歌，猴会翻几个跟头，这就是玩猴的雏形。这段故事非常迷人，将人猴之间的情谊凸显出来，描绘出了一幅人猴相依为命、和谐相处的美好图景。而且，猴戏的出现，除了双方是朋友之外，还因为天灾，彼此都失去了生活的依靠，属于天意使然。这则传说带有浪漫主义的色彩，融入了神话和审美的双重因素，这恰恰是促成诗发生的两种重要元素。

　　《步出密林》当中人与猴之间的关系一直处于紧张的敌对状态，起因在于人是为了贪欲将本来在森林当中无忧无虑快乐生活的猴子逮捕，接着不顾它们的极力反抗，对它们进行了残酷的训练，这些训练也是不符合猴子的本性的。这让猴子对耍猴人产生了深刻的仇恨。人猴之间的和谐的愿景与传说截然不同，传统的根据在这里被切断了。和传说相同的地方仅仅在于，耍猴人贫困的处境仍然没有改变，他们不得不借助猴戏来改善自己的生活状况。作为老一代耍猴人的代表，沙家的老爷子沙老宽对于捕猴和耍猴带有深深的罪孽感，他深知捕猴不是一件好事，在他看来，每次捕猴都会出状况，这是对于捕猴行为的惩罚。在捕到猴子后，他首先请求猴仙爷的原谅，那刚刚被逮到的六只猴子在他眼里变成了六副骨架，死在他眼前的猴子已经有十四只了，被捉住的猴子的命都很短，耍猴让他感到屈辱，这种不光彩的行为并不是他想要的，在内心深处，他并不乐意自己的后人再去延续它。然而，在生活的逼迫下，又不得不去做，因此"沙老宽望着在网中挣扎的六只猴子，泪囊肿大眸子混浊的双眼想浮出一个笑来，但最后溢出的，却是两滴混浊的老泪"①。沙老宽并不赞成儿

① 周大新：《玉器行》，江苏文艺出版社2013年版，第37页。

子沙高的行为，特别是他为了金钱不顾一切。沙老宽会唱猴戏，会耍猴鞭，有一招"昏鞭"的家传绝技，但他一直没有把这门绝技传给儿子，这一方面是有对于儿子品行的担忧，另一方面也有让耍猴的技艺最终断在这一辈人手里的想法。对于儿媳放猴回归山林，沙老宽是默许的，甚至可以说，儿媳的行为帮他做了心灵上的解脱。

沙老宽会唱苍凉悲切的歌谣，这些曲子大都从祖上传下来，沙老宽的父亲唱过："叫一声小毛猴，你快呀打跟头，拿一根小拐棍，装个小老头。作个揖，磕个头，老少爷们给俺个窝窝头。"他自己唱道："打一鞭来撵月亮，打两鞭来追太阳。俺跟地主扛长工，地里打下三斗粮。交完租子粮囤空呀，一年到头饿肚肠。地主吃的鱼和肉，穷人喝的黑面粥，稀里糊涂喝不够。地主门前拴骡马，穷人少犁没有牛，耕田人儿当牲口……"[1]沙老宽吃苦耐劳，善良，富有同情心，对自然充满了敬畏之心。同时，他经验丰富，每当要出问题时，会有敏锐的直觉。可以说，沙老宽就是优秀的猴戏传统的代表，他的儿子沙高，作为新一代，虽然在猴戏的发展上能够与时俱进，将现代的商业精神融入了猴戏演出里，取得了一定的成功，但他为了眼前利益不计成本，毫无敬畏之心，对于猴戏的发展并不是好事，这是不可能持久的。沙高沉稳，能够控制自己的情欲，善于把握观众的心理，具有现代商业伦理的特点，和传统的耍猴人的精神并不一致。作为耍猴人，沙高却从不在意猴子的感受，猴子死了，在他看来没什么了不起，只要赚钱就足够了。当然，沙高这个人物形象是复杂多元的，他虽然有恶的一面，但对于家人是有爱的，他想要致富的想法无可厚非，男人承担的社会责任要求他在某些时刻必须硬下心来。另外，沙高对于妻子买磨粉机的行为并不赞同，对于陌生事物还有排斥心理，加工业对于他来说是不信任的。从这里看，沙高的小农意识很强烈，封闭保守，自私残忍，墨守成规，不愿意去冒险。

沙高的权力意识很强，当他看到妻子要离开自己时，就以今后听妻子的来说服荀儿保持与自己的夫妻关系，荀儿接受了他的提议。这种以权力交换来

---

① 周大新：《玉器行》，江苏文艺出版社2013年版，第48页。

保持的家庭稳定性，是颇具深意的。苟儿温柔善良，富于好奇心，易于接受新鲜事物，是新女性的代表。苟儿是主动要求去山中逮猴的，一方面想为家里省钱，另一方面也是想看新鲜。当她看到捕猴带来的不良后果，就改变了原有的态度。苟儿与沙高之间的冲突，是善与恶的冲突，是新旧意识的冲突，同时，也带有一定的两性冲突在内。新的家庭伦理，正在改革开放的背景下萌芽。苟儿最初的单纯可爱，大大咧咧，逐步成熟起来，通过斗争掌握了一定的主动权，从一个不起眼的角色发展成为事件的主宰者。

《步出密林》的叙事模式是一女两男类型的，这也决定了在人物关系当中苟儿的主动性和中间地位。另外一位男性方振平，在刚出场时显得吊儿郎当，带有一点投机取巧的心理。作为沙家的邻居，振平家也是世代耍猴，家贫的他一心想要趁着机会换个新猴子。振平父母去世，没有兄弟姐妹，家里只有一只父亲传下的老猴子，娶不来媳妇。振平对于女性带有天然的渴求，碰到苟儿的手，他会羞红脸；看到苟儿雪白的胸脯和饱满的臀部，他充满了对于沙高的嫉妒。振平个性里有着幽默、善良的天分，做事漫不经心，他为自己的轻浮付出了惨重的代价。作为一个耍猴人，振平是有优势的，他善于表演，能够和猴子和谐相处，但他的命运是悲惨的。耍猴人的不幸集中在他身上。他对于苟儿是有暗含的爱意，知恩图报，默默地为苟儿和沙家奉献，从不计较个人的得失。

除了人物之外，还有一群猴子，特别是猴王老黑，是山林里动物的代表。老黑狡猾，报复心理强，有控制欲。年轻的雌猴黑巧温顺、可爱，却最早惨死；年轻的公猴黑猛滑稽憨厚。猴与人之间很少有和睦相处的时候，只有黑巧和人容易相处，温顺乖巧。沙老宽手里的那根猴鞭是人与猴之间仇恨的象征物，这根鞭子世代相传，用上好的牛皮编成，鞭体上被猴血浸染成了暗红色，粘着猴毛。通过规训和惩罚建立起来的猴子和耍猴人之间的关系，是残忍的，是赤裸裸的征服和盘剥。干活的振平可以吃牛肉，猴子无非吃些玉米棒，沙高还拿变质的食物来喂猴子，导致它们腹泻。人猴之间并没有出现传说里的相亲相爱的局面，发生在人猴之间的这种行为是极端不文明的。步出密林，应该含有告别原始的、不文明的行为的寓意。通过人与猴子的对比，我们无法得出人的行为比猴子文明的结论。人性当中的恶，自私与残忍，加上智力的优势，是更为可怕的。这部作品应该说包含有对于人性的普遍价值的追问：爱与怜悯，超越物欲和情欲；伦理价值，而非像老黑和黑巧那样去杂交，这种行为可能诱发死亡的后果。所有的恶行都有着相应的后果，善的力量在和恶的搏斗当中占据了优势。人性的，人道主义的叙事伦理，支撑着叙事行为的发生和发展，构成了文本的审美基调。

根据澎湃新闻的报道，一直跟随耍猴人、拍摄耍猴人生活长达十二年的《中国国家地理》摄影师马宏杰认为传统艺人靠耍猴生存，直接用道德指责他们，过于草率，耍猴人对猴子的感情是真实的。而且，目前耍猴人的猴子大都是驯养繁殖的，从小和人类生活在一起，野性已经大大降低，驯化起来比较方便。但他也指出，耍猴的艺术价值已经越来越小了。传统的猴戏当中，让猴子戴面具、穿戏服唱戏，是有一定的文化价值和艺术价值的。而现在耍猴就是哪种方式挣钱就用哪种，经常使用人猴打闹的方式。这种取乐，在人类的日常娱乐生活当中，到底负面作用大不大，一直以来都是娱乐争论的焦点之一。澎湃新闻的相关报道，和周大新小说里关于猴戏活动的描述大同小异，再次证明了在《步出密林》这部小说当中体现出来的周大新的预见性和洞察力。

文学对于现实的关注和影响，是文学生命力的源泉。绿色人文，对于人和自然，人与动物之间的和谐关系的追求，也是目前文化研究的一个热点。生态美学的兴起对于当代社会来说具有非常现实的实证价值，广义的生态美学包括人与自然、社会及人自身的生态审美关系，对于人类的生存状态和生态环境进行理论和实践两个纬度的探讨和思考。《步出密林》当中的主题也蕴含着生态美学的观念，以动态的角度来打量人类的生存状态，耍猴人这个行当本身具有一定的观察的便利性，同时，小说设定的时代背景和地理环境，都为这个主题的展开提供了动力。从耍猴人的角度来观察新时期以来整个国民性的演变，及其和传统文化发生的关系，现代文明和传统文化伦理之间的冲突和融会，都可以找到一些切实的线索。由此可见，从一类人的命运，来思考整个人类的命运，也是切实可行的。

周大新用生动活泼的文笔，提供了富于现场感的社会观察。这不同于一般的人类学的田野调查，而是基于艺术审美的情感纬度介入社会生活的，在选择的对象上，不一定具有代表性，但却注重特色的、特殊的人物关系，尤其是情感关系。这就要求主观意识的第一性，而非人类学所秉持的客观立场。作家通过审美的方式来描绘的社会生活，带有作者本人的先入之见与情感立场，虽然会难免带有个人视野的局限性，但也保证了自由意志的价值。通过《步出密林》，我们可以发现介入与诗学之间是可以达到高度和谐的，而通过影响人群的情感和认知来改变固有的伦理价值，还是需要一个切实的前提来做支撑的。作品深入现实的程度，不在于多大程度上解决了人物关系之间的矛盾，就像荀儿为代表的耍猴人将猴子放归山林，通过解放对立面而使得自身也得到了解放，文学在要求介入的同时，要在介入活动当中放开自身的功能性，才能获得自由，接近诗学的本质。当耍猴这种谋生的方式，真正成为"非物质文化遗产"，作为一种精神性的存在，不再仅仅是一种技艺，或者说谋利的手段；猴子和人之间的表演也不仅仅是为了取乐于看客，而是人猴之间和谐相处的表达方式。这就回到了沙湾关于猴戏传说的本源，尽善尽美，其乐融融，但这抽离了物质实存的具象性，更像是埋想主义者的一场幻梦。

原载《当代作家评论》2015年第3期

周大新
研究资料

根植于乡土大地与现实生活的文学书写

——周大新长篇小说的思想内涵与文化精神

沈文慧

到目前为止，周大新共发表了7部长篇小说，可谓丰赡厚重，硕果累累。它们是《走出盆地》（百花文艺出版社，1990年）、《第二十幕》（上、中、下）（人民文学出版社，1998年）、《21大厦》（昆仑出版社，2001年）、《战争传说》（长江文艺出版社，2004年）、《湖光山色》（作家出版社，2006年）、《预警》（十月文艺出版社，2008年）、《安魂》（作家出版社，2012年）。纵观这7部作品，题材不同，故事多样，风格迥异，叙事空间涵盖了乡村、军营、现代都市以及彼岸天堂，艺术笔触在过去、现在、未来自由驰骋。但周大新决不仅仅从恣意飞扬的艺术想象中获取创作资源和艺术灵感，而且他始终是一位典型的现实主义作家，其创作一直深深根植于生养他的中原大地和这个急遽变化的转折时代，呈现出广博厚重的思想内涵和清醒深刻的文化忧思。

一、守望乡土：书写乡村中国的艰难蜕变

尽管周大新是一个很难用地域或风格来框囿的作家，但我们必须承认，

"南阳盆地"这个先在的地域文化符号伴随着他创作的全过程。1952年，周大新出生于南阳邓州市构林镇冯营前村一个普通农民家庭，在故乡空阔的平原上度过他快乐的童年时光。春去秋来，盆地的四季风景和父老乡亲在盆地上劳作生活的情景在作家幼小的心灵中打下了深深的烙印，从那时起，"我开始感到人离不开土地。没有田地，人活得会很乏味"①。成年以后，作家曾在"这拥有上千万人的盆地里东游西逛。我见过很多的死人和活人，我同好些个男人和女人交谈，我到过乡村、小镇、县城和州府，我进过茅屋、砖瓦房、洋楼、礼堂，我爬过山、涉过河、翻过丘……"②南阳盆地的山川河流、人情世态、人文历史、精神气质、情感思绪、文化心理等早已如血液一样流淌在他的生命中。对周大新而言，"南阳盆地"就是他的"文学领地"和"艺术星空"，他反复强调"人必须和自己生活的土地联系起来，才有可能深刻"。故乡大地、乡土中国始终是他心之所系，情之所至。从最初的《汉家女》《小盆地》《小诊所》，到后来的《家族》《泉涸》《紫雾》《老辙》《武家祠堂》《伏牛》《世事》，再到20世纪90年代初的《香魂塘畔的香油坊》《哼个小曲给你听》等，周大新的"盆地系列小说"逐渐走向成熟。他无限深情地注视着在乡土大地上忙碌的乡亲们，体味着他们的悲欢离合、爱恨情仇，以饱满、温厚、深情的笔触书写他们的奋斗与挣扎、希望与失望、成功与失败、敦厚与质朴、忠诚与偏执、光明与黑暗，探索他们的昨天、今天和明天。

在创作了20多部盆地题材的中、短篇小说之后，或者说在具备了一定的创作经验和艺术积淀之后，1990年周大新推出了第一部长篇小说《走出盆地》。作品写一个名叫邹艾的苦命女子不服从命运的安排和捉弄，拼尽全力改变自己的生存状态，寻找理想生活的故事。邹艾从小失去父爱，与母亲相依为命艰难度日，长大后被村干部诱骗，受尽屈辱。但她凭着一股不屈服、不服输的狠劲，抓住机会，走出盆地，进入部队，费尽心机成为军区副司令员的儿媳妇，尽享荣华，出尽风头，似乎登上了人生的顶峰。而这一切却是以对初恋

---

① 周大新：《长在中原十八年》，《作家》2010年第10期。

② 行者：《大新真好》，《时代文学》2001年第4期。

的背叛、人性的迷失为代价。依附于权贵的"幸福人生"终究是靠不住的，副司令员的突然离世将她曾经攀附的一切瞬间化为乌有。回到原籍的邹艾再次被抛入社会底层，她必须从头开始，凭着顽强、坚韧和生活历练的智慧，邹艾开始了悲壮、艰辛的创业生涯，开诊所、办医院直至制药公司。难能可贵的是，邹艾在拓展事业的同时，重新审视自己的人生历程，思考生命的意义，终于找到了本真的自我和精神归宿——原来"幸福"并不在别处，就在自己坚实的脚下。主人公的运道似乎画了一个圈，又回到了原点，其实已经远远超越了此前的自己而到达了新的生命高度和人生境界"盆地"作为周大新小说的一个典型意象，不仅意指地域空间，更意指人物的精神生态，作家赋予"走出盆地"双重意涵：一是盆地人如何走出盆地开拓新的生存空间，建构美好幸福生活；二是盆地人如何走出精神的"盆地""低谷"，超越自我，实现主体精神的自由和飞越。而后者恰恰是作品的重心所在，也是作者的忧虑所在。邹艾的女儿口里心里对美国的崇拜和向往、对故乡的嫌弃和不屑，不正是处于精神"盆地"的一代青年的典型心态吗？他们也会为"走出盆地"付出人性的代价吗？他们最终能"走出盆地"吗？作品没有答案，而是戛然而止，韵味悠长。在此意义上"走出盆地"寻找幸福是人类的永恒追求，也是人类社会生生不息的力量之源。周大新说："我在分析了人类的主要活动之后发现，人活着的目的，人类全部活动的目的，其实就是四个字：寻找幸福。""小说写的是一个南阳农村姑娘走出盆地改变自己命运的经历，预示的却是中国人和中华民族冲开重重障碍和束缚，坚忍顽强寻找理想的幸福生活的历史"①。确实，小说写的是"一个女人的生活和精神史"，也是中原大地乡村儿女的奋斗史和精神蜕变史。

2006年周大新推出了另一部乡村题材的长篇小说《湖光山色》，作品获得第七届茅盾文学奖。如果说《走出盆地》是周大新在早期中国农村改革开放的时代背景中，对中原乡村儿女的生存状态和心灵世界的艺术呈现，其艺术视野和思想深度相对狭窄和浅显，那么《湖光山色》则是对中国"三农"问题的深切关注和思考。改革开放30多年来，中国农村的经济结构、社会结构、生活方

① 周大新、石一龙：《飞翔与栖落》，《青年文学》2001年第11期。

式以及农民的思想观念、价值体系、精神追求都发生了天翻地覆的变化。市场经济的深入发展，使农村不同社会群体和阶层的利益意识不断被唤醒和强化，利益追求最大化成为广大农民社会行为的强大动力。随着农村改革不断深入和城市化的快速推进，各种矛盾日益突出。整个乡村大地面临着生态恶化、人性异化、传统人文价值失落的危机。周大新身在都市，却始终"对乡村世界一腔深情"，"把当下乡村变革中的真实境况表现出来，引起读者对乡村世界的关注"，"把乡村建设好"，使"乡村世界也变得魅力十足"①，《湖光山色》就是这种强烈的社会责任感和美好愿望合力催生的艺术结晶。

比之《走出盆地》，《湖光山色》涵盖了更为广阔、复杂的农村社会现实，涉及农村改革进入深水区的社会、经济、文化以及伦理道德等诸多问题。与《走出盆地》一样，《湖光山色》的主人公依然是一位女性，周大新同样赋予她一个意味深长的名字——暖暖。暖暖与邹艾有内在的"血缘亲情"，她们一样美丽善良、敢爱敢恨、朴素坚韧、自尊自强，一样心存高远，富有开拓创新精神。暖暖高中毕业后进城打工，带着现代大都市的眼光和气魄回到家乡，立志创造与城里人一样美好幸福的新生活，但她却没有邹艾的幸运，尽管暖暖的每一次选择都经过深思熟虑，都带着义无反顾的决绝，但结果却总是事与愿违、令人叹惋。她想靠种植良种致富，却被贩卖假种子的人骗了，背下沉重的债务。发展乡村旅游业，让她尝到了创业的甜头，可随着与五洲国际旅游公司合作的深入，她的"楚地居"变成了薛传薪的"赏心苑"，以此为据点，城市资本"一方面将货币哲学灌输到楚王庄，另一方面也将楚王庄这个乡土社会中的一切都商品化。不管是女性的贞操、肉体，还是男性的道德、良知，都在这个巨无霸的车轮之下发出碎裂的响声"②。暖暖不知道她打开的是潘多拉的魔盒，无论她以怎样决绝、悲壮的姿态抗拒现代物欲带给农耕文明的铜臭和污染，她单薄的身躯怎能阻挡轰然而至的物欲快车？暖暖笃信爱情，因为爱，

① 周大新：《对乡村世界一腔深情——由小说《湖光山色》谈起》，《光明日报》2011年4月11日。

② 王兴文：《新世纪小说的乡土空间叙事及其意义——以〈湖光山色〉为中心》，《小说评论》2013年第2期。

她嫁给了穷困但憨厚朴实的旷开田。在暖暖的帮扶下，旷开田成为楚王庄最先富裕起来的人，还当上了楚王庄的村主任和五洲国际旅游公司的副总，随着生活环境和身份地位的变化，原本胆小善良、憨厚朴实的旷开田逐渐变得飞扬跋扈、恣意妄为，沉迷于色欲和权欲不能自拔。他是封建专制文化与资本物欲文化媾和的产物，既有封建的专制与骄纵，又有资本带来的奢靡与放任，暖暖以青春和激情守护的爱情以离婚终结。至此，暖暖的奋斗换来的是一场虚无——事业的虚无，爱情的虚无。在现代化浪潮中，曾经肥沃的乡土大地已经变得干枯板结，人们种下希望的种子，收获的却是失望的苦果。问题到底出在哪儿？暖暖的故事既昭示了中国农村走向现代化的复杂和艰难，而"楚王庄"就是今日中国广大乡村的缩影，展示了中国农村在急遽现代化、城市化进程中从外在物质世界到内在精神世界的巨大变迁和复杂样态。"在这个结构严密充满悲情和暖意的小说中，周大新以他对中国乡村生活的独特理解，既书写了乡村表层生活的巨大变迁和当代气息，同时也发现了乡村中国深层结构的坚固和蜕变的艰难"[①]。无论如何，农村绝不能成为荒芜的农村、留守的农村、记忆中的故园，让农民在"湖光山色"间诗意栖居，是弥漫在《湖光山色》字里行间的诚挚期盼。

二、直面现实：我们如何安置生命？

在守望乡土、关注乡土中国艰难蜕变的同时，周大新更时时瞩目我们所处的时代，努力把握和表现时代的各种镜像。《21大厦》便是对光怪陆离、浮躁纷扰的当代社会与人生的思考与审视。21大厦，一座造型如飞翔之鹰的大厦，一个当今社会的缩影，它高耸入云，被切割成公司、商行、餐厅、高级住宅区等不同空间，形形色色的人在这里聚集：有一掷千金的大款，有贪污腐败的部长和他的情妇，有行为乖张的画家师徒，有物质丰裕情感贫瘠的女博士，有工

---

① 孟繁华《乡村中国的艰难蜕变——评周大新长篇小说〈湖光山色〉》，《名作欣赏》2009年第3期。

于心计、靠出卖灵肉满足欲望的女人，也有勤恳工作、收入甚微、艰难度日却心地善良的保安员、保洁人员……一座大厦，将美丑善恶以及人类在权、钱、欲面前林林总总的复杂心态折射出来。周大新离开了他熟稔的乡村题材和擅长的农业文明背景下的悲欢故事，深切关注在强大物欲挤压下的现代都市人的生存焦虑和精神困境，直面现实，作品"试图切入并剖解当今社会各色人等和各种欲望诉求，以及贫富日益悬殊的商品化的冷峻现实"，"它关注的是人生的意义和价值，追问的是当今人们的各种活法儿和活着究竟为什么"①。

新世纪伊始，愈演愈烈的恐怖主义催生了周大新的第一部当代军事题材长篇小说《预警》。作品讲述了一支核弹部队的作战局局长在恐怖分子精心设计的美女、金钱、荣誉、友谊等花样繁多的阴谋诡计的诱惑、驱使、胁迫下，最终落入陷阱，被恐怖分子牢牢掌控，最后时刻幡然悔悟以死捍卫国家利益的故事。这部反恐加谍战的小说悬念迭生，疑云密布，在歌舞升平、温情脉脉的表象下掩盖的是四伏的危机和腾腾的杀气。但它绝不是一顿丰盛的大众文化快餐，而是一部沉重的感时忧世之作，是对瘟疫一样在世界范围内肆虐蔓延的恐怖主义的惊心动魄的文学书写，同时也相当犀利地剖析了恐怖主义产生的社会及人性根源——政治腐败、吏治昏庸、法律不彰，底层百姓的尊严和权利被任意践踏，那些曾经被侮辱被损害的人最容易变成潜在的恐怖分子而报复社会殃及无辜，加之某些人信仰缺失、欲望膨胀，一旦与人性中的贪婪、嗜血等恶的因素相纠缠，其后果必然触目惊心。《预警》不仅是周大新对那些和平年代掉以轻心、疏于防范的军人的"预警"，也是对人生如何面对各种诱惑而不迷失本性、经历种种考验依然保持清明理性的"预警"，更是一部指向时代和现实社会的"预警"。

作为读者，我无法想象周大新是以怎样的坚强和隐忍，承受着中年丧子之痛完成了惊心动魄的《安魂》，并于爱子离世3年后的2012年，用最真挚的父爱和最深沉的情感谱写了一曲沁人心脾、感人至深的"安魂曲"。著名评论家雷达这样评价《安魂》："这是当下出版物中少有的，也是我长久期待的

---

① 雷达：《窥视与追问》，《光明日报》2002年2月7日。

'灵魂写作'。"①这部数十万字的作品通篇是父子生死相隔却又灵魂无间的绵长对话，实则是作家的心灵独语，是作家关于生命和人生的深切感悟与深沉哲思。作品可分为三大部分，第一部分回望儿子出生、就学、恋爱、成长的生命历程，交织着父亲的深深自责和忏悔，是作家对自我人性灰暗和性格缺陷的深刻检讨和无情剖析。第二部分叙写儿子得病、抗争的全过程。直面生命的大悲大恸、大劫大难，将生命面对苦难和病痛的脆弱无助又坚忍顽强、面对死亡的恐惧胆怯又从容安详的复杂样态展示得淋漓尽致，体现了生命的丰富和尊严。第三部分想象儿子在天国的美好生活。儿子虽然离开尘世，但永远活在父亲心中，离开人世只意味着儿子的生命在天国以更好的方式展开，有了这样的心理基础和叙事动机，《安魂》关于儿子在天堂生活的所有想象和虚构，才具有瑰丽深挚的艺术感染力。儿子的灵魂在天国可以和已故亲人见面，过着纯洁高尚、自由自在的生活，还可以和古今中外的先贤哲人探讨关乎生与死、人生意义等哲学命题。在先贤哲人的启迪下，儿子的心灵得到净化，对人生和生命的认识不断深入，思想境界得以提升。总的来看，前两部分以时间为线索，真实细腻地叙写生命的陨落与消亡。既然"死"是人类的终极宿命，亦是生命的另一种存在形式，那么当死亡降临，最好的选择就是坦然面对、勇敢承受、向"死"而"生"。第三部分以空间为线索，聚焦想象的"天堂"，虚写儿子的灵魂在天国的游历、生活和成长，借"先哲之口"和"上帝之眼"启示人类：在这个疾速行进的时代，生的价值和意义究竟是什么？我们应该怎样生活？应该如何安放生命？这绝不是什么空洞的说教或玄奥的高论，而是周大新最痛切的生命体验的思想结晶和艺术升华。《安魂》发表后，在国内外引起强烈反响，荣获2012年《当代》最佳长篇小说奖，2014年《人民文学》长篇小说双年奖。现已被翻译为希腊语、阿拉伯语等语种。"《安魂》是当代人面对生与死的重要启示录，这使它得以走出狭窄的个人视野，以无比的豁达将特别的温暖灌注到读者心灵深处"，这是《人民文学》双年奖给予《安魂》的授奖词。确实，作为"救赎"和"疗伤"的文学，《安魂》是作家献给已故爱子和自己的

---

① 雷达：《〈安魂〉一曲慰死生》，《中国青年报》2012年10月30日。

"安魂曲"，也是献给天下所有失独父母的"安魂曲"，更是献给时代的"安魂曲"。

三、回溯历史：让远久的历史对当代生活有切近的启示

周大新是一位有强烈历史意识的作家，他认为，"人类应该经常回视自己脚下的脚印并从中获得警示"，"写小说，归根结底是要写出你对自然界、社会和人生的感悟，这些感悟没有对历史的回望，没有比较，就很难发掘出来"①。在20世纪行将结束的1998年，周大新推出了近百万字的精品力作《第二十幕》，其内容几乎涉及中国近代、现代、当代全部重大历史事件，从清朝统治终结、军阀混战、抗日救亡、国内革命战争、资本主义工商业改造、"文化大革命"直至改革开放，时间跨度长，空间跨度大，是一部结实、丰厚、内蕴饱满的"史诗"般的巨作。作品以南阳尚家五代人为实现织出"霸王绸"的家族梦想而不屈不挠、不懈追求的历程为叙事主线，紧密联系中国20世纪波诡云谲的社会现实，在家族和人物命运坎坷崎岖的变迁中展示社会历史的风云变幻，展现了广泛而深刻的社会文化图景，其中，熔铸了作者对百年来中国复杂文化形态的价值与命运的理性沉思，以及对社会问题的文化根源性的观察批判，并借此表达出作家的文化忧虑和文化建构立场，体现出厚重、深刻、清醒、自觉的文化精神。作品重点关注了三种文化形态，即尚家振兴祖传丝织业的物质文化，晋金存、栗温保等人狂热追逐权力的官本位文化，以卓远为代表的传统知识分子弘扬浩然正气的精英文化，这三种文化形态交错、碰撞、纠结与斗争，传达了作者对转型期中国文化重建的深刻思考和对文化生态下个体生存状态的人文关怀。

"以农立国、重农抑商"是前现代中国最基本的经济指导思想，重利轻义、唯利是图、薄情寡义很大程度上成为商人的代名词，其社会地位远不及"书香门第""耕读传家"高贵。然而，整个20世纪，自然灾害频发、贪官污

---

① 周大新、周熠：《关注人类历史》，《人民日报海外版》，2004年5月28日。

吏巧夺豪取、异族入侵、民族内部权力争夺频繁，这一切都对社会生产力造成极大破坏，人民的吃穿住等基本生存问题长期不能得到很好的解决，发展生产力、振兴民族经济成为当务之急。"一个国家的人不会长久忍耐一种吃不好、穿不好、住不好且没有安全感的生活，他们必然会努力寻找能把他们带入富裕、安宁、幸福日子的人和制度。这是人类社会发展的规律。"①《第二十幕》充分肯定商业活动之于整个社会生活的重要价值，肯定物质文明之于华夏文明和世界文明的巨大贡献，浓墨重彩书写中原商业世家的奋斗史，展示他们忍辱负重、锲而不舍、不屈不挠的奋斗精神，这种精神是中华民族精神大厦的基石。其中，最典型的代表当然是尚达志，他是南阳尚家丝织祖业的第二代传人，也是周大新到目前为止塑造的最有光彩、最复杂、最成功的男性形象。他多情重义，却又无情寡义，为了祖传的丝织业，一再背弃爱的誓约。他坚忍顽强，无论时局多么艰难，环境多么险恶，都不能破灭他织出"霸王绸"光宗耀祖、昌明国粹的梦想，却又胆怯脆弱，面对贪官污吏的敲诈勒索唯唯诺诺，告诫后辈永远不要与官家作对。他善良宽厚，对子孙后辈疼爱有加，却又残酷无情，为了买织机，卖掉女儿，为了保住织机，竟然让儿媳出面与日本人交涉，致使儿媳惨死。每当需要在家人、亲人、爱人与丝织祖业之间做出选择时，他都无一例外放弃家人、亲人、爱人，在发展壮大祖传丝织业的强烈愿望面前，再深厚、浓烈的亲情、爱情都不堪一击。"他爱的是物，不是人"，他认为"只有名声、名气、名誉对男人最重要"。他一生为"物"所累，为"名"所困，是一个被"物"和"名"异化、扭曲、抽空的人，生命被物质和功利牢牢操控。过于强烈的物质和功利追求使他忽视了生命本身的价值和尊严，他的灵魂是干瘪的，情感是贫乏的，精神是扁平的。周大新将尚达志置于亲情、爱情和祖业的两难抉择中，在尖锐激烈的矛盾冲突中烛照他性格的复杂性。你不得不敬重他、佩服他、仰视他，同时也无法不气恨他、埋怨他、蔑视他。在他身上，作家寄予了爱恨交织的复杂情感，体现出周大新的远见卓识和清明理性，他警醒世人：经济发展、物质繁荣无论怎么重要，但若以牺牲生命的价值和尊

---

① 周大新：《第二十幕（中）》，人民文学出版社1998年版，第379—380页。

严为代价，若"物"凌驾于"人"之上，那就会本末倒置、得不偿失！

与对"物质文化"追求的复杂情感不同，周大新对醉心权谋的官本位文化的批判是尖锐、深刻的，对权力之于人性的腐蚀与侵害的剖析尤为透彻。栗温保本是清朝时期的穷苦农民，本性温厚善良，迫于生计成了抢劫犯，为了活命参加了农民革命军。农民革命军高举让穷人"有饭吃、有衣穿、有房子住"的"三有"大旗，军纪严明，决不欺压百姓。清朝覆灭后，栗温保成了南阳副镇史，住进了南阳府通判晋金存曾经作威作福的晋府。上任之初，他不摆架子，体恤民情，但很快就堕落成为一个见利忘义、阴险狡诈、心狠手辣的恶魔，为满足私欲抛妻纳妾，为聚敛钱财敲诈商户，为保住权位嫁祸于人。与追权逐利的官本位文化形成鲜明对照的，是以卓远为代表的知识分子精英文化。在百年风云变幻中，卓远始终秉承"富贵不能淫、贫贱不能移、威武不能屈"的浩然正气和知识分子的独立精神，为民请命，批判一切不公正不合理的行为和机制，是鲁迅所说的"中国的脊梁"，传承的是中华文化的精髓。可悲的是，无论是清朝政府、军阀混战还是新中国成立之后，卓远及其代表的文化精神始终没有得到应有的尊重和保护，反而一再被贬抑。他先是被晋金存砍掉右手，后被栗温保恐吓，"文化大革命"中"破四旧"的大火将卓家世代收藏的文化典籍化为灰烬。卓远留在世上的最后一句话是"我担心……"究竟是什么让这位饱经忧患沧桑的老知识分子难以释怀？作品看起来没说实际上已经含蓄地暗示了——那就是他所守护和传承的中国传统文化中那种为"天地立心、为生民立命"的入积极世、勇于担当的文化精神的日渐式微，它是否隐藏着周大新对传统文化精髓因不断遭受各种挤压而日益萎缩的历史命运的深深忧虑？

另外《第二十幕》对"文化大革命"时期人性扭曲与乖张的文化根源性反思特别发人深省。在作品中，尚家大机房历经多次盘剥和洗劫，但损失最惨重的是在"文化大革命"时期，整个尚吉利丝织厂被造反派一把大火烧成灰烬，尚家丝织业的第三代传人尚立世和他的妻子尤芽一起葬身火海。那些曾经单纯、善良的普通人为何在"文化大革命"期间一个个都变成了毫无同情、怜悯之心的凶神恶煞？人性之恶四处泛滥的原因究竟何在？对此，周大新通过红卫兵审讯蔡承银的情节描述和蔡承银的遗书进行了深刻反思："我们这些年差不多都在不断地组织人斗人，而没有用爱心去劝导人爱人。我们终于把人性中那部分最丑恶的东西全部都诱发了出来……一定要把主要精力用在组织社会的物质生产上，要让人们吃饱、穿暖、住宽敞。"①确实，我们不能将一个民族一段时间都陷入疯狂状态，仅仅归根于对某个人的盲目崇拜、人性冲动和宣传煽动，其更深刻的社会文化根源在于长久以来盛行的"斗争哲学"使人与人之间互相猜忌仇视，仁爱之心几乎丧失殆尽；而不受约束监督的权力机制，导致整个社会对权力的疯狂追求和盲目崇拜，权力的滥用必然招致权力的报复，陷入恶性循环的怪圈。加之新中国成立后，灾荒、饥馑不断，人们心中聚集了越来越多的不满和愤怒，"文化大革命"就是多年积淀的社会文化心理及各种社会问题的总爆发。

作为军旅作家，战争与人之间的关系始终是周大新军旅小说的聚焦点。"从早期军旅创作中对战争神圣性、正义性的歌颂，到逐渐回归到人性层面对战争进行多层次反思，再到立足于民间视角以普通人的生命体验对战争进行人性透视，周大新逐渐找到了思考战争的个性化视角，其军旅小说创作也因此日益走向深入和成熟。"②深入和成熟的标志性作品就是《战争传说》。作品写的是明代历史上著名的土木堡之战和北京保卫战，但周大新既没有对战争进行正面描写以显示战争的正义和壮烈，也没有表现将帅等大人物如何运筹帷幄决胜千里以彰显所谓的"英雄史观"，更不是对这段明史重新挖掘和唤醒以解构或重构历史，而是将叙事重心放在"普通人对战争的感受和态度上"，采用"平民视角民间叙述"，通过一名被动卷入战争的瓦剌女间谍娜仁高娃的传奇人生和曲折心路历程来反观、思考、质疑战争，"巨大历史中的战争变成了一个女人的'战争'，她的身体和心灵的'战争'"③。在周大新看来，大明王朝与蒙古人之间的这场血腥战争除了由来已久的民族矛盾之外，更重要的原因在于瓦剌统领也先太师、谋士哈帖以及明朝大太监王振等人对极权的强烈渴

① 周大新：《第二十幕（中）》，人民文学出版社1998年版，第353页。

② 王治国、郭海玉：《民间视角下的人性探寻——周大新军旅小说的战争之思》，《当代文坛》2011年第3期。

③ 李敬泽：《一个女人的战争》，《河南日报》2004年4月15日。

望，为了坐上皇帝宝座，拥有号令天下的权力，他们驱遣无数平民百姓陷入战争泥潭，使无数家庭妻离子散，家破人亡。作品紧扣普通人关于战争的生命体验，从人性的角度反思战争的根源及战争的嗜血性、残酷性，使《战争传说》超越了一般战争题材作品而具备了鲜明的个性特征和深广的人性内涵。亚里士多德曾在《诗学》中指出"诗"与"历史"的区别："历史家描述已发生的事，而诗人则描述可能发生的事。因此，诗比历史是更哲学，更严肃，因为诗所说的多半带有普遍性，而历史所说的则是具体的事情"。《战争传说》是"小说家发现的历史"，作品用现代眼光、现代意识去发现历史、解读历史，让远久的历史生活对当代生活有近切的启示，因而它比"正史"更深刻、更复杂、更严肃也更耐人寻味。

四、余论

早在20世纪90年代，周大新在文坛锋芒初露，谈到自己从事文学创作的动机，他毫不含糊地宣称："为了人类的日臻完美！"20多年过去了，中国社会和作家的个人生活都发生了巨大变化，但"为了人类的日臻完美"的文学价值观却历久弥坚。对转型时期复杂的现实生活进行大胆的审美判断，从社会发展和历史规律的高度来认识现实和把握人生，表达出对现实发言的强烈愿望和介入现实的积极努力，是周大新长篇小说一以贯之的主体格调。无论文坛如何新潮涌动、花样翻新，他始终坚守文学对现实的忠诚和责任，"瞩目我们所处的时代"，"努力把握和表现这个时代"，并以自己的文学实践为"时代添加新的内容，给时代留下自己的印痕"①。包括那些回溯历史的作品，也是为了更好地看清现实，从而使自己对现实的发言更有力量。他为真善美奉上最诚挚的歌谣，引导人类向完美境界迈进不遗余力。对人类生活中的野蛮行为和邪恶心理给以深入的剖析和尖锐的抨击，如对权力、金钱、欲望对人性的腐蚀和侵害的反思和批判，对战争、恐怖主义给普通人带来的灾难和痛苦的揭示与警示，

---

① 周大新：《瞩目我们所处的时代》，《文艺报》2009年11月3日。

对转型时期民族文化重建的深刻思考和对文化生态下个体生存的深切关怀，对人性复杂向度的多维探索、对我们如何安身立命的追问和探寻……所有这些，赋予了周大新长篇小说广博丰厚的思想内涵和清醒深刻的文化忧思，带给读者沉甸甸的阅读感受和抵达心灵深处的审美体验。早就有人指出，"目前中国作家里少有人敢于正面直视和试图解释这个巨大、奇特、复杂、纠缠、难以理出头绪的时代，目前中国作家的最大问题是失去了把握和读解这个时代的能力，无法定性，于是只能舍弃整体性，专注于局部趣味，或满足于类型化"①。而周大新却迎难而上，力求对急遽转型的中国社会进行整体性观照和个人化表述，也许他不够先锋、不够时尚、不够新锐，但其根植于乡土大地和现实生活的文学书写，拥有一种来自生活深层的厚重美、朴素美以及强烈的现实介入意识与行动力。

原载《信阳师范学院学报》（哲学社会科学版）2015年第3期

---

① 雷达：《对现实发言的努力及其问题》，《四川日报》2014年4月25日。

论周大新长篇小说的审美品格

郭浩波

作家周大新的《安魂》自2012年8月面世以来，作品以"一对父子两个灵魂坦诚而揪心的对话"，令无数读者无不动容欷歔。作品结构形式简洁质朴，叙述热诚深切，内容大体由前后两部分构成，前半是以心灵对话方式感性地叙述了父子间关于肉身痛楚与精神煎熬的无数日夜，后半则以想象方式将父子的灵魂对话提升至澄明境界，总体勾勒了一条由感性无措，而理性直面，再热诚信仰的灵魂成长历程。我们认为，《安魂》这部作品的出现，是其创作嬗变的必然，其间突遭儿子周宁的不幸实属偶然。

纵观周大新的几部主要长篇作品，从1998年《第二十幕》、2001年《21大厦》，到2008年茅盾文学奖获奖作品《湖光山色》，及至《安魂》这部泣血之作，无论结构还是叙述，总体存有趋简意味。本文尝试从作品结构、题材性质和叙述风格三个方面，就周大新的文学审美品格给予论述。

一、涵蕴正能量的结构形式

曾有论者指出，当代的中国"作家已经开始大大方方、坦坦荡荡地讲故事了"（周昌义语）。然而，在作家们纷纷自觉贴近生活、回归讲故事的创作道路的转变中，周大新的故事讲述风格别有意味，似乎与文坛主流风格保持着某种距离。周大新的几部长篇力作呈现出风格多变的面貌，无论结构形式，还是审美格调，既有史诗般的雄厚浩荡（《第二十幕》），亦有烛照人性诡秘的幽微洞察（《21大厦》），还有重塑高贵心灵的热诚渴望（《湖光山色》），其中，自觉的灵魂省观意识似乎是这些变化中的一条主线，在其创作风格的多变中给予了他较强的艺术塑形能力。

当代文学艺术似乎摇摆于两个极端，一方面，现代小说多倾力于表现生活的绝望感，长于表述人性痛苦的割裂感，或是冷漠地呈现生存的破碎景观；另一方面，出于作家自身的焦虑，又常常将批判的笔触运用得毫不节制、杀伐无度，令我们读者内心惊恐无望、不知所从。其实，这两方面的偏执，都与我们对自身的认知紧密关联。通常，我们期望艺术能以批判的方式来抗争时代对正义的扭曲，用以匡扶正义。可是，当艺术家亦为时代扭曲所异化的时候，其批判意识也容易被他歇斯底里的狂热所掳掠，令艺术的高尚动机有沦为诋毁的危险，因为对邪恶的恨火中烧，可能令我们的艺术家耽溺于情绪迷狂，迷失他本应的高尚事业。

周大新的文学世界似乎与此迥然不同。无论是基于历史意识对家族伦常畸变的史诗性考察（如《第二十幕》），还是基于责任担当意识直面改革冲击导致的人性困境（如《湖光山色》），抑或痛心于商业化时代物质对灵魂的扭曲异化（如《21大厦》），为我们呈献的虽是现实生活层面的伦常世界，但其中流溢的澄明理想精神表明，其文学世界的特质不是一个低等、卑俗的狂乱世界，不同于当下文学追求官感性、人性卑劣、理念偏执的狂欢化图景，周大新的艺术世界遏制虚幻的情感、拒斥狂热错误的信仰。就此，周大新有着清醒自觉的认识："文学作品可以对新的道德规范的建立进行呼吁，使符合时代要求的新的道德规范尽早得到社会认同。"[①]英国批评家罗斯金也有相同的看法，即"艺术完善人类的道德水平，关键在于它的高级特性"[②]，艺术能够创造，

---

① 周大新：《你能拒绝诱惑》，解放军文艺出版社2013年版，第25页。

② 罗斯金：《艺术与道德》，张凤译，金城出版社2012年版，第18页。

也应该创造关于高尚的人的真实形象。但是，这要求艺术以高尚的心灵以及对高尚心灵的热诚来保证。周大新作品能够持久引发读者的认同，正在于其文学世界具备这样的高尚特质，这无疑是在传布一种正能量。

二、伦常意识支配的题材内容

有论者认为，周大新在《湖光山色》中暖暖形象有过于理想化之嫌。然而，暖暖形象所体现的理想精神特质，与很多当代作品中或孤高凛然，或偏执怪异的理想精神形象迥然相异。进一步细读周大新的作品，我们发现，其中的主要人物形象，似乎总是贴着某种卑微、不起眼的善，作为他们的底线展开活动。周大新笔下底层民众的这种伦常生活方式，在很多方面不同于当代文坛的底层人物形象：不同于寻根文学中常见的那种藏污纳垢式的酒神精神形象，也不同于汪曾祺等诗化小说中人性或性灵的精致形象——但是，似乎与沈从文笔下具有伦常直觉意识的翠翠形象存有神似意味；不同于新写实作品中现实生活的庸常形象，甚至也少与知识分子的价值观念相沾染！他们是一群基于个体经验的善的直觉式表述的形象。在中国网的一次访谈中，就自己笔下女性形象略显粗糙的印象，周大新有这样的认识："我写作的人物在感情上比较粗糙，因为这是乡村女性的一个共同点，因为她们的知识方面的滋养要少一些，她们更多地受民间文化的影响，家族传统文化的影响。所以，她们性格中那种温婉也有，但是和城市中的知识女性表现不一样，内心世界也不太一样。"[①]我们看到，一方面，作家的笔墨没有令他们陷入庸常的零碎，另一方面也避免知识分子式的理想化，而是在他们身上显示出来更多的伦常情性，富于人情人性，但又不使其发展至悖于伦常情性的极端。这与周大新对健康人性的热诚信仰有关。故而，我们认为，周大新作品的价值恰在于此，比如对伦常情性的信仰、观照灵魂的那种热诚想象等，在简洁、自信的叙述中呈现出颇具个性的审美品

---

① 周大新：《由莫言获奖引发的话题》，中国网http://fangtan.china.com.cn/2012-12/19/content_27460869.

格。令人印象深刻的女青年虞悠（《21大厦》），这个被误解甚至忍受屈辱的女子，在周大新笔墨克制的叙述中所给予她的肯定与认同，甚至整个21大厦中所有人物之和，都抵不上这样的美好女子一人！

周大新的主要几部长篇作品，其故事情节的曲折、人物形象命运的沉浮遭际，以及故事讲述所搅动的人生零碎与情感的生生灭灭，都被统摄于心灵关照的光辉之中，每个人物形象似乎都可以得到宽恕，似乎都能获得心灵的最后安宁。比如《第二十幕》中写草绒与云纬富有戏剧性的人生遭际，将两个女人的日常关系处理得既紧张又富于人情味，并且显得真实可信，主要得益于作者将两人关系植根于伦常生存的共通经验，以巧妙且质朴的方式打通两个女人的灵魂内在；尤其在云纬、曹宁贞（《第二十幕》）、暖暖（《湖光山色》）、虞悠（《21大厦》）等女子形象中，作者常常让她们宁愿忍受屈辱甚至自我牺牲的代价，换取家庭或他人的平安。

就《21大厦》的象征意味宏观来看，大厦似乎就是作为感知现代社会的庞大有机器官，为欲望官感充斥的这个世界里，各种冷静、克制甚至信念都不免遭到蚀化损毁，似乎它要竭力使一切理性都失去效力。作者就大厦形象的朦胧化、诡异化描述，客观上有助于将人物形象内在经验更加纤细地予以审美塑形。更进一层看，如果将这种外在意象塑造与人物内在生命经验传达的相互契合，同一于作者对灵魂的热诚信仰的话，这又与中国传统审美观所惯常的外物—伦常的交感式感知模式何其相近。就文学于己于人的价值，周大新在一次访谈中这样表示：文学"让我自己心里能够获得平衡，因为我不高兴的话，我烦躁，通过文字一写出来以后自己就能平静下来。即使原来心里不平衡，写的过程就趋于平衡，让自己生活得也更安静吧"。文学的用处"不是实用价值，它就是让作家自己的心灵获得相当的净化，对其他人心灵产生影响，从而使我们整个社会向大家都追求美的、善的、真的东西，这样人间就会变得更加适宜我们居住，整个社会会更好"①。在周大新作品的结构情节之间，总是隐隐流

---

① 周大新：《由莫言获奖引发的话题》，中国网http://fangtan.china.com.cn/2012-12/19/content_27460869.

淌着作者与人物、人物与人物之间，共通的生命心灵经验，一种推己及人的伦常式关怀，一种对人性健康理解的灵魂吁求。这是一个基于伦常理解的常识性世界，不是通常那种简单破除善恶二元观能够充分说明的形象世界。

三、灵魂烛照的热诚想象

周大新认为，"文学制造幻影，是为了抚慰人心"，"虚构出的一切不供人们用手去触摸"，但"文学家虚构出的东西能给人们提供美的享受和愉悦"。[①]他在谈到自己的创作时表示，"人生的全部任务，可以概括为四个字：寻找幸福。表现这种寻找过程是作家们的义务"[②]。通过作者自己的这样一些创作经验谈，我们已不难感触到《安魂》这部作品中蕴含的不止是对亡子无尽的悲痛伤感，同时，在艺术上也升华为一个颇具审美特质的灵魂形象。

周大新在一次参访中谈及《安魂》这部作品，说："《安魂》的前半部分从写实角度，回忆周宁从出生、成长、发病、治疗到去世的过程；后半部分则沉迷于想象，以略带灵异色彩的笔触，想象了周宁去世后，在天堂的所见所闻所想，并融入了周大新自己对人生和人性的思考与分析。"[③]由神奇或神异现象，比如《第二十幕》中尚家大院的怪石、《21大厦》墙壁上的黑雉鸟、《湖光山色》楚王庄丹湖蜃景，再到《安魂》的天国灵界，等等，这些具有象征意味的意象，无不沉潜地蕴含了作者对正义或善的热诚信仰，其简洁品格恰是这种热诚想象对灵魂保持着一种庄重肃穆的外在形式。

"我还在俗世，他已到云端，我还在糊涂，他已经明了。"[④]对我们的作家而言，能够将无法直面的真实，与对澄明肃穆人国的热诚想象结合为简洁的审美形式，如果仅止于眼睛的看、耳朵的倾听和肉体的触摸感知，是无法获得这样一个处处流溢灵魂光彩的净界的。就《安魂》而言，它是基于对灵魂的

---

① 周大新：《你能拒绝诱惑》，解放军文艺出版社2013年版，第19页。

② 周大新：《我们会遇到什么》，江苏文艺出版社2010年版，第185页。

③ 《乌鲁木齐晚报》2012年10月19日。

④ 《乌鲁木齐晚报》2012年10月19日。

热诚信仰，是身处苦难迷惘中的人以心为眼、以心为耳对生命的洞彻，其对天国的想象奇特且又令人肃然起敬，深切动人地传达了作者对幸福或善的一种独特的直觉式认知。与但丁《神曲》较强观念化的古典气质不同，《安魂》的天国是由个体经验，甚至是经由肉体官感经验涅槃的灵魂之境，更具现代个性特质，更能引起我们的伦常认同。

周大新文学世界中这种独特的"灵魂游历模式"，经历有一个逐渐简化的过程。我们认为，这一嬗变是基于对灵魂信仰以及信仰所激发的热诚的共同作用中得以完美的。比如《21大厦》中的保安"我"，他在大厦高层与底层之间的调动，并非简单的空间位置的变化，因为我们发现他出现的空间或时间，总能够更好地透视人物灵魂内在。也就是说，作者对他存在形式上的转换，完全是基于人物灵魂的吁求，吁求要求他以直觉的方式对善或正义进行游历式的观察或省思。同时，我们还要注意到，除虞悠、丰嫂之外，大厦中的几乎所有人物形象都是在普遍的迷惘中寻找自己的幸福，他们的灵魂形象正如昏暗中等待振翅而飞的黑雉鸟，善与恶、幸福与欲望、理想与疯狂等等，似乎是一体两面的暧昧之体，如果没有自我克制和对善的信仰，无论他们如何挣扎，都没有逃离樊笼的希望。如此而言，《21大厦》的大厦形象或是一个巨大的寓言化的灵魂空间，无论梅苑、宋晶明、彭仪、林音愉，甚至是"我"自己，都窥视到了命运这个诡异的黑雉鸟，都窥见了幸福或善的飘忽背影。黑雉鸟的意象或许传达了这样的题旨，即，欲望是羁绊振翅高飞的绳索，是自由的牢笼。

四、独特理性意识成就的简洁品质

B431房卞先生（《21大厦》）关于人类生存境况演变的谈话，难道不是隐喻了当代道德伦常的变异境况？难道不是对21大厦中幽禁的黑雉鸟意象的另一种表述吗？作为保安员的"我"，在这个诡秘的人性伦常变异的空间中，显然在心灵和肉体的两重层面都付出了沉重代价，但也正是在这样现实伦常的沮丧和挣扎中，他摸索着灵魂成长的路径。

就尚家大院（《第二十幕》）里浅埋石头上的线状交错图案，作品借助书生卓远和古文字学者之口，分别作了这样的表述：

　　"上天不会让一个人事事如意，"卓远又慨然开口，"我注意到，平衡，是上天在人间分配幸福和痛苦所掌握的一个基本法则，上天在一个人的一生中，既要给他一定的幸福，也要给他一定的痛苦，每个人一生中得到的幸福和痛苦差不多相当。上天不会让一个人终生幸福，也不会让一个人终生痛苦。我们不论拿哪个人作为观察的对象，都会发现这个法则的作用：这个人家庭生活幸福了，他在事业上的发展或许就要遭受挫折；……"（《第二十幕》第76页）

　　我个人的看法，它有可能是一种原始文字，表达的是当年人对世事的一种看法，即认为世界上的事情都是互相交织有联系的，人扯动一个地方，另外一些地方就能感觉到；一个地方发生了变化，另外一些地方也会随之发生改变……（《第二十幕》第212页）

　　这块石头所揭示的一种所谓"平衡法则"尽管隐隐透出神秘气息，但我们认为，这并非作者刻意渲染的结果。当我们将作品人物对这一"平衡法则"的感悟，同它们被动的历史命运与伦常的无奈交合起来品味时，似乎隐约可见它们都是源于个体生存经验的一种心灵直觉想象，这不是那种通达具有浓郁形而上色彩的灵魂形象，相反，它们更多地居于世俗人性的伦常关怀之地，周大新笔下出现众多具有亦此亦彼平凡情性特质的人物形象就说明了这一点。我们不能简单地说，周大新所谓的"平衡法则"就是现代意义的理性意识，因为这种对命运、人性和灵魂的理解表现在人物形象身上，多呈现为一种近于古典的生命直观形态，正如卓远（《第二十幕》）所言：幸福是"人的情感上的满足，心理上的平衡，情绪上的安宁"[①]；同时，就其伦常内涵特质而言，这一"平衡法则"也不同于中国传统意义上重集体的中庸观念，而是具有更多的现代存在意识，这在《21大厦》的博士大姐宋晶明、犯人彭仪的内心裸露形象身上体

---

　　①　周大新：《第二十幕》，作家出版社2009年版，第266页。

现得更为明显，前者在灵魂失衡中湮灭了自我，后者则在命运遭际中努力重获灵魂安宁。

出于艺术对不道德知识偏执的愤慨，柏拉图曾担心艺术会毁坏人类的道德水平。是的，艺术具有"吹皱一池春水"的神奇魅力，但是，艺术以其虚构的磨难和不幸，让我们从宁静、安逸甚至荒蛮之地的贫瘠中警醒，唤起更多更好的选择。艺术的这种虚构或想象，恰是我们打破现实生活伪装的勇气的最好体现，借此我们得以恢复或发现美德的方向，艺术的高贵特性正在于此。艺术被当作预言或启示，其奥秘正在于它伟大的想象力，不是因为想象力可能的滥用或虚妄，恰恰相反，想象力是在心灵或灵魂之中汲取力量，后者的影响引导甚至主宰了前者。"我们心中的这种精神生活的力量，可能受到自己的行为影响而增加或减弱，随着时间的不同而不同，就像体力的变化。它在不同的情况下得到我们意志的召唤，因为我们的悲痛或者所犯的罪过而减弱。"①据此而言，叙述作为艺术家的行为，它必将影响作家的判断和选择，必将影响读者的认同程度，这就要求艺术家对运用艺术的选择，要与时代、与现实联系起来，以他对艺术、对正义和善的真诚信仰采取行动。

"人之初，性本善"，正义或者善是文明人的本能，幸福是基于灵魂渴望的直觉追求。"寻找幸福"②是周大新艺术世界令人感动的深层精神特质，其作品以简洁而热诚的形式诠释了艺术的这一高级特性。

原载《小说评论》2016年第1期

---

① 罗斯金：《艺术与道德》，张凤译，金城出版社2012年版，第22—23页。
② 周大新：《我们会遇到什么》，江苏文艺出版社2010年版，第185页。

附录：周大新研究资料索引

1. 李先锋《论周大新近作的超越意识》，《山东文学》1987年第10期。

2. 李洋《寓言：一束陨落的梦想——周大新的〈家族〉的意味》，《当代作家评论》1989年第2期。

3. 张志忠《逃离土地的一代人——周大新小说创作漫评》，《文学评论》1989年第5期。

4. 何镇邦《读周大新长篇小说"走出盆地"》，《当代文坛》1990年第5期。

5. 张书恒、王志尧《困惑·思考·超越——评周大新的〈走出盆地〉及其他》，《南都学坛》（社会科学版）1991年第2期。

6. 廖开顺、高佳俊《周大新能走出"盆地"吗？——评周大新的南阳盆地系列小说》，《南都学坛》（社会科学版）1992年第3期。

7. 张书恒、符君健《深邃的感性思绪　绵密的理性剖析——周大新散文近作的本文解读》，《南都学坛》（社会科学版）1994年第4期。

8. 胡平《神话的复归——周大新盆地小说原型分析》，《文学评论》1994年第5期。

9. 朱向前《乡土中国与农民军人——新时期军旅文学一个重要主题的相关阐释》，《文学评论》1994年第5期。

10. 樊成、张建克《军旅作家周大新》，《新闻爱好者》1994年第12期。

11. 陈永华《一个权力崇拜狂的灵魂悲剧——试评周大新的〈向上的台

阶〉》，《昭通师专学报》1995年第1期。

12.梅蕙兰《寻找女人——周大新小说创作的潜在精神向度》，《中州学刊》1995年第6期。

13.周大新《周大新〈瓦解〉跋——代跋：给"上帝"的报告》，《当代作家》1995年第6期。

14.金鹏《〈汉家女〉回归故里——周大新文学创作档案资料交接仪式侧记》，《档案管理》1996年第1期。

15.张德礼、徐亚东《周大新军旅小说略论》，《南都学坛》（社会科学版）1996年第4期。

16.程玥《论周大新小说的人物形象内涵》，《理论学刊》1996年第5期。

17.石宣《走出盆地》，《当代电视》1997年第1期。

18.张达《周大新的仇恨故事》，《小说评论》1997年第2期。

19.曹书文《论周大新小说创作的审美意蕴》，《河南师范大学学报》（哲学社会科学版）1997年第3期。

20.邱华栋《根的谱系——评〈周大新文集〉》，《东方艺术》1997年第4期。

21.张德礼、徐亚东《周大新盆地小说论》，《南都学坛》（社会科学版）1998年第2期。

22.王理行《走出盆地——记作家周大新》，《出版广角》1998年第6期。

23.张德礼《周大新小说的地域文化特色》，《南都学坛》（哲学社会科学版）1999年第1期。

24.张怀珍《近访周大新》，《档案管理》1999年第2期。

25.蔡葵《历史·命运·人性——〈第二十幕〉和周大新的艺术世界》，《当代》1999年第3期。

26.韩瑞亭《家族小说的新变——读周大新的〈第二十幕〉》，《文学评论》1999年第3期。

27.林为进《百年沉浮——读周大新〈第二十幕〉》，《东方艺术》1999年第3期。

28.白烨《以小见大的长篇巨制——读周大新的〈第二十幕〉》，《文化月刊》1999年第4期。

29.卢江林《千年等一回——评周大新长篇力作〈第二十幕〉》，《发展论坛》1999年第5期。

30.周政保《命定的磨难与再生——关于长篇小说〈第二十幕〉》，《当代作家评论》1999年第6期。

31.张学昕《世纪风景的沉重演绎——评长篇小说〈第二十幕〉》，《南方文坛》1999年第6期。

32.梅惠兰《历史的生命感与生命的历史感——评周大新的长篇新作〈第二十幕〉》，《中州大学学报》2000年第4期。

33.周大新《摸进人性之洞》，《时代文学》2001年第4期。

34.孙荪《虚怀——周大新印象》，《时代文学》2001年第4期。

35.王必胜《漫说周大新》，《时代文学》2001年第4期。

36.行者《大新真好》，《时代文学》2001年第4期。

37.何镇邦《我的朋友周大新》，《时代文学》2001年第4期。

38.靳明立《民族织业的痛史　女性命运的悲歌——读周大新〈第二十幕〉》，《济宁师专学报》2001年第4期。

39.邓时忠、张忆晓《现代抑或后现代？——评周大新长篇小说〈21大厦〉》，《宜宾学院学报》2001年第4期。

40.葛伟《心灵的探寻——周大新小说中的女性形象琐议》，《周口师范高等专科学校学报》2001年第4期。

41.曹禧修《周大新小说论》，《常熟高专学报》2001年第5期。

42.阎连科《榜样周大新》，《北京日报》2001年8月5日。

43.李国文《走出盆地》，《北京日报》2001年8月5日。

44.张志忠《在困惑与探索中》，《解放日报》2001年8月13日。

45.何镇邦《独辟蹊径　耳目一新》，《中华读书报》2001年8月15日。

46.林为进《展示多层面的人生世态》，《文学报》2001年8月16日。

47.张志忠《一部二十一世纪的醒世恒言》，《解放军报》2001年8月

30日。

48.俊红《〈21大厦〉——一次成功的尝试》，《文艺报》2001年9月1日。

49.张鹰《〈21大厦〉：当代都市社会的人生画卷》，《人民日报》2001年12月2日。

50.周政保《〈21大厦〉：城市生活一隅》，《光明日报》2002年1月30日。

51.雷达《窥视与追问》，《光明日报》2002年2月7日。

52.林为进《以平民视角写平民》，《人民日报》2002年9月15日。

53.贺绍俊《谁来拯救城市的囚徒》，《书摘》2002年第1期。

54.赵朔《忧伤的祈祷——读周大新的散文集》，《文艺争鸣》2002年第6期。

55.张颐武《从本土视点想象"全球化"》，《北京文学》2002年第9期。

56.林为进《平民周大新》，《北京文学》2002年第9期。

57.《周大新讲述〈战争传说〉》，《文艺报》2003年11月4日。

58.李智勇、钱玥《周大新：拿战争说事儿》，《人民日报海外版》2003年11月7日。

59.《关于〈战争传说〉的对话》，《中华读书报》2003年12月31日。

60.武新军《多维空间中的人性探索——评周大新长篇小说〈第二十幕〉》，《中州学刊》2003年第3期。

61.梁鸿《周大新小说论》，《小说评论》2003年第5期。

62.王黎君《原型与召唤——评周大新〈第二十幕〉》，《当代文坛》2003年第5期。

63.李卫国《盆地上空的飞翔——读周大新〈第二十幕〉》，《当代文坛》2003年第6期。

64.周熠《周大新的小说叙事魅力何在？》，《文学报》2004年2月5日。

65.周熠《〈战争传说〉的魅力》，《河南日报》2004年2月26日。

66.武新军《乡下人眼中的都市生活——读周大新〈21大厦〉》，《天中学刊》2004年第1期。

67.梁鸿《所谓"中原突破"——当代河南作家批判分析》,《文艺争鸣》2004年第2期。

68.王永贵《人性的谛视——周大新小说论》,《解放军艺术学院学报》2004年第3期。

69.曹建玲《周大新小说中抗争女性形象的审美意蕴》,《南阳师范学院学报》(社会科学版)2004年第4期。

70.徐亚东《周大新小说创作的"变"与"不变"》,《南都学坛》(哲学社会科学版)2004年第4期。

71.贾艳艳《穿行在历史潜流中的家族精神——读周大新的〈第二十幕〉兼谈与〈白鹿原〉的比较》,《中州学刊》2004年第6期。

72.杨宁舒《平民作家周大新》,《黑龙江日报》2005年1月14日。

73.李丹梦《乡土理念的嬗变与持守:话语·价值·权力——析"中原突破"的深层意蕴》,《上海文学》2005年第2期。

74.罗宗宇《论周大新"南阳小说"的文化审美价值》,《理论与创作》2005年第2期。

75.王晓丽《〈第二十幕〉:对历史和人的民间书写》,《新乡师范高等专科学校学报》2005年第6期。

76.伍艳妮、李锟《小盆地里的大风景——周大新小说地域特色初探》,《三门峡职业技术学院学报》2006年第2期。

77.孟繁华《乡村中国的艰难蜕变——周大新长篇小说〈湖光山色〉》,《当代文学研究资料与信息》2006年第3期。

78.贺绍俊《接续起乡村写作的乌托邦精神——评周大新的〈湖光山色〉》,《南方文坛》2006年第3期。

79.赵为学、易前良《走不出的盆地——周大新〈第二十幕〉的非历史叙述》,《株洲师范高等专科学校学报》2006年第4期。

80.李丹梦《坚硬的"单纯"——周大新论》,《小说评论》2006年第6期。

81.阎晶明《善良如何面对残酷——周大新长篇新作〈湖光山色〉读后》,《文化月刊》2006年第7期。

82.徐峙《周大新:我的血液中流淌着乡村》,《中国国土资源报》2006年8月7日。

83.李丹宇《论周大新小说的民俗意蕴》,华东师范大学2006年毕业论文。

84.周熠《在海上张网——访南阳籍军旅作家周大新》,《躬耕》2007年第1期。

85.李丹宇《让世界充满温情和美好——作家周大新访谈》,《黄河》2007年第1期。

86.李丹宇《浅论周大新小说的民俗叙事特征》,《解放军艺术学院学报》2007年第2期。

87.禹建湘《论周大新小说中女性主体性的确立》,《开封大学学报》2007年第3期。

88.秦法跃、刘志芳《周大新〈第二十幕〉的文化意蕴》,《枣庄学院学报》2007年第3期。

89.张利英《走不出的宿命——论周大新的创作》,《殷都学刊》2007年第3期。

90.赵淑芳《诗意的浪漫与清醒的深刻——〈湖光山色〉暖暖形象意蕴探析》,《电影文学》2008年第6期。

91.李丰仙、何希凡《周大新小说的人性世界解读》,《当代小说》(下半月刊)2008年第12期。

92.《"乡情作家"周大新》,《八小时以外》2008年第12期。

93.王治国《由爱国主义向人道主义的深化——周大新军旅小说主题演变论》,山东大学2008年毕业论文。

94.陈晓明《当下乡村的现实——评周大新的〈湖光山色〉》,《时代青年(月读)》2009年第1期。

95.《第七届茅盾文学奖周大新获奖作品:〈湖光山色〉》,《深交所》

2009年第1期。

96.《周大新手记——我写〈湖光山色〉》，《军营文化天地》2009年第2期。

97.孟繁华《乡村中国的艰难蜕变——评周大新长篇小说〈湖光山色〉》，《名作欣赏》2009年第3期。

98.巫丹《现代化进程中滞重乡村的裂变——评周大新的〈湖光山色〉》，《当代小说》2009年第3期。

99.王胜晓《论周大新盆地小说中女性命运的悲剧意识》，《现代语文》（文学研究版）2009年第3期。

100.曹书文《乡村变革与思想启蒙的双重变奏——评周大新的〈湖光山色〉》，《河南师范大学学报（哲学社会科学版）》2009年第3期。

101.尹春霞《〈湖光山色〉中的乡土情怀》，《黄石理工学院学报》（人文社会科学版）2009年第3期。

102.覃新菊《丹湖之光与善的脆弱——〈湖光山色〉的生态意味》，《鄱阳湖学刊》2009年第3期。

103.靳书刚《精神生态的忧思和拷问——对周大新小说的一种考察》，《现代语文》（文学研究版）2009年第4期。

104.王胜晓《周大新小说中的复仇意识》，《文学教育》（上半月刊）2009年第4期。

105.周卫华《〈湖光山色〉文化意蕴分析》，《当代小说》（下半月刊）2009年第5期。

106.李丹宇《周大新小说的民俗事象及其文化心理》，《当代文坛》2009年第5期。

107.张丽军、马兵《一部新意与遗憾并存的"未完成"小说——关于周大新〈湖光山色〉的对话》，《艺术广角》2009年第5期。

108.郭中艳《由周大新小说的人物历程探寻作家的精神向度》，《高等函授学报》（哲学社会科学版）2009年第6期。

109.李琨《盆地精神的延续与扩展——周大新〈湖光山色〉阅读笔记》，

《躬耕》2009年第7期。

110.赵淑芳《乡土中国的真实描摹与诗意期待——论周大新的小说〈湖光山色〉》，《长城》2009年第8期。

111.杜昆《家园的想象与守望——评周大新的〈湖光山色〉》，《宜宾学院学报》2009年第9期。

112.张军《"湖光山色"须人赏——周大新小说〈湖光山色〉论述》，《青年文学家》2009年第16期。

113.姬志海《生态女性视界中的东方田园——周大新的〈湖光山色〉解读》，《名作欣赏》2009年第18期。

114.梁鸿《那荒凉而又温馨的"圆形盆地"——周大新论》，《中国作家》2009年第21期。

115.梁鸿《那荒凉而又温暖的"圆形盆地"》，《中国图书商报》2009年2月24日。

116.石长平《周大新长篇小说〈预警〉指向时代和社会的预警》，《文艺报》2009年12月29日。

117.郭小强《周大新小说叙事话语研究》，福建师范大学2009年毕业论文。

118.陈志国《无法挣脱的宿命——试论〈第二十幕〉中男性形象的悲剧命运》，吉林大学2009年毕业论文。

119.刘坤《〈湖光山色〉中的人性阐释》，《西安社会科学》2010年第1期。

120.郑新《乡村嬗变中的女性风采——浅析〈湖光山色〉中的暖暖》，《平顶山学院学报》2010年第1期。

121.林巧云《一个不自觉的刽子手——探究〈第二十幕〉中"尚达志"的男权意识》，《安阳工学院学报》2010年第1期。

122.韩伟、董亮《激情地介入与诗意地拯救——〈湖光山色〉与〈雪豆〉的比较解读》，《中国社会科学院研究生院学报》2010年第2期。

123.王兆彬《评周大新的〈湖光山色〉》，《学语文》2010年第2期。

124.李丰仙、黄国景《凝眸乡村的诗意想象——周大新乡土小说探微》，《西安石油大学学报》（社会科学版）2010年第2期。

125.李雨浓《权利之网——论〈第二十幕〉中的权利书写》，《当代小说》（下半月刊）2010年第3期。

126.王浩《乡村文明的嬗变与坚守——从文化的角度看周大新的〈湖光山色〉》，《宿州学院学报》2010年第3期。

127.李锟《惊悚与温情交织的"预警"——周大新军事长篇新作〈预警〉谈片》，《躬耕》2010年第5期。

128.杨琛《权欲纠结下的人性沉沦与乌托邦救赎——南阳作家周大新小说〈湖光山色〉论》，《南阳师范学院学报》（社会科学版）2010年第5期。

129.廖四平《论〈湖光山色〉——"茅盾文学奖"获奖作品丛论之二》，《清远职业技术学院学报》2010年第5期。

130.赵明河《周大新和他的乡土中国》，《人民教育》2010年第8期。

131.刘晓、周卫华《多重文化笼罩下的"湖光山色"》，《东岳论丛》2010年第8期。

132.钟芳倩《星星之火成为燎原之势——剖析〈湖光山色〉悲剧背后的意旨》，《大众文艺》2010年第11期。

133.朱丽娟《南阳盆地文化与周大新的小说创作》，安徽师范大学2010年毕业论文。

134.郭玫《周大新小说原型探析》，华中科技大学2010年毕业论文。

135.白春超《评周大新的长篇小说〈预警〉》，《平顶山学院学报》2011年第1期。

136.武新军《谍战小说的新突破——评周大新长篇小说〈预警〉》，《平顶山学院学报》2011年第1期。

137.刘军《〈预警〉：消费语境下的经验叙事》，《平顶山学院学报》2011年第1期。

138.北乔《圆形盆地·原型意象·文化理想——论周大新的文化自觉意识》，《翠苑》2011年第2期。

139.何文娜《周大新小说中复杂人性的英雄本色》，《飞天》2011年第2期。

140.王治国、郭海玉《民间视角下的人性探寻——周大新军旅小说的战争之思》，《当代文坛》2011年第3期。

141.北乔《作为平民的写作——周大新论》，《扬子江评论》2011年第3期。

142.田丰《非人和异化：〈湖光山色〉人物形象透视》，《浙江树人大学学报》（人文社会科学版）2011年第4期。

143.李翠萍《乡村社会的变与恒——试析周大新的小说〈湖光山色〉》，《理论界》2011年第4期。

144.刘月新、何文娜《论〈湖光山色〉的楚文化底蕴》，《飞天》2011年第4期。

145.潘阳《爱恨交织　褒贬共之——评〈第二十幕〉中作者笔下的尚达志》，《安徽文学》（下半月刊）2011年第5期。

146.潘磊《乡土变革的寓言化表达——读周大新〈湖光山色〉》，《文艺争鸣》2011年第9期。

147.田丰《非人和异化——〈湖光山色〉人物形象透视》，《阅读与写作》2011年第9期。

148.赵玉芬《论周大新小说创作的"怀乡情结"》，《长城》2011年第12期。

149.张锐《双重暴力围城中的农村女性处境——〈湖光山色〉主题意蕴分析》，《大家》2011年第15期。

150.张静芝《家族精神的高扬与自我意识的失落——论周大新的家族小说〈第二十幕〉》，《名作欣赏》2011年第24期。

151.王久辛《预警"被时代"的危情》，《人民日报》2011年3月1日。

152.刘从中《穿行在历史潮流中的乡土写作——周大新小说与20世纪20、30年代乡土小说比较研究》，山东师范大学2011年毕业论文。

153.皇甫方方《论周大新小说的性别叙事》，河南大学2011年毕业论文。

154.铁艳艳《论周大新盆地小说中的复仇叙事》，兰州大学2011年毕业论文。

155.杨琛《周大新乡土小说研究》，广西师范学院2011年毕业论文。

156.董海霞《下笔要有悲悯之心——对话周大新》，《江南》2012年第1期。

157.费团结、陈曦《论〈湖光山色〉中民间传说的意义》，《现代语文》（学术综合版）2012年第1期。

158.沈嘉达《〈湖光山色〉："底层"、当下与女性成长叙事》，《世界文学评论》2012年第2期。

159.任芸莹、王黎黎《周大新小说独特的叙事手法》，《重庆三峡学院学报》2012年第1期。

160.王颖《论周大新小说中的男权意识》，《海南师范大学学报》（社会科学版）2012年第2期。

161.秦法跃《同样的家族抒写　不同的叙事目的——〈第二十幕〉和〈茶人三部曲〉的比较阅读》，《安阳师范学院学报》2012年第3期。

162.刘慧《那片"湖光山色"的天地——周大新访谈》，《神剑》2012年第4期。

163.孙晓琴《〈湖光山色〉中旷开田的形象》，《新闻爱好者》2012年第9期。

164.刘永春《乡村拟想、介入叙事与史诗追求——论〈湖光山色〉与周大新模式》，《时代文学》（上半月刊）2012年第9期。

165.胡平《生存与死亡的超越——读周大新长篇新作〈安魂〉》，《全国新书目》2012年第10期。

166.李雨浓《论周大新乡土小说的文化意蕴》，山东师范大学2012年毕业论文。

167.许丹丹《价值理想的选择与周大新小说创作的乡土转向》，西南大学2012年毕业论文。

168.周大新、高方方《生命是一条缓慢的河流——对话周大新》，《百家评论》2013年第1期。

169.王兴文《新世纪小说的乡土空间叙事及其意义——以〈湖光山色〉为

中心》，《小说评论》2013年第2期。

170.刘泽友《论周大新的小说创作》，《创作与评论》2013年第2期。

171.李炎超《周大新乡土小说的神秘叙事》，《小说评论》2013年第3期。

172.贺彩虹《当代乡村文化生态的完整呈现——周大新〈湖光山色〉论》，《百家评论》2013年第3期。

173.邹阳《探索与突破——论周大新盆地系列小说的创作》，《安康学院学报》2013年第4期。

174.赵墨《安魂，为了百万"失独家庭"……》，《出版广角》2013年第5期。

175.李金花《读周大新的长篇小说〈安魂〉》，《文学教育》（上半月刊）2013年第8期。

176.姚晓雷《试论新世纪文学对当下乡村社会的主体呈现困境——以〈湖光山色〉为中心的一种考察》，《学术月刊》2013年第11期。

177.闫丽、张娜、辛欣《家族与自我——论周大新的小说〈第二十幕〉》，《语文建设》2013年第20期。

178.周淑贞《民间文化对〈湖光山色〉创作的影响》，《芒种》2013年第24期。

179.尹平平、张书旗《失独作家周大新的天国》，《新华每日电讯》2013年3月22日。

180.尚杰丽《为人性美好而文学——论周大新的文学创作》，河南师范大学2013年毕业论文。

181.靳书刚《论周大新小说的儒家文化精神》，《许昌学院学报》2014年第1期。

182.石长平《文化的自决与文学的自觉——周大新小说的文化形态学诠释》，《郑州大学学报》（哲学社会科学版）2014年第2期。

183.刘艳宗《魂灵寻觅：从冲突、忏悔到救赎——评周大新的〈安魂〉》，《文艺争鸣》2014年第3期。

184.靳书刚《论周大新小说的儒家文化精神》,《平顶山学院学报》2014年第4期。

185.李晓伟《穿透骨髓的安魂曲——评周大新长篇小说〈安魂〉》,《湖南工业大学学报》(社会科学版)2014年第6期。

186.李倩《此岸的反思与彼岸的救赎——论周大新〈安魂〉的天国想象》,《长城》2014年第8期。

187.王建平《周大新:梅花香自苦寒来》,《语文世界(中学生之窗)》2014年第10期。

188.林为进《以平民视角写平民——周大新印象》,《语文世界(中学生之窗)》2014年第10期。

189.《首届中原论坛启动仪式暨周大新文学创作学术研讨会举行》,《牡丹》2014年第12期。

190.温惠宇、生素巧《人性盲点的严肃预警——评周大新的长篇小说〈预警〉》,《美与时代》(下半月刊)2014年第12期。

191.邹阳《双重焦虑下的逃离与回归——论周大新的小说创作》,广西师范大学2014年毕业论文。

192.孙楠《论周大新小说的民间性》,山东师范大学2014年毕业论文。

193.连晶玮《周大新小说母题研究》,广东技术师范学院2014年毕业论文。

194.李静溪、张延文《首届中原论坛周大新文学创作学术研讨会纪要》,《牡丹》2015年第1期。

195.《"中原论坛启动仪式暨周大新文学创作研讨会"在郑州师范学院举行》,《郑州师范教育》2015年第1期。

196.张延文《多元视角下的周大新研究——周大新文学创作学术研讨会述评》,《解放军艺术学院学报》2015年第2期。

197.李静溪、张延文《"周大新文学创作学术研讨会"纪要》,《中州大学学报》2015年第2期。

198.贺玉高《超越死亡的亲情救赎——评周大新的〈安魂〉》,《中州大学学报》2015年第2期。

199.张延文《启蒙的伦理价值——论周大新的〈平安世界〉》，《中州大学学报》2015年第2期。

200.刘海燕《新艺术视角下的人性和战争——重读周大新的〈战争传说〉》，《解放军艺术学院学报》2015年第2期。

201.王春林《社会现实批判与政治权力人格的深层透视——关于周大新长篇小说〈曲终人在〉》，《中国文学批评》2015年第2期。

202.沈文慧《根植于乡土大地与现实生活的文学书写——周大新长篇小说的思想内涵与文化精神》，《信阳师范学院学报》（哲学社会科学版）2015年第3期。

203.吕东亮《"向上的台阶"上的"个人悲伤"——周大新和方方的两部中篇小说对读》，《信阳师范学院学报》（哲学社会科学版）2015年第3期。

204.杜昆《试析周大新〈安魂〉的宗教情怀》，《信阳师范学院学报》（哲学社会科学版）2015年第3期。

205.张延文《介入与诗学——论周大新〈步出密林〉》，《当代作家评论》2015年第3期。

206.张延文、周大新《访谈周大新：记忆、乡土与乡情》，《牡丹》2015年第5期。

207.李云雷《曲终人不见，江上数峰青》，《中国图书评论》2015年第6期。

208.胡平《新官场文学的经典之作——评周大新长篇小说〈曲终人在〉》，《当代作家评论》2015年第6期。

209.胡山林《信任匮乏氛围中一位可信任的高官——评〈曲终人在〉的主人公欧阳万彤》，《许昌学院学报》2015年第6期。

210.石长平《胸中有虑深于海——周大新〈曲终人在〉的忧患意识》，《许昌学院学报》2015年第6期。

211.郑来《碎片讲述与道德俯视：解读〈曲终人在〉》，《许昌学院学报》2015年第6期。

212.杨志兰《特殊而真实的证词——读周大新的长篇小说〈曲终人在〉》，《鸡西大学学报》2015年第8期。

213.唐山、朱韵秋《周大新：一亩田不够贪官一道菜》，《检察风云》2015年第11期。

214.胡洋《周大新的都市小说〈21大厦〉的审美内涵》，《安徽文学》（下半月刊）2015年第12期。

215.卢欢《周大新：我更愿传递温暖和希望》，《长江文艺》2015年第12期。

216.谢颖《欢笑与悲戚——周大新笔下的女性世界》，《大众文艺》2015年第14期。

217.孙拥军《现代审视与乡土坚守：从〈湖光山色〉看周大新的创作意识》，《大众文艺》2015年第21期。

218.霍书海《周大新盆地系列小说的民俗叙事》，《湖北函授大学学报》2015年第23期。

219.徐勇《曲终能否奏雅？——读周大新的长篇新作〈曲终人在〉》，《创作与评论》2015年第24期。

220.陈晓霞《人生何处是归途——从周大新的〈安魂〉想开去》，《中国农资》2015年第31期。

221.王鸿生《周大新的"体贴"叙事》，《文艺报》2015年4月10日。

222.丁杨《周大新长篇〈曲终人在〉直面腐败问题》，《中华读书报》2015年4月22日。

223.王姝蕲《周大新：官场可以美好吗？》，《中国出版传媒商报》2015年5月29日。

224.武翩翩《周大新长篇小说〈曲终人在〉在京研讨》，《文艺报》2015年7月13日。

225.丁杨《周大新：〈曲终人在〉不是官场小说，是人生小说》，《中华读书报》2015年7月15日。

226.《著名作家周大新：储备阅读才能开启创新》，《新华书目报》2015

年10月19日。

227.马敏敏《论周大新乡土小说中的神秘叙事》，山东师范大学2015年毕业论文。

228.郭浩波《论周大新长篇小说的审美品格》，《小说评论》2016年第1期。

229.刘彩霞《南阳作家群创作中的"城与人"主题探析——以周大新为例》，《信阳农林学院学报》2016年第1期。

230.樊洛平《格子网图案：巨大而神秘的文化象征——对周大新长篇小说〈第二十幕〉的一种解读》，《河南师范大学学报》（哲学社会科学版）2016年第1期。

231.宋庄《周大新：我想写让人感觉温暖和美的作品》，《博览群书》2016年第3期。

232.侯俏俏《周大新小说中的南阳盆地人物形象》，《四川职业技术学院学报》2016年第3期。

233.关峰《周大新小说的人性书写论隅》，《华北水利水电大学学报》（社会科学版）2016年第4期。

234.沈文慧《有意味的形式：周大新长篇新作〈曲终人在〉的叙事艺术分析》，《当代作家评论》2016年第5期。